本书为国家社科基金一般项目"亨利·詹姆斯的隐喻思维与小说诗学研究"的最终成果

亨利·詹姆斯诗学研究

A Study on Poetics of Henry James

陈秋红 著

中国社会科学出版社

图书在版编目（CIP）数据

亨利·詹姆斯诗学研究 / 陈秋红著 . — 北京：中国社会科学出版社，2020.8
ISBN 978-7-5203-6646-5

Ⅰ.①亨… Ⅱ.①陈… Ⅲ.①詹姆斯（James, Henry1843—1916）—诗学—研究 Ⅳ.①I712.072

中国版本图书馆 CIP 数据核字（2020）第 099729 号

出 版 人	赵剑英
责任编辑	慈明亮
责任校对	季　静
责任印制	戴　宽
出　　版	中国社会科学出版社
社　　址	北京鼓楼西大街甲 158 号
邮　　编	100720
网　　址	http://www.csspw.cn
发 行 部	010-84083685
门 市 部	010-84029450
经　　销	新华书店及其他书店
印　　刷	北京明恒达印务有限公司
装　　订	廊坊市广阳区广增装订厂
版　　次	2020 年 8 月第 1 版
印　　次	2020 年 8 月第 1 次印刷
开　　本	710×1000　1/16
印　　张	24
字　　数	357 千字
定　　价	138.00 元

凡购买中国社会科学出版社图书，如有质量问题请与本社营销中心联系调换
电话：010-84083683
版权所有　侵权必究

亨利·詹姆斯的双亲

亨利·詹姆斯和父亲，1854年

妹妹爱丽丝·詹姆斯

表妹米妮·坦布尔

亨利·詹姆斯和兄长威廉·詹姆斯

青年亨利·詹姆斯（20岁）

1890年亨利·詹姆斯
决定投身戏剧创作

亨利·詹姆斯为《美国景象》收集资料，1906年

亨利·詹姆斯在兰伯屋花园，1904年

创作中的亨利·詹姆斯及手迹

序

刘象愚

陈秋红女士这本专著讨论亨利·詹姆斯，开篇就进入学术问题的探讨，甚至在"绪论"中都没有对詹姆斯做一些简要介绍，只在书后附了一个詹姆斯生平年表，这种注重学术性、理论性的写法从学术角度看无疑值得大加推崇，然而从读者大众的复杂性和多层次性考虑，在进入学术探讨之前，对詹姆斯先做些轮廓性介绍似乎也并非没有必要。她当然了解这一层，大概只是怜悯我年迈老朽，故而把这个无须多费脑细胞的任务留在了我的序言中。

亨利·詹姆斯出生在纽约一个书香气很浓的家庭中，祖父是爱尔兰富有的银行家，早年移民来美；父亲是神学家，信奉斯维登堡那套神秘主义哲学，与爱默生、梭罗、卡莱尔等人有过交往，赞赏惠特曼，参加过具有空想社会主义和乌托邦性质的布鲁克公社；兄长威廉·詹姆斯是著名哲学家、心理学家，实用主义哲学的开创者，留下了大量的哲学、心理学著作，对后来的胡塞尔、罗素、维特根斯坦、理查·罗蒂等著名哲学家产生了重要影响，也是"意识流"概念的最先提出者之一；甚至妹妹都是以日记写作著称的文人。詹姆斯从小随家庭往返于美英法意诸国间，不稳定的生活使得他早年无法接受正常的中小学教育，不过，他父亲丝毫没有放松他的功课，特别有意培养他对诸如哲学、科学、语言等基础学科的兴趣，在不断辗转期间，经常为他延聘家庭教师，可以说对他的教育始终没有停止过，由此奠定了他坚实的人文学科基础，回美国后，他于19岁时进哈佛大学，先学法律，转而学文，与豪威尔斯等著名作家建立了深厚友谊，并开始文学创作。优越的家庭环境和良好的学养对他创作的影响无疑是深刻的、多方面的。

19世纪晚期到20世纪早期是欧美现实主义向现代主义转型的时期，处在这一时期的文学艺术家们对西方文学传统中强大的现实主义模式逐渐产生了某种厌倦，开始反思那种注重外在因素的创作方法，出现了一种向内转的倾向，于是我们看到象征主义、意识流、表现主义、达达主义、超现实主义等种种具有先锋意识的现代主义流派日益成为欧美文坛主流。处在这一时期的詹姆斯在继承欧美现实主义传统的同时，执着于探索新的创作理念和方法，开始了内容和形式两方面向内的开掘。

由于随家庭频繁来往于欧美间，他较早接触了欧洲传统文化，1869年定居伦敦后，除少数几次返美外，其余大半生都在英伦与欧陆度过，并与同时代欧美的众多著名文人学者交往，新旧大陆不同思潮的汇聚、冲突，两种文化的碰撞，对他产生了巨大影响，这种影响充分地体现在他的中后期创作中。更需要指出的是，新旧之间的这种碰撞不仅体现在他作品的内容中，也体现在他创作的形式和方法中。与传统的作家不同，他对新的观念和思潮持开放态度，与那种主张内容形式二分的传统观念相左，坚持形式与内容同一的理念。他一方面涵泳在欧美现实主义传统中，另一方面又开始尝试用更多笔墨来探索人物的内心世界，在叙事手法上用展示和表现来代替传统的再现模式，将人物意识中新旧道德观的冲突以及由此产生的种种复杂纠葛和变化和盘托出，因此被不少批评家赋予"心理现实主义"的标签，成为随后意识流小说的先声，虽然诸如乔伊斯、普鲁斯特、沃尔芙这类意识流代表性作家和他的心理现实主义仍有较大差异，但很难说没有他的影响。与此相应，为了展现人物意识中复杂精微的流变，他在语言形式上做了更多的实验，广泛采用象征、隐喻、大量使用复句套复句的超长句子、超长段落，大量使用副词和其他修饰语，这些与众不同的形式特征特别典型地体现在他的中后期小说和戏剧实验中。此外，他在论文、序言、笔记、书信对英美法俄一些著名作家的评论中还对"叙事视角"（point of view）、叙事模式、语言文体、戏剧化乃至主题、情节人物等多方面做过不同程度的论述，这些论述同样构成了文学批评从传统向创新转型的一个不可或缺的部分。

詹姆斯的创作从问世之初就毁誉参半，这种情形直到今天也没有完全消失，诟病者耿耿于怀的一直是他在内容与形式上的实验产生的冗繁、晦涩、含混、不确定性，然而正是这些探索，在一定程度上开启了后来的现代主义诸流派，也体现了他的价值所在。这一层已经获得了学界越来越多的共识。

詹姆斯给我们留下了十分宝贵的文学遗产，经过一个多世纪的淘洗考验，他的《黛西·米勒》《一位女士的画像》《使节》《鸽翼》《金碗》等已经成为欧美文学中的经典，他在人物心理、叙事艺术上的刻意创新成为文学批评家们反复探讨的话题。毫无疑问，历史已经把他牢固地树立在西方文学的"伟大传统"中了。

陈秋红女士这本书从"诗学"的角度讨论詹姆斯的创作，在主流的詹姆斯批评中显得十分独特，且富于智慧。

"诗学"这一概念从亚里士多德提出至今已成为几近文学理论的代名词，其内涵与外延大为拓展，理论色彩与哲学意味也不断增强，也许正因其指涉的宽泛性、理论性与切入角度的难于把捉性，人们通常不多用它来讨论具体作家和作品，况且，从上面的简要勾勒也不难看出，詹姆斯创作关涉的方方面面都是论者可以深入开采的富矿，毋庸舍易就难，另辟蹊径，故此，迄今为止的詹姆斯批评更多地集中在了其他方面。在这样一个背景上，本书的选题便有如晨星般寂寥，但却自有其十分独特而光鲜的亮色。

当然这种亮色不仅表现在选题上，更多地表现在它提出问题、解决问题的角度上。这个角度就是如何理解"詹姆斯式"（Jamesian）。西方文学批评中对一些文学大家冠以 XXX 式的称谓并非偶见，"莎士比亚式""卡夫卡式""乔伊斯式"等都是学者们常挂在口头上的。一般来说，这些修饰语指称属于某一大家独特的本质品格，对于那些熟悉该作家的人自然毋庸诠释便能心领神会；但有时似乎也可用来指称那些既具有独特性且又难于从理论上清晰把握的作家，窃以为，詹姆斯庶几可归为这一类，大概这就是从"詹姆斯式"视角讨论他的批评家们鲜见的缘故罢。

本书将隐喻作为一个核心概念，用隐喻思维和隐喻修辞统领全局，可以说抓住了"詹姆斯式"这个术语的关键，必须指出的是，这里的修辞并不仅仅是语言问题，在本书的探讨中通常意义上的修辞手法融入了艺术构思的全局，从而将其从技艺的层面提升到了艺术哲学的高度。作者不仅对隐喻做了纵横两个维度上的充分论述，而且从这个视点深刻分析了詹姆斯几乎所有重要作品及其关联的不同侧面。可以毫不夸张地说，隐喻思维与隐喻修辞正是理解詹姆斯式及其不同关联问题的一把钥匙，也是评析詹姆斯创作独特性、深奥性的一条重要途径，正是在这个意义上，本书抓住了"詹姆斯式"的本质特征，将其提升融会到诗学的高度，从而展示了其难能可贵的理论品格和学术价值。

我认识秋红有近二十年的光景了，她很早就立意要研究詹姆斯，在一些学术会议和讨论中提交了很不错的论文，还表示要借用刘勰"义生文外，秘响旁通"的视角，这给我留下了很不一般的印象。詹姆斯的作品很难读，那时他的绝大多数著作还没有中译本，再说国内的研究者也屈指可数，在这样的情况下，勇于写詹姆斯，说明她的英文水平不错，而且有从中外文论的大视野去理解研究对象的开阔眼光。当时国内比较文学研究取得了长足进展，但是整个学界对这一新兴学科的疑虑依然比较浓重，年轻学人中敢于尝试新观念、新方法者并不多见。后来我们的接触多了起来，她给我的印象便愈见分明，她为人坦诚，乐观向上，博闻强识，敏思好学，外国文学、文学理论方面的基础都相当扎实，在我熟知的那些巾帼不让须眉的才媛中，她的智商是相当突出的。后来她做詹姆斯研究的博士学位论文，我参与了她从开题、预答辩到答辩的全过程。她的论文获得了专家们的高度赞誉。现在这本书正是她在博士学位论文的基础上殚思精虑、提炼增补、达到一个更新高度的学术结晶。细看这本书，其构思之精致，评析之得当，论述之周详雄辩，令人不得不击节称叹，可以毫不夸张地说，这本集多年心血完成的詹姆斯研究，可以说是迄今为止我所见到的詹姆斯批评中学术分量较为厚重的一本。

詹姆斯曾经把小说比作房屋，说小说的建构正如房屋一样，不会只有一扇窗而是有若干甚至无限多的窗，艺术家在观察时会选择不同的窗，表现出独到的眼光，评论家又何尝不是如此，秋红这本研究詹姆斯的专著正可作如是观。而我作为她的一个老年朋友，在观看她用心完成的这部学术作品时自然也选择了我自己的视角。我为她的学术成就欢欣鼓舞，也期待她在未来的岁月中不懈攀登，更上一层楼。

2019.11.15

目　录

绪　论 　　001
第一章　1869—1900 年的戏剧实验与小说修辞 　　012
　第一节　剧作与小说同时起步　　014
　　一、剧作起步之年　　014
　　二、《罗德里克·赫德森》：启动"小说发条的银钥匙"　　016
　　三、《黛西·米勒》："一出完全不可能的喜剧"　　050
　第二节　1881—1900 年小说的隐喻修辞　　059
　　一、《一位女士的画像》：小说文体的融合与变革　　061
　　二、《卡萨玛西玛公主》的"社会政治题材"及其隐喻　　075
　　三、《螺丝在拧紧》与《圣泉》中的认知困境　　078
第二章　中期剧作的"得失"与三部杰作的成就 　　081
　第一节　中期剧作的"得"与"失"　　081
　　一、《美国人》：文本的互文与"问题大全"　　081
　　二、两个喜剧系列：《剧院：两个喜剧》与《剧院：第二个系列》　　090
　　三、《居依·多姆维尔》：来自"另一个星系"的戏剧　　097
　　四、《柔美夏日》：怀旧感与牺牲"逼真性"　　106
　第二节　《使节》：对未来美国的想象及对小说未来的预言　　110
　　一、"使节"之"赫尔墨斯"命意　　113
　　二、作为社会动物的文明模压程序　　116

三、想象一个"所有时代的继承者" ………………………… 121
　　四、古钟人偶逻辑与未来小说技艺 ……………………… 126
第三节　《鸽翼》：一部大隐之作 ………………………………… 131
　　一、隐私与哀思 …………………………………………… 133
　　二、"罗蕾莱的旋涡" ……………………………………… 138
　　三、视角、焦距与隐喻 …………………………………… 147
　　四、意识远游 ……………………………………………… 157
　　五、隐喻创造世界 ………………………………………… 169
第四节　《金碗》：言、象、意一体的隐喻诗学特征 …………… 174
　　一、辞生互体 ……………………………………………… 175
　　二、义生文外 ……………………………………………… 180
　　三、秘响旁通 ……………………………………………… 185

第三章　"詹姆斯式"小说理论的隐喻特征 …………………… 192
第一节　故事基础："无人踏过的雪原" ………………………… 192
第二节　精神过程：捕捉"意识迷宫的银色线索" ……………… 196
第三节　批判思维：隐喻叙事与视角的伦理范式 ……………… 199
第四节　审美理想：从已知见出未知的想象与判断 …………… 202
第五节　小说建制：建构自己话语规则的尝试 ………………… 208

第四章　詹姆斯的隐喻思维对传统的继承与发展 …………… 213
第一节　亚里士多德以来的隐喻理论 …………………………… 213
　　一、隐喻研究史的五个阶段 ……………………………… 214
　　二、亚氏隐喻的伦理学特征与保罗·利科的多元隐喻诗学 …… 217
第二节　詹姆斯对隐喻理论的继承与发展 ……………………… 220
　　一、对亚里士多德隐喻理论的继承与发展 ……………… 220
　　二、对《圣经》隐喻传统的继承 ………………………… 223
　　三、对《圣经》隐喻的"化用" …………………………… 226
第三节　隐喻思维与"詹姆斯式"隐喻 …………………………… 229
　　一、隐喻思维概念的形成 ………………………………… 230
　　二、"詹姆斯式"隐喻思维的特征 ………………………… 233

三、"詹姆斯式"隐喻修辞的两个例子 ……………………… 236

第五章 "詹姆斯式"与过程哲学、符号学语言观的同构及成因 ……………………… 245

第一节 与过程哲学及符号学语言观的同构 …………… 245
一、过程哲学的"摄入"运化概念 ……………………… 246
二、与德里达"增补"理论的同构 ……………………… 247
三、向语言中心的后现代主义过渡 …………………… 249

第二节 "詹姆斯式"隐喻修辞的成因 ………………… 254
一、家族语言环境的潜移默化 ………………………… 254
二、科学语言的影响 …………………………………… 256
三、信仰因素 …………………………………………… 257
四、欧美双重身份在詹姆斯小说修辞中的作用 ……… 259

第六章 将文学"虚构"带入戏剧"现实" ……………………… 264
第一节 《高投标》：文学的优雅与"不可思议"的戏剧 …… 265
第二节 《三幕剧梗概》："场景"与"提示"的功能 ……… 268
第三节 《沙龙》："将一个幽灵搬上舞台" ………………… 269
第四节 《另一间屋子》：戏剧"援助"小说 ……………… 278
第五节 《呐喊》："过于超前的深度" …………………… 279
第六节 《独白》：以文学现实"调控"社会现实 ………… 284

第七章 "詹姆斯式"与20世纪西方文学的现实性问题 …… 287
第一节 读者反应批评的复杂面相 …………………… 287
第二节 20世纪西方文学的"现实性"问题 ……………… 290
第三节 詹姆斯的"文本现实性" ……………………… 292
一、制造幻觉的现实 …………………………………… 292
二、自我身份的现代意识 ……………………………… 294
三、詹姆斯的多元现实 ………………………………… 298
第四节 正在生成的现实：詹姆斯小说诗学的文化综合价值 …… 300
一、小说艺术的"合法化" ……………………………… 300
二、诗意的语法 ………………………………………… 303

  三、詹姆斯的现代小说史地位 …………………………… 306
余　论 …………………………………………………… 309
参考文献 ………………………………………………… 311
附　录 …………………………………………………… 328
  1. 亨利·詹姆斯年表 ……………………………………… 328
  2.《卡萨玛西玛公主》序言 ……………………………… 345
  3. 批评的学问 ……………………………………………… 360
  4.《国家》的创建 ………………………………………… 364
后　记 …………………………………………………… 368

绪　论

　　20世纪初，亨利·詹姆斯接连发表《鸽翼》(*The Wings of the Dove*，1903)、《使节》(*The Ambassadors*，1902)①和《金碗》(*The Golden Bowl*，1904)三部长篇小说。这几部不朽之作，最终为詹姆斯赢得了经典作家的桂冠。它们在旧世纪的最后一年和新世纪的开头4年，用了近5年的时间完成。它们是各个方面成就的象征：象征着小说自身在19世纪取得的庄严的成就，预示着新世界对将要到来的新世纪的征服；象征着詹姆斯本人作为一个作家和人的理解力、耐久力和创造力的集中爆发。詹姆斯传记的权威作者莱昂·埃戴儿(Leon Edel)甚至得出了这样的结论：这三部小说代表了詹姆斯作为一个艺术家的自我认知的最后的伟业，是对艺术如何"创造生活、创造趣味、创造意义"的问题的最完满的认知和探索。三部小说几乎用尽了詹姆斯有关社会和小说形式的大量知识储备，用尽了他积累的所有的智慧和经验，而它们也将这一精湛的艺术转化为一系列探索性的主题，即詹姆斯所说的那些"顽固地追随着他的"的主题：他探究不确定的、与生活的最深层次密切相关的事物，即意识与心灵的变幻成长的轨迹。也正因如此，那也是永远不能完全知晓的事物。他句法

---

① 詹姆斯完成《使节》后立即开始《鸽翼》和《圣泉》的写作。但《鸽翼》发表在先。《鸽翼》与《圣泉》的"詹姆斯式"含混风格愈加浓厚，正如詹姆斯本人所说，《使节》是一部喻体与叙事比例恰到好处的"最好的作品"。详见本书第二章《使节》一节。

的缠绕兜圈和态度的犹疑不决,那些让读者大感困扰的方方面面,都是他的思想和信仰模式的潜在显现。詹姆斯与众不同的文学风格提供了他灵魂景观的全景图画。事实上,从某种意义上说,他在写诗。正像批评家诺斯罗普·弗莱所谓"诗人从不谈论他已然知晓之事"。詹姆斯著名的后期风格,从本质上讲便是采取了质询的模式。

阅读詹姆斯后期三部长篇小说《使节》《鸽翼》和《金碗》,常会产生某种微妙的"神似"之感。题材和主题的类似,并不是这三部小说仅有的"共相",早在《罗德里克·赫德森》(*Roderick Hudson*, 1875)、《美国人》(*The American*, 1877)、《欧洲人》(*The Europeans*, 1878),在其成名作《黛西·米勒》(*Daisy Miller*, 1878)及圆熟之作《一位女士的画像》(*The Portrait of a Lady*, 1880)等一系列作品中,都能找到欧美文化冲突与融合的题材,找到人物主体意识曲折成长的"进化"踪迹。《使节》《鸽翼》和《金碗》三者之间似隐若显的内在关联,还在于小说叙事的主体特征在这一时期得以集中爆发。三部小说在运用神话传说、宗教意象和寓言典故等方面有着整体相似性,在隐喻文体与隐喻修辞上有着风格的一致性:浓厚的哲学与神学意蕴、模棱两可的道德价值判断、人物意识作为叙述视角、对应与折射的文本结构、透迤缠绕的复句,等等。可以说,这一隐喻文体的成形,既是积聚了前期戏剧与小说的所有创作经验的熔炼定型,又是进入了"大师"阶段的作者有节制地进行小说实验的"蓄意"所为。即形成了所谓的"詹姆斯式"。

"詹姆斯式"(Jamesian)首见于1886年底特律《自由舆论报》(*Detroit Free Press*)评《卡萨玛西玛公主》(*The Princess Casamassima*, 1886)的一篇文章。实际上,詹姆斯19世纪80年代后期的作品,已被批评家们统称为"詹姆斯式"(a fair idea of the Jamesian novel)。[①]《亨利·詹姆斯当代评论》的编者凯文·J. 哈耶斯(Kevin . Hayes)在导言中援引了英国《星期六评论》的评论说:"那些跟随詹姆斯多年的读者,虽然已知他们等待的

[①] Kevin J. Hayes ed., *Henry James*: *Contemporary Review*, Cambridge University Press, 1996, p. xiv.

将是何种小说结局,他们依然会满怀兴致地观看他的剑道。换言之,批评者道出了一个简单的接受事实:虽然詹姆斯的小说结局总让人失望,无化解之道,但他对故事的讲述之道,却从来都是值得一读的。"哈耶斯还援引了戏剧家萧伯纳对詹姆斯小说结尾的评论。萧伯纳认为,詹姆斯是这样一位作家,他混合了新旧两种写作风格,而且不恰当地把新样式置于旧风格之前:"似乎出版商委托与其时代不全同步的詹姆斯写一部小说,却发现最后一章无结局且令人失望,于是唤回布莱顿小姐与爱人婚配,杀死恶棍,以最严格的诗学公正原则为整个故事收拍。"哈耶斯总结说,萧伯纳半讽半誉的评价,已经认出"詹姆斯式"的结局,标志着他"对于典型的浪漫传奇结局的超越。结局的模棱两可和无所化解带来的是更多的、无限的可能性。"[1]不仅如此,詹姆斯19世纪80年代后期的作品,已经开始要求读者的"全心阅读",要求与作者智性相当的读者的参与,这使阅读詹姆斯的作品成为一种对想象力的考验,成为一种参与创作过程的创造性阅读。这一方面加重了读者的负担,另一方面也造成了对文本意义阐释的多样性和不确定性。"詹姆斯式"与模棱两可(ambiguity)几乎成了同义词。而且,"詹姆斯式"不仅表现为后期小说的叙事风格,还存在和显露于詹姆斯关于戏剧、小说艺术、小说未来的论述,显露于其小说序言及大量作家作品评论中。他有关戏剧表现理论的"固执己见",他的"小说内容即形式"的论断及对小说未来的预言,甚至他谈论这一切的独特话语模式和潜在理论构想,都是构造"詹姆斯式"的有机组成部分。

"詹姆斯式"并非一套严格意义上的文学理论体系。"詹姆斯式"应该是一种集合了多种文学术语和文学观念的代名词。这些戏剧构想、小说观念及小说术语建立在"詹姆斯式"的世界观基础上,并在后期的戏剧、小说及小说理论的书写中,不断有所发现、生成和增补。显然,"詹姆斯式"是难以精确概括的,但通过对其戏剧创作和戏剧理论的梳理,通过对其中后期小说主题、语言及小说理念和术语的分析,我们可对"詹姆斯

---

[1] Kevin J. Hayes ed., *Henry James*, *Contemporary Review*, Cambridge University Press, 1996, p. xiv-xv.

式"大致做出归纳。

1. "詹姆斯式"的世界观

詹姆斯小说艺术观念的生成和变化，总脱不开其欧美双重身份所造成的基本影响。詹姆斯小说的起点，基于美国"亚当式神话"与欧洲文明价值之间冲突与弥合的张力关系。詹姆斯的戏剧和小说兴趣的关注点，深入到对这一神话如何变化、如何发展的轨迹之中，并从各种角度加以证明：美国亚当充满活力，却也有着文明发育不充分的简陋之处，而在与欧洲文明的遇合中，亦应避免"欧洲价值的迷信"。①写出这一巨大差异之间的交替与融合之状，成为詹姆斯写作的目标，这一目标也为詹姆斯的戏剧和小说叙事呈现出模棱两可的特征奠定了基调。

2. "詹姆斯式"的内倾认知习性与探究对象的"智性生物"特征

詹姆斯曾在《卡萨玛西玛公主》序言中总结说，人物的内在意识轨迹是他最感兴趣的，从《罗德里克·赫德森》到《金碗》，都为这些兴趣提供了优先的地位："我从未见识过对人类灾难的'主导'兴趣只存在于意识（在意识移动和意识创造的意义上）主体，那有着精美的密度和宽大广阔的意识主体。"②"我紧随其后，品味和感受着他们的这一状况，并感同身受。我无法与他们相熟而不体会他们的感受，但我能欣赏不是因熟悉的累加，而更多地是由投影亮度的增加。……一个人想什么感觉什么，是这个人做事的历史和做事的个性；所有的事情都寄寓着逻辑强度。没有强度怎么有生动，没有生动怎么有表现力呢？"詹姆斯遂将人物意识"置于明亮的中心位置，置于主题的可能性镜像中最光亮之处"。③詹姆斯在《中年》(The Middle Year, 1895)、《小男孩与他者》(The Small Boy and Others, 1913)、《儿子与兄弟的笔记》(Notes of a Son and Brother, 1914)等自传及

---

① See Brian Lee, *The Novels of Henry James: A Study of Culture and Consciousness*, London: Edward Arnold Ltd, 1978, p. 10.
② Henry James, "Preface to The New York Edition", in Leon Edel ed., *Henry James: Literature Criticism*, vol. II, New York: The Library of America. 1984, p. 1903.
③ Ibid., pp. 1091—1092, 1095—1096.

书信中亦多次提及，除非我们共享他人的感知、感知的成长和变化，以及同一感知的不同的强度，否则说我们对他们的了解便是一句空话。因为，正是不同的感知让人们成为他们自己。感觉到他人的感觉，感觉到他人的被感觉到，这一似乎玄虚的内在视域，正是詹姆斯以与生俱来的好奇心，关注并质疑事物的可信性，开掘人的意识领域的独特之处。詹姆斯的戏剧和小说多聚焦于"智慧生物"意识的成长和变化过程。《居依·多姆维尔》(*Guy Domville*, 1893—1995)中人物"内在世界"的焦虑与冲突、《一位女士的画像》中"动感的心理叙事"、《螺丝在拧紧》(*The Turn of the Screw*, 1898)中对认知本身的"怀疑"，《鸽翼》中"病弱政治学"在人物意识变化中的作用及对人物关系变化发展的影响，《金碗》围绕着人物审美意识的变化，评价他们智性及美德的优劣，等等，这些戏剧和小说都表现出作者对心理结构和意识流动变化的强烈兴趣。詹姆斯的内倾认知习性，造成了其在戏剧舞台上"内省"而错失观众的"失败"，造成了其小说以大量的隐喻和借代、两重或多重潜文本的暗示与启示方式表达意图。这一含混和模棱两可的文体风格，为读者的阅读制造了"障碍"或曰"意味"。

3. "詹姆斯式"叙事策略

詹姆斯将"印象"和"经验"作为小说的主要描写对象，认为作家个体经验千差万别，每个作家都有各自的"秘密"方法。对詹姆斯来说，小说的真实性效果"归功于作者制造生活幻觉方面所取得的效果。这个效果的培育，对这个精妙过程的研究，以我的情趣，构成了小说家艺术的开始与终结。"[1]为了达成"印象"的真实性，詹姆斯采取的独特叙事策略包括以下几个方面。

视角理论

亨利·詹姆斯也许是英语小说家中，第一位在理论上和在直觉上对

---

[1] See Henry James, "The Art of Fiction", in Leon Edel ed., *Henry James: Literature Criticism*, vol. I, New York: The Library of America, 1984, p. 53. 后文凡引自《亨利·詹姆斯文学批评》(卷一、卷二)的引文，部分参照了《小说的艺术：亨利·詹姆斯文论选》(朱雯、乔佖、朱乃长译，上海译文出版社2001年版)，由笔者重译，后文不再标出。

叙述视角的重要性多有领悟与建树之人,是一位精通以"有限视角"和"不可靠的意识中心"讲故事的艺术大师。小说的视域涉及数人,通过聚焦于他们中的任何一个或全部,故事被讲述出来。包括第三人称内在视角、前后对应的双向折射视角、聚焦圆心的环形视角循环,等等。《圣泉》(*The Sacred Fount*, 1900)叙述者主观意识视角与作者权威视角的若即若离,《使节》以主人公视角为柱桩,其他人物若环形水流,皆围绕中心往复的"圆形"视角,《金碗》以男女主人公双重视角,形成文本前后对折的双向结构,等等。视角成为詹姆斯透视人物意识的特有渠道。多种视角的介入,组成了人物更加完整立体的精神过程,人物的言语行为的内在动机获得了更多的可信性。视角的作用不仅在于叙事形式的多元维度,对于詹姆斯来说,视角的意义等同甚至大于内容,具有了伦理的价值和道德评判的意义。人物的身份定位、他们看待事物的方式,以及人物之间相互关系的性质及其转化,都在不同的视角下,以相应的评判标准获得了道德品格和美学价值。

焦点透视与幻灯屏幕的"投影"理论

詹姆斯内倾的认知特征,使得他常以作家主观视线为基点,穿过人物的意识屏幕,跟随人物的意识对物体或景观进行观察和反应。作家本人在观察景物的同时,观察着人物对景物之观察,层层折射的视域,似乎模糊难辨,但却增加了印象与经验的丰富触感。詹姆斯在《使节》序言中声称,"作家只是在其魔法工作室展示艺术视域的广袤之穹——如同儿童幻灯片的白色屏幕,投影其上的是更为奇异、更加变动不居的影子"。[1]意识屏幕对印象的反射,如同镜像仿照和灯式投射的结合。作者有权任意进入人物头脑,并以特定场景中的人物意识描写,取代人物之间的对话。这一"摄取"和"投影"之举,使得作者主观意图作用于人物主观视域,作用于人物与客观世界之间的互动关系。詹姆斯使文本对现实的反映程度、艺术与真理的映射关系保持了一种若即若离的主观距离。"詹姆斯

---

[1] Henry James, "Preface to the New York Edition", in Leon Edel ed., *Henry James : Literary Criticism*, vol. II, New York: The Liberty of America, 1984, pp. 1307—1308.

式"居高临下的"俯瞰"和"摄取",让戏剧和小说不再仅仅作为反映客观世界的手段,让书写或创作成为作家自由创造生活、创造艺术真实、表达艺术家个人趣味的有效媒介。这一保持距离的"詹姆斯式"的"关系"和"比例",早在《欧洲人》中已有所表现。"人们看到的不仅是叙述者所描述的情景,还看到被描述人的所思所想,看到他们会怎样表达其思想,以及为何如此这般。"①"生活的存在是包含和融合,艺术的存在是区分和选择",这是詹姆斯在《波音顿的珍藏品》(*The Spoils of Poynton*, 1895)纽约版序言中观察并言明的。他在《罗德里克·赫德森》的纽约版序言中也曾言称:"真实地,无处不在地,关系从不停止,艺术家最精微的问题,是他只能永恒地以他自己的几何学去描绘这个圈子,当他这么做时,圈中那些几何关系会很乐意显现出来。"②对于生活与艺术间的关联与隔断,詹姆斯所写所言雄辩有力,无人能比。

隐喻修辞

"詹姆斯式"隐喻与认知学意义上的隐喻思维之间的关系,是构成"詹姆斯式"的一个重要因素。较之于美国文学传统中的经典隐喻之作,如麦尔维尔的《白鲸》、霍桑的《红字》,詹姆斯显然更钟情于内在意识的待开发之域。这一由外部空间向内部空间的转向,有着詹姆斯隐喻思维的独有特征。詹姆斯强调小说形式与内容同等重要,甚至形式大于内容。体现为詹姆斯以隐喻为主要修辞手段,将文本的真实意图隐含在多元而模糊的意义海洋之中。詹姆斯中后期戏剧和小说的标题、人物名姓、场景以及物品道具,多以隐喻投放出对神话、历史、宗教、社会及政治等方面的映射或讽喻。对《圣经》隐喻的继承,对莎士比亚隐喻修辞的发扬,使詹姆斯取得了比一般隐喻修辞更为丰富的成果。不仅如此,"詹姆斯式"隐喻,还是隐喻与喻体共同作为小说结构因素的整体的隐喻,甚至整部小说的基本叙事基调都是隐喻的,如《真品》(*The Real Thing*, 1890)、

---

① See Kevin J. Hayes ed., *Henry James: The Contemporary Reviews*, New York: Cambridge University Press, 1996, pp. xiii-xiv.
② Henry James, "Preface to the New York Edition", in Leon Edel ed., *Henry James: Literary Criticism*, vol. II, New York: The Liberty of America, 1984, p. 1041.

《地毯中的图案》(*The Figure in the carpet*, 1896)、《丛林猛兽》(*The Beast in the Jungle*, 1902—1903),以及后期三部杰作《使节》《鸽翼》和《金碗》。詹姆斯隐喻叙事的特征,不仅体现为词语的关联意义、对宗教典故和历史事件的映射,还在于对人物内在意识领域展开隐喻的"摹仿"和"重描"工作,隐喻思维对意识领域的模糊状态看似是"含糊其辞"的摹拟,实际上正对应了意识领域的微妙复杂、幽暗不明。"詹姆斯式"隐喻思维与隐喻修辞,其功能正是对意识变化过程的复杂性进行"言说不可言说的言说"的尝试。

语用学的创新与诗化语言

詹姆斯中后期的小说语言,代词指代暗中转换、大量的副词和介词造成大量的分句和隔断,大量的动词不定式环绕主语,超长的复句,以及以超长复句形成的大段内心独白,等等。这一切形成了文本意义的增补和不确定性。詹姆斯尤其偏爱副词,认为"在思维中,它们(副词)所载之意才是最有文学意味的"[①]。詹姆斯大量使用副词,意欲全方位地描写人物意识过程中的细微变化,詹姆斯的语言几近显微镜式科学语言的精确。从另一方面来看,"詹姆斯式"语言常常对普通语法"破例",打破了人们按常规语法的阅读习惯;指代词缺失或"随意"转换,方位词和介词的指向模糊,大量的动词不定式和间接引语,加之"过度"使用的副词,叙述节奏的"起伏"与"间奏"形成了思维过程湍急或滞缓的逼真"流动"状态。"詹姆斯式"的语序和词汇的重新列席,使读者获得了陌生化的阅读体验,甚至产生了诗歌语言的效果。"詹姆斯式"语言的"意义剩余物"特征,在读者中造成了理解与阐释的两极分化:接受或拒绝,欣赏或容忍。"詹姆斯式"已经成为20世纪初英美文学界的一个"现象"或"问题"。这一问题化的"詹姆斯式",在20世纪后现代主义思潮和语言学转向之后的语境中,已经有了更多可阐释和理解的理由。"詹姆斯式"语言对能指—所指意义链的解构,显露出詹姆斯本人对语言既是表意符号也是意义表

---

① F. O. Mathiessen, *The James Family, A Group Biography*, New York: Random House, Inc., 1947, p. 107.

达本身的语言观,"詹姆斯式"语言体现出语言的独立价值与作者行使创作主权共同运作的特征。

4."詹姆斯式"作为"正在生成之物"

詹姆斯认为,"没有任何一个对生活的印象,没有任何一种观看和感受生活的方式,是小说家的计划所不能给予一席之地的"。①"詹姆斯式"是以"印象"为描写对象,以语言逶迤曲折的"摹仿"作为手段,以迫近意识流动的"观看"为出发点,以作家主体掌控的"任意视角"为导向,在意识流动的记忆时间和现实时间之间的穿梭往复。詹姆斯的"目的"在于唤醒过去时间中的"印象"的痕迹,与现实时间中的"印象"一道,构成文本的逼真性。詹姆斯中后期的戏剧舞台实验为其小说的"空间性"书写和小说隐喻文体的进一步开发打下了基础,为其小说的后期风格(late manner)最终成形奠基了可能性。詹姆斯的戏剧实验与小说创新"将詹姆斯激活为'普鲁斯特之前的普鲁斯特式'(Proustian before Proust)"。②普鲁斯特在《追忆似水年华》(法语原名为"心灵的间歇性停顿")中对现实时间和回忆性时间顺序的突破,在斯泰恩的《项迪传》中早有先例。从斯泰因到詹姆斯,再到普鲁斯特,现实主义文学的"小说现实性"观念,在这些作家的内倾性探索中,不断向着更为灵活多变的现代及后现代文学语言和形式方向推进。关注外在的个人关系和社会关系的风俗图画,已让位于"无限退化"到"意识流"中去的主人公的内在感知。"詹姆斯式"的写作是"开启"式的,面对多元而神秘的宇宙,作家拥有"绝对的说的自由,某种使已存在的东西以符号显现的自由,某种占卜的自由。一种承认世界与历史乃是其唯一视界的回答之自由。"③"詹姆斯式"的宗教怀疑论与进化观、多元实用主义的哲学观,以及潜在或显性的文本"语言嬉戏",在造成詹姆

---

① See Henry James, "The Art of Fiction", in Leon Edel ed., *Henry James Essays on Literature*, vol. I, New York: The Library of America, 1984, p. 64.
② Ronald Blythe, "Introduction", in Ronald Blythe ed., *Henry James: The Awkward Age*, New York: Penguin Books, 1987, p. x.
③ [法]J. 德里达:《书写与差异》,张宁译,生活·读书·新知三联书店2001年版,第19页。

斯作家身份难以准确归类的尴尬同时，也为他不局限于某一时期，在现实主义、现代主义和后现代主义畅行的各个时期左右逢源，以先知般的风格和理念，为文学和哲学提供着大量有价值的养料准备了可能。从目前来看，"詹姆斯式"依然是一个未完成的、尚待解决的"问题"。

隐喻思维与隐喻修辞作为"詹姆斯式"的一个最主要的特征，早在20世纪便被英美批评界注意到了。1916年詹姆斯过世不久，就有评论家提到詹姆斯后期小说"极度茂密华丽的隐喻"特征。20世纪50—60年代，对詹姆斯隐喻修辞的研究专著逐渐增加，其中有六部专门研究"詹姆斯式"隐喻的专著出版。但这些论著大都未能分辨意象与隐喻之间的鲜明区别，将哥特小说斑驳陆离的意象泛滥与詹姆斯的丰富隐喻混为一谈。20世纪70、80年代，一些以词语梳理和修辞研究见长的论著出现，如 J. I. 雅各布逊的《亨利·詹姆斯〈鸽翼〉中隐喻语言的性质与地位》[1]，对詹姆斯的隐喻做了细致、缜密的梳理。但单一的技术性分析，弱化了詹姆斯小说的文学性、伦理价值和美学价值，对詹姆斯创作的全面把握明显不足。21世纪初，以后结构主义理论为批评导向的研究成为主流。其中黑泽尔·霍齐逊的《眼见与信实：亨利·詹姆斯与心灵世界》[2]颇具代表性。这些评论虽指出了詹姆斯作品中隐喻与感知的意象化特征，但未能就其小说与小说理论中的隐喻族群与意识图谱进行系统全面的梳理与分析。对詹姆斯小说和小说理论之间充满张力的复杂关系的认知与把握尚不全面。

欧美批评界往往以流行的各种思潮方法为导向，或以语言学转向为主导，或以现象学哲学、存在主义哲学为批评利器，在丰富了詹姆斯批评视域的同时，也遗漏或疏忽了詹姆斯批评史上一直以来未得充分阐释的"詹姆斯式"问题。目前国内外的詹姆斯研究中，对于一般隐喻与"詹姆斯式"隐喻之间的联系和区别，对于隐喻思维在"詹姆斯式"隐喻修辞形成中的作用，几乎还是一个空白。对这些关系的深入探究和解答，正是拙

---

[1] Judith Irvin Jacobson, *The Nature and Placement of Metaphorical Language in Henry James's "The Wings of the Dove"*, University of Florida Press, 1977.

[2] Hazel Hutchison, *Seeing and Believing: Henry James and the Spiritual World*, Palgrave Macmillan Press, 2006.

作的基础和研究重点。在对"詹姆斯式"做出有理据的阐释的基础上，才能总览詹姆斯创作全景，才能对詹姆斯诗学的独特意义有所发现。如何以当代神学、哲学和隐喻认知理论为基础，综合修辞学、语用学等语言学理论，对詹姆斯的隐喻思维进行全面系统的分析，借此为文学和小说诗学的未来发展提供思路，仍是摆在国内外研究者面前的新课题。

第一章 1869—1900 年的戏剧实验与小说修辞

1869 年 4 月,《星河》上发表了亨利·詹姆斯的第一部剧作《皮拉摩斯和提斯柏》(*Pyramus and Thisbe*)。詹姆斯在写了五年的文学评论和短篇小说之后,开始尝试戏剧创作。詹姆斯那时正离开美国,开始他成人后的首次欧洲之旅。剧作发表时他正在伦敦。兄长威廉·詹姆斯在给他的回信中说,剧本的阅读效果好于朗读。显然,威廉触到了詹姆斯的"文体问题"。

亨利·詹姆斯对小说、诗歌与戏剧等体裁的界定,不同于 18 世纪以来的文学传统,而是采取了"别中有同、同中有别"的模糊定义。詹姆斯 1904 年在《巴尔扎克的教训》中言道:"只有全神贯注于抒情,表达源自个人心底的言语、欢笑和哭泣,表达那些生命印悸动的印象时,诗人才成其为诗人。当他不从生命的本源上表达生命的景象,而开始表达自己熟知的、基本的生活景象与感受时,他便开始收集逸闻趣事,开始讲故事、再现场景,开始关注周边那些他人的状态和感受,当他深谙此道时,他便不再是简单纯粹的诗人了。"[①]詹姆斯在 1914 年的《新小说》中进一步分析了小说与戏剧之别,他认为,戏剧有别于小说,"(在于)它的生动性依赖于口头表达——它不报道已被说出之事,而是直接地让事情本身被

[①] Henry James, "The Lesson of Balzac", in Leon Edel ed., *Henry James: Literature Criticism*, vol. II , New York: The Library of America, 1984, pp. 121—122.

听到……戏剧可以各种形式直接言事"。①而关于小说的定义,詹姆斯早在1883年的《阿尔丰斯·都德》(Alphonse Daudet)中就有了既清晰又复杂的"定义"。他认为,"一部小说的作用——也是所有艺术品的作用——是娱乐;但娱乐有所不同。在我看来,一部成功的艺术品是以它制造幻觉的程度来度量的;幻觉制造出的吸引力令人活出另一种人生——那使我们的(人生)有了奇迹般的经验拓展。艺术品级越高,越有奇迹,因而我们实际上获得了更多的娱乐——至少,从娱乐这一字眼的最佳意涵上,它意味着我们已然生活和消费了他人的生活。我亦全然注意到,说一部小说的目的是再现生活,不是要让这一问题有任何引起人们不快之处。最重要的,是对这一问题的理解应该是非常自由的,而且我的提示也是在最宽泛意义上的。因为,人们或许对什么构成了生活不至于见解不同,但对是什么构成了对生活的再现却可能有所差异。"②

詹姆斯对诗歌、戏剧和小说的定义,其基本出发点不仅在于对生活本质的认识,更重要的是对再现和表达生活方式的认识,是对艺术品功能的认识。三种介质之间最关键的关联形式是语言,是语言的表述形式问题:诗歌语言主要是情感和本能的,是直接流露的;戏剧以口头的言语—行为方式直述显现事件本身;小说则主要依据对事物及其他人视角的再现述说事实。三种媒介虽有区别,但詹姆斯用以表述定义的词汇,以及表述定义时的语境并没有严格的、固定的系统性和规定性,而往往是在对比及其相关性联系中,对题材和体裁加以适当区分。这一未经严格定义的"定义",往往因时或因人有着理解的多义与不确定性。也正因为"模糊定义",詹姆斯的艺术之论有着深入艺术本质、强调艺术"纯粹"品质的特征。这一纯粹性不因时风变迁而流俗,亦不是脱离生活之真、趋于唯美主义的颓废。詹姆斯的艺术含混论,是一个艺术家对艺术品性的认真考量,它源于生活,不避讳艺术的娱乐本性,因为能够提供最好

---

① Henry James, "The New Novel", in Leon Edel ed., *Henry James: Literature Criticism*, vol. II, New York: The Library of America, 1984, pp. 152—153.

② Ibid., p. 242.

娱乐形式的艺术品，其本身便对艺术家的品德提出了较高的要求。詹姆斯为我们提供了与其同时代作家、批评家和传统文学理念有别的"差异"理论，践行这一"差异"理论，显然是要以文体的"冒险"实验为代价的。詹姆斯的教育背景与家学滋养，让他可以在写作起步之时，便有着不同常规的企图，使他能够在戏剧文体和小说文体之间保持一种罕见的共享与平衡。这一共享与平衡能力，让詹姆斯得以在19世纪的后半程，积蓄着全部的动能与技能，发展出一种与20世纪到来遥相呼应，又充满争议的文学理论与文本实践。

第一节　剧作与小说同时起步

詹姆斯21岁起便在《北美评论》《大西洋月刊》和《国家》等杂志上接连发表散论，我们可从中寻到他年轻时广泛阅读的踪迹，那些他在欧洲剧院、博物馆里感受到的影响，那些古典主义与印象派融会的"原创"和"过度修饰"之风。这位年轻的写作者，欲以融会贯通的视角，一反18世纪以来实证主义与教条主义的僵化文风，以个人化的小说与戏剧术语，对文学艺术规则作一番吐故纳新的变革。

一、剧作起步之年

我们无从知晓是什么促使亨利·詹姆斯在这个特殊时刻写了《皮拉摩斯和提斯柏》[①]这一短剧。按詹姆斯的说法，这一年的欧洲之旅是"躁动、探究和启动"之年。《皮拉摩斯和提斯柏》或许正是这一探究的写照。坎布里奇早期的写作生活，已经让詹姆斯感到社会生活素材的匮乏，而且兄长威廉已经在海外独立生活，詹姆斯亦欲急切脱离家庭庇护，前往新世界去历练一番。这部剧里的寄宿制画面我们在其他作品中也可寻见踪迹。

[①] 皮拉摩斯和提伯斯(Pyramus and Thisbe)是古希腊神话中的巴比伦情侣。Pyramus是普罗米修斯弟弟的女儿，丢卡利翁的妻子。他误认为自己的爱人Thisbe已死，自己也自尽了。

他那位《波士顿人》(The Bostonians，1885—1886)中的男主人公巴塞尔·兰瑟姆是位寄居纽约膳宿公寓里的房客，与一群各种各样的女演员相互陪伴，而詹姆斯自己那时也是一名旅居欧洲的宿客。这个短剧的标题显然取自詹姆斯读过的莎士比亚的《仲夏夜之梦》。詹姆斯在欧洲的剧院里多次观赏过《仲夏夜之梦》，他终有机会自己写一出了。

1870年年初他又写了《平静水域》(Still Waters)，发表在1871年4月12日的《气球邮报》(Balloon Post)上。这篇小品的情节类似于那些早期故事，诸如《一年的故事》(The Story of a Year)和《超凡案例》(A Most Extraordinary Case)中的情节：一个热情的男主人公，暗恋女主角，准备放弃另一位心仪之人。三角关系并非作品关注之焦点，主人公的"弃权"动机才是詹姆斯欲以开掘的主题。中后期的重要剧作《居依·多姆维尔》也有着类似的情节，甚至《居依·多姆维尔》与《平静水域》结尾的台词有着几乎同样的句式。后者是："再会。要快乐——要很快乐(Farewell. Be happy. Be very happy)"，詹姆斯在三十年后，让居依·多姆维尔言道："善待他。对她好。对她好。(Be kind of him. Be good of her. Be good of her)"《平静水域》作为戏剧小品已表现出巴黎生活和观剧经验对詹姆斯的影响。而《居依·多姆维尔》剧本写作中的小说要素(书面语比例大于口语、探寻心理动机的文学性表述、人物超凡脱俗的献祭式命运结局等)及舞台演出对这些要素的"考验"，都让詹姆斯日后吸取更多戏剧"教训"，并更为坚定地融戏剧经验于小说文体实验。

詹姆斯第三部剧作，也是早期剧作的最后一部——《变心》(A Change of Heart)首刊于1872年的《大西洋月刊》。詹姆斯那时正准备登上S.S.阿尔及利亚号，开始他的第二次欧洲之旅。小喜剧超越了前面两部只有一两个人物对话的模式，试图在摹仿法国戏剧方面有所成就——法国戏剧中，人物每次入场和退场都有戏剧场景的分野和转换，詹姆斯的这部小剧不少于十五场。它比之前的戏剧有更多的场次；而且，詹姆斯显然没打算将它搬上在舞台，只是简单地证明它是一次不容置疑的剧作实践。

此时的詹姆斯似乎已经感到，戏剧小品的文体已无法满足他对往来于大洋两岸艺术家们所遇、所思及其"命定"伟业的叙述与分析了。他有着更大的目标,他开始向这一时期所有的剧作念头告别:他已经开始着手他的第一部重要的小说《罗德里克·赫德森》的第一章了。在接下来的十年中,詹姆斯将倾情投入小说的写作中。

二、《罗德里克·赫德森》:启动"小说发条的银钥匙"

詹姆斯为纽约版①选出的第一部小说便是《罗德里克·赫德森》。他在此书序言中回忆道:这部小说开始于1874年春的佛罗伦萨,紧接着便是在黑森林的夏季中急切地续写着……随后又在波士顿附近接着写了三个月。詹姆斯称这部小说是"我的第一部有雄心的小说,一部有着复杂主题的长篇小说"。②

这多少有些不实之词,因为从1871年以来,他已经出版了一部长篇小说,其主题也颇为复杂——虽然它的长度还不足以在《大西洋

---

① 1907—1909年,Charles Scribner's Sons 出版了由詹姆斯费时两年,严格选出的一部文集,共24卷,包括小说和故事集,学界简称"纽约版"。詹姆斯把表现"国际性"主题的一些短篇集和成熟之作收在里面。他仔细修订了原文,包括标点符号。修订虽未对原文意义有重大改变,但研究者发现,纽约版在提高原文表现力,创造出更丰富的文字肌理,陈述更明确的同时,也使原文"不偏不倚"的质朴风格受到一定的影响。

詹姆斯为这部文集精心撰写了18篇序言,即"纽约版序言"。纽约版序言主要包括三项要素:1. 作者在重读自己作品时所引发的回忆与联想,其中涉及每部作品的技术问题。2. 作者对自己创作方法的总结和回顾。3. 对小说艺术的泛论和基本概念。

纽约版序言是关于现代小说艺术和小说理论的重要批评文献。詹姆斯在对自己重要作品的创作过程进行详细回顾与评价的同时,也为现代小说艺术确立自己"合法"地位发表了宏伟宣言。纽约版序言首次提出了若干文学批评术语,这些术语不仅是詹姆斯为自己实际写作经验进行的权威阐释,它们也是现代小说艺术系统化和理论化进程中的先导概念。

莱昂·埃戴尔认为,纽约版序言有着詹姆斯特有的"无懈可击的花岗石"般的修辞特征。这一特征是詹姆斯作为批评家作家,或者说作家批评的独有风格。他既尊奉古典主义,同时又认为小说家有对文体不断进行实验的自由。他的"形式即内容"的主张,在当时看来不免激进甚至极端,却体现出詹姆斯集形式与实质一体化的整体艺术理念。

② Henry James, "Preface to the New York Edition", in Leon Edel ed., *Henry James: Literary Criticism*, vol. II, New York: The Library of America, 1984, p. 1040.

月刊》连载五期：那是《监护者与被监护人》(Watch and Ward, 1871)。詹姆斯自己对这部小说高度认可，但这部小说出版后的评价并不理想。《民族》杂志评论说：它的人物不可信，他们仅仅是作者意图与情感的传声筒；美国作为背景但很模糊。相较而言，《罗德里克·赫德森》的确迈进了一大步。读者的想象力被书中有关意大利的描写以及主人公在罗马的社交圈子所吸引，主人公特殊艺术气质和行为理念，詹姆斯以次要人物意识为中心的叙述策略，使这部小说从传统风气中脱颖而出。

这一变化来自对屠格涅夫、巴尔扎克、乔治·艾略特和乔治·桑等作家细致入微的阅读。当詹姆斯决定以《北美评论》作为自己文字的发表基地时，他才21岁。但那些稿件已显示出，詹姆斯在理论上已经有所侧重。他在1869—1870年首访意大利。在1872年和1874年又接连对意大利进行探访，所有这些都激发了詹姆斯写作《罗德里克·赫德森》的动机及灵感。这部小说成功启动了詹姆斯一系列"国际题材小说"的"银钥匙"。①

詹姆斯在《罗德里克·赫德森》序言中总结说，情节进展是小说家要处理的最根本的问题，它不断提醒作家，要用丰富的情节引起兴趣，同时，当他持续运用情节原则时，又会产生如何驾驭情节进度与比例的焦虑。②换言之，既要运用情节表达创作意图，又不能被情节反身控制，詹姆斯在权衡理念与情节的比例过程中，悟到了适合自己小说创作的独特技巧：通过对人物关系的调控，通过人物意识的辐射视角，通过"喜剧"与"悲剧"效果的适度比例，使人物按照"性格的自然逻辑"展开各自的命运历程。

人物关系调控

《罗德里克·赫德森》直奔主题。小说第一章首先让主要叙述者罗兰出场，因为整部小说"是他全部经历的总和，但他首先感觉到的是其他人所发生的事，那是罗德里克、克里斯蒂娜、玛丽·格兰特、赫德森夫人、

---

① Henry James, "Preface to the New York Edition", in Leon Edel ed., *Henry James: Literary Criticism*, vol. II, New York: The Library of America, 1984, p. 1052.

② Ibid., p. 1040.

卡瓦利埃里和王子。结构对策的妙处在于，样样事情都首先对他有特殊价值。"①将错综复杂的人物关系围绕一个人物展开，由此缔结各种人物命运变化的叙事策略，在19世纪70年代，这一写作技巧上的现代风格显得非同寻常。詹姆斯开头第一句话便是：罗兰·马勒特（Lowland Mallet）还有两周便要起航去欧洲，已安排好与塞西利亚（Cecilia）（他父亲侄子的寡妻）同行。对于罗兰的背景再无赘言。事实上，罗兰这一具有象征性的名字在两个方面有着不同寻常的意义：他的艺术家的身份使他对罗德里克这位天才仰慕有加，对其非同寻常的个性体察至深。罗兰生活优裕，有做慈善的冲动：他热切地想去"护佑某物或某人"。在这一点上，我们的主人公，一个名叫罗德里克·赫德森的人，恰好满足了他的条件。罗兰是"想成为雕塑家"的那个人，而真正的雕塑家是"罗德里克·赫德森"（Roderick Hudson），一个名字平淡无奇，却为探求艺术奥秘而不惜献身的"浪漫英雄"。罗德里克·赫德森在小说的第二章出场：

赫德森是一个高挑溜肩的青年人，脸上带着少有的飘忽不定和聪慧。罗兰先是被那种生气勃勃的样子打动，继而觉察和领会到他的不凡之美。其特征如雕塑般令人赞叹，一尊完美之作。一阵无拘束的微笑在他们之间掠过，如同微风掠过花间。这年轻人整体结构上的唯一不足就是有着过度的欲望。他的前额虽然高且圆，但过于狭窄；下巴与肩也有些狭窄，结果就显出一副体能不足的样子。而罗兰随后了解到，这位亭亭玉立的年轻人常有一种模糊不定的神经紧张，这对许多有着坚实个性的人的忍受力来说，会是一种持续的损耗。而他的眼中分明又有着足够的生命力去装点不朽！那是一双浓厚的深灰色眼睛。目光来回闪动，这让他的面相粗鲁直率而更加令人印象深刻，也使他和善的面容带有一种不同寻常的美。他从头到脚都裹在白色衣装中……打了一条红色领巾，手指上的戒指美得

---

① Henry James, "Preface to the New York Edition", in Leon Edel eds., *Henry James: Literary Criticism*, vol. II New York: The Library of America, 1984, p. 1050.

无以估价，他坐下时，一双孩子气的黄手套不停地脱下戴上，来回扭曲，他在交谈时常以冲撞的语气、挥舞的银头手杖来加强效果，他不断地摘下、戴上那顶宽檐帽，那是维多利亚时代或者英王查理一世时期罗曼司中的传统道具……①

这位不凡之人似乎是波西米亚艺术家的典型。除了外貌上的"艺术气质"，有关他的身世，詹姆斯给出了较为详尽的交代。他在举止上摹仿他曾经的雇主斯特瑞克先生，他曾在那家法律公司做学徒。他才刚二十岁出头，父亲就酗酒而死；他母亲则返回新英格兰的出生地。他的一位远房表妹，玛丽·格兰特(Mary Garland)，一位质朴的女孩，对罗德里克情有独钟。罗德里克的"生身家世"及其特质，显然给读者种下了深刻的印象。

罗兰看到了罗德里克的一尊名为"渴"的雕像，为其才华称奇，并就此与罗德里克缔结了"监护者与被监护人"的关系。罗德里克一时觉得"我的全部人生都将被律法之绳栓紧(tethered)，就像吃草的羊进了栅栏。"②这一关系成为驱动整部小说人物命运的发展脉冲。两个关键人物"困在"关系纽带中，各有醒悟各有所得。小说的主要意图也就此展开。

罗德里克带着新结识的罗兰回到家中，让这位朋友见识了自己更多作品，并把"被监护"的消息告诉了母亲。罗兰的旅伴塞西利亚写了一张便条警告罗德里克：他正在建立的友谊将是危险的。罗兰则坚信"这位天才的天性是健康的"。罗兰拜访了赫德森太太，发现玛丽和斯特瑞克先生也在，且愤愤不平。这是个微妙的时刻。罗兰认识罗德里克才三天。他告诉那几位难以置信的听众：他期望罗德里克成为一位伟大的艺术家。玛丽觉得这一切像极了一部童话("你一无所知地到来，如此富有如此彬彬有礼，驾一片祥云将我表哥带走")。罗兰这才意识到，他的"意外插手"为新英格兰这个单纯、宁静的小家庭带来了什么。罗兰邀罗德里克同

---

① Henry James, *Roderick Hudson*, New York: Penguin Books, 1986, p. 64.
② Ibid., p. 76.

去罗马。这段朋友兼雇佣的特殊关系接下来将有出人意料的发展。

　　罗兰与罗德里克之间的关系，在詹姆斯写作的时代，应该还是一种"新类型"。两位素昧平生的男性因艺术结缘，是朋友，也是赞助者与"被雇用"的关系。而且，罗兰显然还扮演着父亲这一角色——既是克里斯蒂娜的，也是罗德里克的，但他同时也是一位爱人——詹姆斯有意让我们意识到这一点。罗兰自始至终爱护并看护罗德里克。比如，对罗德里克的家人宣布他认为罗德里克是天才之前，他觉得有必要让他们确信其"动机的纯粹"。在给塞西利亚的信里他写道："我不能放弃"。但詹姆斯也让我们感觉到。罗德里克始终都在挣脱罗兰的"看护"（watch），罗德里克直言冒犯罗兰说："我一直有种感觉，你指望我有所成就，你用相当高的水准来衡量我的作为，你正在监护我；我不想被监护！我想走我自己的路；当我有所选择的时候，当我放下负担有所选择的时候，我会工作。这并不是说我不懂得我在亏欠你，也不意味着我们不是朋友。我就是想体味完全的自由。"[1]小说末尾时，罗兰方才理解，"两年中，罗德里克曾多么专一地充实着他的生活"。

　　罗德里克在罗马的画室里一干就是半夜，为一尊"亚当"塑像整日辛苦。因为一旦"亚当"塑成，这尊大理石雕像将使"整个世界都注目于此"。"夏娃"塑像还得再花三个月时间。罗德里克此时已成为罗马的主要谈资。在第六章中，詹姆斯首次介绍了罗马"艺术圈"，其中一位要人便是格劳瑞埃里（Gloriani），"一位美国雕塑家，有着法国血统，也许还有些意大利背景"。他四十岁上下，有着"无限的、切实的艺术规划"。他是那些华丽庸俗画室的制造者。莱昂·埃戴尔认为，他的原型是威廉·威特摩尔·斯托瑞，詹姆斯后来将他写进了回忆录。然后，就是小山姆·辛格顿（little Sam Singleton），一位"极富同情心"的人物，来自新罕布什尔的画家。格兰多尼夫人（Madame Grandoni），一位德国建筑家的遗孀，她曾嫁给一位拿波里的音乐家，音乐家后来将她遗弃，娶了一位绝无仅有的首席女高音。显然，介绍此类罗曼司式人物并非詹姆斯的主旨，对罗曼司丰富而

---

[1] Henry James, *Roderick Hudson*, New York: Penguin Books, 1986, p. 130.

入木三分的讽刺性刻画也只是小说叙事力道(force)的"惯性"。詹姆斯意在以罗马艺术圈组成一道所谓"旧大陆"对"新大陆"之间的屏障,他们对罗德里克的艺术才华施行了"审判",后者命运的起伏变化很大程度上是由这些罗马艺术权威掌控着。艺术的无目的性,自由的创造精神,艺术家不拘一格的生活方式,罗德里克以自由之名抵抗着周围的"平庸价值"。甚至,对罗兰这位监护人,詹姆斯也以他的占用(occupation)期满了,[1]关闭了两人关系通道。occupation 有着"占有""利用""任期""职业"等用意。罗兰对罗德里克艺术造诣的"任用""监护"和"占有"无法满足后者在生活和艺术观念上的"挣脱"与"创造"的欲望。罗德里克从这一关系唯一获得的"有用"之物,便是将肉身"坠崖",以便精神向着"另一个世界"(next world)飞升——如小说开头塞西利亚一语双关的暗示。

詹姆斯让罗德里克以"异化"于时代的另类性情,"惊扰"了传统的艺术观念,打破了以往罗曼司对艺术家形象的定位。罗德里克的艺术无定法、心灵无疆域的言行轨迹,"超出了我们同情与理解的范围"。

性格的自然逻辑与戏剧化的"人为比例"

詹姆斯在序言中对《罗德里克·赫德森》的一众人物进行了解释。在詹姆斯笔下,玛丽·格兰特的行事方式不像一般女孩吸引男人那样,她"没有义务"让人相信她是那样的女孩。罗兰的性格也有着截然不同于常人之处。"罗兰的人生目标,或者说他的本性,使他整个人生之道同时在两个截然不同方面产生着骚动,每一方面的骚动都是深邃的。严格地说,他性情中的每一骚动都各自成立,而读者则被要求视其为共同运作。它们是不同的震颤,而且整体上的感觉是它们各自都应该是最强的,强到它们无法挽手同行。"[2]换言之,詹姆斯始终都想握紧作者对人物方方面面的"生杀大权":规定人物性格,安置人物于预设场景,预制他们的情绪因素,然后牵动自己手中的木偶"提线",观察他们的各种变化,决定他

---

[1] Henry James, *Roderick Hudson*, New York: Penguin Books, 1986, p. 387.
[2] Henry James, "Preface to the New York Edition", in Leon Edel ed., *Henry James: Literary Criticism*, vol. II, New York: The Library of America, 1984, p. 1051.

们的去留期限。这一"干预"性的叙述手法，让詹姆斯事后坦承"这极深地毁坏了逼真性"。①然而小说却因此获得了喜剧性的讽拟效果，类似戏剧舞台上人物夸张的台词和大幅度的动作手势，在规定的情景中，戏剧表演的观赏性与可信性并行不悖地被读者观众接受下来。詹姆斯自觉不自觉地在文字书写中，输出着他在伦敦和巴黎包厢里观剧的体验。戏剧中人物个性的强烈对比，人物语言的大声"嘶喊"，人物情绪的剧烈波动等，《罗德里克·赫德森》中这些鲜明的戏剧痕迹成为詹姆斯后期小说的一个突出的"场景"(scenario)要素。

小说第四章的开头有一条线索，暗示出罗德里克最终落崖的缘由：他的情绪任由周围环境每种变化的摆布。现在它们正处于高昂状态，塞西利亚说他已经变得如此之好，以至于不适合去到旧世界，而是应该去到下一个世界。詹姆斯对这位墨丘利的个性(mercurical personality)观察可谓敏锐，而且，尽管有着那个时代过于戏剧化的特征，这一人物依然奇妙地令人信服。小说最富戏剧性的一幕出现在第八章：一阵急迫的铃声响过，门猛然大开，"一位庄严宏伟的人物走了进来。是莱特太太，陪在身旁的是卡瓦利埃里，他们身后是克里斯蒂娜，处女般的庄严威仪，一如从前，牵着那只雪白的贵宾犬，它像上次一样被五颜六色的彩带装扮着……"尤为引人瞩目的是，克里斯蒂娜出现似乎是要接管这部小说。她的确掌控着这一行人，她肆无忌惮地、直言不讳地谈论母亲对她唯利是图的打算。莱特夫人希望她嫁给一位王子，至少，应该嫁给一位公爵，或者是一位有一大笔财产的美国青年。这一戏剧性的人物的"盛装"出场，在詹姆斯的舞台调度中，将一个"实在太富色彩的女子"②引荐到众人面前，为她搭好了日后成为超级"女主角"的戏台。克里斯蒂娜惯常的举动会令人联想到她的复杂、微妙的大脑，联想到她不同常人的见识在各个方面"招来麻烦"的能力。玛丽相貌平平，但罗兰有种理论：在人间俗世

---

① Henry James, "Preface to the New York Edition", in Leon Edel ed., *Henry James: Literary Criticism*, vol. II, New York: The Library of America, 1984, p. 1048.
② Ibid., p. 1052.

方面,"玛丽才是真正有更多见识、更有想象力、具有更优良本性的人。"因为"克里斯蒂娜有种异于常人的混融天性,这天性圈套圈,深更深(此处詹姆斯摹仿但丁《地狱》篇的回旋深陷之状)"。[1]詹姆斯使用"对立面原则"叙事策略,话语中充满象征与隐喻,让克里斯蒂娜的"精神性"与玛丽的"物质性",在罗兰的意识镜像前映照反射。詹姆斯同时为这些表面对立的人物,预设出各自的"潜力",以便让他(她)们能够完成"完整对立面"的职责,并在后期的小说文本中继续发挥着各自的"潜力":《鸽翼》中的米莉与克洛伊,《金碗》中的麦吉与夏洛特,她们在灵与物的不同界面上,继续以理想人物的戏剧化言语—行为,为詹姆斯演述着他的国际主题。

理查德·珀耳在《亨利·詹姆斯的喜剧意识》中分析说:

> 一直以来,几乎所有的美国小说家的作品都佐证着这样一种情形:以人物个性体现作品(作家)理念的同时,对人物富于戏剧性的、充满个性活力的方方面面也进行着探寻,这需要完全打破既有的小说再现功能。也许这正可解释为何在詹姆斯的作品中,甚至,在霍桑和梅尔维尔的作品中,批评家们更易于从象征、形式策略、抽象思维等方面入手分析人物形象的寓意,而不是从那些人物戏剧化的经历中总结出被遮掩着的结论……詹姆斯作品的读者,常常不由自主地越过那些显而易见的事物,包括那些仅出于他们个体的独特反应,以便有可能直达所谓更深入的意义王国。实际上,"意义"一词不仅与我们正在阅读的体验相关,而且……与我们读后的体悟亦不无关联。以我之见,此类小说的意义,只有经过我们整体的感知,包括我们那些最单纯的兴奋和喜爱之情,才能够显现出来。而这只有通过一些特别的段落才能指认……[2]

---

[1] Henry James, *Roderick Hudson*, New York: Penguin Books, 1986, p. 337.
[2] Geoffrey Moore, "An Introduction", in Henry James, *Roderick Hudson*, New York: Penguin Books, 1986, p. 7.

詹姆斯描写赫德森太太与儿子罗德里克之间"互不理解"的一些段落，也同样体现出戏剧化的对立原则。母子关系的"异化"，微妙地暗示着文化教养与地缘文化之间的张力。罗德里克对母亲说：

> 你无法帮到我，可怜的妈妈——亲吻、泪水和祈祷都不起作用！玛丽也帮不了我——她的仰慕、她的大量的艺术书籍都帮不了。马勒特也不能帮我——他的钱、他的以身作则他的友谊统统没用；我再清楚不过的是，它们加起来一千次、一直重复到来世也还是无用！①

罗兰感觉到，罗德里克此时正处在"高谈阔论的激情中，极端而真诚，想摆脱母亲对其信任而给他造成的强迫性的、令人不快的压力"。母亲则无法理解儿子到底想表达什么。詹姆斯以尖厉的笔调对罗德里克的母亲作了描述：

> 在他（她）那细小的物质大脑中，从未给复杂的情感留有余地，而且，一种情绪的存在只是另一种情绪的叠加，以便使其连缀至顶端。她显然完全无法理解罗德里克的含混失常之态……②

詹姆斯接着对罗德里克极富感染力（也是最具戏剧性）的天性进行了描写：

> 他从未在自己的游戏中为他人着想，这段非同寻常、毫无情感的有关伤害感受的滔滔不绝，便是绝佳例证：他的动机亦复如此，它们从不出于同情或是怜悯。……他从未了解自己亦是整体的一部

---

① Henry James, *Roderick Hudson*, New York: Penguin Books, 1986, p. 321.
② Ibid., p. 326.

分；他只是切割分明、边缘锐削、绝缘孤立的个体……①

对于罗兰这位监护人，罗德里克反倒有番宏论，他抱怨说：

> 尽力！尽力！工作——工作！以上帝的名义别再这么说吧，否则你会让我发疯！你可以建议我不工作吗？你可以建议我待在这儿堕落就为了好玩吗？你可以建议我尽力为我自己工作然后再尽力为你工作吗？②

罗德里克的"绝缘"性格，使得家人和朋友们与他谈话时，常常"像是如履薄冰"，陪伴他的人都有"常规性脑部插播特定'危险'信号的区域"。赫德森太太常常把目光转向罗兰，似乎在求助："它们含着最沉默的、最虚弱的、最让人无法忍受的责备……可怜的太太，脑中空虚一片，无以启迪，眼睛像是轮廓模糊的怪物般来回穿梭。"③这段全然詹姆斯式的描写，出现在第二十二章，它们恣意让分句行事。让赫德森太太的不快传达出"一种不顾一切归咎罪责的残忍"。偶尔还有关于性别的暗示："一些权威人士说妇女是残酷的；我知道无论真相与否，至少用它评价赫德森太太是中肯的，赫德森太太是一位非常有趣的女性。"至于玛丽，她确实有所帮助。如果"她放手，她的心也绝不会重归自由，她说起罗德里克，就像是她已经把一个严重患病的人从痛苦中解救出来。"但即使是她，也觉得罗德里克难以理解，她曾坚信罗德里克是"天才"，她还认为："天才便是一个人的精神财富，对一个家庭来说，那便是一家大型银行的账户。"④詹姆斯对未开化的新英格兰人以经济账来衡量精神财富的特质，极尽讽刺与挖苦。

由于罗德里克的死亡场景隐在幕后，高潮部分就成了玛丽·格兰特

---

① Henry James, *Roderick Hudson*, New York: Penguin Books, 1986, p. 325.
② Ibid., p. 331.
③ Ibid., p. 335.
④ Ibid., p. 338.

的"秀场"：她当着"惊诧、悲痛和颇受打击的众人的面，用一个显然意味着最高特权的举动，用响亮的哭喊，扑向她那毫无知觉的爱人的遗体。"①高度戏剧化的结尾一幕，让人们见识了詹姆斯调动传奇小说模式的驾轻就熟，以及反讽意味。浪漫传奇人物在语言特征、面具伪装等方面的固有模式，以及这一模式的双关特征，在场景中有着奇妙的功效。面具"掩饰"人物真实性格，让人物真实性受到"损伤"；而人物戴上面具的那一刻，掩饰自我与表达真实自我就开始了双向互动的力量竞争。詹姆斯为读者"观看"人物个性的演变提供了多重戏剧景观。

实际上，詹姆斯一向深恶痛绝传统罗曼司小说的歇斯底里。《罗德里克·赫德森》借对罗曼司风格特征的惟妙惟肖的戏仿，让这部早期小说呈现出多重叙事的繁复意涵。喜剧色彩与悲剧实质在罗曼司情结的掩饰中，为读者的解读提供了多元理解的可能。

意识中心

詹姆斯在1907年纽约版序言中说："《罗德里克·赫德森》贯穿始终的兴趣中心是罗兰的意识，这出戏是有关意识的戏剧，而且我全神贯注于此，以便切实展开一些场景的布置和一些有趣的场面。意识掌控着全剧。"②

小说从罗兰写起，写的却主要是罗德里克的"浪漫悲剧"。这是20世纪小说家们才会使用的技巧。阅读这部小说让我们逐渐意识到一这特征。小说第九章，意大利的名胜及其氛围潮水般地涌进罗兰意识中，其强度堪与后期之作媲美：

美妙的罗马冬日再次来临，罗兰自然比从前更受用。他对罗马

---

① Henry James, *Roderick Hudson*, New York: Penguin Books, 1986, p. 338.
② "conscience"有意识、道德、良知等多重意涵。詹姆斯笔下的人物意识以及詹姆斯对意识探究的内容，不仅具有心理学的意义，更蕴含着道德、良知的觉悟或变动之意。后文均在复合的意义上使用"意识"一词。See Henry James, "Preface to the New York Edition", in Leon Edel ed., *Henry James: Literary Criticism*, vol. II, New York: The Library of America, 1984, p. 1050.

名胜有着莫名的喜爱，他对它们越发喜爱与感动了，吸吮罗马氛围似乎成了必要的存在条件。对这种骨子里的欣悦他无法定义，无法解释，也无法计算这些不断累加的快乐的数目。它庞大而模糊，闲适不拘，多半感情用事，也许可以说，那是他做得最贴切的事了，在那种情形下，生活的现状、实在以及美感在最放松的情况下得以被接受……①

这里是"各种感知的集合"，是詹姆斯对1869年以来他拜访意大利的所有感受的冷静重构，他在给威廉的信中言道，他在美感享用和不断的领悟中，漫步街巷，浅唱低吟，正如他在1907年的序言中坦承：

……这绣着生活画卷的年轻人，画面之壮阔令他震惊不已，他立刻着手刺绣，针孔不计其数，各自别致，五颜六色的花朵和人物各具意趣，它们最大限度地铺满着那些小针孔。花朵与人物的成长赖于对那无数针孔的连缀，依于对它们的仔细甄选。对这绣者来说，需得是个鼓足勇气的进程，若非如此，这针孔就不是天然地不邀自来，它祈愿，它劝导，不然你将不折不扣地落入无数的诱惑与谎言。②

詹姆斯此番文学探险，是将意识与事件"关闭"在一个结构内部，以意识为中心织就各种"声音"与"行为"，画面连缀出事件之间各种因果关系的编织过程。罗兰的意识之眼，"像灯光明亮的大布景支撑起全剧的演出一样维系着全书的情节……他的意识本身也曲折变化，这也正是构成主题的要素。"③

罗兰在圣·塞西利亚教堂遇见克里斯蒂娜时，谈论起罗马天主教，

---

① Henry James, *Roderick Hudson*, New York: Penguin Books, 1986, p. 159.
② Henry James, "Preface to the New York Edition", in Leon Edel ed., *Henry James: Literary Criticism*, vol. Ⅱ, New York: The Library of America, 1984, p. 1041.
③ Ibid., p. 1050.

克里斯蒂娜正在接受教义以便嫁给卡萨玛西玛王子。克里斯蒂娜以信仰为由,转嫁王子,为离开罗德里克找借口。罗兰对天主教则出言不逊,借以暗讽克里斯蒂娜。罗兰认为,罗德里克爱克里斯蒂娜,后者应该对他发挥好的影响作用。罗德里克作为一个艺术家,需要的不是强烈的情绪或激情的刺激。因为他自己的情绪和激情已足够多了。他要求克里斯蒂娜"放手"。罗兰不想承认自己的影响力逊于克里斯蒂娜。克里斯蒂娜犹如光芒四射的偶像,而他自己无法发明一个超验美的雕像。罗兰只是意识到,这对恋爱男女并不相爱:罗德里克只是爱上了她带来的象征。她只当他是兄弟。按照罗兰的逻辑推理,无论罗德里克还是克里斯蒂娜,对于爱,他俩都缺乏内在的坚持,那种"永不分离的标志,那种看上去暴风骤雨却永不动摇的特征"。具有讽刺意味的是,罗兰自我意识中"幽曲不明"的一面,反被克里斯蒂娜看了个清楚。怀着竞争之意,克里斯蒂娜讽刺地问罗兰,是否有那么一种传奇(novel),里面美丽柔弱的女主人公热切地爱着一位青年,而青年的父亲祈求她放开他。假如她放开了他,那么她会是在做品德高尚、英雄般的、崇高的事情吗?①这里,詹姆斯让人物意识相互"透视"与"辐射",罗兰的下意识反射于克里斯蒂娜有意识的盘诘质问之中。

罗兰早已感觉到,罗德里克"意识中的道德能量"会突然爆发。现在这一所谓"道德意识之流,它的强烈流动已持续了近两年,现在像是要歇息和停滞了"。起因似乎是克里斯蒂娜的"美",罗德里克觉得"她令人吃惊地唤醒了我。"罗德里克向他要一千法郎,去瑞士湖区见克里斯蒂娜。罗德里克又为拿罗兰的钱"感到极度的厌恶"。他以维多利亚式优雅自负声调宣布:受够了!他甚至抢白罗兰,认为他对感情"无法想象——无可感知,毫不知情",因为克里斯蒂娜对罗兰有好感,而罗兰似乎对此毫无感觉。罗兰再也无法忍受这种自大狂和傲慢无礼。他认为,从不谈及感情并不意味着他没有感情。"我宁愿更多付出而不是接受。"罗德里克对此嗤之以鼻。罗兰意识到,与一个超验的自我中心主义者生活在一起,必

---

① Henry James, *Roderick Hudson*, New York: Penguin Books, 1986, p. 233.

定从一开始就注定牺牲。罗德里克从来不曾受到如此震撼。他突然想知道自己究竟是怎么样的人。罗兰告诉他，他极度自私。罗德里克不知道罗兰一直忍受着痛苦：罗兰此时坦言了他爱玛丽（罗德里克的未婚妻），他因罗德里克一直隐忍。罗德里克无法理解罗兰的情感在两年中竟毫无表露。他不客气地对罗兰说："她视我为偶像，即使她再也见不到我，对我的记忆也会成为她的偶像。"罗兰方才意识到，罗德里克有着"多么生动的洞察力，而他又是多么彻头彻尾的愚蠢"！

以"意识中心"作为叙事枢纽，詹姆斯可以在人物关系的组合或转型上应付自如，因为意识的多维发散特征，可以从传统的叙事归纳法中找到突破口，从而自由地行使演绎法程序，将叙述表达的多样性"收拢"于整体符号系统中。意识系统规则对"编年体"叙事的"时间规则"进行了"异化"调配，意识直接进入角色，或"使"角色行动，在人物的欲望关系、交往关系和行为关系这三种关系的冲突中，重新恢复并结合为一种新的秩序。詹姆斯为了意识与感知的丰富有趣，时常让罗兰与罗德里克展开争论。争论的话题从美国与欧洲的关系、有文化的美国人与同乡之情之间的关系，到艺术品的成败标准、艺术家与社交圈的关系，等等。几乎包罗了那个时代美国艺术家，尤其是旅欧的美国艺术家们所面临的所有重大问题。

罗德里克对艺术的见解是：

当你期待人们创作出精美绝伦的艺术品，你就应该允许他们有些行动的自由，你应该给他一根长索，你应该让他跟随自己的喜好，让他寻找他认为可能发现的东西。一位母亲只能靠某种食物喂养孩子；一位艺术家只能通过一些经验，才会对事物有所认识。你要求我们富于想象力，但你又否定那些令我们感受到想象的事物。劳动中，我们必须像激发灵气的西比尔（sibyl，女巫，预言家）那样富于激情；生活中，我们必须只能是架机器。……假如你愿意，就会有益于公众道德；或许会对道德有益——我敢说道德会获益！但你得忍受他们如此这般地生活，让他们以自己的方式、按他们自己固有的需求去生活。①

罗德里克的"艺术宣言"充满了"道德意识",而道德意识与罗德里克的艺术准则在詹姆斯的"西比尔"之喻中,分裂为激情与机器之间的不相容。詹姆斯敏锐地意识到罗德里克的艺术道德观与生活道德之间的复杂关系,意识到罗德里克式艺术家与时代风气之间的"脱节"。在重读《罗德里克·赫德森》时詹姆斯检讨说:"我在为罗德里克考虑方面有过失,以他崩溃的速度来看,他似乎身处我们的理解与同情范围之外,这一过失与观念全然无关,错在结构与表达。"②因为,罗德里克的崩溃不是以"我们的速度"来衡量的,它"太快",以至于詹姆斯替读者发问:"哪里就会为这么大的弱点(weakness,指崩溃的速度)做足准备呢?"詹姆斯认为,人们就此可能会转到另一个问题上:提供给这位不幸而才华横溢的人的设计方案或施展场域是否太过缺乏?《罗德里克·赫德森》不按常规,不按编年体"年"的时间安排罗德里克的生命周期,而代之以"月"与"周"来呈现这一"不健全的特殊病例"。③ 展示罗德里克"特殊"性的场域和时间似乎都未准备妥当,对人物特性的描述和演绎时间也被强化和挤压。这一"不足"使人物言行及其结局造成了"突兀"的惊奇感,因而与传统叙事的"变异"与"分裂"也是不可避免的。这一"变异"人物的强烈质感及对周边环境的辐射影响力,传递出一种结局未明的"悬置"效果。"悬置"同时造成了意义的"延异"。这部小说出版之际,批评界鲜有中肯之论,但这部小说的确有着开启未来的人物类型及意识中心叙事模式的创举。

詹姆斯在写作《罗德里克·赫德森》期间,曾在给豪威尔斯的信中言道:"我保证它所呈现给你的有足够的高度。我只担心它的宽度不及高度。"詹姆斯所言"高度"是指"类型意义上的",而非"高度的故事性"。而"宽度"则指人物个性的复杂和丰富。罗兰作为道德评判与道德自省的"监

---

① Henry James, *Roderick Hudson*. New York: Penguin Books, 1986, p. 191.
② Henry James, "Preface to the New York Edition", in Leon Edel ed., *Henry James: Literary Criticism*, vol. II, New York: The Liberty of America, 1984, p. 1047.
③ Ibid.

护人"及"观察者",他在代理詹姆斯审查人物意识之域的同时,自我意识的曲折隐晦一面,也在文本的客观叙事中,潜在地显露出来。罗兰作为詹姆斯精心掩饰、控制的观察者,他自己的内在意识轨迹也无法逃脱读者的"细查"。罗兰由此获得了超出代理人言语—行为的独立品格。詹姆斯在纽约版序言中邀请读者参与"解魅"的价值与意义也正在于此。若将罗兰与罗德里克融为一人,或可为阅读的困惑发现合适的解释。以"意识中心"设置一位观察者,这一观察者亦参与情节行为——他甚至是一个干涉者——詹姆斯为这部小说带入了那种他曾成功用于短篇之中的方法。他借此分析其他人物的动机,他那个时代的批评家们称之为"以超然、冷血之态对待人物"。《罗德里克·赫德森》中开启的以一位观察者"意识中心"为叙述视角的小说技巧,一直延续到《使节》:总有一位美国艺术家在欧洲,且"操着北坎普顿口音"。前者中的罗兰·马勒特,在《使节》中更名为兰伯特·斯特瑞赛。后者更为成熟,观察和参与行动更加冷静,解决问题的方法更为理性周全。《使节》设置了"深水坚桩、水流环绕"的叙述人意识视角。它使所有人物的意识构成了一片意义的河流。

非历时性时间模式与"去编年体"叙事

詹姆斯认为,对于小说家来说:"时间问题是得永远面对的、艰难的问题,从真实性上看,它对范围与段落有着巨大的影响,它会'向着黑暗与深渊后退',从文学布局的层面来说,时间影响着它的压缩、构造和形式。"[①]詹姆斯应对时间难题的方式,是为"整个作品找到一个中心"。这一中心可统御其余,将主题处理、情节展开等诸如此类的问题涵盖其中。"把握整体"事件倾向成为詹姆斯叙事的一种策略。人物的不断"探寻"与"行动"是小说叙事得以展开的主要动力。这一动力将编年体小说在时空安排上的匮乏与压抑拆解,又以意识自主的深度逻辑将它们重新联合构造。詹姆斯对传统叙事的历时性进行了"分离"(distentio)与"断裂"(dias-

---

① Henry James, "Preface to the New York Edition", in Leon Edel ed., *Henry James: Literary Criticism*, vol. II, New York: The Library of America, 1984, p. 1048.

tasis)。① 传统编年体小说的时间模型，在詹姆斯的"意识行动"中发生了"偏离"，由此建构起叙事的"非历时性时间模型"。

《罗德里克·赫德森》昭示出文学实验的"现代"或"先锋"特征。詹姆斯将叙事节奏的缓急张弛、人物加速进入选择、产生分歧的根源，建立在人物个性及其艺术道德偶然性因素之上。一反传统叙事的历史理性与人物性格逻辑，着重让人物性格的偶然性造成不确定氛围，让读者阅读始终笼罩在猜想的迷雾中，进而不断跟随叙事进程，未敢有丝毫懈怠。因为，场景的暗示与人物对话的微妙情态，或可令读者和批评家产生完全相悖的判断。这部小说的人物群像又具有行为特征的整体性。詹姆斯几乎让所有人物都带有一种探寻的气质，他们的目光注视着各种"可能"的自我实现目标，时而自我至上，时而自我牺牲。这一潜在的文本"探寻"特质，又因表层叙事的浪漫情节取得了可信性。潜文本的意涵与浪漫叙事的表层文本构成了一个有机整体。

詹姆斯在小说序言中回忆说，这部早期小说的文体结构似乎被时间"拖延"住了：

> 令人乏味……再度回到那种格调，从目前来看，小说前两章关于新英格兰小镇的描写，失之紧凑……的确，以我小小的计划中的术语"不露痕迹"(gone in)来衡量，我那时完全做到了……吗？那是寂静偏远的新英格兰的几个教区，它不是，也不必非得在马萨诸塞州的北安普顿。但从技术上，人往往落入窠臼，那个时期，心怀向往，隅于巴尔扎克的巨大阴影之中……

在这里，担心落入窠臼的焦虑与巴尔扎克的"阴影"指向同一个话题：文学传统中的编年体例让文学家浪费了太多的时间。而詹姆斯在1874年

---

① 奥古斯丁把叙事从契约到冲突、从异化到秩序的重新恢复过程中，契约与冲突分裂的时间特征表述为"分离"，希腊语是"断裂"。参见[法]保罗·利科《诠释学与人文科学：语言、行为、解释文集》，孔明安等译，中国人民大学出版社2012年版，第248页。

开始写作这部小说时，已在短篇小说技巧方面进行过大量的实验，如何结构出一篇幅度适合半年或一年连载的作品，他已有丰富经验，进而欲实验一种新的叙事时间和结构形式。他在纽约版序言中追述："我紧握精简原则不放，因为它是宝贵的真理，要知道，我基本上是在与行为(Action)①打交道，而行为从来都是需要人为地进行夯实方能生动起来，尽管这一逻辑自身确实既敞开视野又深不可测，有关这些，我们得另寻时机再议了。"②《罗德里克·赫德森》是詹姆斯"去编年体"文体尝试的开端之作。

保罗·利科将结构主义"去编年体"叙事的诉求解释为：历史学植根于我们追随故事的能力，历史学的唯一功能就是帮助读者进一步跟着故事走，(在文学叙事中)这种叙事过分依赖编年次序，过分依赖于被体验的当下的难以辨识的复杂性，最终过分依赖于充满偏见的历史代理人个人的观点。利科认为，情节概念的认识论结构应该包含不同比例的两个维度：一个是编年的维度，可称其为叙事的"插曲维度"，该维度在对影响故事演变的偶然性的期待中得以表达，它提出的问题往往是"为何如此"，"又会怎样"，"下一步又会怎样"，"结果如何"等，它们从分散的事件中建构出意义的总体性；另一个是非编年维度，即"构形"(configuration)，它是从前后相继的系列中抽离出的某种结构，它作为比"编年维度"复杂的"构形维度"，在结构上能够把序列和构形相结合。"构形维度"有着结构上的强烈的悖论，以至于可以根据叙事的插曲维度与构形维度、序列与轮廓之间的张力来构思任一叙事。这一复杂的结构意味着，如果不消除叙事结构自身，构形维度就无法超越插曲维度。构形维度已经为探索有意义的总体性开拓了道路，它出现在叙事技巧中，也出现在

---

① 詹姆斯在序言中以大写的 Action 表明，"行动"是塑造人物的关键，人物的语言是人物行为的直接体现。这与语言学批评中的"言语—行为"理论不谋而合。
② Henry James, "Preface to the New York Edition", in Leon Edel ed., *Henry James: Literary Criticism*, vol. II, New York: The Library of America, 1984, p. 1049.

跟随故事的技巧中，构形维度并未与叙事行为彻底断裂。①

詹姆斯在纽约版序言中对这部小说的重新说明，意在交代清楚他写作这部小说时尚在萌芽之中的"构形维度"及其意义：过分依赖 19 世纪编年体叙事程序已无法表达现代艺术家所面临的意识困境，这一困境既是新旧大陆相遇之困，也是艺术家个人独自面对生命与艺术辩难之题时，意识领域进退维谷之"深渊"。人为安插或抽离那些有意味的画面、声响、交谈等"行为"，将会使所有复杂的元素勾连成为小说总体意图中的一分子。这一"人为"之举，将历史编年与主观叙事嫁接，使作者可以在历史真实与艺术真实等多维层面，"整体把握"事件的构形。一些独立事件或偶然性因素既可作为"插曲"流动于整体叙事中，又可从以往编年体严密逻辑的体系中抽离，表现出作者主观意图和艺术经验的自主性与复杂性。这一强化作家主观"构形"的意图，与编年体小说串珠式"插曲"序列之间形成了互动关联。

詹姆斯在这篇小说叙事过半（第八章）时，特意安排了一幕"兰花风波"，这一幕成为小说的头号大事，并使其"余韵"辐射到有关人物的意识区域，成为人物意识变动的重要节点和叙事结构的中枢，叙事时间有效地被集中凝缩，人物命运因之发生变动。詹姆斯以意识为中心的"写作经济"意即在此。罗兰独自一人在罗马竞技场转悠，听到在他下方，罗德里克和克里斯蒂娜正在交谈。克里斯蒂娜直言不讳地说，她心目中的男人，是令她肃然起敬的人，他应该"个性丰富、才华横溢，意志坚定"。罗德里克则一再说着自己的失败；他的声调不像是一个征服者，罗德里克说："给我什么让我去征服吧！"就像一个学生正在准备应对"挑战"。或许是被这无可言喻的理想打动，抑或是想改变话题，甚至更有可能是对罗德里克的勇气做番"实验"，克里斯蒂娜指给他看一朵小花，它在 20 米外的墙头上绽放着。她想知道它是否像看上去那样"蓝得浓密"。罗德里克立刻不顾危险地爬上去摘

---

① 参见[法]保罗·利科《诠释学与人文科学：语言、行为、解释文集》，孔明安等译，中国人民大学出版社 2012 年版，第 241—242 页。

它。罗兰突然感到一阵艳羡的快乐：读者瞬间可以感觉到，罗兰道学先生的面容下还有极为复杂的一面。"假如罗德里克能摘到它，便胜似一个男人只会口头雄辩，就如克里斯蒂娜残忍挖苦的那样"，但罗兰看到，罗德里克险些丢了性命，他踯躅不前。罗德里克脸色苍白，怒气冲冲，但显而易见，他对未完成无法企及之事并未感到不快。他心目中最要紧的事，是他已让克里斯蒂娜"服从"了（类似于他"以雷霆般的声调"命令她坐下，而她依着坐了）。

经过詹姆斯"安排"的克里斯蒂娜的出场和在"兰花风波"中的主导地位，似乎都预示着她将会"接管"这部小说。詹姆斯在序言中"惋惜"说，罗德里克短暂生命的消殒，得拜赐克里斯蒂娜，"这位不幸的女性作为天才悲剧的唯一代理人，她只得面对这一指派给她的压力，这使得整件事情的真实感与比例感失调"。[①] 克里斯蒂娜及其罗马批评家们的"无情"与"故意"，的确导致了罗德里克的最终悲剧命运。实际上，罗德里克的"毁灭"，不仅有着克里斯蒂娜的"掌控"作用，亦有着与罗兰缔结的"关系"以及与周边人物的各种关联作为"前因"。

小说中，罗德里克的日常生活由罗兰、玛丽和克里斯蒂娜三人争夺着他的"爱"的专属权。但母亲的陪伴只是衬托着他的"不被理解"；他的艺术生活，则由罗兰、格劳瑞埃里、小山姆等人构成"专业评审"团不断对他施加压力。罗德里克先是塑造了亚当和夏娃，然后野心勃勃地宣称他打算雕塑"美""慧""能"（power）、"勇""早晨""夜晚"以及"海洋"等。格劳瑞埃里先是嘲笑，见到罗德里克"渴"的塑像照片后虽改变了腔调。但依然不无讽刺地说："你不可能延续下去！"格劳瑞埃里继而嘲讽罗德里克为母亲塑的半身像，他对罗德里克赋予其中的"诗意的忠诚"颇为不解。他"恰切地"指明：艺术家不能只是将他称为"倾听中的女子"。格劳瑞埃里对此幸灾乐祸，他确信罗德里克已经无法"保持超验的风格"了。格劳瑞埃里评价道："它聪慧透顶，它博学明知，它可爱至极，但它未能达到

[①] Henry James, "Preface to the New York Edition", in Leon Edel ed., *Henry James: Literary Criticism*, vol. II, New York: The Library of America, 1984, p. 1048.

三月之前那种艺术高度。"罗德里克的确没有继续"超验"的风格,但他一直保持着不断挑战墨守成规的艺术"圣火"。以画廊组织者格劳瑞埃里为代表的艺术"权威"们,无论在爱情生活还是艺术作为上,都持以世俗之见,他们构成了远大于艺术家本人的集体"强权"。况且,罗德里克"艺术家的腔调"里,有一种"不完全是男性器官的"羸弱之态——罗德里克甚至会冲动地挽住罗兰手臂,他的举止隐约透露出非男性气质。罗兰有天突然造访罗德里克,发现他"如陷入迷狂的佛教徒一样横卧着",全身素白衣装,嗅着一支巨大的白玫瑰。事实上,詹姆斯在"兰花风波"中,已经以克里斯蒂娜的"挑逗",验出了罗德里克是一位外表及体魄并非肌肉发达(muscular)的特殊类型。面对爱情的"考验",即使为了跨越婚姻门第之见,他的肌肉还是不由自主地"僵硬"了。

　　罗德里克作为一尊"尚未标注的雕像",詹姆斯写作之初或许尚未认清这一点,批评家与一般读者更需要时间的打磨方能理解这一"非常"类型。但詹姆斯序言中的一连串象征与暗示,让我们随之一同醒悟:所谓高雅艺术,所谓艺术自由的理念,得经由时间的"蒸馏器"提炼方可成就。詹姆斯以罗兰之言为罗德里克叹息道:"你要树品牌,要让人们在意你,就不该让你的武器还有生力时折断它们!"罗德里克打破艺术规则时的力道与勇气,与他在现实人际关系中的柔弱无力形成了强烈的张力,即使罗兰也无法完全理解这一张力。罗德里克只能飞身一跃,以超验的方式成就克里斯蒂娜心目中的完美,让艺术成为自身,成为一座现实中不可能完美的"完美雕塑"。

　　从一般编年体叙事模式来看,罗德里克的"异类"命运似乎过快地终结了。詹姆斯本人在纽约版序言中一再提及这一点。[①] 詹姆斯反省:本应用于紧密展开人物行为动机的意识线索、人物性格变异的兆因,以及结局的必然性等"密密针脚",无意识中不时地让位于摹仿实景的写作法则,那种编年体书写传统的顽固影响。这部小说因为仍摆脱不掉编年体"拖

---

① Henry James, "Preface to the New York Edition", in Leon Edel ed., *Henry James: Literary Criticism*, vol. II, New York: The Library of America, 1984, p. 1048.

延"时间的比例，小说结构上的"倾侧"也就无可避免了。这部小说尚需"标注"之处，詹姆斯只有在"序言"中加以"补缀"和说明。詹姆斯的纽约版序言，屡屡对原小说再次"切脉"，为其"病理"诊断，为其"补缀""缝合"，并对自己"插手"其中自我辩护。"循环阐释"的话语效果是显著的：唯其无尽阐释，方可深入"前因"之因，加深由书写动机对人物命运造成的"损失"的理解，以阐释为进路，解释人物和事件在时间进程中的"不由自主"，以及作者对自身理解的进化过程。

实际上，詹姆斯以序言的方式对自己的写作持续"插话"，是以原小说作为文本中介，引入小说发展观念和小说理论等"总体知识"的认知过程。对原小说中的"不可能性"进行"可能的"修正，"小说—序言"的扩张文本，对传统意义上小说文体与理论文体界碑分明的"规章制度"有着深刻的"指控"意涵。文体的混融互渗，不仅填补了作家创作初始的认知"缺憾"，更为文本独立之后，阅读的自由创造与联想机制"上了发条"。詹姆斯的"小说—序言"联合文体，启动了西方现代文学作家自我辩护的话语权力机制，并使这一机制继续推进，完成着原小说所承担的"不可言说"之使命。这一话语机制在19世纪尚属"少数写作"，尚在"探险"途中。到20世纪，詹姆斯的文体织网已"网罗"了一群深谙"少数写作"潜在意图的艺术家，例如普鲁斯特、乔伊斯、伍尔夫、康拉德等。他们对文学既成法则的"集体话语机制"进行了独立的，同时又是不谋而合的"指控"。在20世纪中后期，"少数写作"以其对知识、对社会问题的"少数"之见，影响着大多数文学阅读者对文学的信仰，行使着监察政治制度的意识形态批评功能。作为社会风俗与行为导向的"伦理基底"，詹姆斯的文体创变确有不凡的力道。

霍桑的影响与"坏小孩"定理

《罗德里克·赫德森》有着明显受霍桑影响的成分。两者在精神与文化品质上有着亲缘关系。詹姆斯写过《霍桑传》，想必他也读过霍桑的《大理石法翁》（faun，半人半羊的农牧神），一位美国早期艺术家在意大利的故事。在罗兰与罗德里克这一新型关系中，我们可以发现霍桑对早期詹姆斯创作的影响。罗兰是新英格兰伦理的优雅代表，它历经两个半世纪的发展得以优化提炼，他坚忍，他的生活总有最崇高的动机，他慷慨得几乎失真。他的名字——罗兰·马勒特——是两个清教徒姓氏的组合：

> ……他的生身有着清教血统，他在"生而有责"远胜个人所得和欢畅的浓厚禁欲思想中长大……他父亲是早期清教辖区的教民，一位笑容冰冷，面孔紧绷的男人。他在育儿方面颇费心思，一切按原则行事，蹙眉多过笑脸。若说这儿子尚未被石化，那是因为他天性里有着美好的生命活泉。母亲马勒特太太婚前是罗兰小姐，一位退休船长的千金，船长在塞勒姆与纽伯瑞港之间的航船上颇有名声……①

罗兰热衷于道德评价，而且，罗兰对罗德里克这类不假思索、自私自利的艺术家既羡慕又嫉妒，他觉得，像他同伴这类有大把才华的人，不必像他自己这类平庸褊狭之人，他们更少接受律条约束；而他自己这类人，因回馈自然甚少，按账单计，他也不必指望大自然有所慷慨赐予了。②罗兰无法"松弛"自己的意识，面对罗德里克的恣肆任意，罗兰能启动的仅有道德评价机制。

相较而言，罗德里克是脆弱的"坏小孩"③一类，与罗兰"优雅""坚忍"一类相去甚远。在序言中，詹姆斯说他自己都无法理解罗德里克怎么

---

① Henry James, *Roderick Hudson*, New York: Penguin Books, 1986, p. 54.
② 《罗德里克·赫德森》中"账单""账户""经济""实用技术"等术语几乎遍布每一章。这与小说中对罗马和瑞士景色的艺术描写形成强烈对比。詹姆斯以上述经济术语转喻"天才"作为精神财富的利益性质，以此讽刺新英格兰地区以资本驱动作为家庭和社会关系纽带的新教伦理特征。参见 Henry James, *Roderiick Hudson*, New York: Penguin Books, 1986。
③ 坏小孩定理，也称贝克尔定理，是经济学家贝克尔在分析利己主义和利他主义的基础上提出来的。此定理通过描述家庭成员之间的关系，指称那些只具"利己心"却无"利他心"的子女。但贝克尔在采纳个体理性这一传统的经济学概念时，指出了"利己主义者"被"利他主义者"诱导，可能趋向"利他"的这一特性，这一特性可在"效用函数"和"有效资源"方面，使利益双方达到均衡状态。

会被写得如此脆弱，他一直期待读者的同情与关注。而我们理解此一点时却毫不费力，因为青年时期詹姆斯的写作，让我们感受到罗德里克这位年轻的、罗曼蒂克式的艺术家的激情冲动的合理性。罗德里克言语行为中的无所畏惧，甚至自私自利有其"理据"，引人同情。反倒是罗兰的道德至上与自命清高不那么可信。罗兰优雅善谈，但罗德里克却以其戏剧化的"过分"之举打动了我们。小说最动人之处，是罗德里克不加掩饰地反驳罗兰，反驳对罗兰对其行为过分的"监护"与"指责"。詹姆斯的描写触及要点，恰到火候。通过人物言语—行为的不同特征，罗德里克的"利己"与罗兰的"利他"，显现出罗兰与罗德里克同属于"经济人"，同样可能具有的"利己"与"利他"的两种行为倾向。詹姆斯"无意"中戳到了现代经济学中个体理性选择这一基本定理。1875年此书出版时，詹姆斯并未为罗德里克的"利己"行为感到困惑，在1907年写作序言时，詹姆斯方才意识到对"坏小孩"真实性的认知问题，并邀请读者共同"解魅"。在物质主义迅速发展的社会生活中，经济伦理对人的影响力，以及文学与社会经济学之间的"互文"关系，在今天的我们看来，问题的症结与解决之道似乎不再是新颖的话题，但詹姆斯这部"学徒期"之作的远见，以及生动、逼真的社会学、经济学语料的储备和导向意义，却让我们对它有着一再"履新"之感。正如F. R. 李维斯所言："较之于维多利亚时期的大部分经典之作，它更值得一读再读。"

詹姆斯的哥哥威廉后来也提到"影响"问题，他说："我对这一潮流有些惊讶不适"，"这一潮流对角色本性进行敏锐的批评和科学的省察，以使他们分门别类，他们在说着乔治·桑的思想。"但从所有的症候来看，屠格涅夫对詹姆斯影响最大。屠格涅夫的人物大多是道德或性格有缺憾之人。但詹姆斯并不完全照搬屠格涅夫的人物类型。他的罗德里克是有瑕疵的"道德英雄"，他不应该对自己的坠崖负全责。詹姆斯在序言中把克里斯蒂娜·莱特描述成罗德里克遇难的唯一始作俑者。[1] 但以他对罗德

---

[1] See Henry James, "Preface to the New York Edition", in Leon Edel ed., *Henry James: Literary Criticism*, vol. II, New York: The Library of America, 1984, pp. 1047—1048.

里克崩溃的态度的来看,詹姆斯是在写一位自己尚不能完全把握的"先锋"艺术家的时代命运。

语言的"少数用法"

德勒兹和瓜达希通过研究包括卡夫卡在内的一些作家,发明了"少数文学"的概念。"少数文学"的中心概念是语言的特殊用法,透过强化语言中固有的特质使语言"脱离疆域",而"语言的少数用法"乃是透过"发声的集体装配"进行运作,且具备政治行动的能力。文学的内在自主性使得外在的政治联想"俯拾即是",文学中的个人与政治相互穿透,"文学般的指控"成为作家与读者争论中公开的而重要的部分。①

在我们今天看来,《罗德里克·赫德森》的情节是写一位艺术家走向崩溃,却由此衍生出主题的多元化,如上文罗列的一系列主题的清单。罗德里克是位个人主义中心的典型,他生气勃勃、敏感甚至粗鲁却并未让人感觉到愚钝或轻浮,对比艺术圈中的所谓有资历的批评家群体,他的性情反倒令人赞赏。这部"有野心的第一部小说",有着许多意在言外的潜在叙事特征。詹姆斯插手欧美之间"国际关系"的雄心大志,对于文学艺术与社会等级、道德风化与媒体批评等相关领域的问题意识,都有着"少数文学"特有的意识形态关照。解读詹姆斯"第一部有野心的小说",我们必须从作者的"序言辩护"与既有批评定论之间,在深藏不露的文本语言矩阵中寻求帮助。我们为此必须置身"朴实的场景":目光沿着詹姆斯有意或无意识投掷出的词语之箭的方向进行探寻。唯其如此,方能与文本中的"真相"不期而遇。

①Wonder:意识探寻的迫切与不确定

小说第二章是决定整部小说人物关系基调以及主题发展走向的重要章节。罗德里克在这一章出场,罗兰由塞西利亚介绍给罗德里克。两人的"关系"以及人物各自命运由此奠基。而罗兰的"好奇、疑问、探询(wonde=)"之旅便也启程了。詹姆斯让罗兰对罗德里克的外貌进行了密

---

① 参见[美]雷诺·博格《德勒兹论文学》,李育霖译,麦田出版社2006年版,第172—176页。

实"扫描",之后,连用两个"wonder"表达着罗兰对这位新英格兰穷乡僻壤孕育出的"未成形"艺术家的新奇与神秘感。词语的重复密度,让罗兰的意识渐趋罗德里克之意识境界,"wonder"不断递增着这位异于常人的艺术家的个性魅力,同时也增进着两个男性同伴之间微妙的情愫。① Wonder 在小说高频率出现,并不时伴随着"wonderful"。无怪乎有些批评家从中解读出酷儿理论和同性恋倾向。詹姆斯自然对此"无可辩解",即使他在纽约版序言中一再申明:国际关系和艺术自由才是要紧的主题,也无法改变文本对不同时代读者敞开多元阐释的可能性。正如《纽约时报》彼时一篇评论所总结的:"《罗德里克·赫德森》是一部有着显著优点,有着显著的非同寻常之处的小说,是美国近年来最好的小说之一,它给予当下良多,它应许未来的更多(It gives much now and promise more hereafter)。"②

②排比句式与形容词最高级的强化特征

小说第二章中,罗兰在塞西利亚的客厅中见到了罗德里克的"渴",转天见到这位名不见经传的艺术家本人,两人有了如下对话:

"你觉得'渴'意味着什么?他表现着理念,他是个象征吗?"罗德里克答道:"为什么不呐?他是年轻,你明白的;他是贞洁,他是健全,他是力量,他是好奇。是的,他充满意蕴。"

("Did you mean anything by your young Water-drinker? Does he represent an idea? Is he symbol?"

"He is youth, you know; he's innocence, he's health, he's strength, he's curiosity. Yes, he's a good many things. ")③

罗德里克离开后,罗兰对塞西利亚说,"他粗鲁、不成熟——但有才

---

① See Henry James, *Roderick Hudson*, New York: Penguin Books, 1986, pp. 64—65.
② Kevin J. Hayes ed., *Henry James: The Contemporary Review*, Cambridge: Cambridge University Press, 1996, p. 7.
③ Henry James, *Roderick Hudson*, New York: Penguin Books, 1986, p. 66.

华。"塞西利亚应道:"他是奇特的生物(He's a strange being)。"

这里,罗德里克的"粗鲁、不成熟"以及"奇特生物"的特质,在雄辩傲人的排比语体中得以充分彰显。塑像寓意的雄壮宏大,在演讲雄辩的排比句式中得以强化,并产生出喻指效果。而另外两人的问答呼应,似乎都在替詹姆斯言说着新英格兰"渴求知识"的文化发育不全症状。在这里,詹姆斯戏仿了文艺复兴时期拉伯雷《巨人传》的"畅饮知识之泉"(与结尾处罗德里克未能知识完备便坠崖的悲剧形成反差),而且以罗德里克的雄辩语体,反衬了新英格兰文化教育滞后造成悲剧的必然性。

也是在第二章,罗德里克宣称他将一直为美国艺术做宣传,而罗兰则认识到:

但他不知我们为何尚未写出世界上最伟大的作品。我们曾是最大的人(biggest people),我们应该有最大的设想(biggest conception)。这一最大设想当然会适时带来最大成就(biggest performances)。我们就做真实的自己好了,出一份力,不惧怕,把模仿抛出船舷,将目光锁定于我们的民族个性。"我宣布",罗德里克大声说道,"那是一个人的毕生职责,我立刻便有二十个主意着手去做——去做一个典型的(typical)、原创的(original)、民族性(national)的美国艺术家!这令人振奋!"[1]

这里,形容词最高级和并列形容词构成的夸张语气,将罗德里克理论上的胸怀大志与实际水平的"不成熟"形成了强烈对比。读者可以体悟到詹姆斯以宏大的雄辩文体反衬美国文学实绩的微妙用意。语义与语体之间的背反,将詹姆斯的写作意图"不露痕迹"地贯彻进叙事中。写作这部小说时,詹姆斯自己何尝不是踌躇满志。詹姆斯1875年10月离开纽约时,小说正在美国连载,并已确定于11月在波士顿出版。詹姆斯的感觉好极了。在伦敦,他安坐在多佛街斯多瑞斯旅馆的房间中,写出了一封

---

[1] Henry James, *Roderick Hudson*, New York: Penguin Books, 1986, p. 70.

给"所有亲爱的人"——老亨利·詹姆斯夫妇、威廉还有爱丽丝——的一封信:"我占领了旧大陆",他庄严地开头道,"我吸入她——我赞美她"。那时,只有32岁的詹姆斯雄心勃勃,放言未来。他自认,罗德里克的自由之念将在后续一连串人物身上得以满足。这部稍显青涩之作,从人物情节到语体特征,都有着一种了不起的冲力与热情。今天的读者,从人物的言语—行为中,可以发现詹姆斯雄辩的"整饬"(neat),发现他用语体的"分明"(clear)和句法法构成的独特韵味。这些特殊语体的分配,起到了"隔离"或"联结"人物关系的作用。詹姆斯以语言符号的客观之像,显露着人物受制于地理、身份、品性等不同等级、层次的差异。

③古法用词、过去分词以及虚拟语气

在罗马看了三个月的雕塑之后,罗兰问罗德里克,是否他"感受到智慧",罗德里克回答道"的确"(Verily)。① ——这个古法用词,将在全书追逐着我们,甚至在詹姆斯的序言中也不肯离去。文本不时出现古语用法,它们奇妙地与小说所有的现代技巧联袂同行。我们会有遇见"anfractuousities of rain"的惊讶,因为 anfractuousities 似乎更合适放回词典中。但在一群敏感的艺术家之间,"雨的千回百转"似乎更能表达他们心理与意识的"百转柔肠"。

我们还观察到,詹姆斯常用"would""should""could"等过去分词及由其构成的虚拟语气,表达人物的意愿,预测将要发生的事。例如:

> I fancy he will put forth some wonderful flowers, I should like vastly to see the change(我很高兴他会绽放出美妙的花朵,我极其乐意看到这一变化)。②
>
> It had been a very just remark of Cecilia's that Roderick would change with a change in his circumstances(正如塞西利亚的评断,环境变化将

---

① Henry James, *Roderick Hudson*, New York: Penguin Books, 1986, p.104.
② Ibid., p.81.

会给罗德里克带来变化)。①

上面第一段引文是塞西利亚发现罗兰要带罗德里克去罗马时的复杂心情(小说中写她已习惯罗德里克"傍晚拜访她")。她还发现,罗德里克去欧洲前的情绪"十分"高昂:似乎他要去的不是欧洲,而是"下一个"(Next)世界。②"should"与"would"似乎都预言罗德里克的欧洲之行将会有着灿烂的前程(brilliant future)。在塞西利亚看来,罗德里克更适合大写的"Next"的世界。时态和语气上的"预言"与"断言",为小说带来了特有的"预兆",读者对情节进展与人物未来命运的推测兴趣也随之增高。又如:

I believe I should enjoy the mountains if I could do such thing. ③

这是克里斯蒂娜"偶遇"罗兰时,知道他和罗德里克乐于登山时的反应。她的丈夫卡萨玛西玛王子只愿"骑驴"和"坐轿",她用"假如……才能……"来表达自己与王子的"不情愿"。詹姆斯以古法用词和废止的过去分词,加强了人物意志和意愿的执着,突出了地缘文化传统对人物个性的塑成的作用。

《罗德里克·赫德森》在人物情节设置上,明显地在向巴尔扎克和狄更斯"致敬"。实际上,詹姆斯在温柔地"戏仿"大师们惯用的喜剧手法,詹姆斯正在脱离现实主义的"伟大传统"。詹姆斯以对不同人物族群"特殊"语体的配置,实现了文体的"脱离疆域"。小说中的新英格兰"群体"(包括罗德里克、他的母亲和玛丽·格兰特等),他们在交谈时动辄"大声""嘶喊"(cry),或常常感伤"低语"(murmured)。偏僻之地的少见多怪、易动感情和不自信等,通过语体的配置,整合为一个被"强化族群"的语体特征。他们的言谈相互代理,言说着新英格兰与欧洲之间的"国际

---

① Henry James, *Roderick Hudson*, New York: Penguin Books, 1986, p. 94.
② Ibid.
③ Ibid., p. 364.

问题",他们是詹姆斯挥之不去的欧美文化冲突情结的代言者。

总体看来,《罗德里克·赫德森》的文体和语体有着科学分析语言与文学语言混融的特征,它们明晰整饬,它们细致入微。即使当代的批评家,也多认为詹姆斯从写作意图到写作手法,都"冷酷无情"。这些所谓"瑕疵"在詹姆斯的后期小说衍生为一种句式更加缠绕繁复的"詹姆斯式"文体。

发动了"卡萨玛西玛"

"卡萨玛西玛"是那些有着未知或未来素质人物的代名词,是一类人物群像的缩影,他们分别担当起这一总体角色的不同成分,成为詹姆斯小说人物关系网中的重要集结点。詹姆斯在序言中说:克里斯蒂娜是自己意欲"在大道的某个拐弯处拦住的"人物,她在这部小说中还是"超过主题要求的……远大于生活本身"的东西,而在十年后的《卡萨玛西玛公主》中,"在另一种条件下,在不一样的主导关系中",卡萨玛西玛公主是可以度过这样的生活的。[1]

詹姆斯以"性格的自然逻辑"与"人为比例"为戏剧原则,以颇具"野心"的"去编年体"与巴尔扎克历史巨幅的《人间喜剧》进行了"对话"。詹姆斯似乎在以这部小说证明:自己可以超越传统叙事,构建出一个以描摹意识现实为主要领域的新天地。詹姆斯似乎还有着另外的重要设想:预备好"可以上足发条"的"理想人物",这一人物类型不同于以往现实主义大师的写实与浪漫,他(她)们将在未来的小说世界中,沿着内在意识发育的历史轨迹,以"想象力"为性格发展的逻辑基点。这一类人物一旦启动便会自行运转。他(她)们不止在詹姆斯的未来小说中履新,他(她)们亦漫游在詹姆斯的传记、文学批评,以及那些著名的序言中。詹姆斯在《罗德里克·赫德森》序言中透露说:这部"野心之作"接近尾声时,他已急不可待地为"卡萨玛西玛公主"的出场运思了。

《卡萨玛西玛公主》1885年在《大西洋月刊》上连载,1886年出版单行

---

[1] Henry James, "Preface to the New York Edition", in Leon Edel ed., *Henry James: Literary Criticism*, vol. II, New York: The Library of America, 1984, p. 1052.

本。小说主人公与《罗德里克·赫德森》里的光彩照人的克里斯蒂娜同名。在两部小说发表之间的近十年中,《黛西·米勒》《美国人》《华盛顿广场》和《一位女士的画像》等小说相继出版,而且,詹姆斯总结性的《小说的艺术》也已出版。《罗德里克·赫德森》中有关新英格兰文化身份的觉醒、艺术家与生活的关系、道德与自由的界限、天才与批评舆论之间的距离、散文文体与戏剧结构的混融、文学语言的科学化与语法的"异化",等等,一系列初露端倪的"问题",在十年中均有所探询,有所进展,有所结论。概括而言,继《罗德里克·赫德森》之后,国际主题成为詹姆斯一直关注的焦点。那些在罗德里克和克里斯蒂娜身上"闪光"或"熄灭"的品质,那些小说叙事中"溢出"的增值笔触,在后继的多部小说中均延续着并有所发展。《罗德里克·赫德森》作为"上紧小说发条"的一把"银钥匙",[1]在人物关系及对一系列关系的构造和演变方面,都有着"发动"之力。

詹姆斯以罗德里克的视角,以其雕塑家的视觉敏感度,强化了这一未来人物的"光彩":

……一双特别深蓝的的眼睛,一蓬黝黑的头发覆在额上,额头完美圣洁,呈椭圆状,抿紧的双唇仿佛刚示意了不屑,一位悻悻公主的步态与马车——这便是他目中场景……她留下了一缕模糊而甜美的香水味……[2]

詹姆斯借罗德里克之眼赞美"她就是美本身!"詹姆斯同时又以美国北开普敦人的眼光打量审思:"假如美是不朽",那么克里斯蒂娜的美"便是的恶的化身"。正如霍桑一部小说中的"至美"贝泰莱司(Beatrice),她被科学家父亲转化成了一种毒性生物,并传染给她的爱人乔瓦尼(Giovanni)。詹姆斯让克里斯蒂娜将"恶"化身为"至美",为读者提供了"美丑同

---

[1] Henry James, "Preface to the New York Edition", in Leon Edel ed., *Henry James: Literary Criticism*, vol. II, New York: The Library of America, 1984, p. 1052.

[2] Henry James, *Roderick Hudson*, New York: Penguin Books, 1986, p. 109.

位"的多维度阐释可能。借罗德里克的"先锋"审美判断，詹姆斯对传统与现代艺术标准之间的张力进行了"细查"。

在这部小说中，几乎每个人都对罗德里克为克里斯蒂娜塑的半身像赞不绝口：罗德里克不仅抓住了她的美，更捕捉到了她的神采。格劳瑞埃里评价说，"脖颈与喉咙部分有着一流手法……朱比特，那简直就是他在人间的活形！"这赞美既是对罗德里克的，更是对克里斯蒂娜的。克里斯蒂娜不只是画面远景中的公主，也不只是知性女性的不朽象征。她更具世俗人格的全部特性。关于这一点，无论是罗兰、罗德里克，还是小说中那位"不幸"将与其婚配的王子，都将付出代高昂价方能获知。她是一位充满奇想的生物：复杂、欲望强烈、充满激情、富于创造力。克里斯蒂娜曾告诉罗兰，她欲抛弃王子的真正理由不是因为爱着罗德里克，而是源于诚实的德行，而这一德行竟是由玛丽（罗德里克未婚妻）的品格激发而来的："她是我的话就不会与卡萨玛西玛结婚。"詹姆斯欲发掘这位未来人物的迥异和神秘，但他知道，《罗德里克·赫德森》尚不具备"接纳"她的土壤条件。詹姆斯需要为她打造一个专属于她的世界，那个世界需要她使出全身解数，去迎接未知命运里的爱情与金钱、革命与政治的魅惑，以她自身的生命力去完成未来世界委托于她的使命。她将在随后的一系列小说人物身上逐渐"添加色泽"。她再次出现在《卡萨玛西玛公主》中。这一理想人物得以整合，并一直向后延续，直至最后一部长篇《金碗》的女主人公麦吉出现，才最终得以完型。

罗兰也体现出"代理人"的未来特征。他是詹姆斯平衡艺术与生活、艺术与道德之间关系的代言人。罗兰爱罗德里克，他对罗德里克倾其所有，为他提供自由之资，他坚毅忍受他的狂妄自大、傲慢无礼。如果说罗德里克之死是必然的，罗兰"故意"挑明事由的促因也是不言而喻的。对罗兰来说，罗德里克在各个方面都走得太远了：他不按期交付塑像，他为女人挥霍钱财，他对母亲和未婚妻的陪伴心怀恶意（声言要毒死她们），最主要的，他极度迷恋克里斯蒂娜，罗德里克的"激情将他带到了连他自己都无法知晓的更远、更高处"。然而读者可以从文本中感觉到罗德里克承受着的巨大压力，这一压力甚至超出了罗兰的理解力。詹姆斯一方面在叙事中满足着读者的阅读期待：像罗德里克这样的"极端利己"之人，似乎就该有"坠崖"的下场；另一方面，罗兰的"道德"像是太阳的炙热之光炙烤着罗德里克：他太骄傲，他飞得离太阳太近，他像伊卡洛斯(Icarus)一样年少愚勇，他将自己暴露在太阳强光之下坠亡。

　　罗兰与罗德里克在美丽的康涅狄格山谷散步时，引出了两人之间时常争论的话题："（美国的）贞洁之美"和"我们与我们自己国家之间关系"。罗德里克立志广泛宣传"美国本土艺术"实绩。他认为，我们"应该将模仿抛到船舷之外"，"将眼睛锁定在我们自己民族的个性上"。詹姆斯虽是在对这种"粗鲁"打趣，但他也因此发掘出新旧大陆之间关系的国际题材，这一题材随后占据了他整个写作生涯。对詹姆斯来说，他的男女主人公，应该不是那些家乡人物，如库伯《皮袜子故事集》中的纳蒂·邦波(Natty Bumppo)，或是霍桑笔下的海斯特·白兰(Hester Prynne)。詹姆斯的人物是一些可以对"国际关系问题"不断进行审视和对比的"代理人"：他们被詹姆斯置于缺乏想象力的美国清教徒和既光彩夺目又颓废时尚的欧洲人之间，他们被观察、被对比。他们代言着詹姆斯有关新旧大陆的思想。这一代言人特征突出地表现在罗兰、罗德里克和克里斯蒂娜三人身上。罗德里克作为艺术家新类型特征是"不适合去到旧世界（欧洲），而是应该去到下一个(next)世界"。他对自我艺术理念的"过分"标榜，标注出"更适于下一个世纪"的艺术家特征。

　　詹姆斯对人物个性的描述，足以让我们强烈地感觉到罗德里克个性的脆弱与其艺术创造力之间的不平衡，感觉到罗德里克的艺术品质在当时的美洲与欧洲双方面的"不适"。克里斯蒂娜上场之前，我们便知晓罗德里克之灾早已在他体内埋下种子，即使克里斯蒂娜不出现，也会有某人或某事引发此难。罗德里克之死是必然的：罗德里克的艺术自由理念超越了时代，他个性乖张的"新类型"还得等到下一个世纪才会获得更多的理解。《罗德里克·赫德森》对艺术家品格的艺术探寻，产生了某种超验意义上的"雄辩"和"证词"：小说中人物的"生"与"死"，一如罗德里克想要塑成的那些"美""勇""文化""星辰"等符号，是詹姆斯实验小说叙事技巧，获得书写文字存在感的一次文学历险。

从根本上讲，这部小说是关于艺术家们，尤其是美国艺术家们的普遍性情及其困境的。后期詹姆斯所擅长之文风，那种过度的美学苛求，在这部小说中有所流露。毕竟，库珀、爱默生、梭罗、霍桑、麦尔维尔、惠特曼、吐温、豪威尔斯、诺里斯、克莱恩、德莱塞——这名单只涵盖了一小部分——在复制美国题材方面都轻而易举。而詹姆斯因受困于复杂的命运（生为美国人却迷恋风云变幻的国际题材）反倒提供给欧美文坛更为复杂丰富的文学样本。美国艺术家的困境变为美国艺术家在欧洲的尴尬，这颇具讽刺意味。詹姆斯的欧美双重身份使他发现，在欧洲，无论是题材的丰富性（在其本土是匮乏的），还是置身其中的日常氛围，在这两方面他都难以融入。实际上，詹姆斯当年在《罗德里克·赫德森》中倾尽全力探寻的东西，他本人并非完全明了。激情与艺术是否可以并存，婚约是否是艺术的障碍，男性间的友谊是否可以信赖，对美的未来之念是否对传统造成危害，一个人可否过着寻常生活而依然是位伟大的作家，等等。这一系列的争辩延伸至那个更广泛、更重要的问题：艺术品性的本质问题。罗兰虽是小说的意识中心，但占据主导地位的却是罗德里克的独特品性，那是詹姆斯更乐于创造的。接下来，詹姆斯将延续这一创造计划，以更加圆熟的叙事技巧呈现出更具阐释空间的"美国人"类型。

詹姆斯以小说文体裹挟戏剧场景的表现手法，为人物意识与心灵的"显露"和观者对其"观察"提供了有效的特有的"scenario"，而且，这一"场景"以戏剧对话与小说叙事交互作用的方式，为读者通过外在戏剧场景进入人物内在世界，对人物的言语—行为进行观看、倾听与分析，进而推断并理解人物性格和命运及其趋势，提供了多元的通道。对人物意识流动的叙述和对戏剧情结的推进，既是相互平衡的，又是彼此"干扰"的，这一干扰有效地突破了传统罗曼司才子佳人终成眷属或生离死别的叙事模式，以对人物内在世界的关注和分析，完成了叙事的真实性，这一真实性目的在于全方位地反映人物行为背后动机的真实性：它们或是信仰之因，或是无法超越的家国原则，或者，还因为人物特定的心理学或生物学上的"异化"构造，在新时代来临之际呈现在艺术观念上的疑问、创变甚或受损。这部小说以罗德里克这位新型艺术家的行为范式为中心，以围绕在他周围的各类人物的"态度"为主要"批评"对象，形成了一种新的小说文体。这一新文体为詹姆斯后来的创作带来了的作用是显而易见的：他在戏剧文体与小说文体双方的共享与平衡，为"詹姆斯式"文体风格的构成，储备了必要的经验。

三、《黛西·米勒》："一出完全不可能的喜剧"

《黛西·米勒》(*Daisy Miller*)1878 年在《玉米山》(*Cornhill Magazine*)杂志上刊出。1882 年詹姆斯开始把《黛西·米勒》改编为三幕剧。

《黛西·米勒》在詹姆斯的文学生涯中占有一个特殊的位置。从印数来看，它是目前詹姆斯最畅销的作品。詹姆斯在世时，一份销量评估提供的数字是，《黛西·米勒》在不列颠和美国销售数"超过三万册"，《一位女士画像》(*A Portrait of a Lady*)次之，销售了一万三千五百册。[①] 1879 年美国的哈勃(Harper)出版社"半小时"系列，一周内出版了两万册《黛西·米勒》。《黛西·米勒》为詹姆斯在大洋两岸建立的文学声誉是无价的。它是詹姆斯作品中篇幅比例精简，可以轻松地一次读完的作品，它是詹姆斯建立后期风格特征的基础。它成功地奠定了詹姆斯小说探索欧美文化和社会内在冲突的主题。詹姆斯是第一位感知到旅行的社会意义的小说家，是一位积极利用工业化时代舒适旅行的充足影响力的作家。《黛西·米勒》戏剧化地表现了欧美之间礼仪风俗的丰富差异，更重要的是，《黛西·米勒》表现了在欧洲相遇的不同阶层的美国人、两种不同类型的美国人之间的对立。《黛西·米勒》以喜剧方式开场，以悲剧方式结尾。正如詹姆斯在小说初版两年后的一封书信中所言，"整部小说都是关于一个轻柔、细小、本真、毫无疑心的小生物的悲剧，这一悲剧是她处于一个持续笼罩

[①] Graham Clarke ed, *Henry James：Critical Assessments 1：Memories. Views and Writers*, 1991, p. 4.

着的社交骚乱中,而她却孤立无援"。①对20世纪的读者来说,或许难以理解由礼仪举止引起的社交骚乱的严重后果,而在19世纪,"社交行为"意义上的礼仪,依然有古老的道德含义。

视角的选择

在英美作家中,詹姆斯可谓第一位理解"视角"、直觉地分析这一讲故事视角,且引起争议的人。故事该由谁的视角讲出——一个人的,数个人的,全知的作者的,还是所有方式联合的(维多利亚时代经典小说式的)?作家作出的基本选择决定着小说的意义和影响作用。小说有一位权威叙述者,他偶尔更愿以"我"出现。他设置故事的开场,追述关于温特伯尼(Winterbourne)的一些事实(从不直接叙述黛西);但大体上他是个不引人注目的、抹去自我的人,完全不像狄更斯和乔治·艾略特小说中那种扩张和判断的叙述者。温特伯尼有关黛西的个人想法,以自言或自问的自由多向风格,置换了第三人称过去时话语形式,如此一来,我们得以直接进入他大脑意象。例如"她只是从纽约州来的一个可爱的女孩——她们都像这样,像这个可爱的女孩一样,有一个好的绅士社交圈吗?"(实际上这是一种特别微妙的关联技巧,因为它包括了一个居高临下的对黛西自己措辞的重述。)即使温特伯尼的想法以更直接迅速的方式被表达出来,在权威的叙述声音和温特伯尼自己的说明之间差别也非常有限,温特伯尼自己的想法很少外露。例如,"可怜的温特伯尼觉得她有趣,又令人困惑,但显然是有吸引力的。"权威的附加词"可怜",表达出这位男士喜爱和同情之外,又带些困惑。换言之,"可怜"一词的确真实地反映了温特伯尼意识的为难处境。

《黛西·米勒》是詹姆斯早期单一的、有限的以及不可靠视角叙述的圆熟的范例。小说标题暗示黛西是故事主体,但作为读者的我们,对她的所有了解都是通过温特伯尼的意识而获得的。我们只能通过他的眼睛来看她;我们只有通过他的信息来了解她。因此,我们头脑中对黛西个

---

① Leon Edel ed., *The Complete Plays of Henry James*, London: Rupert Hart-Davis, 1949, p. 117. 凡引自莱昂·埃戴尔所编的《亨利·詹姆斯戏剧全集》,均由笔者译出,不再注明。

性的具体了解，也必然同时是有关温特伯尼的性格的，是源于他的视域和判断的可信性。在《罗德里克·赫德森》中，詹姆斯的以意识为中心还处于初步探索阶段。在《黛西·米勒》中，已经安排妥当了一位兼有叙事和评价功能的男主人公，他的视角成为小说的中心视角，他介入、见证事件的发展。这位权威叙述者并非全知全能。叙述者对这位男士的过往历史告知不多，而最引人注意的信息又显然模糊不清："当有人谈到他时，确信他曾在日内瓦待了很长时间，在那儿，他倾心于一位居于此地的女士——一位外国女士——年纪比他大。很少有美国人——我想压根没有——曾见过这位女士，关于她另有故事。"值得指出的是，这一模糊一直未得明晰。小说结尾，温特伯尼回到日内瓦居住，"从那里继续传来对他逗留动机的叙述：他正在努力研究——一位熟人，那位他非常感兴趣的聪明的外国女人"。

文学科学

《黛西·米勒》首版的副标题是"一个研究"，一个有趣的问题化术语。在19世纪后期，这一术语意味着"一种话语或文学创作用于细究一些问题，或细致描述一些物体"，或是"以一部文学著作进行某种实验，或以特殊方式和解决模式获得经验"。虽然这些方式不完全与《黛西·米勒》相关，它们也不足以准确表达这部小说。詹姆斯的副标题通常都来自视觉艺术的隐喻；即使在文学语境中，"一个研究"也可意指各种不同的事物，从"一个认真细致的预先的艺术草图"，或者"一个艺术家对所观察的事物、事件或影响的图像记录"，或者"一些突然涌入脑海的事物，促发并引导他随后的作品的创作"，到"一个草图，图画或一节雕塑，目的在于表达整个物体再现时的特征，它们以特别细致的观察得以展开。"[1]莱昂·埃戴尔认为，詹姆斯运用"研究"一词"与其说是写圆形人物，毋宁说是与艺术家铅笔素描相差无几的便笺记录。"[2]莱昂·埃戴尔还引用了1909年纽约修订版著名的序言作为佐证。詹姆斯在这一版中，去掉了副标题，

---

[1] 有关定义参见《牛津英语词典》。
[2] Leon Edel, *The Life of Henry James*, vol. 1, Penguin, 1977, pp. 47—49.

且声称不记得当初为何用此标题,"他们徒增了我那可怜的小女主人公名称的平淡乏味"。然而这一声称本身是一种含混的解释(显然黛西·米勒并非一个特别平淡乏味的名字,daisy 包含"雏菊、极好的、上等的"意涵,对一件上好物品不幸消殒的研究,正是詹姆斯"文学科学"的命意)。无论从何种意义上说,纽约版序言都对原小说造成了误导和迷惑,需得非常谨慎地对待。前文引用的词典中有关"研究"之义,显然与《黛西·米勒》有着隐喻性的关联。正如菲利普·霍尔(Philip Horne)和其他批评家指出的,整部小说中,温特伯尼不间断地、几乎着迷地在类型和个性两个方面"研究"着黛西。[1]他立刻就为她的外表所吸引,而他的第一反应是区分她的类属:"她们多美啊!"温特伯尼想到,从他的椅子上坐直了,"她们"意指"美国女孩"。我们被告知温特伯尼酷爱女性美,他沉溺于对黛西的个性和行为举止等方方面面的观察和分析中。

在人物心理层面上,温特伯尼将黛西作为一个"研究"对象来对待,这是对他自身性欲的置换或超越。菲利普·霍尔敏锐地指出,温特伯尼需求的"是一种对黛西的稳妥的知识状态。从某种角度看,这一状态有些保守,但较之于黛西的女贞,他对知识的欲望更强烈"。[2]无疑,小说的人类学和社会学内容对扩大小说的流行程度功不可没。至于黛西是否准确再现了年轻美国女孩的类型,或者"是否是对美国女孩的一种侮辱",黛西是社会偏见的牺牲品还是被她自己不幸的命运所主宰,这些相关问题仍存在激烈的争议,尤其是在美国。豪威尔斯(W. D. Howells)在给他与詹姆斯共同的朋友詹姆斯·罗素·洛威尔(James Russel Lowell)的报道中说:"亨利·詹姆斯用黛西·米勒唤醒了所有的妇女,然而她们误解了他的意图。人们对这一意图讨论很多,声响很大,却无深刻领会。事情甚至发展到社会几乎分成了黛西·米勒的和反黛西·米勒的。"[3]

与其说这暗示着在温文尔雅的美国妇女中,存在着一种对詹姆斯女

---

[1] Philip Horne, *Henry James and Revision: the New York Edition*, Oxford: Clarendon Press, 1990, p. 235.

[2] Ibid.

[3] Roger Gard ed., *Henry James: The Critical Heritage*, 1968, p. 74.

主人公的歧视偏见，毋宁说有足够多的女性仰慕黛西·米勒的帽子以至于一时成为时尚。① 在更长的时间内，黛西·米勒作为某种类型化的术语进入到语言中来：那些在欧洲的大量的美国女孩，她们有魅力但不成熟，教养不足。有趣的是，詹姆斯这部分量较轻的作品因"黛西·米勒"之名广为熟知，而那些更有成就、更复杂的后期作品反倒被忽略了。

由于这种意义偏离，詹姆斯才开始修正将黛西·米勒看作一个对美国年轻女性的真实研究的观点，而强调她是一个超越实证逼真性的想象的产物。小说初版时，豪威尔斯常将詹姆斯与美国内战后一种新型的社会现实主义小说的倡导者挂钩，但这一关联缺乏例证，而且不能恰当说明詹姆斯小说的后续发展情况。他早期小说人物"类型的凝固"，以及他一直坚持的"小说的艺术"的基本要求——1884年他以"小说的艺术"为题写了文章——都让位于一种更为印象化的、模棱两可的、以主体经验为导向的后期小说艺术。在19世纪90年代后期和20世纪早期，詹姆斯的小说取向的确可用"诗意的"来描述，它们扩展了不断更迭的象征主义，将其锻造为一种充满隐喻的高级文风。较之前期作品单纯以人物命名——《罗德里克·赫德森》《美国人》《德·莫福夫人》和《黛西·米勒》等，他的"主要时期"的几部关键作品的标题——《螺丝在拧紧》《鸽翼》《金碗》和《丛林猛兽》等——可形象化地表明这一点。因此，在1909年的序言中，詹姆斯试图将《黛西·米勒》归于他成熟艺术的重要先驱类型，以降低初版时的流行品质。他对1909年版的改变和修订，有意无意地出自一种动机和欲望：使它与后期作品风格相关，促成主人公的特殊的而非类型化的视角。

不偏不倚与纽约版修订

有评论家认为，在修订的纽约版中，詹姆斯对原版90%的句子进行了修改，增加了15%的长度。②许多修订都是琐细的，它们没有改变小说

---

① Philip Horne, *Henry James and Revision: the New York Edition*, Oxford: Clarendon Press, 1990, p. 521.

② Jean Gooder ed., *Henry James: Daisy Miller and Other Stories*, 1985, p. xxix.

的结构；但它们累积起来，对读者接受的方式产生了相当的影响。最有影响的三个方面是：(1)扩充了温特伯尼对黛西想法的描写；(2)置换了单纯的言者称呼，以更有修饰性的、更少描述短语(同样也反映出温特伯尼的视域)替换了诸如他/她说/说明/声称，等等；(3)对对话本身进行了修补，句子的原意大部分未动，只是有所强调。1909年版比1879年版包含了更多的信息，因为几乎所有增加的信息都是关于温特伯尼的(因为几乎每件事都是以温特伯尼的视角叙述的)。但实际上，这让整部小说失衡，有损小说的质量，而那质量曾是豪威尔斯敏锐地感知并特加赞赏的。1882年，豪威尔斯在小说初版三年后，写信给詹姆斯："艺术家的不偏不倚，那些引起迷惑的对黛西·米勒处理之道，在那些在意它是如何做到的人的眼中，是这部小说最有价值的品质之一……不偏不倚至少获得了与同情同样的效果。"①

豪威尔斯所谓"艺术的不偏不倚"，意味着詹姆斯拒绝判断他的女主人公。他以表现温特伯尼对她的判断来取代自己的判断，并将这一切留给读者，让读者决定该如何判断。对黛西的判断延伸到对温特伯尼的判断；这一在阐释过程中相互关联，让读者涉及文本实际的叙述方式，较之典型的维多利亚时期的小说，具有更多的现代小说的特征。一部小说具有两种版本，也对读者提出了更高的要求。1909年的版本，在"黛西的客观真实与温特伯尼对其主观的反应"之间的差距，在黛西话语的透明与温特伯尼与自己内在对话的"逻辑裁断"复杂性之间的差距，更明显、更引人注意。菲利普·霍尔对两个版本做了仔细的对比，他观察到："首版提供了强烈的断续的线索示意，我们对温特伯尼的结论毫不怀疑，而纽约版让怀疑更依附于文本的叙述。""修订后的版本中，叙述显现出的是一种可阐释的框架，温特伯尼自己渐进地试图融入其中。"②作为读者，1909年版通过让我们更少信任温特伯尼，必然更为同情黛西·米勒，但正如

---

① Philip Horne, *Henry James and Revision: the New York Edition*, Oxford: Clarendon Press, 1990, p. 264.
② Ibid., pp. 234, 258.

豪威尔斯观察到的，1879 年版本的"不偏不倚"，与对黛西的同情并不矛盾，只是这得靠读者自己努力去获得。"不偏不倚"同样也延伸到对温特伯尼性格的看法，生出对温特伯尼的同情，故事结尾对他未得满足的生活的遗憾和哀伤，与对黛西过早离世的同情是相类似的。

虽然 1879 年版较之 1909 年版更短，更节俭，风文更简，但文本的意蕴却相对更加丰富——因为陈述本身就暗示出事物本身固有的意义。几乎可以说，詹姆斯在《黛西·米勒》中融入了欧内斯特·海明威短篇小说理论："假如你知道删掉的是什么，你便可将它们统统删掉。删除了那些东西，会让故事性更强，会让人们觉得能理解得更多。"①威廉·詹姆斯（常常是亨利·詹姆斯作品的严厉批评者）也曾对詹姆斯另一部早期小说《可怜的理查德》(The Poor Richard, 1867)②的类似特征明确表示赞赏："你克制地表达自己，相应地以一些外在的行动和言语来表露，这一神奇的艺术方式让读者觉得返回到了有着偶然因素的存在本身。"③《黛西·米勒》中没有多余的字，有的字是重复。这种重复是功能性的（引人关注米勒家庭成员的毫无艺术气息的讲话特征：一遍遍重复相同的关键词和段落，以此对照欧洲人讲话时优雅多变的特征），而沉默则意味深长。

与修订版作比较有助于厘清原版的品质特征。例如对第一个场景的比较。"场景"是一个特别恰切的术语，因为整个故事都是关乎人物之间戏剧性相遇的结果的。这一戏剧性可以衍生为一部好戏或好电影。人物的每一场对话（不管多么老套陈腐）、每一个细微的肢体语言，每一瞥每一停顿，都是意味深长的。"戏剧化，戏剧化！"这是詹姆斯作为一个小说家经常告诫自己的。他总是将从戏剧中得来的教训成功地运用到小说叙

---

① William Carlos Baker, *Enest Hemingway: A life tovy*, New Yovk: Charles Scribner's Sons, 1969, p. 165.
② 这部名为《可怜的理查德》(*The Poor Richard, Publ: shed in Atlantic Monthly*, June – Aug, 1867)的小说，是詹姆斯自 1865 年署名发表作品以来最长的一部小说。威廉·詹姆斯从那时起便开始对亨利·詹姆斯的作品进行批评。
③ 威廉·詹姆斯在评论亨利·詹姆斯这部小说时，称它是"最了不起的"。See Philip Horne, *Hengry James and Revision: the New York Edition*, Oxford: Clarendon Press, 1990, p. 229.

事中来。

温特伯尼与黛西的第一次相遇被安排得非常巧妙,充满了微妙的暗示。我们感觉到温特伯尼迅即被吸引同时也吸引了黛西,以及温特伯尼对接下来如何进展的不确定。他被言行规矩束缚住了,那规矩要求一位绅士与女士讲话之前先得有介绍才行。依据这一相同的规矩,黛西亦应找到一个得体的方式来克服这一困难,也许可让兰道夫(Randolph,黛西的弟弟)做介绍,或者马上让自己和兰道夫从陌生人的视线中消失,但黛西似乎不愿用这两种方式。她谴责兰道夫"在温特伯尼耳边叽哩呱啦",几乎无视这位年轻男子的存在。温特伯尼则给兰道夫一个清楚的交代,兰道夫告诉姐姐"他是一个美国人",但这位年轻的女士对这一告知并不留意。黛西只是简单地回答说,"我想你最好安静会儿"。温特伯尼确信自己已给兰道夫一个明确的自我介绍,但黛西只是瞥了他一眼,什么也没说,目光越过栏杆,望向湖边和山脚。"当他想再说些其他的什么,这位年轻女士再次转向了小男孩。""我想知道你从哪弄来的杆子。"她说。纽约版则是:"这位年轻女士又一次转向了小男孩,像是表示她与这男孩一直在一起。"这一强化的从句其实无用。这一场景若能让我们意识到她行为举止的不同流俗,就无须再引出其他句子。而"我买的!"兰道夫回应道。纽约版改为"兰道夫喊道",似乎强调兰道夫的鲁莽和不聪明,小说的这一幕失去了微妙意蕴。

1905年詹姆斯发表了一篇文章,题目是"我们的言语问题",人们不禁会联想到他对纽约版《黛西·米勒》对话的修订。在19世纪70年代中期,一个像黛西·米勒这样的年轻女孩如何讲话,詹姆斯的耳朵在早期版本中比后来的版本更令人信服。一个早期美国评论者曾认为,表现出米勒小姐和米勒太太们的谈话方式是一件极其困难的任务,詹姆斯令人钦佩地成功了。[1] 詹姆斯还以对人物称谓的优雅的变化,使小说这一散文文体更有"诗意"。所有这些隐喻性的"声响"遍布在原小说中,纽约版的

---

[1] Graham Clarkeed, *Henry James*:*Critical Assessments I*:*Memories*,*Views and Writers*,1991, p. 81.

强化某种程度上削减了这一诗意。《黛西·米勒》原版的单纯简约产生出更为丰厚的意义和暗示。这并非意指纽约版已将这些品质完全抹去，而是说在原版中这些品质有着更多地、连续不断地表达，这直接关乎小说精妙简约的结尾。维多利亚时代的小说家们会对黛西的病逝提供一份感伤的大餐。而这部小说毫无临终病榻的装腔作势。詹姆斯用几乎残酷的简洁方式追述了黛西的最终死亡，如他所说的，将其"切换"（cutting，如同电影制作人叫停）到葬礼上去了。这正是詹姆斯一贯的态度，摧毁了罗曼蒂克式的戏剧化场面，代之以客观叙事的不偏不倚，如此方可让"印象"和"真实"自身显现。詹姆斯谨慎地以"我似乎理解她"和"从我的视域来看"这样的短语来限定他自己对黛西的分析，这让我们对黛西的理解和接受有着差异的可能。他巧妙地调配好了"视角"与"距离"，为我们广泛地进一步阐释和无限地重读留下了余地。

"不可能的喜剧"

这部小说并不具备剧院上演的戏剧化场景；但有一种戏剧性蕴于其内。我们不知道将原作改编为剧本的主意是出自詹姆斯还是麦迪逊广场剧院的经理人。麦迪逊广场剧院是纽约最现代的剧院，1879年由斯蒂勒·麦凯（Steele Mackaye）重建，麦劳瑞兄弟出资，他们中的一位是会计师，垂青舞台并以充足的财力培植它。为麦劳瑞兄弟经营剧院的经理人是丹尼尔·弗罗曼，麦氏兄弟带来他的剧本时，经纪人表示反对，因为剧本"虽然写得很美"，但"太文雅，太多言谈，动作不足"。而詹姆斯本人也一定与麦氏兄弟亲自打过交道，因为他在日记中曾谈到这位资方人士，"举止像东家，带着赌棍的精明"，又说，"这段逸事本身就可成为一部真实小说的出彩的章节"。对于跟麦迪逊广场剧院打交道时的麻烦关系以及剧本被拒，詹姆斯写道，"这让我明白了，无论是在纽约或是在伦敦，经纪人和演员的念头，以及我们不幸的舞台上的演出状况，它们统统令人厌恶和沮丧。我淋漓尽致地学到了，假如一个人打算为它工作，他得先准备好对它厌恶……"我们无从知晓其中细节，而那些细节或许可以比后来的经历更清楚地表明，最初的挫折和总是遭拒绝，可能为詹姆斯对剧院自卫态度定了调子。极有可能的情形是，剧院经理草草选了剧本，随后又对它失去了兴趣，这在剧院是稀松平常的事，但对于詹姆斯来说，他无法"习惯"这种粗鲁的商业运作。他对此反应激烈。

但詹姆斯写这出戏的回忆似乎有更多乐趣。他那时带着一种类似虔敬的宗教般的情感在写作。1882年，在母亲去世后三个月，他在波士顿完成了全稿。剧本对原小说的基本情节进行了重大调整。尤金尼奥（Eugenio），这位小说中的信使，成了剧中的恶棍，而那位日内瓦的影子女士，在小说中主要以温特伯尼朋友的身份出现，变成了剧中举足轻重的凯特考弗夫人。小说中黛西死于猩红热，被埋在罗马的清教徒墓地。剧本中我们所看到的是，两个恋人已圆满完婚。小说改编为剧本，流失了不少生动之处，有更多的人为的戏剧化的痕迹。剧本显露出作者对人物对话和性格刻画的圆熟技巧，同时，也显露出人物调度和处理舞台事物方面的不成熟。纽约《论坛报》对此有过两个版面的评论，讽其为"完全不可能的喜剧"，又加之"我们无法抑制惊讶——还有惋惜——如此有成就的作家兼敏锐的评论家，应该无法接受这一全盘失败，那是他现在该永远记住的"。[1]

实际上，詹姆斯此期的小说已将印象化的直接经验、哲理思考的理论维度，及语言表达的象征隐喻手段逐渐融为一体，表现出以隐喻思维和隐喻修辞为主要特征的"詹姆斯式"文体风格。他戏剧实验的"不成熟"，甚至"失败"，是其执拗地将文学理念"带入"舞台的有所选择的结果。戏剧书写为他的小说实验做足了准备，促使他在小说领域更进一步地实施自己的"总意图"。

第二节 1881—1900年小说的隐喻修辞

许多批评家为了方便，把詹姆斯一生分为"詹姆斯一世""詹姆斯二世"和"自名为老王者"三个时期。所谓"自命为老王者"，隐指詹姆斯晚年苦心经营的文体，他那些复杂错综的句子，他只追求述说的精切，不

---

[1] Leon Edel ed., *The Complete Plays of Henry James*, London: Rupert Hart-Davis, 1949, p.119.

顾读者有无耐心倾听。①实际上，詹姆斯1875年之后的一些作品，已明显带有以隐喻结构文体，以隐喻修辞为主要书写技巧，用以描述和表现人物内在意识世界的特征。而当时评论家们面对尚在形成中的"詹姆斯式"，只能借用已有的术语对詹姆斯的文本进行分析和概括，如"心理现实主义""对自然主义的膜拜"或"走向象征主义"的等。批评家们尚需时间的陶冶，才能对文学潮流发生的新动态用新的术语加以提炼和总结。既往英美文学批评对詹姆斯所做的创作分期，似应在20世纪不断涌现的各种文学思潮和文学批评术语的基础上，重新加以"编辑组合"。即不应单纯地以固定的时间顺序为基准，将詹姆斯某一时期的倾向归于某类题材和主题的单一摄取，或是执其一隅，无视其余。恰当的方法应该是：以詹姆斯创作的"总意图"(《地毯中的图案》的关键词)为基本出发点，结合具体文本的实际效果加以综合考量。结合不同文本的生产语境及刊出时的特殊语境，进行具体分析。詹姆斯早期创作目标与晚年的回顾与总结，虽然有半个多世纪的漫长间隙，但其"弃法从文"的初衷不改，及至晚年对"咬文嚼字"愈加痴迷，这一点应为批评之关键。把握詹姆斯作为特殊个体之本性，与其文学野心或总意图这两个要素，以此为依据对詹姆斯的创作进行大致划分，或许才能为詹姆斯不同时期不同作品的特有艺术成就，找到恰切的位置。

我们把詹姆斯的创作大致分为三个阶段。1875年之前属于第一阶段，是詹姆斯早期写作的练笔阶段。1875年至1900年属于第二个阶段。1900年之后是第三阶段。1875—1885年是多产期，1886—1890年是詹姆斯从第二阶段向第三阶段的过渡。1890—1895年詹姆斯进行了近5年的戏剧创作，1895—1900年詹姆斯重回小说世界，并将戏剧经验融进小说创作，写出了大量实验性作品。1900年到第一次世界大战期间，詹姆斯重返"国际性题材"，而且此次规模更加庞大。被称为"主要创作期"(the major phase)的三部杰作《使节》《鸽翼》和《金碗》均在这一时期出版。1906—1916年应为"自命老王"时期：詹

---

① 参见[美]莱昂·埃戴尔《亨利·詹姆斯》，陈祖文译，学生英文杂志社1977年版。

姆斯此期的主要写作内容是自传或自传体的小说，包括《怀旧感》和《象牙塔》等未完成的文本，他混融了小说和自传，以自传形式企图"再造记忆"，他还为其小说的纽约版写了18篇序言，企图为当年的作品进行辩护并使之更新。

我们通过对詹姆斯中期或主要创作期的几部作品的检视，可以看到"詹姆斯式"形成的轨迹，看到詹姆斯如何以自己的"真实观"对传统的文学现实观进行了颠覆与增补。

一、《一位女士的画像》：小说文体的融合与变革

在詹姆斯所写的美国人在欧洲的一组小说中，《一位女士的画像》[①]算是第三部。在《一位女士的画像》计划写作和出版的近十年间，《欧洲人》《黛西·米勒》《华盛顿广场》及《霍桑》评传陆续出版。《一位女士的画像》已基本建立起"詹姆斯式"的语调和叙事风格。

《一位女士的画像》延续了欧美文化冲突主题，继续以女主人公追求精神独立与意识自由为主要情节线索。《一位女士的画像》中伊莎贝尔·阿切尔在旧欧洲的精神历险，更具自主意识和自由选择的动机。詹姆斯以婚恋关系隐喻地表达着欧美文明遇合的境况、问题及未来发展方向，表现出他对此类问题的思考已有了较为成熟的结论。在小说叙述方式上，《一位女士的画像》也显现出经验积累的成果。《罗德里克·赫德森》中的"意识中心"和第三人称视角，在《一位女士的画像》中发展为伊莎贝尔的自我意识和拉尔夫（伊莎贝尔的表哥和财产捐助人）作为观察者的双重意识视角。拉尔夫的病弱与博爱，良知与慷慨，热情与犹豫，其一系列性格特征都与女主人公和谐一致，詹姆斯家族独有的"病弱政治学""遗嘱风

---

① 《一位女士的画像》(*The Portrait of a Lady*)1881年先由《麦克米兰》连载，同年在《大西洋月刊》连载。随之在美、英两地同时出版。富兰克林版(Pennsylvania: The Franklin Library, 1983)共55节，与1907年纽约版有所不同。本文采用富兰克林版，内有詹姆斯的密友，著名画家J. S. 萨金特的8幅插图。如无说明引文皆由笔者译出。

波",①也使得有关"资本以及支配资本的规则"成为小说中的一个隐喻，有关"财富""疾病""婚姻模式"等特有的隐喻所指，都在这部小说中初露端倪。花园山庄，既是女主人公伊莎贝尔精神探险旅程的起锚之地，也是拉尔夫优雅良知的精神牺牲墓地。这一象征与隐喻贯穿整部小说，爱情情节倒成了次要的。建筑物也成为主人公意识行走的轨迹和意识转折的隐喻与象征。《一位女士的画像》有着以人物意识为中心、探讨文明遇合与人的智性成长关系的主题，有着让人物内在世界的"事件"及过程"被感觉到"的独特叙事方式。"詹姆斯式"在这部作品中正趋成熟。

詹姆斯在《一位女士的画像》的序言中强调说，他写作《一位女士的画像》时，已经对传统的关于"道德或不道德主题的无聊争论"有了清醒的认识，对于廓清小说主题的定义及如何客观评价一部小说的主题有了更成熟的见解。詹姆斯发现，既有的关于主题的术语，往往是批评家们未读作品而妄下定论的结果，批评家们"从最开始就忽略或混淆了一些基本界限和术语"。②詹姆斯认为，一部小说的道德意义应该由小说再现真实生活的多寡而定，而再现什么样的生活才是真实而有价值的，得由艺术家的感受力类型和程度来确定，艺术家的个性和培植艺术家的土壤才是决定因素。衡量主题的价值标准应该源于艺术家对生活的直接印象、真挚的体验和准确的观察。③詹姆斯回忆说，《一位女士的画像》主题的萌发不是由"想入非非的某个情节——那是一个极坏的名称——也不是由头脑中突然闪现的一系列人物关系和场面，那种可以凭自身逻辑，无须编故事者操心，立即可以进入行动，展开情节，以急行军的方式奔向终点的东西。"④詹姆斯的主题首先萌芽于"一个个体，特别关乎一位年轻女性的方方面面"，⑤这一主题是"无意之中得到的胚芽（germ）"，她"是一个偶遇的

---

① 参见［美］霍华德·马文·范斯坦《就这样，他成了威廉·詹姆斯》，季光茂译，东方出版社2001年版，第241—248页。
② Henry James, "Preface to the New York Edition", in Leon Edel eds., *Henry James: Literary Criticism*, vol. II, New York: The Library of America, 1984, p. 1074.
③ Ibid.
④ Ibid., p. 1071.
⑤ Ibid.

角色,一个尚无所属的独立者,一个想象(image)的 disponible"。① disponible 在原文中为法语词,有自由处理、随时动用、预备启用和无约束之意。詹姆斯宣称,寓言家(fabulist)有处理意念(idea)的艺术魅力,"那些潜在能量的扩展,那些种子破土而出的必要,那些出色的决定,让它们尽可能地向上生长,直到把它们推送到布满鲜花的光氛中"②;《一位女士的画像》的主题(人物)正是詹姆斯运用小说家特有的权利和魅力,对一位女性人物"发展的趋势"进行想象开掘和修辞性"助推"的文学尝试。

《一位女士的画像》的主题和题材,对"美国人在欧洲"的精神历险和最终命运都有所"修正"或"替换"。随着詹姆斯对欧洲旧大陆文明的进一步认识,那些"天真的美国人"主题渐向"欧美融合的美国人"和"有城府的美国人"方向发展。詹姆斯不仅写出了在与欧洲人婚恋关系中,美国人自我意识等"素质"的提高,詹姆斯对于欧美文明遇合的境遇、问题及未来发展方向,更有了较成熟的思考。詹姆斯认为,打造这类人物意识成长主题的关键在于,以艺术家的特殊眼光,找到人物的真实性与其意识之间应该有的"合适比例",而非传统意义上的依据情节快速发展的结构模式。小说的形式与主题之间的关系,应该随时代的发展,随着欧美文化的加速交流和融合,而加以改进和更新。以一个人的心理意识的成长作为结构小说的关键,可使小说更贴近现实生活,更具真实性,能够更加直接地诉诸读者的兴趣点。詹姆斯认为,摆脱批评家"空洞无物争论"的被动局面,依据寓言家或小说家的主权,对批评传统中只看重"结构"的风气进行主动"批评"(文学实践)势在必行。③屠格涅夫已经以自己的创作实绩做出了引导,詹姆斯的《一位女士的画像》及其纽约版序言,沿着屠格涅夫开拓的途径,以"人物意识特征大于编年体结构"的"构形维度",为小说艺术在虚构与真实之间比例关系,找到了新的"立足点"。人物意识流动中的偶然与突发因素成为叙述的主要对象,从而开拓了小说以人

---

① Henry James, "Preface to the New York Edition", in Leon Edel ed., *Henry James: Literary Criticism*, vol. II, New York: The Library of America, 1984, p. 1073.
② Ibid., p. 1072.
③ Ibid., p. 1073.

物心理或意识为主题要素的现代小说视域。

相应地,詹姆斯有关小说创作的言论,也为现代小说理论,建立了新的术语和表述方式。《一位女士的画像》纽约版序言不仅是对原著的补充和强调,更是詹姆斯借对原著的阐释,表达自己有关小说新理念的尝试。这一理论的表述形式,不同于以往传统的理论形式,也迥异于同时代其他小说理论家的表述方式,它是一种新的理论文体,我们称其为詹姆斯的"序言理论文体",或"詹姆斯式"的话语形式。它与"詹姆斯式"的小说文体一道,构成了詹姆斯中后期小说文体的特有样态。

《一位女士的画像》表面上借助于浪漫文学的固有模式,情节不乏灰姑娘择佳婿的老套,实际上却反其道而行之,以女主人公心理意识的进化,反转了读者对小说结局的预期,借此对浪漫小说进行了讽拟,进而达到了更新文体风格的目标。由于主题选择了"个人意识"作为对象,詹姆斯得以借鉴科学研究方法,对人物进行显微镜式的观察和分析,使其对人物心理和意识发展的过程的观察和描述,有着科学研究的客观甚至"冷酷"的准确性,文学的虚构与真实性之间,更趋近于"逼真"的文学语境效果。詹姆斯将科学探究、浪漫趣味和艺术价值融为一体,在散文小说的文体多样化方面,先一步昭示出现代西方文学所特有的"内在转向"特征。詹姆斯以文学文本进行科学探究和哲学思辨的文风,影响了一大批英美作家,如伍尔夫、乔伊斯和康拉德等作家。詹姆斯的小说实验,使得他对欧美文明遇合的主题,有了更为丰富而有效的表达方式。詹姆斯为探寻小说创作题材和创作技巧的"宽度"与"高度",可谓殚精竭虑。如果说《罗德里克·赫德森》中的"问题""难题"及"破题",是詹姆斯修订"解决方案"的契机,那么《一位女士的画像》便是搭建"小说大厦"的重要实验成果。

  道德探究与智性勘测同步

《一位女士的画像》在《大西洋月刊》连载时,已经吸引了读者的注意力,而整部书的出版则让读者对小说有了更全面的认识。小说的"道德倾向"与"智性癖好"在整书中得以显现。《一位女士的画像》初版时,主流媒体对它的评价两极分化,甚而言之,只有一种评价,即所有批评意见全然不一。小说长达

566页，小说开头用了近20页铺设场景，随后接续着对"哲学话题"的讨论：那是爱默生和伯克惯用的笔法。从下午茶的氛围、上流社会家庭成员间的独立个性，到对移民英格兰的美国土著面相的解读，小说展开的叙事基调是阐释和评价式的。叙述者与一众人物按设计程序，在这一背景下悄然入场，登场人物之间亦有着彼此评价。女主人公伊莎贝尔现身之后，小说主题所涉猎的一连串命题也随之铺开：遗产、爱情、婚姻、友谊、激情、理性、慷慨、慈悲、偏执和阴谋，等等。詹姆斯以道德与智性缠绕的方式，以近乎显微镜式的仔细探究，提请人物进行思考，迫使他（她）做出回答。读者最初可能误以为这些段落与乔治·艾略特式的道德说教一样乏味，实际上，较之于英国读者，美国读者从未觉得乔治·艾略特的道德探究有何不妥。詹姆斯显然葆有美国本土的道德辨析传统，或者说，他比乔治·艾略特有过之而无不及。这在《罗德里克·赫德森》中已有表现。而《一位女士的画像》中的道德探究意味更加浓厚。小说第42节，伊莎贝尔因丈夫奥斯蒙德"期待"（count on）的压力而不得不陷入"沉思"，她得在一系列相关问题上做出判断并回答：

  伊莎贝尔知道她曾读取那些症候的苗头。他（温博顿勋爵）究竟期望什么呢？他的自命不凡，他对可怜的帕西（伊莎贝尔的继女）显而易见的真诚的爱意，它们奇特地交织在一起。他曾爱过奥斯蒙德的妻子，若依然如此，他期望从中得到什么安慰吗？他爱帕西就不爱她的继母，如果他爱她的继母他就不爱帕西。她有意利用这一优势，以便让他对帕西做出承诺，并且清楚他这么做是因为她的缘故而不是为了那可怜的小东西本人——这便是她丈夫要求她效力的吧？至少，她发现自己有责任面对这一切——在那一刻，她自己体认到，她的老朋友在她的社交圈里依然葆有无法根除的癖好。它不是件令人愉快的任务；它实际上令人反感。她沮丧地问自己，是否温博顿勋爵假装爱上帕西，以便另有所图，或者说另外的机会？她现在并不认为他的优雅表里不一，她更愿意相信，他的信仰完好无损。假如他倾慕帕西只是一种错觉，那也与他爱上帕西没有什么区别。伊莎贝尔在这些让人厌烦的可能性中徘徊着，直到她完全迷失了；当她与它们中的一些突然交会时，它们似乎丑陋极了。然后，她冲出了迷宫，拂拭了眼睛，她宣称，她的想象力的确有些无能为力，她丈夫的想象更微乎其微。温博顿勋爵像他应有的那样清廉公正，她对他的期待也从未过分。她将信持这一点，直到出现相反的证明；证明会比奥斯蒙德的世俗之见更加有效。①

詹姆斯将猜测、推论、迷惑、想象、证据和结论，这些涉及哲学和逻辑学的命题及术语，糅合进伊莎贝尔的头脑中。对温博顿勋爵恋爱动机及其人品的反复推测，构成了伊莎贝尔本人品格与其丈夫品格之间的差异对比，由此显现出女主人公"老朋友"背后的文化品格喻指。"老朋友"是伊莎贝尔携带的美国、新英格兰、阿尔伯尼纯良品性的代指，是伊莎贝尔借以抵御欧洲城府的内在力量。詹姆斯善于处理、辨别此中明细，读者的意识也随詹姆斯营造的道德与智性相互缠绕的语境生发开去，对书中人物的遭际及其后果发生联想。在《一位女士的画像》这样的长篇宏论中，如若缺乏道德严肃性，缺乏对道德探究的执着，就不可能将纯粹的智性探究进行到底。小说开篇伊始就对美国女孩的道德展开了探究。对其他人物的道德探究，也围绕着这位女主人公在更大范围内陆续展开。现在来看，以道德为目的的小说无甚新意，但詹姆斯以暗示性的认同方式，以科学研究的准确数据来表现有争议的道德观念，他就此远胜他的竞争对手。

《一位女士的画像》真正与众不同之处在于：詹姆斯欲开动整架小说机器，去探究人物意识的微妙之处。《一位女士的画像》突破了菲尔丁《汤姆·琼斯》式的罗曼司小说范畴，它自成一类。它有着师承屠格涅夫的显著痕迹，它戏剧化的叙述节奏和充沛的激情，是萨克雷、哈代等小说家所热衷承袭的。但从另一方面看，即使是屠格涅夫，也只能在詹姆斯566页"夸饰修辞"的语言湍流旁驻足观望。这一"冗长"文体显然与詹姆斯极度关注意识的物性特征，并极力完美呈现这些物性的科学研究癖好相关。

---

① Henry James, "Preface to the New York Edition", in Leon Edel ed., *Henry James: Literary Criticism*, vol. II, New York: The Library of America, 1984, p.404.

"我们仿佛看到詹姆斯不停地调整肘部姿势、调整透镜的焦距和角度,伴随着片刻的痛苦不堪,因为这样繁重的研究工作的确会时而举步维艰。"[①]这些艰苦的研究工作,为这部作品注入了一种无与伦比的重要价值:他在传统的道德小说中,使用了科学的方法;他以科学的态度,勘测着人物意识的细微变化。《一位女士的画像》以文学的方式,部分地完成了科学研究的命题:道德与智性是否并行不悖?人的意识成长与环境之间的互动关系如何?人物主体对自我的认知,是否可以进化至完美境地?这些汇通着社会学与科学辖域的多元主题,在《一位女士的画像》的精致修辞中,迂回曲折地表达出詹姆斯本人的困惑和试探,结局和答案是悬置性的。这仿佛为后期小说对人物意识的继续掘进敞开了空间。有意思的是,这部篇幅"冗长"、结局"悬置"的小说在连载时便引人"入题"和"遐想",整书出版时少有"志同道合"的读者给予智性的关注。在今天的读者看来,这是詹姆斯"经典中的经典",它有着双重意识视角叙事、修辞委婉和巧妙的结构,它的人物个性神秘未知,但作为整体又令人信以为真。《一位女士的画像》在题材和主题上的"破题"与"完型",不仅有赖于詹姆斯对文体和叙事技巧的大胆革新,更有詹姆斯推崇小说家持有巨大想象力的艺术理念作为基础。

想象力关乎人物命运

詹姆斯意识到,小说作为一种文学形式确有很高的价值,它不仅有选择、整合人物个性的威力,可以表现各种生活景象,调配事物间的反应和投射,创建人与人的迥异之处(它更构造了男女之间的差异),而且还可以将这类人物按比例表现得更为真实。小说形式具有巨大张力,它带着潜在的越轨与恣意,破土而出。[②]詹姆斯对作家选择视域的主观性,对作家的意识对所见视域的主观想象和阐释,有着超越时代的预见。他

---

① W. C. Brownell, "James's Portrait of a Lady", in Kevin J. Hayes ed., *Henry James, The Contemporary Review*, Nation 34, February 1882, pp. 102—103, Cambridge: Press Syndicate of the University of Cambridge, 1996, p. 146.

② See Henry James, "Preface to the New York Edition", in Leon Edel ed., *Henry James: Literary Criticism*, vol. II, New York: The Library of America, 1984, pp. 1074—1075.

认为，如果主题可以从宽阔的视域和场景中获取，文学形式就是张望并获取主题的"孔径"，文学形式无论单一体或复合体，若缺少观察者自我提取的渠道，即没有艺术家自主意识的参与，文学形式及其内容便空无一物。"告诉我这是位什么样的艺术家，我会告诉你他有什么样的意识。而且，我会立刻为你呈现他无尽的自由以及他的道德相关性。"①

《一位女士的画像》的主题是一枚"无意得之的胚芽（germ）"，"是一个偶遇的角色，一个尚无所属的独立者，一个想象（image）的 disponible"。詹姆斯接触"胚芽"伊始，便意识到作家的想象力可大有用武之地。因这"胚芽本身对人们本已具有的想象力的佐证，远大于预期，这胚芽本身的特性和禀赋，需施展巧计探寻其构造，与那些个体不期而遇，将它们擎托，为它们编组。"②

《一位女士的画像》的情节并不复杂。女主人公伊莎贝尔·阿切尔小姐是位孤儿，姑母带给她一个看世界的机会：姑母的丈夫留下了一大笔财产，她的儿子拉尔夫既慷慨又心怀浪漫，一心想把自己的财富投资表妹，看看这位表妹借此按意愿行事，生活将有怎样变数。读者立即领会了这位青年的立意，多少带着些同情，读者与他一同关注着由他启动的情节进程。伊莎贝尔婉拒英国伯爵，疏远了美国富翁，她独立自主地选择了有艺术品位且需要资助的旅欧艺术家奥斯蒙德。伊莎贝尔的自主精神使她按想象行事，她不顾表兄的善意劝告，一心要让奥斯蒙德的"艺术品位"借她的财力展示魅力。她觉得，这才是金钱应有的作为，不然，英国伯爵或是美国富翁，伊莎贝尔又能为他们做些什么呢？换言之，伊莎贝尔自身的价值又如何体现呢？小说的高潮部分，女主人公发现她已将生活搞得一团糟。来自阿尔伯尔尼的伊莎贝尔，意识已经转化为罗马的奥斯蒙德夫人，这一转化部分源自天性，部分来自她周围几位人物的影

---

① See Henry James, "Preface to the New York Edition", in Leon Edel ed., *Henry James: Literary Criticism*, vol. II, New York: The Library of America, 1984, p. 1075.

② 詹姆斯原文以"It"代指那些具有个性的个体，笔者直译为"它"，指萌发主题性的可写之人。See Henry James, "Preface to the New York Edition", in Leon Edel ed., *Henry James: Literary Criticism*, vol. II, New York: The Library of America, 1984, p. 1073.

响。尤其是表兄拉尔夫和梅尔夫人的影响。两个颇具影响力的人物，从不同的方向对伊莎贝尔的精神"施压"，面对来自不同方向的影响力，伊莎贝尔必须自主选择。最终还是她的想象力、直觉、正直与自由，这些伊莎贝尔特有品质帮助她走出了困境。伊莎贝尔的命运可以因其想象力"一团糟"，也可以依据想象力扭转局面。当伊莎贝尔意识到，表兄最初对奥斯蒙德的判断是正确的，自己只不过一厢情愿地"高看"了徒有其表的奥斯蒙德，"她的大脑处于极度活跃状态，无数画面侵扰袭来，她本人的画面也加入进来，她准备好了与它们相见，当头落枕上，她便会嘲笑它们。"①伊莎贝尔在凌晨4点中的黑暗中凝视着头脑中那些袭来的"画面"，沉思梅尔夫人"理想女性"背后的"矫饰、欺骗"。在发现奥斯蒙德与梅尔夫人的"隐情"之后，伊莎贝尔"相信她不会蔑视或挑衅"，她说服自己思考继女的未来。伊莎贝尔的想象力开始了新一轮的启蒙。梅尔夫人"联姻"陷阱的促动，成为她重启新的意识航程的契机。

　　詹姆斯并未让伊莎贝尔的想象力完全脱离理性的维度，伊莎贝尔的确从奥斯蒙德的"艺术熏陶"和梅尔夫人的循循善诱中，发现了新英格兰与欧洲之间的"差距"。发现了自我意识疆域中同时存在着的误区与未知之域。伊莎贝尔的想象力转而向着未知之域展开了更为深入的探究。伊莎贝尔选择了将女儿帕西从修道院中带出，选择了直面并原谅梅尔夫人一直"掩饰"帕西生母身份的事实。她选择了孤身一人返回花园山庄，将奥斯蒙德留在身后，向将要离世的拉尔夫示意自己的意识进化。小说到此戛然而止。这一有意味的"悬置"，令读者意犹未尽。仿佛伊莎贝尔仍在想象力的推动下，身影恍惚，或徘徊或冲动。她正继续向着未知的未来寻找着什么。

　　詹姆斯在纽约版序言中再次忆起这一想象力的作用，"人物所达到的幅度，被置于想象之中，想象容纳它，保存、加护并欣赏它，意识到这

---

① Henry James, *The Portrait of A Lady*, Pennsylvania: The Franklin Library, 1983, p. 415.

一幅度存在于大脑昏暗、拥挤和杂乱的后台……"①詹姆斯在序言中"赞赏"自己的选择说，他有意识地为难自己，为了"摆脱"轻松的情节结构惯例，他将"年轻女性的意识置于主题的中心位置，如愿地得到又有趣又美丽的难题。坚守这一中心，将最大重量置于天秤此端，这便是她与自我意识关系的那一端。"②

伊莎贝尔意识进化的过程以及这一过程的展开的方式，构成了小说最大的特征。詹姆斯让伊莎贝尔言行举止展开的每一步都伴随着想象力的巨大作用。伊莎贝尔的意识成长，如同"逆向行驶的哥伦布"，旧大陆的人物风貌、社会关系、文化习俗，以及旅欧美国人自己的独特行事准则，方方面面的"表象"，在伊莎贝尔的意识中构成了一个认知域，而对这一认知区域进行类、统计和数据分析的，不仅有伊莎贝尔原有的知识背景和鉴赏力，更有詹姆斯赋予她的想象力。这一想象力生气勃勃、毫无畏惧，甚至有些无知和莽撞，但伊莎贝尔始终以期冀未来的美好愿望作为驱动力，让想象力在鉴别真实或虚假、鉴赏美丽或鄙陋的过程中，充分发挥出亚里士多德所谓"善的本质"，抑或康德所谓"美的普遍性"作用力。从最初对奥斯蒙德优雅品味的"艺术想象"，到最后原谅梅尔夫人的"过度完美"，伊莎贝尔借助想象的预测和判断，不断发现着自我意识的自主精神。由旧大陆返航新大陆，美国女孩经由想象力的不断"拂拭"，发现了欧美文化上的"新旧"奥秘，发现了自我意识变化中，过去与未来交互作用产生的积极效果。阿尔巴尼的伊莎贝尔，在旅欧美国人颇有城府的联姻中，意识一经洗礼，便已具备良好的推测和预见力，她已具备詹姆斯那些"所有时代的继承者"类型的基本素质。她是詹姆斯以虚构之力创造出的人物真实性的典范。詹姆斯自诩道："对一个发明创造者来说，有什么更好的领域令他得心应手呢？女孩翱翔着，像是一个可爱的造物，永不湮灭，所有工作就是将她输送到最高程度的形态之中。……

---

① Henry James, "Preface to the New York Edition", in Leon Edel ed., *Henry James: Literary Criticism*, vol. II, New York: The Library of America, 1984, p. 1077.

② Ibid., p. 1079.

完全依据她以及与她相关之事,你便会明白你需要什么,记住,你一定得"为她'费力'(doing her)"。①

詹姆斯的确为创造一位富有想象力的年轻女性殚精竭虑,詹姆斯自己预先付出的巨大想象力也是无与伦比的。詹姆斯以浪漫爱情故事"掩饰"表面,以显微镜和扫描仪式的科学观察,对女主人公的自我意识,尤其是其幽暗不明的意识盲区进行了勘测,以创新文学文体的形式变革,让科学研究成果以文学形式呈现。伊莎贝尔的基质是完全真实的,她与自我意识的间距让这一形象时而清晰,时而模糊。她的意识深不可测,同时,她又对周围环境的现实性有着清醒的认识。她在想象力的驱动下,充满追求自由的激情与冲动,她又能避免一厢情愿的幻觉。她朴实而直截了当。詹姆斯用科学研究、浪漫趣味与艺术虚构完美结合的方式,为伊莎贝尔画了一幅逼真而不同凡响的女性肖像画。

含混叙事与隐喻修辞

《一位女士的画像》成功地援用了詹姆斯新开发的小说理论,书写出了新的小说文体。追溯《罗德里克·赫德森》之后的一系列故事,我们可以见出,詹姆斯一步步脱离了稳定安全的地基,进入了某种不熟悉、不确定的区域,在这一区域中,小说的成就无法按惯例归于传奇或人物志。较之于传统小说的人物刻画手法,《一位女士的画像》的戏剧化情景、环境描写与人物性格都略胜一筹。但这部作品的真正价值在于,它更像是正在生成的年轻之辈:它其有的伟大意义和未来愿景远大于它的实际品性。《一位女士的画像》不仅在心理、意识方面成功开掘出新的小说疆域,《一位女士的画像》更以修辞的"无可挑剔",甚至"过分讲究",将小说的散文文体推向诗化语言的境界。其微妙含混的修辞特征,亦成为"詹姆斯式"修辞的最佳例证之一。

《一位女士的画像》并非仅限于简单讲述美国人来到欧洲后的"时代错乱"(anchronism)症。詹姆斯试图以新颖的文体学发明来展现他的爱国之情,

---

① Henry James, "Preface to the New York Edition", in Leon Edel ed., *Henry James: Literary Criticism*, vol. II, New York: The Library of America, 1984, p. 1080.

展现他的在文体和修辞方面的才华。詹姆斯同时代的批评家和读者鲜有体察其动机者。他对浪漫社会学的探究发现，他使用的文体和修辞方法鲜有知音。这使詹姆斯面临危境：一般读者也许只愿欣赏故事的新奇，大部分人可能错过了那些卓越智慧的机敏质询。《一位女士的画像》返归最初涉猎并曾征服之域（欧美文化相遇及冲突之旧题），重操那些熟稔的材料，詹姆斯更想做的是以新颖的文学主题和形式，对传统浪漫社会学小说予以"冒犯"，将严谨的科学态度和严肃的道德意识，融入精致优雅的文学修辞之中，以微妙的词性变化和语料的特殊配置，将浪漫社会学引入严肃文学之域。

"女士画像"是一个朴素的标题，也是精心之选。"这位女士的画像"既是设问，也是整部小说的主题。它以精致而含混的修辞达成了妙趣横生的阅读效果。读者的最初发现，在叙事的缠绕迂回中，在詹姆斯有意设置的隐喻所指中，那些曾经的、必然的证据，最终却化为改变最初观点的证明。最后的细节候在那里，等候着逆转一刻的到来——如同专业水准的科学工作——在整体显现之前静候。

《一位女士的画像》在叙事方面的重要特征便是含混和微妙。奥斯蒙德是微妙人物中最微妙的一位。梅尔夫人是他的前妻，也是他女儿的母亲，梅尔夫人操纵潦倒的奥斯蒙德与富有的伊莎贝尔联姻，这也正合伊莎贝尔的理想，如果有什么微妙之处，那就是梅尔夫人的所作所为甚至比预期更好。梅尔夫人完美无瑕背后的隐情，读者只有凭借敏锐的嗅觉，方可觉察其中原委。而伊莎贝尔，这位极其优秀的美国女孩，从科学研究的角度来看，她似乎正符合詹姆斯就此主题发表的最后结论：这类范型会一直进化，直到她自身定型。小说第 298 页，奥斯蒙德与伊莎贝尔谈论是否去罗马、是否带女儿帕西回来，两人互有歧义地"理解"着对方的含义，这让伊莎贝尔的意识遇到了障碍：

> 他离开后，她站了一会，环顾四周，然后慢慢地、若有所思地坐了下来。她一直这么坐着，直到她的同伴返回，抄着手，盯着丑陋的地毯。她的焦虑不安从未消除，它一直都在，还很深。过去一周发生

了一些事，她的想象一直向前欲接触它们；而在这，当它来时，她停住了——那些崇高的原则，由于某种原因毁坏了。这位年轻女士的精神活动有些奇特，我只能给你我所看到的，不指望它能与其本然同步。她的想象，如我所言，这会儿犹豫不前；它无法越过那个最后的模糊区域——那个晦暗、不确定的地带，看上去暧昧不明，甚至有些危险莫测，像是冬日薄暮里看见的一片沼泽。但她要跨越它。①

伊莎贝尔辨析奥斯蒙德"真相"的过程，也是自己对意识障碍的"跨越"进程，她不得不面对它们，她有跨越"沼泽"的义务（为了女儿帕西），也有自我意愿和自主能力。詹姆斯此段中的"插话"，一方面是为这位文学"创造物"作注，另一方面是，他在为一位有着强烈自由意志的女性的未来进行塑造。这一未来并非一帆风顺，它的曲折和险境都是主人公必须意识到的，也是她的意识和想象需得不断启动加以克服的。

詹姆斯似乎随意投掷出的语言线条，往往意蕴丰厚，暗藏玄机。读詹姆斯的小说，除非用心倾听，否则极有可能全然错失，它们需要精致优雅的赏析。而优雅又不可太过，从严格的文学样式来说，如果人们有所选择的话，詹姆斯修辞的严苛精致恰到好处；他以文体家的方式统御全篇：笔触轻逸，充满启示，迂回曲折，准确地预知读者所期，且不动声色，精心布置。《一位女士的画像》几乎无懈可击。或许有人苛责作者，因为无人会像"画像"中人，如此优雅地言说与行事。但任何激进的文学样式都曾付出过代价，而错失詹姆斯成功的秘密则会付出更多的代价。因为全面恰当地总结詹姆斯的秘诀尚需时日。我们现在或可称《一位女士的画像》的文体为"以想象对待现实"的暗示性文体，或者可称其为隐喻修辞文体。

在亨利·詹姆斯的早、中期小说中，隐喻已是詹姆斯偏爱并娴熟使用的重要修辞手段。《黛西·米勒》在开启欧美文化冲突主题的同时，也开启了以隐喻象征为叙述方式，将主题暗示给有"责任心的读者"。这一

---

① Henry James, *The Portrait of a Lady*, Pennsylvania: The Franklin Library, 1983, p. 298.

作家声音"退隐"的小说叙述策略与传统现实主义小说之间有着明显的区别。午夜，罗马圆形剧场，疟疾，流言，死亡……隐喻密密排列。幽暗冷森的背景中，女主人公青春的躯体与自由精神的香消玉殒，被衬托得更加鲜活惨烈。古老的欧洲，城府、漠然、侵蚀、腐朽；年轻的新大陆，美丽、自由、天真、无辜。新旧大陆文化优劣的对比与冲突主题，在隐喻修辞的作用下得以彰显。无可否认，詹姆斯早期小说中的隐喻未脱哥特小说的雕琢刻意，但主题的清新深刻才是作家的本意。詹姆斯把黛西称为"我所创作的终极最成功的人物"。黛西是美国女子邂逅欧洲的典型人物。到伊莎贝尔时，这一人物已近完型。

《一位女士的画像》的"遗嘱风波"，①以及"资本与支配资本的规则"是一个无意识却意义重大的隐喻。拉尔夫身患绝症，却继承了一大笔财产，伊莎贝尔美丽聪慧，富于激情，爱幻想，这笔钱正好"助推"她的婚姻与精神历险。小说末尾，伊莎贝尔与拉尔夫"道别"一幕，詹姆斯用隐喻伏笔，昭示伊莎贝尔意识境界的"进阶"意味：

> 他的吻像是白光，一闪散开，又一闪散开，然后停住了；……她听到了船在失事，听到了它们下沉之前水下流动的一系列景象：在黑暗返回前她是自由的。她从未向四周张望；她才刚刚出离此境。屋里窗户透出亮光；它们照到草坪远处。在极短的时间内——那距离相当远——她便走出黑暗（她什么也看不见）走到了门口。她只在那停顿了一下。她环顾四周；她听了一会；然后把手放在门闩上。她先前还不知去哪；她现在明白了。有条笔直的小路。②

伊莎贝尔从最初旨在自我的意识幻境中"漫游"，到"环顾四周"找到"出路"。詹姆斯此段修辞，将花园山庄的实际环境与女主人公意

---

① 参见［美］霍华德·马文·范斯坦《就这样，他成了威廉·詹姆斯》，季光茂译，东方出版社 2001 年版，第 241—248 页。
② Henry James, *The Portrait of a Lady*, Pennsylvania: The Franklin Library, 1983, pp. 565—566.

识中的"失事"与"自救"幻境的相关之处勾连会通，实物的"光亮"之处，隐喻着伊莎贝尔从晦暗中"顿悟"的意识觉醒，明暗相谐的曲笔韵致，让这一结尾充满着诗意，也充满着不确定性。

詹姆斯的"遗嘱"之喻不仅对小说人物的遭际做了启动"资金"，也为欧美遇合的各种文化成果打上了"资本的烙印"。"花园山庄"美好而有些幻想意味，甚至脆弱，但它却是女主人公伊莎贝尔精神探险旅程的起锚之地，也是拉尔夫优雅良知和精神牺牲的墓地。詹姆斯尤其喜爱花园、花朵等意象。[①] 文学园地如同百花锦簇之园，有些花是真实的，而更多地花朵，需要作家的悉心栽培，或者说，以想象力进行创造，方可优于不完美的现实之像，方可行使文学的特权，为现实世界造一方乐土，重塑纯真年代的伊甸园。而现实世界又因为文学家们的言语—行为的反身之用，得以渐进修正。詹姆斯将文学语言的嬉戏功能与文学的社会道德责任感有机结合。象征与隐喻贯穿整部小说，地理环境、建筑物或室内装饰，无一不是促成主人公意识轨迹与命运转折的触媒。隐喻与象征作为詹姆斯中后期小说的主要修辞手段，为20世纪的小说文体与修辞带来了难题，它要求读者阅读的倾情投入，它需要在时间的进程中，认知人类运用语言的限度及其成果，意识到语言反身影响人物意识过程的作用。

二、《卡萨玛西玛公主》的"社会政治题材"及其隐喻

《卡萨玛西玛公主》（1886）出版时，詹姆斯已是第二次定居伦敦。[②]詹姆斯1876年首访伦敦，对大英帝国的辉煌已有所见识。对19世纪后期的这个西方最大帝国的末日景象，詹姆斯已有所察觉。海德公园的雾一方

[①] 亨利·詹姆斯的小说和序言中常用花园、花朵、阳台、窗口作为喻体，喻指文学样式、文学生长环境，或是人物置身其中的特殊环境。"花园"早在詹姆斯《小说的艺术》一文中成为主要意象。《一位女士的画像》的纽约版序言，更是以这一意象作为在想象的园地中为"打造"主人公而悉心培植的基本隐喻。后文将在"小说理论的隐喻特征"一章集中论述。

[②] 詹姆斯1886年6月租住伦敦肯辛顿附近一四层公寓，租期长达21年，并在那里完成了《卡萨玛西玛公主》的创作。参见 William R. Macnaughton, *Henry James: The Later Novels*, Boston: Twayne Publishers, 1987, p. 6.

面掩盖了伦敦的真相，另一方面又提供了新奇、神秘的舒适惬意，如同真理与阴影如影随形。詹姆斯习惯于漫步伦敦街道，那是他沉思文明之用的重要时刻。《卡萨玛西玛公主》便是这一思索的成果。詹姆斯欲探究那些"微弱的智慧生物"的文明遭际，探究他们面对知识与权力、金钱与机会的满足感时，他们如何应对所有幸运之门都遭关闭，又如何重新开启自我意识的光亮之门，重建良知与魅力。这些新鲜而深刻的时代之题，在《卡萨玛西玛公主》中虽无完满答案，但詹姆斯自己的文明理想更加清晰，这一理想与社会秩序更大规模松散崩塌之间的对立也更加明显。

在詹姆斯为数不多的涉及政治与社会革命之题的小说中，《卡萨玛西玛公主》被认为是"社会学资料"。①詹姆斯往来伦敦与巴黎时期，断断续续写成了前四章，租住伦敦后，詹姆斯的写作环境相对安宁，但此时的伦敦，社会与政治亦处于动荡时期。大英帝国的文明受到来自内外的双重威胁。内部主要是贫困、暴乱及丑闻到了高发阶段，对爱尔兰的控制已处于摇摆不定之中，而外部则面临着对亚美尼亚的俄罗斯人开战的可能，还有苏丹殖民地领主的反叛等"外患"。而此时自由党掌控的政府则处于自命难保的时期。詹姆斯写信给其兄威廉说："内战一触即发。"②

关于《卡萨玛西玛公主》的题材及影响来源，批评家各执一词。大多评论者聚焦于女主人公"爱的动机"和男主人公雅辛斯·鲁宾荪（Hyacinth Robinson）的自杀。小说被定位为社会政治与革命的激进小说。20世纪50年代对这一小说的大量评论，以及由此为詹姆斯带来的新的声誉，甚至让詹姆斯成功地进入了文学巨匠们的圈子：与巴尔扎克、狄更斯、艾略特、陀思妥耶夫斯基和福克纳相提并论。③评论家们对其题材的兴趣远大于小说技巧，认为詹姆斯若在这一题材上继续开掘，或将取得不俗成就。评论家们似乎找到了各种影响资源。有的认为詹姆斯试图以狄更斯式的

---

① Alwyn Berland, *Culture and Conduct in Novels of Henry James*, Cambridge: Cambridge University Press, 1981, p. 139.
② See William R. Macnaughton, *Henry James: The Later Novels*, Boston: Twayne Publishers, 1987, p. 7.
③ William R. Macnaughton, *Henry James: The Later Novels*, Boston: Twayne Publishers, 1987, p. 12.

社会小说类型，反映他对伦敦街头的观察及所思所感，因为小说的男主人公在一家印刷厂工作，正是在那里，他遇到了革命家保罗·缪尼门特，印刷厂成了召开政治会议的场所。有的评论者认为，屠格涅夫《处女地》中的男主人公，那位挣扎在革命誓言和对要毁灭的阶级的同情两难境遇之中的激情男主角，还有那位冷酷的跛足的革命家，都是詹姆斯借用的原型，因为詹姆斯那时正为那部小说写书评。批评家们甚至从福楼拜的《情感教育》和陀思妥耶夫斯基的《群魔》中找到了影子，因为詹姆斯选择了"工人阶级"这一"激进因素"作为题材来源。

实际上，从詹姆斯前期小说的实践，以及詹姆斯在小说序言中的解释两方面看，这部不同寻常的"社会政治和革命题材"小说，其基本出发点仍不离"文明遇合"这一难有结论的探索之题。詹姆斯自己在纽约版序言阐明："小说欲将伦敦街头漫步时的想象，寄寓一位具有良好感知力和思维能力之人，一个有能力接受文明之益，使他可具备良好的判断力之人。"[①]小说对贫困破败和敏感欲望的描写只是一种模糊的想象，只是为提出一个关键问题：他日常生活的世界、他预想的世界、他的敌人合起来对他的影响，尤其是他对敌手的回应，所有这一切对他的困扰合围，将会产生怎样的后果？正是对这一问题的自问自答，构成了这部小说所谓"社会政治"的肌理。而詹姆斯的答案也在他的写作过程中逐渐明晰：只有倾情投入所获之物，方能收获直接经验之果实。詹姆斯认为，这部小说的主题与形式相得益彰，形式服务于主题。人物行为通过智性敏感者的观察得来，观察者偶尔也被反观，而人物个性便在这一"看与被看"的观察中显现。通过"观看"，读者获得了对人物行为的"印象"。《罗德里克·赫德森》中的罗兰·马勒特、《一位女士的画像》的伊莎贝尔·阿切尔、《波士顿人》中的巴思尔·罗塞姆，詹姆斯自1875年以来，一直善用"旁观"方式来表述人物与社会文化之间的微妙关系。《卡萨玛西玛公主》借用的革命者形象，是詹姆斯借以表达普遍性文化背景的一种手段，小

[①] Henry James, "Preface to the New York Edition", in Leon Edel ed., *Henry James Literary Criticism*, vol. II, New York: The Library of America, 1984, pp. 1086—1087.

说人物的激进行为和贫困实况的描述，只是詹姆斯个人对于社会境况的碎片化的了解。文明对人之个性影响的深层主题，需得有心者"倾心投入"方能解其要旨。詹姆斯1884年在《小说的艺术》中提出的"从已知见出未知"这样对艺术家的要求，或许正是促生《卡萨玛西玛公主》的创作动机、汲取社会政治性题材的缘由。激进、贫困的社会环境，充满激情的社会改革家的自杀，这些显性主题背后，暗含着詹姆斯根深蒂固的"阶级意识"：写贫困者的处境，不等于认同工人阶级的价值观，写上流社会"公主"与中下层人士的爱情，并非以浪漫传奇来抹平社会阶层之间的差异。詹姆斯只是"好奇"，在普遍共享的社会文化大背景下，无论上流社会或是下等人群，每个人的智性与良知会产生出怎样的产品。大英帝国当时面临的内乱和外患、欧美文明遇合的时代问题与人的道德意识危机，这些才是真正关乎人之本质的问题。至于社会秩序的稳定或社会制度及其状况的改良，应是有着良好文明和优美举止的智性、良善之人的课题。以小说家的艺术想象培育出真正的小说，这才是艺术家的职责。①

詹姆斯欧美文明遇合的探索系列，从《卡萨玛西玛公主》之后，进入了一个更为系统的时期。而且，詹姆斯此后的小说出版形式更多地采用了整书出版，期刊连载的仓促和对编辑迁就的状况有所改善，这让詹姆斯有了更多的自由，更从容、更深入细致地发展这一宏大主题。

三、《螺丝在拧紧》与《圣泉》中的认知困境

《螺丝在拧紧》（1898）和《圣泉》（1900）是继《卡萨玛西玛公主》之后，在内容和形式上更趋"詹姆斯式"的作品。

《螺丝在拧紧》（1898）表面上看是一部鬼魂小说。家庭女教师进驻一个贵族家庭教化两个聪明绝顶、美丽可爱的孩子。主人的离家，让女教师掌控管教大权，但事实上，两个乖巧的孩子暗中摆布着女教师的感知印象，女教师觉察两个孩子背后另有其人，甚至亲眼见到鬼魂徘徊在城

---

① 关于《卡萨玛西玛公主》的创作动机与人物构想，詹姆斯在这部小说纽约版序言中有详尽说明。参见本书附录。

堡和客厅周围，但其所见却被管家和其他人认为是幻觉。女教师执着地推测，鬼魂系前任女教师与男仆有私情，且化为阴魂暗中作祟，攫取并操纵了孩子们的意识。女教师决意从危境中"挽救"孩子，并迫使孩子说出"真相"，而美丽的小男孩惊恐地死于女教师的怀抱，小女孩则迷走于神秘的湖心岛，处于危险的境地。故事结尾未对女教师叙述的真假给出确定答案。

整部小说如同"聚光灯"摇曳着打在"幻灯屏幕"上，人影晃动，影像模糊，女教师的叙述充满了主观幻觉的意味，表现了人的感知在灵的世界和在物质世界之间的徘徊。而实际上，鬼魂不仅仅是詹姆斯的叙事计谋，詹姆斯通过鬼魂小说探索的是复杂的感知或认识论的问题，用基于感知和认识论的情节去展开与宗教相关的主题。约翰·亨利·纽曼说过，"怀疑本身表达出一种明确的状态，即暗示出意识的不确定的习惯和状态"。①詹姆斯运用隐喻和透迤的文体表达着这种犹豫不决和真假难辨，恰恰表明了他的这一意识习性。隐喻模棱两可的修辞特性，对经验的多样性和复杂性能够充分予以表达。詹姆斯为20世纪文坛了提供了一种打开文本中双重或多重阅读视角的经验。

《圣泉》从1900年开始写作，1901年出版。说的是一个不具名的叙述者，欲识破一对恋人之间关系真相的故事。《圣泉》的叙述者与詹姆斯其他小说，尤其是后期小说中的核心人物具有相同的癖好，即他们常常试图从误导的信息中发现真相。奇诡的是，他貌似合理的推论似乎击中了书中每个人的要害。小说中不止一人试图愚弄叙述者，以期遮掩自己的外遇。在这部小说中，一切都处在不确定之中，表面现象变幻莫测，叙述者只是在无休止地推论和猜测，而真相的揭示则遥遥无期。《圣泉》曾被认为是艺术家欲构建一个另类的、更深奥的艺术真实，是对一系列探讨人类性欲与吸血鬼理论的一种戏仿。但詹姆斯小说中令人眼花缭乱的现实却表明，詹姆斯的意图远不止于此。詹姆斯自己曾调侃说它只是一个持续不断的玩笑而已。而这一"玩笑"之作，却随着时间的流逝赢得了

---

① 转引自 Hazel Hutchison, *Seeing and Believing: Henry James and The Spiritual World*, Palgrave Macmillan, 2006, p. 6.

更多批评家们的青睐。一些批评家认为它是一部寓言，是关于人们透过表面现象对不可知的复杂世界的阐释之作。《圣泉》是詹姆斯后期小说意识探索主题愈加深入，隐喻文体几近成熟的过渡性作品。正是在《圣泉》中，人的主观意识的能动性与创造力开始彰显"魔力"，事实的真伪与道德价值的优劣不再有明确的判断，而处于各种复杂关系之中的人们的意识互动与成长，才是作家关注的焦点。

詹姆斯的《地毯中的图案》(1896)和《丛林猛兽》(1903)[①]等中短篇小说，亦是以隐喻为主要修辞手段进行实验的重要作品。《地毯中的图案》以"地毯图案"为喻，设置了文学家与文学批评家两大"阵营"，通过他们之间的"对话"与"对驳"，讨论文学传统与文学批评传统的继承与创新等敏感问题，小说以叙述人兼批评家"我"因未获文学宝藏而对书写游戏报以"嬉戏"之喻作结。詹姆斯早于罗兰·巴特等后现代解构文论家们提出了文本游戏及其道德选择的文学伦理学问题。《丛林猛兽》以男主人公一生都在等候一件不幸大事的发生，最终却发现等待本身便是这件"不幸的大事"：它如同一直潜伏身边的丛林猛兽，不仅吞噬掉了至关重要的爱情，生命本身也在担忧和等待中悄然错失。这些小说的篇名、人物身份及情节推进，都在詹姆斯精心设置的隐喻中，获得了一种结构上的功能，隐喻与喻体共同成为表现小说主题不可或缺的因素。整体结构上的隐喻特征，也让读者对小说含意的理解产生了分歧，意义的不确定性成为"詹姆斯式"的一个重要特征。这一特征将会在下一章的《使节》《鸽翼》和《金碗》三节中详加论述。

[①] 《丛林猛兽》写于1902年，1903年与长篇杰作《使节》同时刊出。两部作品都曾被认为是詹姆斯以"男主人公虚度年华"为主题的杰作（详见《亨利·詹姆斯中篇小说选》前言，巫宁坤等译，上海译文出版社2007年版）。随着时间的推移，这两部作品的主旨及文体诸方面的复杂意涵和特征，仍被批评者不断发掘和阐释。譬如《丛林猛兽》的"帝国与圣经意象"、《使节》"对未来美国的想象及对小说未来的预言"等。两部作品典型的"詹姆斯式"风格，成为当代詹姆斯研究的重要文本。

第二章　中期剧作的"得失"与三部杰作的成就

　　1890年至1895年是詹姆斯戏剧创作的多产之年。《美国人》《居依·多姆维尔》和《柔美夏日》，两个室内剧系列及《陪护》一剧的大纲相继完成。《美国人》作为詹姆斯第一部在舞台上成功演出的剧作，从小说改编、排演和巡演，以及与剧院和市场运作打交道的经历，都为詹姆斯积累了经验。而《居依·多姆维尔》的"失败"教训，亦为他后期继续并强化小说既有的精神探索主题，以戏剧化的场景增强小说中人物对话的"行动"比例，以戏剧方案或情景设想（Scenario），增强小说的"视觉化"效果提供了储备。他在1901年到1904年写出的三部长篇佳作，正是在中后期戏剧与小说实践的互动基础上所获得的成就。

第一节　中期剧作的"得"与"失"

一、《美国人》：文本的互文与"问题大全"

　　詹姆斯在1889年周日笔记中曾记录，他同意为开普敦喜剧公司的爱德华·开普敦写一出戏。詹姆斯把已出版12年的小说《美国人》（1877）压缩、精简，使其更适合舞台演出。剧本《美国人》（1890）起初叫作"加利福尼亚人"，后来改回原名。据詹姆斯1890年2月的笔记记载，他先写好了第二幕给了开普敦，4月他给在巴黎的老朋友亨利埃塔·瑞贝尔的信中,坚信"我已经完成的是一部伟大的四幕剧,我想我的前程系于此剧……现在,我已经开始,我的意思是后继有序了。"①

"不期的"巨大成功

《美国人》以带有美国民主味道的台词,为演出地圣·热尔曼近郊带来了一股清新之气。演员们承认,他们并不完全理解詹姆斯的那些台词。但当第一幕结束,大幕适时落下时,观众对剧情更有期待,台下掌声不断,台上笑点恰到好处。演出成功了。詹姆斯事后写信给一位朋友说:

> 第一幕一结束,我便冲到开普敦面前:"老天,它还行?""还行?——当然!针掉在地上你都能听见!"

在小说《诺娜·文森特》(Nona Vincent,1878)里,詹姆斯那位年轻的剧作家也有着同样的经历:

> "它进行的怎样?它还行吗?"他揪住围在身边的人;他听到他们说"相当好——相当不错"……他一时回不过神来,当他终于可以说出话来,他抓住经理的手臂,突然喊道——"它真的还行——是真的吗?"

亨利·詹姆斯早已是位艺术家,但听到自己的作品被喝彩还是第一次。演剧结束了,当地人暴风雨般的喝彩声在这位紧张小说家耳中不啻一种甜美的音乐。煤气灯照耀下,远远地传来了观众的呼喊:"作者、作者。"我们在《诺娜·文森特》中再次发现了这一幕:

> 这时,舞台两翼一阵骚动,所有人的脸奇怪地像是鬼画符……

---

① Leon Edel ed., *The Complete Plays of Henry James*, London: Rupert Hart'-Davis, 1949, p. 179.

他在脚灯光亮中站了片刻,灯光耀眼,他什么也看不清,只看到一大堆模糊人群的马蹄铁,问候声、喝彩声立刻响了起来,对他来说,掌声比他应得的声大,却不及他想得到的……

第一场具有重大意义的战斗结束了,詹姆斯觉得他的男女主人公"真像是弑杀地狱归来的英雄般光彩耀目"。他第二天一大早起床后的第一件事,便是如约给妹妹发电文:"不期的胜利巨大的成功普天同庆为作者伟大的戏剧前程极力喝彩开普敦光彩夺目他的表演令人赞赏亨利书。"妹妹艾丽丝在南肯辛顿旅馆收到电文后立即如约转发给威廉。在遥远的坎布里奇,威廉坐下来写给亨利:"亲爱的老亨利,艾丽丝一早发来电文'不期之胜利——伟大的未来剧作家——喝彩。'我像你一样高兴,希望这仅仅是类似萨杜(Sardou)和大仲马(Dumas)生涯的开始。他们将引发你脑海中的华丽联想,去完成另外的剧作。"威廉转而将电文发给了詹姆斯·罗素·洛威尔,洛威尔1月11号给亨利写信说:"我在猜想你的剧作要巡演多久,你能从每场演出中得多少报酬来娱乐自己。"

1891年9月26日,威廉急切地跨过大西洋从美国赶来,一是探望弥留之际的妹妹,二是出席兄弟的首演之夜。作为哈佛大学的哲学教授,威廉近来正沉浸在最近出版《心理学原理》的成功喜悦中。他称在伦敦的十天是"我记忆中最美好的异域之行。"

在修葺一新的剧院首演是一次巨大的社交上的成功。罗伯特·林肯,这位美国总统来到伦敦,在私人包厢里观剧,一些媒体人也从大洋彼岸赶来一睹"亿万富翁"(《美国人》的主人公)出场。《回声报》报道说:"最有教养的观众都会集到这方小宫里了。"观众席上有画家约翰·辛格·萨金特和乔治·弗里德里克·瓦特、乔治·杜·莫里斯,编辑弗兰克·哈里斯,小说家W. E. 诺里斯,W. K. 克利福德小姐、罗达·布莱顿,剧作家阿瑟·品纳罗,美国出版人奥古斯丁·达利,女演员珍妮维尔夫·沃德,她期待在亨利的第二部戏里演女主角。乔治·梅瑞狄斯很少光顾伦敦剧院,也带女儿从多金赶来。康斯坦茨·费尼莫尔·沃尔森,她的美

国南部和湖区小说系列令詹姆斯仰慕不已,她常住牛津,现在也来伦敦出席首演。我们可从她的视角一窥当晚盛况:

> 我穿戴上最好的衣饰,我们看上去已经相当不错了,但跟另外那群人相比,我们相形见绌!粉红绸缎、蓝色绸缎、各种珠宝,我们四周流光溢彩。大厅爆满,掌声四起……文学艺术界的人物悉数到场,其中不乏诸多"名流"……演出结束时,演员们被唤出,"作者、作者"呼声四起。稍候片刻,亨利出现在大幕前并致以谢意。他看上去棒极了——平静、优雅、喜悦。他仅停留片刻。批评家们的剧评自此囤田半顷。剧评多是温和与称许;不乏攻击、诋毁,以及高度赞美。①

伦敦剧评

詹姆斯此时有幸结识了一位颇有影响力的剧评家威廉·阿切尔。阿切尔曾翻译了易卜生的剧作,他的言论在伦敦剧评界有着举足轻重的作用。他给予詹姆斯很高的评价。詹姆斯本人也很看重阿切尔的观点,两人对当时英美剧坛的状况有着大致相同的见解。詹姆斯1889年曾发表一篇演讲词《演剧之后》(After the Play),批评当时英格兰好的剧作不多,并且援引阿切尔的话说,剧院亟须与剧作家协作。

詹姆斯返回伦敦的那天早晨,刊有阿切尔评论的《世界报》也印出来了。那篇评论说发现了詹姆斯真正的"戏剧才华。"认为那些"整饬精美的对话,它们听上去惬意,即使不那么能引起戏剧的真实感。"阿切尔称赞《美国人》有些段落"触到了剧作精髓",他还为大团圆结局辩护道:"那不是对廉价的大众乐天的让步,而是人性和可能性。"阿切尔写道:"对我而言,一位优秀作家的第一部剧作,据我判断是微不足道的……具有偶然性……我很高兴我语出惊人。"他还写道,剧作"充满了警句、生动对话

---

① Leon Edel ed., *The Complete Plays of Henry James*, London: Rupert Hart-Davis, 1949, p. 188.

和意外事件，这些都表现出对剧场效果的热切关注"。①

伦敦大部分一流评家都高度赞扬此剧。乡间剧评中未曾注意到的不足，现在正为伦敦剧评留下更多议论空间。南港评论大多认为剧作需要剪裁。一些批评家发现台词念起来过于拽文。《南港来访者》评价说："作者于英国剧作家行列已获一席，南港观众的判断向无逆袭。"大多剧评异口同声道出剧本较之小说更浪漫更有戏剧性；剧本主题有些含混；而伊丽莎白·罗宾斯饰演的克莱尔有些歇斯底里，开普敦演的美国人则过于脸谱化。"我们与最新批评学派的批评家们一样，为文学家在舞台上的冒险担心，"剧评杂志《时代》如此评论道，"但情况良好，他们将文学带入其中了。"阿瑟·西蒙在《学术》杂志上发文表达了疑问："可以认为戏剧令小说家更成功吗？"来自大洋彼岸的批评则更加尖锐。《纽约时报》在首演夜的第二天头版发文，与伦敦之评随声附和，"一堆空洞情节"，纽曼的形象堪比"马戏团班主"。只有《大西洋月刊》给予了较全面的评价："美国式的粗野合乎伦敦舞台胃口，开普敦饰演的美国人在某些方面还是很有见地的，他的粗野与淳朴扯平了。"对于罗宾斯小姐，这家报纸调侃说，她为此剧引进了"易卜生式的歇斯底里"。②

南港首演之夜两周后，巴斯迪尔给豪威尔斯写信说："演出成功最令人鼓舞的地方是它对詹姆斯的影响。他像是一名竞跑者准备好了竞赛。他有一种正在启动的神情——一种少年人被年长者掌控的劲头；那是最令人羡慕的一种情境。"③威廉也感到亨利的这一变化，他写给亨利："看到你上了年纪还能沉静而热烈地体验如此的喧嚣骚动，这太让人高兴了，我寄予厚望，你现已入池，只待你持之以恒，终为大仲马传人。"詹姆斯的确持之以恒。目前他已完成了另两个剧本，正忙于筹备《美国人》的伦敦上演事宜。

---

① Leon Edel ed., *The Complete Plays of Henry James*, London: Rupert Hart-Davis, 1949, p. 189.
② Ibid.
③ Ibid., p. 185.

剧本改编的潜台词

《美国人》在一堆褒贬不一的批评中继续上演。詹姆斯本人也很欢悦："无论'还会'发生什么，我已完全将它发射出去，我全然与它同在，且依然会为之尽全力。"《美国人》的戏剧尝试，显然有益于詹姆斯日后的小说创作，人物的心理问题在舞台的戏剧化场景中流露，人物对话的微妙差异以"可视性"舞台效果直观呈现。但《美国人》在伦敦的演出经验也让詹姆斯感觉到伦敦观众的"无艺术感和不列颠式的智力低下"。他认为，对剧本的改编损害了戏剧的精髓——那些持久的、普遍的精神的品位与价值。伦敦观众希望保有的"舞台"是强烈的戏剧情节，是一种每位观众人都看得懂的突出剧情的戏。詹姆斯的那些具有自我审视和讽刺意味的潜台词，难以持续引来伦敦观众的掌声。

这部戏的出炉宛如教科书：超拔的表演会为其增色，而"庸才"之手则会适得其反。最初，詹姆斯不太情愿地修改并减少了场次，他也不太愿意参加那些彩排。渐渐地，他发现自己与那些演员们走得很近，并且直接参与了演出的各项工作。剧作家独自坐在正厅前排，听着、看着，感觉像是另一个人写出了《美国人》。

詹姆斯觉得，这部戏的力道所在，应是那种原生的、固有的生命力，是美国人特有的品质。他注视着克里斯托弗·纽曼（男主人公），纽曼先是赢得芳心，又失去青睐，最后终得美人眷顾。小说中对克里斯托弗·纽曼，有着漫画般的讽刺效果，詹姆斯不放过任何嘲弄这位乡下人的机会，但又总是以一种轻松而善意的方式来进行。剧中的克里斯托弗与小说中的人物一样，都是来自美国的克里斯托弗。小说中对这位美国人，以他直接、单纯和道德方面的诚信赢得了读者的喜爱。剧中的克里斯托弗最初是令人反感的，他在第一幕宣称："我想不时地过过好日子，我一生都在唱洋基歌，现在想试试别的调门。"①除此之外，他依然是那个淳朴高贵的、热心肠的、慷慨的、高大而威严的人。

---

① Leon Edel ed., *The Complete Plays of Henry James*, London: Rupert Hart-Davis, 1949, p. 182.

小说出版时詹姆斯曾写信给伊丽莎白·鲍特（后者希望小说有个完美结局）说，男主人公纽曼的结局"仅有一种可能性……现在，他们还不能结婚"。而到了写好的剧本中，这一可能性便成为可能：舞台上的男主人公得到了小说中尚不可能的"胜利"。① 剧末，纽曼与女主人公克莱尔有一段对话：

克莱尔：你成功了——你让我找回了自己，你赢得了我。
纽曼：那正是我想看到的。
（纽曼与克莱尔双双离开了，也许再也不回来了。）②

与第一幕纽曼初到大英帝国，带着口音说"那正是我想见见的"（That just what I wauhnt to see）③相比，剧末纽曼的"那正是我想见到的！"（That just what I want to see）已是另一番景象。不谙优雅古英语（such fine old English）的美国新人纽曼，带走了巴黎贵族之家的金枝玉叶。纽曼履行了要"拯救"旧大陆的宏愿，他的代价是对贵族之家冷酷本质的识别：父亲为了大家族的经济脉络，不惜以罗浮宫和女儿为诱惑，在美国洋基的财大气粗面前，欧洲古老文明的价值遭到质询。纽曼来欧洲的初衷本是欣赏古老文明，他被引进罗浮宫，却被嘲笑对宫里表演者的兴趣远远超过了四壁巨画。这个古老家族迎接他的动机只在经济。纽曼发现自己面对的是一扇开启的门，门背后隐现着冷酷的欧洲人面孔。

实际上，詹姆斯的原小说《美国人》（1877）是一部集天真美国遇见世故欧洲的"问题大全"。《罗德里克·赫德森》以"银钥匙"开启之后，詹姆斯将欧美遇合的故事讲了又讲：《一位女士的画像》《反射器》（这部小说对《美国人》的重写痕迹极其明显），以及后期三部长篇《鸽翼》《使节》和《金碗》，都是紧随《美国人》之后，对其主题的延伸或修正。对詹姆斯来

---

① Leon Edel ed., *The Complete Plays of Henry James*, London: Rupert Hart-Davis, 1949, p. 180.
② Ibid., p. 196.
③ Ibid., p. 197.

说，与这一题材和主题的不断角力，是要回答一个根本的问题，即当文明遇合中的"受害者"(victims)知晓被自己损害的真相时，他(她)们会何以应对？他们是否报复？他们将如何坦然接受？比起粗暴地谴责施害者，詹姆斯更倾向于让受害人选择善意而有效地校正，让他们重启探索之旅。詹姆斯在《论屠格涅夫》一文中明白地表示：

> 生活是一场战斗。乐观主义者与悲观主义者都赞同这一点。恶魔狂傲又强大；美人令人陶醉却难得；良知最易削弱；愚蠢最易嚣张；邪恶伴随每一天；低能儿位居高处，人们的感知萎缩，人类大多不幸。世界就是这样一个无幻觉，无幻象，无噩梦的夜晚；我们一次次不断地醒来；我们既不能忘怀，也不能否认或置之不理。此世来时我们拥怀经验，予其所欲；作为交换，我们可伺其怠惰暂歇时，多少调集它所给予之物，以便丰盈我们的意识卷帙。如此一来，便有了痛苦与欢乐的交织，但在这神秘的融合之上，盘旋着想象之法则，它力邀我们学会祈愿，学会探索与理解。如此这般，我们似乎可在屠格涅夫精密创作体系中的字里行间进行辨认。①

纽曼最终放弃了报复(暗指他握有透露大家族隐秘的权利，这一隐秘之事詹姆斯从未在小说或戏剧中全然道明)：克莱尔的父亲虽以金钱衡量一切，但他毕竟还是一位有艺术鉴赏力的收藏家。这一对欧洲文明和艺术价值的"拯救"之题，或曰放弃欧洲城府损害美洲天真的"罪恶"的报复，在詹姆斯的《一位女士的画像》中有着明显的"续集"和"延伸"：不同的是那位世故的欧洲贵族，已变身为美国人中的旅欧达人奥斯蒙德了，其艺术修养、美学鉴赏力毫不逊于欧洲本土贵族，而主人公则由一位女性后起之秀取代。伊莎贝尔的意识发育已不再局限于新旧大陆相遇的种种问题，经济资助也只是展现她意识进化的众多因素之一。她所面向的世界

---

① Henry James, "Preface to the New York Edition", in Leon Edel ed., *Henry James: Literary Criticism*, vol. II, New York: The Library of America, 1984, p.998.

更为复杂，她需要解决的问题更多的是个人的选择问题，是她对整个欧洲（包括意大利、法国、英国等）外在环境和源自美国本土的基因重组问题。她几乎在以一个世界公民的身份，思考作为个体的人，在自主意识与现实实践两方面该如何面对这个日新月异的世界的问题。这个世界既是欧洲的，也是美国的，后者更具有新鲜、强劲的动能。小说末尾，伊莎贝尔也做出了"脱离"的选择：她离开的不仅是欧洲，还有被欧洲腐化的那一类美国人。她似乎有勇气去任何地方，或是回意大利面对失败的婚姻，或是重返美国。后期三部杰作的中心也都倾向于写"在欧洲成长了的美国人"，写美国财富对旧大陆文化遗产的"救赎"。从这个意义上来说，《美国人》在小说与戏剧两面都价值不菲。

詹姆斯的"变动"之举，虽然不乏对戏剧效果的考虑，但詹姆斯一向秉持的生活与想象艺术之间关系的见解，的确让《美国人》作为戏剧的成功有了基底。《美国人》从原小说到剧本改编的过程，让我们见出一个有意味的事实：詹姆斯本人与其文本中人物一道，共同完成了在至关重要的考验时刻"简单脱身"（He would simply turn, at the supreme moment, away）。① 这一"脱开"而非"报复"的美德培养，是"詹姆斯式"特有的处世之道。那些看似受害的弱者，正拥抱着这个世界给予的各种经验，为下一次远行置好装备。

更有意味的是，詹姆斯作为剧作家，他在每一部剧作预备上演时都处于极度精神紧张中，直到演出大幕拉开。而作为小说家的詹姆斯又会将这些微妙的戏剧经验在小说文本中加以呈现。文本的互文性将詹姆斯的文学经验在剧本和小说文体之间互动：詹姆斯作为书写者，似乎书写着他人之事，而事情之缘由又起于他的自我之念。小说、戏剧在詹姆斯意识与想象的"盘旋"下，构成了意义混融却以"文体"之别呈现出不同"意味"的文学景观。正如上文提到的那篇短篇《诺娜·文森特》描述的一般，詹姆斯作为戏剧家遭受的痛苦折磨，一如小说中的男主人公："无法进食、无法入眠，甚至无法入座，还不时出错。他像通常一样，因为无

---

① Henry James, *The American*, New York: Oxford World's Classics, 2009, p. 4.

法动弹而说不出话来；他试图逃脱紧张……"①的现实，詹姆斯总是不得不回到剧院或者回到旅馆，他无法远离那些他创造出的角色。

二、两个喜剧系列：《剧院：两个喜剧》与《剧院：第二个系列》

《剧院：两个喜剧》(*Theatricals：Two Comedies*, 1894)包括《房客》(*Tenants*, 1890)和《解约》(*Disengaged*, 1889—1890)，写于詹姆斯戏剧创作密集的5年之间。1894年年底詹姆斯将其出版。尽管他曾批评豪威尔斯在剧作上演前出版剧本，"以一个巴黎人的眼光来看，那太不可思议了"。然而，他的《黛西·米勒》已有先例，现在他更急于以剧本形式将其珍藏，他对伊丽莎白·罗宾斯解释说，此举乃"'不致使其音乐性湮灭'，我情愿让它们行至彻底的沉默与黑暗之中"。《剧院：第二个系列》(*Theatricals：Second Series*, 1895)包括《相册》(*Album*, 1891)和《遭谴》(*Reprobate*, 1891)。詹姆斯自己曾为第二个剧作系列写了很长的序文。我们若将其后的《戏剧之后》(*After the Play*, 1893)和之前的《悲剧缪斯》(*The Tragic Muse*, 1890)一道阅读，便会更好地理解詹姆斯的剧作处境。《戏剧之后》收在哈勃出版的《画像与文本》(*Picture and Text*, 1893)中。《悲剧缪斯》中有加布里尔·纳什这位作家讨论剧院的情节。两个剧作系列在大西洋两岸都刊印成书。目前两个系列仍不时有些销售量，并引起一定的关注。第一个系列已被视为现代戏剧。

《房客》

《房客》写于1890年《美国人》在南港上演前的彩排间隙。当时暂名"韦伯特小姐"，后定为《房客》。《房客》改编自一篇早期小说，情节几乎与原小说一致。德·赫贝尔将军退休后，一心看护弟弟的女儿米瑞德；米瑞德继承了大笔遗产，与将军的儿子埃德蒙德坠入爱河。埃德蒙德是法军驻阿尔及利亚的一位舰长。将军的前任情人萨姆帕拉伯爵夫人带着儿子与其家庭教师也来了，进行一番破坏，但有情人终成眷属。

---

① Leon Edel ed., *The Complete Plays of Henry James*, London: Rupert Hart-Davis, 1949, p. 181.

詹姆斯以英国场景匹配法国小说的状态此中可见一斑。从人物到情节、场景，几乎都是大仲马式的。詹姆斯自己认为这部戏"纯粹由强烈的兴趣和猜想而成"。长度大约40分钟，詹姆斯发现，伦敦的戏剧品味与法国传统相去甚远，在英国，"人们试图去写那些可能的、已有的事物，因为简单可行——英国戏剧舞台卑贱和贫瘠；当人们有能力开始尝试不同的戏剧时，却发现行不通"。①

1893年，奥斯卡·王尔德宣告他写了《一位无足轻重的女人》，这让詹姆斯很担心。他那时在巴黎，他给伊丽莎白·罗宾斯写信："……关于奥斯卡·王尔德的戏告诉我三个问题——它何时排演；它是否题材很特别，而我可怜的三幕剧是否因此会打折扣；海尔是否既不会排演也不丢开它？"过了几天他又给贝尔小姐写信说："莫忽视王尔德！"最终，詹姆斯只得让这部剧以文字出版的形式而不是在舞台上与读者见了面。熟悉詹姆斯小说的读者，能从詹姆斯的戏剧中发现他早期小说中的类似人物——一位年轻的被监护者，监护人，来自新大陆的年轻人，还有他的忠实的家庭教师。《房客》中的人物不外乎这一类，而且，他在数月前写出了《小学生》(*The Pupil*)，其中的男主角更年轻，那位家庭教师也更有同情心。

《解约》

《解约》同样是由詹姆斯早期的一篇小说改编而成。他在笔记中说，小说原名《终局》(*Solution*)。故事源于詹姆斯几年前从范例·坎布尔那里听来的一段逸事：一位年轻富有的罗马外交官被一群淘气鬼谣传承诺与一位女孩订婚，两人将适时成婚。詹姆斯借此发展出一种戏剧化处境：外交部门派一位有强烈责任心的女职员去敦促这位外交官与女孩解约。这位女职员在帮人解约时，自己与外交官坠入爱河并最终成婚。

詹姆斯在笔记中提到，他最初只想写个纯粹而简单的喜剧，他把场景移到了英格兰，换了人名，意图引发某种精神上的而非道德上的幽默

---

① Leon Edel ed., *The Complete Plays of Henry James*, London: Rupert Hart-Davis, 1949, p. 258.

感。这是一出摹仿王朝复辟时期戏剧风格的喜剧。詹姆斯在 1891 年年末到 1892 年年初时写就。据他自己描述，1891 年秋天他在朋友家的聚会上遇见了埃达·瑞安(Ada Rehan)，一位美国女演员，奥古斯丁·达利公司的一位明星，她带给他达利的口信，请他写个剧本，由埃达扮演其中的主角。1892 年 8 月，詹姆斯为她读了剧本初稿，暂名《贾斯伯太太》。她把剧本带给了达利。这位美国演员经纪人回信给他说，这部戏让他很开心，但还不能让他完全满意。詹姆斯回信说，他自己也不是十分满意。"它的不足也许是根本性的，主要动机的构成过于薄弱——我已试着用一些细节去补救，但也许无济于事。"詹姆斯意识到，整部剧，"尤其是最后一幕缺乏戏剧动作，拖得过长，添饰过多"。[1]

詹姆斯接受了达利的一些建议，他对《贾斯伯太太》进行了修改，他为瑞安小姐在剧终时提供了双韵联句，一种王朝复辟时期的文风。虽然"这主意让我满是迷惑和不快"，但"它稍稍有那么点弦外之音——至少是这么设想的——尽管它纯然还是散文体。我已尽全力让它押韵……"[2]詹姆斯给威廉写信说："我的剧目，尚未出台，但却是唯一'有新意'的，那是达利赖以在新的、美丽的剧院为演出竞争而做的装备。……假如我的剧能'救'他，那么我也会顺风顺水——如果不能，我也没什么好辩解的……"[3]

彩排时间将近。达利要求改一个更上口的题目。詹姆斯开始给出《解约》替换《贾斯伯太太》。达利认为剧作看上去缺少"故事。"一直要求詹姆斯删改。彩排时究竟发生了什么我们未知其详。我们只有从詹姆斯笔记中表达的愤怒和大动肝火中感知一二。有些事实是清楚的：演员和达利都对这部戏缺乏信心。他们以一种只会增加作者愤怒的语调来读它。"我几乎无法开口说话……我都没被给予哪怕一秒钟再与公司任何其他成员有接触或言语的机会：我一进来他们就开始结结巴巴地念各自的部分，

---

[1] Leon Edel ed., *The Complete Plays of Henry James*, London: Rupert Hart-Davis, 1949, p. 295.
[2] Ibid., p. 296.
[3] Ibid.

第三幕一念完他们立刻消失了。"詹姆斯写给威廉的信中暗示，达利策划了那场彩排，以便促使他撤回剧本。"他们以一场彩排把我踢出了剧院……"这出戏以及这出戏演出的可能性，对詹姆斯的生活比对达利生活的意义，显然要重要得多。而彩排对于达利这位有经验的出品人来说，其重要性远大于相对缺乏经验的詹姆斯。这才是令詹姆斯焦虑的关键。詹姆斯极度的失望，无疑与典型的，也是常见的剧院情况有关：他陷于一张不同动机织就的网中。最终，詹姆斯于1889年12月和1890年1、2月在《新评论》上刊出了剧本。

直到1902年，这出戏才由美国戏剧艺术研究院和帝国剧院戏剧学院在纽约以业余演出的方式让其亮相。1909年，在哈德森剧院做了义演。W. D. 豪威尔斯出席了两场演出并发表了热情洋溢的报道。詹姆斯对这些业余演出的反应是："那些高贵灵性的东西被愚昧所围困，我会含泪亲吻他们所有的人。"批评界对这部戏的评价可从他们不为所动、心无所感、毫无同情的言辞中见出："精神麻木、无情、无义"，《太阳报》如此评价。《泰晤士报》称它是"奇妙的废话"。

《相册》

我们仅知《相册》源于詹姆斯写给爱德华·开普敦的一出戏。詹姆斯在《剧院：第二个系列》序言里描述它是个两幕喜剧，是为那种通常"要求尽可能少装腔作势的"剧设计的，这种剧"为那些热心于喜剧的年轻人提供了自由的机会……无需太多舞台装备，它的演出对那些不习惯拐弯抹角的观众来说会尤其敏感——乡下观众是完全诚实的"。"两个戏的结局都很严酷。作者已把大部分情形都考虑到了。"

詹姆斯所言半真半假；他的确是为开普敦喜剧公司写戏，但他脑子里不仅装着乡下观众，还惦记着伦敦观众。1894年年底，一封给爱德蒙顿·高斯的信中，他提到了《剧院：第二个系列》，说《相册》和演出公司都是"低档次"，是为了三年前对开普敦公司提供支持而写的。那时他撤回了《美国人》，他发现自己（愚笨地）有个剧院在手上却无成功的作品上演；这些表明詹姆斯对自己的实际境况和他在剧院的权利缺乏准确的定位，以至于他两者尽失。

《遭谴》

大多数人认为《遭谴》是《相册》的补充，是紧随《美国人》巡演之后为伦敦歌剧喜剧院写的一出戏。1894 年 12 月詹姆斯写给高斯说，《遭谴》是"两出戏里更好的"。它的主题在笔记中有记录，是对詹姆斯家族故事的回忆。詹姆斯说，"它有可能是另一出戏，而不只是停留在文字上的想法，那是可怜的 H. W. 和他与表妹 H. 关系的奇特的悲剧。我也许会写一篇故事，人物动机才是真正的想法。"一个更强大的人对弱者进行诱导和催眠，后者获得了某种自我视觉，从另一人的视角观看自我，诸如此类。及至操纵者自己离世时，发觉自己实际遭逢了奇妙的自由问题。

读这部戏有种"软呢帽"[①]的主题变体之感。《遭谴》写于 1891 年 10 月。笔记中的线索让我们了解到这部戏的基本要素，是有关詹姆斯家的维科弗与他的妻子海伦。詹姆斯晚年在《小男孩与他人》(*A Small Boy and Others*, 1913)中对他们的叙述，读来大致如同《遭谴》的情节。亨利·维科弗因"从接管了那笔钱之后便沉溺其中"并因此而亡。这一真实而特殊的境况可以提供给作家一个相当不错的主题，如通常所说，给了画家、小说家和戏剧家一个动手处理人物的机会。Cousin H. 因丈夫沉溺遗产中而备感痛苦，虽然丈夫继承了大笔财产，而她每天才得到 10 美分。詹姆斯在剧中描述了 Cousin H. 后来如何大量耗费遗产而精神无损的境况，相反，那位被钱俘获的节俭又可怜的亨利"……非是他的心，而是他的想象力，在那么多年里，已经枯竭了……"[②]

在 1908 年 6 月给联合舞台社团的 C. E. 威勒的信中，詹姆斯说"15 年之后再回到这个人物，我发现它的轻灵、精巧、敏捷、嘲讽和娱人——是的，迅捷而清晰，简言之，我想它是个喜剧的材料。但你自己会去尝试。"威勒博士曾写信给詹姆斯，请他惠赐剧作。7 月 7 号詹姆斯再写给威勒说："我的确认为那些有能力理解其中小小艺术问题的演员们能够愉快

[①] 19 世纪英国作家乔治·杜·莫里斯的《Trilby》中的女主角是位巴黎名模，风情万种。后被搬上舞台，因其常戴一顶软呢帽而得名。

[②] Leon Edel ed., *The Complete Plays of Henry James*, London: Rupert Hart-Davis, 1949, p. 401.

胜任——至少有能力不觉得它沉重或有潜在的累赘。轻灵、迅捷而细致地完成它，对我来说，这是能做到的——与《沙龙》(*The Saloon*)一起完成——哦，在我想来这将是多么快意的一单货！"①

他的"轻灵、迅捷而细致"之言果然言中：阿兰·韦德在第一次世界大战之后，在伦敦的联合舞台社团排演了这出戏。韦德先生多年来熟读詹姆斯的作品；他坚持忠实原作，并为此精选了相配的一组演员，这些演员亦因演出此剧而获得了声誉。关于此剧的演出，韦德先生后来写道："我只得更换詹姆斯此剧的导演，此剧有个精彩的角色，他引发了精神乐趣；当博森先生穿着划船服最后登场时，我听见剧场不约而同爆发出的大笑声，那实属罕见。当然，那戏服的确有时代感。"

对此剧的评价从高度赞扬到极端厌恶，不一而足（威廉·阿切尔初读剧本就发现"它特别滑稽的主题几乎令人作呕"）。萧伯纳出席了两场演出（1919年12月14—15日）中的一场，他觉得"相当成功"。阿诺德·本内特则一方面承认它的确包含着"一些快意笑点，"也发现"它所提供的景象是一个具有不凡能力和才华的人试图去做与其才能完全不符的事情的痛苦；这是羞辱。"②

《泰晤士报》与《每日电讯报》的不同观点尤其明显。《泰晤士报》评论标题为"亨利·詹姆斯新的一面"，说"机智对话贯穿始终"。此剧展现出詹姆斯"非同寻常、出人意料、难以置信的一面……没有心理上的极端微妙，风格上也没有蜕化和兜圈，没有众所周知的詹姆斯标签，那些我们如偶像般崇拜的东西；只有朴实的故事和朴实的语言，舞台动作活跃而干脆，人物有着最宽阔、最奇特的漫画风格"。《每日电讯报》以赞美开头说："只有詹姆斯才能写出《遭遣》；风格、人物刻画、讽句都很精彩，这都是事实"，但话锋一转，又批评道："作者的不清晰亦毋庸赘言，而这种对剧作的不负责是最不可饶恕之罪。"

---

① Leon Edel ed., *The Complete Plays of Henry James*, London: Rupert Hart-Davis, 1949, p. 402.

② Ibid.

从各方面来看，韦德先生赏识詹姆斯的剧作并最终排演，对"詹姆斯式"的喜剧是十分重要的。1932年3月12日，波士顿考利剧院上演了同一出戏，彩排时间短，演员平庸，立刻遭到了《抄录者》的批评："空洞的胡扯"，评论说："伦敦无疑发现了不同的戏剧概念，美国的演出毫无戏剧动作，只有台上台下不停地奔忙。"

詹姆斯的第二个剧作系列出版后，媒体的冷峻言辞更甚于对第一个系列。威廉·阿切尔在《每日记录》的分析似乎道出其中原委："詹姆斯从不效法自然，对舞台规矩也毫无敬意……如果他能够清除头脑中那些批评的行话……只为他自己心中的理想观众而写，他完全可以写出艺术之作，戏剧的成功也不是不可能的。"《帕茂大道公报》曾邀请詹姆斯为他们作过多部剧评，现在它评价詹姆斯道："……我们非常期待詹姆斯能够写一些自己乐见的滑稽剧，而不是为了娱乐舞台。"

从詹姆斯的中期剧作相比来看，"监护者与被监护人"的关系几乎是詹姆斯所有戏剧和小说的主题，是人物关系的隐形基础，这一关系甚至辐射出欧美大陆彼此"审视"、互为"审判官"的切近又疏离的关系。而所谓"空洞的胡扯"和"奇妙的废话"则是詹姆斯将人物悬搁在戏剧场景之中，以对话展开人物不同精神视域的艺术手法。这一艺术手法与法国剧作家大仲马的剧作相比颇有异趣，在英伦和新大陆的戏剧舞台上，这一点似乎成了戏剧动作沉闷的"失败"标签。但对于詹姆斯来说，戏剧创作在对小说的"重复"中，或者说小说创作给予戏剧主旨的启发性，共同运作形成了詹姆斯式的"主题与意旨的有意含混"及"精致对话超过戏剧设想"的艺术效果。詹姆斯的戏剧总是遭遇"可行性"困境是可以理解的。詹姆斯固执地聚焦人物内在视域，开发精神视域的动机，其剧场效果的"失败"经验，反倒促成了其小说人物的内世界得以戏剧化、情境化地以"可视性效果"展现。《罗德里克·赫德森》中的罗兰与赫德森，《一位女士画像》中的伊莎贝尔与拉切尔，《使节》中的查德与斯特瑞赛，《鸽翼》中的克洛伊与父亲及姨妈，以及《金碗》中的麦吉父女等，他们之间的会话宛如一幕幕戏剧场景，而他们之间的关系的起伏波动，则是构成小说主题的基本动机。

"精致对话"或"内心独白",甚至独幕剧式的"独白演讲",成为詹姆斯后期小说深潜意识之域,发现精神价值之"恒常"与"葆有"的特殊艺术手段。较之王尔德投合剧场与观众的"拿捏分寸",詹姆斯精致内敛的文学性当然显得"不合时宜"。詹姆斯自始至终的文学目标,是写出堪与巴尔扎克媲美又有所不同的伟大人物,这类人物应该是具备未来气质的、敢于直视内心欲望、反省自我与社会各类固有关系的理想化人物。作为表现这类人物的文学形式,当然应该与传统样式有所区别。詹姆斯的文学自觉和文学实验,在迁就市场运作的经济规律时,往往显得力不从心。剧院的"失败",反衬出他那个时代的不同剧作家、不同层次的观众在时代流行风尚中的不同品位和选择,以及作家为自己的信念和抉择需要所付出的代价。

这一代价以《居依·多姆维尔》(Guy Domville)"被喝倒彩"的惨痛失败而尤为令人震惊。

三、《居依·多姆维尔》:来自"另一个星系"的戏剧

1893年夏天,詹姆斯为乔治·亚历山大写了《居依·多姆维尔》。亚历山大是圣·詹姆斯剧院颇受欢迎的成功的年轻经纪人。詹姆斯与亚历山大实际上谈论了三个戏剧设想:第一个是关于一位年轻人献身圣职的浪漫通俗剧。第二个是纯粹而简洁的三幕喜剧。第三个是当代喜剧。詹姆斯被关于圣职的主题抓住了,他甚至写出了它的整个第一幕,连同另两个构想的剧情,一起寄给了亚历山大。亚历山大似乎很喜欢这位圣职人物,他们立即开始商谈有关事宜。

主题萌芽

《居依·多姆维尔》的萌芽,詹姆斯早在一年前就在笔记中有所记录:

> 有关很久以前一个意大利家族成员的状况,他成了一位修士,他得被迫放弃自己喜爱的事业,返归俗世,以便挽救家族的消亡。他最终拒绝了——他得无条件地去结婚。今天采到了这些及另一些

东西。①

在这段文字下面,紧接着有一长串名单,詹姆斯习惯在其笔记中记录他的一些故事和戏剧,名单中"多姆维尔"赫然在列。这部剧的主题十分打动小说家,因其处理的是他的许多主人公都会有的矛盾冲突——俗世生活与奉献生活的冲突,以及对所谓成功的妥协与反叛。《居依·多姆维尔》是对《悲剧缪斯》呈现出的问题的重述,它还是詹姆斯数年后的另一篇小说《大美之地》(*The Great Good Place*)的前身,这篇小说的主人公乔治·丹尼被写为一个在梦中从世俗的压力下穿越到类似修道院疗养地的处所,那处所有点像"温和的蒙特卡西诺罗马修道院,有些像法国查特修道院"。丹尼的名字与多姆维尔在同一名单上。我们或者可以推测,詹姆斯脑中很可能将哈佛大学的丹尼大厅与其联系起来了。在那里,詹姆斯曾对自己的生活做出了决定性的选择——为写作而背弃了法学——这一节可见于他生前的未出版的自传性作品"我生活的转折点"(*The Turn Point of My Life*)。

《居依·多姆维尔》从另一个层面来说,也是詹姆斯与剧院产生实际冲突的一个投射。剧院是那个时代伦敦剧院表演生意的世俗场所,而对詹姆斯来说,剧院是他文学研究的休憩之地。另外一些因素也渗透进此剧的创作中:小说家对天主教作为避难和休憩之意有浓厚的兴趣,他自己为艺术献身的感受也在他的有关文学生活的小说中多有表现,如在《大师之训》(*The Lesson of The Master*)中,詹姆斯半幽默半严肃地宣告作为艺术家而独身禁欲;他笔下那位好幻想的艺术家有着双重人格,一方面,他来到俗世生活着,另一方面,他为了自己的研究而离群索居地过着隐士般的生活(*Benvolio*, *The Private Life*),他深切地感受到,文字间的紧密互动,构成了一个誓言的和奉献的、类似圣所的"秩序"(order)。喜欢探究作品之间来源线索的学者也许还会发现,在《居依·多姆维尔》和他的

---

① Leon Edel ed., *The Complete Plays of Henry James*, London: Rupert Hart-Davis, 1949, p. 465.

朋友豪威尔斯的小说《前定之论》(*A Foregone Conclusion*)之间有着相似性，詹姆斯曾在一个月之内为它写了两篇评论。那篇小说讲的是一个威尼斯圣职人员与一位美国女孩坠入情网，而他无法解决精神与肉体冲突的故事。

詹姆斯与乔治·亚历山大的合作关系体现出一位苛求的作家与一位干练的日剧偶像之间的关系特征。亚历山大不是一个有想象力的人，他的演艺动机主要源于对火爆效果的渴望。他的剧院被打理得很好，但他缺乏成为一个伟大演员的深度和理解力。亚历山大一直要求詹姆斯修改剧本，而詹姆斯发现早在自己的戏之前，这位日剧偶像已接了亨利·亚瑟·琼斯的一出戏。这意味着长久的等待。不断的拖延令他失望，与剧院的"博弈"不得不"再拖上一年"。詹姆斯希望早日回到小说写作，那是可以恢复自主的写作过程。

整个修改剧本和排练的过程让詹姆斯如陷炼狱。亨利写给威廉说，"可怕的、极度的折磨"，他后来说这是对《居依·多姆维尔》的"碎裂、野蛮简化和大屠杀！"这出戏原本题名《英雄》，临时叫作《居依·多姆维尔》，最后一直沿用了此名。

首演之夜

首演夜让詹姆斯极度躁动不安。他决定去干草剧场看王尔德的《理想丈夫》。他一直不欣赏王尔德，但略知他在时尚方面的光鲜业绩。王尔德在《居依·多姆维尔》上演之时正声名鹊起。詹姆斯发现自己四周环围着一群时尚的观众。他耳边响着王尔德主义(Oscarisms)，周围观众快活的笑声令他更加不安。那些警句恰到火候："男人可以分析，女人只能崇拜。""笨伯才炫耀早餐。""道德仅仅是我们仰慕那些我们不喜欢的人的态度罢了。"这些王尔德式的警言妙剧反而增加了亨利·詹姆斯的焦虑与不安。

当詹姆斯坐困干草剧院时，《居依·多姆维尔》这部美国小说家的原创剧却骚动着伦敦社交圈。伦敦的许多伟大艺术家悉数到场：爱德华·本·琼生爵士，皇家艺术学院的画家弗里德里克·莱顿，雄辩的说客始乔治·弗里德里克·瓦茨，詹姆斯最亲密的朋友乔治·杜·莫里尔，时尚插图画家 F. D. 米莱特与 A. 帕森斯和 J. S. 萨金特等。作者最忠实的文学界朋友也纷纷出席：小说家和剧作家 W. K. 克利福德和韩佛瑞·沃德、休·贝，书信作家爱德蒙·高斯，等等。一些知名女演员们也赶来捧场。

伦敦一流的剧评人也来了：《世界》杂志的威廉·阿切尔，《星》杂志（后为《泰晤士报》）的 A. B. 沃雷克，来自《每日电讯》的艾利门特·司各特。人们还认出了留着红胡子的萧伯纳。萧伯纳那时正为弗兰克·哈里森的《星期六评论》写剧评。四天前他已开始动笔。《居依·多姆维尔》将是他评论的第三部戏。年轻的 H. G. 威尔斯也来观剧。威尔斯三天前刚在《帕茂大公报道》就职，两天前他发表了对王尔德《理想丈夫》的剧评，《居依·多姆维尔》将是他的第二篇剧评。威尔斯对剧院一向不感兴趣，在威尔斯的"科学世界"中，剧院这一"人为的世界"毫无意义。他执拗于真实世界而无法接受以脚灯打造出的"虚假"。对于一个严肃的作家来说，这种幻觉的本质无法引起他的关注。《居依·多姆维尔》首演一年后，他撰文说，圣·詹姆斯剧院首演之夜的意外只是他对剧院认知的确认罢了。而威尔斯在他的乌托邦小说中对场景艺术的根本否定，在萧伯纳看来又是无法认同的，甚至是令人不快的。萧伯纳想要一个新世界，一个社会主义的新世界，但萧伯纳发现他只能把人们塞进一个被威尔斯否定的剧院厢座里进行表演：萧伯纳未来世界的蓝图中的确坐落着一个国家剧院。观众席上还坐着一位当时尚不知名的人物：阿诺德·本内特，他正在为一家《妇女》杂志写剧评。萧伯纳那时 39 岁，威尔斯 29 岁，本内特 28 岁。他们在那个伟大的时刻相邻而坐，互不相识，等待戏剧开演。

管弦乐队以一种焦躁的方式演奏出"多姆维尔序曲"。"那是观众乐趣的重头戏。"演出是以笑声开场的。大幕开启处，亚历山大昂贵而华丽的真实场景的第一幕显现出来。那是 18 世纪 80 年代，一座门廊外的花园。玫瑰花团锦簇，忍冬爬满了圆形的带格棱的窗户；各色花朵和精心打理的大宅，营造出一种十分安宁的乡村惬意。在此场景中，剧作家展开了纯粹而精致的爱情故事：关于一个年轻人在以圣职作为人生目标和对家庭尽责而被要求结婚之间进行的选择——年轻人没有意识到他对女主人公的爱，也没有意识到女主人公是爱他的，传言她与他最好的朋友很相配，他便听之任之。第一幕优雅有韵味的对话让观众十分受用。莫里森·特瑞饰演的派福瑞小姐的角色似乎被赋予了一大堆感觉：声音、举止温和，她几乎愉悦了每个人。演员们的对话在萧伯纳这位音乐评论家的耳朵里，有一种悦人的音调，萧伯纳形容为"优雅如莫扎特的音乐"。批评家们一致认为詹姆斯第一幕写得漂亮。"田园牧歌式的柔美"，"自然真实的对话"。威廉·阿切尔认为它是"情感喜剧的精致圆熟之作"，阿诺德·本内特说它"对话讲究"，A. B. 沃克利说"它是我所知最令人愉快的一幕，敏捷而甜美地呈现在舞台上"。亨利·詹姆斯此时正坐在干草剧院里，王尔德的戏剧使他感到不适，他完全没有意识到他的戏剧感动了观众，引起了崇敬。

但第一幕带给观众的希望并未在下一幕得以延续。情节突然变得滞涩。第一幕中高贵的多姆维尔也换了面孔：一个神父迅速转化为一个备受指责的乐享生活的人，局面现在变得复杂。亨利·詹姆斯把他在法兰西剧院学到的戏剧风格带来进来：人为的哗众取宠，主人公被一些错误的动机和错位的境况所纠缠，为的是让观众更关注剧中的爱情故事。第一幕导出的剧场氛围完全被毁了。不难想象，一些观众开始烦躁不安，出现了咳嗽声，而咳嗽在观众中是会传染的：那是情况不妙的确凿信号。此时一个简单的意外加速打碎了剧院的"虚假"：第二幕女演员的服装过于豪华，与女演员的身量相比，超大、笨重，服装性能与表演内容的比重颠倒了，观众本来就对戏本身失去了兴趣，现在他们已备好窃笑，就像咳嗽那样，从后排某处先唱出了一句流行歌："你从哪得了那顶帽子？"女演员在硕大的舞台上，穿着硕大的戏服，硕大的帽子摇摆不定。此时窃笑不断。后排和过道乱了秩序，像一群孩子面向嘲笑的对象，观众此时似乎参与到戏剧中来了。

不幸的是，詹姆斯给出了更多的醉酒场面。几年前他在法兰西剧院看的几出戏对此影响极大，第二幕的饮酒场面即从中"受益"。第三幕虽然也引起了第一幕般的美感，但远未见奇效。大幕起处，一座有年头的时钟立在大厅；漆成白色的木架，上面摆放着一些瓷器；门板似乎很结实，上面安着铜把手。透过窗户，人们可以看见明亮的阳光，令人记起

第一幕窗外的美妙花园。亚历山大把布景造得极为真实，完全未给想象留出空间。而演员们却无法使其角色真实鲜活。

结局是悲切的离别场景。居依再次将彭福德小姐托付于弗兰克·韩波。最后的台词，因为有着精确的节奏，又经过反复排演，演员们不再紧张，不再被亚历山大和他在舞台上的失态所干扰，尽管之前有些走调，却还相当令人感动。但观众并不同情居依。观众觉得居依不配得到彭福德小姐的爱。女主角意外地赢得了观众的喜爱——尽管男主人公是为圣职而放弃了她。他为圣职弃俗，较之家族名誉和世俗婚姻，意义并非十分充分，反倒是彭福德小姐深切而富于奉献的爱，有着更为强烈的理由。男主人公的动机，需要向观众做出更多的解释。詹姆斯在小说里可以做到的，在舞台上则受到限制。小说家可以向我们展示小说人物的内心世界，尤其是居依的激烈内心冲突。舞台上的居依，显示出的只有不确定、善变的一面，一个捕食猎物者，这让我们很容易怀疑他在两个极端之间的快速转换是否缺乏深刻的宗教情感。观众觉得居依是个行为反复无常、随心所欲之人。

而詹姆斯此时仍在干草剧院场倾听王尔德，听观众席传来阵阵欢呼声。奥斯卡·王尔德的剧让他觉得失望，它残酷、愚蠢、卑微又庸俗。他后来一直对其抱有反感。但观众却乐于接受它，观众带着热切之情，他们毫不吝啬地给予笑声和掌声。

接下来便是那个首演之夜的"灾难性场景"。莱昂·埃戴尔在《亨利·詹姆斯戏剧全集》的"多姆维尔"一节中转述道：

> 混乱仍在继续。观众没有离开的意思。费力·伯尼琼斯从他的包厢里转身向着那些跺脚的人鼓掌。一阵新的暴风雨般的嘘声和猫叫算是对他的回应。这已不再是对詹姆斯或者亚历山大的攻击了。那一刻成了知识精英，詹姆斯的朋友，那些怀着祝福的人，与那些坐在大庭里(不是包厢里)，以掌声反对这部戏的人们之间的战争。这很难说是欧那尼之战，因为圣·詹姆斯剧院的观众席上没有像戈蒂耶这样为浪漫主义而反抗老顽固们的人。詹姆斯也并非维克多·

雨果，或者说是那场文学运动的领导者。伦敦观众并非为了艺术理想而战，如巴黎剧院里发生的那场因艺术趣味的更替而发生的骚动。这是一场古怪而特别的，毫无伦敦个性特征的剧院式叫骂——突如其来的怒火和恶意，半戏弄、半认真地。……1895年1月5日，那是詹姆斯加入到被嘘作者之列的一个日子。那列名单上有谢立丹、哥尔斯密斯、菲尔丁、柯勒律治、雨果、斯克里布、萨铎、萧伯纳。他的品质让他亦可位列巴黎成员俱乐部的朋友们之列：福楼拜、左拉和都德等被嘘作家之列。但亨利·詹姆斯面对的并非他自己宣称的"礼貌的反驳"。①

詹姆斯知道自己写出的是什么样的戏剧。他充满了焦虑，这焦虑源于他不断地被广大观众反感，不断地被剧院经理拒绝，而他则依然尽全力尝试着。亨利·詹姆斯自问："我的作品与一位成功的大众作家有何干系？"在他心里，他已知晓答案。

来自"另一个星系"的剧作与剧评中的"争议"

1895年1月6日，萧伯纳以一种明朗的语言表达了那晚坐在《居依·多姆维尔》剧前的观众的心情：

> ……诋毁詹姆斯的感觉好吗？就因为他想抓住生活的真实一面，他想为我们提供一位想要秉持高贵的圣职而牺牲爱的英雄？当那些毫无风度的戏迷，他们不会为了爱或宗教情感而感动，在这样的情境下，当他们从侧廊发出呼号，我们只能痛苦地承认，如果你愿意的话，詹姆斯先生的确不是一位戏剧家，从一般的意义上来说，"戏剧之法在于戏剧是赞助人所给予的"。那么请问，谁是那位赞助人呢？——是有教养的大多数，如我与我的能干的同僚们？我们在周六之夜为詹姆斯先生鼓掌；还是那些少数对着他大喊大叫的人？戏

---

① Leon Edel ed., *The Complete Plays of Henry James*, London: Rupert Hart-Davis, 1949, p. 478.

> 剧批评家的工作是去教育那些笨伯而不是应和他们……詹姆斯先生的戏剧原创是有价值的……剧院里的观众若是登对，他的戏便会是有戏的……①

相隔半个世纪，再来读当时三位尚未知名的剧评家的评论文章——他们日后均为大作家——我们可以看到他们是如何品鉴詹姆斯的(在同一时间，他们的表述各有其趣)。萧伯纳写得气韵生动而尖锐。"我们在詹姆斯小说中发现的生活为何不能再舞台上再现呢？显然毫无理由。对詹姆斯为真之物，对他者亦可为现实。"他评论戏剧对话时说："一行接一行优雅地起承转，我毫不犹豫地叫板所有那些流行的戏剧家们，他们能写出半点詹姆斯那种美丽的场景和韵文吗？……我是说那每一行的节奏构成的精致的回旋……《居依·多姆维尔》是部不单以情节承重的剧作，它还是一部情感优雅和风度精美的戏剧，从头至尾皆有价值，结尾令人动容。"关于亚历山大的角色他写道："亚历山大先生的待遇好于王尔德、品诺以及亨利·亚瑟·琼斯先生等为他量身定做的一众傀儡式裁缝角色，他发觉自己被詹姆斯写成了一位艺术家……"

G. 威尔斯评价说："《居依·多姆维尔》是一部酝酿良久、出色完成的剧作，"但"第二幕的乏味不可思议。""人们在大厅里来来回回，像养兔场里的兔子，但缺灵性。"他只用一句话便"活画出"亚历山大扮演的居依·多姆维尔："第一幕里的亚历山大，是位说教的清教徒；第二幕是位优雅、慷慨的刀锋骑士；第三幕他是如此不可思议的高贵，如我们之前见到的一脸铁灰的亚历山大先生本人。"

阿诺德·本内特的评论表现出他一贯的平实简洁风格，那是他日后为日报写稿培养起来的文风。他发现，第一幕"对话精彩，但太过质朴与平静，不对观众的胃口，他们熟知王尔德和亚瑟·琼斯等艳俗华丽风格"。他觉得大厅后排和回廊上的观众行为不可思议，而这部戏并非毫无

---

① Leon Edel ed., *The Complete Plays of Henry James*, London: Rupert Hart-Davis, 1949, p. 479.

瑕疵——但可以肯定的是，这部戏写得精彩，它有着精美的场景，角色扮演真切，场景华丽大方，第二幕冗长乏味的部分，人们应该或者原谅，或者保持沉默以示尊重。

感性而敏瑞的 A. B. 沃克利的评论颇具意味，从其反讽式的评论中，可见出观众乐于接受王尔德、难以理解詹姆斯思想品质的一面：

> 两部戏兹一出现，便在过去几年中造成了截然不同的效果。一部是干草剧院奥斯卡·王尔德先生的《理想丈夫》，它炫染，多彩，闪烁其词，像魔术师变戏法般地技巧娴熟，它太过聪明，以至显得几乎离奇古怪。它样样都让人受用。另一部是亨利·詹姆斯的《居依·多姆维尔》……精工细作，小调定位，时而阴沉晦暗；另外，它的隐晦混融，笨拙，节外生枝，都诱发着大多观众的敌意，以至于那位经理不得不屈膝赔礼。对于这两部戏，我毫不犹豫地说，光鲜成功的定义是被表面失败分享了比重的，因为成功不仅在于当下实在之成功，更具意义的，是对于未来的期许。王尔德先生的戏对于戏剧的进步毫无裨益，而且，它在以后的岁月里，对于王尔德先生的声誉也毫无增益。较之于胜利者的春天，詹姆斯先生的戏或许是失败的；他将敌人的利剑攥在心里，他制造出分歧和差异，那差距将会让他的成功喷涌而出。[①]

沃克利进而探讨了他所关注的本质问题：两位戏剧家与他们"无声的合作者"——他的公众们的关系问题。他认为，王尔德与詹姆斯之间最大的不同在于，一位与公众协同合作，而另一位则不然。詹姆斯的目标不是满足观众需求，或多或少地，他一定是被嫌弃的；王尔德与观众的头脑思想一致，他便获得了回报。沃克利认为，王尔德的戏取悦公众，不过是些"老生常谈的翻版"，那些信以为真的东西，到头来不过是廉价的

---

① Leon Edel ed., *The Complete Plays of Henry James*, London: Rupert Hart-Davis, 1949, p. 482.

和内容贫乏的。而詹姆斯先生：

> 他的戏像是在另一个星系。在那里，女性可以不羁而优雅，男人目标坚定有雅量；自我牺牲和修道院的宁静在我们看来十分惬意；"内在生活"的细微动向被记录在案；行为举止的骑士风度，优美的古老世界的礼仪……一种苛刻、俭朴和清静无为的东西贯穿整个戏剧。……是捆扎在薰衣草香蕴里的"亚麻中的记忆"。①

詹姆斯在 2 月 22 日写给威廉时说："……奥斯卡·王尔德紧随《居依·多姆维尔》之后的闹剧，我相信，定是一个巨大的成功——鉴于他现在有两个轰动的成功剧作在演，他一定在用耙子捞钱了。"演出最末一晚，詹姆斯跟所有演职员道别。他随后写给伊丽莎白·罗宾斯道："觉得我一生中最可憎的意外事件终于结束了，实在是一种解脱。"②

四、《柔美夏日》：怀旧感与牺牲"逼真性"

《柔美夏日》(*Summer Soft: A Comedy in One Act*, 1895) 写于"首演之夜"的骚乱之后。人们普遍认为詹姆斯自 1894 年之后，因《居依·多姆维尔的》的失败而告别剧坛。他的确从受惩罚的戏剧家转而重启小说家的探究之域，他不再为当时的剧院写戏，也不再积极寻求发表剧本。但即使他告诉朋友们他已金盆洗手，不再染指剧院的"粗俗和与贫乏"，他还是开始了又一次的新作之旅。他还是会被剧院或演员的魅力所诱惑，尤其是当他发现可以写出自己心目中的美国人典范，那些颇具魅力的女性特殊人物时，他的戏剧热情总会被点燃。

艾伦·特瑞此时进入詹姆斯的视野，她感性、温柔，善解人意，对遭遇"多姆维尔首演夜"痛苦的詹姆斯关怀有加。她向詹姆斯吁请演出剧

---

① Leon Edel ed., *Henry James, The Complete Plays of Henry James*, London: Rupert Hart-Davis, 1949, p. 482.
② Ibid., p. 483.

本，想在美国巡演中用上它。1895 年 2 月 6 日早上，詹姆斯给艾伦·特瑞写了一个可能的戏剧主题，一个有关一位美国夫人命运逆转的故事。詹姆斯为艾伦·特瑞小姐提供"做美国女人乐趣"的念头萦绕不去，因为有关这位美国夫人的想法让詹姆斯回想起两年前他写给埃达·瑞安的一个戏剧故事梗概：一位美国妇女，她比英国人更英国化！他曾把这个大胆的念头记在笔记里：这位妇女来自美利坚合众国的女性，她必须面对并着手解决她在不列颠遇到的混乱生活与窘迫之状。

詹姆斯将旧日笔记中的一些情节扩写为《柔美夏日》，"明亮、亲切、欢快、聪明的迷人生物——在骚动、震撼、恐吓、有些烦乱和四敞大开的秀场中"。从这一基本点出发，独幕剧很快就写成了，尽管事实上詹姆斯正重新投入小说创作，1895 年整个夏季他都在赶写小说《波音顿的珍藏品》。关于这部"秀场"的戏剧，据一份未发表的杂志目录在剧本脱稿 19 年之后披露，剧作于 1895 年 8 月底，从英国南部的托基镇寄给了艾伦·特瑞。

在艾伦·特瑞的书信中发现了两封詹姆斯的来信。一封写于 1895 年 8 月 24 日的信表明，小说家自信这部戏一定会让她满意。第二封信写于 1895 年 8 月 31 日，确认收到了 100 磅版税，暗示着詹姆斯已经知道这出戏无法在美国巡演了。三年后，詹姆斯声称发表了剧作，它被转写成一个短篇故事，在《两个魔术》中以"白魔术"的故事，与《螺丝在拧紧》的"黑魔术"并置，发表在《终局未明》(*Covering End*, 1898) 这部小说集中。

《柔美夏日》与《终局未明》中都有座名为奥斯特雷的大宅。这座大宅源自詹姆斯的《怀旧感》(*Sense of Past*，詹姆斯一部未完成的长篇)。女主角格瑞斯度女士热衷于收集古玩的癖好亦可从《热情的朝圣者》(*A Passionate Pilgrim and Other Tales*, 1875)、《美国人》中的克里斯托夫·纽曼等人物对于"欧洲"古老价值的追寻、卡洛琳·斯宾塞对于她只一瞥的旧世界的终生梦寻，以及詹姆斯自己冥想中的那些古老场所的"素描"或"画像"(《黛西·米勒》和《一位女士的画像》) 找到踪迹。詹姆斯在旅行日记中写道："沃里克的过去牢牢地植于现在，以至于你很难断定哪里是起始，又终止于何处……"

《柔美夏日》和《终局不明》在某种意义上是以舞台的方式延续小说

《波音顿的珍藏品》的题旨。于勒上尉的老宅年久失修，破败不堪。如同波音顿一样，它以财产争夺为焦点，基本主题也是围绕"美丽之物属于那些有能力欣赏它们的人"。格雷斯度本是局外人，如同弗莱达，但最终也卷入了财产争斗。詹姆斯在《波音顿的珍藏品》序言中曾这样写道："主题寓于人物对于某种事物的兴奋与全神贯注的感觉，这一感觉并非来自压力，而是基于一种更美好的感情。"①格雷斯度、弗莱达们都属于詹姆斯"在欧洲的美国女性"画廊中的人物。她们是曾被詹姆斯称为"杰克小姐时代"的产物——她们在欧美之间穿梭往来，寻找旧大陆的"战利品"。格雷斯度小姐"比英国人还英国"的特征，是詹姆斯接意欲描绘的一个讽刺性的人物系列。他在《威廉·威特摩尔的故事》中写了一位坎布里奇的"公正陈述先生"(Mr. Justice Story)，他从未到过海外，却让一位来自伦敦的访客大吃一惊，因为"公正陈述先生"所指认的伦敦街道，连这位伦敦访客自己都搞不清楚。"公正陈述先生"之所以熟悉伦敦，是"即使隔着巨大的空间距离，他也能感觉到它"。在《柔美夏日》中，格雷斯度小姐对于初见之下的大宅，反倒有着往昔"柔美夏日"的丰富的感受。于勒上尉也是这类白日梦般"怀旧感"的分享者。

某种意义上，格雷斯度和于勒都是《一位女士的画像》中伊莎贝尔·阿切尔的"晚辈"。伊莎贝尔在跟温博顿勋爵的妹妹们交谈时，曾询问温博顿勋爵是否真是一位"了不起的激进者"，她们回答说，他肯定是"非常先进的"；伊莎贝尔进而追问：他的先进是否意味着他可出让其分封及财产？被问倒的姐妹们无法理解伊莎贝尔的"先进"概念。伊莎贝尔说，"……假如我是他，我希望我会是一个保守派。我会让事物保持原样。"在纽约版中，詹姆斯修正了伊莎贝尔的言辞，以便不拘于保守主义，而是返回到更久远的过去。詹姆斯让伊莎贝尔说道："假如我是他，我将会战斗到死：我的意思是为过去的遗产。我会紧握不放。"《一位女士的画像》中的隐约轮廓，在《卡萨玛西玛公主》中成为连续的中心主题。在《卡萨玛西玛公

---

① Leon Edel ed., *The Complete Plays of Henry James*, London: Rupert Hart-Davis, 1949, p. 521.

主》中，雅辛斯·罗宾荪在诱惑性的世界与他的热动力学革命理论之间竭力探索和求证，他成了牺牲品。对詹姆斯来说，雅辛斯像是立于巴黎公社的街垒之间，他的朋友们是些虚无主义者和无政府主义者，他们熟知克鲁泡特金。詹姆斯也曾见证了19世纪80年代的社会动荡，他在欧洲旅行时注意到贫富之间的差异，他自己也体验过那种矛盾冲突，他明智地趋向于社会进步和社会改革，那是他主张社会进步的父亲留给他的遗产。他在情感上可以接受更多的现实传统，接受世界以其自身的方式呈现于艺术家面前的样子与正在形成的这个世界的样子之间的协调一致。较之于改变这个世界的进程，他更适于做一个历史学家。于勒在财产问题上的激进与保守之间的矛盾，具有表面化、喜剧性的平面素描效果。人们或许会疑惑：于勒肯为画室而反对威斯特敏斯特教会，这样的人物，詹姆斯如何肯让他为了财产而放弃理想，怎么会让他难以置信地以变幻无常的社会改革为生呢？我们只能推论：对于舞台剧来说（尤其是独幕剧这种结构紧凑的形式），詹姆斯如通常所做的一样，他必须让步。他准备牺牲一些人物的逼真性，以便能够让"在欧洲的美国人"保持一致。

随着《柔美夏日》1895年以文字形式刊出，詹姆斯与剧院再无瓜葛。偶尔有一刻他对剧院的回忆会使他微微的激动，甚至热泪盈眶。他在1899年1月22日的笔记中写道："乔治·亚历山大写信问我要《柔美夏日》，他打算和戴维斯小姐来演，我回信有难处，拒绝了他。我还说，我会为他写一个新的独幕剧；奇妙的是，这番与庸俗剧院的重新接触，竟然再次以某种方式打动了我……"①

《柔美夏日》以其戏剧形式未能找到出品者，以小说形式因颇有戏剧性而十分引人注目。这部小说是詹姆斯对独幕剧的精心改造。他对人物加以修饰，使剧中生硬的台词变得柔和，这让那些舞台上牵线木偶式的角色更鲜活，人物行为的动机也得以加强。但他不曾（也不愿）"克服"根深蒂固的"弱点"，未彻底改变于勒的态度。罗宾斯小姐承诺在新世纪剧

---

① Leon Edel ed., *The Complete Plays of Henry James*, London: Rupert Hart-Davis, 1949, p. 522.

院朗读此剧,那里有一群人甘冒商业风险,愿意演出有艺术价值的剧目。威廉·阿切尔写了一封三页长的剧评,他在开头写道:"我认为此剧整体瑕不掩瑜……"他在结尾又说,"总体看来,我认为它自然而令人愉悦,对那些无关紧要的部分略加修改,应该可以相当成功,大受欢迎。"瑕疵当然是指于勒所谓的弃暗投明。阿切尔认为这绝对不可信,现实生活中,这种人将会是全英格兰的一个政治笑柄。新世纪剧院决定不演它了,这部戏一直到1907年人们突然需要一种新生活和新历史时才得以上演。

詹姆斯戏剧创作高峰期中的"问题"让我们不得不重提他前期作品中的"缺陷",因为它们留下了同样的"事端",留下了一个个有疑问的不确定场景。詹姆斯有意识地"省略"了解决方案,而让人物特有性情的微妙之处,那些激情、良知和智性成长的历练过程,更深刻地以小说的形式得以展现,这些得自戏剧的经验成果,最终化为小说技巧的精进与主题的深化,它们刻印在他后期小说的每一页上。我们以《使节》《鸽翼》和《金碗》三部后期杰作为例,进一步分析和阐释"詹姆斯式"在小说中的应用及其特征。

第二节 《使节》:对未来美国的想象及对小说未来的预言

《使节》(*The Ambassadors*)[①]是亨利·詹姆斯自认"所有作品中最好的作品",是詹姆斯对未来美国的想象及对小说未来的预言。詹姆斯不仅在《使节》序言中不讳"自诩",在《罗德里克·赫德森》以及《一位女士的画像》和《鸽翼》等纽约版序言中亦数度提及。

《使节》叙述了路易·兰伯特·斯特瑞赛(Lewis Lambert Strether)奉命

[①] Henry James, *The Ambassadors*, New York: Oxford University Press, 2008. 《使节》1903 年先在《北美评论》以连载形式按 12 期刊载(P),同年,詹姆斯 P 版先后修订出版了美国版(A)与英国版(E)。1907 年詹姆斯修订出版纽约版(NYE)时,采用了 A 版,对行文和标点进行了调整。本书采用 A 版。引文参考了《使节》中文版(敖凡、袁德成等译,四川人民出版社 1998 年版)。译文有改动。

到巴黎"救回"年轻的查德维科·纽瑟姆(Chadwick Newsome)的经历。查德之母纽瑟姆夫人(Mrs. Newsome)是新英格兰地区乌勒特地方工业巨头的遗孀,因担心查德"闲逛"巴黎,道德受损,贻误家族事业,遂派特使将其带回。作为全权大使的斯特瑞赛,年过半百,事业平平,正为纽瑟姆夫人办的一份《绿色》杂志做名义上的主编。若如约复命便有机会与纽瑟姆夫人联姻,人财两收。小说结尾斯特瑞赛决定独自返回乌勒特。至于查德是否如期归家则留有悬念。

《使节》1903年出版时英美各大报刊曾纷纷发声,毁誉参半。英国老牌报纸《帕茂大道公报》(*Pall Mall Gazette*)[1]慧眼独具,道出詹姆斯以心理现实为进路,创造以意念或幻象为理想的未来小说之艺术野心。[2]《芝加哥晚邮报》曾有评论指出,《使节》是"对两种生活观或者说两种道德符号的探究",其对人物个性与时代腔调之间的关系,对于地域特征与人物个性塑成的关系的探究,"超过了之前的《鸽翼》,是一部精英读者的欣享之物,它要求一种'康德式的'形而上学"。可惜彼时一片"费解难懂"的舆论放肆,詹姆斯那时亦计划重访美国,随后投入《金碗》的写作,无暇顾及《使节》受众种种"非议"。

《使节》的"上乘"之意虽时有论著略及,但多从小说冗长,情节缓慢,人物形象模糊等题材方面入题,对于詹姆斯缘何回归欧美文化相遇主题,其殚精竭虑的暗示与隐喻背后,为未来之文化融合和造就未来人才所提供的自由理念及艺术想象,大多觉察不足。20世纪60年代初,剑桥出版

---

[1] *Pall Mall Gazette*(《帕茂大道公报》),创刊于1865年的一家英国老牌报纸。Pall Mall 为伦敦西敏区一街名,驻有多家绅士俱乐部。萨克雷曾在小说《潘登尼斯的历史》(1848—1850)中虚构并讽刺了这家"绅士写绅士"的报纸。报纸因此得名。1892年之后,此报转而倡导流行文化,出版了《华生医生与夏洛克·福尔摩斯故事集》、H. G. 威尔士的《时间机器》及《威尔士先生的时间旅行》等科幻电影剧本。詹姆斯旅居伦敦时的社交生活多在绅士俱乐部,对这家报纸摇摆于保守与自由两党之间的立场,以及在雅俗文化转换之间的办报导向,当是熟知。后文提到詹姆斯批评皮赞特先生关于小说艺术的保守立场时,也顺带讽刺了登于此报的一篇文章。报名一译为《朴尔莫尔新闻》。

[2] See The Genius of Mr. James, *Pall Mall Gazette*, 13 October, 1903, in Keven J. Hayes ed, *Henry James: The Contemporary Reviews*, vol. 7. Cambridge: Cambridge University Press, 1996, p. 390.

社的一部《亨利·詹姆斯的意识判决》①囊括了后期几乎所有名作,却单单不提《使节》之"意识判决"。80年代末,时任耶鲁大学终身教席的著名评家哈罗德·布鲁姆,在为专评亨利·詹姆斯《使节》的论集导言中,质疑"使节"是否能够,或者是否值得对查德救赎。②1993年剑桥出版社再出一部《使节》专论,作者据现象学哲理,对《使节》主人公的思辨与小说形式之间的双向关联特征有独到之见。③

《使节》运思动笔之初,正是詹姆斯定居伦敦近郊蓝波屋(Lamb House),潜心收拾近三十年之小说理论及戏剧经验得失,确立自己小说风格和小说理论之时。他为后期三部大作框定了主题范畴,延续并修正了前期欧美文化遇合的衡量标准。这一时期的詹姆斯,除了向巴尔扎克式的现实主义理论致敬,他更倾心于福楼拜和屠格涅夫对于"写什么"及"怎么写"等"突破臆断"的理论。④

《使节》重返文化相遇主题,淡化情节,主人公"自言自语",人物关系以印象化描述方式处理。不仅如此,詹姆斯对于道德风尚及其标准,也多采用模棱两可的语用风格。《使节》自由、想象和意识漫游的形而上思辨特质,像一部尚无可定义的"想象的变奏",⑤为20世纪初英美批评界带来了难题。詹姆斯对于"故事是关键"的传统观点,对于"笨拙地区分"小说与传奇、情节小说与性格小说、古代小说与现代小说的传统做法,颇为反感。詹姆斯认为,法国人已经把小说理论发展到了相当完备的地步,英美小说亟待打破成规,在保持真挚创作态度的同时,在题材和体

---

① Dorothea Kroook, *The Ordeal of Consciousness in Henry James*, Cambridge: Cambridge University Press, 1962.
② See Harold Bloom, *Henry James : The Ambassadors*, New York: Chelsea House Publishers, 1988, p. 9.
③ See Merle Williams, *Henry James and The Philosophical Novel*, Cambridge: Cambridge University Press, 1993, pp. 3—4.
④ See Henry James, "The Art of Fiction", in Leon Edel eds, *Henry James: Literature Criticism*, vol. I, New York: The Library of America, 1984, pp. 56—57.
⑤ [法]保罗·利科:《虚构叙事中时间的塑形·时间与叙事》卷二,王文融译,生活·读书·新知三联书店2003年版,第14页。

裁的艺术实验中，给予作家最大限度的自由想象，让小说"带有广博的知识趣味。"①

返归《使节》初版时的历史语境，重温一个世纪前欧美文化遇合的矛盾与成果，对于当下全球化语境中，民族身份与文化遇合中的新问题以及新思路的提出不无裨益。而詹姆斯对于未来小说体裁变化之未可限度的预言，亦有现代与后现代各路方家献艺，近晚网络文化成果的纷纭佐证。《使节》作为詹姆斯"最好的小说"，值得我们一再解读和阐释。

一、"使节"之"赫尔墨斯"命意

斯特瑞赛来自新英格兰地区的乌勒特（Woollett）。② 他在到达伦敦后不久就发现，使节的工作就是跟各种类型的人打交道，而周围人与乌勒特人属于不同类型。"乌勒特人只分男女两类，即使个性也是如此。"乌勒特人朴实忠诚，但其"乐天的态度""信仰的态度"或者说对"美感的态度"也有易受损伤的缺点。在与欧洲的相遇中，乌勒特始终都显得黯然失色。

身负重任的斯特瑞赛从利物浦登岸时，牵挂在心的"第一个问题"竟是能否拖延与老友韦马希的见面时间，以便独自享用与欧洲的"首次照会"，好让欧洲充分现身以证其意（prove the note of Eu-

---

① Henry James, The Art of Fiction, in Leon Edel ed., *Henry James: Literature Criticism*, vol. Ⅱ, New York: The Library of America, 1984, p. 55.

② woollet 是詹姆斯精心"臆造"之地。"羊毛"wool 与"小"let 组合，隐喻"乌勒特羊毛"之畜牧农耕文明。（参见陆谷孙《新英汉大词典》）。詹姆斯在纽约版序言中回忆说，写作《罗德里克·赫德森》时需要某种能为艺术提供支持的完美的文明社团意象（image of perfectly humane community），与地方类型（local type）形成对照。因为在小说中为一个地点命名，是要在某种程度上表现出该地名所代表的那个地方。那时因一心倾慕巴尔扎克《人间喜剧》善用真实地名，而使小说轻率地误植于一个具体真实之地（马萨诸塞州北安普顿），对真实地方印象的稀薄，反使小说的根基肤浅，缺少强烈而引人遐想的力量。《使节》1900 年开始动笔时，詹姆斯已有多篇文章涉及巴尔扎克的想象力和对现实的描摹能力，既有赞誉，亦不乏微词。换言之，詹姆斯已有充足的信心打造属于自己的想象世界了。《使节》第二章，斯特瑞赛回望自己半生，孤寂隐世的生活，只有韦马希、纽瑟姆夫人，以及刚刚遇见的戈斯特利小姐三人可入社团圈子。韦马希来自康涅狄格州的米洛斯，纽瑟姆夫人为新英格兰乌勒特地方要人，戈斯特利小姐则自诩旅欧达人，此三者所携地方印象与特征类型，皆为小说暗讽之重心。

rope)。这一"秘密原则"(secret principle)在斯特瑞赛此后的行程中一再起作用。"延缓"让斯特瑞赛感到久违了的个人自由、深悟变化之味以及无牵挂之感。亨利·詹姆斯在这部第三人称小说开篇的关键时刻，亲自出场，两次发声，向读者解释：斯特瑞赛这一"秘密原则"的"开动"，关乎原本从新英格兰同来的两个男人之间的半生友谊。因韦马希对于《使节》主题表达的重要作用仅次于斯特瑞赛。[①]詹姆斯更进一步暗示说，斯特瑞赛是一位为双重意识所累之人：热忱而不偏不倚，平庸处见奇趣。总之，斯特瑞赛和韦马希同赴欧陆文明的"晶屏"(crystal walls)前，[②] 将各自照见一个不一样的自我。

正当斯特瑞赛犹疑不决时，一位"不邀自来的庇护者"戈斯特利小姐站在旅馆大厅，两人"不期而遇"。后者是一位地道的旅欧美国人，自称"旅行陪护"(courier maid)，以其神秘的洞察力以及"更彻底开化"的欧洲风度，立刻使斯特瑞赛有了似曾相识的同类之感，甚至不自觉地唤起了他对"另一位"(暗指纽瑟姆夫人)的比较意识。戈斯特利小姐善于将他人分成若干种类分门别类地存放，其技术之娴熟亦如"排字工人拆版时将铅字重归原处"。她一眼见出斯特瑞赛之"要害"：凡事以对错分辨，不懂享受，也不虚妄(hopeless)，[③] 这正是乌勒特人的普遍特征。斯特瑞赛一方面坦直地"扮演"乌勒特人的拘谨以及"不虚妄"，另一方面却感觉自己在 36 小时之内越过了道德"底线"，随着戈斯特利小姐一声"开

[①] See F. O. Matthiessen, *The Notebook of Henry James*, New York: Oxford University Press, 1947, p. 406.

[②] crystal walls(晶屏)是詹姆斯写给哥哥威廉·詹姆斯一封长信中多次用到的词。他们喜爱的表妹米妮·坦布尔(Mary Temple or Minny)去世后，詹姆斯将对她的回忆比作晶屏：金光四射(gold)，永不侵蚀(incorruptibly)。许多评论家认为詹姆斯后期小说男女主人公皆有萦绕不去的怀旧、"追索"(hunting ghostly with image)之意。See Leon Edel, *Henry James: The Untried Years*, Philadelphia and New York: J. B. Lippincott Company, 1953, p. 331.

[③] Hopeless 是小说第一章第一节斯特瑞赛初见戈斯特利小姐时"自谦"之词，而戈斯特利小姐认为这位"无望"之人恰是最好的人。据小说语境，综合"无望""无能""无欲"等意，译为"无虚妄"，亦切合小说结尾二人道别时，对使节命意以及各自完成使命之相互理解。

始吧！"他们便一脚踏进了"现代巴比伦"——大英帝国的首都伦敦。戈斯特利小姐拿名片的风度、晚餐的礼服，以及夜晚的香氛，让斯特瑞赛不由立在镜前重新评价自己：这位路易·兰伯特·斯特瑞赛，①置身于欧洲大都会，命运究竟会有何变数呢？自认无能的斯特瑞赛，背负着"道德完人"纽瑟姆太太的压力，跟在自称"魔鬼"的戈斯特利小姐身后，似乎只有随波逐流，放任自己了。韦马希，这位来自康涅狄格州米洛斯的律师的行为举止，则显得更为"怪异"：对老友的"越格"行为瞪眼叹气，并周期性表现出"神圣的愤怒"和"庄严的沉默"。如果说伦敦银行的接待室让斯特瑞赛想起了乌勒特的邮局，感觉像是横跨大西洋的拱桥；而韦马希则在里面一待就是几小时，沉闷地读信或读报，一时觉得银行像一个绝佳的观察哨，一时又觉得像是霉运判决日的一个装置，一切都被蒙在鼓里。因为欧洲对于韦马希这样的头脑来说，"就像一架精密仪器，这机器将闭塞的美国人隔离在必要的知识之外"。

在随后的巴黎之行中，每遇重大事件都有戈斯特利小姐指点迷津。斯特瑞赛欲看懂欧洲这架"复杂的机器"，似乎全靠戈斯特利小姐全程陪护并参和判断。这位小姐以世界公民自居，居所像一个收藏室，象牙制品以及各种旅行纪念品不计其数。她自称青年导师，专职导游，但只是带"学生们"走马观花，并尽快送他们返乡。在新时代越来越多美国人涌到欧洲的情势下，这位娴熟并有见识的导游，对斯特瑞赛庇护有加，但她的欧洲成见成为欧洲这架机器上的一个不可或缺的装置，影响着美国游客。小说第三章第二节，斯特瑞赛、韦马希与戈斯特利小姐，一边在剧院包厢等候查德，一边借议论小彼尔汉姆的人品与前途，引出"一个好美国人"话题。而查德的意外现身，使"使节"之行一时反转了方向："查

---

① 路易·兰伯特（Lewis Lambert）(《巴尔扎克全集》中译本第 22 卷译为路易·朗贝尔）是《人间喜剧》第 16 卷"哲理研究"中的一篇小说的主人公之名。他是热衷于在精神领域探求"绝对"的天才。现代科学发展初期形形色色的世界观和相互矛盾的学说、错综复杂的自然现象和社会现象使其陷入矛盾重重的思想状态。由于所关心的领域庞大无垠，以至心力交瘁，终于走向疯狂。《使节》主人公几乎与其同名。詹姆斯借此讽喻巴尔扎克《人间喜剧》包罗万象的虚妄及对巴黎的"偏见"。

德走出来"而"斯特瑞赛陷进去",①两人暂时互换角色的过程,亦是斯特瑞赛逐渐用"肉眼"(naked eyes)分辨戈斯特利小姐的"欧洲",恰是回答"何谓好美国人"这一看似平常的问题的转机。

　　从最初在利物浦登岸及最终离开巴黎,斯特瑞赛从被戈斯特利小姐"看破"时叹息"你说对了"(there you are),到分别时对她道出"我们都对了"(there we are),留给欧洲之行一个"唯一逻辑":置身事外,绝无私利"(my only logic, out of the whole affair, to have got anything for my self)。戈斯特利小姐喜忧参半地默认了这位乌勒特怪人"无妄之望"的超验逻辑。两个曾在伦敦一见如故的美国人,在欧洲这架"文明机器"的运作之下,对"怎样才算一个好美国人"这一"紧迫事件"获得了各自的印象,采取了不同的选择。欧洲能够继续给予戈斯特利小姐的东西,却让斯特瑞赛感到"不和谐"(not in real harmony with what surrounds me)。他令查德、小彼尔汉姆、戈斯特利小姐,甚至周围的每一个人都兴奋不安(exciting, restless),都变得更好,而自己却始终一个古老宁静之处。如同小说第一章詹姆斯向读者交代的:独立孤僻,不善社交的斯特瑞赛,与涌上码头迅疾散布于伦敦或利物浦的同乡们有着不一样的秉性。面对大都市文明的炫目,自觉规避而不是一味沉陷。出而受命,通达命意,悄然归隐,独善其身。"使节"之"赫尔墨斯"命意即在于此。

二、作为社会动物的文明模压程序

　　1903年11月,美国版《使节》出版,12月詹姆斯写信给友人,对小说在时间处理上的曲笔,以及发现一个出色的读者可与之共享其妙,引为乐事。②

　　时间问题在詹姆斯时代始终是引发争议的问题。工业革命后的世界,时间被大机器生产和分工协作的线性时间观取代,而宗教、哲学、历史,

---

① 小说在第十一章第二节安排老少使节谈论如何应对纽瑟姆夫人再派"使团"来追,以共同应对。两人都觉得,正是对方及时发了自己与巴黎的"陷进"与"走出"。

② Philip Horne, *Henry James: A Life in Letters*, New York: Viking Penguin, 1999, pp. 392—393.

以及语言学和文学等，对自然经济向资本经济转化的描述，及对伦理意识变化所拼贴的理论标签，"都俘获了部分真理"，①都带有各自的优缺点，并为一代人的意识打上了形形色色的烙印。作为小说家的詹姆斯，敏感地觉察到，现有的生活素材中，太多有意义的东西被小说家们忽略了——社会风尚、社会形态、社会阶级和阶层，以及风光迥异的地域、形形色色的人物性格及其活动环境，等等，都还不曾为作家们所探查采用。而且，有两个重要的条件已经发生了变化，即：小说年长了，年轻人亦复如是。正是年轻人自己发现了这一变化并提出问题："你们轻易地从我们的双亲和牧师的手里拿走了对我们的教育权……你们为自己的教育又做了什么？有许多领域你们都不曾切近，那些信息对你们不是徒劳无用？"当年父亲老亨利（Henry Senior）在宗教思想、文化道德，以及表达基调上的丰富多彩，深刻影响了詹姆斯并伴其一生。詹姆斯回忆说，我们的宗教教育完全是在一种宽松愉快的印象中获得的。我们理解的宗教，是更多汲取这个世界本身所呈现出来的美好和能量，而不是其他。父亲的思想与其说是宗教的，毋宁说是哲学的。"它极为复杂，却极富独创性，而且有效，它几乎涵盖意识、自然、社会、历史、常识等所有领域，触及人生旅程的每一脉搏，而非虚悬之论。"②

"影响"一词，在《百科全书》的条目中最初为医学与占星学的用语。然而在普遍的意义上，"影响"是一个被用于解释灵魂与身体之间的联系的术语，在一种社会、文化和心理学意义上将其延伸到"精神"的问题。例如，柏林科学院1757年提出的征奖题目是，"一个民族的见解对其语言及语言对这些见解的相互影响是什么？"1780年的题目则是"政府对在人民中繁荣的文学的影响及文学对政府的影响是什么？"法国科学院1802年提出的问题是"路德宗教改革的精神及其对欧洲不同国家的影响"。③ 老亨利当年为实践自己的激进教育理念，携二子（威廉与亨利）赴欧洲求学数年，汲取了法、德、瑞士等国的丰

---

① ［荷］F. R. 安克施密特：《历史与转义：隐喻的兴衰》，韩震译，文津出版社2005年版，第51页。
② See F. O. Matthiessen, *The James Family*, New York: Vintage Books, 1980, p. 195.
③ 详见［美］唐纳德·R. K 凯利《多面的历史》，陈恒等译，生活·读书·新知三联书店2003年版，第480页。

富的美感教育。"从家族成员之间对于社会主流文化,如宗教、哲学、文学、政治及社会等各个领域问题的讨论中,我们可得到一份相当完整的美国知识史清单,从爱默生直到'一战'时期"。19世纪的文化史,早在达尔文之前就建立在根深蒂固的自然与历史之联合而暗示出的进化视野上,即卡西尔所谓之"启蒙哲学的基础",亦即康德在"什么是启蒙运动"中所预示的理性。詹姆斯对"人类逐渐开化"和"启蒙之持续前进"等欧洲思想家们的宏大愿景的接受与发展有备而来,对科学实验之机械无机状态进行"艺术改良"颇有兴趣,该让"具有神力的语言与种子"行使影响力了。詹姆斯在父兄宗教与哲学的职业视野之外,开辟出小说艺术的宽阔领域。詹姆斯多元融合的知识背景使其可以摆脱单一的因果律思维,与启蒙思想的阔达及对未来的希冀相和。《使节》将伦敦的银行、大港、海底电缆及铁路运输等各种现代化大都会的标志罗列无遗,又将巴黎"古老又进化"的艺术与美学景物生动呈现,其用心在于为所谓"并非穷乡僻壤的"新英格兰开出一剂文明的解药。

乌勒特人在生物进化方面有着优良种群的天然壮硕,而"精神影响"的天然发育尚处在模棱两可的建构途中,是一片充满了可能性的"应许之地"。斯特瑞赛时隔三十年之后重返巴黎,不仅重温了自己的精神进化史,而且,更重要的是,修正了查德的精神进化轨迹,见证了"具有丰富潜质、尚未定型的查德被成功地模压出品"。

斯特瑞赛在巴黎剧院包厢里第一次见到查德,便被查德的巴黎式优雅风度所迷惑,他既欣赏,又自惭形秽。斯特瑞斯一辈子从未见过一个年轻人会在晚上十点钟走进包厢,也从未体验过戏剧正在演出中与一个彬彬有礼、沉默的年轻人相互之间"弹奏的最强音"的那种感觉。詹姆斯在这关键时刻再次出场旁白道:"我们的朋友后来一再回顾那一刻,回顾他们一起待过的那三四天,而最初照会的那半点钟的印象是如此之强烈,以至于他们随后关系进展的一切都不那么重要了。"詹姆斯暗示,斯特瑞赛的想象力在那一刻失灵了。如果说查德背后那位女人为使节呈现的是这样一位优质青年,查德则在一见之下,辨认出这位救赎之命在身的长者,有着一种"以观察社会风气为乐"的敏感禀赋,其异于麻省乌勒特人之特质,恰是两人意气相投之处。使节斯特瑞赛的重返巴黎,似乎演变为一场与查德分别在记忆层面和在当下时节,于巴黎高级文明之中，重新回炉与不断熔炼的双重之旅。使节之命，原为从一位巴黎女诱惑人手里救出一位有为青年，但正如德·维奥娜夫人所断言："有麻烦的男人必须有一个女人"，詹姆斯的确为斯特瑞赛安排了与三位女士的"麻烦关系"：斯特瑞赛欲完成使节之命，需得借鉴并超越戈斯特利小姐的先见之见，看透纽瑟姆夫人的遣使动机，并从对德·维奥娜夫人艺术想象之"画框"①中设法突围。如此方可觅得查德欧洲"闲逛"之真相，辨别查德不与"后使团"(late Newsome)②为伍的内、外变化缘故。

《使节》作为"最好的作品"，在于詹姆斯悉心安排了德·维奥娜夫人对于青年查德的"诱惑"，将其作为鉴别欧美文明差异的背景，这一"绯闻事件"背后，有着丰富的潜台词。德·维奥娜夫人"高尚而简朴"的居所，既有第一帝国时期的富贵、拿破仑时代的辉煌，亦有法国大革命之后夏多布里昂、斯泰恩夫人，以及青年拉马丁的"昔日巴黎的回声"。法国近代历史的激变与动荡，巴黎艺术之都璀璨遗产的滋养，巴黎人评价人与物之标准的多样与弹性，这些无形之"香氛"才是詹姆斯"制造""绯闻"的线索，视查德为高级文明社会形态中的"社会动物"之本意。查德延缓归家，再赴伦敦修习广告经营之道的离经叛道之举，预示着资本经济"破产"的巴黎，需要美国资本的注入，而新英格兰的财富意识与美感意识的平衡，则有待于巴黎美育的培植与润饰。詹姆斯的文明之见，是建立在

---

① Lambinet 是斯特瑞赛早年在波士顿观赏到的一幅小画，其中田园印象与德·维奥娜夫人及查德郊游的自然风景重合而游离，詹姆斯使"波士顿小画"的浪漫及暧昧关系想象，在巴黎郊外真实风景中亦真亦幻地转换，意在令主人公突破"画框"局限，辨识真相。后又借斯特瑞赛与戈斯特利小姐的同车出游，暗讽乌勒特思维模式中浪漫传奇旧剧的影响。

② Late Newsome，指查德及"纽瑟姆家族后辈"。他们作为随后到来的"使团"成员，与斯特瑞赛一道组成了"后使团"，共同完成劝归查德的任务。故称"后使团"。萨拉(Sarah Newsome)是查德的姐姐，嫁给了吉姆·波考克(Jim Pocock)。她谨遵母命，又比母亲更擅权，吉姆明知自己仅是纽瑟姆夫人手中的一张娱乐牌，但乐得逍遥自在，只有玛咪(Mamie，吉姆之妹)真诚纯良，但与巴黎风范的小惹耐(Jeanne de Vionnet，维奥娜夫人之女)相比，又显得过于拘谨、老成。三位后使团成员到达巴黎几日后，遂将使命抛于脑后，淹没在马戏、剧院及宴客的巴黎娱乐生活中了。吉姆甚至羡慕起查德与斯特瑞赛，而萨拉与韦马希则意趣相投，韦马希抛下巴勒斯小姐与萨拉同进同出，而原本"满脑子想法"的玛咪，则几乎爱上了小彼尔汉姆，转化了联姻带回查德的此行重任。詹姆斯以戏剧化的手法处理了前文交代的查德与后使团的关系：查德不与父辈及后使团成员"一边"。

古代与现代融合、旧大陆与新美洲联盟的希冀与想象之中的乌托邦性质的"意象行动"。斯特瑞赛带着新英格兰的文明道德意识重返巴黎,记忆唤起的不仅是意识对历史的自我与当下之我的优劣胜负的检视,更有着巴黎"香氛"激活之后的对于超越历史的自我,从"康德式"的"我能够希望什么",向着想象"一个好美国人""一个所有时代的继承者"的意识转化。从历史绵延的角度,从小说美学的意义上来看,修正查德曾逃离的新英格兰文化的资本基因,使查德作为文明的"社会动物"发育充足,为未来之新英格兰,为未来的美国培育出优质基因,并非荒谬。斯特瑞赛有违纽瑟姆夫人支使而重建"使节"之命,意在合乎时宜地助推查德在时间链条上的时针的摆动,使查德的"钟摆"立于一个属于未来的基点:那"被握住的钟摆"暂缓摆向乌勒特,但终将向着乌勒特方向推送。

　　时间是《使节》贯穿始终的关键情结。斯特瑞赛在与查德相仿的年纪曾携妻同游巴黎,见识过巴黎宏伟的历史与辉煌的艺术遗产。那时购得的七十多本橘黄色封面的文学巨著,如今虽已泛黄并深藏箱底,而一旦再次置身巴黎,那些看似灰飞烟灭的历史遗迹,竟更加强烈地冲击着记忆,并在记忆的灰烬中,重新燃放出香氛。① 巴尔扎克《人间喜剧》里的路易·兰伯特"精神在巴黎崩溃",而《使节》中的路易·兰伯特·斯特瑞赛则被"推向前去":一个新时代的、来自乌勒特的使节,将在巴黎善意的考验中通过蜿蜒曲折的途径,通过巴黎黑暗与光明的交替,完成乌勒特的哲学梦想。巴黎,成为一个"比乌勒特的哲学梦想多得多的"特定场景与象征,被重新赋予了返归古老历史,在田园、艺术、女性以及一切有意味的形式中,再度发现"人"的成长与教育的辩证意象。如果说"波德莱尔以女人与死亡混合的意象指向现代性的巴黎",巴尔扎克和波德莱尔的巴黎皆为"陆沉之城市",②《使节》中的巴黎,则是詹姆斯以对现代性的

---

① 时隔三十年,重返巴黎的斯特瑞斯又买了70卷雨果的作品,只为重拾对雨果作品的想象意趣。只是这次的红皮烫金版本,比前次便宜的多,与当下现实更"不成比例"。詹姆斯借此婉转表达了对浪漫传奇小说的揶揄之意。

② Walter Benjamin, *The Arcades Project*, Trans. Howard Eiland and Kevin McLaughlin, Cambridge: The Belknap Press of Harvard University Press, 2002, p. 10.

审慎而深刻的认识，为特使们（斯特瑞赛、查德，以及小彼尔汉姆）选定的一个集暧昧和明晰于一体的伟大的处所。它集断裂了的古典理想模式与新纪元的新型社会关系于一身，而这一新型社会关系将会产出一种新型的产品，即使这一模式尚未定型，尚未建立起稳固之基础。援引远古用之于现代，正是詹姆斯为《使节》设计好的历史与现代交融的时间舞台。那个集伦敦的科学技术和巴黎美学修养于一身，那个曾经逃离资本耻辱而今翻然弄潮的青年查德，他肩负的使命，是在美国独立战争之后的历史与经济语境中，与斯特瑞赛这位先知暗中结契，在美国与巴黎不断往返的大洋之旅中，不仅拥有赎买物质与行动自由的资本，更可使美感与文明的丰沛精神获得自由生长之基。

三、想象一个"所有时代的继承者"

詹姆斯言称，早有意构想"某种类型的年轻的美国人"，一个比其他年轻人更堪称"所有时代的继承者"（the heir of all ages）。这位"继承人"，应该具有感人至深的价值，具有更深的意识觉知，能够破除继承中的羁绊，从而担当起一种全面的、未至而将至之类型的角色。这是一个"冒险"的角色，也是一个可保持主题合宜而严密的角色。

斯特瑞赛与查德初见之下，便发现旧日举止粗鲁的查德，在巴黎这一文明"模具"的打磨下，成功锻造为"稳重而不失生气之青年"。尤其当查德反问斯特瑞赛："是否男人只会为女人绊住？你知道我有多爱巴黎吗？"斯特瑞赛在那一刻见证了一个青年"异教徒"，一个乌勒特最需要的"异教徒"（pagan）。[①]

一个打破常规的异教文明之徒，正是詹姆斯赋予斯特瑞赛使节之命，

---

① Pagan 一词首现于斯特瑞赛与查德初次会面之后。斯特瑞赛多次形容查德为异教徒。因为在韦马希眼中，戈斯特利小姐像是"天主教耶稣会女主终、天主教发展教徒的代表"，"是封建主义，或者，欧洲的代表"。而在典型的当代巴黎人巴勒斯小姐眼中，韦马希既是"显要庄重的美国人、希伯来的预言家、外交使节"，又是庄家、公牛（sitting bull）等律师、大佬倨傲作势之典型。詹姆斯以两者的自负和傲慢，衬托查德亲和、颖异之文明体态。

将查德从既往"社会动物"的模压程序中解救出来,重新定义并塑造成一个适合未来之社会的新人类型。斯特瑞赛"像一个人,一个绅士一样"为查德指出,自己得再次返归那个"容身之处"(Box),①那个决定人们品格及行为动机的资本老巢,去应对未知的裁决。而查德须得暂留欧洲,待羽翼丰满,时机成熟,方能回返。詹姆斯在《使节》序言中,时而称斯特瑞赛为"实况报道者",担心"落后于潮流"而"慌慌张张从后面拼命追赶";时而称其为"成熟的男主人公",可以"咀嚼"更多的生活而不是浅尝辄止,因而可以浓化主题。究其实质,这位男主人公在詹姆斯眼中,是一位"会体现出作者丰富的想象力"的人物。这位在年龄上让作者"有些精神负担"的人,在小说中获得了一种机遇——运筹自如地左右一件事或者一生经历的杰出才能的那种机遇。詹姆斯在《使节》的写作提纲中预计:查德应该接受的当是斯特瑞赛这位保护人的影响,而不是来自新英格兰的,尤其被"后使团"夸张放大的"贫瘠陋习"的一方。斯特瑞赛通过观察后使团的"表演",加深了对纽瑟姆太太为后幕的资本权力一方的认识:以自由换取财富与被驱使的代价,恰恰是查德要警惕和规避的。

《使节》与《鸽翼》前后动笔,两部小说在主题、素材、情景与人物命运安排等方面有着意识的内在关联。《鸽翼》女主人公米莉·西奥尔(Milly Theale)的特质,在查德身上发扬得更为完整或曰完美。②查德不仅拥有米

---

① Box 在小说中连贯了剧院包厢、花园、阳台、客厅、建筑,以及时钟之匣等多种场所及情景,是老少使节意识成长、品性养成的意象所在。詹姆斯在其《笔记》中提示道:斯特瑞赛在巴黎古老花园里的意识危机,恰是他判断自己意识进化的契机。当发现自己不再想见戈斯特利小姐,韦马希的奇怪举止亦让他既怜悯又忧伤时,斯特瑞赛已确认自己与查德的内在关联才是此行的最大获益。詹姆斯又用了"firm mould""tin mould"形容文明之"模制"之用。
② 有传记作者批评詹姆斯财迷心窍,与后来的菲茨杰拉德一样,为金钱所累。这也是詹姆斯家族的通病。实际上,詹姆斯与父亲一样,都认为金钱是获得自由的手段,而唯有自由,才能真正体会想象的最高境界。詹姆斯赋予《鸽翼》女主人公米莉·西奥尔"财富之巨大足可使其忘记财富。"米莉是超出人性进化经验之外的极端类型。这也是一些批评家们诟病詹姆斯塑造"连不自私都是自私的"虚构人物之处。See Lyndall Gordon, *A Private Life of Henry James: Two Women and His Art*, New York: W. W. Norton & company, Inc., 1999, pp. 308—309.

莉所缺乏的"珍贵的自信",拥有自由、金钱、灵活的头脑、个人特有的魅力、唤起别人兴趣和吸引人的本领,更重要的,还有着给未来增添价值的优点。《鸽翼》所欲表达的自由的含义,在《使节》之中已然成为事实:行动的自由、选择的自由、欣赏的自由,以及交际的自由。如果说詹姆斯的《鸽翼》"像一个慈父看护第一次骑上马鞍学骑马的孩子般,注目于人物的成长",《使节》则是詹姆斯赋予主人公斯特瑞赛的双重使命:一方面看护青年查德的精神成长,另一方面内省自忖,不断探查自己的思想轨迹与精神实质,从而丰富了救赎之意,达成了两辈人对时代与家国之题的共识。从这个意义上来说,斯特瑞赛与查德一道具有着超越当下局限,发展出属于"所有时代的继承者"的未来精神气质。

从《鸽翼》《使节》,再到《金碗》,小说主人公们得天独厚的想象力的培育与发展,都列入了詹姆斯"以想象取代逻辑"①的未来小说之备忘录。《使节》主题的"金色光辉",不仅是对"苹果诱惑"主题的发展与更新,更有着詹姆斯将其获得的当代人文科学知识,用于小说美学的实验因素。詹姆斯在很久之前便已谋划的"所有时代的继承者",借助于"双手在背心腋下舞动"、像极了天使之舞的"躁动不安"的查德,将一个未来新英格兰的乌勒特人的优雅潜质生动彰显。"乌勒特产品之名"②在小说中始终未名,这正是詹姆斯的隐喻深意:物质产品较之于"一个好人"之品相,是微不足道的,在物质镜像面前,培植"一个好美国人"或许更行之有效。斯特瑞斯始终在"想象力"的引导中对现实展开探寻,最终走出以认知、判断、结论之循环的实验理性之维,进入某种超验理性之中。想象是其生命的表征基质,在想象中认知,再由认知促发并提升想象的可信度,

---

① See Sheldon M. Novick, *Henry James: The Mature Master*, New York: Random House, 2007, p. 357.
② "乌勒特产品之名"(the name of the products of Woollett)贯穿小说始终,未得答案。戈斯特利小姐曾好奇询问,彼时斯特瑞赛因其"微不足道又可笑的家用之物"惭愧羞言。最末一章,斯特瑞赛觉得:他尚未命名,她已领教其然了(his having never yet named to her the article produced at Woollet, she had done with the products of Woollett for all the "good")。至此,乌勒特产品的物质之用已化为人之品性的对照物。詹姆斯以物象与人相的隐喻互换,对"乌勒特产品"的价值进行了有意味的消解。

詹姆斯为未来的读者想象出一个现象世界里的"勇者"与"圣者(胜者)"。查德少小离乡,原为洗刷资本原始积累的耻辱。然而何谓耻辱,耻辱何时形成,如今那耻辱又在何处,查德原本并不十分清楚。与斯特瑞赛同处巴黎三月之后,查德灰发转青的"异教徒"与"正人君子"合体之像,既与斯特瑞赛的想象相符,又超乎其想象:查德自愿回乡经营广告,因为"科学经营的广告是这个喧嚣时代里,一门未可限量的艺术"。对于这门艺术,查德初见使节时,尚停留在理论阶段,再次从伦敦返回巴黎,查德已然寻到了艺术与盈利两得的途径。正是斯特瑞赛的到来,成全了查德返乡的最终目标:"绿化"乌勒特资产并赋予"绿色"①杂志以真正的文化品质,而广告所得资本盈利既可获得真正经济独立,又可解德·维奥娜夫人"破产"之困,从而为信守两情相悦"踢开贿赂物"。此中伦敦科技、巴黎美育及美国资本之间,相互汲取运化所产生的未可限量价值,不言自明。在未来,查德将带着"满脑子的想法"继续往返于法国巴黎与美国之间。"restless"的查德与斯特瑞赛的"exciting",似乎在"单人快步舞与双人号角舞"的韵律中,共同期待一个欧美文化联姻的未来。

《使节》出版之初,其阅读与批评中的知音寥寥,《曼彻斯特卫报》曾挪揄道:"小说频现妙哉(wonderful)一词,而读者恐难享其妙。"《使节》的主题继承了前期小说"智性生物"对彼此"思维关系"的形而上探寻,又沿此轨迹将焦点深入到关于"人"的历史性和人的最终归宿这一关乎生存本身的重大问题上。其哲思与康德《历史理性批判文集》中启蒙理想的"人的范型"不谋而合。《使节》男主人公在时隔30年重返欧洲大陆时,竟有一种"一无所知"之感。我能知道什么?我应该做什么?我能希望什么?"使节"质疑自我之处,也正是康德著作三大批判之书的哲学理由。而康德对"什么是人"之问在《历史理性批判文集》中的解答,恰可为斯特瑞赛选择

---

① 乌勒特的"绿色"杂志并非政治意义上的,它只"绿"在封面,它只集中登载经济、政治、伦理类文章。詹姆斯借查德之手,让维奥娜夫人的客厅"摆设"了纽瑟姆夫人操纵的那份《Revue》(原文为法文)杂志。乌勒特的文化"品位"与维奥娜夫人古雅客厅的不协调,以及那把夹在书中的纽瑟姆夫人的裁纸刀,暗示查德已在乌勒特与巴黎的影响中,做出了有选择的"分割"。

以自我的唯一逻辑，或曰超验逻辑的返乡之举做一注脚。①在康德看来，一个人要从几乎已经成为自己天性的那种不成熟状态中奋斗出来，是很难的。他暂时还不能运用自己的理智，因为人们从来不允许他去做这样的尝试。因此就只有很少数的人才能通过自己精神的奋斗而摆脱不成熟的状态，从而迈出切实的步伐来。实现思想方式的真正改变，需得破除偏见，在一切事情上都公开运用自己的理想与自由。斯特瑞赛登陆欧洲的自由之感，是将自己从乌勒特的"利益与陋见"中解放出来的契机。詹姆斯以想象之无形之力，塑造了一个传达自由、再塑自我甚至他人之力的现代"赫尔墨斯"形象。仿佛是对康德关于"人"的历史哲学观的文学阐释，《使节》的主题，以虽无法证实却无懈可击的目的性指向一个理想的艺术世界。艺术世界里的理性或理想的立法者，几乎是时代的先知与智者，他们旨在破除科学实证主义和庸俗实用主义的囚牢。即使这一破除不得不采取"意识行动"为先的预期之策。斯特瑞赛在面对欧洲文明之"魔鬼"时，集恒审思量与经验实证于一体，将文明历史的未来利益置于个人利益之上的"不自私"，正是詹姆斯《使节》的"绝对"（absolute）主题和题材处理的"美妙"（wonderful）之处。

显然，肩负着欧美文化联姻理想的"富于想象力"的老少使节，是带有乌托邦性质的虚构人物。而创作一幅生活的幻象，并非詹姆斯心血来潮之举。詹姆斯曾在 1888 年发表于《双周评论》（Fortnight Review）的文章中，赞赏莫泊桑先生有关"伟大的艺术家就是那些能使得人类接受他们特殊幻觉的人们"的观点，认为批评家不应以"唯一真实性"作为评判标准，而莫泊桑之见，亦非形而上之空穴来风，其对由来已久之文学真实性问题的争论，反而标明了教条主义之空洞。相对于虚构想象，詹姆斯亦始终不忘"美国即是美国人"。詹姆斯在 1900 年之后，与兄长亲友的通信中时时提及返乡探亲之事。1901 年年底，在

---

① ［德］伊曼纽尔·康德：《重提这个问题：人类是在不断朝着改善前进吗?》，《历史理性批判文集》，何兆武译，商务印书馆 2007 年版，第 161—168 页。

给侄女玛丽的信中詹姆斯写道:"我很妒忌你,你那年轻人的机会——去看我们新鲜有趣的伟大而喧闹的国家的机会!——对此我一无所知。"1903 年 6 月,詹姆斯在与威廉的信中详细讨论了返乡计划,并为准备行程而延后了《金碗》的出版事宜。1904 年 8 月,时隔 20 年之后,詹姆斯终于重返美国。他几乎访遍了美国的东西海岸,在威廉的乡居小住,在马克·吐温府上作客,与伊迪斯·华顿一起驱车同游马萨诸塞州及纽约,甚至与罗斯福总统晤面。① 詹姆斯此行获得的"美国人"印象,远远超过了预期,并为以往"国际题材小说"中的理想人物找到了接地感。将"一个好美国人"的美学理想,落实到已有"异乡"感的美国本土,以美国之巨大财富拯救旧欧洲的联姻愿景,已不再是想象和虚幻,即使过于喧嚣的美国和故土离变让詹姆斯颇感不适。

四、古钟人偶逻辑与未来小说技艺

1899 年詹姆斯在给一位友人的信中写道:"我愿意活到 56 岁!但我不喜欢再老了。我爱这个年龄所有的优势:完整、纯粹、自由、独立,还有记忆。而这不会持久,它消失得很快。"②彼时,詹姆斯正在读屠格涅夫小说《初恋》的英译本。詹姆斯不仅从屠格涅夫的小说中看到了因年轻无知而错过美好生活的痛苦和遗憾,他更从中看到了小说文体革新的可能。詹姆斯在 1884 年为《朗文杂志》写的一篇关于小说艺术的文章中,对福楼拜和屠格涅夫"从一些隐藏在平凡事物内部"的细微处挖掘主题,自由地进行小说艺术实验的成就大为赞赏。文章着重论述了主题与故事的"新型关系",认为一部成功的小说应当是主题渗透弥漫于整个肌肤,其

---

① 《哈勃市场》原为《北美评论》,其执行人哈维(Colonet George Harvey)曾出版《使节》,并于 1899 年以破产方式接管了杂志。哈维启用新雇员,以文学佳作配黑白照片打开市场,属于 20 世纪新型杂志。哈维为詹姆斯此行提供资助并安排了演讲等事宜。詹姆斯此行的演讲收入远超食宿花费,为詹姆斯续租蓝波屋以及有暇修订纽约版小说提供了资金支持。

② See Leon Edel, *Henry James,: The Treacherous Years*, 1895—1901, New York: A Von Books, 1978, p. 348.

鲜活之力得之于每一个词、每一个标点符号都直接为表现主题而做出的贡献。故事并非鞘与刀之关系，而是针与线的关系。针对《帕茂大道公报》刊载的一篇盲目强调故事性，指责"波士顿美女(《一位女士的画像》中的伊莎贝尔)好像由于心理原因拒绝英国公爵"的文章，詹姆斯辩护道："为什么一个原因——心理上的或者其他方面的——不是一个题材，而一个疤痕倒是呢。"詹姆斯强调说，"一个心理上的原因，在我的想象中，类似于一幅装饰华美的图画，若要捕捉其细微复杂的画痕，一个人需得打起泰坦(Titianesque，原文为法语)般的精神方可做到。"詹姆斯总结说，小说作为一种最有意义的艺术形式，最能令其兴奋的主题当是源自心理的。

《使节》的主题源于詹姆斯从朋友处偶然听到的一段表白，一位年长者劝告年轻人"尽情享受人生，不然枉度此生，而虚度此生曾经是一种错误"。正是这粒"不经意滴落的暗示的种子"，让詹姆斯发现了"最合品味的""所有情境要素都囊括其中的"小说主题：在古老巴黎花园的优哉时刻，人到中年的斯特瑞赛却备感危机，并以奇怪的腔调对小彼尔汉姆讲出了一番关于人生困境的警世之言。《使节》正是关于这一意识危机的觉察、醒悟过程的说明。詹姆斯认为："主题的价值各有千秋，对于那些意义含混、兴奋与成见之时酿成的主题我们尚且有话可说，那么对于最出色的主题——此论事关一个作家的诚品——祈愿能将理想的善中之美，将艺术信念推举到巅峰状态，亦非妄言了。"詹姆斯令斯特瑞赛放弃了一般生物学与社会学意义上的好角色(constitutionally qualified for a better part，喻指斯特瑞赛人财两得的资质)，而选择了对人生所历事件的重新见知(now at all eventssees)与及时补偿(perhaps be time for reparation)之途。詹姆斯不无避嫌地提请人们注意："小说并非仅言人物道德之珍贵，人物视域的铺陈过程更是小说家进取之题。"[1]

《使节》的"说故事"，是詹姆斯将第三人称讲述的客观经验，与作家备忘录式的启示性自由文体融会的"新小说技艺"。"(作家)在最初阶段

---

[1] Henry James, "Praface to The New York Edition", in Leon Edel ed., *Henry James: Literature Criticism*, vol. II, New York: The Library of America, 1984, p.1305.

就要掐断同实际报告人之间各种可能的联系","他只在最开心处逗留一番"。"小说家只是在其魔法工作室展示其艺术视域的广袤之穹——如同悬挂着的儿童幻灯片的白色幕布,投映其上的,是更为奇异、更加变动不居的影子。"①作家"凭适当的暗示"得到一个故事的"征兆",这一"征兆"的真实,"显现出具体存在的真实,它本质上就存在着"。詹姆斯在暗示、影子及具体存在的真实之间,行使了小说家的权利。《使节》要在《北美评论》按月连载,为此詹姆斯早已妥善"安排"了处理方法。在时间的压力和刊载形式的压力中,《使节》最贴切的艺术表现形式便是以斯特瑞赛的意识感受为中心,所有其他人物的出现皆以此为要,使主人公对周围人物和情景的知解与探究形成一个"环绕柱桩流动的涡旋"。这个表达体系似乎并无精确与绝对的衡量尺度,人物意识与行为的是非对错也模棱两可,却会因为绵密、不曾中断的人物内心深处的冒险而始终激流涌动,令人兴趣盎然。"运用一种创新的手法和更高层次的写作艺术"是詹姆斯运思多年,将自己对于欧美文化遇合的经验,将自己对于小说现状与小说未来的新见解,做一个"表达不可表达的"出发点。②

詹姆斯在 1899 年已经清楚地看到,文学的普遍的非道德化、庸俗化带来的社会影响,是培育了更多的不善思考也不知批评的读者。似乎简便易行而多样的小说写作方法,使得那种在单纯的日子里偶尔才得一见的奇迹变得平淡,小说的名声因之恶劣。詹姆斯认为,小说的未来与整个芸芸众生的未来密切相关,小说的未来与产生并欣赏它的那个社会的未来紧密联系在一起。未来的小说家不会回避或迁就年轻人在经验上的缺乏,而年轻人,亦会对小说家们提出修养及教育上的更高要求。未来小说的成功取决于它对于青年人做些什么。从歌德的《威廉·迈斯特》,到简·奥斯丁的《劝导》,经典的教育小说从未脱离真实生活趣味而成为

---

① 詹姆斯在《一位女士的画像》《使节》等小说的纽约版序言中多次指出,要"掐断与报告人的关系",要在"最开心处逗留""插话",要造成屏幕、投影及牵线人之间的有效距离,从而增强叙事的客观性。

② Philip Horne, "Foreword", in Peter Robinson ed., *Henry James Poems*, London: British Library, 2016, p. 3.

刻板乏味之教化。而"没有任何一个对生活的印象，没有任何一种观察和体验生活的方式，是小说家的计划所不能给予一席之地的"。

詹姆斯的《使节》既与传统一脉，又是开时代风气之作。它以意识漫游与想象为塑造人物之基础，以艺术形式的委婉微妙表达道德品格的美善罕有。在20世纪初维多利亚时代向现代社会的过渡中，小说的日益"去道德化"（demoralisation）令人担忧。英美小说偏重习尚，过分强调道德形式，拘泥了小说艺术的进化发展。法国小说多浪漫传奇，偏爱自然主义的感官写作，刻意沉迷于咬字嚼文，英美读者对此颇有保留。旅居英伦有时日的詹姆斯，养成了对于艺术风气变化敏感而清醒的认识。詹姆斯欲对新小说技术做一尝试的时机业已成熟。用詹姆斯自己的话来说，"已恭候多时，只待重燃圣火了"。詹姆斯"不惜任何代价"地排列文字，使其利于表达人物之间，因意识波动而产生诚信与判断的波诡与转换。苦心孤诣之追求及其语言天赋，使《使节》开发意识领域细敏微妙之变，将主题的道德品质融汇在艺术"处理"的技巧之中成为可能。詹姆斯将小说诗意化了。

《使节》结尾处，斯特瑞赛发现他最近这番巴黎经历的意象，类似一种伯尔尼古钟匣里的人偶，这些人偶一到时刻就从一边出来，沿着它们的固定路线在众人面前上下跳动着前进，然后从另一边进去。斯特瑞赛觉得他也沿着自己的路线跳完了路程。一个"质朴的退隐之处在等待着他"。55岁的斯特瑞赛"背累得都有点驼了，却没有赚到什么钱"，是"一个不折不扣的失败者"；年轻的查德，家财万贯却甘愿放逐自己于异乡。两人的巴黎相遇恰似奥德修斯之归家之旅，所不同的是，两人的归家之意跨越了地理意义上的场域之限，获得的是"不枉度人生"的价值考量。这一现代意义上的"归家"，需要一个康德式的"幸福坐标"为其参照："道德不是教导我们怎样才能幸福而是教导我们怎样才能配得上幸福这样一种科学的入门"。康德认为："当问题是要遵守义务时，却不可由此强求一个人应该放弃自己天赋的目的，即幸福，因为正如一般任何有限的理性生物一样，他也是做不到那一点的。……我们宁可把义务想象为是奉行义务（即德行）所付出的牺牲联系在一起的，而不是与它所带给我们的好处联系在一起的，以便就其要求无条件服从的、本身是独立自足的而且不需要任何外来影响的全部权威，而使得义务的诫命可以为人理解。"《使节》"钟匣人偶"之喻，连同老使节"不为我"的"唯一逻辑"，在时间之维中，获得了历史哲学的理想与诗意。而《使节》情节的收缩与意识的流动，令文体呈现出一种弹性和不受限制的特点。人物有秩序地围绕使节的意识中心，似乎不加修饰而又有序的意识整体，呈现出超验文学与小说理论关联互动的高级形式。保罗·瓦莱里曾预言，"近二十年来，无论是物质、空间还是时间，都已不同于以前。如此巨大的革新必将改变各种艺术的所有技术，并以此影响意志本身，最终或许还会魔术般地改变艺术概念。对此，我们必须做好准备。"①詹姆斯将精密的科学方法用于精密的艺术之中，《使节》因此试炼成为"比例协调"的艺术佳品。

从《使节》开始，詹姆斯在后期三部小说中似乎以"诗人的品位"握住了一条通往"意识迷宫的银色线索"，以显微镜式的科学专注，不断开掘着意识与想象领域的深度和广度，以古典思想宏大永恒的崇高视角与现代思想敏感质疑的目光的融合，探索一个"富二代美国人志在渡海跨洋，不拘于美国本土，成为国际化的世界主义者"的可能。《使节》中的斯特瑞赛、查德，《鸽翼》中的米莉，以及《金碗》中的麦吉与王子，他们皆为詹姆斯考量维多利亚式美德与美国式家族价值之间冲突与转换的实验对象。他们也都成为詹姆斯于时代激变的文化语境中，对于人的美德与价值期望的范本。然而文学不是"决疑术"，②《使节》对"怎样才是一个好美国人"的形而上的意识勾画，与当下文明遇合中矛盾冲突始终存在，甚至愈演愈烈的现实之间的悬殊差异，切实提醒着批评界：对于《使节》之"最好作品"之谓，应具备清醒意识方可应对理想与现实之间的辩难之题。从这个

---

① [法]保罗·瓦莱里：《可技术复制时代的艺术作品》，[德]本雅明《经验与贫乏》，王炳钧、杨劲译，百花文艺出版社1999年版，第259页。
② 详见[美]理查德·A. 波斯纳《法律与文学》，李国庄译，中国政法大学出版社2002年版，第423—424页。

意义上说，《使节》的确是讨论"一个好美国人"的备忘录。①

第三节 《鸽翼》：一部大隐之作

在1909年纽约版《鸽翼》序言中，詹姆斯回忆说，这部出版于1902年的小说，最初的写作动机很老套又很新鲜：

> 关于一个青年人，自己完全知道有着巨大的生活能力，可是年纪轻轻就命运多舛，在劫难逃，患了不治之症，注定不久就要长逝人间，同时却又深深地热爱着生活；而且知道自己患了绝症，热切希望在生前尽可能多地"享受到"更为细腻的思想感情的激动，以此使自己感到总算做了一辈子的人，尽管那是多么短暂，多么支离破碎的一生。②

这个在一般人眼中"明白通畅"的题材，在詹姆斯眼中却具有"既引人注目，又同样令人感到莫测高深"的魅力。"它隐情丛生，暗室密布，有着种种可能存在的险情和陷阱"，是给"具有良好的审美能力的人，甚至可能给当今世界上最有鉴赏力的人……提供了一次表现的机会"。③莱昂·埃戴尔认为，《鸽翼》是一部"沉思的悲剧"。相对于其他小说，它要求读者更有责任心地"全心阅读"，方能进入小说所达成的境界。因为在这部

---

① "备忘录"出自詹姆斯1884年发表于《朗曼杂志》的《小说的艺术》一文，1888年麦克米兰公司出版《局部画像》(*Partial Portraits*)时附以重印。"common-place"，古英语"备忘札记"之意（见陆谷孙主编《英汉大词典》）。詹姆斯认为，"备忘录"充满暗示性与启发性，而这正是其不确定性的微妙之处。文本意义的精确性有待于阐释者赋予，以此证明文本的开放与阐释的自由。备忘这一文体的价值与意义，远胜于循规蹈矩的传统"小说法则"。詹姆斯在19世纪、20世纪之交，已对小说语用学、文体学、阐释学及读者接受批评等现代小说理论抱有明见。

② Henry James, "Preface to New York Edition", in Leon Edel ed., *Henry James: Literary Criticism*, vol. II, New York: The library of America, 1984, p. 1287.

③ Ibid.

作品中，詹姆斯将其"叙述计划的稀奇价值"发挥到了极致，甚至"微妙到令人愤怒"。

自1902年《鸽翼》出版以来，针对其主题陈旧、篇幅冗长、叙事含混的恶评便不绝于耳。《鸽翼》究竟要写什么？怎么写才最具"小说的艺术"？詹姆斯煞费苦心地打造这部并不讨人欢心的冗长之作，其动机为何？20世纪初批评家们的诘问与阐释，曾经让人们醒悟又疑惑。或许正如小说家让男主人公丹什对未婚妻凯特所言："人们遇见的女人——都是些已经被读过的书，不然又会是什么呢？而你是整座图书馆，里面的书尚不知名、尚未开封。"①重新面对《鸽翼》，一个多世纪以来那些詹姆斯为自己也为我们的设置的"尚不知名""尚未开封"之处，依然挑战着文学良知与文学批评理论。

《鸽翼》的情节并不复杂。凯特·克罗伊（Kate Croy）是一个年轻的英国女孩，她的姨妈罗德太太（Mrs. Lowder）正督促她嫁给有钱有势的罗德·马克（Lord Mark）。凯特却瞒着有野心的姨妈爱上了新闻记者默顿·丹什（Martin Densher），并计划借丹什去美国出差的机会与他秘密订婚。在纽约，丹什遇到了富有的美国女孩米莉·西奥尔（Milly Theale），米莉此时已患有疾病。在医生的劝告下，米莉邀好友斯特林厄姆夫人（Mrs. Stringham）陪她去欧洲旅行。在伦敦，米莉与凯特成了密友，米莉还认识了马克，后者很快就对她和她的钱着了迷。米莉的病情发展得很快，伦敦医生给出的建议是：她应该尽情地享受生活了。米莉陷入了极度的矛盾与痛苦之中：是屈服于将死的恐惧与悲伤，还是优雅地把死亡作为生命的馈赠而欣然接受，米莉挣扎不已。此时的米莉觉得，一个人只有意识到死亡近在眼前，才会强烈地想要体验生活中一切可知可感的东西。而凯特一方面敬佩米莉的勇气与独立精神，另一方面在暗中盘算着给米莉的遗产派上用场。她说服丹什假装爱上米莉并向她求婚，待米莉死后他继承下那笔钱，讲求门当户对的罗德姨妈就无法对他俩的婚事说三道四了。丹什同意了。

---

① Henry James, *The Wings of the Dove*, London: Penguin Classics, 2008, p. 285.

米莉觉得丹什的求婚颇合心意,但又有所保留地不对他承诺什么;而她的正派和美好天性也使得丹什敏感地意识到,她所具有的正直和诚实的品行正是自己和凯特所缺乏的。马克向米莉求婚遭到了拒绝,抖落出凯特和丹什早已是恋人的实情。随着米莉最后的日子一天天临近,米莉留给丹什大笔财产的许诺也终于兑现了。丹什最后一次见到凯特时,向她坦承自己无法心安理得地接受这笔遗赠。凯特也无法面对怀揣愧疚的丹什,他们分手了。米莉·西奥尔遗赠身后的财富和美德,埋下了人们重新认识自我,从而产生道德焦虑的心灵种子。

表面上看,《鸽翼》的主题依然锁定在往来于欧美之间有闲阶级生活与情感的感知历程,其情节也脱不开一对旧情人为财产谋,垂钓有疾患的富家女,最后假戏真做,男主人公对女施主动了真情,一对旧情人分道扬镳的老套故事。小说在情节、主题、寓意等方面,既不比前期作品新颖,与稍后写成的《金碗》相比,亦不及后者深文隐蕴。这部"既引人注目,又同样令人感到莫测高深"的小说,表现出典型的其后期小说的"詹姆斯式"风格:整部作品笼罩在一个庞大而变化多端的隐喻系统之中。隐喻的文体在淋漓尽致地发挥着"小说的小说性"的同时,也以文学的方式,为维多利亚时代摇摆不定的宗教信仰进行着隐秘而执着的辩护,为詹姆斯宗教观与死亡观的进化论因素作出了注解。

一、隐私与哀思

莱昂·埃戴尔在分析詹姆斯的创作动机时指出,詹姆斯内心深处的核心情感就是罪感和内疚,"控制自我、罪感以及焦虑,诸如此类的情感丛林是詹姆斯与生俱来的东西"。[1]詹姆斯的文学创作是"将艺术用作对存在于内心深处流连不去的创伤进行净化的一种方式"。[2]詹姆斯连同他笔下的人物都踏上了一个通向内部世界的旅程,一个"不断后退的深渊"。

---

[1] Leon Edel, *Henry James : A Life*, New York : Harper & Row, 1985, p. 167.
[2] Leon Edel, "A Confession of a Biographer", in George Morailitis ed., *Psychonalytic Studies of Biography*, Conn : International University Press, 1987, pp. 19—20.

莱昂·埃戴尔认为,《鸽翼》女主人公米莉之死与詹姆斯生活中三个女性同伴之死所留下的"创伤"之间,有着"深渊"般的关联。这三个女性分别是詹姆斯的表妹米妮·坦布尔(Minny Temple)、妹妹艾丽丝·詹姆斯和密友康斯坦茨·费尼摩尔·沃尔森(Constance Fenimore Woolson,1840—1894)。

艾丽丝·詹姆斯1892年4月死于肺癌。她在自己的私人日记中写道:"事实上,我已经死了很久,在我身后只是些拥挤不堪的时间……自从1878年那个可怕的夏天以来——那年夏天我沉入了深海之中,黑暗的海水淹没了我,我既不知道希望何在,也不知道何日安息。"[1]艾丽丝一生都在忍受病痛的折磨,而这种病的根源是詹姆斯家族敏感的神经系统的副产品,艾丽丝的症状最严重,她曾不止一次地认真地考虑过要自杀。当她得知医生确诊她是癌症时,倒像是松了一口气,她很有勇气地做好了死的准备。詹姆斯在其临终前一直守候在侧,目睹并记录了妹妹面对死亡时的一切。

康斯坦茨·费尼摩尔·沃尔森,《皮袜子故事集》的作者费尼摩尔·库伯的甥孙女,也是位有才华的作家。她描写家庭生活和感情问题的故事经常发表在权威杂志《哈珀》上,那也是詹姆斯常投稿的地方。她曾在《哈珀》上发表过文章评论詹姆斯在《大西洋》杂志上发表的作品。是与詹姆斯走得最近的一位女性朋友。康斯坦茨患有严重的抑郁症、偏头痛和耳聋。她死于自杀。但詹姆斯自己清楚,她的死,多多少少与自己没能回应她长久以来的爱的等待有关。

《鸽翼》中虚构的人物米莉·西奥尔,小说的标题"鸽子",是这部小说"古老动机"里最深埋的一个隐私,那便是詹姆斯对表妹米妮·坦布尔的记忆。在给母亲的信中,詹姆斯写道:"你可以想象我听到米妮死讯时的全部感受:与她的死的意义相比,现实中的米莉竟是如此鲜活和不朽。这必须一直等到那种尖锐的疼痛感消失时,才能真正理解种感觉。"[2]

---

[1] Leon Edel ed., *Alice James: The Diary of Alice James*, New York: Dodd, Mead, p. 230.
[2] Philip Horne ed., *Henry James: A Life in Letters*, Viking Penguin, 1999, p. 36.

米妮·坦布尔1870年死于肺结核，年仅24岁。她留给他青年时代的印象深刻而又残酷：她有着令人眼花缭乱的天赋和勇气，以及对于他人的巨大想象力。还在她活着时，他宣称从未爱上过她，虽然在波士顿的朋友圈里，大家都认为他们是恋人。他回忆说，她只是他们眼中的女主人公而已。但在她死后，他返乡时感到的那种不可抗拒的力量却让他承认，深陷其中而她对他爱意有加。他说，他对米妮的爱就像他自己的存在一般。①

米莉·西奥尔并非詹姆斯第一个想要借此表现米妮·坦布尔特征的虚构人物，她身上多少有些米妮的特征。屠格涅夫故事中的人物常会集多个人物影子，这一特征对詹姆斯的早期小说影响很大。《黛茜·米勒》那部早期成名作便是一例。那时的黛茜还只是一个头脑空洞、简单的女孩，完全不像他表妹米妮那样才华横溢。米妮对美丽丰饶的欧洲充满了渴望却无法践行，黛茜却用她的整个故事对抗着欧洲的腐朽。黛茜冲动和天真的个性有着米妮的影子。黛茜死于午夜罗马斗牛场染上的疟疾。这给那些困惑的、爱她的读者留下更多的空间去想象：她若活着，生活会是怎样。

詹姆斯相信，对于表妹米妮来说，其未来是"不幸的悬而未决的问题"。因为她"被持续不断的丰富梦想操纵，永不满足"。詹姆斯在《一位女士的画像》中，让女主人公伊莎贝尔·阿切尔经历了犯错及受苦的经历，某种意义上，也是对米妮死亡的纪念。伊莎贝尔既有着米妮的优雅、智慧和理想主义，也沿袭了她梦想过多、从不满足的个性，这使她更容易成为愤世嫉俗的半吊子吉特特·奥斯蒙德，以及与他有长期暧昧史的女人塞瑞娜·梅尔夫人的设计目标。

这一萦绕不去的"悼亡"仪式，直到《鸽翼》的出现才得以完成。詹姆斯晚年在回忆录中披露，借助于一个特别的机缘，他成功地驾驭并利用

---

① "Letter to Mrs Henry James Sr", 26 March, 1870, in Leon Edel ed., *Henry James Letters*, Ⅳ: 1895—1916, Cambridge, Mass.: Harvard University Press, 1984, pp. 219, 224.

了这种困扰，那就是艺术的美和高尚。①《鸽翼》以罹患不治之症的年轻女子米莉为中心人物，通过对她衰亡的整个过程和她意识上的整个磨难的忠实生动的描绘，试图表达死亡的价值以及死亡对周围人和事物带来的影响。詹姆斯深知，写好一部关于死亡的小说绝非易事。一方面，"死"是一个十分幽暗的主题，一部以如此阴郁的话题为主题的小说很难获得商业上的成功。事实也的确是如此。詹姆斯在《鸽翼》的出版和发售上可以说是失败的；另一方面，关于死亡，人们又有什么好说的呢？语言对死的表达十分有限。这正是保罗·德·曼的观点："死亡这个词并不能恰如其分地表达它本身的含义，这是语言学的困境。"但詹姆斯必须回到这个令他头疼的死亡与语言的话题上来。因为如果缺少对死的描写，那么，对于生的描写是受到限制的。詹姆斯说："诗人实质上不可能和死亡有何干系，事情就变得直截了当了。让他描绘那些病的最厉害的病人吧，他们仍然是以生存的行为使他产生兴趣的，当病情每况愈下，濒临生死存亡的关键时刻，情况更是如此。生命的历程在且战且退，常常会在业已丢失的阵地上显得比在任何别的地方更为灿烂夺目。"②

疾病对于詹姆斯家族的成员来说，向来有着特殊的意义。因为疾病可能得到家人更多的经济资助和更多关爱，更为重要的是，疾病让敏感、喜欢独处读书的詹姆斯有更多机会体验社会效益与人际关系效益的微妙之处。疾病在维多利亚时代可以用来自由地传达感情，因为在平时，这种感情不打破表面的宁静就难以直接传达，而表面平静是维多利亚女王时代有关家庭的社会理想所倡导的。1867—1868年，威廉和亨利都因背疾困扰，所以获得父亲的特殊财政支出，去欧洲积极护理自己的背部。妹妹艾丽丝则被"歇斯底里症巨变"(violent turn of hysteria)所击垮，从此便弱不禁风直到患上了癌症。疾病让詹姆斯家族成员可以沉浸在情感的波涛中。艾丽丝在一篇日记中写道："我看得一清二楚，这只是我的肉体

---

① Fredrick W. Dupee ed., *Henry James: Autobiography*, London: W. H. Allen, 1956, p. 544.
② Henry James, "Preface to New York Edition", in Leon Edel ed., *Henry Jame: Literary Criticism*, vol. II, New York: The library of America, 1984, p. 1287.

与我的意志之间的较量，是一场前者最终要战胜后者的战斗。由于体力上的不适和神经过于敏感，道德的力量停顿了下来……"①

疾病在在詹姆斯家族既可以被视为消极现象，也可被视为积极现象。它引起痛苦和受难，又可以把受难者标记为独特感受的享有者，就像诗人或圣贤。疾病不仅是生理上的，它还要被培养成优雅生活的浪漫记号。在19世纪中叶的新英格兰，疾病把浪漫的、清教徒的基质与一种持久的社会角色完美地融为一体。通过劳作获得救赎，谴责游手好闲，怀疑快乐的价值，相信受难者会获得上帝的恩典，这些都来自清教的传统。疾病具有极大的用途，它强迫他人关心自己，在表达本不被允许表达的感情的同时保护生死攸关的私人关系。对病人来说，疾病是下列两者达成的妥协：一边是达到了本来不允许达到的目的，一边是因为达到了目的而遭受惩罚。借助于医生的合作，疼痛与快乐、犯罪与惩罚之间达成了平衡，不安的宁静也得以维持。②詹姆斯的父亲老亨利·詹姆斯，是斯维登伯格唯灵论的忠实信徒，更倾向于把疾病视为基督受难。他认为疾病是一个考验，它能软化心灵，使灵魂更加接近上帝。因为受苦并非漫不经意地被许可，而是你灵魂要实现某一神圣目的的最佳方式。亨利·詹姆斯对于父辈的信念，向来持半信半疑的态度。老詹姆斯时代的宗教信条受到现代医学科学的挑战已是不争的事实。死亡由上帝的召唤一变而为"自然事件"，从而为自然之力所操纵……死亡就成了专门性的、由医生认定的疾病造成的结果。③詹姆斯意识到，死亡作为隐喻似已变得淡薄，而致死的疾病则占据了死亡的位置。疾病本身也成为一个隐喻：它在生与死之间达成某种妥协：一方面，疾病带来的巨大痛苦使患病者必须放弃生的一切享乐；另外，患病者目前尚有的一切欢乐显得更加绚烂多姿，更令人赞赏。疾病在赋予肉体磨难的同时也增强了意识磨难，肉体与意

---

① Leon Edel ed., *Alice James: The Diary of Alice James*, New York: Dodd, Mead, p. 149.
② [美]霍华德·马文·范斯坦：《就这样，他成了威廉詹姆斯》，季广茂译，东方出版社2001年版，第261—262页。
③ 参见[德]弗兰茨·贝克勒等编著《向死而生》，张念东等译，生活·读书·新知三联书店1993年版，第36页。

识双方的交战，使通往死亡之途的生命疆域得以延展、驻足并变得更加生意盎然。对罹患疾病者来说，肉体的疾患激发了更热切高昂的精神活动，从而更加丰富深刻地体验并发现生的价值；另外，因疾病而起的痛苦与受难让患者在更加依赖医生还是更加信仰上帝之间左右摇摆，使患病者在体验死亡威胁之时，发挥出主体意识的自觉与潜能，赋予死亡特有的意义，以此丰富并增加生的价值。

《鸽翼》中的米莉具备了由病弱走向死亡的所有"优势"和"条件"。小说中米莉病重的程度除了她和她的医生知情外，其他人都是听到或猜测。詹姆斯有意识地模糊米莉的病情，因为疾病只是詹姆斯借用的一个隐喻，以此展开围绕在米莉周围的种种社会关系利益以及人物关系利益。虽然米莉自己注定会落入众人合谋的深不可测的圈套，但事实上，米莉的病弱与死亡本身构成了一个更加危险的诱因。米莉的病与死，深刻地影响甚至改变了周围人的命运。在詹姆斯"揭示不祥之兆的明确含义"的创作计划中，他知道谁是"用黑暗的翅膀"去拂拭那些有各种征兆的人。[1]

二、"罗蕾莱的旋涡"

詹姆斯将米莉疾病与死亡所引起的人事变迁的整个过程关涉一个变化多端的"罗蕾莱"[2]隐喻之中，精心策划的隐喻将每个人物的主客观变化戏剧性地演绎出来。在序言的最后一部分，詹姆斯用了两个比喻代替了"罗蕾莱"。詹姆斯说，米莉"这位青年朋友的存在却要在她的周围掀起一场很像是一条大船沉没或一家大企业倒闭而发生的轩然大波；那使我们想象到那强大的越卷越紧的旋流，那种巨大的吸引力、那种使邻近的一切都遭到灭顶之灾的大吞没。"[3]隐喻既让读者不解又诱惑着读者试图进一步了解：米莉究竟有何神秘之处？任何和米莉有关的人和事的危险又在

---

[1] Henry James, "Preface to New York Edition", in Leon Edel ed., *Henry James*: *Literary Criticism*, vol. II, New York: The library of America, 1984, p. 1302.

[2] "罗蕾莱"是德国文学传说中的金发美人鱼或女妖，因悲痛而杀人报复。

[3] Henry James, "Preface to New York Edition", in Leon Edel ed., *Henry James Literary*: *Criticism*, vol. II, New York: The library of America, 1984, p. 1291.

哪里？

米妮是詹姆斯所熟知的那种生活最具品味的无可比拟的范例。①她是但凭足够的真诚和足够的好奇心就可无所畏惧地活下去的人。作为鸽子，米莉的角色也是模棱两可的。每个人抚摸她重视她，都这么叫她。从作品所展现的复杂的商业化的金钱权威来说，米莉是受宠的、屈尊俯就的，而且操纵一切，但当她缩回到神秘中去作为鸽子被展示时，她便躲进展开的翅膀的阴影中去了。米莉由于命运而陷入神秘中去——这种神秘是必要的神秘，这种神秘是那些追求她、利用她的人永远也不会参透，但却深刻地影响了他们的关系和生命的神秘。

从某种意义上说，米莉在小说中是一个有意味的在场。因为所有的人，尤其是凯特和丹什的头脑的大部分时间都被米莉占据着，尽管詹姆斯让他们先出场，而让米莉足足延后了一百多页才出现。詹姆斯坦承，一旦开始启动米莉这个"前因"人物，他的想象就得为故事中作为"他者"的另一些人物的境况所激发和行动：他们发现自己"不由自主地为米莉左右"，被诱惑着去提升她的幻觉，对她言听计从，"出自他们自身的动机和立场，他们各有理由，各为其利，各有所图"。詹姆斯说，他看到他们卷入了"罗蕾莱的旋涡"……胆战心惊，急切，陶醉；他们被贿赂着偏离了更合法、更本质的轨道，他们不由自主地与米莉一同陷入困境，这困境会给他们带来更为奇特的机遇。他们遇到了罕见的问题，这些问题要求他们有新的辨识力。② 为此，詹姆斯将围绕着米莉的一群人物置于"罗蕾莱的旋涡"之中，通过对这一群像的间接描写，表现出米莉之死所产生的意义。

默顿·丹什

我们被告知，从某种程度上说，这部小说是关于丹什的。这从詹姆斯《鸽翼》序以及8年前的笔记中可以找到线索。詹姆斯那时设计的情节，

---

① Fredrick W. Dupee ed., *Henry James: Autobiography.* London: W. H. Allen, 1956, p. 509.
② Henry James, "Preface to New York Edition", in Leon Edel ed., *Henry James: Literary Criticism*, vol. Ⅱ, New York: The library of America, 1984, p. 1290.

似乎焦点不是两个陷入浪漫悲剧的女主人公,而主要是关于两个女人同时爱上男主人公的故事。从 1894 年 3 月写的笔记来看,他的男主人公是一个富于同情心的人,决定给不久人世的女子一个体验爱和被爱的机会。他不爱她,她爱他,于是他情愿做出牺牲善待她,不求回报,而这个可怜的女孩,即使他真爱她,此生也无可回报了。①最终,他牺牲了与他一直相爱并谈婚论嫁的女子,因为他爱上了那个濒临死亡,没有幸福未来的女孩,而他的未婚妻则嫁给了罗德·马克,一个贵族,一个她并不喜欢的人。这差不多就是詹姆斯最终写成的小说,除了米莉的穷困和丹什的"无私奉献"外,这两点在最后出版的书里都被逆转。

然而,上面提到的笔记写下后的不几天,詹姆斯就对这个故事梗概做了修改。他把丹什无私付出、不求回报的情节抛在一边,转而写一个不久人世的女孩,她富有并将财产留给那个并不真爱她的男人。有关自我牺牲的男主人公的情节,在小说中延迟到接近结尾时才显露出来,丹什几近克服了私欲,而转化为对米莉真心实意地奉献。至少,在他的自我意识中,他宁愿装作这样一个人,他的爱可以帮助她抵抗死亡。他不仅要牺牲他一直追求的遗产,而且还要牺牲他与凯特的婚姻,以证实他的转变。人们由此会推测,詹姆斯并未从父亲的遗产中继承一大笔,而对表妹早逝的无法忘怀,却为他多年后写下这部小说提供了素材。对詹姆斯来说,米妮的死让他真正理解了米妮,犹如小说中凯特对丹什提到米莉时所说,"你或许理解她了"。小说中丹什说"我从未爱上过她",实际是詹姆斯在否认自己爱米妮,可音犹在耳,詹姆斯接着让丹什补充说,"我乐于尽我所能满足她"。无论对小说家还是对小说中的英雄,理解最终被证明是与爱同等的。詹姆斯从未停止对这位表妹的回想与描述。或许年轻时的詹姆斯,如丹什,抑或是《黛茜·米勒》中的温特伯尼一样,他们对于米妮这种在欧洲遇见的、来自家乡的可爱美国女孩,因为过于近距观察,有着过多的先入为主之见,使得他们在现实与预想之间难以

---

① Leon Edel & Lyall H. Powers eds., *The Complete Notebooks*, New York: Oxford University Press, 1987, p. 103.

定夺。许多年过去了，詹姆斯以怀旧的心态，终于将自己真诚的悔意化作丹什的形象，曲隐地表达了出来：他让丹什在米莉死后，在他真正了解她之后，成长为一个真正负责的人。

丹什不仅是詹姆斯个人记忆和悔意的扮演者，还具有记者和作家身份，如同《使节》中的兰波特·斯特瑞赛，他还是一个杂志的编辑，有着小说家细敏观察与随机反应的才能。他懂得如何去判断位于伦敦的那间装饰过度的兰卡斯特大宅，"那是一个与自己所思所想完全迥异的世界"，他也是那些注重内在生活的意义，更在意他的最真实的个人意识的成长的人。实际上，1913年詹姆斯在70岁时写的那部自传式的《小男孩和其他人》中，他便表达过这层意思，"漫不经心的好奇，看似不合情理的无所事事的过程，正是通过这样的方式，本能和天赋在应付特殊场合时就显露出才能。这种才华就是，也只能是存在于他们的想象力和感性认知之中"。[1]

丹什无疑是财产追猎者中的一员，他的确是从米莉的慷慨施舍中虹吸分利的一个。而他的"想象力和感知"在被米莉"旋涡"吸引之后产生的新的意识层次，最终使他超越了原来的自我，分享了米莉"所有时代继承者"这一新人类型的优美。因为，詹姆斯是仿照"希腊神话中的山林水泽仙女和农牧之神环绕着的温和善良的赫尔墨斯"[2]来塑造丹什的。

凯特·克洛伊

与围绕在米莉身边的其他人物相比，詹姆斯对凯特更感兴趣，甚至超过了丹什，尽管事实上是丹什的意识在上演道德选择的戏剧。凯特是小说中出现的新人物——她的时尚性并未被米莉的道德胜利所抹去。詹姆斯或许是想尝试想象：与这样一个女人相恋究竟会发生些什么呢？丹什或许会马上与她结婚，只要她放弃得到米莉的财产。凯特是真正集中占据我们的视野，挑战我们反应力的人物。小说开头她便率先进入我们

---

[1] Henry James, *A Small Boy and the Others*, New York: Scribner's, 1913, p. 589.
[2] Henry James, "Preface to New York Edition", in Leon Edel ed., *Henry James: Literary Criticism*, vol. II, New York: The library of America, 1984, p. 1296.

的视野。她的声音是我们最先也是最后听到的声音，在小说结尾处她说："我们再也不是从前的我们了。"她和丹什两个人从前如何不得而知，而对凯特来说，那个早先的世界，那个米莉出现之前的世界，是有着浪漫的自我决定的可能性的世界，而因为米莉现在这一切，已经完全变了样子。米莉拥有太多钱，以至于她从不需要想到钱，而凯特的状况则是，她是劳动妇女中的一员。正如米莉在公园中注意到那样，她懂得，如果不是莫德姨妈在兰卡斯特大宅庇护她的话。她"的确属于需要付房租的一族"。

相较于米莉从世俗物质世界的抽离，凯特一贯以她务实的方式看待自己。与米莉不同，凯特有一大家子人围着。但詹姆斯只是轻描淡写地提到凯特之父克洛伊稍早的背景，从未展开克洛伊父亲曾有过背信弃义的历史背景。在那个事件中，莱奥内尔·克洛伊是如何借债不还，凯特又是如何变成了现在这个样子，并未明说。凯特本可以是一个有闲阶级的女子，可突然有一天发现自己由于家庭收入的减少而被推到了这样一种境地：她不得不对父亲妥协，挣扎在良心不安与败坏的手段之间。然而小说家尽其所能使凯特看上去属于这样一类故事中人：人类的选择结果是由外在的环境造成的，人物个性也只是外在环境的一种表现而已。事实上，按现实主义小说的传统来看，凯特才是小说的女主角。凯特的生存环境使其必须获得遗产或是为钱结婚。

如同巴尔扎克在高老头中描写养老金，詹姆斯在《鸽翼》开头也写了凯特环顾那间备有家具的出租房的客厅，在那里等候被遗弃的父亲的情形。"她觉得客厅里扶手椅的布套一眼看上去就有一种滑腻的感觉，而且从窗口看去，外面的街道狭长而黑暗，与低矮的后院毫无分别"。读者从窗幔后面昏暗的镜子里，随凯特一起瞥了一眼她姣好的面庞。看上去，这张脸尚未被上述诸种不快所征服。而当她父亲出现时，在周围这些景物中踱步的她将有着一种晦暗不明的前程。很快，在第二章，我们便随着凯特拜访了她寡居的姐姐。姐姐每况愈下的情形，提醒着凯特：她生来应该属于上流社会。正如丹什后来所说："凯特如果富有的话，该会是一个怎样的人啊！那种才华是为上流生活而备的，应该是为宫廷准备的，那种优雅是为更高级的社会地位而备的。"

然而她也为自己制造了麻烦。因为她爱上一个没钱的男人。那是她在伦敦的一个晚宴上遇见的丹什。丹什在财富及特性方面并无优势可言；他并非姨妈计划中物色的合适的结婚对象。但他们痛切地感到互相之间极其相似，十分协调，他们在欲念上息息相通，他们又具有智力和品格上的各种品质，他们有能力对此加以利用，扩大他们的前景，完成他们的"游戏"。①詹姆斯的《鸽翼》在恋爱情结的描写上十分克制，这对情人有约会而无性行为。这对恋人与等待、拖延和耐心展开了竞赛。性的渴求在"詹姆斯式"的小说中很少明显地、直接地展示出来。小说主要对凯特与丹什的忍受痛苦展开描写。他们不能公开表达爱意，因为只有得到米莉的遗产他们才有可能成婚。

凯特是那种只有在现代社会才会被理解的人物。在现代社会中，机会主义不会招致怨愤，而是意味着只要机会合适就采取合适的行动。伦理道德的权威价值只有在机缘巧合时才会具有现实意义。小说结尾给出的线索——詹姆斯在其笔记中有更多关于结尾的设想——按凯特的个性，她会拿走那笔钱，找一个合适的人结婚，她会从丹什那里接受米莉的遗产，即便这会让她付出与丹什解除婚约的代价。抑或，她可能会嫁给罗德·马克。但实际上，詹姆斯有意在读者和未来的可能性之间减少了一些场景，读者在最后一页上找不到明晰答案。或许詹姆斯意在为凯特做更好的设想。最终的场景像是一个隐喻（米莉留下一个未开启的信封）。它们暗示着各种可能，詹姆斯为读者"让出"了价值判断的空间。

苏珊·斯特林厄姆夫人

詹姆斯声称，他本能地"透过他者关注她"这样一种"第二手"方式去感觉米莉的存在。詹姆斯营造了一个围绕他者展开的群组情境。除了米莉和凯特这两个女子在意识方面不同程度的联系之外，米莉的存在，还通过苏珊·斯特林厄姆夫人这一"辅助器"来反映。詹姆斯通过苏珊的观察和转述，使女主角的故事蒙上了一层浪漫的色彩。我们被鼓励去接受

---

① Henry James, "Preface to New York Edition", in Leon Edel ed., *Henry James: Literary Criticism*, vol. II, New York: The library of America, 1984, p. 1300.

苏珊的观点。她曾经是一家杂志的小说专栏作家,她的职业素质使她能够以恰当的方式去描述这个她要看护的、不同寻常的女性。苏珊发现自己"正面对真实之物,即浪漫的生活本身"。她见证了米莉作为浪漫而传统的女主角的亮相,她(只有她)了解米莉史诗一般的家世。跟随米莉从瑞士的一个酒店转到另一个酒店,对于苏珊这位爱幻想的朋友来说,那些匆匆蒙上布的等待搬运的私人物品,提醒着她们那些古老的家世传说、古老的画像、历史性的战斗、奔逃和追逐。

当苏珊思考"真实"时,她思考的正是詹姆斯的沉思冥想的有关"绘画与文学虚构关系"之真实性的艺术观。像丹什一样,苏珊也是一个詹姆斯的代言人,她作为一个杂志小说栏的作者,从她的角度确认了长篇小说可以重现历史与人类本性的特征。她读过英语文学中一系列古典的、现实主义的作家作品——狄更斯、萨克雷、特罗洛普、巴尔扎克,以及当代法国自然主义作家的作品,那些作家都是些詹姆斯本人1875年在巴黎遇见过的。如同詹姆斯,苏珊对米莉有着矛盾的看法。她一方面坚信米莉是一个浪漫的人,另一方面如同一些自然主义者对社会的研究一样,从米莉的类型、外貌、标识、她的历史、她的现状,以及她的美、她的神秘等方面——进行端详和研究。作为一家最优秀杂志的专栏作家,她习惯于利用杂志专栏将略带浪漫色彩的爱情故事提炼得更好。苏珊见证了米莉在丹什访问美国时对他产生的好感,苏珊催促丹什对米莉表达他的爱意,让他告诉米莉,罗德·马克的证言是假的。如此一来,正是丹什仁慈的谎言,才让米莉从濒死的边缘挣扎回来,并一直活到答应嫁给丹什。苏珊"看到",米莉试图将自己的故事浪漫地演绎,以抗拒现实中死亡带来的恐惧;苏珊还"懂得",詹姆斯想通过米莉这一浪漫人物,以"乡愁"小说将美国人带回到具有浪漫情怀的往昔的企图。因为米莉读过爱默生,所以她牢牢地抓住了超验主义的幻觉:听命于想象力的召唤,那些超脱的灵魂才能够从强迫性的处境中解脱出来,才可以从命定的生活中超脱出来。米莉远涉重洋,追寻一种可以抵御死亡的生存方式——虽然她明白,她与那些女工们、那些需要付房租的女人们一样,终有一死,她依然可以这么对凯特说:"我觉得我可以无所知觉地死去。"当苏珊第一次怀疑她得了绝症时，米莉告诉她："我这么些年如同死一般地活着，无疑，我将如同我活着般地死去。"当她的病情加重时，她强迫她的朋友们如同她本人一样，将疾病与痛苦搁置一边。当马克伯爵迫使她承认自己的病况时，她愤愤不平起来。她拒绝显出病态。苏珊懂得，"当死亡临近时，米莉一如既往地不会去闻药的味道，不会用麻药，不会吃药片"。詹姆斯有意识地将米莉的临终场景向读者关闭了。

罗德太太与马克爵士

小说第 131 页，马克愤愤地对米莉说道："到处都是伸出的触角与爪子，巨大的油脂滑腻的海水中间涌起浑浊的巨浪，大群发昏的人都想得到和获取什么，但他们并不了解他们想要什么，也不知道从哪儿可以得到。"①罗德太太便扮演着这种角色。她们是正在上升的中产阶级，带着强烈的愿望，以财富做赌注，一心要用嫁给贵族的方式来获得社会地位。罗德太太在"她的怜悯的圆满"中，很喜欢盘算米莉将死的前景。这让她确定了对丹什的好感，因为不管他愿不愿意，他都要告诉她关于那个可怜的女孩的病情，而她曾对这个凯特的追求者表示轻蔑。但罗德太太并不是一个恶魔，她以她自己的方式表现善心，令人信服她是"为别人而活"——当然意味着安排别人的生活让自己满意。但对于她来说，米莉将死就像是一出好戏。詹姆斯让我们看到了罗德太太那个阶层的人要想进入上流贵族社会，其路途有多遥远，这一点通过客厅里的摆设便足以证明。兰卡斯特的客厅充斥着太多的摆设，"那是罗德太太品位的符号和象征"。丹什从中嗅出其俗不可耐的粗鄙。而这位不知名的中产阶级遗孀还是位神秘的要人，是"市场宫里的布里坦纳"（Bretanha，大不列颠的拉丁文），她是这个国家流行行情的标志，"她不时地全副武装，包括头盔、盾牌、剑戟和壁架"，那只装满硬币的货篮牢牢粘紧着她的意念。

马克爵士缺钱但有头衔，承诺为凯特进入上流社会打开通道。马克熟知她想进入的那个世界里的每一个人，他为罗德太太安排了对贵族大宅的造访。马克爵士也许已经意识到，自己的贵族头衔，以及对罗德太

---

① Henry James, *The Wings of the Dove*, London: Penguin Classics, 2008, p. 131.

太们附庸风雅的鄙视与嘲笑，只是掩饰自己资本匮乏的表象而已，自己何尝不是市场经济大潮中热情高涨的利益攫取者与交易者中的一员呢？他看待米莉的眼神及对米莉的亲近，无不围绕着交易这盘棋展开。

詹姆斯让小说中的人物以各自的方式去看待一出由戏中戏提供的死亡的景象，这种源自莎士比亚的叙述策略，借助詹姆斯笔下的一系列隐喻，尖锐地表现出人性的本质与社会的本质。

米莉的自由心象

詹姆斯认为生活是"见"的过程，并且通过感知而达成理解；人之为物，即使有其前定的遗传和环境的塑造，人们仍然能够抱持"自由的心象"。他应该善于利用这种心象。《鸽翼》中的人物通过相互的感知与理解发展并重塑自我，众人意识发育成长，命运轨迹变动发展的过程，堪称一部人类动机与心态的"有机"文学史。

《鸽翼》出版不久，小说家福德·麦迪逊·福德曾问过詹姆斯，为何他不曾给予他预设的主人公米莉恰如其分的重要性。詹姆斯回答说："我非得先想好什么是主题什么不是，然后再根据相同的逻辑去刻画和塑造……我的主题是关于丹什和凯特的一段情史，是他们两人的故事，米莉只是牵涉其中，是由他们而起的。"①詹姆斯言过其实了。米莉一直是《鸽翼》的中心，是詹姆斯有意创造的一个"偶像"。"她一心向往为了某种独特的事情而生活，她将以人类的某些特殊的利益为基础而奋斗，那些利益最终将决定其他一些人对她的态度，他们深受影响，乃至成了这个行动的一部分。"②小说中的"他者"从对米莉的"见知"过程中意识到，米莉如同"罗蕾莱的旋涡"，以自己的病弱之美把他们引向"生"或"死"的边缘。对詹姆斯来说，在他年轻时听到表妹死讯之时他的世界便完全不同了。詹姆斯也许已经意识到，现代世界自身已成为小说最终的主题。如何描述现代世界中的人们，如何以恰当的方式将人们的新处境、新问

---

① "Letter to Ford Madox Ford", 9 September, 1902, in Leon Edel ed., *Henry James Letters*, IV: 1895—1916, Cambridge, Mass.: Harvard University Press, 1984, p. 239.

② Henry James, "Preface to New York Edition", in Leon Edel ed., *Henry James: Literary Criticism*, vol. II, New York: The library of America, 1984, p. 1289.

题在小说中描述清楚,这才是令詹姆斯殚精竭虑的问题。詹姆斯隐喻的语言和人物关系形式,成为质询社会道德与良知的模棱两可的工具,正是这一"詹姆斯式"语言现象与叙事方式,披露出了隐秘的激情、微妙的人物关系,以及意识变化对命运的影响。

米莉拥有人间可能有的一切,自由、金钱、灵活的头脑、个人特有的魅力、唤起别人兴趣和吸引人的本领,以及给未来增添价值的种种优点。凯特曾对米莉说:"你拥有一切,你能做任何你想做的事。"米莉的医生似乎也说过同样的话,他说"她有绝对的自由"。米莉有着自由意志和超验感知。这让这位真正的女主人公身上带有一种强烈而特殊的自由意涵:行动的自由、选择的自由、欣赏的自由、交际的自由。这种种自由使得女主人公获得了更广泛的独立性,而这一点恰是詹姆斯认为应予特别深入研究的。米莉作为一种"所有时代的继承者"的类型,需要一种新文体和新技巧的介入方能有塑造人物的自由。这将是一次文学理念与小说创作技巧的"冒险",为此,詹姆斯需得"像慈爱的父亲看护着第一次坐在马鞍上学骑马的孩子一样观察它的变化,因为它对于所展开故事的规模具有如此的重要性。"①

三、视角、焦距与隐喻

詹姆斯强调说,通过小说特别设置好的维度,他的人物"如光亮的镜子,反射出发生在他们身边的一切时,他并不确定这一点。②《使节》1900年开始写作,与此同时,《鸽翼》的写作也在进行中。詹姆斯最后告诉人们,《使节》以兰伯特·斯特瑞赛的意识为中心,这是他设置人物中心的一个胜利。按照他此前的说法,《鸽翼》中的丹什也具有这样一个无可争议的中心地位。他的感性意识、他由缺乏到渐次成长的意识觉醒,都是詹姆斯最为擅长的内在戏剧的谋划。然而詹姆斯在最后成书的《鸽翼》中,

---

① Henry James, "Preface to New York Edition", in Leon Edel ed., *Henry James: Literary Criticism*, vol. II, New York: The library of America, 1984, p.1291.

② Ibid., p.1096.

只是间歇地将叙事中心聚焦于丹什,他在序言中宣称:他安排了凯特和米莉两个交替出现的视角。

在序言中,詹姆斯提到他曾放弃了由米莉作为最初出场主人公的设想而又让她贯穿始终。詹姆斯发展了她各具特点的朋友们的处境,使得米莉的故事只能保持一种貌似的真实。米莉在最后完成的小说中,正如詹姆斯在序言中所说,"战栗地躲闪开了"。那是他惯用的掩饰她过往历史不足的方法。米莉出场的概率比其他人少得多。全书总共十章,她在前二章竟未出现,甚至都未被提及,直到第三章才被苏珊困惑不解地远远地看到。小说中无论是苏珊或是他人——当然不包括读者——只知道米莉年轻、外表迷人、个性有魅力,且拥有一大笔遗产。她的独处使她远离他人视线,她身边不仅现在没有一个亲人,连过去的朋友好像也都断了联系。苏珊在欧洲追随米莉,但从苏珊那儿得不到一点儿米莉在美国时的详情。苏珊只是仰慕她,却从未捕捉到一丁点儿米莉内心的神秘。她这种离群索居的状况,即使在第四章中也未有所改观。米莉对罗德·马克来说,是社交季节的新宠。米莉病得多重,只有她自己知情,苏珊还是在米莉几乎时日无多时方才知晓。

在第四章和第五章之间,我们的确进入了米莉意识的某个层次中。我们参与了她在罗德太太家的晚宴,与她一道感觉到她所引起的注目。在她访问麦肯(Matcham)大宅时,我们也一直伴随着她。在那儿,她看到了像极了自己的青铜雕像,我们并未听到她跟医生的对话,但早先有关她不久人世的预告却被确认了。她被督促"尽情生活"。我们分享着她的白日梦,跟随她的英国朋友们不断地变换视角,直到第五章结束。但在第六章,小说转向丹什的视角,第七章则是混合地聚焦于米莉的思想和苏珊的反应。苏珊依然被她吸引,想进一步了解她。米莉这时已退隐在她威尼斯的宫殿里,在那儿,她很快就虚弱到无法下楼会客了。

在该书第七章的最后,米莉一个人孤独地漫步在威尼斯宫殿的房间中,马克爵士的到来打破了沉寂,他前来求婚。詹姆斯没有直接去写米莉的想法,而将她接下来的"情感"和"意识"发展主要集中在对丹什的描写上。从某种程度上来说,米莉已经死了,至少对于读者来说是如此。

詹姆斯说："有关米莉的情况的描写一度停止了，但是可以通过凯特再次展开；可以通过丹什展开；可以通过苏珊展开。"

第八章主要写他们对米莉直面死亡勇气的观察。高潮部分是丹什与凯特残酷的交易。我们无法再在近处看见米莉。第九章，丹什在多次拜访中与米莉独处。但最终那扇门对丹什也关闭了，因为米莉已从罗德·马克那里知道了事情的真相。小说的最后一章，我们再次随丹什与凯特回到伦敦，他们正在等待从遥远的威尼斯传来米莉的死讯。

米莉的视角带有浓郁的詹姆斯本人的味道，隐喻着詹姆斯本人的阶级意识。米莉理解英国现实主义作家们如何去定义不同社会范畴中的个人。他们都隶属于民族、种族、阶级组成的不同的社会范畴中的角色，并预先被模式化了。米莉乐于认定她的同伴们是不同种属的同类，因为他们生长的环境不同。当她在国家美术馆与一个正在旅行的美国家庭擦肩而过时，她觉得她与他们似曾相识，并且她还知道是什么造就了这一点。米莉的脑海中渐渐融汇出一幅越来越清晰的文学传奇——混合着特罗洛普、萨克雷，或许更多的狄更斯的悠悠的回声，那是她正在访问凯特的姐姐玛丽安家时的情形。玛丽安是一个毫无前途可言的教区牧师的遗孀。米莉由此断定，凯特是一个可称为"伦敦女孩"类型的范本，那是萨克雷可能写过的，故事性极强的小说中的女主人公，正如她本人被认为是一个典型的"美国女孩"一样。

当詹姆斯回顾"国际题材"小说时，觉得有必要澄清《鸽翼》的原始动机：并非展示"美国人作为美国人的举止行为"，或是"英国人作为英国人的举止行为"。然而这一典型套路的影响依然强劲明显，即便詹姆斯不愿承认这为他的写作带来了方便。譬如，一遇到罗德·马克，米莉就已经开始观察，"你之前当然早已听说过我了，在我的国家，听得不少了"。而马克多次访问美国也让他更容易为米莉贴上某种标签。当米莉随着火车车厢门重重地在她身后关上，检道高举起手引导火车出站时，她愈加清楚地意识到"她已经被砰的一声关进了一节贴了标签的车厢"。马克拍手欢迎她进入他设定的确定性："一个罕有的、纯粹的小美国，一个廉价的舶来品，几乎全靠进口。……它幅员广大，却缺乏多样性，缺乏发展。

他完全可以肯定这一切。"丹什,当他第一次见到米莉时,同样也将她完全纳入相同的"车厢"里。对他来说,一个记者总会意识到这些有代表性的标志和现象。与马克一样,他见米莉的第一反应是否定她的个性。在美国的探寻之旅中他时常见到米莉。他发现,西奥尔小姐的个性和家族历史并不适合他的报纸;除此之外,他并未发现西奥尔小姐有什么特别的。"他甚至勉强让自己把她作为某种社会组织中的一员,以便符合他为公众分类的表格。"只有当他要更好地了解她时,他才抓住了苏珊声明中的真谛,"米莉的个性其实是千面归一"。

丹什自己的个性应该是最后一个通过他人补充完整的。他是一个从相对不充分的视角进行描写的类型。他自己的不具代表性的历史无法提供一个清晰的状态,虽然詹姆斯提供了一个梗概。那是关于他双亲的移民身份。他在瑞士读中学,在德国读大学。他的父亲是一个英国随军牧师,不停地换防。母亲是博物馆作品的复制员,是家中收入的必要来源。关于丹什的来历,除了一句"在他身上发生了一件无可救药的事"便再无下文了。此后,丹什成为那些异类(anomalous)中的一员,他们多变而复杂,由于机智和品味而复杂。正如他告诉凯特的:"对土著来说是糟了点,但适合岛屿生存。"虽然无所补充,但从某些方面来看,仍可归类。我们被告知,他"做国会议员太嫩,太懒散不适合军队,对城市精练老到,宗教怀疑论者,轻信外交与科学"。凯特的父亲认为,丹什永远也成不了英国绅士,虽然表面带有欺骗性。这也从另一方面表现出类型化标签是多么不可信。一些外国人看到丹什会赞叹:"英国人生得多么完美啊!"即使他的背景缺乏令人尊敬的内涵,他依然拥有无可动摇的完美无瑕。从某些不能确定的方面来说,他对其家庭颇有微词,但又苦于无证。我们无从知晓他隐瞒的可怕及痛苦的真相。但这一点尤其适合丹什,因他只是一个表面化的造物而已。

米莉"理解"罗德·马克和丹什看待她的方式,从中可以看出詹姆斯自己同样拥有一套表达人物特性的方式。通过"美国女孩"的方式,他赋予了她无可限量的才能。这一方式即不固定某种类型,而是有效地否定类型化的设置。这些年轻的女性具备一种尚未被习惯和习俗冷却的潜能。

在这部晚期小说的最后，确曾有着一种"道德的自发性"，那便是米莉这位来自纽约的年轻游历者，发现自己暴露在英格兰诸多新相识的审视之下。甚至她的和蔼可亲的医生从她直言不讳的说话方式中也辨识出了那种"自发性的东西……那是他从前经常从她的年轻的同乡那里了解到的"。米莉是《一位女士的画像》中梅勒太太的反面，后者被描述为"再无半点有益健康的野性之美"。那种有益健康的野性之美，我们可以推论属于乡村生活还未成为时尚之前的那些年代，那些最和蔼可亲的人才具备的东西。有益健康的野性之美，是詹姆斯从梭罗那里借用的概念。当米莉要求丹什来她下榻的旅馆看她时（其实她之前已在国家图书馆与他们偶遇过了），或者当她冲动地邀请他与她同坐一辆马车郊游时，又或者，当她提议与他在他的旅馆大厅共享私人茶歇时，丹什认为他遇到了他所谓的典型的"自发现象"，他曾说过，"米莉是高度美国式的极端自发性的典范"。而米莉为取悦丹什，为了让丹什与她旅行之后能真正了解发现她，极尽美国女孩的魅力去吸引他，这便是文本中所谓在英国氛围里发挥出美国式道德自发性的一面。而做到这一点，其实对米莉来说是含羞带愤的。相对于她那薄弱的身躯，还有她那倒霉的经济背景。米莉觉得。丹什对她来说是"有决断力的……正如别人都喜欢他这一点"。而这一点对米莉来说尤其仁慈。而当她觉查到丹什对她的关注是有预谋的，一如众人所为，她觉得自己的心沉下去了。而当米莉与丹什在威尼斯越走越近时，她作为一个美国女孩的自发性本质就更明确了。"这种恩赐的不对等恰逢其时，他们发现彼此都很在乎。若非如此，若她能一直健康地活下去，她就会缺少她那种民族性所赋予的特性，缺少那种与生俱来的少女的亲切，而缺了这些，就不足以令丹什用心去关爱他，去全心全意地维系这样一种关系……这种典型性是如此灵活有弹性，以至于它可以被延伸为任何东西。"①

《鸽翼》的多视角和不同视点的焦距伸缩特征，借助詹姆斯既为人物定制标签，又随时对标签进行质疑的悖论式逻辑关系，让小说处在似是

---

① Henry James, *The Wings of the Dove*, Penguin Books, 2008, p. 425.

而非、模棱两可的价值判断之中。这一视角与焦距的运用是"詹姆斯式"后期小说的典型手法，也是造成的意义"谜团"的缘由。事实上，《鸽翼》的视角成为一种对伦理价值进行判断的主要方式，而不仅仅是辅助性的。视角隐喻了人物的行为规则的变动性，使处在现代社会多元价值与维多利亚式美德之间的人物的可信性被考量和审视。詹姆斯对于文学形式丰富表现力的发现与实验，为后续理论家们继续建构"视点伦理学"奠定了基础。

市场经济的隐喻

詹姆斯善于以一连串的隐喻，来表现其社会洞察力。现代人的生活已完全由市场经济控制，普通的语言已不足以表达全部含义。詹姆斯用市场化的语言去描述非物质性的东西，一如物物交换。詹姆斯告诉我们：在现代社会世界里，地位与金钱交易的正当性影响到人类行为的方方面面。经济利益已变成了所有人取舍的基本准则。即使并未涉及金钱的问题，决定可买什么和以何种价格购入的冲动，取代了不求回报以及不计代价的古典美德。

小说开头便以父女二人物物交换的对话令读者震惊。莫德姨妈为凯特提供了一种养护，条件是她必须离开她不体面的父亲。莫德监护她并为她找到一个踏入上流社会的婚姻，这可以让凯特避免像她的姐姐一样的不幸。凯特对父亲表白了作为子女的忠诚，她愿意放弃姨妈的恩赐，搬来与父亲同住，作为交换，她希望有权继续她的爱情故事，而在姨妈的账本上，丹什是个不值得与其婚配的人。父亲克洛伊看到了莫德姨妈出资的好处，可以从中讨价还价，他看到了自己在这种交易当中的价值，因为他更相信，在这样一个商品化的社会里——资产（包括家族情感）有的只是经济与利益的含义。

在罗德姨妈的社交圈里，米莉很快便知晓，每个人可以给予的东西，都要清楚地算计好它能赚回多少，这样才能收回成本价。马克来兰卡斯特正是为了它的价值，而兰卡斯特也在利用他。"在伦敦，这种利用与被利用正在利用和已经利用了。每一次宴会都是为了各种关系的利用而举办。"凯特自己当然是"在柜台边"，而不是在橱窗中。"不管是柜台内还是柜台外，她都被经常地、方便地、商业地掸拭过。她的位置，价码，还有她姨妈提供的养护,所有这一切的精华部分,都被计算过了。"米莉从她到达的那一刻起,也成为货物交易的筹码被"陈列",供罗德太太及她晚宴上的客人们叫牌,并成为抢手货。"她的钱会有回报的……你知道,"马克又说道,"在这里,每个人的付出都是求回报的。"在兰卡斯特,丹什耳朵里总有一种压低的声音不停地嗡嗡质问:"你能出什么,你能提供什么?"罗德姨妈一直紧握将侄女嫁给马克这一单投机生意不松手。丹什与凯特则对获得米莉的钱这一买卖进行了更精确的计算。马克则想让自己成为米莉的"抢手货",他对自己生存其中的那个世界中的讨价还价之道再熟悉不过了。而米莉因为将不久人世,她觉得有必要告诉他,他一定不能错估了她的价值——她现在究竟有何价值呢?当她对马克的"叫牌"本性有了透彻的了解时,她的反应是,"对一个将要娶她的男人来说,她的价值,难道不就是她病情一天天地恶化吗?"米莉还不知道,丹什对她有同样的计划,也意识到了她的疾病价值。

不仅是在与米莉的关系上,詹姆斯对丹什行为举止各方面的描写都使用了市场化的术语。他与凯特相互间的誓言实际上是他们各自交易的一部分。从他同意保持秘密交往直到达成目的那刻起,这种交易就存在了。即使与凯特在一起,他也无法不称量自己的分量,并羞辱地盘算是为钱而结婚还是为了爱结婚而一无所有。先是等罗德姨妈,后又是等待米莉,丹什在这种等待游戏中也许一次次地大喊着:"为什么你不能来我这儿?"但在威尼斯,他终于感受到了一个无所回报的交易者的失败感。性的渴望变成了一种生意人的厌烦和挫败感,一种出错价的不适感。"他回望着他们的'账本',发现虽然他几乎做了所有凯特希望他做的一切,她却一点都没为他做过什么。"

他们现在比任何时候都更清楚地知道他们能从米莉那里获得什么了,当他们在她威尼斯大宅的客厅里见到米莉戴着华丽的珠宝大宴宾客时,他们对她生活的"价值"有了感性的认知。显然,这个他们眼中的"价值",从未具有精神与物质并重的双重意义。他们之间的最后报价也更清楚了。在凯特以性的屈从作为要求之下,丹什答应按她的要求去做一切。丹什盖上性交印章的满足感,也是按照最精确的市场化语言来描写的:"他预先周密地判断出他的朋友的遗产具有无可估量的价值，他现在最需要搞清楚的是，依他的条件，他如何才能最大化地占有它们。""这宗货物的总量已被测过了，至于合同具体的条目以及合同的方式，那些为获得评估好的货物而需做的准备工作已极具意味地启动了。他的等价的工作相应地开始起作用了——诸如此类的术语填满了他的意识。"

在威尼斯，米莉对马克说过："我给，给，给——你做到了，你喜欢怎么黏着我就怎么样吧，看看我是否言出必行，因为我不能做交易。"丹什后来也认为凯特同意以性与他交易的行为是一种"充满慷慨与仁慈的"感情行为，一种牺牲她女性贞洁的行为，虽然那仅仅是她被迫交易的一部分。正是在威尼斯的闲步中，凯特与丹什达成了他们之间的交易。生活中两种对立的原则显现了出来。"丹什抓住凯特的手臂，他让她再次面向圣马可的雕像，他的眼睛在这尊圣象上面游移，而凯特则心不在焉地捻弄着阳伞。"虽然这一圣像只是外在的表象，但朝圣本身却带有强烈的意味。这证明了他俩之间的差别和对照。

涅墨西斯的讽喻

詹姆斯意识到，只有当几个交错的爱情主角在米莉的金钱问题上相遇时，小说才会富于戏剧性。金钱与良知交织构成了这部小说的"涅墨西斯"，她让每个参与狩猎金钱游戏的人照见了自己的"水中倒影"，因而受到了复仇的诅咒。[①]与《一位女士的画像》中的钩心斗角相比，《鸽翼》女主角凯特·克洛伊要求自己的爱人丹什去向天真的女主人公求婚的计划更具实现性。濒死的米莉贪恋生活中的温情，作为对"狩猎者"虚假温情的回报，米莉的仁慈照亮了他们的残酷，她遗赠的财产反倒让猎财者人财两空，有情人劳燕分飞。

1873 年，历史学家瓦尔特·皮特（1839—1894）出版了那本著名的《文艺复兴史研究》，其结论意义深远。人们从中获得的不仅是对美学的追求，还获得了一种远大于美学价值的回报。皮特认为，五色斑斓的戏剧

---

① 涅墨西斯（Nemesis）为古希腊复仇与报应女神，因引诱凡间男子那耳喀索斯爱上自己水中倒影而闻名，她主张人不可占有过多好运和财富。

生活只给了我们有限的脉动，我们如何才能从这仅有的脉动中发现出最美好的感受呢？我们又如何从一点到另一点飞快地掠过，而成为无数生命能量聚集的中心呢？我们所有的人都将面临死亡的审判，只不过略有不确定的暂缓而已……我们都有一个间歇的时间，幕间休息时间，然后我们就不知所终了……我们唯一的机会就是赖于整个这个时间里的空间，在既定的时间内，尽可能多地获得脉动。①

在1909年版的《鸽翼》序言中，詹姆斯在总结米莉的欧洲之行时，用十分"皮特式"术语，强调在消殒之前"投入"生活，尽可能多地投入美好而激动人心的生活中去，去获得感受。尽管有些感受是简单的，不连续、不规则的。米莉是作为那些"热情的朝圣者"中的一员而被定义了的：他们梦想着从美洲到旧世界的文化圣地，如米莉所期待的，去看看她在书本里读过的地方。事实上，她很少有意识地分辨清晰与美学或历史相关的问题。对于她，一个极具冲击力的不朽的景象是不期而遇的一尊铜雕像。雕像并非因艺术之美而让米莉动心，而是它让人意识到，每个人都将面临死亡审判这一事实。无论"脉动还是战栗"，米莉必须抓住它们，不然就太迟了。

1902年1月25日，詹姆斯写信告诉豪威尔斯，说《鸽翼》应该是这样一种结局：是关于可爱的灵感——个有着淡淡的浪漫品质的、动人的、具有抚慰和调和意味的小说。②小说基本完成要出版时，他写信给另一个流行小说作家韩福利·奥德小姐："主题微不足道，我也不擅长——是基于一种热望：去营造出和蔼可亲、普通而令人愉悦的爱情故事的愿望。"③然而这番表白与詹姆斯最终完成的结局——凯特与丹什最终分手——有很大的出入。他的令人愉悦的"爱情故事"难以令人愉悦，虽说小说开头

---

① See Millicent Bell "Introduction", Henry James, *The Wings of the Dove*, London: Penguin Classics, 2008, p. xx.

② "Letter to W. D. Howells", 25 January 1902, Leon Edel ed., *Henry James Letters*, IV: 1895—1916, Cambridge: Harvard University Press, 1984, p. 224.

③ "Letter to Mrs Humphry Ward", 3 September 1902, Leon Edel ed., *Henry James Letters*, IV: 1895—1916, Cambridge: Harvard University Press, 1984, p. 242.

这对充满魅力的年轻人的确相爱并意欲步入婚姻殿堂。但小说最终却毫无"可爱""动人与慰藉",毫无"亲切"和"总体的愉悦"而言。因为这对年轻人结局完全走向了反面:他们的分手使得整个故事结束了所谓的浪漫。小说开头处他们曾热情地交往着,凯特甚至对丹什说:"我向你发誓,我要上帝作证!——让我信仰的每一朵火花作证;我生命的一点一滴都会付与你。"只需再有几周,凯特与丹什的关系就会使丹什得到凯特预计的机会了。最终,相当残酷的是,凯特信心满满地离开威尼斯去了伦敦,丹什则开始按计划造访米莉的大宅。但丹什自己知道,从那时起,事情有了变化。当他继续着交易时,他不再想到交易。他从米莉的信任里,发现了神圣的东西。"他正在体验着恰适——他一时还无法给这种奇特的感觉命名。有一阵子,米莉的大门对他关闭了,正是那一刻,他第一次承认,在其算计史上,那种不可遇的不算计的情况发生了。"在回顾最后一次与米莉见面的情形时,他很快"发现自己是一个陌生的年轻男子,正在坦诚地与她交往,他被推着,是被动的,冷静有控制力,但半明半暗地,对有些事情尚不能明确其巨大的意义。那是些使他痛苦却又不想失去的东西……其实质,是那些发生在他身上的事太美太神圣,以至于他无法描述清楚。他只是又一次感知到,他已经被宽恕,被奉献,被保佑和祝福了"。因为米莉对其图谋心知肚明,但她依然留给丹什一笔钱。而她的大度和慷慨,让丹什再也无法坦然迎娶凯特。

　　詹姆斯坚持认为,感伤小说的结局方式满足不了现代读者的欣赏品位。詹姆斯擅长尽快找到与喜剧结局的对抗力,而不是提供一个简单的快乐结尾。在《美国人》中,詹姆斯不愿意看到德·辛德夫人从修道院中被救出并与纽曼先生结婚;在《华盛顿广场中》,他不让凯瑟琳原谅并与已有忏悔之意的莫里·汤森德结婚;黛茜·米勒也未从伤寒中康复从而与感知力和理解力得到提升的温特伯尼结婚;而伊莎贝尔·阿切尔的婚姻,则以与病态的奥斯蒙德的结合而终了,而非接受更适合她的美国追求者盖斯帕·古德伍德,那是个安全的港湾。詹姆斯不愿满足部分读者合口味而与提供给俗套的结尾。詹姆斯让《鸽翼》中的凯特猜测:丹什已经在经常的探访中爱上了他们的受害人。他很可能已经放弃了自己最初的计划。如果人们愿意的话，就会同意凯特的判断，因为最终是有些证据证明米莉的快乐的。《鸽翼》的结局是对多重"可能性"的预判与重估。小说的结尾并未让我们看到垂死的女孩和忏悔的场面。在删节掉的手稿里，有关"最后询问"的部分，詹姆斯似乎觉得无法以陈词滥调行事。詹姆斯甚至认为，这样的结局才能让小说像生活本身那样宽广而有意义。米莉最后给丹什的信被凯特撕毁了，无论上面说了什么，她与她的爱人，还有读者，都未读到。或许这正是詹姆斯对涅墨西斯的反讽：人们或许还有可能通过某种方式破除诅咒，获得救赎。

如何救赎？《鸽翼》隐喻的标题虽已明示詹姆斯的意向，而詹姆斯向来将表象背后的多重意图潜心布置，仔细隐藏。詹姆斯似乎在《鸽翼》序言以及同时期相关的一些文章中留下了一些"意识痕迹"，它们的存在，有理由诱使我们对其进行"大胆假设"并"小心求证"。

四、意识远游

"鸽翼"出自《圣经·诗篇》的第 52 篇、54 篇。[①]两篇诗讲述了以东人和西弗人对扫罗告密，说出大卫的藏身之处，大卫面临死亡的情境。以东人和西弗人"背约"，让大卫极度地恐惧，由此发出了对上帝的求告。在第 55 篇训诲诗中，大卫唱道：

> 神啊，求你留心听我祷告，不要隐藏不听我的恳求。
> 原来不是仇敌辱骂我，若是仇敌，还可忍耐；也不是恨我的人向我狂大；若是恨我的人，就必躲避他；
> 不料是你，你原与我平等，是我的同伴，是我知己的朋友。
> 我们素常彼此谈论，以为甘甜……

---

① 《诗篇》又名"大卫的诗篇"。包括大卫王作的诗、献给大卫王及其王朝的诗和为大卫王作的诗。

他背了约，伸手攻击与他和好的人。……

我说：但愿我有翅膀像鸽子，我就飞去，得享安息。①

《圣经·诗篇》包含着赞美、祈求、感恩和希冀等主题。在以"祈求"为主题的诗篇中，大多是对生与死的祈求。《诗篇》中的"生"充满了恳切求得平安、自由、幸福、友谊、成功等美好事物的愿望；《诗篇》中的"死"也不是人的肉身消失或是咽最后一口气，而是要阐明：只要人一天不能享受到神的恩宠，就没有充实的生命，死便进入他里头。诗人请求神救他脱离死亡，并不是求神将他从死亡的边沿救回，而是祈求神与他同在，医治他，纾解他，得享十足富实的心灵生活。《诗篇》很少讲死后的生命，《诗篇》所关注的是义人今生的受苦和不义者今生的兴旺。是希望今生公义能得到伸张，恶者收到应有的惩罚。②《诗篇》第52、54篇中的"鸽子的翅膀"，喻指上帝的仁慈和关爱，托起大卫的信念，使其摆脱死亡的恐惧和暴风雨的侵袭，最终到达"旷野"并通向"安息"之路。《鸽翼》中米莉某种程度上也在扮演着另一个角色，即证明由基督的自我牺牲明示的慷慨仁慈的准则。那是与交易原则相对立的。由于米莉的行为与基督的生活相关，由此引发出小说关于爱是给予，爱是礼物，爱是不计报酬的主题。

詹姆斯以《圣经》中的"鸽翼"为隐喻，将大卫的处境，投射于《鸽翼》的女主人公米莉。米莉对疾病与死亡的恐惧，经过严峻的意识考量之后取得了向死而生的勇气，其采取的态度与行动，犹如上帝应许的天使一般，超脱了人间之爱与物欲交织的俗境，向着意识与天界的更高层面舒展双翼。而这"鸽翼"不仅为自己灵魂的飞升打开了通道，还荫庇了周围的一切，包括那些欺骗了她的人们。

最初在欧洲游历时，苏珊发现米莉在阿尔卑斯山顶上的一道危

---

① 《圣经·诗篇》第56节，和合本。
② 参见《圣经》中文启导本，中国基督教两会印发，2003年，第816页。

险的悬崖边停住了,"向下看着地球上的这个王国"让我们想起了魔鬼对耶稣的第三次诱惑。那也是从一个高山上俯瞰"这个世界的心脏,还有它的荣耀"。但对于米莉来说,财富与权力的诱惑并无挑战性,这一点与耶稣不同,基督受到的诱惑是他得从神殿的塔尖上跳下来,证明自己是上帝之子,因为天使会托起他。而苏珊猜测,米莉在那一刻排除了自杀的念头——一种尖锐而简单的从人类命定中解脱的方法。死亡对于任何人都一视同仁。"对米莉而言,冲动地一跃并由此急速跳脱人生并不是问题,问题在于她是否有勇气直面整个人生。"米莉正是在那一刻做出了选择:像耶稣一样,承受所有人的痛苦,以及人类面向死亡的困境。身患绝症的米莉,在处处心机的社会险境和自我意识的不断波动中,与生活展开了"竞争"。

《鸽翼》的主题显然源自《圣经》。而詹姆斯在实现这一主题时,却又同时讽寓了巴尔扎克的一部小说《塞拉菲塔》①,一部斯维登伯格②风格的小说。詹姆斯曾向巴尔扎克致敬,称为"卓尔不群的作家……他这个行业里首屈一指的人物"。③ 虽然巴尔扎克"哲学研究"类的小说并不都尽如人意,但詹姆斯却把这些"哲学"小说细细研读过。《塞拉菲塔》是巴尔扎克一部有关"通灵论"的小说。故事的主人公是一个在当时被看作畸形的人,因他(她)兼有男性和女性的生理特征。他(她)九岁时父母双亡,孤独地生活在挪威的一个小山庄,长大后成为一个绝色美人,同时为一个女子和一个男子所爱,但又不能与任何人结合。只能在幽居和祈祷中忍受痛苦,十七岁即弃世而去。这样一个超凡脱俗的故事,被作者染上了令人眼花缭乱的神秘色彩,使之成为宣叙斯维登伯格通灵论的喻体。

在《鸽翼》与《塞拉菲塔》两部小说中都弥漫着一种伟大的基督教义的知觉:二者都描写了一个奉行耶稣牺牲精神的女子的献祭式的死亡。塞

---

① [法]奥诺雷·巴尔扎克:《塞拉菲塔》,《巴尔扎克全集》第22卷,傅雷译,人民文学出版社1990年版。本书将随文标出引文页码,不再另注。
② 伊曼纽·斯维登伯格(Emanuel Swedenborg),瑞典神学家,博物学家,唯灵论的创始者。
③ Henry James, "Honnore De Balzac", in Leon Edel ed., *Henry James: Literary Criticism*, vol. Ⅱ, New York: The library of America, 1984, p. 90.

拉菲塔说:"死有两种意义,对某些人来说,死是一种胜利,而对另一些人来说,死则是失败。"①塞拉菲塔希望能够生出"覆盖人的双翼",向着天神的上界疾飞;而在詹姆斯的书中,米莉"那鸽子的双翼"终于庇护了设法出卖她的那些人。塞拉菲塔具有人间的双重性别,更是具有"天使素质"的超凡灵魂,其终归天国,是因为他(她)命中注定是一位"上品天神";詹姆斯的《鸽翼》却以俗世人性的素材为基础,记录着资本社会大染缸中,高贵与出卖、欲望与良知、现实利益与信仰道德之间的博弈。詹姆斯接受了巴尔扎克小说中的象征主义影响——在两部作品中我们似乎都听到天使之翼在拍动,两位女主角都栖止于大深渊的边缘。她们俯视着悬崖之下的死之幽暗,她们最终都选择了对恐怖难测的俗世生活绝尘而去。

《鸽翼》不仅要研究一个被动的年轻男子如何受制于一个权力欲驱使的迷人的女子,还在于对米莉选择死亡的意识过程,及其周围人因此而起的变幻复杂的意识过程的深入探究。米莉的最终结局及其"稀奇价值"早已被作者预先设定了:死了的米莉——洁白柔弱的鸽子——如何改变了所有人物的生命途径。小说的结尾,丹什因了解而真的爱上了米莉;凯特因为对真相的知觉,已然选择了一无所获地离开。

由此看来,死亡并非《鸽翼》的真正主题。真正的主题是对"十分完备的米莉的意识"以及伴随其周围的其他人物整个"意识体系"的探询,是为了打开"通向……主观区域的大门"。②而这个"主观区域"即是一个能够"激发灵感"、产生"完满魔力"的"内在固有的难题"。詹姆斯是一个偏爱难题的作家,他偏爱让其作品中的人物,在对"难题"的"见知"(seeing)、了解(knowing)和领悟(find out)的过程中,自觉地发挥出主体的积极感知作用,最大限度地表达主体意识具有自由抉择的精神特征。詹姆斯有意发挥出《鸽翼》蕴含的"固有难题",见证和探寻一个物理生命的陨灭与灵

---

① [法]奥诺雷·巴尔扎克:《塞拉菲塔》,《巴尔扎克全集》第22卷,人民文学出版社1990年版,第635页。

② Henry James, "Preface to New York Edition", in Leon Edel ed., *Henry James: Literary Criticism*, vol. II, New York: The library of America, 1984, p. 1301.

性意识再生之间的关联与作用的过程。这无疑将是一出复杂而具有相当深度的"人间戏剧"：在表达着人物艰难抉择的自由意识的同时，作家自己的"头脑品质"便也自由地表达为"艺术品的最深刻的品质。"

从这个意义上看，与其说詹姆斯以小说描写记录了人的心灵的戏剧，毋庸说詹姆斯利用小说艺术创造性地感知并预示了人类意识的"脉动"——人在社会的大机体中自觉不自觉地塑造着心灵的自我，在渴望与想象中培植出信仰的虔敬与意识的进化。这种"詹姆斯式"的隐喻思维与写作方式，既是詹姆斯解脱痛苦记忆与隐私的必要技术手段，也不乏时代思想潮流影响的因素。

唯灵论与超验主义

《塞拉菲塔》是巴尔扎克从19世纪众多学说中接受斯维登伯格深刻影响的一个证明。塞拉菲塔被描写成具有斯维登伯格所说的具有"天使素质"的人，命中注定要回到天上。小说通过贝尔牧师之口，叙述了斯维登伯格唯灵论和超验说的核心。斯维登伯格认为："客观的自然虽不以我们的意志为转移，它服从一定的法则，而且这些法则的先后次序和所起的作用是人类的双手不能随意颠倒和干扰的；可在物质因素之外，也必须承认在我们身体内有一种巨大的能力，即精神的能力，其作用是无可限量的，过去的千年万代尚未把这种作用完全估计出来。"在精神世界这一未经探索的"大自然"中，常常会出现一些具有闻所未闻的能力的人。他们的能力可以与物理中的气体所具有的可怕威力相比拟。……他们使人丧失一切能力而只看见眼前唯一的幻象。他们就是用这样的方式迷惑和驾驭这些人。

斯维登伯格从数学的角度得出结论，认为人总生活在一定的境域，而境域有高低之分。他把将来注定要升天成为天使的人称为具有天使素质的人。上帝并没有专门创造天使，一切天使原来都是尘世上的人。因此，人间是上天培养天使的地方。有天使素质的人必须经过三种爱的阶段。首先是自爱的阶段。其次是爱世界。最后是爱上天。在爱的阶段人必须通过希望和慈悲这个过程，希望和慈悲能使他产生信念和祈祷的愿望。智慧阶段的人能够明白天上之事。有天使素质的人经由爱的阶段便可达到智慧的阶段。达到爱的阶段的人有力量战胜尘世的七情六欲；达到了智慧阶段的人具有聪明才智，懂得为什么爱。前者展开双翅飞向上帝，后者由于有了知识，知道恐惧，因而收敛双翼：他理解了上帝。前者一直渴望看见上帝而奔向上帝，后者接触到了上帝，因而战栗起来。爱与智慧的结合，使人处于超凡的状态。

巴尔扎克的女主人公塞拉菲塔仙风道骨，超凡入圣，与上天息息相通，她默默受苦，毫无怨言，终于升入天国，成为上品天使。小说的细节表明，追求永生幸福的塞拉菲塔，在告别人间的欢乐时，并非没有痛苦，也是经过了痛苦的挣扎才摆脱凡尘欲念。①而《鸽翼》的"新颖"之处则在于，米莉的死既是一种失败，也是一种胜利。她以坦然赴死为代价，唤醒了周围人的道德焦虑。而"道德能量的真髓就是要纵观全局"，②这便是詹姆斯"叙述计划的稀有价值"。

詹姆斯喜好对体制化宗教之外的精神体验进行探寻，这其中既有世纪之交不列颠思想和文化的幻灭氛围的影响，也与詹姆斯浸润其中的新英格兰传统密不可分。詹姆斯的父亲老詹姆斯即是一位斯维登伯格神秘唯灵论的忠实信徒，而爱默生这位超验主义思想家，从基督教的场景移植出精神体验，提供了三位一体上帝的"无信仰的信仰"模式。詹姆斯深受两者思想的影响。爱默生宣称，心灵应从正统的体制和典籍化了教条中脱离出来，强调人与自然环境之间的关联。爱默生关于人在自然中的地位的观点比他的科学观更神秘，这主要源于欧洲浪漫主义的自然神论的影响。他的超灵观，即一个人心灵可以包括所有的生物，所有的创造物，所有的意识。这使得新英格兰的民族思想从由清教徒所阐释的严格的圣经教义中挣脱出来，诉说着一种高涨的美国文化的创造性与想象力。在爱默生的思想体系中，清教思想的元素依然居于重要的位置：个人有权利听从自己良心的呼唤，良心促成了人在动机和行为上的严格标准，并强调个人体验是理解一切的途径和手段。这些特征在詹姆斯的前后期

---

① 参见[法]奥诺雷·巴尔扎克《人间喜剧，哲理研究》(Ⅲ)"题解"，《巴尔扎克全集》第22卷，傅雷译，人民文学出版社1990年版，第708—709页。
② Henry James,"The Art of Fiction", in Leon Edel ed., Henry James: Literature Criticism, vol. I, New York: The Library of America, 1984, p. 63.

小说中都能找到证据。《鸽翼》尤其能够体现爱默生强调的超越教义的体验和自我意识的巨大潜能。

爱默生关于语言是形而上学冰山的最顶端的观念也深深地影响着詹姆斯。爱默生认为，语言是心灵世界和自然世界之间持续不断地浑然一体的可视可闻的证据，人类有能力理解和说明这一切。其结果就是，任何现实世界和理念世界之间的差别消失了，因为物质世界、感知世界和先在的理念世界在一个密切相关的和谐状态中共同运作。而马丁·路德"因信称义"的改革信条，也在时间的推移中，从呼吁个人具有自我拯救的义务，发展为在超灵中参悟个体存在的超验意识。詹姆斯意识到，人类经验中必然存在着巨大的言语无法表达的区域，而以语言对这一世界的探索，正是语言与世界既相互对立又相互连接之处。詹姆斯也发现，自己虽不能完全加入爱默生的乐观主义行列中去，但却愿意对未知而神秘的意识领域抱有乐观之见。传统宗教中人类永恒原罪的意识，是否可以以语言之力发现一种超验的救赎？詹姆斯以文学艺术的隐喻思维，以对宗教教条的反思，为文学语言探知精神域限的可能进行了实验。

为宗教一辩

1910年1月、2月号的《哈珀市场》杂志上，发表了詹姆斯的一篇短文，题目是《死后还有生命吗？》，同时发表的还有威廉·迪恩·豪威尔斯等其他作家写的同一主题的文章。所有文章后来结集成书，由哈珀出版，书名为《身后的日子》。

1910年2月詹姆斯正处于极度忧郁之中，无法写作。人们推测，这篇文章是他1909年情绪相对安稳时写的。[①] 这篇文章语言雄辩，情绪乐观：

> 我承认，从一开始，我便认为这（死后还有生命吗）是世界上最有意思的问题，（尤其）当它一旦释放出其所有可能的强度时。至少

---

① 亨利·詹姆斯的纽约版全集出版于1909年，《鸽翼》序言和此篇文章在同一年发表，两篇作品具有内在关联。

对许多人来说，生命持续得越久，这一质询便越以潜在的，但却无可回避的方式在起作用。无论如何，我自己便发现这一质询所"宣称的能量"在逐渐增强，达到了令我迷恋的地步。……它作用于我们的精神通常通过两种形式，二者必居其一；一是使我们的欲望寂灭，就各种动机而言，如同达到绝对灭绝和终结的效果；另一种途径，是更新我们对欲念的兴趣、评估、热情及对重大与神圣事物的意识。这两种相反的情感状态最终都会在一个具备良好情智的个体之内来回反弹以宣称自己的存在，据此我们可以断定，这些个体的内在的精神体验基本处于钟摆状态。对于这一状态的不以为然或是所知甚少，不是人类生活得太久，有权力不公正地忽略这一问题，而是对于推断预测这一难题本身的忽略。

　　大多数人不必认识到我们这一推测的吸引力，甚至不必意识到这一质询的存在。因为它要求具备一种特殊的关切，这是不争的事实；但毕竟我们的焦虑、希望和恐惧迫在眼前，因为它或多或少地在折磨着我们，这为我们提供了可在任何层面上讨论这一质询的可能性，我们必须严肃认真地对待这一可能性。我们最终都得面对这一伟大的质询或者伟大的抗议。……我们就必须做出或此或彼的反应。对此没有反应的人，在某种天平之上或许也感觉到了它的分量；因为他们或许经常被问到与他们的利益相关的问题，即生前或死后他们作为"生命"是不是杰出的。只有那些对提问的特殊的反应，或是对提问者提出的质疑的反应才会令质询步入正轨，这还要拜托深思熟虑之功。怎么会有一个死后的个体的、不同以往的"生命"存在呢？

　　我承认，就我个人来说，我对此亦涉猎不深，而且，更重要的是，我宁愿认输，虽然我根本不想这么做。意识就是这样不期而至，广泛而饶有趣味地影响了我。那其中有我所有的发现和秘密……意识……主要是令人愉悦地想到更高一级世界（存在）的可能性观念。意识相对于完全依据我们的物理存在的外观来说，可为我们提供一种更为有趣的经验，为我们呈现出更好更自由的存在，以及这一存在的荣耀与强度；为我们的才能、我们的激情、我们的珍贵的个性的最起码的自信的确立，提供一次实践的机会。……这并非婴儿学步车载着小童悬摇摆动，让他们增加步履的稳固性，让他们的小脚丫接触大地，我更愿意认为，对于灵魂来说，我们这儿所说的摆动，是在无垠的宇宙中的摇摆。这一世界、这一结构形态以及这些感知，都是对我们有所裨益的、制作精良的构架，它为我们如何在精神领域扎实迈步提供了更广大的范围和更充足的教训养料。我承认，物质不灭定律与正统神学的神圣宗教教义——俗世是到达天界的净化和准备理论——有着相似性，这一点我并不反对，既然这一看似大相径庭的纯粹两极之间，时而有所关联和汇合。

然而我的意识思维的形成，或许是这样一种情形，它既非新近才由我个性中大量的易被腐蚀的那部分质料所左右（承认物质不灭定律或进化论理论对自己宗教信仰的腐蚀作用——引者注），也并非对这种极端情形交互作用的巨大助益拒不承认。两种情形确实常常交互作用于我的意识，而我的意识正是受惠于此，正是以这种两极之间来回摇摆、交互作用的形式充分表达着这一助益对于我的经验的影响。这一助益导致我的意识的方式时而笨拙，时而精致。我的意识接受、挪用、消费着这些个有体的世间万物，……我的意识大方地接受了这一值得赞美的哲学观：在物质观上，认为物质仍是一些可容纳东西的箱包和套子而已，有的厚一点、有的薄一点，有的更粗糙、有的更细致，有的更透明易见，有的更阻塞难明；而我对精神世界的观点却不同了，不再停留在婴儿学步机阶段的婴儿智力开发的程度，而是进入智力可以如此进化提升的阶段。

我"愿意"持这样的观点，其他一些表象也同样支持着这一观点，即在万事万物背后，个体灵魂是有着独立性的。我说"愿意"持这样的观点，其实是在冒着将自己归于头脑肤浅一类人的风险，这类人的信仰是欢快地或愚蠢地以自己的喜好乐见为基础的。一方面，它并非真正的信仰的问题——我这里并非要对信仰和欲望两个术语进行评论；另一方面，它确是一个欲望问题，这一欲望已如此强劲、十足确立与培植了起来,以至于使信仰处于相对次要的位置上了。在某种新的视角之下,两者成了同一事物,至少它们都表现为摆在我们面前的、尚无法解答的问题。一个人的质询由欲望而来还是由信仰而来并无二致。只是人们对不同的动机给予不同名称而已,其实意义并不大。运用这样的术语,心灵的行动就意味着我可以鼓励我的意识去质询令人感兴趣的事物、能够在事物的灵活多样性和它们所产生的影响中尽享乐趣。它们以症候和吉兆的方式影响着我。在这一点上,欲望不会使我做得更少,信仰也不会让我做得更多。如此一来,我更多地培育起了信仰。而信仰又使我臣服于对吉兆的期待感。在这样的成功运作中,至少有着这样的强度——似乎给了我大量的幻象,即我可以由自己的视角去做我想做之事,抑或在任何情况下我将有不朽的可能。在此,我又一次见识了纯粹两极的汇合。然而,毫无疑问的是,一个人不可能谈论有关自己的拯救问题。而这一汇合太过自由以至于不能欣然接受,所以我会将我所具有的这种现象,完美地置于和神学规范的巧合之中。总之,假如我说我"愿意",我所说的必是包含全部:我愿意认为,意识为我敞开了建立推断和想象与想当然的认定与誓言之间的连接点,而这对于我来说,这一空间并非逃避救赎自身。一旦对灵魂与存在这一关系的质询滑翔并降落了,那么这个人将超越什么样的以往与当前的经验领域、超越多么巨大的感知与渴望?意识难道不会张开它的护翼吗?不,不,不,我已超越了实验室大脑。①

在詹姆斯生活的时代,肯定物质不灭定律与正统神学的神圣宗教教义之间有着相似性,在看似大相径庭的纯粹两极之间发现并肯定其汇合处,还是颇为"激进"的思想。詹姆斯的《死后还有生命吗?》一文以绝大篇

---

① See Henry James, "Is There a Life After Death?", in Pierre A. Walker & Lincole eds., *Henry James on Culture, Collected Essays on Politics and the American Social Scene*, London: University of Nebraska Press, 1999, pp. 115—127. 笔者据原文节译。

幅研究并肯定了死亡是意识延伸的门户而不是消亡的问题。詹姆斯也坦率地承认，这样的希望尚缺少坚实的证据，人们只好听天由命，因为科学并不考虑我们担心的主要内容，即灵魂的存在与否问题。人类被悲惨地、牢固地锁在物质器官之中。观察和证据都再次证实实验室和分析家十分肯定地阴暗断言，即我们的天赋和我们的大脑之间不存在任何可转换性。对詹姆斯而言，正统的宗教并未能提供坚实的基础来挑战这一观点。死者以其缺失和沉默引人注目。那么，是什么使他那么坚信存在着个体不朽的可能？那便是"意识的双翼"。这一意识集聚飞翔的可能性，因艺术家的特殊身份和采用的特殊媒介，会显现出意识飞越的崇高与精彩。意识借助艺术家的想象与渴望，有可能感受并已沾染某种来自宇宙的气味。意识冒险将带给艺术家更绚烂的景象和更高的启示。詹姆斯发现，他不断发展的个人意识和该意识所寄居的世界之间的交互关系十分丰富而有教益，他不相信如此产生的个体意识只是大自然玩弄的一个残酷把戏，不相信这一个体意识会在死亡时被完全消弭。他强调说，这不是一种"信念"（他总是小心地避开这个字眼），而是一种"渴望"。事实上，全篇文章贯穿着这样一种含义，这一含义对一些投机的神学家一直很有吸引力，如果我们渴望，就能获得身后的生命。因为当意识开始起飞，谁能说它不会在过去和当前的广阔的领域以浩瀚的感知和渴望展开自己的翅膀？詹姆斯的确冒着诋毁宗教信仰之险；詹姆斯也的确超越了实验室大脑，迈向意识进化的自由信仰之路。

　　死亡是一个人与生俱来的问题，它既是具体的，也是抽象的。詹姆斯后期小说表现出许多与自我性有关的超前意识，都与生之短促和死亡的绝对这一辩难之题相关。如何将尘世之生命通过意识的绵延继续下去，詹姆斯的小说《鸽翼》以及散文《死后还有生命吗？》以不同的方式认知与解答着这一问题。詹姆斯似乎想说明，自我性与物质存在无关，而与灵魂有关。詹姆斯通常更愿意把这叫作"意识"，但他又是在越出了纯粹心理经验界限的意义上来使用这一术语的。詹姆斯关于死后灵魂的命运观，对他的小说艺术，尤其是对《鸽翼》有着决定性的影响。詹姆斯这部挽歌性质的小说风格的成因，在于他用隐喻宣告并创造了一个缺席的世界。

他试图在大脑实验室之外获得某种更高的东西的欲望，表明了他的信仰：在某种程度上，意识具有独立于物质生命之外的品质。仁爱与同情引起道德的欲望，而通过同情，人类隐喻了他人的境况而最终实现了自身的存在。正如黑格尔所言，善之所以存在是因为它不断地创造着自身。① 这也是《鸽翼》之大隐之意。通过隐喻的转换生成，人不断回到意识本身，并不断地促使这一意识继续成长。这一成长过程显现出人性对仁爱的发扬和充实。人类以此实现了自我的拯救与超拔。《死后还有生命吗?》作为物理实验室之外的意识冥想，更强烈地表现出詹姆斯的生死观：死亡不仅仅是肉体的脱离尘世，而是为神圣的、形而上的灵魂再生谋划的起飞仪式。若以"意识"为中心去理解"詹姆斯式"的文学方式，那些在阅读中一向被忽略的东西，那些广泛的暗示和关联，在他运用这些术语时所达到的心灵的向度中便会显现出来。

  詹姆斯使小说艺术在某种意义上超越了它所能完全表达的全部。这一点与詹姆斯的宗教观与美学观受进化论因素的影响有关。一方面维多利亚后期和 20 世纪早期的宗教世俗化进程加快，宗教怀疑主义盛行，与此相关，人们将信仰的关注点更多地寄寓于美学的自我拯救力量。詹姆斯确实带有两种潮流的某些特质。他不仅仅是绝对价值的怀疑论者，相反，詹姆斯对价值的绝对缺席持怀疑态度，他的种种矛盾的主观性"质询"都与此有关。在这方面詹姆斯并非特例。无论是唯美主义还是现代主义运动，都萦绕着挥之不去的神秘主义色彩，而这一点又常常是容易被忽略的。济慈和乔治·艾略特等一大批作家的作品中都有一种非科学的不合逻辑的但却诱人的东西。而"詹姆斯式"则有其独特的一面：以拒不认同任何新怀疑论的方式，表达出对传统信仰的保卫。带着引人注目的不懈的坚持，詹姆斯坚定地认为，意识的真实是某种超越物质世界的存在。他关于感知是一系列过程和艺术是复杂而神秘的观点是其全部观点的核心。

---

① 参见[德]J. W. F. 黑格尔《小逻辑》(第 234 节、附释)，贺麟译，商务印书馆 1994 年版，第 419—420 页。

达尔文的《物种起源》对想象、科学、文学、社会以及情感之间的有机关系的探索,引发了维多利亚时代小说家们意识上的显著"进化":他们以自己的创作实绩,证实了何以"真相不仅可以从科学中得以证实",还可以在"神话的残存遗迹"中、在想象和虚构中得以证明。进化论对文学叙事和虚构想象作品的构成,有着特殊的暗示作用。因为隐喻与神话作为话语的共享区域,一起催生了文学和科学的思想观念。进化论与文学叙事的问题意识与发展着的情结进程以及语言的隐喻特征之间,存在着密切的对应关系。继乔治·艾略特之后,亨利·詹姆斯的小说也以大量繁殖的隐喻,引发出极具阐释潜力的丰富性与延展性。亨利·詹姆斯丰富的隐喻与《物种起源》中的隐喻一样,其未曾启用的、不可控制的因素,在获得自身生命力的同时,超越了文本的意义,引发出更多的思想和观念体系。它们所具有的内涵,远远超越了那个时代的创造者们的认知和常识。《鸽翼》拒绝刻板地复制传统小说的模式,打破纯粹静止的循环和持续、平衡的语言与叙事风格,其叛离凡俗的超前意识,让那个时代无所适从,让现在的我们仍有阐释的欲望与可能。

五、隐喻创造世界

在《鸽翼》中,詹姆斯将生活本身无计其数的动人的、意义重大而又简单平常之处,以含蓄而传神的隐喻形式表达出来。《鸽翼》中样态繁复的隐喻族群以及这些隐喻的意义延伸构成了"詹姆斯式"叙事特质。《鸽翼》第一章中那些以意义递进的方式在人物对话中反复出现的隐喻词汇便是一例。

1. "I am sorry for her , deluded woman , if she builds on you . "

这里,"deluted"原本意指罗德姨妈被凯特所蒙骗,她欲为凯特择佳胥,而凯特已与丹什结私情。事实上,小说中所有的"her"——即使是米莉这位"纯洁的鸽子"——都不同程度地既是"行骗者"又是被蒙骗者。如前文所述,她(他)们都在陷在"罗蕾莱的旋涡"之中。

2. "She's not the person I pity most… if it's a question of what you call building on me."

表面上看，此句是凯特对罗德姨妈的"好意"并不"在意"。"pity"是《鸽翼》中的一个关键词。它不仅将"怜悯""同情"的意涵延伸到随后情节发展的每一环节，更提出了当每一人物的欲望都无法实现时，其"遗憾"（pity）遂成为一个"question"，一个哈姆雷特式的自我质询，一个对《鸽翼》中所有人物欲望状态的提问。"building on"（依附，基于）重复着前句中的"builds on"，并在时态上构成了动态的递进模式，隐喻着人物的情感及其各自利益，处于一个休戚相关、彼此依附的微妙关系链中。

3. "Your way, you mean then, will be to marry some blackguard without a peeny?"

凯特父亲年轻时做生意，有信用不佳的"前科"，现在穷酸潦倒，一心指望女儿钓到金龟婿，他讽刺丹什是"一无所有的无赖"，但"blackguard without a peeny"正是他本人的缩影，也是小说中每一位欲向米莉求婚的男性，在财产和人品等方面的主要症状。

4. It brought him up again before her as with a sense that she was not to be hustled…

"brought up"是一个含有歧义的词组：父亲在女儿的抵制态度前"突然止步"，又不得不"面对"或者"呵斥"凯特的抗拒，在随后的章节中，小说中的每一个人几乎都不得不面临着同样的处境：在猜疑和确定猜疑的过程中，选择止步或是继续前行。而"hustle"的"催促""强迫""欺诈"等意涵，更是准确描述出每一人物将金钱欲望混入情感中时，为欲念"驱使""所迫"的行为常态。

5. "Who is the beggarly sneak?"①

"beggarly sneak"具有多重含义，并随"who"的提问，共同提出了全书的关键问题：一场错综复杂的情感和金钱的交锋之后，谁是那位最终"偷溜的贫儿？"又或者，面对人财两失的终局，谁才是那个能够"全身而退的无牵挂者？"

---

① Henry James, The Wings of the Dove, Penguin Classics, 2008, p. 37.

在以上所选的5个例句中，画线的词汇或者被重复，或者涉及俚语。它们之间有着或隐或显的意义关联。它们在第一章出现，随后便携带着本义及引申义，在小说的各个章节中，随不同的环境，在不同人物身上发生变化，驱动人物命运沿着词语给出的暗示或趋势发展，直至终局。

詹姆斯在文本中大量地运用了这种言语方式，它们在具象与抽象之间形成了"无形与有形"的贯通联结，将詹姆斯所要表达的潜台词，那些欲言又止的部分隐含其中。它们需要读者仔细分辨才能心领神会。

在詹姆斯1894年的草稿中，他曾设想出一个恶毒的女人，她仅是善良有良知的女主人公的一个陪衬。最终《鸽翼》中的凯特远比草稿中的"她"复杂。但在给凯特加上了"Croy"这个姓之后，詹姆斯显然留下了证据，说明他想让这只"黑色的公鸡"与米莉这只"白色的鸽子"互为对照。然而小说中的凯特不再是一只丑陋的、有着恶毒名声的公鸡，她与米莉之间不再是戏剧化的情节剧式的黑白对照。她身上有着更多地接近《一位女士的画像》中梅勒夫人的素质。更微妙、更有吸引力的梅勒，也是一个有着甜美嗓音的黑色的鸟（法语中，merle 叫作梅勒，或者叫作黑鸟）。《鸽翼》中基于残酷权力争斗的令人同情的情节，由于詹姆斯将其浸入隐喻之中，那些确定可靠的社会场景和人物行为变得更加奇特，更加动人，更加具有衍生效果。

詹姆斯把丹什比作维罗尼斯的油画"迦南之婚"中的那位年轻男子，诗意地喻示了天使之翼扑簌飞翔的意境和意义。在那幅画中，人头攒动的盛宴上人们兴致盎然，一如米莉家宴会的场景，基督隐在背景中，但依然圣辉闪烁。现实中，米莉在四下散开的宾客中也有类似的圣光。人群中间似乎有一道宽大的温暖的浪头涌出，又祥和，又欢乐，又温暖。丹什在前景中姿态优雅地手握葡萄酒杯，只有他，认出了不同寻常的那道光芒。最终，当丹什在伦敦苦等米莉的死讯时，伦敦的冬天变得"不可思议地温暖"，那是主降临的时刻，一如堕落世界迎接基督的降临。丹什正路过一个罗马天主教堂，在那儿，正在进行一场布道。基督的降临看似不真实，但比起那些实际发生和可能发生的其他事来说，它反而是恰适而真实的。米莉死了，她像一只鸽子，展开双翼护佑着周围的人。她依然保持着浓厚的神秘性，一种圣洁的神秘感。因为米莉去向的是未知的神秘的世界，生者对此一无所知，只灵魂与意识飞升者才得以见识那未知的世界。

　　《鸽翼》对生命与死亡游戏的思考和再现，建立在总体的隐喻结构和处处精心设置的隐喻的基础之上。这使作者具有了一种残酷的力量。隐喻可以用一种置身度外的方式将作者以延异的方式隐蔽起来，而文本却命中注定要负起言语、想象和在场之间相互关联的责任，延续"创造者"对那些模糊又清晰的主题的思考和再现。亨利·詹姆斯的后期小说，将神话、隐喻和象征融为一体，用以强化其叙事意图，同时也造成了事由的模棱两可与微妙堂奥。在《螺丝在拧紧》《梅西所知道的》及《圣泉》等中长篇小说中渐露端倪的隐喻思维特征，在《鸽翼》中表现得更为显著。《鸽翼》的女主角米莉作为仁慈鸽子的隐喻，是亨利·詹姆斯交响乐般的想象力和象征力的完美显现。有关米莉的死亡故事完结了，但小说本身产生的能量，那种生命艺术的启示，却借隐喻之身，将心灵创伤的深痛记忆与天马行空的想象力量，化为"鸽子的翅膀"，自由地掠过《圣经》中的"旷野"与《塞拉菲塔》中的"三界"。在双重鸽翼的庇护下，米莉的肉身沉寂与心灵升华的隐秘过程潜行于文本之中，等待着"有责任心的读者"与其蕴意丰富的主题最终"遇合"。

　　《鸽翼》的创作风格几乎囊括了从象征主义、颓废派到现代主义的各个浪潮的特征。而隐喻思维在所有这些思潮和风气的渲染和运用方面，都显示出融洽适用的特征。隐喻与象征有着同样的唤起并勾连神话结构与现实景象的功能，并具有暗示与"引导的性质"，通过这种作用，在生命的不同水平上由不同质料构成的形式上相似的结构——人之机体发展过程，无意识的心灵启悟，理性思想的萌动——就互相联系起来了。"詹姆斯式"的言语，以普遍的隐喻方式将意义的弥漫性和渗透性功能发挥出来，将只可意会不可言传的意识运行状态，呈现在读者面前。隐喻将人物的特征及命运征兆自然地融化在情节之中，使情节与多维社会场景融合。因为在那些社会场景中，动机和行为永远是'阐释多样性的主体'。

这种融合，增加了对生活中瞬间感觉的不确定性的敏锐的辨别力。

我们从詹姆斯的笔记及其他档案记录中可以瞥见《鸽翼》成书的历史痕迹。它似乎可以说明詹姆斯后期小说的隐喻风格与视角伦理等艺术现象是如何发生、如何确立的。詹姆斯总是毁掉手稿，他的笔记中仅有的一点提示，那些有关《鸽翼》第一次进入设想的闪念都可以说明，在小说最后出版之际，它们是如何发展变化了的。1899年草稿中有的东西，最终成书时略去了。《鸽翼》最初连载不顺，英国那些买下版权的定期刊物和杂志竟然背信弃义，没有一本杂志愿意接受连载的形式，《鸽翼》只得暂时中断了写作。1902年年初，当詹姆斯回头再续写《鸽翼》时，他发现，这部小说由于被忽略久了，已经失去了任何连载的优势，而这时的詹姆斯已经不在意这些。被拒绝反倒给了他机会去修正这部小说，使它具有更自由更独立的规模。这一"自由"制造出的变化是：《鸽翼》膨胀为他所有作品中篇幅最长的一部。我们无法知晓已失传的1899年写下的大纲中，这本小说提供的确定形式是怎样的，但我们可以在现有的小说中发现，因杂志拒绝而创造出的"自由的强度"：草稿中那些恶毒的、无所禁忌的贪婪残暴与天真无邪之间的对抗情节，如他最初设计的那样，依然大部分保留着。但他最终将人物意识的革新与道德自律衍生为主题，并运用视角与焦距的变幻让小说情节变得扑朔迷离。原本单一贫乏的三角关系，现在服务于表现一个更为不同的社会群体。在这个社会群体中，一段浪漫的哥特式阴谋情节剧被置换为一部心理较量，意识交织，没有绝对恶棍，只有少数几个理想主义者的"挽歌"。

詹姆斯将小说情节发展的整个过程，模压进一个变化多端的隐喻结构之中，精心策划的隐喻触及了人物深层意识的复杂而危险的边缘。展现在前台的戏剧故事似乎拉上了大幕，而小说却永远躲在幕后试图偷窥。那些隐含在故事背后的东西，是我们叫作"小说的小说性"的一面：用小说特有的敏感与生动，用语言意会言传的微妙手段，去探索人之本性的复杂与多样：我们是怎样的人，我们何以成为现在的我们，以及我们死后灵魂何以归属。

第四节 《金碗》：言、象、意一体的隐喻诗学特征

《金碗》是继前两部小说之后，继续践行"言""象""意"让渡与会通的登顶之作。詹姆斯借隐喻达成了《圣经》与《金碗》"语境间的和解"。《金碗》的隐喻不仅在修辞学意义上完成了对《圣经》的"重述"，更在伦理和美学价值层面上完成了对现实世界的诗性重构。《金碗》的隐喻维度由宗教伦理延展到哲学认知和文学经验的界面，纯粹经验主义的感知形态与形而上的超验思维融为一体。詹姆斯以隐喻为媒进行的"文学形式的意向结构"实验，为小说在宗教、哲学和文学等多维视域中的化用提供了例证，为小说诗学的建构和发展积累了经验。

《金碗》乃亨利·詹姆斯小说中"想象与表达最模棱两可、构造设计最辉煌卓越的一部长诗"。[1] 20世纪已有国内外批评家们对小说的叙述视角对位、意识视域中心、哲学化倾向、唯美主义和女性主义等方面关注有加。[2] 对于小说通篇弥漫的隐喻症候并由此造成的作品晦涩难懂的现象，大多西方论者或心领神会，或聚焦于修辞学、语义学和语用学范畴，翻检字句、索词辨流。"金碗"作为小说之名和小说中最主要的喻体，西方论者曾对其有过多种解释：荒原、子宫、容器、轮回等，不一而足。

《金碗》中充斥着大量的"有意味的物品"：蛇、棕榈树、船、圣殿、小岛、宝塔、金碗等；人物的名称及人物关系也颇耐人寻味。稍有西方文化知识背景的读者都会联想到《圣经》创世、伊甸园、失乐园等寓言，小说的宗教隐喻一望而知。《金碗》可以说是作者借助隐喻，精心策划的"一张缠绕得美妙而奇异的蜘蛛网"。[3] 找出作品的《圣经》原型并不难，循着题目、人名、事件和人物关系稍加推演便有线索。但作者似乎并未驻足于词源上

---

[1] Dorothea Krook, *The Ordeal of Consciousness in Henry James*, London: CU Press, 1962, p. 233.
[2] See Peter Rawlings, ed., *Palgrave Advances in Henry James Studies*, New York: Palgrave Macmillan, 2007.
[3] Henry James, "Preface to New York Edition", in Leon Edel ed., *Henry James: Literary Criticism*, vol. II, New York: The library of America, 1984, p. 359.

的神来之笔,而将隐喻的维度,贯通于宗教伦理、哲学认知和文学试验的多元界面。如果说《圣经》以隐喻的方式"言说"了世界,"金碗"则是詹姆斯借《圣经》,隐喻地创造了相似性,达成了《圣经》与《金碗》"语境间的和解",① 是詹姆斯试图表现真实生活的"皑皑白雪",从"无止境的经验"和"无边无际的感受"中"捕捉生活的最模糊的迹象","把空气的脉搏转化为启示"②的一次"文学形式的意向结构实验"。这一"试验"在将詹姆斯的语言观与真实观付诸实践的同时,又在自觉或不自觉中恢复着"诗"的崇高使命:以书写的词语,取消虚构与现实之间的区别,实现文学文本的"特殊可信性",③ 以"隐喻的想象概念",④将小说"制作"成宗教、哲学和文学一体化的文本。以隐喻为媒解读《金碗》的语言与意识图谱,或可有效地寻觅和阐释作品形而上的思维肌理,更为清晰、准确地辨识詹姆斯模棱两可的美学风格及其传承意义,为小说在宗教、哲学和文学公共性中的化用拾得一见,为小说诗学的建构和发展积累经验。

一、辞生互体⑤

詹姆斯认为,一部小说之所以存在,其唯一的理由就是它确实试图表现生活:"予人以真实之感是一部小说的至高无上的品质。"⑥就反映真

---

① [法]保罗·利科:《活的隐喻》,汪堂家译,上海译文出版社2004年版,第109页。
② Henry James "The Art of Fiction", in Leon Edel ed., *Henry James: Literature Criticism*, vol. I, New York: The Library of America, 1984, pp. 5, 15.
③ [德]于尔根·哈贝马斯:《后形而上学思想》,曹卫东、付德根译,译林出版社2001年版,第230页。
④ [法]J. 德里达:《书写与差异》,张宁译。生活·读书·新知三联书店2001年版,第10页。
⑤ 刘勰《文心雕龙·隐秀》篇末"赞曰"云:"……辞生互体,有似变爻。"与开篇提到的"互爻变体,化成四象",同指"卦爻"内互交变之体性。《隐秀》篇还提出了"隐之为体,义生文外""秘响旁通,伏彩潜发"等为文之道,提倡"珠玉潜水""澜表方圆",方显"实象、假象、义象、用象"之"四象"。笔者认为,刘勰"隐秀"说,与西学之隐喻论颇有会通之处。尤其"爻变""四象"之谓,更与"隐喻"意义"联类""让渡"之说相谐。詹姆斯后期小说大多"以隐为体",善用"复意""卓绝"之隐喻。《金碗》更因此派生出"深文隐蔚,余味曲包"的文体风格。故本文各节以刘勰《隐秀》美文为题引。
⑥ Henry James "The Art of Fiction", in Leon Edel ed., *Henry James: Literature Criticism*, vol. I, New York: The Library of America, 1984., p. 15.

实的程度来说,"正如绘画之为现实,小说就是历史"。① 但詹姆斯同时强调,小说真实性效果的获得,应该"归功于作者在制造生活的幻觉方面所取得的成功",而"要表达出最单纯的外表,要制造出最短暂的幻觉,却是一桩非常复杂的事情"。②

詹姆斯选择了回到语言的基本点,即用诗化、直觉的隐喻语言潜入文本的"幻觉"与"真实"的连接空间。随着"光幕""蛇""圣殿""金碗""宝塔"等一系列隐喻的出现,詹姆斯使文本进行着"双重意义上的创造:他发现了他所创造的东西;他创造了他所发现的东西"。③ 因为"涉及隐喻有效性的重要内容并不在于常识是真的,而在于它们容易引起随心所欲的自由联想……出现了不受所有既定规则支配的新意思这样一个谜"。④ 利用隐喻"互爻变体,化成四象"的语用特征,詹姆斯迫使"非常复杂"的"幻觉"与"真实"两者间的关系进入一个相对和解的进程之中,作者悠远的"心动之术"和深奥的"文情之变",潜隐地会意着读者。

《金碗》第一卷第一节末尾,王子徘徊在伦敦街头,回味着与沃沃(Verver)父女及一群神秘的美国人的交往,不由忆起了孩提时读过的爱伦·坡的一部海难小说。那部小说展示了美国人有着何等的想象力:海难中的幸存者在特定时刻眼前竟升起一道"厚厚的白色气层"(a thickness of white air)。气层似一道"耀眼的光幕"(a dazzling curtain of light),"光幕之色如乳如雪,却遮蔽得夜似的漆黑"(concealing as darkness conceals, yet of the colour of milk or snow)。⑤ 这是一道"光明近似黑暗"⑥之幕。便在

---

① Henry James "The Art of Fiction", in Leon Edel eds. *Henry James: Literature Criticism*, vol. I, New York: The Library of America, 1984, p. 6.
② Ibid., p. 16.
③ [法]保罗·利科:《活的隐喻》,汪堂家译,上海译文出版社 2004 年版,第 329 页。
④ 同上书,第 122 页。
⑤ Henry James, *The Golden Bowl*, New York: Oxford UP, 1983, Book First, p. 17. 此书引文由笔者译,不再注。
⑥ 此言取自《旧约·约伯记》第 17 章第 12 节,述及约伯一日之间变回赤贫之境遇。当约伯悟出"他们以黑夜为白昼,说,亮光近似黑暗"时,约伯对上帝的苦心已然明了:信与不信,得与失,便在黑暗与光明合二为一的样态之中。唯有投身其中,经验此中的黑白转化过程,方能逼近真相,领悟真谛。

此时，幸存者竟身不由己地弃船，向着如此神秘的光幕靠拢，而隐在光幕背后的是正在吞吸海洋的北极或南极黑洞。王子此刻的感觉犹如那幸存者，置身于一群神秘莫测、意识状态"光明近似黑暗"的美国人之中。"他们（包括麦吉、阿辛汉夫妇等一批新结识的美国人）有意遮蔽令人震惊之事，不料震惊却总恰如其分地震撼而来"。明知"幕悬之处必是阴谋与不祥之发生地"，自己与麦吉的婚约充满变数，王子却亦步亦趋，兀自闯入幕中。

"光幕"，是詹姆斯为王子设定的一道隐喻之幕。这一隐喻，既是代表古老欧洲的王子，在与来自新大陆的美国人交往时，感知与理念上困惑不适之感的象征表达，也是王子欲借与沃沃父女的婚姻关系，反观自我意识的幽暗不明之境，达成新的认知境界的努力。王子曾对麦吉坦白说："有两个我——一个由历史构成……另一个则是我独有的个人品质。"在詹姆斯早期小说欧美文化冲突的显性主题中，向来是欧洲腐化美洲，美国人大都是"黛西·米勒"或"伊莎贝尔"式的文化牺牲者，但在《金碗》中，却是美国式的交往理念令欧洲人惑然不解。这在第一卷王子与麦吉关于"良知"①的议论中，有着更为明确的表达。"良知"究竟会使人更为内在，还是愈加外显？两人交往之初对此有着明显的认知差别。显然，《金碗》较之早期欧美文化冲突主题的小说，其显性主题与其说转乘了"逆向行驶的哥伦布"，毋宁说是詹姆斯"悠远"的"心动之术"，在欧美文化冲突主题的矿藏中，掘进到一种新的精神界面：无论新大陆还是古老欧洲，缠绕于错综复杂人物关系中的每一个体的客体感知能力、自我认知能力，以及个体精神品质的自我发育成长，才是首要的观察与描述对象。

如此一来，第一卷中王子识别"光幕"的意识过程，便在参悟"约伯式"精神炼狱的心灵启迪中，进一步深入对良知与"信仰"②在婚姻关系中

---

① Goodness 一般译为"美德""善行""仁慈"等，又用以替代"God"。王子口中的"goodness"显然与麦吉不同。结合《金碗》的整体隐喻，此处译为"良知"似更切近原意。See Henry James, *The Golden Bowl*, p. 6.
② 此处引申"goodness"为"信仰"之意，因麦吉在后文中宣称她已将信仰分隔进婚姻这艘大船的"防水舱"。

的影响与作用的探究之中。而最好的探究对象，则非女主角麦吉莫属，因她具备"清心寡欲""息事宁人"（she doesn't miss things, she let it go）、"笃信一切"（she believes at all）及"哀怜众生"（to pity people）的天真（innocent）美德。在第二章开篇处，詹姆斯利用隐喻的语义与语用双重功能，为麦吉"搭建"了一座意识"宝塔"（象牙塔）。"宝塔"的隐喻呼应着"光幕"，为詹姆斯继续开掘人物意识的矿藏构造出对应的文本结构，前后两卷形成了一个有机的意义连接：

> ……这一境况曾月复一月地占据了她生命园地的最中心，它耸立在那儿像一座奇异的高高的象牙塔，或许更像一座奇妙美丽又有些古怪的宝塔。宝塔有着坚硬光亮的瓷釉涂层，色彩斑斓、布满图案、装饰华美。悬垂的屋檐下，银铃在微风掠过时发出悦耳的叮当声。她觉得她不停地绕着它兜圈，她的存在就系于这留给她兜圈的空间里，……她抬眼望去，似乎可以分辨出建筑物内部应有的门窗等部位，但因宝塔在极高远处，以她所在的花园位置看去，就像是从照相机孔径里看到的风景，进入的门径难以清晰显露。宝塔装饰华丽的表面始终都那么难以琢磨、神秘莫测。……处在这样一种距离之中，事情就有些像是在穆斯林的清真寺，任何胆怯的异教徒都没有特权进入；有的只是这样一幅徘徊不去的幻象：一个人正在脱掉鞋子准备进入，甚至，作为一个闯入者一旦被发现了，愿意真诚地为此付出一生。[1]

主人公麦吉的"幻觉"与目前婚姻的"真实"处境之间的关联，借助复杂的句法结构和借代称谓，有效地统一在"宝塔"的隐喻之中。麦吉与婚姻真相之间的距离，一如她与宝塔的"兜圈"：宝塔清晰如画却不得其门而入；即使进入了，也不过是闯入者"徘徊不去的幻象"。"宝塔"作为麦吉婚姻处境的象征与隐喻，暗示出小说后半部分麦吉试图接近真相，却

---

[1] Henry James, *The Golden Bowl*, New York: Oxford UP, 1983, pp. 299—300.

一直困在与"宝塔"的"距离"之中,意识发育处于进退维谷之境的样态。

《金碗》充满了詹姆斯"最精撰的隐喻"。① 除了结构上的隐喻布局,小说中主要人物的名称、意识言行以及重要场景也均有相应的喻指。比如,亚当(Adam)住在伊顿宫(Eadon 在美式英语中易被念成伊甸),且无论遇到何种情况,总不失"自己的静谧"②;阿美利哥(Amerigo)承祖先遗志,是重新征服新大陆的"当代"王子③;麦吉·沃沃(Verver)的种姓中有着与生俱来的"生气、神韵与天资"④;范尼(Fanny)复义暧昧词义中最要紧之意是"乌有"⑤;詹姆斯借隐喻"互交变体,化成四象"的语用特征,将原始神话、宗教图景、历史风物以及作家的预设之境同时唤出,并激发出各自意义的链接。于是,《金碗》的隐喻不是只被"天真使用的操作性概念",而获得了"主题性思考"的特质,⑥ "凝集"并"升华"着简单的感觉经验而使语言和神话处于"原初的不可分割的相互关联之中",⑦ 展示出"以前没有被理解的事物的关系并保持对它们的理解……"⑧这种"思想之间的交流,即语境之间的和解。……它可能源于一种共同态度,两个极端之间的间接情况的广泛性由此展示出来"。⑨

詹姆斯的语言思维中充满渗透了神话思维,受到"隐喻思维"(即"基

---

① [美]莱昂·埃戴尔:《亨利·詹姆斯》,陈祖文译,学生英文杂志社 1977 年版,第 74 页。
② Henry James, *The Golden Bowl*, New York : Oxford UP, 1983, p. 116.
③ 阿美利哥·韦斯普奇(Amerigo Vespucci, 1454—1512),意大利商人和航海家,确认新发现的大西洋以西的陆地不是亚洲的一部分而是一个新大陆,后美洲以其命名为 America。
④ 参见陆谷孙主编《英汉大词典》" Verve 条"。
⑤ 参见陆谷孙主编《英汉大词典》"fanny"条。
⑥ [法]J. 德里达:《书写与差异》(上册),张宁译,生活·读书·新知三联书店 2001 年版,第 10 页。
⑦ [德]E. 卡西尔:《语言与神话》,于晓等译,生活·读书·新知三联书店 1988 年版,第 70、106 页。
⑧ 转引自[法]保罗·利科《活的隐喻》,汪堂家译,上海译文出版社 2004 年版,第 108 页下注。
⑨ 同上书,第 111 页。

本隐喻")这种"心智概念形式"①影响的结果。"词语被设想为一种实体性的存在和力量,被理解为一种理想的工具,一种心智的求知原则,一种精神实在的建构与发展中的基本功能。"②詹姆斯家族成员之间隐喻丛生的信函往来,对詹姆斯迷恋隐喻思维有着潜移默化的影响。老詹姆斯认为,艺术家处于精神发展的顶点,而人的精神发展到极致和"完美"阶段的"最终完成的形式",便是一个适当的容器,在这个容器里,"神圣的爱和智慧可以……任意流淌"。③"金碗"是詹姆斯家族共同的意象储备,是詹姆斯在文学和语言学语实验室展开的独特"意象结构实验"。

二、义生文外

《金碗》几乎未曾正面提及宗教信仰的问题,其哲学沉思较之《专使》与《鸽翼》亦未形成完整的系统,但其语言游离于传统价值安全感之外的焦虑却更为明显。《金碗》几乎在每一个语句中,都充满了断言与犹豫、绝对与相对、接受规则与个人体验之间的抗争与冲突。而所有的抗争与冲突,又都集结于小说中错综复杂的人物关系。威廉·詹姆斯认为,"关系感受就是一切……思想事实上就是一种代数……代数的最主要特性就是对关系的运算,"而且,观念或词语只是作为一个标记,表示某种"复合体中的某种特定关系"。④ 作为熟知兄长各种理论,并打定主意要以文学领域的成就有所超越的亨利·詹姆斯,在《罗德里克·赫德森》的序言中强调:"事实上,普遍地来说,关系从不会停止;艺术家的微妙棘手的问题永远只是按照自己的那门独特的几何学方法去划定界限,好让各种关系在他划定的范围内看上去似乎停止了。艺术家永远处于一个困境之中:

---

① 转引自[法]保罗·利科《活的隐喻》,汪堂家译,上海译文出版社 2004 年版,第 108 页下注,第 157、102 页。
② [德]E. 卡西尔:《语言与神话》,于晓等译,生活·读书·新知三联书店 1988 年版,第 83 页。
③ [美]霍华德·马文·范斯坦:《就这样,他成了威廉·詹姆斯》,季广茂译,东方出版社 2001 年版,第 122 页。
④ [美]威廉·詹姆斯:《心理学原理》,田平译,中国城市出版社 2010 年版,第 170—171 页。

事物的连续性……在任何时候的任何场合下都不会中断……"①詹姆斯以隐喻"自然会妙""互交变体"的修辞特性和文本结构上的隐喻勾连,巧妙地在人物关系的各个向度中,播撒着自己的关注与探究之意,透迤转达了维多利亚时代敏感的信仰问题和哲学上模棱两可的意识状态,取得了"隐之为体,义生文外"的文本功效。

《金碗》第一卷由王子的视角"看到、知道、理解并且实际对自己描述了我们所关心的一切,"第二卷则是前一结构的翻转,即以麦吉的视角及众人的"反射"去"观看"事件的发展,通过这一精心策划的"对折"结构及对曲折隐晦的语言和隐喻象征的操纵,小说秉行着对内在关系观察的原则,展开了对一群"智慧生物"②的"典范而完整的观察"。③ 这群热衷并执着于对难以捉摸的真相的见知(to know)、查明(to find out)与发现(to discover)的"智慧生物"之间,存在着多重复杂的关系;"智慧生物"对彼此关系的认知与对自我的认知,往往生发出某种"超验精神",④ 这一精神对人物的最终命运起着决定性作用。小说的主旨不在于人物的行为和个性,而在于他们对各种关系的观察及其得来的印象。通过人物对各种关系真相的寻觅与发现,詹姆斯表达着自己对具象与抽象、感知与表达、艺术与道德之间的关系的认识。人物方方面面关系的微妙变动,都关涉维多利亚时代宗教信仰衰微对个体心灵所产生的深刻影响。

小说第一部分王子出场伊始,便在回忆与麦吉关于"资本"的一段对话中,隐喻定性了整部小说的人物关系。婚姻中的双方都在"资本"的阴影下被估判:亚当视王子这枚"纯金古币"⑤为"珍稀藏品",以备在本土

---

① Henry James, "Preface to New York Edition", in Leon Edel ed., *Henry James: Literary Criticism*, vol. II, New York: The Library of America, 1984, p. 1041.
② Laurie Di Mauroed, *Modern British Literature*, vol. 2, Detroit: St. Lames Press, 2000, p. 139.
③ Dorothea Krook, *The Ordeal of Consciousness in Henry James*, London: CU Press, 1962, p. 235.
④ 转引自汉娜·阿伦特编《启迪:本雅明文选》,张旭东、王斑译。生活·读书·新知三联书店 2008 年版,第 109—110 页。
⑤ Henry James, *The Golden Bowl*, New York: Oxford UP, 1983, p. 18.

博物馆展览之用；王子欢喜"生吞"①亚当，唯其如此，才能品出"美味"（the American way）财富的奥妙；麦吉声称自己"已将信仰分隔进了防水舱"，与王子的婚姻责任即是"勿使沉没"。② 在随后的章节里，夏洛蒂热切跻身上流社会，但却极力"掩饰贪婪之象"。③ 范妮多次以"大写的E（原罪）"或"Vice"（堕落）④为"多角"婚姻关系烙上"红字"，同时也为她自己参与操纵这类关系犯下的渎神罪打上了烙印。结尾处，王子用心接住了麦吉"瞎猜"游戏中"随意"掷出的骰子，而面对"闪闪发光的金色果实"，⑤麦吉却生出了深深的"怜悯"与"恐惧"。

  "她（夏洛蒂）好极了吧？"她只说到这儿，似乎欲言又止。
  "噢，好极了！"他边说边走近她。
  "那是我们的功劳，你想想看，"她又说到，进一步表明她的意思。
  这让王子在她面前停住了，他试图领会她那耐人寻味的话。显然他想取悦她——以她自己的方式去理解她。他靠近她，跟她脸对着脸。手揽住她的双臂，把她整个拥在怀中，到这会儿，他才接着她的话音说："'想想看？'我看到的只有你。"真情的力量顷刻间让他的眼睛闪现出奇妙的光彩。怀着对这真情的怜悯和恐惧，麦吉将自己的目光埋进了他的胸前。⑥

当王子眼中"只看到麦吉"的时候，麦吉却带着"怜悯与恐惧"来看待这真情袒露的一幕。金碗的破碎似乎"补救"了王子个性上的缺憾，而麦吉成熟了的意识又"发现"了爱的悲剧性：以对夏洛蒂的毁约来完成对自

---

① Henry James, *The Golden Bowl*, New York: Oxford UP, 1983, p. 6.
② Ibid., p. 11.
③ Ibid., p. 285.
④ Ibid., pp. 282, 289.
⑤ Ibid., pp. 566—567.
⑥ Ibid., p. 567.

己的婚约和义务，王子为爱而玷污了爱。面对眼前的"知识禁果"，麦吉既是这场悲剧的观众又是责任人。作为真相的获得者，麦吉自己亦成为"知识禁果"的一部分。

《金碗》中多维、纠结、迂延的种种"关系"一直处在充满张力的动态运动中，旧的关系不断地被新的关系所颠覆和质疑，各种关系微妙转换却从未中断"连续性"：亚当和麦吉的超父女关系与夏洛蒂和王子的不伦之恋之间有着微妙的牵连；王子与古老家族秘史的瓜葛暗示着与麦吉婚姻的不祥之兆；阿辛汉夫妇作为旁观者和知情者，对两夫妇关系真相的含糊其辞另有隐情；亚当与夏洛蒂的老少配及"发配"回新大陆的"Happy Ending"暗藏玄机；麦吉前期的纯洁无辜与后期的练达有为到底是无意识还是有意所为？亚当在真相面前的沉默是老谋深算，还是大爱无言？究竟谁是异化关系的操纵者？谎言背后是否另有隐情？谁又是真正的受害者？这张既有所掌控又充满内在冲突的关系网，不断提供着现象和现象之间的关联，但极少给予明确界定。

《金碗》在对立互补、相克共生的"关系"中"构造"真相的意识，与20世纪初现象学的认识论不谋而合。亨利·詹姆斯在《金碗》序言中强调："我们不必去创造，而只需要去认识——最细致入微地去认识。"[1]现象学的"认识与认识对象之间关系"的命题，提出了认识与"个体经验的自我的关系"和"与实体的世界的关系"的统一性问题。"真正有意义的问题是认识的最终意义给予问题以及一般对象问题。"而"展示出合乎知性统一性的联系，便是问题所在。"认识行为的"联系"本质使它可以"构造对象"。[2]詹姆斯正是借"金碗"的隐喻，对这一哲学命题进行了"文学性"的论证：在打破既有人物关系的同时，"构造"新的人物关系，继而"发现"并"给予"关系以意义。《金碗》人物关系的变化与发展，从最初的以资本为基础的价值互动与称量，到最终向着美德良知升华的道德标准转化，见证了作

---

[1] Henry James, "Preface to New York Edition", in Leon Edel ed., *Henry James: Literary Criticism*, vol. II, New York: The Library of America, 1984, p.1329.

[2] 参见[德]E. G. A. 胡塞尔《现象学的观念》，倪梁康译，上海译文出版社1986年版，第64页。

者思虑信仰危机的同时,竭力寻求事物之确定意义与稳定价值观的精神诉求轨迹。

《金碗》中大量隐喻的运用,为读者参与评价复杂的人物关系提供了多重可能性。"金碗"犹如精神的"熔炉":善与恶的潜流同时潜伏在作品的表面之下,并无截然的分水岭。小说中最难以给定道德判别的恰恰是"无辜"又"意识迟钝"的麦吉。麦吉的信仰"防水舱",不无清教徒式的功利诉求;她曾"自我窒息"的观察天赋一经恢复,便以"满足自我"的法则和需求,"激动"地按需行事了。她转移意识危机时的轻松与超然,有着残忍的味道。而她撮合亚当与夏洛蒂的老少配,看似圆了后者的金钱梦,但夏洛蒂被"放逐"回新大陆,同时也满足了麦吉惩戒夏洛蒂与王子私情的潜在意图。而麦吉最终对王子的"怜悯"与"同情",其心态与知性的洞察与世故,已远非旧大陆的王子可比。《金碗》精神救赎的"云梯"[1]究竟搭救了谁个?答案只能是"仁者见仁智者见智"了。在这里,詹姆斯模棱两可的隐喻表达着"神学确定性的丧失",以及"创世的观念是歧义的和暧昧的"。[2] 蛇、圣殿、宝塔、金碗等物象隐喻,一方面,"启动"和返回到《圣经》的神圣性,另一方面,在异化关系的铺陈中,暗行解构着真理与意义的正当性。在"恶"之"能量"消融的同时,善的"消极理性"[3]也被扬弃,人物的心灵意识向着"更深思熟虑"的方向发展,意识处在一个永不会完成的进程之中。不断"增补"又彼此相斥相关隐喻,引导读者朝向一个有所启示却无法最终到达的意识彼岸。"隐喻在自我毁灭中永生。"[4]正如瓦莱里所言:"心灵之言,静谧安止,万事之理,亦因亦果,循环闭合,譬如蛇之首尾相顾。"[5]詹姆斯的《金碗》似乎诠释着瓦莱里的

---

[1] [加]N. 弗莱:《神力的语言》,吴持哲译,社会科学文献出版社2004年版,第216页。

[2] [法]J. 德里达:《书写与差异》,张宁译,生活·读书·新知三联书店2001年版,第16页。

[3] 转引自[加]N. 弗莱《神力的语言》,吴持哲译,社会科学文献出版社2004年版,第310页。

[4] Jacques Derrid, *Margins of Philosophy*, Alan Bass trans., University of Chicago Press, 1982, pp. 270—271.

[5] Ibid., p. 288.

名言，也为德里达的隐喻"增补"理论作出了注脚：隐喻在"言"之世界中无限地扩展又不断地圆周返回，文本只能使读者扩展着对人物处境的印象。而对一个完成了的最终意象的期待，或许永在期待的"途中"。

三、秘响旁通

  1896 年前后，詹姆斯由于手腕部的疾病，写作方式已由笔书转为口授。1902 年，詹姆斯首次见到了那只激发他完美想象的金碗。① 伫立在窗前，凝思望远，意识游弋，如何用准确的语言捕捉住意识闪烁的灵光一现，将"金碗"巧妙地化入想象世界，便成为作家喜悦与苦闷交织的隐秘课业了。《金碗》的"语句变得越来越长，结构越来越复杂，……颠来倒去地排列分句……不时增加或插入新的感觉。"②作家的声音萦回在自己的耳边，不断更新的意念悬在空中运转。时而刺激头脑中语句破茧而出，时而造成了词语的拥挤阻塞。詹姆斯在词语与意义彼此寻找的"言之嬉戏"中，破译着"理念的强生殖力形式"密码。③ 于是，写作便成为开启式的，"……它具有某种绝对的说的自由，某种使已存在的东西以符号显现的自由，某种占卜的自由。一种承认世界与历史乃是其唯一视界的回答之自由。"④"有声的写作"仿佛重新唤醒了作家的"自由意志"。"声音描绘"创造出意义并把它记录下来。因为"意义为了找到居所，为了

---

① 1902 年詹姆斯在他租住的兰姆舍附近的银行保险柜里见到了那只著名的金碗。英王乔治一世曾在兰姆舍住过一夜，并为女主人的初生婴儿洗礼命名。金碗是乔治一世送给孩子的礼物。詹姆斯在《札记》中写道："金碗……古金的色调——风格庄严大器"。他急切地想知道关于兰姆舍的"所有确切的事实"。兰姆舍的"见识、审慎与品位竟十分符合我的嗜好和需要。"兰姆舍和"金碗"一道激发了他的创作灵感，后者更成为他最后这部小说的题名。See Leon Edel, *The life of Henry James*, vol. 2, New York: Penguin Books, 1977, pp. 530—531.
② [英]戴维·洛奇：《作者，作者》，张冲、张琼译，上海译文出版社 2007 年版，第 393 页。
③ [法]J. 德里达：《书写与差异》，张宁译，生活·读书·新知三联书店 2001 年版，第 19 页
④ 同上。

成为有别于自身的那个叫作意义的东西,就得等着被说出被写出"。①

对詹姆斯来说,隐喻思维正是这样一种可以让存在自由显现的符号方式。隐喻提供了一个词语与心灵世界的连接,心灵"呈现为形象的意念,……就如一个字的字形与其字义之间有着联系一样,这些外部特征与意念也有着同样的联系。抽象的可能性,呈现于他的想象,旋即变成了具体的情景"。②《金碗》正是以具体化的隐喻策略不断挣脱着"书写对语言的束缚和强制"。③ 在詹姆斯的想象世界中,缓慢平淡的情节、穿插于意识流动中的对话,以及模糊稀少的人物行动与场所,让位于对具体实在的隐喻物体的倾心描述。宝塔、金碗、圣殿、壁画、雕塑等,詹姆斯甚至使"麦吉的象牙塔比小说中许多真实的建筑更其生动"。④ 詹姆斯使隐喻巧妙地占据了读者的注意力,各种喻体化为小说整体情节不可或缺的有机因素。于是,"人独处时个体的情感、行为和经验、那些到目前为之,他们立足于与神的相关性的各种思考中对自身的理解"⑤,等等,那些主人公们敏感的心灵问题,便"具体"呈现在读者面前。人物的内心生活和意识轨迹可以反复、有效地被观察和想象。"比如但丁的'地狱'底下的'冰湖'就是如此。……在隐喻的表达中,诗意的情感显示了外与内的漫无差别。世界的'诗意结构'与内心生活的'诗意图像'在彼此的回应中道出了内与外的相互关系。"⑥

《金碗》作为詹姆斯创作后期"艺术上的尝试",显示出"自由方面的

---

① 转引自[法]J. 德里达《书写与差异》,张宁译,生活·读书·新知三联书店2001年版,第17页。
② Henry James, "Preface to New York Edition", in Leon Edeleds., *Henry James: Literary Criticism*, vol. II, New York: The Library of America, 1984, pp. 977—978.
③ [法]J. 德里达:《书写与差异》,张宁译,生活·读书·新知三联书店2001年版,第13页。
④ Hazel Hutchison, *Seeing and Believing: Henry James and The Spiritual World*, Palgrave Macmillan. 2006, p. 6.
⑤ [美]威廉·詹姆斯:《宗教经验种种》,蔡怡佳、刘宏信译,广西师范大学出版社2008年版,第31页。
⑥ [法]保罗·利科:《活的隐喻》,汪堂家译,上海译文出版社2004年版,第338页。

巨大的增加"。①这不仅因为隐喻思维所特有的"统率意象"②功能使然，更与詹姆斯假手隐喻、化艺术美为道德风向标的良苦用心密不可分。对于詹姆斯来说，艺术与道德无法截然分开。"作者头脑的品质"是"作品的深刻品质"的决定性因素。只有表现着"美和真的素质"的小说，才"足以成为创作的目的。"③由于"艺术的领域包含着全部的经验"，④审美理念的巨大想象力使艺术美能在某种意义上超越它所表达的全部，因而具有"以自然提供的材料去创造第二自然"⑤的自由。《金碗》用了整整一章的篇幅，为"金碗"的艺术品相做足了铺陈，并暗示出这件艺术品在指向不同对象时，将会导致迥然结局的"逻辑必然"。"金碗"犹如道德与美感的"试金石"，在小说中称量每个人的品行，鉴别每个细微的意识变动，见证着美德与品质的升华或堕落。夏洛蒂虽早已发现了金碗的裂隙，却终未领悟男女之间"相互给予"的真谛，最终失去了王子的青睐；阿辛汗夫妇所见之处乃是作为"物"之金碗的裂隙与碎片，对自我心灵的"盲视"依然"一无所知"；老亚当对艺术品收藏独具慧眼，却对不祥的金碗一直保持沉默，超常"静谧"的背后，难掩超常父女之情；王子最终"观看"到麦吉的"美本身"，进而"获得了一种对已存在的一切更深刻的理解"；⑥当麦吉说"我什么都不知道"之际，也正是她"恢复一切实际上从未丧失过的东西"，⑦并成为他人命运的掌控者之时。金碗的碎裂有着特殊的意味：看似"平常而毫无特色的庸俗的景象会在某个特定时刻自行创造奇迹"，⑧麦

---

① Henry James, "The Art of Fiction", in Leon Edel ed. *Henry James*: *Literature Criticism*, vol. I, New York: The Library of America, 1984, p. 59.
② William Empson, *Seven Types of Ambiguity*, New Directions, 1966, p. 2.
③ Henry James, "The Art of Fiction", in Leon Edel eds. *Henry James*: *Literature Criticism*, vol. I, New York: The Library of America, 1984, p. 64.
④ Ibid., p. 59.
⑤ [法]J. 德里达：《书写差异》，张宁译，生活·读书·新知三联书店2001年版，第9页。
⑥ [加]N. 弗莱：《神力的语言》，吴持哲译，社会科学文献出版社2004年版，第348页。
⑦ 同上书，第349页。
⑧ Henry James, "Preface to New York Edition", in Leon Edel ed., *Henry James*: *Literature Criticism*, vol. II, New York: The Library of America, 1884, p. 1329.

吉能够从金碗的碎片中收拾起自己和亚当的婚姻，她的"真品德"无疑是"为诸神所喜爱的"。① 有瑕疵的完美是值得追求的："……纯粹性、稳定性和真理共同衡量那些构成生活的活动和对象的价值。"② 只有培育出美感的心灵，才能在对"美"的观照中见出艺术的"真相"，达到完善自我品质的真与美的境界。在这里，詹姆斯使审美判断的相关性参与了对道德价值的判断，并达成了价值间的和谐统一。③ 审美鉴赏依据"想象力的自由活动""渡转到习惯性的道德兴趣"，并完成审美与道德的双重"合目的性"。④ 而面对"真"与"美"的呈现，语言的作用与局限都消失了。直觉把握成为人与人、人与世界的沟通媒介。于是，"真相"向着"品格卓越、道德卓越和知性卓越"⑤的王子与公主敞开。

《金碗》表现出詹姆斯对语言试验难题的浓厚兴趣。詹姆斯的身世与学养使其既对《圣经》文本与语境了如指掌，又对20世纪初语言学转向的文化潮流十分关注。詹姆斯关于语言和感知的许多观念与索绪尔的理论有着相同的发展轨迹。詹姆斯熟悉20世纪思想潮流中的许多杰出人物的著作，并与其中的几位有着私交。这一时期，神学和哲学地位的移动引发了词汇上的变易，词语表达上的变易又激起了感知的变动。语言与写作领域中，"言"与灵魂的关系更多于肉体，因而"大小、形状及运动的概念区别并非像人们想象得那么明显，而与我们的感觉相关"。⑥ 詹姆斯使隐喻强化了将意识作为一种感知的状态、相应地投射到超越物质之上的经验中去的理念。在隐喻的物象中，物质世界、感知世界和先在的理念

---

① ［希腊］柏拉图：《柏拉图对话集》，王庆生译，商务印书馆2004年版，第338页。
② ［美］玛莎·纳斯鲍姆：《善的脆弱性》，徐向东、陆萌译，译林出版社2007年版，第197页。
③ 同上书，第5页。
④ 参见［德］伊曼纽尔·康德《判断力批判》（上卷），宗白华译，商务印书馆1987年版，第180、202—203页。
⑤ ［美］玛莎·纳斯鲍姆：《善的脆弱性》，徐向东、陆萌译，译林出版社2007年版，第7页。
⑥ 转引自［法］J.德里达《书写与差异》，张宁译，生活·读书·新知三联书店2001年版，第27页。

世界在一个密切相关的和谐状态中共同运作,"文学行为能从其起源处发现它真正的潜力",而且,"隐喻从来就不是无辜的,它引导探求方向并且固定结局"。①因为"一切与'真理'一词有关的价值观,只有通过神话和隐喻方能获得"。② 詹姆斯对此必是体悟至深。在精致华美却暗藏裂隙的"金碗"隐喻中,人物当下的物质浮华与意识信仰的敏感脆弱形成了互为表里的感知图像。而图像如镜,一方面映射出人物良知与道德的升降沉浮,另一方面将作者的宗教辩护、哲学沉思以及文学实验化于一境。《金碗》隐喻语言的直接描述功能向着"秘响旁通,伏彩潜发"的语言至境行进,"达到了发挥其发现功能的神话层次"。③

海德格尔说,对可见世界与不可见世界的分离本身被称为"形而上学"学科的基本特点。这门学科造就了西方思想的本质特征。"我担心,只有行使没有根据的武力才能将西方哲学置于普洛克斯特的床上。"④在詹姆斯笔下,小说这柄"没有根据的武力"长矛,借隐喻之力,与其说撕裂的是西方哲学的形而上学帷幕,毋宁说是用小说这一"淹没一切建制的文体",重新恢复着"诗学"的传统,建构着现代意义上的小说诗学。借助隐喻,詹姆斯的《金碗》使宗教伦理、哲学认知和文学经验在小说这一特殊文体中融会贯通,呈现出茂密多维的视域向度。在对文学形式的意向结构实验中,"金碗"仿佛一把知性的钥匙,开掘着人的客观认识潜能,并使小说的虚拟世界在隐喻的作用下,完成着创造和重构现实世界的使命。在20世纪初的文化语境中,理性至上的启蒙精神和柏拉图主义的形而上学传统本已背道而驰;现代社会的背弃誓约、精神出走和人神错位的"荒原"地貌袒露无遗。詹姆斯却以《金碗》的隐喻企图弥合"裂隙",执意在"金碗"的碎片上诗意地重构现代"伊甸园"。詹姆斯使隐喻"渗透了语言

---

① 转引自[法]J. 德里达《书写与差异》,张宁译,生活·读书·新知三联书店2001年版第27页。
② [加]N. 弗莱:《神力的语言》,吴持哲译,社会科学文献出版社2004年版,第5页。
③ [法]保罗·利科:《活的隐喻》,汪堂家译,上海译文出版社2004年版,第339页。
④ 在海德格尔的《理由律》中,普罗科斯特是古希腊神话中的强盗,他把劫来的人放在床上,比床长的人被断足,比床短的人则被拉长。参见保罗·利科《活的隐喻》,汪堂家译,上海译文出版社2004年版,第393页。

活动的全部领域并且具有丰富的思想历程……在现代思想中获得了空前的重要性……从话语的修饰的边缘地位过渡到了对人类的理解本身进行理解的中心地位"。①

"金碗"仿佛一个由反思讥讽和模糊性构成的世界,向读者展现着"文学文本的自我揭示特征",② 一个无穷的自我解决、自我背叛、自我颠倒的过程。③ 一个作者与读者共同面向"文学困境"(the north Eiger face of literature difficulty")④的语言旅程。"那最终并且完美地描绘的词语是一朵按照自身的完美规律在百花丛中怒放而吐艳的花儿;它已经在那儿了,几乎早在你能够想到它或者知道它以前的任何时刻就已经在那儿了。"⑤詹姆斯似乎信手拈来"金碗"这朵语言之花,由此设置出了一系列精妙的隐喻。《金碗》回旋透迤,模棱两可的隐喻语言在召唤并激发《圣经》等"先验知识"的同时,也成就了"詹姆斯式""自行建构的新方言"。⑥ 这一"方言"虽使篇章杂沓、"道""器"足深,而以中西隐喻论之合道,或可"披文入情,沿波讨源,虽幽必显"(《文心雕龙·知音》)。

对詹姆斯中后期作品的梳理和分析过程,是一个对"詹姆斯式"由点到面的认识过程。詹姆斯的作品看似一个个单独命题,而从整体来看,这些命题是一个由词语和思维统一有序共同组成的符号系统。这一系统始终处于变化与更新运动之中,始终向着最终目标运行又始终与最终目标保持着距离,命题始终处在对于结论的探索途中。詹姆斯的小说很少有明确的结局,但詹姆斯在其小说理论和纽约版序言中,又往往和盘托

---

① Sheldon Sacks ed., *On Metaphor*, London: The University of Chicago Press, 1980, p. 1.
② [美]理查德·罗蒂:《后哲学文化》,黄勇编译,上海译文出版社2004年版,第106页。
③ 同上书,第101页。
④ 艾格尔峰(The Eiger)是瑞士境内阿尔卑斯山之名,最高峰海拔4158米。山的北坡"north face"岩壁呈90度垂直耸立,攀爬难度极大。"north face"在德语中获得 Mordwand MurderWall 即 Eiger Wall(谋杀之崖)的称号。"the north Eiger face"是对 north face 的戏仿。
⑤ Henry James "Preface to New York Edition", in Leon Edel eds., *Henry James: Literature Criticism*, vol. II, New York: The Library of America, 1984, p. 1335.
⑥ [法]梅洛·庞蒂:《真理起源》,转引自 J. 德里达《书写与差异》,张宁译,生活·读书·新知三联书店2001年版,第17页。

出其文学目标和文体变革的因由与动机。詹姆斯小说与小说理论的"齐奏"与"和声",让我们得以在詹姆斯隐晦的语言矩阵中,发现他提出命题、深入质询,避免简单幼稚地得出结论的审慎与严谨。不妄下结论,却在字里行间遍布彰显结论的符号。"詹姆斯式"的语言与文体看似模棱两可,为批评家要得出定论制造了障碍,但结论的延迟正是"詹姆斯式"应该获得的批评结论:"詹姆斯式"小说和小说理论有着摆脱既有理论束缚的冲动,有着重新激活文学在哲学、人类学、社会学、历史学和语文学等人文学领域通观功能的企图。这一文学雄心在詹姆斯的小说理论中体现得尤为明显。

第三章 "詹姆斯式"小说理论的隐喻特征

詹姆斯的小说序言和文学评论中充满了大量的隐喻,可以说,詹姆斯正是借助隐喻,含蓄地表达着他对小说艺术的理解和创见。对这些隐喻族群进行梳理和分析,可以更清楚地见出詹姆斯如何利用隐喻在意象间的潜沉、扩张作用,以诗化语言提出了小说的观点:现代小说承担着"讲述一切"的历史责任,小说文体则演变为一种"倾向于淹没建制的建制"[①]。小说家的使命便是充分发挥艺术家的自主和天才,以文学形式的探索与革新为己任,以不同以往的文学手段,为人类对"自我意识迷宫"的突围寻觅出路,以此搭建更有价值和意义的文学伦理及社会伦理范式。

第一节 故事基础:"无人踏过的雪原"

詹姆斯认为,每一部作品都通向一个独立存在的想象世界,每一部小说都是作者以精心选择的"故事基础"(matter of the tale)为契机,将故事的蕴含之意与作者的想象融汇创变为一种新的叙事意图。这个基础(matter)就是作品的基本品质,是独立于记录它的文字的。基础一词的古意,是指一组叙事材料或事件(events),据此可以生发很多不同方向的叙述意图。在中世纪人们会说"亚瑟王故事",或"特洛伊故事",意思是集

---

① [法]J. 德里达:《文学行动》,赵兴国译,中国社会科学出版社1998年版,第4页。

中于亚瑟或特洛伊战争的全部传说的总和。"基础"（matter）形成了一个本质的支撑层或基础层（substrate or "subjectile"）。Subjectile 是法语词，指绘画下面的基础层、纸或灰面。德里达在题为"解构基础层"一文中，为 subjectile 所下的定义是：

> 这是绘画界的一个词，指的是以某种方式处在下方的东西，作为内容，作为主题。在底层和上层之间，它既是支撑，也是一个平面，有时也是一幅画或一个雕塑的材料，它是脱离于形式的东西，脱离于意义、再现的东西，它是无法再现的（not representable）。①

在纽约版《金碗》的序言中，詹姆斯把《金碗》的"基础"比喻成一大片"无人踏过的雪原"。他说，当他重读这本小说时，他的"双手一触到本源就感到满满的"。这个"基础"或"本源"是"以无数的形式出现，并且对任何一种新的照料（指重新阅读或修改）作出十分动人的反应的好材料，似乎用很少的话同我达成了一项令人愉快的交易。……所有这些显然意味着，整件事情是逼真的。"②这一"逼真的""基础层"命意，体现了詹姆斯表达"印象"和"经验"现实的最基本的，也是总体的创作理念。

詹姆斯中后期小说的主题多源于一个微不足道的"胚芽"（germ）。《波音顿的珍藏品》源于晚餐桌边一位女士的谈话：一位母亲与儿子争夺古宅和古董家具。但小说的中心主角却是弗蕾达·维奇，一个全凭想象构成的人物。詹姆斯从这则逸闻趣事中看到的潜在故事是艺术品位对人际关系的影响。弗蕾达作为故事的"中心"，是詹姆斯笔下关于想象力、品位以及弃绝感情的化身中最极端的例子之一。她有着"活跃的思想"，她能洞见别人看到却不能理解的东西。詹姆斯在"胚芽"中还发现了狂热的"商品拜物教"对人际关系造成的伤害，以及背后弗洛伊德式的欲望和动机，

---

① 参见［美］希利斯·米勒《文学死了吗》，秦立彦译，广西师范大学出版社 2007 年版，第 116—118 页。
② Henry James "The Art of Fiction", in Leon Edel ed. *Henry James: Literature Criticism*, vol. II, New York: The Library of America, 1984, p. 1335.

借助这一"胚芽",隐喻地表现出"漂亮的""战利品"的"毁坏"的结局。①隐喻叙述的张力,使小说构造出一个可以多元阐释的系统:"准马克思主义者"对"物化"的现代人的批评、弗洛伊德的俄狄浦斯情结、不切实际的幻想家的精神自恋,等等。詹姆斯以对实在"胚芽"的发现和利用,展开了对精神领域的"印象"剖析,作家主体意识的想象与对客观实在的取舍相结合,以"逼真"取代现实主义小说拘泥事物外在描写的"真实"规则。

詹姆斯的"故事基础",既是一个实际实体(皑皑白雪),也是一个与永恒宇宙合成一体的无数事实的一部分,是一个"实际实有"(actual entity)在过去、现在及未来的相互联系及不断生成的一个"超体"(superject)。《波音顿的珍藏品》的"胚芽"、《圣泉》的"道听途说"、《使节》的"偶然掉落的启示的种子"与《金碗》的"皑皑白雪"一道,构成了詹姆斯隐喻叙事的"厚度"和不确定性。小说具有在想象力和创造力的推动下永远生成的实际事态,有着连续的进展"过程"(process)。②它不是独立地存在于存在之外的一个神话,而是在一个多元宇宙中,经主体选择之后的无数事实的一个"个体特征"的合成与展示。这一展示的介质便是词语。

詹姆斯以其隐喻的词语,在他几乎每一部后期小说中,都在告知着我们非凡的、独特的另一现实,一个超现实。它们以隐喻作为替代的形式,使用那些指称社会、心理、历史、物理现实的词语,来称呼它们发明或发现的"逼真"现实。那片"皑皑白雪"之下覆盖着连詹姆斯自己也说不清的"真实":"我确信因此清晰地见我所见,以及无数页曾记录之物,虽则这一工作始终因一种诱人的元素而受限制——诱人之处在于,在我追溯原文的每一个阶段,那些摇曳不定和参差不齐的刻痕都是显而易见的。……它们(词语)只有在我重读时才显现它们原有的样子;批评紧随其后,遂发现其中压抑或惊叹之处,发现情感的失意或欢欣之处,所有

---

① 詹姆斯曾为《波音顿的珍藏品》取过多个书名。详见本书第六章。
② 此处引用的术语,参考了[英]A. N. 怀特海的《过程与实在》,周邦宪译,北京联合出版公司 2014 年版。

这一切都意味着，显然地，整个事情都是逼真的。"①

詹姆斯将携带着强烈主观意图的"战利品""使节""鸽翼"和"金碗"等意识图像，以隐喻使其"返回"小说的客观"基础层"。"基础层"在与语言合力作用下，具有了作者"无法预测"的独立性和强制性。詹姆斯在重新阅读《金碗》时，以一贯的铺张风格，描绘了重新利用"旧基础"或者说被"旧基础"所利用的欣喜与骄傲：

> 我很快就充分意识到，这一重新占有行为的无拘无束的趣味和愉悦，更可能带来自信和自由；摆脱了所有理论束缚，无人值守，有几分害羞和不确定，几乎是重新激活，或者，至少如那般意义重大，对一个具有哲学意味的头脑来说，快速显现出对于"绝对"的大彻大悟。有什么能比如此轻松享受"绝对"之感更令人愉快呢？②

可以重新利用的"故事的基础"让詹姆斯体验到了"绝对"。"绝对"在词源上是指自由、无差别、无等级的终极意义，是哲学意义上的虚无，是文学中的抽象和一无特征。具备了这样的"故事基础"，小说将"实体存在"形而上为一种观念上的象征物，这一象征具有永恒性，接近于神话本身而依然保持着"实际事态"的特性。持续不断的隐喻成为文本话语的一种策略：通过隐喻的叙事策略，"语言放弃了它的直接描述功能，以便达到能发挥其**发现功能的神话层次**"。③因为神话戏剧性地表现了人们隐藏得最深的本能生活，表现了宇宙中人类的原始认识。神话作为物与言的起源，具有巨大的想象力和构造力，人类在此之后的所有独特思想和见解都基于这些构造力。

"无人踏过的雪原"恰似绝对之物（entities，怀特海谓之独立实体，抽

---

① Henry James "The Art of Fiction", in Leon Edel ed. *Henry James: Literature Criticism*, vol. I, New York: The Library of America, 1984, pp. 1334—1335.
② Henry James "Preface to New York Edition", in Leon Edel eds. *Henry James: Literature Criticism*, vol. II, New York: The Library of America, 1984, p. 1330.
③ [法]保罗·利科：《活的隐喻》，汪堂家译，上海译文出版社2004年版，第339页。

象概念），能够承载"自由的脚步"，踏出不同尺寸和方向的阅读脚印。对詹姆斯后期小说风格的众说纷纭，其实是选择不同角度阐释的不同结果。"螺丝在拧紧""圣泉""使节""鸽翼"和"金碗"等意象，是作者精心选择的词语符号，因其可在神话渊源、词源、现代命意以及小说人物的真实使命之间，自由穿梭、多向度地展开事态的过程。这一叙事策略经过前期及中期的实验准备，在1890年以后，进入了圆熟又不断修正的时期。选择一个"绝对""多元复合"的意象结构作为"实际存在"的故事基础，詹姆斯在新世纪来临之前，为小说"写什么"的问题，完成了哲学的思想准备及语言实验的经验积累。

第二节　精神过程：捕捉"意识迷宫的银色线索"

"迷宫"①是批评界描述詹姆斯小说特征时的关键词之一，也是詹姆斯在文论中对意识领域深奥之像的形容。1903年英国《伦敦每日记事》报刊文说，詹姆斯的新小说《使节》有着无可争议的风格的独特性，它"令读者疑似徘徊于施了魔法之丛林，忽然之间得一善意引导方解其意：林木原为有意设置之巨型迷宫"。② 詹姆斯的小说理论，始终贯穿着"迷宫"和"地毯中图案"式的意识图画，这些散发着天才想象气息的意识之流，以特有的节奏、形式和纹理，将"艺术创造生活、创造有机生活的启示、暗示及痕迹，隐喻呈现给读者"。③詹姆斯找到了"将主观精神状态通过观念表达传达给别人"的有效途径。隐喻表达将"精神状态中不可言喻的东

---

① 詹姆斯在《金碗》序言中提出捕捉"意识迷宫"的线索应是小说家的主要责任。See Henry James"Preface to New York Edtion"，in Leon Edel ed. *Henry James：Literature Criticism*，vol. Ⅱ，New York：The Library of America，1984，p. 1333.

② *The Deeps of Henry James*，London Daily Chronicle，21 October 1903，p. 3，in Keven J. Hayes ed.，*Henry James：The Contemporary Reviews*，Cambridge：Cambridge University Press，1996，p. 395.

③ See Leon Edel，*The Treacherous Years*，New York：Avon Books，1969，p. 148.

西……使之可以'普遍地交流'"。①注目于人的精神世界，讲述意识领域里的不凡故事，詹姆斯以天才的独创性与想象力，在开拓小说"写什么"的疆域之时，也变革了小说理论"写什么"和"怎样写"的模式。

詹姆斯认为，小说在其最宽泛的定义上是个人的，是个人对生活的直接印象。"小说像人的气质那样多种多样，它们的成功在于它们相应地显现出与众不同的独特的思想。"②而詹姆斯独特的心灵气质，使他乐于在纷繁复杂的生活现象背后，捕捉到别人难以觉察的印象：

> 我几乎使自己迷失于那巨量的模糊中，毫无疑问，模糊的构成是因为那些微妙事物的多样化：羞怯和幻觉，神秘莫测和无可名状，正是它们辅佐了那些深刻而相当确定的变化进程。③

詹姆斯有关"心灵""心理"等概念的运用，究其实质，都与"自我意识"有着相同或相近的意涵。詹姆斯通常更愿意把这叫作"意识"。"意识"似乎是詹姆斯与生俱来的问题，也是一个复杂抽象的问题。詹姆斯认为，自我性与物质存在无关，而与灵魂有关。詹姆斯的后期小说表现出许多与自我性有关的意识，这一"意识"观念，在维多利亚时代是超前甚至是"渎神"的。詹姆斯在超验意义上使用这一术语：

> 因为……经验是永无边限的，它不会最终完备；它是一种巨大的感知，是悬浮在意识之室，用最优良的丝线织成的一种巨大的蜘蛛网，捕捉着每一颗降落到它织线上的颗粒。这正是头脑的氛围；当头脑富于想象力的时候——尤其当碰巧那颗头脑是有天才的人

---

① [德]汉娜·阿伦特：《精神生活·意志》，姜志辉译，江苏教育出版社2006年版，第262—263页。
② Henry James, "The Art of Fiction", in Leon Edel eds., *Henry James: Literature Criticism*, vol. I, New York: The Library of America, 1984, pp. 49—50.
③ Henry James, "Preface to New York Edition", in Leon Edel ed., *Henry James: Literature Criticism*, vol. II, New York: The Library of America, 1984, p. 1336.

的——它让自己亲近生活中最模糊的迹象,它把空气的脉冲转化为启示。①

詹姆斯认为,意识有着"自主艺术家"的自由品性,主观意识在人的生存经验中具有决定性力量。自主"意识"张开无穷的"想象力",尽情"捕捉"着生活的"模糊的迹象"并将其转化为经验与启示。这一"捕捉"—"转化"的自主意识及其行为模式,将生活现实的"迹象""氛围"等客观事实置于心灵、心理、意识的主观感受框架之中,主客观两个世界之间"漫无边际"又"内在关联"的丰富样态在想象力的架构之中得以逼真呈现。而这一呈现也暗示出观察者本身主观意识的经纬走向。

詹姆斯的文学批评的独特语言,是自觉地使用隐喻思维与隐喻修辞的成果。其艺术思想中深邃的部分,在隐喻的作用下进入了形象的"自我显现"的过程。隐喻是詹姆斯用以捕捉和呈现"意识迷宫的银色线索"的隐秘而有效的途径,隐喻既发现着发现者本人的深刻用意,也发现着作品中被塑造者们的丰富意识。隐喻能将"内在生活的诗意形式"与"诗歌结构的客观性"结合起来,形成"某种可以形象化的现象,它可以有效地被观察到或被简单地想象,它可以用作表达有关人的内心生活或非空间的一般现实性的某种东西的手段"。② 詹姆斯后期小说的隐喻叙事既是他的偏爱,也是他在那个普遍信仰摇摆不定的时代,"微言大义"的不二选择。是将质疑与坚守这一矛盾、犹豫的复杂心理微妙呈现的话语策略。因为隐喻可以"把主客观这种相互关系由混乱和漫无边际的状态提升到两级紧张对立的状态",同时隐喻又表达了"主客体二元对立之前就已存在的内在情感的融合,并对主客观之间的对立状态进行了调和"。③

詹姆斯的"写意识",是以隐喻思维的形式对人的精神领域的探索和扩展,它打破了题材和体裁区域孤立的僵化的分隔,将玄想思辨与理性

---

① Henry James, "The Art of Fiction", in Leon Edel ed., *Henry James: Literature Criticism*, vol. I, New York: The Library of America, 1984, p. 52.
② [法]保罗·利科:《活的隐喻》,汪堂家译,上海译文出版社2004年版,第338页。
③ 同上书,第339页。

认知连接在一起，在规则性的语法概念与文学的诗性沉思之间，以隐喻语言特有的融汇与演化功能，派生出一种新的小说概念。这一概念在一定程度上超出了传统文学概念，却是现代小说从纯粹理性分析规定的所谓学术性的概念中脱颖而出的一个必要成分。这一"观念的冒险"，[①]伴随着20世纪各种现代与后现代理论的纷至沓来，愈加显现出其开拓思维疆域的价值。

第三节　批判思维：隐喻叙事与视角的伦理范式

视点在"詹姆斯式"的小说创作中，不仅仅是作为辅助性的技巧，还是构成独特人物身份的可信性因素。詹姆斯的创作，为后续理论家建构一种与视点相关的"视点伦理学"提供了范本。詹姆斯的小说实验探索了小说"写什么"与"怎样写"关系的和谐兼容的问题。这不仅有助于小说理论的建构，还使一直以来对小说特权地位的吁求得到了满足，在随后兴起的文学与身份等理论的建构中功不可没。

詹姆斯强调叙事视角与伦理道德统一性的关系，得益于他创作初期便在屠格涅夫的小说观念中汲取的营养。詹姆斯在1874年评屠格涅夫的文章中写道：

> 屠格涅夫"对于我们的灵魂的奇妙的复杂性有着深刻的理解，……他富于激情地不断转换视角，目标却始终如一——去发现偶然事件、一个人、一种情境的道德意味。他的长处就在于，这与他表面上的过于注重细节构成一种内在和谐。他相信艺术中题材的固有价值；他认为存在着微不足道的题材和严肃性题材，后者肯定是最好

[①] A. N. 怀特海在《观念的冒险》中提出了观念冒险对于提高和保持文明的重要作用。冒险有两层意思，第一层意思是：某些观念在加速人类通往文明的缓慢进程中所产生的作用，这便是人类历史中观念的冒险。另一层意思是：作者在建构可以解释历史冒险经历的一个思辨的观念体系时，他所经历的冒险。参见[英]A. N. 怀特海《观念的冒险》，周邦宪译，上海译文出版社2014年版，第1页。

的，其优越性在于它们的确为我们提供了有关人类心灵的更多的信息。……屠格涅夫之不凡魅力在于，他透过碎了的玻璃，观察到了更多的人性构造特征。"①

詹姆斯注意到，屠格涅夫的方法是一个探根究底的现实主义者的方法，而他的气质则是一个专心致志的观察者，这种观察带有更为普遍的意义，更为不偏不倚，也更具真知灼见。在选择视角之初，作家主观上便准备好了进入人物性格内部构造的"态度"：客观、深入，但并非绝无判断及主观导向，而是将人物行为与事件的进展尽可能呈现出多样的、鲜活的形态。屠格涅夫的手法是用生动逼真的"古怪"之处使人物具有特点，这一手法表面上缺乏虚构故事外表的能力，而注目于各种人物的细微生活习性及其"怪异"之处，注目于人物各种激情背后的动机。屠格涅夫将教训隐含在用丰富多彩的色调描绘出来的一个个事例中——隐含在一种能够启迪聪明读者的悲哀的回味中。詹姆斯甚至认为，屠格涅夫的《猎人笔记》"树立了一个道德含义赋予形式以意味，形式又凸显了道德意义的重要范例"②。正是在这一点上，詹姆斯捕捉到了与自己气质投合，与自己的道德价值观相符的选题及写作方式。

詹姆斯在《使节》序言中指出，"深水坚桩"形成的"环流视角"，直入人物"意识醒悟的过程"，这便是小说的"绝对的主题"，是人物内在世界的微妙变化与外在经验世界之间，形成道德统一的行事标准和方式。主人公斯特瑞赛对周围环境形成影响，四周环境又与之经验合纵并行，每一人物皆有使命，小说形成一个使命共同体，完成着历史的使节之命。《使节》选择一个不入世之人，以其入世之行的所见所闻带来的意识变幻过程，将读者带入一个作者精心设计的叙述境遇中，作者讲述人物意识中发生故事、书中人物不断思量自己的意识冒险，读者伴随人物曲折之

---

① Henry James, "Ivan Turgenev", in Leon Edel ed., *Henry James: Literary Criticism*, vol. II, New York: The Library of America, 1984, p. 973.

② Ibid., p. 976.

精神思量过程的同时，感受到这一"内在世界"的品质及价值，不自觉地做出衡量及判断。

以形而上的意识视角"讲故事"的方式，在以情节为重要结构因素的传统批评语境中，往往遭遇批评有欠公允的待遇，正像詹姆斯所说："一切刻板的批评模式都或多或少是不公正的，因为对于屠格涅夫来说，说他仅仅是个目光锐利的观察家并不全面，他的想象力始终参与其中，并发挥出它固有的作用。"①詹姆斯意识视角的选择及其伦理价值的赋予，并非仅仅出自作者的主观必然，也不仅仅建立在作者个人经验的基础上，而是现实生活中，人们鉴赏与判断的所有假设，都存在着一种普遍赞同的必然性，即存在一种本质的共同感的客观前提。康德在其《判断力批判》中对此一现象的分析是："我们并非把我们的判断放在概念上，而只是根据情感，这一情感不是作为私人的情感，而是一种共同的情感。……这一共同感……我赋予它范例的有效性，它是一种理想的规范。它涉及不同的诸判断者的一致性，就像对于客观的判断一样，能够要求普遍的赞同。"②汉娜·阿伦特认为，康德发现了人的新认知能力——判断力。这一判断力超越了一般审美判断，而又将道德判断分离出去。换言之，正当或不正当（道德）的问题，不是由审美力或判断力来决定的，而仅仅是由理性来决定的。③但从总体来看，康德对判断力的论断恰恰是在理性（纯粹理性与实践理性）的基础上展开的。在人的鉴赏力与想象力的关联之中论述的理性，有着鉴赏特有的感性、想象力的自由，以及合规律的"普遍赞同"。想象力本身是创造性的和自发的，同时又是自由的、合规律的。想象力在自由活动时，有一种与悟性的合规律性一般协调的状态。④这一既矛盾

---

① Henry James, "Ivan Turgenev", in Leon Edel ed., *Henry James: Literary Criticism*, vol. II, New York: The Library of America, 1984, p. 974.
② [德]伊曼纽尔·康德:《判断力批判》(上卷), 宗白华译, 商务印书馆 1987 年版, 第 78 页。
③ 参见[德]汉娜·阿伦特《精神生活·意志》, 姜志辉译, 江苏教育出版社 2006 年版, 第 235 页。
④ 参见[德]伊曼纽尔·康德《判断力批判》上卷, 宗白华译, 商务印书馆 1987 年版, 第 78—79 页。

又协调的理性特征——想象与悟性——体现了人类特有的批判思维之能力，在天才作家的思辨性作品中，这一批判思维（特别是悟性）的能力体现得尤其充分。因为虚构文学作品在批判思维方面的表现力更加丰富，也更迂曲复杂。屠格涅夫和詹姆斯都在观察并描述人物主体特征的同时，使用了想象、鉴赏和判断能力，而这些能力的综合架构，正是理性作用的结果。尤其当视角选择的对象是人的内在世界或意识领域时，理性地旁观、分析及判断恰恰是对感性经验表象的由表及里的深入见知。文学想象在不自觉的模仿、反应中，创造性地表现出未知之理想境界，对人物命运及其遭际环境的同情或批评，又自觉或不自觉地由悟性而引出"共同感知"的合理评价。文体与道德评价的共同运化作用，使小说打通了经验领域与理性批评的边界。借助于20世纪各种科学理论和哲学范畴的创新发展，詹姆斯的小说和小说理论本身也发展成为一种有机的文学样式。小说形式与内容的比例更像是一个"有机机械结构"（organic machinery structure），它受制于作家的主体意识，又自成一体，在叙述过程中，或多或少呈现出越过"黄金分割"的独特比例之美。正如詹姆斯在《小说的未来》中所言："生活不断地将自己投射于人的想象，而小说是所有印证印象的已知方式中更好的一种。"[1]

第四节　审美理想：从已知见出未知的想象与判断

1902年，詹姆斯在为巴尔扎克的《两个新嫁娘》英译本所写序言中，称赞巴尔扎克具有一种"最伟大的力量"，认为，巴尔扎克以"极为高超的想象力和无与伦比的炯炯的目光，从科学的角度，从部分和部分之间的联系的角度，去看待他的题目，对于精确性他有一种欲罢不能的激情，对于所有实际的种类和实际事物他有一种欲壑，一种吃人妖魔似的欲壑。"詹姆斯据此为巴尔扎克的"天才的真实情况"下了一个最终结论：

---

[1] Henry James, "The Future of Fiction", in Leon Edel ed., *Henry James: Literary Criticism*, vol. I, New York: The Library of America, 1984, p. 109.

一方面，他有着十分密实的想象力；另一方面，他又是一个近在眼前的、物质的、当前的事物"杂拌儿"永不餍足的笔录员，永远为历史学家的冲动所操纵，不停地对材料进行整理、保存和阐明。人们读着他的作品，往往询问自己，这么多的计算和这么多的批判，这么多的统计和文献与诗人有什么相干，这么多的激情、人物和冒险与批评家和经济学家又有什么关系。这种矛盾常常摆在我们面前；它源于作者此两面之比例紊乱；它更好地解释了他作品的怪异和难点。①

詹姆斯以其惯常的幽默和讽喻的语气，"肯定"着巴尔扎克的同时，也指出了巴尔扎克作品"缺乏优雅的风韵，缺乏与娱人的文学形式结合在一起的那种轻快的情调"。詹姆斯进而追问了一个"有趣"的问题：

特殊的好奇心有着特殊的回报，巴尔扎克作为艺术家的巨大好奇证明了这一点。但巴尔扎克在那同等规模上的挫败正是我们要提出的问题：那些散落的部分，人物的个性"disjecta membra"②，在这儿是如此众多，如此光彩夺目，甚至证实着（巴尔扎克）的误入歧途；我们把它们堆积起来，堆成了一个纪念碑，它构成一个漫溢越顶之像。这一天才的漫溢之像矗立着，或许，对一个艺术家的无能之处，它的确是一个完美的教训。它将他引入了更特殊的神秘之中。③

詹姆斯认为，巴尔扎克具有的巨大而丰富的想象力，被他"艺术家兼

---

① Henry James, "Honore De Balzac", in Leon Edel ed., *Henry James: Literary Criticism*, vol. Ⅱ, New York: The Library of America, 1984, p. 93.
② 原文为拉丁短语，意为"混杂、碎片"。
③ Henry James, "Honore De Balzac", in Leon Edel ed., *Henry James: Literary Criticism*, vol. Ⅱ, New York: The Library of America, 1984, p. 93.

生意人"或"生意人兼艺术家"①对"有用"结果的地方色彩和物质感觉所辜负了。那些令巴尔扎克着迷的东西包括社会的、政治的、金融的、市民生活的事物，因而其想象力和创作，犹如一个"命运开的玩笑"，二十年间"那命运骑着他急奔疾驰"，而"他却长时间找不到内心的启示"。而且，詹姆斯又大胆发问：意欲描绘整个人生的巴尔扎克，"他对人生描绘得比别的形形色色的小作家更多吗？"在詹姆斯看来，巴尔扎克仰仗其想象力要雄心勃勃地写出"历史的绝对性和庄严性"，是一种"误入歧途"。

  詹姆斯并非否认巴尔扎克对真实事物的描写功力，而是认为巴尔扎克的小说真实，缺少作家对事物印象的内在体验，缺乏洞察人物行为内在动机的强烈欲望，将创造力过多地耗费在渲染地域风情、物质属性，以及人的物理性情欲等方面。詹姆斯早在 1899 年的《小说的未来》中就提出，艺术家应当是这样一个人："从所见猜出未见之处，并揣摩出其相关性，能够感觉到生活的全面而完整的模式和境况，并据此加以判断。如此，方可从容地按自己的方式去了解生活中任何特殊的角落。"②詹姆斯秉承着屠格涅夫的"少情节""多性格"的写作理念，并以自己独具慧眼的洞察力，将巴尔扎克分散的人物性格"碎片"，以意识中心统一"堆积"起来，在人物言行的腔调里，在琐细幽深的精神领域中，发现为现代人匆忙掠过或忽略不计的"巨大的一堆"可写之材，在"巴尔扎克挫败"之处，将看似孤立的一个个角色，一个游离的人物，一个个形象中包含着的巨大潜力，"构成一个巍然耸立的形象"。从《罗德里克·赫德森》的马兰·马莱特的意识中心，到《一位女士的画像》"以一个少女的性格"开启"一粒种子破土而出的必然趋势"，从《螺丝在拧紧》的灵性故事，到《圣泉》的主观认知谜团，再到后期三部杰出长篇对文明遇合之际遇的大隐之作，詹姆斯以自己的独特方式发现了小说的"新大陆"。发现了才智和想象力的用武之地。以至于詹姆斯在《金碗》的序言中，不怎么谦虚地宣称：小

---

① Henry James, "Honore De Balzac", in Leon Edel ed., *Henry James: Literary Criticism*, vol. Ⅱ, New York: The Library of America, 1984, p. 96.

② Ibid., p. 53.

说是"一个人的才智方面的综合性冒险的记录和镜子"。①詹姆斯从巴尔扎克在写实方向上"滥用"了想象力的地方,"想象"构造出了欧美两个大陆的"未来之像"。其诗意的想象力,类似"失明的诗人",② 为詹姆斯开辟出了"特殊而神秘"的意识领域。因为詹姆斯的"才智冒险",是倾心于"把外部感官感知到的东西"变成"适合于内部感官的东西"的天才判断。隐喻在意识中的游弋及对意识的呈现,让詹姆斯以精神之眼,看到了他所描绘的特殊事物的未来之整体性,即在现实经验世界中,人作为意识的主体和审美主体的行为能力,以及约束或激发主体能力的美与道德的判断力依据。

詹姆斯坚持艺术家的感受力和类型的相异性,强调在适宜的土壤上,作家方能将想象力和好奇心尽情发挥。艺术家的个性笼罩一切,并最终影响作品的价值。而那些"现实主义作家的不可避免的失败之处,在于……他们有限的好奇心以及对于特殊感知的概念的缺乏"。③一个有品位的作家对于题材的选择,对于题材的处理之道,那些写作中无边的自由创造力,无不出自他的美德与道德。换言之,一个作家的想象力和审美判断力是其作品价值品相的保证。如康德在《判断力批判》中所言:

> 想象力在一种我们完全不了解的方式内不仅是能够把许久以前的概念的符号偶然地召唤回来,而且从各种的或同一种的难以计数的对象中把对象的形象和形态再生产出来。……想象力做这事是凭借一种力学的效果,这效果是由这诸形态的复合的印象对于内在感觉器官生出来的。(想象力)的规范概念不是从那自经验取得的诸比例作为规定的规律引导出来的;而是依照它(规范概念)评定的规律

---

① Henry James, "Preface to New York Edition", in Leon Edel ed., *Henry James*:*Literary Criticism*, vol. II, New York:The Library of America, 1984, p. 1335.
② [德]汉娜·阿伦特:《精神生活·意志》,姜志辉译,江苏教育出版社2006年版,第267页。
③ Henry James, "Preface to New York Edition", in Leon Edel ed., *Henry James Literary*:*Criticism*, vol. II, New York:The Library of America, 1984, p. 1093.

才属可能。它是从人人不同的直观体会中浮现出来的整个种族的形象,大自然把这形象作为原始形象在这种族中做生产的根据。①

康德提出想象力既是自发、自由的,又是依据一定的"规则准绳"。而只有既符合美的条件又符合美的准则的东西,才是具有理想的美。而"美的理想",在人类中表现为道德,没有道德的美"不是普遍地且又积极地令人愉快的":

> 内在地支配着人的道德观念的可见的表现固然只能从经验获得;但它和一切我们的理性与道德的善在最高合目的性的联系中相结合着,即心灵的温良,或纯洁或坚强或静穆等在身体的表现(作为内部的影响)中使它表现出来:谁想判定这,甚至于谁想表现它,在他身上必须结合着理性的纯粹观念及想象力的巨大力量。②

依据"美的理想"进行创作,进行批评,詹姆斯的审美理念与康德的哲学美学有着同声共气的关联。正因如此,才有了詹姆斯对巴尔扎克的那番"异见"。在对法国其他作家评价中,詹姆斯也以其一贯的说真话的讽喻,表达了他对审美理想的清醒认识。他称赞福楼拜是"小说家中的小说家",但对《包法利夫人》这部"最具文学性"的小说,詹姆斯却挖苦其题材的"粗俗",认为尽管"她反映了她的创造者的许多方面的东西,爱玛·包法利的遭遇实在是一桩太小的事",它只是"所表现的相当粗俗的事物一个无法超越的最终形式";而《情感教育》"带着它的美丽的片段和普遍的空虚,带有在它所蕴含着的哀伤中的一个漏洞,而且,它的道德的崇高性就从那儿溜掉了。"③詹姆斯自认与福楼拜"志趣相投",在文体风格和

---

① [德]伊曼纽尔·康德:《判断力批判》上卷,宗白华译,商务印书馆1987年版,第72—73页。
② 同上书,第74页。
③ Henry James, "Gustave Flaubert", in Leon Edel ed., *Henry James: Literary Criticism*, vol. II, New York: The Library of America, 1984, pp. 326, 329, 345.

语言上都追求着"俄尔甫斯和他的竖琴"的至臻之境。但詹姆斯并未忘记，在同"难以驯服的（语言）工具"做斗争时，"美的理想"所应具有的"独特而神秘"之规则。或许正因如此，伊迪斯·华顿才会对《金碗》人物产生"悬空"之感。因为，想象力对巴尔扎克或福楼拜所敞开的区域，与詹姆斯的想象空间，并非同一个方向。詹姆斯中后期小说对题材的选择、对人物的定位，对语言的苛求，皆服务于他为自己设立的理想之美的目标，皆围绕着塑造高级文明之未来世界青年的远大愿景。从这个意义上说，詹姆斯的确不是在写传统意义上的小说，而是以哲学家的思辨和历史学家的洞察之力，为文学艺术在题材和形式上，融合古典传统与现代美学的可能做出的"献祭"。

詹姆斯的隐喻修辞，以文明对人的教化作用为思考和主题，以小说形式的多元创新为人的美德品质展开辩护。在隐喻的作用下，作者隐退，读者入场，隐喻的语言将主客体（作者、人物及读者作为主体，文本作为客体；或者相反）双方链接于文本之中。作者的声明与辩论、作品人物的言语行为，读者的赞成或反驳，所有的"声音"都在隐喻意义的不同层面上，发现或生成了自己的观点。詹姆斯小说和小说理论的隐喻修辞，扩大了文本的言语功能，在造成意义的模棱两可和微妙晦涩的同时，又不断生成着新的意义。詹姆斯多元化的物质存在观与隐喻的文学表达功能有关。隐喻提供双重的可能性：它能使事物同时在场或缺席。它不仅提供精神美景，还为罪恶开脱，那些罪恶常常潜伏在作品的表面之下。詹姆斯将具体与抽象术语融为一体的做法，标示出语言在不求助于缺席的意象和观念时，其追寻客观真实的能力也是不确定的。它同时也消解了抽象用语的权威，使抽象词的绝对意义孤立无援，进而挑战此中意义的存在。詹姆斯运用模棱两可的隐喻语言，为探明无法企及的经验世界提供了空间。

詹姆斯小说理论中有关"天才的断言"，有关"才智冒险"，有关"蛛网缠绕"等"想象力活动"的隐喻，描述着其艺术思维的个体特征，以及这一特征在其前后期文论中"如一粒种子"发育变化的过程。纽约版序言中表达的小说理念，与前期有关小说艺术和小说未来的理论之间形成的互动关联，呈现出其思维整体不断变化、不断补充修正的运动过程。序言中隐喻思维的大量增值，标志着詹姆斯具有洞察力的综合思维功能的成熟。在想象力的推动中，詹姆斯似乎观看到事物变化过程的整体。以隐喻思维和隐喻的词语，詹姆斯推进着小说理论向着更为意象化的方向发展，向着事物的实体实在与主观意志符契相谐，并最终构成一个持续不断的"过程与实在"(process and reality)的理想化的方向发展。詹姆斯的隐喻对其同时代的批评者以及普通读者来说，似乎是一个难解的语言之谜，但在当下各种哲学和语言学理论综合作用之下，詹姆斯的隐喻语言，却成为解答各种理论之谜的工具。

第五节　小说建制：建构自己话语规则的尝试

詹姆斯的纽约版18篇序言，其话语风格与一般的小说理论不同。大量运用的形象化表达，使"话语的偏差"成为一种"意味深长的改变"。这一改变，是詹姆斯在话语的语义规范之外，建立起自己话语规则的尝试。一种基于对心灵与精神的实际实在探查的主题，需要将尚处在模棱两可之间的意识活动，隐含在字里行间，以"语言的双重性"陈述，使潜在的概念成为"透明的可见性"。换言之，詹姆斯的话语风格具有保罗·利科意义上的"修辞的零度"："它既不是热内特意义上的潜在的结构，也不是科恩意义上的现实结构，而是被建构出来的结构。"[1]这一"建构出来的结构"，是以隐喻的方式将词语的潜在含义，以意象组合的现实意义呈现出来。隐喻因其对于信息造成的偏差或补充，同时满足了主观的或然性或期待性(包括话语主体和阅读主体)。詹姆斯的隐喻使得"修辞学在字面意义的地位以及在文学语言中的地位有了重大发现"。[2]

詹姆斯的隐喻在古典主义的摹仿论和浪漫主义的"幻象"(vision)或

---

[1] 参见[法]保罗·利科《活的隐喻》，汪堂家译，上海译文出版社2004年版，第195页。
[2] 同上书，第197页。

"创造"(poiesis)论之间形成了一种张力：它既是摹仿的，又是创造的。它在摹仿中创造，它构造了被摹仿之物。詹姆斯的隐喻思维在古典和现代之间达成了"和解"。这一"和解"之像，茨维坦·托多罗夫在其《象征理论》中有更清晰的表述。他认为，西方符号学的古典主义时期是以奥古斯丁对一系列异质影响的汇集而告终的，而现代美学符号学的诞生则是以与歌德同时的莫里茨为标志的。他引用莫里茨的《神的学说》中的一段：

> 普罗米修斯用水滋润了尚沾满天上粒子的大地，并按上帝的形象创造了人，所以就只有人才把目光朝向天空，而所有其他动物都把头垂向地面……为此，在古代艺术作品里，普罗米修斯脚下总有一只罐，面前一个人的上半身，他正用黏土在造人。他所有的注意力好像都集中在创造上了。……因此，形成的时刻先于以往形成的结果，突出的一项是产生的过程。①

在托多罗夫看来，莫里茨的浪漫主义美学符号学，强调的美的性质是一种内部存在，它在思维能力的范围之外，它有着非理性的因素，它呈现过程的美。托多罗夫又援引弗里德里希·施莱格尔《雅典娜神殿》，里的一段话，说明的德国浪漫主义美学的现代启迪特征：

> 当综合哲学和综合诗成了普遍的和内在的，当用多种性质互相补充构成共同作品这种现象不再罕见时，也许一个崭新的科学和艺术的时代就开始了。②

托多罗夫更引用了诺瓦利斯关于音乐与绘画的比较，指出了浪漫派推翻"摹仿原则的专制制度"(诺瓦利斯之论)的努力与成果：

---

① ［法］茨维坦·托多罗夫：《象征理论》，王国卿译，商务印书馆2005年版，第197页。
② 同上书，第211页。

音乐家从自身获取艺术的精髓,他同摹仿毫不相干。对于画家来说,可见的自然为他处处准备了他绝对达不到,并永远也达不到的一个范本;但画家的艺术和音乐家的艺术同样是完全独立的、完全先验的东西。只是画家使用的符号语言比音乐家的语言难得多。老实说,画家是用眼在作画;他的艺术是和谐地观察美的艺术。他的观察完全是主动的,全然是创造性的活动。他的图像仅仅是他密码的数字、他的表达方法、他的复制的工具。①

詹姆斯对绘画与文学艺术的观点与浪漫派的现代艺术观有着内在的一致性。詹姆斯认为,画家的艺术与小说家的艺术具有全面的相似之处,它们的灵感相同,它们的创作过程相同,它们的成功相同。它们创作实践的得失仅限于作者本人;它是"最具有他个人特征的东西。……他以他自己最熟悉的方式来画他的画。他的方法是他的秘密。……而绘画的基本原理要比小说的基本原理具体得多,以致它构成了两者之间的差别"。②

正是基于这样的艺术理念,詹姆斯对于自然与社会的现象的认识,才会有"窗口"与"阳台"之喻,才会强调"驻足"于不同"窗口"的艺术家个人的独特视域,强调这一独特视域在对整体宇宙的书写中,注重各个不同部分之间既相互区别又彼此联系的特质。詹姆斯中后期创作取材于意识领域,必然会对语言提出特殊要求。詹姆斯的"小说大厦"之喻,是一系列小说实践的集大成之标志性词语。找到自己的观察与表达之域,在传统之外观照传统的可参照性,詹姆斯在一般作家的外向视野之外,发现了更加广阔的内在世界。这一内在世界更具现代思想的观念与理趣,因此更需要现代思想家在高倍显微镜的科学透视下,将微观世界的变化逻辑探个究竟。而隐喻的话语作为观者或被观之物之间的语言介质,将作家眼中的实际实在之价值,转呈与读者或听者的感官(视觉或听觉)。

---

① [法]茨维坦·托多罗夫:《象征理论》,王国卿译,商务印书馆2005年版,第215页。
② See Henry James, "The Art of Fiction", in Leon Edel ed., *Henry James: Literary Criticism*, vol. I, New York: The Library of America, 1984, pp. 46—51.

在看与被看的双向进程中,话语的信息不断地被判断、修正,进而更深入地沉潜到事物存在的本真状态,隐喻使"多余的信息构成了语言的所有使用者的内在知识"。①

詹姆斯的隐喻是延续《圣经》隐喻传统之"言说不可言说"②修辞逻辑的语言实践,是为语言找到"表达不可表达的"途径的试验成果。隐喻和象征模式作为表达手段,使得文本叙事某种程度上让读者有"妄言"或"语义浪费"③之感。但正如钱锺书在《管锥编》中所言,"夫院本、小说正类诸子、辞赋,并属'寓言'、'假设'"。④寓言、假设若非隐喻修辞和意象虚构则无可言实。因言实不得,则假以喻指。詹姆斯隐喻思维的叙事策略,在对《圣经》传统继承同时,又以但丁与莎士比亚将隐喻作为"政治修辞术"的态度为隐喻的立场,表达着自己对于文学与时代变更关系的意愿。文学作品的政治修辞术,往往出自作者的社会理想或政治态度,出自未愿或未敢明言的谨慎态度。作者通过隐喻,以有意或无意的"障法"来"彰显"真义。这一手法或者与"苏格拉底式反讽"相联系,或者以《圣经》隐喻叙事传统为模式。隐喻在行文的明白与隐晦之间寻觅一个两者弥合的界面,而读者需得在字里行间认真搜寻,方能识得作者的真义。詹姆斯在《卡萨玛西玛公主》中,假托雅辛斯(Hyacinth)的自杀死亡,意在言外地隐喻了伦敦的"巴比伦"之境对于人的情智发展的影响。"经验"是试炼人物心智与意识水平程度的"风信子"。⑤詹姆斯不惜以死亡之"试炼",为人物意识破茧而出做铺垫,犹如《圣经》中约伯之难。小说名为《富贵公主》,又借助社会革命题材,却以人物自杀终了。詹姆斯残酷隐喻的背后,对于现代人智识矮化的焦虑,对于伦敦现代大都会给人的见

---

① 参见[法]保罗·利科《活的隐喻》,汪堂家译,上海译文出版社 2004 年版,第 197 页。
② [美]A. H. 奥特:《不可言说的言说》,林克译,生活·读书·新知三联书店 1994 年版。
③ Umberto Eco, *The Limits of Interpretation*, Indiana University Press, 1994, p. 139.
④ 钱锺书:《管锥编》,中华书局 1979 年版,第 1302 页。
⑤ 《卡萨玛西玛公主》男主人公之名 Hyacinth,讽拟了希腊神话中阿波罗的爱友雅辛托斯(Hyacinthus),被阿波罗铁饼误伤而亡,其鲜血开出花来。Hyacinthus 又暗含风信子(水仙花)自恋之意。

知与良知造成发育中断的锐见,沉重而明晰。詹姆斯的隐喻使符号的词语本义与象征隐喻意复合,由此造成了现代思想与表达的独特价值。

欧文·沃尔法思在《一个马克思主义者的"创世记"》中说道:

> 在本雅明看来,堕落(Fall)首先是一种语言的堕落,是从以上帝为灵感的命名语言上的堕落,同时标志着"人的语言的诞生"。……巴别废墟就是写在墙上的寓言书写。借"历史天使"那凝视的眼光来看,这些废墟被"进步"的旋风卷起,以"一堆废墟"的形式继续"向天空"堆积。这就是一个"向后看的预言家"所看到的现在的"真相"。①

詹姆斯充满隐喻思维的、写给未来的小说及小说理论,似乎是以现代人对古典修辞传统的回归,论证着"向后看"对于文明未来的出路的可能。而"真相"或许就在现代与古代互看的价值替代和转换中,以模棱两可的含混价值,擎托着幽暗不明的现代或后现代"废墟"之沉降。"詹姆斯式"已然成为寓言,在破解"人的语言诞生"之后的人与语言不断异化的迷雾中,"詹姆斯式"为"失落的语言"发现了某种特殊而新鲜的再生土壤。

---

① 参见郭军、曹雷雨编《论瓦尔特·本雅明》,吉林人民出版社2003年版,第27—42页。

第四章　詹姆斯的隐喻思维对传统的继承与发展

从前两章的分析和总结来看，詹姆斯的隐喻叙事，并不仅是语言上的修辞手段，而是对亚里士多德伦理学与政治学联合的修辞学传统的继承，是对亚里士多德隐喻理论的补充与增值，[①] 是对神话和《圣经》中"根隐喻"的激活，也是对但丁《神曲》和莎士比亚之"隐喻的森林""创造性叛逆"。詹姆斯的隐喻思维，在回应哲学、神学、语言学等领域的现代性转向的同时，又与德里达等后现代思想家对文字学与文学、能指符号与所指之物间延异等关系的精辟之见不谋而合。詹姆斯隐喻思维的理念与实践，在对修辞学与诗学传统的回归中，为文学创作和文学批评植入了一片沃土。

第一节　亚里士多德以来的隐喻理论

英语里隐喻一词，沿用的是希腊语的 metaphora，而这个希腊词又源

[①] 一般认为，隐喻在亚里士多德的《修辞学》中仅与比喻、提喻、转喻等语言问题相关，但罗念生先生在译注中，特别提到亚氏对修辞学的定义与伦理学和政治学的关系。亚氏修辞学是在人本基础上，将语言问题置于伦理体系内的修辞逻辑学。语言使用者本身的真、美、善品质与语言的使用方式与目的存在相一致。参见[古希腊]亚里士多德《修辞学》，罗念生译，生活·读书·新知三联书店1991年版，第1卷第2章第4段及第25页注。

于 meta(意为"过来")和 pherein(意为"携带")。是一套特殊的"带到""转移到"的语言过程,是"言在此而意在彼"的语言过程。古典主义的隐喻观认为,没有隐喻,就没有诗。隐喻是把属于一事物的字用到另一事物之上。①

一、隐喻研究史的五个阶段

从学科发展史来看,隐喻研究史可分为五个历史阶段。②

第一阶段是从古希腊到古罗马阶段,是隐喻的修辞学—诗学时期的发端。由柏拉图和亚里士多德以哲学修辞学为肇始,开启了欧洲隐喻学研究的浪漫传统和古典传统。这一时期有关"词格""转喻"及"移易"等概念,在昆体良的《演说术原理》中得以发展,成为后世颇有影响的隐喻"替代论"。

第二阶段是中世纪至文艺复兴时期。这一时期是隐喻研究的过渡与准备时期,其间出现了隐喻性的圣经阐释(hermeneutics)传统,虽未形成自觉的理论研究,但为后世隐喻理论的研究提供了丰富的同时也是必要的对象材料。《圣经》的启示和预言风格,不仅成为宗教文学的营养,更是世俗文学象征与隐喻叙事的泉源。其中,但丁的《神曲》和《致斯加拉大亲王书》,体现了这一时期的隐喻的文本实践和理论的最高水平。

第三阶段指的是 16—19 世纪的隐喻研究。这一阶段的神学—文学著作《圣经》和《忏悔录》、宗教剧、神秘主义作品、传奇作品以及寓言、玄言诗和具象诗等,为这一时期诗学理论准备了必要的语料,并为后一时期从诗学切入隐喻的原理及特征,将隐喻视为人类语言、思维的核心理论予以研究奠定了基础,开启了 19—20 世纪以来隐喻的语言学—哲学研究的先河。其中 17 世纪思想家们对隐喻的讨论颇有创见。他们熔科学、

---

① 参见[英]特伦斯·霍克斯《论隐喻》,高丙中译,昆仑出版社 1992 年版,第 7—9 页。

② 本文选用的隐喻史材料,中文部分主要援引了张沛的《隐喻的生命》,以及保罗·利科的《活的隐喻》、茨维坦·托多罗夫的《象征理论》与翁贝尔托·埃科的《符号学与语言哲学》等译著。

哲学和文学领域的思想成果于一炉，或对隐喻语言与隐喻思维的非理性进行抨击，如培根、霍布斯、洛克和莱布尼茨等。但他们的理论宣叙，又大多以隐喻思维为基础，在某种程度上承认隐喻思维有着将抽象思维具体化为实体、"以己衡量一切他物"①的功能。这些哲人和科学家们，对理性思维的基源是隐喻思维这一特征的认识，反比文学家和修辞学家们提早体会。如法国数理学家和思想家帕斯卡尔就天才地指出，人类不是由于理智而是由于内心才认识到"最初原理"，理性及其全部论证必然以这一"根据内心与本能的知识"为基础。② 18 世纪上半叶，英国的约翰逊和蒲伯对玄言诗的"奇喻"颇有贬损。到 18 世纪下半叶至 19 世纪 30 年代，浪漫主义诗人又重新发现了隐喻的价值，隐喻修辞学也因此跨入了诗学—语言学研究的新阶段。

18 世纪德国哲学家康德的"三大批判"中的一些观点，成为 20 世纪隐喻"互动—认知"研究的哲学来源。而在黑格尔看来，隐喻即艺术的本质，③"象征在本质上是双关的和模棱两可的"。但黑格尔也批评古代哲学家喜欢使用隐喻和象征，"谁把思想遮蔽在象征中，谁就没有思想"。另外，尼采提出"真理"无非是隐喻、换喻和拟人的纠合的观念。④

第四阶段主要是指 20 世纪上半叶语言哲学—人类学的隐喻研究时期。20 世纪初的语言学转向，使隐喻研究将焦点集中在语言学和语义学领域。理查兹的《修辞哲学》首次提出了隐喻互动(interaction)概念。麦克斯·布莱克随后对其补充完善。这样，从古希腊时期亚里士多德的"比较说"，到 19 世纪昆体良的"替代说"，隐喻研究已经成为一个较为完整的隐喻理论体系。理查兹认为，世界通过隐喻而为人类所认识，隐喻具有

---

① [英]T. 霍布斯：《利维坦》，黎思复等译，商务印书馆 1985 年版，第 2 章，第 6 页。
② [法]B. 帕斯卡尔：《思想录》，何兆武译，商务印书馆 1985 年版，第 274、282 节，第 127—129、131 页。
③ Rene Wellek, *A History of Modern Criticism*, vol. 2, 1981&1983, Cambridge: Cambridge University Press, p. 325.
④ Richard M. Rorty, *Introduction in the Linguistic Turn*, Chicago: The University of Chicago Press, 1967, p. 3.

创造或曰建构世界的功能。①雅各布逊则认为,隐喻与换喻是人类语言现象中的两个基本维度。在随后到来的语言学转向中,西方哲学家和美学家不约而同地将目光专注于隐喻。卡西尔的《语言与神话》将语言与神话的连接点归结于隐喻,它为人类展示了"一条通往关于客观世界新概念的新道路"。②海德格尔从本体论阐释学的角度对隐喻进行了探讨。而伽达默尔在指出语言具有"彻底隐喻性"的同时,还进一步指出其具有的逻辑转换功能。伽达默尔认为,当语言作为纯符号、隐喻作为修辞学手段,成一种纯粹的语言的"工具"时,"这种关于词语和符号间改变了的关系正是科学概念构成的全部基础"。③与此同时,人类学家的研究成果也推动了隐喻的哲学研究。如弗雷泽的巫术原理,弗洛伊德的梦的解析,列维-布留尔的"原始思维",以及列维-斯特劳斯的"野性思维"等概念。

第五个阶段是20世纪下半叶隐喻认知研究—多元研究的时期。维特根斯坦在《哲学研究》中提出,一个词的意义就是它在语言中的运用。语用学以这一语言观为契机,将单纯的语义分析转向了隐喻在信息收发者两极间互动的研究。麦克斯·布莱克的《模式与隐喻》《隐喻再论》等,阐述了隐喻陈述可提供认识世界的新视角从而形成新的知识与理解;隐喻修辞实际上是在言说着现实,而不是对语言常规的"偏离"。④

当代隐喻认知哲学中,美国人类学家沃尔夫(Benjamin Whorf)将隐喻与通感关联,另一学者培帕则认为,"科学与哲学思想都源于模式论",⑤认为人们皆依据一定思维模式类推构想和认识世界。保罗·利科则认为,隐喻同时具有间接指涉现实、内化思想和重新描述世界的功能,具有突破旧有范畴,建立新的逻辑联系的价值。随着雷考夫和约翰逊合著的《我

---

① I. A. Richards, *The Philosophy of Rhetoric*, London: Oxford University Press, 1936, pp. 125—126, 134—135.

② [德]E. 卡西尔:《语言与神话》,于晓等译,生活·读书·新知三联书店1988年版,第102—103、105、163页。

③ [德]伽达默尔:《真理与方法》,洪汉鼎译,上海译文出版社1999年版,第533—534页。

④ Max Black, "More About Metaphor", *Metaphor and Thought*, pp. 35, 39, 22.

⑤ Stephen Pepper, *World Hypothesis: A Study in Evidence*, Berkeley, 1942.

们赖以生存的隐喻》正式提出"概念隐喻",隐喻认知理论的系统性研究得以展开。90年代后,隐喻认知理论又吸收了皮亚杰的认知"建构理论"。皮亚杰认为认知过程依赖于主客体间的相互作用,这些观点都使得隐喻认知哲学研究向纵深发展。

隐喻的诗学研究在当代已渗透到人文学的各个领域,形成了跨学科的多元格局。韦勒克与沃伦的《文学理论》、艾勃拉姆斯的《镜与灯》、布斯(Wayne C. Booth)的《反讽修辞学》、弗莱的《伟大的代码:〈圣经〉与文学》的隐喻模式研究等著作,都是隐喻诗学研究中的重要成果。另外,新批评派、结构主义批评也提供了隐喻的新观点。如燕卜逊认为,隐喻是"最简单的一种复义现象"。① 而阐释学、现象学以及接受美学就文本存在方式所做的探讨,如保罗·利科的隐喻—文本阐释循环说、② 伊瑟尔(W. Iser)的文学"仿真性"理论等,更是隐喻诗学及隐喻综合研究的重要成果。保罗·利科的《活的隐喻》是对修辞学、语义学、哲学话语的整合,对西方隐喻研究予以了全面的评价,他宣称的"活生生的存在意味着活生生的表达"代表了隐喻多元研究的时代精神。

本章主要在亚里士多德的古典隐喻理论和保罗·利科的多元隐喻诗学理论基础上,对亨利·詹姆斯的隐喻思维及隐喻语言展开研究,从中发现詹姆斯隐喻思维的特征,分析这一特征在詹姆斯小说理论和作品中的功能和作用,对詹姆斯独具一格的小说诗学进行总结。

二、亚氏隐喻的伦理学特征与保罗·利科的多元隐喻诗学

亚里士多德《修辞学》对隐喻的定义,是在雅典论辩术繁复的背景下,对修辞术进行的综合整理。在论辩和演说基础上为修辞术下定义,亚里士多德的隐喻概念一方面有着词汇、语义和语音联合作用的特征,强调在文字及声音共同和谐的作用中,隐喻修辞的表意功能方能正确有效地

---

① William Empson, *Seven Types of Ambiguity*, New Directions, 1966, p. 2.
② [法]保罗·利科:《解释学与人文科学》,陶远华、袁耀东等译,河北人民出版社1987年版,第172—174页。

完成。另一方面，亚里士多德修辞学对隐喻的定义，同时强调了修辞人或演说者，其性格、品格对于说服力的重要作用，强调了修辞和演说在说者和听者双方都是对于真善、美丑的辨别，对情感、伦理等意愿的证明过程，是对于"真"的见知与判断。亚里士多德认为，修辞术与论辩术不同，"修辞术是论辩术的对应物"，而"修辞术的功能不在于说服（诡辩派的定义），而在于在每一件事情上找出其中的说服方式"，因为"造成诡辩者的不是他的能力，而是他的意图"。作为论辩术的分支，"修辞术也是伦理学的分支，伦理学应当称为政治学"。①亚里士多德认为，政治学是最高的科学。在亚里士多德的理论体系中，政治不仅指服务于政体的制度，更包括执行这一制度的公民的基本素养。亚里士多德的隐喻概念，是对执行政体的政治人的伦理和美学素养要求。因为"人的本性就是政治的动物"。对演说者的语言及修辞提出要求，对演说风格中隐喻修辞的必要性的强调，都出自亚里士多德基于其自然发展观，对城市国家形态的雅典政治体系的维护，出自对合乎自然率发展的具有高度公民意识的人的要求。隐喻无论是说与明喻或提喻相关，还是为美化风格使演说更能打动听众，其宗旨都是使真理和正义获得胜利为目标，以使用语言的人的立场为出发点，而非将语言阐释世界的功能独立于人的内在学习过程。论辩的逻辑推理过程包含着伦理学对于人的性格、美德和情感的分析。伦理学属于政治学范畴，而政治学是比较各种政治制度，选出其中最能培养人的美德的科学。修辞术有着对公民的教育作用。在这一点上，詹姆斯的隐喻语言与亚里士多德的希腊传统更为接近。

古典修辞学一直沿用亚里士多德的框架并逐渐把修辞学变成了比喻学，而比喻又被归结为隐喻。西方修辞学到19世纪渐成一门僵化学科。20世纪结构语义学、逻辑学、诗学的发展又使西方开始了重建修辞学的努力。比利时的列日学派以结构语义学为基础提出了新修辞学的一系列革命性概念。例如修辞的零度、形象化表达空间、义素分析等。列日学

---

① 参见[古希腊]亚里士多德：《修辞学》，罗念生译，生活·读书·新知三联书店1991年版，第21、24、25页。

派在将隐喻归结为提喻的产物时，沿用的依然是古典修辞学家以一种修辞格说明另一种修辞格的方式。而在保罗·利科看来，隐喻不仅是一种修辞，更有着哲学认知的整合概念的特征。隐喻的唯一标准是，词语同时提供了两种概念，它使"内容"与"表达手段"相互影响。隐喻不仅是名称的转用，也不仅是反常的命名或对于名称的有意误用，而是对于语义的不断更新活动。隐喻不仅起修饰作用，也是真理的表达。

在《活的隐喻》中，利科提出了隐喻诠释学的基本构想，对隐喻与认知、情感、想象过程的关系进行了讨论。利科认为，在所有语言中，隐喻是最让人费解的意义之谜。隐喻提供一种洞见："通过一种附带主词形成一个主要的主词，这一点实际上构成了无法还原的精神活动，这一活动提供信息并进行说明，任何解释与阐述无法与之相比……隐喻是对于创造逻辑的贡献。"①从本质上讲，隐喻是为了"让意义的剩余物发挥作用，而意义的剩余物构成了隐喻的含义……话语空间的隐喻部分是可译的：它的翻译就是指称理论；本质上不可译的东西是它表示感情意义的能力，是文学的崇高性"。② 利科不仅将隐喻同理解与阐释理论相结合，他还注意到隐喻表达的主体情感功能，及隐喻在文字与潜在意义之间的距离所造成的语境化阐释空间的功能。隐喻在词语的层面、在句子的层面，及在话语的层面都留下了阐释的空间，并以一种认知和解释的双重作用形成了某种价值体系。这一价值体系即是现代性的一种表征，"包含着当代文学中给它的自我指称功能赋予特权的人的规则"。③这一具有自我指称功能的文学隐喻，以对现实意义的规定，开始超出了语言学和修辞学的能力，属于严格的哲学范畴，这一隐喻肯定诗意的话语及其结果，抹去日常指称而成为对指称本身的限度进行艰巨探索的起点。"隐喻既是可译的，又是不可译的，它给人以指导，并因此有助于开辟和发现不同于日

---

① 参见［法］保罗·利科《活的隐喻》，汪堂家译，上海译文出版社 2004 年版，第 119 页。
② 同上书，第 202 页。
③ 同上书，第 203 页。

常语言的现实领域。"①保罗·利科还认为，亚里士多德的形而上学范畴论，是以语言对"存在"进行思辨的科学研究，是以语言思辨"存在"之属性之所以"存在"的研究。然而有关"存在"的"范畴"划分，始终基于某种目的、要求和需要，始终处于一个"拼拼凑凑"或"逐步放松"②的进行状态之中，尚未最终封闭为一个完整的系统。这也正是各种隐喻理论和文学隐喻继续生成的前提。

第二节　詹姆斯对隐喻理论的继承与发展

隐喻的界定是一个非常复杂的问题，自亚里士多德时期至 20 世纪 70 年代语言学转向，不同的研究者都根据自己的研究目的而赋予隐喻各种不同的意义。詹姆斯小说语言和文学批评术语中的隐喻，其基本出发点，是以小说艺术，为真与美德在社会生活中的价值一辩，是詹姆斯对于现实与未来世界的永恒价值观的认识与守持。

一、对亚里士多德隐喻理论的继承与发展

詹姆斯秉持的隐喻表达世界的经验方式，詹姆斯那些看似超验目标中的冒险精神、执着信念，可以看作对古典思想家们建立思想体系时的灵感与根基的再现。詹姆斯关于"经验的连续性"、"知识是感知事物间的关系"、小说是"与生活展开竞争"等观点，凭借隐喻修辞的艺术形式，为实现其文明理想的意愿做出了积极的尝试。

现代语言学及语言哲学的出现和发展，为语言科学的细致分化研究提供了理据，在一定程度上开拓了对抽象的语言符号的独立价值作用的认知，语言的实用价值和科学价值被提升到应有的地位。但在一定程度上，科学语言学的过度细分，使语言脱离了语言的主体，即人本身。将

---

① 参见［法］保罗·利科《活的隐喻》，汪堂家译，上海译文出版社 2004 年版，第 204—205 页。
② 同上书，第 365 页。

语言本身的独立意义推至绝对，所产生的结果便是：所使语言与使用人一同滑入了能指与所指的纯粹符号的虚空之中。而亚里士多德的《修辞学》，是其在《伦理学》《政治学》及《诗学》等著作完成后，融形而上学的认识论和哲学与美学为一体的思想的凝结。从某种意义上说，《修辞学》既是对其师柏拉图之说"修辞非艺术"的反驳，也是回归柏拉图未经分化的文史哲一体，伦理、政治和美学一体思想体系的反省成果，是对普遍性或理性的永恒价值的意义追寻。

亚里士多德在《诗学》中将隐喻分为属与种，种与属，种与种，以及借用类比字四种类型。在《修辞学》中，亚里士多德更强调了"隐喻应当从有关系的事物中取来，可关系又不能太显著"，①而且，隐喻字应当取自美好的事物。他给出的例句是：

"玫瑰色手指的曙光女神"②
因此希腊人双脚开动了，③
那莽撞的石头又滚下平原；④
那枪尖急于要杀人，刺穿了他的胸膛。⑤
他统治着桨，在密西亚登陆。⑥

最后一个例句，亚里士多德认为，"统治着"一词超过了题材的庄严

---

① ［古希腊］亚里士多德：《修辞学》，罗念生译，生活·读书·新知三联书店1991年版，第183页。
② ［古希腊］亚里士多德：《修辞学》，罗念生译，生活·读书·新知三联书店1991年版，第155页。《伊利亚特》中常有"玫瑰色手指的曙光女神"的比喻。亚里士多德认为，与"紫色""红色"相比较，玫瑰色最美。不同的说法有美丑程度的差别。隐喻和类比要选择美好之物。亚里士多德的《修辞学》多次引用《荷马史诗》及古希腊悲剧中的诗句，以说明隐喻是好的修辞，如《伊菲革涅亚在奥利斯》等。
③ 同上书，第181页。
④ 同上书，第182页。
⑤ 同上。
⑥ ［古希腊］亚里士多德：《修辞学》，罗念生译，生活·读书·新知三联书店1991年版，第153页。

性，手法没有遮掩起来。

　　深渊上常架着桥。桥身构造足够结实，尽管桥身轻逸，偶尔晃动时，悬在空中有些头晕目眩，但为了增胆，他们时常还要投下铅锤测量渊深。①

　　没有什么比一只粗犷的东方商队更接近这一设想中的经历了，阳光下，商队以其天然的斑斓之色隐约呈现于视野，激越笛声响彻云霄，长矛刺向苍穹，一阵震颤，自然欢悦地交融一体，而商队即将临近她时，却忽地一转进入了另一峡谷。②

　　以上两段隐喻式叙事，分别出自詹姆斯的《丛林猛兽》和《金碗》。《丛林猛兽》中，男女主人公相处多年，关系依然处在暧昧不明之间。詹姆斯以"桥梁""深渊""测量""眩晕"等隐喻或转喻，描述人物关系的"深不可测"，在隐喻的铺排流动中，意识、思维、心理过程中的细微和不可感知之因素，"轻逸"地展露出来。《金碗》一段，是詹姆斯描摹女主人公麦吉自阳台望向打牌四人（朋友夫妇、自己的丈夫及其前女友）时的心理画面：麦吉最终放弃了报复他们的打算。麦吉从小说最初阶段的意识滞缓中，悠然焕发，犹如一只昂扬起航的船队驶向远方目标。驶离"报复"与"惩罚"之狭隘意识水域的麦吉，呈现出詹姆斯后期小说中"智慧生物"和"所有时代的继承者"中的佼佼者之态。詹姆斯隐喻叙事的美感与诗意跃然纸上。

　　在与亚里士多德例句的比较中可以看出，詹姆斯的隐喻既符合亚里士多德对于隐喻"合适、美感、生动"等字词方面的要求，又以亚里士多德认为"超过了题材的庄严"的手法，将隐喻发展为一种更适合表述思维

---

① Henry James, *The Beast in The Jungle*, in Philip Rabv ed., *The Short Stories of Henry James*, New York: Dial Press Inc., 1944, p. 775.
② Henry James, *The Golden Bowl*, New York: Oxford University Press, 2009, pp. 470—471.

或心理潜流的语言方式。詹姆斯的隐喻，不再是需要"遮掩的手法"，而成为一种基本的叙事手段。

二、对《圣经》隐喻传统的继承

概念隐喻理论起始于美国学者莱考弗（G. Lakoff）和约翰逊（M. Johnson）于1980年出版的《我们赖以生存的隐喻》一书。书中指出："隐喻无所不在，它存在于我们的语言中、思想中。其实，我们人类的概念体系就是建立在隐喻之上的。"我们以一个概念去理解、建构另一个概念，于是也以一个概念的词语去谈论、表述另一个概念，这就是"概念隐喻"。概念隐喻是人类的一种认知现象，隐喻作为一种认知物质世界的抽象观念的方式，常常表现为《圣经》中的习语。《维基百科全书》中对习语的解释是《圣经》（Bible）是一部基督教的经典著作，其教义和思想奠定了西方文化和思想的基石。其中蕴藏着丰富的哲理（箴言书）和道德评判（宗教说教），也是语言与文学研究的重要源头。《圣经》中的习语根植于人们日常生活，通俗而生动形象地描绘人情世态，具有"世俗现实性"。习语描述人们的日常生活，采用人名、地名、动物名及日常事物来描述。《圣经》在很大程度上与语言的隐喻阶段是同时存在的，在这一阶段，词语意义的许多方面如果不通过隐喻或诗的方式，是无法表达的。与《荷马史诗》多以明喻或提喻的修辞手法相比，《圣经》的隐喻更具隐藏和含蓄的特征。《圣经》中的Adam's apple（喉结）、as wise as Solomon（极其智慧）、Moses' rod（愤怒的杖）、lion in the way（拦路虎）、lost sheep（迷途的羊），以及Salt of the earth，Light of the world（世上的盐，地上的光），等等，这些喻指在詹姆斯的小说中，常以标题、主题、人物名称或人物性格特征等形式出现。詹姆斯以远古与当下历史现象的对应，将《圣经》中某些习语的"世俗的现实性"加以充分发扬。詹姆斯的某些隐喻也已成为"习语"和"予料"（datum），[①] 发挥出兼具历史性和现实性的双重叙述作用。

---

① "予料"出自[英]A. N. 怀特海《过程与实在》，周邦宪译，北京联合出版社2014年版，第7页。

20世纪40年代，德国学者埃里希·奥尔巴赫提出了"圣经风格"的问题，并将之与"荷马风格"相并置，从此确立了《圣经》的文学经典地位。加拿大文论家诺思洛普·弗莱1982年发表了《伟大的代码——〈圣经〉与文学》。他参照了神话学、宗教学、人类学等领域，打破了文学批评的自足性和封闭性，以超学科的视野强调把《圣经》同想象的标准相联系，进而论述了《圣经》对于文学创作想象力的作用。弗莱认为，《圣经》"以一个整体影响着西方的想象力"，认为《圣经》语言的一大特点是隐喻性，这与《圣经》的形成时期所处的语言发展阶段有关。弗莱在维科的启发下提出了语言发展的三个阶段。第一阶段是指柏拉图以前的大多数希腊文献，特别是《荷马史诗》、近东的《圣经》前文化和大部分旧约《圣经》的写作时期。在这一时期，所有的词都是具体的，没有真正的词语的抽象概念，几乎不强调主体和客体之间的明显分割，而是强调主体与客体由一个共同的力或能联系在一起。这时，要用语言表达出主体和客体共有的能的意思只有隐喻，"隐喻表达的核心是'神'，是像太阳神、战神、海神，或诸如此类的使自然的一个方面与人的一种形式统一起来的存在"。在这个阶段，语言是诗体的，散文是不连续的，是一系列拗口的警句和不容争辩但必须接受和思考的神谕，它们的力量被信徒或读者所吸收。这种以隐喻作为表达的基础的阶段，其思维方法是"这就是那"。圣经中的词已牢固地扎根于语言的隐喻阶段，在这个阶段，词是创造力的一个成分，如《创世纪》1：4："上帝说：要有光。就有了光。"就是说，词是使事物得以产生的创世动力。第二阶段从柏拉图开始，即"神圣文体"阶段。这是一种以文化为主的语言，一种在当时或后来被它所在的社会赋予了特殊权威的语言。这一阶段，词汇用来表达思想，是内心现实的外在表露，主体与客体变得越来越分割开来，抽象也有了可能。于是，表达的基础也由隐喻变成转喻，其思维方法是"这指的是那"。此时的散文也从断续性变为连续性，从而有助于形成明晰、理性的叙述。第三阶段约始于16世纪，是与文艺复兴和宗教改革的某些倾向同时产生的。这时主体和客体完全分开，主体把自己暴露在客观世界的冲击之中，语言主要用来描述客观自然规律，描述性文体是这一阶段语言的特征，语言成为纯粹指称性的工具，词语和其所表意的事物分开，成为任意的符号。此时的语言特征也变为明喻。

然而，弗莱明确指出，《圣经》语言不可能被简单地划归于这三种语言中的任何一种。因为《圣经》虽起源于第一阶段，即诗体隐喻阶段，但其中的许多部分又和第二阶段中诗体语言与辩证语言相交，同属一个时期而又未完全陷入第二阶段语言的框架，且《圣经》语言没有真正的理性论证，也没有多少抽象的功能用法，它对客观和描述性的语言的应用完全是很偶然的。因此，弗莱将《圣经》语言称为第四种表达形式，它已深深地扎根于语言的各种来源之中。《圣经》包含了大量修辞形式的比喻，就因为《圣经》在很大程度上和语言的隐喻阶段是同时存在的，在这一阶段，词语意义的许多方面如果不通过隐喻或诗的方式，是无法表达的。《圣经》更承载着厚重的宗教和道德的内涵，其语言的风格不像《荷马史诗》那样详尽而铺陈，而是神秘、隐藏而含蓄，它排斥第三阶段那种描述性语言的精确性，而以隐喻语言的含糊性达到目的。

《圣经》充满了"意象化"思维，有着以"意象"的特殊形式反映现实生活和内心世界的具体、可感、生动，从而唤起人们思想感情的思维特征。这是一个从客观的"物象"（包括植物、动物、矿物、人物、自然万象、历史事件等），经过人的心灵的加工和升华，达到内在"心象"的过程。从认识论的角度看，这种"心象"即认识论上的"表象"。表象是外物的呈现方式，是在感觉和知觉的基础上形成的具有一定概括性的感性形象，是感性认识的高级形式。表象是事物不在面前时，人们在头脑中出现的关于事物的形象。从信息加工的角度来讲，表象是指当前不存在的物体或事件的一种知识表征，这种表征具有鲜明的形象性。这是语言艺术（文学）、造型艺术等艺术创造必备的基础。而心理学上所言"形象"，其外延大于我们上文所言文学作品的"形象"。形象就是人们通过视觉、听觉、触觉、味觉等各种感觉器官在大脑中形成的关于某种事物的整体印象，简言之，是一种知觉，即各种感觉的再现。形象不是事物本身，而是人们对事物的感知，不同的人对同一事物的感知不会完全相同，因而其正确性受到人的意识和认知过程的影响。由于意识具有主观能动性，因此事物在人们头脑中形成的不同形象会对人的行为产生不同的影响。

　　从上述定义看，所谓"表象"和"形象"在内涵和外延上几乎是相等的。就《圣经》的文本而言，作者们倾心思考的不仅仅是"文学创作"，而是奇幻的宗教问题，他们善于通观古今、融汇物我，用语言或宗教仪式造就一种特殊的"意蕴"。在《圣经》象征体系范畴内，《圣经》文本呈现的"心象"或"表象"成为一种"意象"，是将客观形象与主观心灵融合而成的、带有某种意蕴与情调的东西。所谓意象，就是客观物象经过创作主体独特的情感活动而创造出来的一种艺术形象。从表象或意象转化为"象征"的思维过程，就是所谓的"隐喻"。"隐喻"与象征直接相关，是"象征"得以形成的重要手段。但是，从修辞学角度研究的"隐喻"和从认知角度研究的"隐喻"是两个既有联系又有区别的概念。根据当今有关隐喻研究的最新理论，隐喻不能单纯作为语言内部的一种修辞手段，而应把它和人类的认知过程相联系。隐喻是一种思维方式，人类以隐喻式思维认知世界。难言之则隐，欲隐则喻，喻则以象，此之谓也。《圣经》和《新约》使用"象征"或"隐喻"时，大都带有强烈的审美情调、价值判断和信仰的感情。含有与宗教认知的历史密切相关的内容。《圣经》的"启示文学"中的种种"异梦""异象""预言"很多就是采用隐喻手法的意象和象征。《圣经》的象征或意象思维不是单纯的"玩弄辞藻"或文字游戏。隐喻既是《圣经》的修辞手段，也是其思维方式。这种思维方式与运用精细的概念、论证、推理等方法的科学思维有显著区别，但它并非显得原始或粗鄙，在现代认知语言学的范畴内，隐喻反倒具有着融合、多元、贯通、创化等语义功能。詹姆斯的隐喻修辞，在对《圣经》隐喻传统的继承中，自觉或不自觉地将隐喻的修辞特性拓展和推进到现代语义学与语用学的高度和范畴，为文学语言保持高度的诗意和美感作出了突出的贡献。

三、对《圣经》隐喻的"化用"

　　詹姆斯的《丛林猛兽》，对《圣经》隐喻进行了"启用"与"再创造"。《圣经》中，树林有着军队（《以赛亚书》10：18—19，44：14；《诗篇》50：

10)、王国(《耶利米书》21:14)以及"变为乱地"等象征意义。《圣经》中有关"兽"的事件则包括诸如肉体的本能(《以赛亚书》1:3,《犹太书》1:10)、将人的生命的灭亡(《诗篇》49:12—15)、人类从始祖亚当起便为之命名(《以西结书》2:20),以及"服在神的主权之下"(《撒母耳记上》6:7—14)等。詹姆斯以"丛林"和"猛兽"的隐喻,表达着主人公在对人生知识进行探询的过程中,人类欲壑难填地"食用"生命之泉,最终却成为生命"祭品"的深刻意蕴。人类从伊甸园"失落"之后,"兽"的本能便与生俱来,纯真、无知的天然状态遭遇"兽"的"食用"(《创世记》9:3),人类对知识的探索(《列王纪上》4:33),必然以对生命价值的怀疑与对生命价值的相互吞噬为代价,这一心灵启悟过程中的"属灵的教训"(《约伯记》12:7),以及认知主体最终成为"兽"本身祭物(《利民记》27:26—29)的心灵启悟过程,在小说《丛林猛兽》中得到了"深渊"般的深刻表达。男女主人公之间的关系,犹如"深渊"架桥,铅锤悬丝。其猜疑衡量之"铅锤"飘忽不定又镌刻于心灵,词语的游弋与精神的实像相互迫近,生动之状赫然纸上。男主人公穿越人生的重重认知"丛林",到头来却发现自己已然变为一个"没有重生之人"(《提多书》1:12)。预先设想的对于人生、爱情的种种"谨小慎微"和"游移不定",到头来不得不接受"假先知"(《彼得后书》12:12)之预设的"恶果"。小说最后一幕,男主人公长跪女友墓碑前,墓碑上女友的脸幻化为"基督"之像。这是一个"愚蠢"(《诗篇》73:22)的时刻,也是一个顿悟的时刻,但一切为时已晚。詹姆斯在继承《圣经》隐喻传统的基础上,针对后维多利亚时期,个体对自我、对他者及对世界的不确定认知心态,以对《圣经》隐喻的重启和化用,"发现"了现代人的生存与认知困境,并以隐喻思维和隐喻修辞的春秋笔法,对之进行了深刻的解剖与评价。这一评价不露声色,却惊心动魄。詹姆斯作品的隐喻策略,使文字的画面感突出,使人可在对画面的联想和想象中,幻化出一种似真亦幻的视觉效果。读者产生"如见其人,如闻其声,如睹其物"的"逼真"感。在这里,借助隐喻修辞的虚构与创造功能,"詹姆斯式"文本的文学性与美感品质得以充分发挥。

　　詹姆斯的《鸽翼》同样是化用《圣经》隐喻的上品佳作。《圣经》

中鸽子的特质具有热爱生命、饱含希望(《创世纪》8∶8)，纯洁、献祭(《利未记》14，《利未记》12∶8)、赎罪(《路加福音》∶2∶24；《利未记》12∶8)和神灵降临(《马刺可福音》∶1∶10—11，《约翰福音》∶1∶33—34)等意象。詹姆斯在此基础上，主要采用了"鸽翼飞离苦难"和"哀鸣如鸽"等《圣经》意象。大卫王在儿子押沙龙叛变期间，得知他的好友亚希多弗参加叛变，信心顿失，想借由逃避现实来解决问题；如同有翅膀的鸽子，能够飞离苦难，逃到避所(《诗篇》∶55∶6—8)。事实上，逃离无法解决问题。耶稣面临十字架的苦刑罚，也向神祷告说："我父啊，倘若可行，求你叫这杯离开我。然而，不要照我的意思，只要照你的意思。"(《马太福音》26∶39)。大卫知道逃避无法解决问题时，他改变主意说："至于我，我要求告神；耶和华必拯救我。"(《诗篇》55∶16)《鸽翼》中的米莉得知朋友、爱人皆觊觎自己财产时，开始充满着"报复"的心理，而最终以爱和宽恕，赦免了所有人，并将自己的财产赠予那对欺骗自己的情侣，其精神演化过程有如大卫王的呼告与醒悟。詹姆斯笔下的米莉，如同《圣经》中"哀鸣的鸽子"，哀鸣之鸽原本描述了希西家王得了重病，先知告知他必要死亡。后来蒙神怜悯，延长十五年的寿命。病愈后，王作诗感谢神，其中描述病中死亡临近的恐怖，好像鸽子哀鸣(《以赛亚书》38∶14)。米莉虽无延寿之幸，但其精神的超越之美，则是詹姆斯化用《圣经》意象，为现代人精神理想燃一线光亮的妙悟之举。借助《圣经》的隐喻和意象，詹姆斯不仅展露出女主人公的圣洁与哀婉之美，更重要的是，米莉似鸽之飞翼，拂拭了陷于"罗蕾莱旋涡"的一众贪婪取财者。男主人公丹什与其女友的"离"或"合"，都在米莉鸽翼的拂拭下，有了新的创变的可能。"鸽翼"为即将倾覆的人性"大船"发出了绝望"哀鸣"中的希冀之音。

维特根斯坦在《逻辑哲学论》中提出了"全部哲学就是语言批判"的观点。他认为，"我们的表现方法的一切譬喻、一切想象的可能性，都是以描画的逻辑为基础的"，"一个命题必须用旧词告诉我们新的意思。命题……必须与情况本质上联系起来。而联系就在于它是这种情况的逻辑形象。……一个名字代表一件事物,另一个名字代表另一件事物,它们是互相联系着的,整个地就像一幅生动的图画一样地描画出原子事实来。"①维特根斯坦注意到语言逻辑与表达事实的逻辑之间的区别与关联,并指出"我的语言的界限意味着我的世界的界限"。②实际上,这一"语言的界限",也正是隐喻所要、所能、已然超越的语言表达极限。在现代逻辑学、哲学、语法学等各持一隅的独立论证中,语言的能指与所指的间距似乎是一个无法愈合和超越的困境。而隐喻却在语言本身与思维本身、语言与形象化思维表达过程之间生成了弥合之用。早在古希腊哲人思想中,"秘索斯"(mythos)与"逻各斯"(logos)一直是一体两面的语言实践。即使柏拉图欲置善用隐喻的诗人于"理想国"之外,其《斐多篇》也无可避免地以秘索斯的方式进行着叙事。而《圣经》的叙述模式,更是以秘索斯表述逻各斯的典型,例如《新约·启示录》中的"白马诚真"之喻。③"白马""诚真"作为喻体已成为《圣经》隐喻传统的一部分,为文学语言对超验精神世界的想象和再现,预设了可能的表达范式。而在随后的历史发展和语言实践中,"道"(Word/logos)成肉身(《约翰福音》1∶14)以一种意会或隐言的"神秘",贯穿于历史、科学以及文学话语的演变之中。

第三节 隐喻思维与"詹姆斯式"隐喻

修辞学与诗学形态的隐喻中所有重要的相关问题,归根结底都涉及思维与现实的关系问题。隐喻的转换生成诸形态最终都涉及真与假、中介与本体、时间与空间等基本哲学命题。正是这些哲学命题构成了人类存在的隐喻形态。从这个意义上说,隐喻不仅仅是一种语言修辞方法,也是一种基本生存(思维)模式。

---

① 参见[英]维特根斯坦《逻辑哲学论》,郭英译,商务印书馆1993年版,第38、39、47页。
② 同上书,第79页。
③ 《新约·启示录》(19∶11—13),和合本。

一、隐喻思维概念的形成[①]

西方对隐喻思维的研究,跨越了一个漫长的两极摇摆的历史过程。马科斯·布莱克(Max Black)在"隐喻如何工作"一文中提出的隐喻思维(metaphor though)的概念,将中世纪经院哲学对意志和欲望的"隐喻式运动"的研究推前了一大步。德国哲学家恩斯特·卡西尔在其《语言与神话》中也明确提出了"隐喻式思维"的概念。卡西尔认为,语言和神话既具有同一性,又具有一定的差异,若从隐喻的性质和意义着手,便可发现其中的同异根源。[②]在荷马时代,神话思维作为一种普遍的认知模式,其认知与修辞浑然一体。及至苏格拉底和柏拉图时代,神话的"秘索思"思维才被贬低为虚构,与"逻各斯"产生了对立。在中世纪宗教化的大隐喻时代,秘索思隐匿在逻各斯的"新神话"中隐喻地表达出来。从17—18世纪理性主义对神话的再否定,到19世纪"新版柏拉图主义者"们对神话问题的再思考,浪漫主义诗学影响了古典主义神话观,对神话"象征性"背后的理性与普遍意义的思考,推进了对隐喻思维的研究。

实际上,卡西尔的"隐喻思维"与18世纪伏尔泰的"逻辑的源泉"[③]同出于对"自然法则之源"——想象性的内在感觉的探究。两者都指出了神话思维之"逻辑源泉"的认知能力问题。而20世纪的神话民俗学和文化人类学对"隐喻思维"之"逻辑源泉"的进一步开掘,对人类存在本体、人的隐喻思维及人的语言表达的综合运化方式有了更多的研究成果。英国神话民俗学家弗雷泽以"巫术"为研究基础得出的结论,与列维-布留尔用"原始逻辑思维"这一术语描述人类固有的思维方式,两者的研究成果趋向同一结论,即人类原始思维有着时空一体的综合思维特征,思维与表象间的"互渗"特征明显,现实与不可见世界在直觉和想象中合为一体。

[①] 关于隐喻思维研究的史料,此处主要参考了张沛《隐喻的生命》,北京大学出版社2004年版。

[②] 参见[德]E. 卡西尔《语言与神话》,于晓译,生活·读书·新知三联书店1988年版,第102页。

[③] [法]伏尔泰:《哲学辞典》"结论"条,王燕生译,商务印书馆1991年版,第379页。

人类的智力活动兼有理性和非理性的特征，其中逻辑因素和原逻辑的、神秘的因素并存。列维-布留尔据此宣称："各种宗教教义和哲学的历史今后就可以用新的观点来阐明了。"①列维-斯特劳斯的"神话拓扑学"则认为，"知觉对象"与"概念"之间的神话元素可以相互置换，某些特定位置出现其他替代成分时，各元素之间的搭配亦随之改变，并进一步导致整个"结构"的全面改组。列维-斯特劳斯由结构主义神话学得出的结论是："科学借助结构创造事件（改造世界），修补匠则借助事件创造结构，"②神话与科学的方法同样正当而有效，而神话甚至会通过重新排列组合事件与经验"矫正"科学的抽象和"无意味"，并因此成为事件与经验的"解释者"。

上述对巫术与神话思维的研究，开启了当代隐喻存在论的研究。乔治·雷考夫（George Lakoff）和麦克·约翰逊（Mark Johnson）在《我们赖以生存的隐喻》中，强调人类思维本质上是隐喻性的，人类语言自可证明这一点。③两位学者皆指出隐喻以具体化的人类经验为基础，生命经验的特征是"意味"（meaningfulness），它建立在"人类经验的相互关系"这一基础上。④ 雷考夫认为，"基本隐喻"（basic metaphor）存在于概念层面，可以搭配组合为各种概念及语言表达。这意味着，隐喻在语言的使用中不断更新自身，人类在这一不断更替的认知与语言的转换生成中，得以延续对物质世界的观察和对精神视域的表达。而约翰逊对"身体经验"的强调，更进一步阐述了人类认知"产生于身体经验的想象形式"⑤这一基础命意。

皮亚杰从"结构主义"出发，认为主体的本性就是构成"一个功能作用

---

① ［法］列维-布留尔：《原始思维》，丁由译，商务印书馆1987年版，第426—427、438页。
② ［法］列维-斯特劳斯：《野性的思维》，李幼蒸译，商务印书馆1997年版，第22—23、25—29页。
③ George Lakoff & Mark Johnson, *Metaphors We Live By*, Chicago: The University of Chicago Press, 1980, pp. 3—5.
④ George Lakoff, *Women, Fire, and Dangerous Things*. Chicago: The University of Chicago Press, 1990, pp. 292, 368 & 371.
⑤ Mark Johnson, *The Body of Mind*, Chicago: The University of Chicago Press, 1987, pp. 5, 13—15, 73.

的中心",因而解除"自我中心"、建立互动关系的"运算过程"即为结构的生产者。换言之,"结构主义"作为一种认识方法,就是主体与客体的互动函数关系(运算—形式)。①比宾·英德伽(Bipin Indurkhya)的隐喻思维观则倾向于"互动—认知"(cognition as interaction),他认为:"认知者在现实中所看到的不过是概念网络的同形拷贝(an isomorphic copy)。认知者可以通过投射不同的概念网络而在现实世界中发现不同的结构,并因此意识到知识的隐喻本性。"②英德伽指出,我们的概念不是反应,而是创造出某种现实中预先存在的"(认知)结构","认识塑造和改变了现实"。③隐喻思维通过话语中介,建构出一个预先存在的世界来,反身赋予话语以意义。语言、概念与现实三者之间的活动过程是互为意义的,也正因此"构成了隐喻性的三维互动认知结构"。④

隐喻思维在文学写作、文化批评、哲学追问和神学沉思中有着浑然天成的功能。隐喻思维使詹姆斯得以返回"秘索思"与"逻各斯"的原始契约,进而激活诗学的词源学意义与传统,⑤将语言与生俱来的符号工具与意义包孕的双重功能充分发扬。有别于浮士德面对"In the beginning was the logos"时的惶惑,有别于浮士德将 logos 译为"太初有言(Word)""太初有意(Mind)""太初有力(Power)"和"太初有为(Deed)"的殚精竭虑;詹姆斯后期小说模棱两可的美学追求,重启秘索思与逻各斯的原始契约,将索绪尔的语言学转向、胡塞尔的现象学思辨、柏格森的直觉意识理论,以及 20 世纪初唯美主义等各路思潮理论,贯通并导入亟待开垦的阔大无

---

① Mark Johnson, *The Body of Mind*, Chicago: The University of Chicago Press, 1987, pp. 2, 97—98, 100.
② Bipin Indurkhya, *Metaphor and Cognition*. Boston: Kluwer Academic Publishers, 1992, pp. 288, 245, 279—280.
③ Bipin Indurkhya, *Metaphor and Cognition*, Boston: Kluwer Academic Publishers, 1992, pp. 128, 93, 111.
④ 张沛:《隐喻的生命》,北京大学出版社 2004 年版,第 208 页。
⑤ 瓦莱里认为:"从词源学的角度看,即把诗学看成是与作品创造和撰写有关的,而语言在其中既充当工具而且还是内容的一切事物之名,而非狭隘地看仅与诗歌有关的一些审美规则或要求的汇编。"转引自[法]达维德·方丹《诗学——文学形式通论》,陈静译,天津人民出版社 2003 年版,第 2 页。

垠的文学领域，以现代小说文体与小说艺术的"达尔文情节"，将不可能的理论解释转变为理论的另一个方面，即文学，由此开辟了"崭新的文学作品的虚构的胜利"。①

二、"詹姆斯式"隐喻思维的特征

詹姆斯的隐喻思维不仅体现为修辞的隐喻，语义逻辑的隐喻，还体现为一种认识论意义上的基本思维方式，有着将内在的意识状态与语言符号的流动浑然天成地衔接的特征，如前文提到的，有着返回到"秘索思"和"逻各斯"一体的自然语言的特征。而"自然语言从来就不是指事性的，而是多面性的，时刻生活在比喻的威胁下是一种正常状态，是'人类的处境'之一"。②詹姆斯构思酝酿一个人物、一个场景，凭借的不是抽象的命名或解释，而是感觉器官最初得来的印象，这些印象在形成之初便印有自然事物的名称和样态。詹姆斯在《卡萨玛西玛公主》纽约版序言中写道："对一个好奇的大脑来说，在这人生场景面前，这座灰暗的巴比伦之都，实际上很容易就成了一座矗立着意义和启示的植物群：那里意象密集。当观察者移动时，可能的故事，可见的人物，从这一密实的丛林中震颤扑动，像是受到了惊吓，观察者在弄清原委之前，为保护自己，最好躲开那些纠缠不休的翅膀。"③当詹姆斯描述《卡萨玛西玛公主》中的男主人公"从马路便道跳到眼前"④时，思维便呈现为意识图画的动态形象了。由某种景观或情景触动感觉器官打开思想之门，借隐喻描述思想开启的样态和过程，这一"詹姆斯式"的认知习性和语言模式，已成为阅读詹姆斯文本时的高辨识度符号。詹姆斯的隐喻思维贯通了认知主体对客

---

① ［法］阿尔都塞：《论〈社会契约论〉》，《分析手册》第8卷，转引自［美］保罗·德·曼《阅读的寓言》，沈勇译，天津人民出版社2008年版，第148页。
② ［法］A.J.格雷马斯：《论意义》上卷，吴泓渺、冯学俊译，百花文艺出版社2005年版，第10页。
③ Henry James, "Preface to New York Edtion", in Leon Ede ed., *Henry James: Literary Criticism*, vol. II, New York: The Library of America, 1984, p. 1086.
④ Ibid., p. 1086.

体的全息认知路径,在以自然语言表达事件形成和发展的过程中,链接出"通讯"各方或吁求或应答的多维意义之境。

如果说"一切感性的东西都是比喻",一切文学作品的生产与存在都离不开比喻,詹姆斯隐喻的独特之处,更多地与结构主义语言学强调"从认识论上监控"①符号表意功能的倾向有着共同之处。詹姆斯在产生创作意念之初,并不急于追问事物的意义,而只是直觉地反映出感知的进行状态,这一状态是思维尚未固化为抽象的概念形式时,自然流动、变化多端的临界之状。换言之,詹姆斯的隐喻思维是将"心"(思维)与"物"(现实)的转换生成的过程、意义寻找形式的多维向度,以及思考主体的思想主旨与承载这一思考的语言载体的相互发现过程,用隐喻语言的模棱两可,最大限度地呈现出其原始状态的思想过程。正如 A. J. 格雷马斯所言,词语与用词语思考意义本身有着奇妙的关系:

> 对人而言,意义问题不成其为问题,意义明摆在那里,显而易见,自然我们就"懂了"。好比一个"白色"世界,在其中语言是事物和动作的纯粹标记,人们不可能对意义发问:所有的发问都是元语言。这个单词是什么意思?那个又想说什么?通讯管道两头冒出人形的隐喻,依靠这些隐喻,人天真地探询着意义……代理人的回答,充满了歧义:那永远是一些转换的说法,一些或忠实或不忠实的转译,……表意不过是从一门语言到另一门不同的语言、从一个层次到另一个层次的转换,意义便是这种置换代码的可能性。②

詹姆斯对意识的"流动性"有着天才的领悟,并以其想象力把"智慧生物"当作精神的一种特殊功能来把握。在描写智慧生物意识成长的过程中,詹姆斯并不以外在的词语决定精神的形式,即不是

---

① [法]A. J. 格雷马斯:《论意义》上卷,吴泓渺、冯学俊译,百花文艺出版社 2005 年版,第9页。
② 同上。

以物质决定精神；也不是把精神自己的形式强加于物质，不是通过对未知的限定来约束语言符号的意义表达，而是精神和物质相互适应，以便选定一种共有的形式。这一适应是自然实现的，或者说，是在历史中逐渐找到实现的可能的。詹姆斯的隐喻大多选自《圣经》或经典著作，在人们熟知词语含义的基础上，他令人惊叹地生发出词语的新的含义。隐喻不仅不再是黑格尔归类于象征性艺术的外部装饰，而且成为能够体现出诗性的、更为丰富的哲学美学话语，成为追问人物或情景品格的审美判断。隐喻本身有着共时呈现事物名称、事物的状态以及事件发展过程的特征。意识过程的曲折变化与逶迤冗长的句式同生共存，在似乎散漫无中心的语流蔓延中，隐喻将意识簇的丛生特征融合链接于丰富的词语符号之中。隐喻成为文体结构的内在构成要素，借助于人物视角的变动，隐喻符号投射出多样、迁延的意蕴延伸。

詹姆斯的隐喻思维和隐喻修辞与当代隐喻诗学有着天然的契合。在当代隐喻诗学中，隐喻的品格是通过各学科间的相互交叉、彼此渗透而形成的综合多元的"文学性"。当代诗学尤其强调文学理论和文艺哲学的融合。詹姆斯善于操纵、使用隐喻和象征的语言，以达成"臆想"和"虚构"的美学效果，这些"精美"的语言多是模棱两可、意蕴含混的，这正应和着认知隐喻理论对持续返回"混沌"的"测不准"状态，在"可能"和"必然"之间，不断迫近无序与规律交织的原初统一状态的理论构想。隐喻理论本身具有的跨学科性质，隐喻思维在神学、哲学、宗教和语用学等多个层面的复合功能，在"詹姆斯式"的文本中发挥出多价值性的品格。詹姆斯将隐喻的诗学功能与文学的隐喻特征之间的张力关系充分地表现出来。为小说诗学的符号价值与人文价值重构提供了必要的线索和路径。

另外，詹姆斯以智慧生物的意识进化和文明培育为主题，也决定了他选择隐喻的语义流动方式给"意识流"以"最终的直观给予性"。[①] 这一

---

① ［法］保罗·利科：《隐喻的生命》，汪堂家译，上海译文出版社2004年版，第364页。

隐喻关系，将抽象的具体性，或曰"内在性个别实体的模糊性基础"联系在一起。所谓"无人踏过的雪原"之隐喻，既是现实的，又是先验的，将亚里士多德的"第一类述谓关系——本质的述谓与偶然的述谓"，表现为多种述谓缠绕含混的对于直观实像的还原。詹姆斯隐喻思维的创化与隐喻语言的整合所产生的模棱两可之义，要求一个更高级的文明和更有理解力的"人"的存在。某种程度上，詹姆斯的语言观与艺术观，的确是为"未来艺术"的需求而存在的。

三、"詹姆斯式"隐喻修辞的两个例子

正如 T. S. 艾略特所指出的，詹姆斯后期风格的形成源于他对准确的表现形式的要求。詹姆斯对语言的敏感性，使他得以捕捉到词语本质上的细微差别。而且，詹姆斯经常试图找到一个准确的术语来表达隐晦和移动的感知印象。对詹姆斯来说，"准确的词"以及它所产生的效果，经常是"有意识地捉摸不定和模糊着的，"詹姆斯倾向于围绕着一个有着"难以捉摸的性质"的主题来建构他的句子。这样的句子不是"抽象"的，而是含有更多的哲学暗示，或者说，他的语言往往是抽象与具象的混合状态，是以隐喻修辞，或者以整个句子的语气和语调，暗示出潜在文本的多重含义。许多批评家有时忽略了这一点，或者将抽象和具象两者内在互换了。有评论者指出，与他同时代的作家，如约瑟夫·康拉德、E. M. 福斯特和乔治·吉辛等作家相比，在选择和运用一个不定名词作为一个句子语法主语上，詹姆斯的运用数是他们的三倍。詹姆斯后期小说中不确定性的主题更加多样化，经常超过了确定主题的数量。如伊恩·瓦特指出的，《使节》不是由斯特瑞赛开篇的，而是由斯特瑞赛作为第一个句子主语和第一个疑问开始的，这一疑问向我们警示了这样一个事实：小说的主旨不在于人物的行为和个性，而在于对他们的调查和印象。文本语境的模棱两可，主题的不确定性，在大量的、多重隐喻的修辞作用下，构成了"詹姆斯式"的后期风格特征。

《金碗》的"宝塔"隐喻

过了好些日子，麦吉才开始接纳了这一印象，即她所做得有些不同寻常，或者说，她已开始留神倾听各种各样内在声音发出的新调门。而这类直觉反应延迟，准确地说，是识别力与感知力已然积极行动的结果。最重要的是，她有了这样一种感觉，即她所做的只是在一个特定时刻信手而得，以往那种似乎不着边际的境况变了。这一境况曾月复一月地占据了她生命园地的最中心，它耸立在那儿像一座奇异的高高的象牙塔，或许更像一座奇妙美丽又有些古怪的宝塔。宝塔有着坚硬光亮的瓷釉涂层，色彩斑斓、布满图案、装饰华美。悬垂的屋檐下，银铃在微风掠过时发出悦耳的叮当声。她觉得她不停地绕着它兜圈，她的存在就系于这留给她兜圈的空间里，这个空间有时似乎很大，有时又很狭窄：她一直想拜访这座如此巨大而高耸的美丽建筑，却至今弄不明白她所期待的入口究竟在哪儿。奇怪的是，她从前从未有过这种期待。更令人费解的是，她抬眼望去，似乎可以分辨出建筑物内部应有的门窗等部位，但因宝塔在极高远处，以她所在的花园位置看去，就像是从照相机孔径里看到的风景，进入的门径难以清晰显露。宝塔装饰华丽的表面始终都那么难以琢磨、神秘莫测。不过，相对于还在凝视中的大脑，现在的她似乎已经终止了仅仅对这所高地兜圈与审视的动作，停下了如此模糊、相当无助的凝视与诧异：她将自己拦在暂停的动作中，然后徘徊其中，最终却前所未有地踏入近前了。处在这样一种距离，事情就有些像是在穆斯林的清真寺，任何胆怯的异教徒都没有特权进入；有的只是这样一幅徘徊不去的幻象：一个人正在脱掉鞋子准备进入，甚至，作为一个闯入者一旦被发现了，愿意真诚地为此付出一生。当然，她还没到愿为尚在两可之间的事献身的地步；不过，她似乎的确已对那件稀世的瓷釉发出了一两声敲击。总之，她已经敲了，尽管她还不能说是否有了回应。抑或为什么有或没有。她尽力把手伸向那又凉又滑的地方，只等着看接下来会发生什么。有些事已经发生了；她刚敲了不一会儿，内中似乎就有响声回应；那声音足以表明，她的靠近已经引起注意了。①

在这段集中展示詹姆斯后期风格诸多特征的文字中，主人公麦吉的"幻觉"与目前婚姻的"真实"处境之间的关联，借助复杂的句法结构和借代称谓，有效地统一在"宝塔"的隐喻之中。麦吉的意识游走于幻觉中的花园、神秘的宝塔以及现实的婚姻境况之间。麦吉与婚姻真相之间的距离，一如她与宝塔的"兜圈"：宝塔清晰如画却不得其门而入；即使进入了，也不过是"闯入者"徘徊不去的幻象。在大段"意识独白"中，麦吉似乎"隐身"于"she"或"her"的泛指之中。而由"it"引导出的大量分句结构，又为原本模棱两可的所指叠加了更多的意象。"it"既指宝塔，又可以理解为麦吉当下的意识，"it"因此得以延展为最难以捕捉的心理抽象：一种原始的、"夏娃式的"求得真相的欲望，一种对无以名状的神秘命运的好奇与无奈。这一心理抽象对应着麦吉既要完成赢回丈夫的职责，又要从对父亲的致命深情中浮出，显露真正自我的混沌状态。"宝塔"作为麦吉婚姻处境的象征与隐喻，暗示出小说后半部分麦吉试图接近真相，却一直困在与"宝塔"的"距离"之中，意识发育处于进退维谷之境的样态。在这里，词语、意象和隐喻之间贯通一气，营造出了一种集感知、幻觉、臆想和现实为一体的逼真画面和多重文本效果。

《卡萨玛西玛公主》纽约版序言（节录）的隐喻叙事

......我的无名小卒是位伦敦世界的热切观察家，他在我眼前已经有一段时间了，我看着他漫步、惊奇、渴望，看着那些可能对他发酵却无答案的所有问题与战斗激情——他应该在充分的思考和被充分的剥夺两方面都准备妥当了；然而这一想象无论多么有趣，当然都不会只是想象本身单一行动的收获，单靠它是不能制造戏剧性的。相反，我所采取的行动——人如果失于此将会一无所获——基

---

① Henry James, *The Golden Bowl*, II, New York: Oxford University Press, 1983, pp. 299—300.

于我所关注的感情的瞬间状态的可能变化，并设想出它引发的另一种状态，我在特定的时间中回返那一刻，带着极大的充沛活力回到它本身。去发现这些，实际上是要主观地去感受到人物在其视域中的游弋。我发现自己再次回想起我是如何重新认识这一点的，它的复活又带来了可能的乐趣，如以上所描述的，那些独到的关联，我的冒昧历险的小人物的职业以及其他状况，他原本美好而灾祸意外来临的构成，他的"昏暗"的伦敦小帮会，他精神的膨胀，这一切都构成着他的奇特历险之域。如同我所示意的，以想象力的介入对其进行无数刺激和暗示，他会变为一个在内在形式上最了解革命最终目的的人。……搜寻这一必要的链接，对我来说，便是在极端形式下，徒然遇见了克里斯蒂娜·莱特这个可自由处理的光源，那是我十年前在《罗德里克·赫德森》结尾处发现并留在手上的人物，她在我们已然为其招魂却尚未为其除魔的幽灵出没的灵薄狱，徘徊良久，正等候一个壁龛，一种职能。

我不应以一位未来的年轻女子为借口，去追溯我装备此书的步骤和策略——那像是要为她的婴儿穿衣，婴儿却一直赤裸着——从最初将其安置在我书中的方式和作用来说。毫无疑问，以极为轻松的方式，获得一个机会去研究一位小说家隐藏人物的某种手法，这对我们更具吸引力，诚然，这类人物或多或少都曾被掩藏着，而今，由于其自身的力度和突发奇想又从他手上复活，如出没的幽灵一般，环绕着他的艺术大厦，触摸着他们业已熟知的古老门第，笨拙地拨弄那些僵住的门闩，周遭漆黑，他们苍白的脸挤压在明亮的窗户上。……她本能的激情又从久远处捶打着我；不惜任何代价，绝不同意被交叠的双手葬于纸板墓穴，这种小儿玩具盒，我们通常是为一个圣体安葬仪式的演出配置的，之后就将其扔掉了。虽如此，我亦从躁动的虚荣心中见到了成果：克里斯蒂娜已对自己有所感知，有所了解，在先前的人物关系中这一点已很明显，在此后的关联中她已无法不再引人注目。……她最初的音调令人厌恶甚至乏味，我做出了判决，不能再有任何平庸，而要让她介入这位衣衫褴褛的伦敦小装订工的生活，以其情感，尤其要以其有关"公众问题"的大量观念影响他，她要从源头上产生致命的作用。

……不管怎样，当我忆起它时，我记得我感到自己完全被小雅辛斯附体而着魔了……再度回味，有些惊奇，我那时对计划中的各个部分有着奇特的自信，此时都连缀起来了。我现在可能会质疑我的自信——在许多点上，我都对非常真实以及真实的"权限"有着极端的要求；但质疑是让事物愉快地复活的更好的理由，所有刺耳的要求及其摩擦的细节（那一定是有的）都令人愉快地捉摸不透和令人生疑。最好的理由——我的意思是我所提到的庄严的自信——是我对我的题材完全入迷了；这的确像是直接经验的结果。我的方案需要一些具有暗示性的、近似于（显然是相对于我们有序的生活）左派的无政府主义的地下世界，交织着其痛苦，其能量及其仇恨；其表现并不强烈或特异，而是有着松弛的表面，模糊的动作、声响以及一些征兆，一些恰好让人察觉到的提示，一些大体上的隐约可能性。之所以采用这一方案，是因为人总会遇到各自要"记录"的问题，纵览全局，以此为方向，这一问题即人们曾"探究"了什么问题，已经探究了多少；而现在人们给予这一问题的答案——至少人们自己是满意的——可真正见出一个人的方法。

然而，我对我的主人公在相当混杂的世界中或显或隐的双重意识的记录，实际上与我自己的印象和激昂感知是一体的，是我对伦敦的所有视像和所有建筑物的感知，在有效的想象中的沉积。我对这本书的特别计划，实际上正得益于记录，计划才会径直地与我不期而遇，才会一劳永逸地对我的实际观点大幅度地进行清理。假如人们从事着说故事与真实报道人类场景的工作，那这"记录"就只可能来自人的内在动力这一摇篮，那是无可回避的：将它们作为一种本质去看、去想、去感觉、去重识、去记忆，理解行为便是如此完成的。能量的展示一直持续着，不可改变；改变的仅仅是客体和处境，它们上紧着它的发条。换言之，记录是必用之物，所有鲜活经验的最初成果都由记录唤醒了记忆。我曾倾尽全力地凸显了这一权威的样式，即我的那些鲜活的伦敦经验——积久成习的伦敦观察者，全神贯注的画家、徒步潜行者——都提醒了我；我想，那是对我风险投资额度的一种告诫……

面对雅辛斯的地下政治学和神秘同盟观点，我重新回忆起了所有的感觉，简单说，假如我不能从外观上将那些事物恰当地汇聚一体，切实地将他生活中所有奇特的部分都适度地汇聚起来，我将会感到羞愧，因为我有优势——伦敦没有一条街道，没有一个角落，没有一个时辰不是我所利用的。当然这一正当性总有机会被挑战——一个比我知识更多的读者的挑战。而那究竟是什么样的知识呢？我至少能够多多少少地驾驭我想象力的诸方面，即我的知识。如果我已使外观生动，那么人们还可最大限度地做些什么呢？同时，我不拒绝回应那些可能的讽刺性的反响，即使我已将肤浅、模糊和晦暗之像摄入画面，我也有正式执照去驾驭它们。我还回忆起了我事先就对我的"艺术见解"有所捍卫。难道我不应该发现竞争的快乐价值，即我最期望提供的、最期望有效地去创作出的，恰恰是那些我们不了解，社团也并非了解的那些人，而只是猜测、怀疑并试图嘲讽那些人，他们在巨大的体面世像之下，势不两立地、颠覆性地"持续"着的究竟是什么？我还不能对它的正量进行处理——我的主题已有更可确定的另一面；但我也许偶尔表现出社团的听觉葡萄接地，或是抓住一些热气团，那似乎得让我花一个多小时才发现要避开它并翱翔离去。无疑，所有返回的事物都像是这样一种智慧——对小说来说，若是你没有这样的材料基础，没有生活的感知和深潜的想象力，在向你展开的有把握的特殊表像中，你就是一个傻瓜；而你已全副武装，你并非真的无助，不缺少自己的来源，即使面临秘渊。[1]

---

[1] See Henry James, "Preface to New York Edition", in Leon Ede ed., *Henry James Literary Criticism*, vol. II, New York: The Library of America, 1984, pp. 1096—1102.

詹姆斯在回忆《卡萨玛西玛公主》的写作动机和写作过程时，"重述"了他赋予自己艺术家的权利，再次发现小说创作基本动机和法则的欣喜。《卡萨玛西玛公主》序言共一万多字，其中几乎每个段落都记录着詹姆斯作为"批评家小说家"对"文学性"的理解。我们试从上文摘录的序言中，依序梳理出下列"问题"：

  A. 人物形象酝酿出台需要一个合适的时间过程。

  B. 作家介入人物意识领域可获得暗示和启发等创造性成果。

  C. 对印象的记录是一种内在动力：是文本真实的来源，也是展开想象的基础。

  D. 利用环境资源并非仅"摄取"表象，更要探知"不可化解之物"的奥秘。

  E. 在人物奇特的个性之间找到合适的连缀点，形成具有容纳性的整体。

  F. 小说应是对作者和读者双方知识广博性之间的默契或挑战。

  G. 作者创作伊始就应考虑到如何对读者反响做出回应。

  H. 作者更应捍卫艺术家的主权地位。

  I. 写作应本着"快乐原则"，即作家本人的期待值应是第一位的。

  J. 作家的最大期待价值是：探索不确定事物的可能的确定性。

  K. 作家应主动倾听来自社会各个层面的声音，捉住转瞬即逝的新鲜印象。

  L. 作者基础材料深厚，以想象力深潜感知领域，方能在未知之域游刃有余。

  如果搁置以上对《卡萨玛西玛公主》序言中理论问题的"提炼"，将整篇序言作为某部小说中的片段，应该也是成立的。因为詹姆斯谈及"概念"或"理论"时，其文体风格依然显示出浓重的隐喻思维和隐喻修辞的特征。关于创造"雅辛斯"的思维过程，既是对记忆中原作的"重影"，也是重塑记忆的再一次"制造"：詹姆斯对伦敦的观察和想象，在序言的"理论"构架中，又一次以独特的隐喻风格让读者感受到极具魅力的"比喻学的风格学"。①詹姆斯利用名称的多义性特征,为序言的语义"穿上伪装"。原作意图经过詹姆斯的"压缩/扩展",经过序言对语义和词素的重新组合,出现了一种特殊的"距离":一方面,詹姆斯寻求与原作"重影",意在补充说明原作的"实际"与当下自己理念的差距,补足原作的缺憾;另一方面,詹姆斯实际上欲借助序言,宣示其更为成熟的小说理念,而后一项意图似乎更为明显。《卡萨玛西玛公主》发表于 1886 年,这部中期作品的艺术成就,在许多方面确实需要"重述"方可与后期圆熟之作相提并论,而其序言的艺术"品相",却毫不逊色于《使节》《鸽翼》和《金碗》的序言。它们几乎同时完成于 1907 年前后,詹姆斯有意无意"制造"出的"语义内容和内容经过语法形式变形后的表现的距离",② 在句法、隐喻和形象等使用方面,共同形成了具有自主风格的喻指特征。这一独特的风格特征,"自述"并强化了文学语言自身的存在意味。格雷马斯等结构主义语言学家们对文学语言作为"表现的风格学"和"比喻的风格学"等观点,亦可用来解释詹姆斯的独特文体价值。文学语言的定义应该是"它们对某种笼罩在内容上的形式的偏爱。文学语言的美学追求似乎就是要为表现内容而挑选名称……渴望找到那个唯一的对应词"。③从这个角度来看,詹姆斯那些句法的缠绕,人称指代的模糊,大量的动词不定式和副词,随处可见的介词、分词,多重的补语、从句和复句,都有其特定的意图,都出自对文学语言要求自身精致准确地表意的完美的艺术追求。文本因此衍生出所谓"语言的剩余物",也正因这些预留的、充满歧义的"剩余物",我们才得以利用新的理论和科学手段,对其进行不断的分析和阐释,不断地对"预留"和敞开的阐释空间进行"增补"。詹姆斯善于将隐喻和借代两种修辞功能统一起来的语用风格,丰富了雅各布逊、索绪尔和格雷马斯等理论家们对语言能指—

---

① [法]A. J. 格雷马斯:《论意义》,吴泓渺、冯学俊译,百花文艺出版社 2005 年版,第 319 页。
② 同上。
③ 同上。

所指关系的界定和阐释，他的文学语言实验，将散文语言的"写实性"与诗歌语言对"现实"的"重影"特征结合起来。"詹姆斯式"的文学语言，葆有未被抽象理论凝固的鲜活的"胚芽"特征。

第五章 "詹姆斯式"与过程哲学、符号学语言观的同构及成因

我们看到,詹姆斯的文本作为"予料",与20世纪哲学中的古典实用哲学、逻辑哲学、现象学哲学和分析哲学,语言学转向中的言语行为理论、语义学,以及心理学和生物科学等人文科学诸领域中的诸多新见多有通衢。詹姆斯的隐喻思维,在将意识、心灵等形而上之"不可见"领域诉诸语言表象的过程中,在强调意识的流动性生成过程等方面,与上述理论同步构成了语言建构意义、敞阔阐释空间的文化标识。

第一节 与过程哲学及符号学语言观的同构

《使节》《鸽翼》与《金碗》三部小说,从标题到叙事行文,皆表现出隐喻体小说的特征,表现出作家以感知为路径,以"更为细腻的思想情感的激动"对意识领域进行探索的用意。意识与心理这一题材并非"明白畅通",需要作家主体的良好审美能力,需要具有精心培养的"一露端倪就抓住不放"的观察与接受之能力。意识领域的"故事"是一个连续的有机的过程,表面的叙事情节变化极少,而人物的意识变动及心理动机的运动却绵密低回。詹姆斯在题材的选择以及对题材的处理手法上,有着同时代实证心理学注重微观细致分析的方法论特征,更与过程哲学对于主客体关系互为"摄入"运化的概念相契。

一、过程哲学的"摄入"运化概念

主客体互动的过程在怀特海的《观念与冒险》中名为"摄入"。摄入包括三个因素：一是经验事态，其中摄入是其活动的一个具体细节；第二便是事态的关联性，它引起摄入的萌生，事物之关联性成为摄入之对象；第三便是主观形式，即情感的调子，它决定着该经验事态中摄入的效应。因此，经验如何构成自身，取决于经验的主观形式的复杂性。[①]过程哲学的"摄入"概念和詹姆斯的"摄入"或"潜入"观念，在强调认知主体和客体的有机关系方面，在对"情感"或作家主观"意志"的侧重方面，有着深刻的共识。对詹姆斯在《一位女士的画像》《卡萨玛西玛公主》和《使节》等序言中的一些"自我辩解"进行分析，这一"共识"现象可以清晰地显现出来。

在《使节》序言中，詹姆斯"翔实"地解释了他"选择""委派"斯特瑞赛作为特使的动机和过程。斯特瑞赛作为使节，"代理"詹姆斯穿梭于乌勒特、伦敦、巴黎之间，以使节的身份，为每一处所的文明程度，为每一处"人种"之优劣做一番探查和比较。与此同时，斯特瑞赛借此反观自我之经历，边观察边对照和检查离岸时所持有的"乌勒特哲学"，最终修正了使命的"先见"：使节"握住钟摆"，使其暂缓摆向"乌勒特"。这一隐喻，是詹姆斯欲自我掌控时间机器，于暂停的"零时间"中，获得"抓取"或者"占有"时间的机能，成为时间主人之意图的彰显。在对实际实在认知的基础上，詹姆斯欲令时间具有"我"或"我们"之主体价值与意义。詹姆斯依据理想概念的推论，探索并完成着欧美遇合的高级文明之题。以隐喻语言发挥出小说潜在创造性的"文学功利性"昭示无遗。

实际上，早在1884年，詹姆斯在《小说的艺术》中便提出了单纯讲"故事"是外在而机械的，"有别于小说的有机的整体"，而"一个心理的

[①] 参见[英]A. N. 怀特海《观念的冒险》，周邦宪译，译林出版社2014年版，第192—193页。

动机就是一幅客体美妙的画面"。① 詹姆斯援引爱德蒙·德·龚古尔的《小宝贝》,认为"探索一个孩子的道德意识的发展",堪与《金银岛》的曲折故事媲美,同样"令人惊奇"。②针对19世纪后期英国文学中依然固守"故事是关键"、片面强调"自觉地道德方面的目的"之现状,詹姆斯将小说的内容、道德体系寓于意识真实的广阔之域,认为应该最大限度地"占有探索它","努力捕捉生活本身的色彩",因为对于生活印象的细致入微的观察和体验的才是小说家应有之责。

詹姆斯在《一位女士的画像》的序言中提出了"小说大厦"③的理念,强调作者驻足"窗口"探望广阔世界时,生成了一个主客体双方的"创造性过程",这一创造性的最初形势,是新的小说形式及内容在不断的起始和完成之间的运动过程。在创作主体对实际客体的观察接触中,发现了新事态提供的能量,这一能量是一种"实在的潜能"。④ 而作家的创造性即是潜能的实际化。实际化的过程是一个"经验着的事态",无数经验个体共同构成了事态的生成过程。连同《卡萨玛西玛公主》序言中提到的"连缀""潜入"和"摄取"等术语,詹姆斯对原作内容真实性的"解释",不仅体现出现象学哲学强调主体性的一面,在对主客体关系的认识上,也呼应着分析哲学强调主体选择过程中"摄入"的能动性,呼应着思辨哲学在揭示微观世界与宇宙整体性关系时的感知特征。这一感知特征是与解释结伴而行的认知过程。作家对经验的认识源自于原始的知觉,这一直觉同时与解释性的反应交错在一起。因为,感知是依据被感知的感觉材料而获得的。

二、与德里达"增补"理论的同构

詹姆斯在纽约版序言中多次提到小说语言自主性问题,语言在文本

---

① See Henry James, "The Art of Fiction", in Leon Edel ed., *Henry James: Literature Criticism*, vol. I, New York: The Library of America, 1984, p. 64.
② Ibid., p. 62.
③ See Henry James, "Preface to New York Edition", in Leon Edel ed., *Henry James: Literature Criticism*, vol. II, New York: The Library of America, 1984, p. 1075.
④ [英]A. N. 怀特海:《观念的冒险》,周邦宪译,译林出版社2014年版,第196页。

中是否"合适"或"恰当",作家在最初写作时根本"无法预测",语言的指称、比例和变化"只能表现出它们自身的情况而已"。这一特征在"重读"时尤为明显。詹姆斯要求小说的散文文体能达到"诗性"语言的纯度,能够释放出符咒般的魔力,以表达艺术美感。①詹姆斯对语言的"过分"要求,形成了他文本的意义含混,"所有可能的意义都在那里相互拥挤相互阻挠以挣脱显形……它们相互召唤相互激发,相对于这种纯歧义潜能,古典上帝的创造性都显得过于贫乏"。②而德里达对增补的定义可以用于理解詹姆斯的语言。德里达发现,语言作为一个与行动共同的未完成的整体的一部分,有着不可替代的"不在场的在场"特征。德里达认为,隐喻是为赋予某些不可能表达的、某些我们在命名行动中所置换和抹去的事物以形式。"文学行为……总是指向一种断裂,一种朝向内在世界的道路,所以无法将之直接表明,而只有通过隐喻来暗示,这隐喻的谱系自身就应该收到思考的全部重视。……这是在这个世界上再创造一个世界,这个世界说的只是所有东西的多余部分,这关键性的'无'正是语言中所出现的和生产的一切的基础。"③德里达的隐喻观消除了具象与抽象概念之间区别。隐喻的能指瓦解了语言的等级,所有的观念仅仅是一个系统内的"话语",其中心所指、本原所指和超验所指都不再是一个延异系统之外的绝对在场。而且,德里达在使用"弥赛亚性"④这一概念时,更以隐喻的方式使解构理论"转向"未来的"可能性视阈"。其解构传统的同时即建构未来的语言规则的企图引人注目。亨利·詹姆斯的语言观与德里达有着显著的"共鸣"之处,这可以部分地解释为共同来源所致。德里达的著作是针对既有的18世纪哲学家们的,并对他们发起了挑战,诸如卢梭、康

---

① See Henry James, "Preface to New York Edition", in Leon Edel ed., *Henry James: Literature Criticism*, vol. II, New York: The Library of America, 1984, p. 1339.
② [法]J. 德里达:《书写与差异》,张宁译,生活·读书·新知三联书店2001年版,第12页。
③ 同上书,第10—11页。
④ 德里达的"弥赛亚性"是受本雅明的"微弱的弥赛亚力量"的影响而提出的,这一提法本身被学者们认为是解构论开始面向未来的一个关键转向。详见约翰·D. 卡普托《弥赛亚性:等待未来》,《基督教文化学刊》总第12期,2004年秋季刊,第75页。

德，以及那些追随他们的后期现象学家们，如查尔斯·桑德斯、皮尔斯和埃德蒙德·胡塞尔。上述这些哲学家们的著作及论点经常是詹姆斯家族的谈资。詹姆斯本人对哲学话语与文学话语之间的变通之道更有心得。詹姆斯著作中的不确定意识，为一张内在相互关联和延迤不断的网所覆盖，这让他得以同时探寻官能和形而上两个层面的在场与缺席的问题。这一途径在詹姆斯作品内部创造出类似于威廉·詹姆斯在其哲学著作中所创造的"多元的宇宙"。两兄弟的语言都是隐喻性的；所有的概念都只是术语措辞的不同表达方式。正是在这一点上，威廉·詹姆斯抱怨其弟文风冗赘，迂曲不明。詹姆斯也同样会指出威廉哲学话语中大量存在着的隐喻。两兄弟都在探究并感知到语言的不足。但他们又与德里达不同，他们继续使用并生发着有所欠缺的语言手段。这种为其作品所印证着的相对主义的立场，使他们得以质疑维多利亚时代的教条，却又不拒绝心灵体验的可能性。德里达所宣称的所有关系中的增补本质，为探究詹姆斯的心灵观和超自然观提供了恰切的模式，而詹姆斯的隐喻修辞也为后现代之后的"文学行动"提供了更多的阐释空间。

三、向语言中心的后现代主义过渡

柏格森认为："语言向意识提供了一种能体现意识的非物质的外壳，免得意识完全依靠物质的外壳，因为物质流动最初卷走意识，随即吞没意识；而人有社会生活，社会生活能像语言保存思想那样积累和保存努力……我们的大脑。我们的社会和我们的语言只不过是同一种唯一的内在的优越性的不同的外在符号。它们以各自的方式表达生命在其进化的某个时期取得的独一无二的成就。"[①]詹姆斯小说和小说理论语言，显示出不断突破局限，不断衍生和进化的独特性，詹姆斯的个性化语言，不断

---

① 参见[法]亨利·柏格森《创造进化论》，姜志辉译，商务印书馆2004年版，第219—220页。

地"用新的习惯对抗旧习惯,分离自己的自动性,以便控制自动性"。①詹姆斯的语言因而具有了双重属性:物质与非物质的;形而上与形而下的。詹姆斯常将"细薄、透明"的超验经验以语言的"无拘无束"加以细微甄别和形容。

在《波音顿的珍藏品》第一版中,詹姆斯不断地将他的主人公们描述为"犹豫不决地"。而整个文本本身也持续不断地在几种意义之间犹豫徘徊,因此,留心的读者们也不得不随之犹疑。在1908年纽约版中,詹姆斯使用好几种变体来替代动词"犹豫",诸如"渴望""怀疑""争辩""放弃""迟疑""设法找寻""延迟""畏缩""异常挣扎""再思""踌躇不决""停顿""一时大脑无法思考",以及"好像立刻需要绕着它走一走"等。对"犹豫"这一动词的所有补充,充分地暗示出阅读《波音顿的珍藏品》时的"危险",这几乎是缠绕每一位读者的阅读经验。

除此之外,一些富含深意和想象力的句子也伴随着相对的思想,在文本的不同层次都留下了"缠绕"的印记。例如:

> 如果他不曾喜欢莫娜那么他出了什么问题呢?不过如果他喜欢莫娜,弗蕾达问道,那么她愚蠢的自我出了什么问题呢?②

"詹姆斯式"平行又对照的修辞特征,将叙述者或主人公意识的不同侧面有机连接,同时再现出感知、思索、推断等连续性精神活动的过程,通过限制性地理解他人行为与情感,将意识的变动不居和普遍的理解失实这一意识行为的独特之处,立体地呈现给我们。行为的动机及其意义经常是模糊不清的、有疑问的,而解释意义的效果也常常是出人意料的,对焦点人物意识的描绘,通过质询式的微妙语气,将叙述者和当事人复杂含混的心理动机真实地表达出来。行文中细微的语气差别,表达出丰

---

① 参见[法]亨利·柏格森《创造进化论》,姜志辉译,商务印书馆2004年版,第219—220页。

② Henry James. *The Spoils of Poynton*, New York: Penguin Books, 1987, p. 105.

富而难以确定的意义。

在这样的真实中,语言似乎难以确定地指其所指,"真实"作为一个指导原则,在字面形式和阐释要求双方都被模糊了。詹姆斯似乎欲为语言建立一个新的修辞结构,在其中,修复和重建词语与所指之物之间的关系或许是可能的。詹姆斯充分意识到,在某种语境中,模棱两可皆因双方交流而滋生,因为在交流中,人物意识和态度的相互反应,使彼此的意识暗潮涌动,外在行为则呈现出捉摸不定的状态,语言的意味也因此冗长过剩。新旧观念在社交互动中形成了观念的交锋,而所有的观念正在被重新审视和评判。一切都在生成和变化中,无法给出单一、清晰的界定。正如《波音顿的珍藏品》中弗蕾达告诉加雷斯太太的:"你过分地简化了……我认为,现在生活的混乱远比你曾经感到的样子更为复杂。"①

弗蕾达作为故事的意识中心,她作为一个"自由的精灵"被"傻瓜"包围着,这一人物设置本身便是富有启示性的。她的与众不同之处在于:

> 她躲避着,幻想着,虚构着,而且浪费着时间。不去寻找补救或者折中的方案,不去筹划一个可能避免丑闻的计划,在她神圣的孤独中她把自己交与一个虚构的故事,沉湎于品尝她将要播散在空中的美丽的宁静,那宁静当有却还未曾有。②

詹姆斯对弗蕾达的称赞也是模棱两可的:"弗蕾达魔鬼似地既能看到也能感受到,而其他人仅能感觉到却无法看清。"斜体的"*she*"是詹姆斯式的一种典型的技巧,是指称模糊的代词。"*she*"可以是欧文的母亲,也可能是那些期待欧文与弗蕾达之间发展罗曼司的读者们的推断:欧文意指莫娜。事实上,这些话只是弗蕾达思考欧文沉默的含义时的所思所想,语言表达着的是各种可能性,这才是"*she*"一词的真实意图,而非单纯的人称指涉。詹姆斯接下来描述弗蕾达对欧文沉默的疑问与自答:"那就是

---

① Henry James, *The Spoils of Poynton*, New York: Penguin Books, 1987, p. 186.
② Ibid., p. 62.

肯辛顿宫那一刻的气氛，它只需诺言变为承诺的行动。对这个女孩活跃的头脑来说，她更愿推论，为什么那一刻没有言辞；而她的另一个想法是，不要听到它，保持行动的未承诺状态。她会这么做的，如果她受到了惊吓。"①叙述人一边描述一边评论，这一询问和质疑的语用风格，表达出人物意识、语言和行动之间首尾联动，紧迫密致的真实状态。

詹姆斯从柏格森的创化直觉理论中汲取的思想营养，直接影响了他对文学描写所采取的"印象"化的态度，决定了他对意识"流"的语言手法的选择。"詹姆斯式"可以说是对德里达解构之后的能指—所指之间"延异"理论的有力证明，甚至是为德勒兹和瓜达列等后期解构理论家语言观准备的予料。德勒兹写过关于柏格森的著作，对尼采的"爱好"让他对生命哲学和直觉理论有了更多发挥，德勒兹认为："这种爱好就是个人以个人的名义说出简单的东西，凭感受、激动、经验、实验讲话。……我已在试图将文字视为一种流而非代码……关于疲倦与沉思的论述，那是生动的实际经验。这一切走的还不远，但已经起步。"②加塔利补充说："能指变得不再重要，名称指代的确定性也不再重要。命名的重要，能指向所指滑动延异的难题，让位于语言'流'，让位于对内容与表达的'绵延''流动'运动过程的描述，因而不需要能指与所指的确定性。语言作为内容和表达的持续流动系统，被离散的、断续的辞格的机械搭配所切断。"③

詹姆斯小说的语言流，以语言本身的质感，"显现"出意识流动的真实过程。语言符号将形式与内容的"比例"和"关系"融进一个相关的构造中，语言本身既是形式也是内容，或者说，语言只是表达本身，除此之外别无他物。詹姆斯正是以这一特征吸引了希利斯·米勒等解构论者的注意和批评。《鸽翼》中的人物共讲了多少次"there you are"，琐细又重复的语言异常究竟意味着什么，这些怪异何以会出现，最终需以对作品整体的解读加以说明，目的是在这些怪异的相互关联中见出更多作品的特

---

① Henry James, *The Spoils of Poynton*, New York: Penguin Books, 1987, p. 99.
② [法]G. L. R. 德勒兹：《哲学与权力的谈判》，刘汉全译，译林出版社2012年版，第7—8页。
③ 同上书，第22—23页。

色。这种"修辞性阅读"不同于新批评和结构形式主义,也不是纯粹的审美阅读,而是经由语言的路径,发现文学作品的独特的创造性。而"修辞性阅读"也不应仅局限于语言本身,它要求阅读者将阅读扩大到更广大的领域:绘画、历史、档案、视觉与纸质媒介等。这样的"修辞性阅读",不仅可对文学经典的形成历史有所了解,还可以更为直接和有效的手段,了解语言的复杂性。在这一意义上,对詹姆斯的阅读,并非要在线性的阅读中对其归纳与定位,而是让各种可能的阅读成为众多阅读中的一种,在尝试对其语义进行提炼中,发现并阐明语言自身的某些潜质。

詹姆斯对感知经验的兴趣以及对感知经验复杂性的认知,要求着这样一种特殊的表达方式。传统"讲故事"的畅晓语言,不足以揭示细微敏感的意识领域的幽深无限,象征与隐喻于是成为一种创作主体与客体对象之间联合行动的语言诉求。隐喻与象征的符号代码及其排列组织,应和了意识的幽微变动。詹姆斯为意识与心理的各种偶然事件提供了戏剧化的情景、台词和秩序。在这一点上,与其说20世纪的语言哲学与过程哲学是分析阐释詹姆斯的工具,毋宁说詹姆斯的小说及理论文本为后者提供了"实际实在"的"予料"。[①]"詹姆斯式"的隐喻在几个词语系统之间的"通信"表现出某种"含混性",而这一含混性正是双重或多重词义之间信息递变的特征之一,也对应着意识领域信息交叠弥漫的"旋涡"流动特征。隐喻语言向实际实在事态的开放状态,打破了封闭的语言符号规则。"隐喻法是不合法的,可这种隐喻却是让人相信的"。[②]詹姆斯作品中的隐喻,既是人类认知本身在20世纪初发展的直接结果,亦为发生认识论等科学哲学的研究提供了材料。从某种意义上说,"詹姆斯式"的语言风格,是20世纪以来文学、哲学和语言学"对抗"与"互渗"并行发展的成果,它们共同奠定了未来认知科学的研究基础。

---

① 参见[英]A. N. 怀特海《观念与冒险》,周邦宪译,译林出版社2014年版,第192页。
② [意]翁贝尔托·埃科:《符号学与语言哲学》,王天清译,百花文艺出版社2006年版,第319页。

第二节 "詹姆斯式"隐喻修辞的成因

"詹姆斯式"隐喻修辞风格的形成有着主客观多方面的原因,我们主要从以下五个方面发掘其形成要素。

一、家族语言环境的潜移默化

詹姆斯中后期的创作,其语言的隐喻特征有着极其浓郁的家庭氛围特征。詹姆斯家族出了四位毕生从事写作的人,妹妹爱丽丝公开发表的论述不多,但其日记、书信及书评中,以略带神经质的女性的敏感,为家族语言特征增添了阴柔之质。威廉·詹姆斯和亨利·詹姆斯这两位,穷其一生都在享用父亲老亨利"修辞诱导"送出的"语言之礼"。[①]老亨利自己的谈话条分缕析,并鼓励孩子们效法辨析与争论式的谈话形式。而两位未来的作家也很快便领略到语言本身的妙趣。爱默生的儿子曾把老亨利比作苏格拉底:"他总是欣喜地展开一个话题,以比较的方式对其讨论然后引出结论,他不仅仅是一个幽默的人,甚至还是一个幽默大师,在短暂的口吃停顿之后,他往往送出一串形容词、副词或是名词,并因此激发出文字的字面意思,他则并非有意地转而将词意引向非同寻常的它指,而这便引起了富于启发性的辩论。他的儿子们则步其后尘。"[②]多年以后,爱丽丝·詹姆斯在重读家信后回忆说:"父亲文本系统的坚固与密不透风,让我离开一瞬便无法再度进入文字之流。而将那些形容词铺开来看则是有趣的事。尽管那些词翅翼宽大,卷流丰富,却从未使他的文风固化,它们像是一个个音符从活泉中涓涓流出,如同一只鸟的无意识歌唱。"[③]

詹姆斯在"家族谈话"中,是最"沉默寡言的一个",他在青年时期就

[①] F. O. Mathiessen, *The James Family: A Group Biography*, New York: Random House, Inc., 1947, p. 101.

[②] Ibid.

[③] Ibid.

与众不同，较之单纯地"修饰辞藻"，他更钟情于"遣词造句"。他的第一篇小说《看护人和被看护者》即显示出灵巧熟练地描绘所见之物的能力。因詹姆斯为自己未来设定的目标，远高于精致修辞。詹姆斯善用含混的词句和蜿蜒的句式，他的句子朗读起来颇具有感染力。而且他的言谈中有一种书信中无法留存的特点：戏谑。他一旦掌握了一句精彩的笑话，不仅要虔诚地保存下来，还要再加上一种结构复杂的妄语，朋友们增添的一砖一瓦都要巧妙地合并到这一"上层建筑"中去。如果读者没有事先研究每一位通信者的个人历史和一般经历，就很难进入他的"妄语"世界中去，这个世界就像《爱丽丝漫游奇境记·镜像世界》里各种角色盛会的那种四维结构的世界。"小小的暗示通常就足以开动火车；就像他写故事时，一粒隐射的小芥子就会繁衍成一个枝繁叶茂的题材，他最妙的妄语也同样在无人记得的琐事中开花吐艳。"①

詹姆斯的言谈和小说语言，对字音节奏有着特殊的喜好，并给它以充分表现。他的耳朵由于对繁复的散文体的萦回极端敏感，因此从来不允许他在最复杂的韵律学上支吾。詹姆斯在其写作生涯的晚期，更多地将家族影响的特质表现了出来。他写给朋友的信中，甚至出现了这样的字句："我很高兴你喜欢副词，——我钟爱它们；它们是唯一有资格获得我敬意的，而且我认为，在思维之中，它们所载之意才是最有文学意味的。"②詹姆斯无意中沉浸于家族语言风格，而且常常使"词意引向非同寻常的它指"，尤其是当他读出他那些试图涵盖所有意义的词语，例如"绝妙的"（splendid）、"惊人的"（prodigious）、"神圣的"（sacred）精彩的（wonderful）等，较之于他的父兄，詹姆斯已将用词格调（style）转化为一种个人风格（manner）。因为他的创作理想是"完美"。他那些丰厚的文学产品，无疑都是为完成这一完美目标而努力的结果。詹姆斯永远都在修订他的每一部书的新版。"詹姆斯式"的语言成就，是一位专注于"完美"的艺

---

① 参见[美]伊迪斯·华顿《亨利·詹姆斯》，《外国文学》1986年第6期。
② F. O. Mathiessen, *The James Family: A Group Biography*, New York: Random House, Inc., 1947, p. 107.

家,孜孜以求文学思维与语言表达最佳方式的和谐之果。

二、科学语言的影响

"詹姆斯式"的语言风格有着进化理论以象征性语言描述人脑行为,科学语言以隐喻性语言解释人的大脑工作状态的时代特征。A. N. 怀特海在《科学与近代世界》(*Science and The Modern World*, 1932)的序言中强调,虽然过去的三个世纪(17 世纪、18 世纪和 19 世纪)西方文明受到科学发展的影响,科学在这个时期占支配地位。但哲学的批判功用也在增强:"哲学在工人还未搬来一块石头之前就盖好了教堂,在自然因素还未使它的拱门颓废时就毁掉了整个结构。它是精神建筑物的工程师和分解因素。物质未曾来,精神就已经先到了。哲学的功用是缓慢的。思想往往要潜藏好几个世纪,然后人类几乎是突然之间发现它们已经在习惯中体现出来了。"①

用怀特海的这段精彩的论述来形容詹姆斯在世纪之交的文学创作,其贴切程度令人惊讶。以詹姆斯的《圣泉》为例,这部对于人的认知智性进行探矿般分析的"归谬法"之作,具有"心理动力学实验"般的理念特征。②《圣泉》要求读者有着机敏、耐心和良好的神经系统,詹姆斯最擅长"灵巧地操控那些镶了金边的不动声色的讽刺",读者神经紧张、屏住呼吸地随着叠床架屋的故事晃动,倾倒于詹姆斯保持平衡的精致的笔触。因为小说并非传统小说描写一段首尾一致的故事情节,而是要解决一个似乎是物理学的问题。依据小说标题投放出的隐喻(drop metaphor)——圣泉,读者被导入的物理命题是:在已有的数个人体中,给其中某个人体一个新的方向的力,便会发现,有些人体产生了新的运动轨迹,而另一些人体的能量则被转换了。观察者的角度的变化,似乎对应着现代科学

---

① 详见[英]A. N. 怀特海《科学与近代世界》,何钦译,商务印书馆 1997 年版,"序言"第 iii 页。
② See Kevin J. Hayes, ed., *Henry James: The Contemporary Reviews*, New York: Cambridge University Press, 1996, pp. 343, 345.

理论在各自为政的微观领域所获得的成果。它们为世界的丰富性，以及真理获得途径的多样性提供了证据和参照系。通过对世界和人之本质的多样性阐释，科学理论不断更新着自己的理据和方法，文学创作既受其影响，在语言、文体结构等方面与科学哲学打成一片，而文学的创作实验又为科学理论的建构，提供了来自作者、文本以及读者多个层面的经验材料支持。詹姆斯执着而理性地质询旧有的"真实"和"道德"的概念，对所谓唯一真像或真理的唯一性进行"辩难"。但詹姆斯对于旧有观念的解构是绅士风度的，温和而犹疑的。他的世界观和文化观更接近于马修·阿诺德和 T. S. 艾略特，而其语言和文体实验则相对激进。这也正是詹姆斯的小说及其小说理论，在后现代之后依然处于阐释的中心，为批评界带来"话题"并因此丰富了文学理论话语的经典之意。《圣泉》的那位观察者在结尾言道："我怀疑你是否会理解我的解释。"而他得到的回答当然是："几乎不会。"《圣泉》似乎是一部对"主体认知之傲慢"的批评寓言，又似乎是一部深入意识本体，剖析自我意识与意象妄念的暗讽之作。科学和哲学对人之本性尚无最终结论，而以文学的隐喻修辞与戏仿，或可使答案在有解无解之间，形成某种伦理批评的张力，而这一点，恰是文学以美的方式破题的独有渠道和价值。

三、信仰因素

詹姆斯喜好对体制化宗教之外的精神体验进行探索，这其中既有维多利亚后期宗教信念摇摆不定的幻灭氛围的影响，也与詹姆斯沉浸其中的新英格兰传统密不可分。父亲信仰的斯韦登伯格神秘主义、爱默生的超验主义思想也在詹姆斯的宗教哲学观中有所体现。而其兄长威廉·詹姆斯"多元宇宙"的实用主义哲学观，更是影响詹姆斯创作理念的重要因素。威廉·詹姆斯认为，理性的或抽象的逻辑推理"总漏掉一些东西……""经验主义比辩证法过去是或者可能是宗教生活更为自然的盟友"，[1] 宇宙

---

[1] [美]威廉·詹姆斯：《多元的宇宙》，吴棠译，商务印书馆 2009 年版，第 171 页。

是多元的,"上帝有一个环境,他存在于时间里,并且和我们一样在努力完成一部历史。上帝摆脱了静止、永恒、完美的绝对之一切不合人性的异质性"。①威廉多元论的哲学观,将宇宙(上帝)的不完备性看作通过人类整个身心的认知,来扩大人的存在能量的一个"特殊"的存在,人正可通过这一"特殊"的能量将不完备性自行补偿起来,使个体和环境的不相连的地方得以弥补,如此一来,哲学与实在、理论和行动就会在同一个循环里无期限地相互作用下去。亨利·詹姆斯的创作理念受此影响,体现出对心理学和宗教体验等"心灵问题"的重视,体现出对直觉认知价值的偏好。詹姆斯作为文学家的丰富体验,让他更能意识到,人类经验中必然还存有巨大的言语无法表达的区域,但正是语言这一介质,可将人与世界之间对立统一的关系做出表达,并以此作为人与宇宙的连接点。人类自身的理解力,有能力对物质世界、感知世界和先验的理念世界作出解释。1902 年出版的《鸽翼》,有着冗长的文体、"旋涡"般的隐喻,造成了小说充满"秘密、暗仓,可能的变节和圈套"。②这些"难题"和"陷阱",是詹姆斯对生命与死亡进行思考时,选择的特殊语言介质。其中心隐喻,取自《圣经》中"鸽子"的覆没或救赎的多重象征意蕴,以其"引导的性质",将读者的注意力引向了意识的进化和超越死亡恐惧的哲学思辨。这既是小说的"缺陷","也为当今世界最具鉴赏力的人,提供了一次表现其上好品味的机会"。③詹姆斯在 1910 年发表的《死亡之后还有生命吗?》这篇文章,延续着《鸽翼》对信仰价值的追问。文中对意识和灵魂的关系、意识在对经验世界的反映中的能动作用有着坚定的信念,认为借助想象力和文学语言的媒介,人类认知欲望可以起飞,意识会张开护翼超越科学实验室中的大脑。"詹姆斯式"的认知对象和语言修辞上的那些"令人生畏的"(circumlocution)委婉曲折、臃缀和"延异",表达出他对"认知与认知对象之间关系"的"同一性"的预见,这一观点与现象学哲学

---

① [美]威廉·詹姆斯:《多元的宇宙》,吴棠译,商务印书馆 2009 年版,第 318 页。
② Henry James, "Preface to New York Edition", in Leon Edel ed., Henry James: Literature Criticism, vol. II, New York: The Library of America, 1984, p. 1287.
③ Ibid., p. 1287.

不谋而合，与 20 世纪后半期的分析哲学及过程哲学的观点更有着同构的成分。宇宙物质相互关联，不断运动、生成、明灭往复，其中即"充满了多余物，也有着精致的珍品",① "詹姆斯式"的小说和小说理论便是在多元统合的信念中，对世界之"珍品"及"多余物"共生互补的过程展开的认知与辨析。

四、欧美双重身份在詹姆斯小说修辞中的作用

詹姆斯后期小说的创造性成就，与其欧美双重身份及由来已久的文明情结的内在驱动之间不无关联。詹姆斯的欧美双重身份对其创作主题的选择、语言修辞的策略皆有重要影响。詹姆斯以往关于旧欧洲、新美国的观念，已逐渐转向期待新世纪欧美文明矛盾的化解，以及化解这一矛盾的方式和方法的尝试了。

詹姆斯尝言："一个人与祖国的关系是任何关系都无法超越的，它始终不离。"②詹姆斯在美国出生，当是一切话题的出发点。美国批评家马瑞斯·彼利(Marius Bewley)在对那些伟大的美国作家的评价中清楚地指出：库伯、霍桑、麦尔维尔和詹姆斯，他们都是传统美国文学的异议者，他们意识到美国文学自身的危机和缺憾，而且，他们都以自己的创作扩大着美国文学未来发展的可能性。在这一信仰与忧虑的张力之间，产生了最好的美国文学。但李维斯(F. R. Leavis)认为，美国作家留恋的是旧欧洲，他们本身无法真正融入，即使部分融入了欧洲，美国作家写的"天真的美国人在欧洲"之悲剧，较之于欧洲本土作家，只能是不识欧洲真相的想象与趣闻的具体化(crystallized)。③这一情况至少一直到延续到 1936 年。李维斯提出了"美国人亚当"(the American Adam)之说，这一说法似乎更多的是为总结 19 世纪美国文学中的欧洲因素，总结美国作家对于"天真

---

① 参见[美]威廉·詹姆斯《多元的宇宙》，吴棠译，商务印书馆 2009 年版，第 171—172 页。
② Brian lee, *The Novels of Henry James: A Study of Culture and Consciousness*, London: Edward Arnold Ltd., 1978, p. 1.
③ See R. W. B. Lewis, *The American Adams: Innocence, Tragedy, and Tradition in The Nineteenth Century*, Chicago, 1955, p. 2.

的美国人"在圆滑的欧洲人之中的"失乐园"危机。詹姆斯无疑受到这一时代潮流的影响。詹姆斯 1855 年第一次到访欧洲，但那并非他第一次觉醒的"欧洲意识"。父亲那些英文书中的旧欧洲和经常造访父亲的那些欧洲人，早已为詹姆斯打开了"自由""敞阔"和"有预见"之门。但那时，詹姆斯对于欧洲的了解仅限于此，对于欧洲"何以如此"则仍是亟待探究之题。1869 年詹姆斯再返欧洲时，对于欧洲社会的定义已经有了清楚的答案。詹姆斯在巴黎几位贵妇客厅有幸遇见了福楼拜、都德、莫泊桑、左拉和屠格涅夫，有幸对贵族名流云集的社会文化和"情趣"有所认识。然而他切实走进欧洲，却是他到达利物浦港的那一刻，它为詹姆斯提供了"超乎常规的经验"。①那一刻有着詹姆斯从此挥之不去的印象：

  潮湿阴暗的灯光冲刷着陡峭的黑砖石街道，英式海运煤火的强烈的气流和穿堂风噼啪作响，似更让我确信，它比我家乡的火更具火力。而厚重坚硬、时开时合的泰晤士钟秒针的巨大沙沙声，那无与伦比的真理侍者的范本，那真实的历史、真实的文学，真实的诗，真实的狄更斯、萨克雷，还有真实的史沫特莱和霍加斯等，与每一样事物的接触，都有助于我对于他和他的场景的鉴赏，所有事物都遮掩在一种罗曼蒂克的真实中，那是一种巨大的启示。②

詹姆斯对于"罗曼蒂克式真实"的反感显而易见，正是从那一刻起，避免制造所谓"欧洲价值的迷信"，成为他写作的目标：

  我们在美国出生。我将这视为一种有幸，我认为，作为美国人对于文化有一种预备之优势：我们的种族有着出色的品质，对于我来说，我们优于所有的欧洲种族，我们可以与异于我们的各种文明

---

① Brian lee, *The Novels of Henry James: A Study of Culture and Consciousness*, London: Edward Arnold Ltd., 1978, p. 9.
② Ibid.

自由相处，可以挑选、吸收，一句话，获取我们能发现的所有属性。不必为尚未贴上民族的标签而悔恨或畏缩，在我看来，没有哪个民族的作家像美国作家这样，能混合如此巨大的智慧，综合着世界各民族的潮流。而这正是一种尚待我们发觉的，更为重要的民族的境况。我们当然有我们自己的民族特性——那是一种独一无二的、和谐一致的品质。我们将会在我们的道德意识中发现它，在我们空前的精神自在和活力中发现它。①

这正是詹姆斯小说的初始起点。它曾表现为一种"亚当式神话"，但那仅作为起点，詹姆斯随后的兴趣关注点，已深入这一神话是如何变化、如何发展的轨迹之中，并从各种角度加以证明：它的需扬弃之处，它的充满活力之处，而最终，它以其巨大的差异交替的形式，融合形成了整体的"詹姆斯式"的世界观。

欧洲文明的确为詹姆斯开启了更广阔的视野，但那是旧欧洲的。詹姆斯的特殊之处在于，而无论是旧欧洲还是新欧洲，新美国还是旧美国，它们对詹姆斯的影响是同时并存的。与欧洲相比，"美国式的天真亚当"虽然尚未被新时代的各种知识武装完备，但对于具体事物的切实的感知能力却保存完好。19世纪后期，伦敦城市化迅疾发展带来的物质力的强化，让詹姆斯看到了艺术与审美的厄运。怀特海曾批评说："中世纪知识分子的禁欲主义，到近代被一种不用具体方式考察全面事实的知识禁欲主义所代替了，每种思想寓于一隅，特殊的抽象论有所发展，整体则沉沦在某一局部之中……而智慧是平衡发展的结果，是培养出一种习惯，对于发生态的价值的充分发生交互影响的个别事实做具体认识的习惯。……对于事物在其实际环境中的具体达成态的直接认识是没有任何东西可以替代的。"②

---

① *Letter to T. S. Perry*, 20 September, 1867, in Leon Edel ed., *Selected Letters of Henry James*, New York: Farrar, Strus&Cudahy, 1955, pp. 22—23.
② [英]A. N. 怀特海：《科学与近代世界》，何钦译，商务印书馆1997年版，第189页。

詹姆斯以"美国亚当在欧洲"为认知进路，对美国在未来世界中，如何培育出保持着丰富感知力而同时具有审美能力的"智慧亚当"，有了自己切实的文学蓝图。"幻想一个所有时代的继承者"，① 这一继承者应具有丰富的感悟力和创造力，他对于具体事物的领悟是敏感的，而作为推动领悟力的敏感性可以消除平庸的怠惰和粗野，而成为一种广义的生活的"艺术"。这一广义的伟大艺术即处理环境的能力。伟大的艺术不是一时之刺激，"它为灵魂增添了自我达成的恒定的丰富内容。它存在的理由一方面是直接的享乐，另一方面是内在存在的法则。"②

这一内在法则在詹姆斯的小说中，体现为"对于美学在一个民族的生命中具有的意义"的叙事基础。面对19世纪、20世纪生存竞争、阶级斗争、国与国之间的商业竞争，以及战争等，詹姆斯的文学文本试图"制造"出一幅理想化的、全面的、具有适者生存和改变环境之平衡功能的真正的文明之人。詹姆斯的文本表达着强调各民族之间，既分化又结合的民族有机体特征。实际上，詹姆斯的这一理念在自然界的具体环境和哲学演化理论的综合中，不乏实例和概括。一个成功的机体将改变它的环境，换句话说，能改变环境并进行互助的机体才会成为成功的机体。即使进化论强调物质的外在自然法则，但具体的自然环境也早已给出了大规模有机体互为互利的演进模式。与自然界的运化互为过程相伴，人类精神活动感知经验和审美经验也是一个有机发展的过程。正如怀特海所言："人类精神上的奥德赛必须由社会的多样化来供给材料和动力。……人类需要邻人们具有足够的相似以便互相理解，具有足够的相异以便引起注意，具有足够的伟大以便引起羡慕。"③对于这一点，威廉·詹姆斯在其《多元的宇宙》中亦曾写道："绝对精神和我们的心智的关系是整体和部分的关系，所有高级思想都是心

---

① 詹姆斯在《鸽翼》序中提出的"所有时代继承者"的文学理想，在其早期文论中已有萌芽，并散见于其中后期文论和序言中。详见第一章的引述。
② [英]A. N. 怀特海：《科学与近代世界》，何钦译，商务印书馆1997年版，第192—193页。
③ 同上书，第198页。

理的单元，而不是复合物，高级思想可以把这些相同的对象作为集合的群体而认知。"①威廉·詹姆斯还以柏格森的直觉原则为基础，表述了他"真实存在的不是已成的事物，而是正在生成的事物，而事物是它们自己的他物的观点。"②在万物彼此关联的生成转化中，一切人都用"信仰阶梯"来做出他们的决定。

詹姆斯敏感地意识到，新旧大陆文明遇合产生的"问题"，多源自不同个体对不同文化场域理解和阐释的歧义，其中，个体"情感"特质的作用尤为显著。而审美意识是影响"情感"的重要因素。审美过程包含着从意识体验到情感的循环，它与活力（aliveness）或生命力（vitality）相关，它是一种"情动"。③"情动"构建出非线性的复杂性，需要一个智性成熟、富于美感的理想美国人的到来。这在20世纪的美国几乎还只是未来的"蓝图"。詹姆斯在1904年重返美国后写成的《美国场景》中，对自然壮阔美国"遇见"巴黎"珍品"和伦敦科技后，出现的"杂烩"和"熔炉"现象有所体认，对20世纪美国身份中民族和政治多元融合的可能性既有认同，也有疑问。美国需要文明"解药"的紧迫性和复杂性依然是詹姆斯萦绕不去的"问题"，而如何解决这一问题，他给出的答案似乎模棱两可。但詹姆斯笔下那些智慧生物，在遭遇不同文明境遇时，个体智慧得以平衡发展的美学价值，以及处理环境时的综合能力和优雅艺术，已经成为政治、经济和文化转变趋势的思想呈现。詹姆斯在世纪之交的文化反思，为21世纪重新发现人本身情感和智慧的生命动力，以理性和激情平衡的合适尺度，为对新的"可能性文明"的探索开动了思想的引擎。

---

① ［美］威廉·詹姆斯：《多元的宇宙》，吴棠译，商务印书馆2009年版，第103页。
② 同上书，第144—147页。
③ "情动"概念出自［法］德勒兹和迦塔利的《千高原》。"情动"强调"过去的行为和语境被保存和重复，自动地重新恢复活动但没有完成；开始但没有完成"。参见［加］布莱恩·马苏米《虚构的寓言》，严蓓雯译，郑州大学出版社2012年版，第37页。

第六章　将文学"虚构"带入戏剧"现实"

1907年到1913年，詹姆斯重返戏剧创作，写出了《高投标》《沙龙》《呐喊》等六件戏剧作品。在这些剧本的写作或剧院运作过程中，詹姆斯仍然不断遭遇来自批评家、经纪人、演员和观众各个方面的不解、拒斥，甚至"罪名"加身。詹姆斯与批评家、剧作家和社会改革家的萧伯纳之间的信函往来，言辞间亦不乏笔墨官司之味。莱昂·埃戴尔在编辑《亨利·詹姆斯戏剧全集》时，全文载入了两人的几封重要信函，并评价说："从根本上来说，（詹姆斯与萧伯纳）这两种观点并不矛盾。……詹姆斯是位有创造性的艺术家，他为他那个时代的生活照镜子，接受他眼中之环绕四围的世界。萧伯纳也是一位艺术家，同时也是一位革命家：他想改变这个世界。"①

实际上，詹姆斯不仅认为自己首先是位历史学家，而且是不拘当下、容纳过去与未来的博学家和书记员，是试图"僭越"巴尔扎克式描摹物理现实的历史记录员。詹姆斯的现实笔触已经触到了"精神的未来之域"。用已有的"心理现实主义"来指认詹姆斯的"文学现实性"（包括戏剧和小说）尚不能完全涵盖其"陈述"之"事实"：那是尚需科学与艺术合力证明的"詹姆斯式"的独特书写之域。萧伯纳作为"社会学家艺术家"的观点，

---

① Leon Edel ed., *The Complete Plays of Henry James*, London: Rupert Hart-Davis, 1949, p. 647.

与詹姆斯秉持艺术科学之道，探究意识领域的微妙与或然，必然会发生"冲撞"，詹姆斯因此被冠以"艺术至上"或"艺术扼杀现实"之罪名。在有关《沙龙》一剧的争论中，詹姆斯与萧伯纳的"矛盾"尤其尖锐，因他们都触到了那个时代有创造性的艺术家所面临的重大的问题：艺术的功能问题，或曰艺术在改变社会方面所扮演的角色的问题。

第一节 《高投标》：文学的优雅与"不可思议"的戏剧

《高投标》(*The High Bid*, 1907) 是詹姆斯糅合了《柔美夏日》和《终局未明》的一部三幕剧。1899年江森·弗柏斯-罗宾斯爵士读了《终局未明》后写信给詹姆斯说，"它相当适合剧场，它打动了我。"但小说家那时不想再把它改为舞台剧。1907年罗宾斯重提此事，詹姆斯在阔别剧院30年后，终于同意了。①吸引他的是罗宾斯爵士打算按原剧演出，无半分删减。10月23日，詹姆斯开始改编这部三幕剧。他改得很快，加了些舞台说明，把一些已改为小说人物对话的部分再改回来，进一步强化了人物个性。他20天就改好了剧本寄给了罗宾斯爵士，剧名定为《高投标》。

詹姆斯在剧本开头添加了小说中未曾有过的一位"年轻人"。"年轻人昭示着最大的极度的快乐！"詹姆斯给伊迪斯·华顿写信说，自己想写的那位女主角应该是位风度翩翩、充满能量和勇敢的人，是我尚未敢冒险去写的那类人。较之于她应有的样子，"她还只是一个局部（从个性和体魄上来说）……她目前的面貌对于戏剧表达领域的尺度尚不足；但已足以让她表现出她的智慧和本性具有丰富的开拓性——那是我所希冀的……我坚定地认为它毫无纰漏，完美无缺——简言之，我是说，就艺术本身来说，它是'至上的。"②

3月26日，《高投标》在爱丁堡皇家学会剧院上演。詹姆斯极其欢快

---

① Leon Edel ed., *The Complete Plays of Henry James*, London: Rupert Hart-Davis, 1949, p. 549.

② Ibid., p. 550.

地再次与"剧院黑魔厮杀"。事实上,弗柏斯觉得剧本吸引力有限:它像是"太多的人造纤维和文学的优雅",它无法在取得巨大的戏剧效果。剧作上演后,观众中出现了另一个更糟糕的迹象:他们开始跟女演员葛楚德·艾略特的角色格瑞斯度过不去。女主演觉得,当她极力对于勒上尉施展自己魅力,当她吁请道:"看看这甜蜜、古老的人类之家,感受它积淀的所有记忆。"观众并不与她感同身受,而当演员弗洛斯-罗宾斯以优雅韵味和动人嗓音静静地念出于勒上尉的答词时,观众席上爆发出一阵掌声回应他的念白。他的台词是:"除了美丽的古老秀场和古老演艺家族的荣耀,我还看到了这世上的其他光景。英格兰有成千上万的人根本无屋可秀,我与他们共命运并无半分羞惭。"①

葛楚德·艾略特写信给詹姆斯时说:"从大多观众的角度来看,格瑞斯度对于美丽的向往不及于勒上尉要自己尽责的美好之处,于勒将自己投身于那些需要他的事业中……我常常担忧这一不同,因为这是戏的关键,假如她在这一点上不能使观众信服,他们就无法理解为何一个如此激进的人的观点可以迅即得到回应。或许我本人亦未完全说服自己,但我会尽全力,我现在的结论是,观众没搞清她的观点。"她问詹姆斯,是否可以改戏。詹姆斯很固执;在这一层面上修改这部戏,意味着得重写一部新戏。"我的小喜剧处理的就是这一主题——其主题就是格瑞斯度小姐的欲望与历险——关于格瑞斯度小姐的立场和精神,其余所有的偏差、那些逻辑性和连续性都可将这一总体行动送达旋风中心,还记得我的小剧是跟《美国人》一起酝酿写成,人物个性强烈地寓于其中,只有强烈地密切关注这一点,从开端处就紧密盯紧这一点,如此才会处理好。"詹姆斯此言不虚,因为在他的后期三部长篇杰作中,女性始终占据着舞台中心,尤其是在《鸽翼》和《金碗》中,女主人公的精神历险及其智性成长都作为小说的最高动机预先设置完成。

但詹姆斯接下来能做的就是接受经纪人的安排,《高投标》得与另外三个戏一起做当时流行的日剧序列演出。马科斯·贝尔曼在《周六评论》

---

① Leon Edel ed., *The Complete Plays of Henry James*, London: Rupert Hart-Davis, 1949, p. 551.

上撰文说，他"发现弗柏斯-罗宾斯深得詹姆斯剧作精髓：他言说的优美似乎令人听到了詹姆斯的对话从弗柏斯的唇间流出，而弗柏斯不仅是于勒上尉，更令人回味起无数詹姆斯小说中的人物。"他还说，虽然詹姆斯先生在舞台上只为我们显示出一小点他的伟大艺术，但即使是这一点点也是他人所无法给予的；一种无法企及的魔力。

B. 沃克利也在《泰晤士报》上发表了热情洋溢的评论，他还写信给葛楚德·艾略特说，格瑞斯度之所为，是人们所能为之最佳品性；一种富于魅力的对立品质的调和——自主性与女孩子气，最急切的也是最逗趣的，美国人的独立与有着古厦大宅和草坪绿地品位的英国腔。她带着一种令人窒息的、半羞怯、半鲁莽的欢快来做这一切。《世界》报的 H. 汉密尔顿·菲弗写道："一年之后，我对《高投标》仅有的记忆全在那个高大而令人目不转睛的人物，苦行僧的特质，因一个狂喜的笑容而变得快活，梦幻般、游移不定地走动着，穿行于那幢迷梦般美丽的大宅之中。"①

《晚规》报对这部戏做了这样的描述，"一个全然快意的下午"，《每日纪录》说，詹姆斯作为一位戏剧家"不动声色地令人愉快，不可救药地不可思议"。詹姆斯这次不再抱怨批评家们了。这些溢美之词只是让他感觉愧疚。他写给威廉说："……弗柏斯们继续他们的春季巡演去了，带着他们那些令人无法忍受的'庸俗'剧目。他告诉我说，他们已经有了很棒的观众——大多剧目都是安排在同样的下午时段、同一剧院；我觉得似乎这对我的声誉和地位定有好处。虽然目前还悬而未决，但不会放弃，还得保持并不断启动。另一方面来看，我几乎未从中挣到钱——因为在爱丁堡演出的前一年已经付我版税了。"②

《高投标》以"不可思议的"的文体形式将文学性注入剧作。詹姆斯依然初衷难改：他对人物未来特质的坚持，对人物类型及其意识领域的开掘，一方面是作家本人怀旧感的体现，另一方面，詹姆斯后期愈加注重

---

① Leon Edel ed., *The Complete Plays of Henry James*, London：Rupert Hart-Davis, 1949, p. 552.

② Ibid., p. 553.

描述的精确性与语言的诗意。詹姆斯欲在戏剧的"行动特性"与小说叙事的模棱两可之间构造一种平衡感,一个可同时融会戏剧文体与小说文体的特殊"舱室",以彰显"詹姆斯式"精确而古雅的艺术品格。詹姆斯对舞台的迷恋似乎全然在于其文学性表达而非舞台效果,这一"不可思议"的文体必然知音寥落,名利歉收。

第二节 《三幕剧梗概》:"场景"与"提示"的功能

《三幕剧梗概》(*Rough Statement for Three Acts*:*Founded on The Chaperon*,1907)是詹姆斯以《陪护》为原稿写出的独幕剧。

1907 年 11 月 12 日,詹姆斯寄给弗柏斯—罗宾斯他刚完成的三幕剧《高投标》。两天之后,他对于舞台的兴致便完全恢复了。他重读了 1893 年关于《陪护》的旧笔记,写出了"梗概"。这部戏曾搁笔有时。波桑奎小姐的笔记曾披露,詹姆斯打算写成更有分量的独幕剧,为《高投标》续尾,因为《高投标》虽有三幕,却也不足演出整个晚上。

这一独幕剧的剧情或情景(scenario)——詹姆斯通常称之为"角色陈述、提示与设计"(statement,notes of character and design),可谓詹姆斯对于陈述、提示和设计的范例。[①] 詹姆斯的这些术语会在不同场合具有不同的意涵,它们是詹姆斯在 19 世纪 90 年代为自己剧作而专门设定并使用的一些术语。詹姆斯的早期术语似更简洁,因为它们是詹姆斯以对打字员口授的方式进行写作之前的写作模式。《陪护》的"陈述"是为未完成的小说《怀旧感》(*The Sense of The Past*)和《象牙塔》(*The Ivory Tower*)而作的。它与那些写给杂志社或出版社的作品"设想"(project)有所不同(如《使节》的设想和《波士顿人》的大纲)。这一"粗略陈述"原本只为詹姆斯自己存留,通常情况下,作品一经刊用,原稿便被毁掉。詹姆斯的预先"设置"和"陈述",逐步地、一点点地依次叠加和缠绕。他写剧本如同写小说一

[①] See F. O. Matthiessen"introduction", in F. O. Matthiessen ed., *The Notebooks of Henry James*, New York: Oxford University Press, 1947, pp. ix-xx.

样，他预先捕捉到一个细节（有时甚至是一个人物脸上的表情），随后"定位"每个人物，然后佐证每一场景的背景及语境的可信性。

《陪护》写一位年轻姑娘决定"陪护"其母（一个有着"过去"的女人——她离开了她的丈夫，跟了另一位男人），在伦敦恢复其原有的社交地位。在为《陪护》而写的"草稿"中，詹姆斯谈道："这位女性，可以说是一个家的官方代表，而且是幕后的，谈到了她和她的威严的老母亲，她作为潜在意象，不可见，但很强烈，控制着整个场面，尽管她不在场，人们却莫名地期望感受到她……"[1]詹姆斯在此启用了家之魂的（the spirit of family）表述方式，强调了这一典故的重大意义——忠诚，纽带，传统等家庭责任，"家之魂"可以掌控整个场面，即使双亲和祖辈并不在场。

"陈述"写成五天之后，他写信给《大西洋月刊》的编辑郝瑞思·斯卡德，说会寄给他一名为《陪护》的小文。两天之后詹姆斯完成了第一部分，八天之后第二部分也写好了。小说在1891年11月至12月的《大西洋月刊》上连载，1893年又收录在《真品》小说集中出版。此时的詹姆斯，对文体适用度的掂量已驾轻就熟。他更青睐于小说文体的包容与丰富性。

第三节 《沙龙》："将一个幽灵搬上舞台"

《沙龙》(The Saloon: In One Act, 1908)是詹姆斯据早期小说《欧文·温格里夫》(Owen Wingrave)改写的一幕剧。那原是一篇1892年圣诞节发表在《图像》杂志上的小说，小说1893年分别收录于小说集《年轮》和《私生活》，在美国和英国出版。

1907年11月，詹姆斯决定搁置《陪护》，转而写一个含有"家之魂"暗含幽灵之意的独幕剧，令人信服地将一个幽灵搬上舞台尤其不易；而这正是詹姆斯力图展现的。《沙龙》主人公欧文与居依·多姆维尔十分相像。二者皆为宁静之人，皆对此世负有使命感。欧文更爱读书，不愿从

---

[1] Leon Edel ed., *The Complete Plays of Henry James*, London: Rupert Hart-Davis, 1949, p.641.

军；居依倾心禅院更胜俗世。二人都得为家族嫡脉有所承担，因二人皆为唯一继承人。欧文违抗家族的军籍传统，但无论如何他终是其中一员，以此之故，他的生活及死亡皆有军伍之义；年轻的欧文以其勇气得胜，而其代价则是放弃了俗世生活。居依觉得世界残酷又凶险，他选择弃俗修道。两者之弃世皆有报复祖辈之意。以此所为，他们宣告了家族嫡脉的消亡。

写这部戏时，詹姆斯重起名为《沙龙》（saloon）——沙龙（salon）一词的古体。1907年12月1日他开始动笔。与《高投标》类似，他写给伊迪斯·华顿的信中约略提到了这部戏的创作状态：紧急（urgent）、极度集中（intense concentration），而且绝对必要（vitally indispensable）。这一创作效果因而也是意义深远的（far-reaching effect）。

次年一月，他把《沙龙》给了哈利·格兰威利，从收集到的詹姆斯给后者的回信来看，这位演员经纪人并不十分满意。以经典家庭题材为线索，用詹姆斯自己讲述故事的古老方式，既令人信以为真，又有些荒谬。因为这类人物在生活中十分罕见。剧中的主题被认为"不真"，而且有"误导"性质。①

1908年4月16日，在《高投标》的首演夜之后，詹姆斯加紧改写《沙龙》：他希望这部戏为《高投标》作开幕戏，但弗柏斯·罗宾斯对此剧不感兴趣，小说家就此搁置了。年末，他接受戏剧家圣·约翰·哈金的建议，把这部戏呈给联合舞台社。此剧社几年来已经为有价值的手稿提供了演出机会，让一些"偏门"的手稿得以在舞台上演出。詹姆斯寄出了他的手稿。1909年1月12日的董事会上，手稿被一些成员阅读后退回了。那一日的董事会记录本中记载："萧伯纳先生承诺为《沙龙》写信给詹姆斯。"萧伯纳信的开头是：

亲爱的亨利·詹姆斯：

---

① 关于"误导"问题，萧伯纳与詹姆斯的往来信函颇见各自旨趣，他们各自对社会改革与人本素养进化之间的观点及其争论，对当代文学批评依然有启发。

你的一部叫《沙龙》的戏在舞台社这里。前些时间我妻子让我读了它，它让我至今如鲠在喉。

这部戏的第三幕有着你的神圣意愿，但你为何要击碎人的灵魂呢？的确，艾略特有必要做得那么出格。而你真的认为你也得为幽灵所驱吗？你比琼生博士更迷信，因为他说："先生，我是可以吓唬鬼魂的吗？"以人的绝对名义，这一无用之用妙在何处？在1860年代的达尔文的言辞中，这一去灵魂化的、令人沮丧的宿命论曾一度惊人地爆发蔓延，这一言论规劝人们说，尽管他们自己咬牙切齿，人皆为环境的无意志之奴隶和受难者。戏作何用？——万物何为？——假如人们无意志，没有最终将混乱带入一个神的天堂轨道的模式，假如人类不能将意志实体化，假如主人公（小说、剧本、纪元或者你喜用的任何术语）不能尽其力在意志中驱赶幽灵，却在神父将火把传递给下一位主人公之前，将神文抛进壁炉，并在那里将他烧成灰？

以如此完美的艺术描绘满屋烟尘，真是一种罪过，一位神父等着被废黜是一个死亡的梦魇；为我们带来这样一位手持火炬，带着废除之铁铲的主人公，那些观众就会为这样的兴趣和欲望所渗透，坐等取胜和成功，平静地宣告烟尘已经令主人公休克，于是这一梦魇就成了我们灵魂中的真正强大的魔鬼。你为何这么做？如果说那是本然——那是科学——那是共有意义，我就该说让我们面对它吧，让我们说阿门。然而并非如此。各有各的解锁之道，但无人不曾见鬼而信其有。像这样一些家族每天都在解体，家族成员从中解脱，不依赖于英雄式的人物，而是基于一位姑娘，她出门挣钱活命，或者在某处寻得某种资格。你为何要说服一个懦夫去参军，这军队总是取胜，而且易于取胜？

作为一个社会学家，我也像许多人一般，教诲人们环境作为终极之因有巨大威力。但我们可以改变环境：我们必须改变它；生命除此而外绝无其他意义。每一个年轻个人都在第二条战线，撂倒一个幽灵，让神父复位——不以跨越先锋之路为路——以其点滴之功为之,让青年和大众感到愉悦(然而是隐秘的)。

你必得写出第三幕,即使你得先撂倒你自己的幽灵。这是一部好戏,却似无首领之王国。剧本现已才华尽显;但比屠格涅夫更好吗?人们不想要你的艺术作品:综上所有,他们要的是帮助、鼓励、鼓励、鼓励、鼓励、鼓励还是鼓励,直到页面写满鼓励。

亨利·詹姆斯给萧伯纳回了信。

亲爱的萧伯纳:

……关于引起非议的《沙龙》,你不辞辛苦写给我这般美丽文稿,这是善事。这部戏引发许多问题,你将这一切无可禁限之题归为环境现象本身的清晰而无可避免之因——这部小戏所承担的——这让我担心我几乎不能认同你的观点;但我得说我可以认同。你弹无虚发,将说服,赞赏,争议,等等,正如人们所说,装进一箩筐,这样你便可以轻易而便利地插手其间;而我仍将它们散置各处——许多仍在孵卵中呢!——因此你便急匆匆地赶来,四处捡拾。你将这部小戏提升到社会学高度,这先令我吃了一惊,这过于冷酷:我用此字眼,因你这么做了,显然,某种意义上,这让我生出这一字眼。如此一来,我如同路遇雄狮,梦回无路。是的,这一字眼残酷地立于你美丽洞穴之门,这挥之不去的可怕猛兽,与我为自己已备好的懦夫同在。然而,我想我是既点将狮子,又指派了懦夫。

在我多言之前,但让我告知你少许《沙龙》创作端由——因为你自己说"为何你作此剧?"或许我不能如愿回应这一大大的"为何",但至少可以多少解释"如何",这也许差不多是一回事。

接下来,詹姆斯回答了萧伯纳"为何"及"如何"创作此剧。无非"小说转而戏剧"的老套路:《沙龙》同样也是一部被詹姆斯以"完善"的艺术魔法将"灵思妙想"嵌入一部独幕剧而已。但解释的重点不在戏剧的长短尺度,而在于为自己洗清"罪名"。詹姆斯接着写道:

然而，由于你给我的压力，首先我得让我的愧疚稍稍返回与你的质问大为相关的问题上，回到那个被冠以罪名的多年前的短篇上来，回到最近被再次指认的犯罪，以另一种特别的形式，以更大的（非常之大啊）我的"成熟完善之力的犯罪"。这无关紧要。我这么做碰巧因我是个有想象力、有品位之人，我对生活极其关注，因为这一想象力源于周遭那些直接的、激发它施展的时刻，想象力绝对欢悦而持续地作用，而且它不可救药地自行其是，这正是它自身生命力的保证。你自己一定不会全然关注一部作品而未曾领会想象力在意念上的作用——这一有关生活的意念——在一种快乐的痴迷里，那都是值得的。假如你不许想象力行使其冒险和推测之权利，人类种族本有的权益中半数美丽之物将被一扫而空。同样地，当你将注意力压缩进科学的单向之域，你不免太过简单化——我承认，你所用术语极大地引起了我的惶恐，并压倒了我。从某种意义上来说，《沙龙》可以说是科学性的——它是以全部的知识与智慧来表现其动机的，我的确认为它是如此不同寻常和了不起。只有从这一意义上来判断，艺术工作是否是科学的——考虑到这一层意义，我承认，其科学性有可能达到这样一种境界，即持久地为人类祈福。假如你就此拦截我，一如我对你的推断，你会就此作结说我们不想要"艺术之作"，那么，我亲爱的萧伯纳，我想我会据此认为你我之间——如果我们双方都不愿意交谈——那么就几乎无须交流什么了。坦白地说，我们也不必就任何事进行交流了。人们可能更多地对人谈论自己而不是让其"作品"去言说自己——只是通过这样的方式对人们尽可能言说自己，通过这一言说，尽我们所能，所有的可能，以尽可能多的方式，从尽可能多的方面，将艺术的生动之处表达出来，只有艺术，是一位恰当的女主人（mistress），我们可以让作家拾取、拣选、比较和了解，让他去做任何类型的假设，越过其所有的肤浅与空洞，艺术便在根本上不再以幻象欺人了。在叙说这一点时，我必得因四面八方之"鼓励"而驻足——你乐见我之情状——便捷之言的鼓励，与说"无艺术性"之类，似乎更像是不为幽灵和误导所困，使作家以复仇报答你，因你为他提供了一些计划，这些计划得连他的第十种特性也要发挥出来才行。事实上，我对所谓"鼓励性"的再现式作品是抱有怀疑的，而且，我认为这一问题不是先验性的；而是得从表面化的观点中解脱出来，这一表面化的观点即我们需得被鼓励或因某事沮丧。艺术有助于我们了解这一点，——假如我们有一定的智慧——比任何其他人都更有智慧，那是因为他会将整个世界呈现于我们；所以，当然，如果在后来的阶段，我们能够感受到整体的鼓励作用，这对我们来说是更有利的。比起那些无理的企图，我的想象资源从不匮乏，那些非理性的企图无法再现其抓到手的完美艺术……①

1909年1月21日萧伯纳再次回复亨利·詹姆斯。

我亲爱的亨利·詹姆斯：

你不能以此避开我。人是否可让幽灵变得更好或者变作人类的幽灵的问题不是一个有关艺术的问题：你在某一方面是赢家，正如艺术性之于其他方面。你对生活的关注恰恰是逆转你主人公死亡命运的一个最佳理由。你将胜利拱手让与死亡和退化：我想让你还原于生活和再生。……

1909年1月23日亨利·詹姆斯再回复萧伯纳：

亲爱的萧伯纳：

……我不是"在避开"，那都是些鸡毛蒜皮；虽然我这么说你还是那么认为……我想，我只是意识到我无法很好理解你对《沙龙》"故

---

① Leon Edel ed., *The Complete Plays of Henry James*, London: Rupert Hart-Davis, 1949, p. 645.

第六章　将文学"虚构"带入戏剧"现实" | 275

事"的论点——对我而言，就像是我的主题在自相争辩，我积习难改地抓住所有可行的或者已有主题材料，包括最琐屑和最无益于实证之物。当然，批评家总是以自己所见及判断开始评定一部作品——最终我们只能接受。我当然得承认，我们可能都极不愿吹毛求疵，抑或只是想要那么做——那是另外一回事！也正是在这一点上，我的不理解似乎更甚，即你所谓的对"人的幽灵变得更好"，而非对"幽灵的人变得更好"的再现的关注，云云。那既不是那种叫做"变得更好"的术语所能容纳的，也根本不是我眼中所见之物。对我而言问题只有一个，即我的主人公在我的狭小的航道中，在我压实而集中的极其有难度的规划中的航线上，能够样样都变得更好，仅此而已；首先，他的死是非此不可，因要消除恶劣的传奇庙堂，第二点，他是在为我们创造出一位观察家、一位令人仰慕之人，他的印象和动机是如此强烈，这提升了他的浪漫荣耀，是一种永久的教诲之楷模。我不知你还有什么更好的解释。他赢得了胜利——他很清楚环境和氛围，他付出了整个生命。这部小剧的宗旨是，他与其"种族"传统背离，为达成目标而进取并付出了代价，他就像是他所宣称的他永不为伍之士兵一般。假如我不吝残酷用语，我会说，我鄙视你剧中的那些人物（那既不是喜剧 comedy 也不是反讽 irony，是一种讽刺 satire），他们像一位战士，不断进取，无所限量，择其业，却不必为之付出生命代价，——这些都会激起观察家的憎恶。我的年轻人则"咒骂那幽灵"，以便开始行程，有所思考；他全然意识到自己行程艰险——在此我会抵制你以所有非法方式进行的对所有观众的"取悦"（interest）。① 险境在前，我所能做的就是以戏剧化的，以令人震惊的，令人动容的方式证明这些，让那曾发生过的历历在目；展现这一险境的当下感。此剧就是要展现这年轻人倒地优雅逝去——再无其他如此优美方式了；而我就是要强调出这一"优雅"！我们真的、真的

---

① Leon Edel ed., *The Complete Plays of Henry James*, London: Rupert Hart-Davis, 1949, p. 647.

应该为欧文·温格里夫的一息尚存而号啕,他为我们表现的是失败——而且不合时宜。但这足够了——我是这么认为的,真的;我现在不会、将来也不会用残酷的语言。你以你的任意和刚愎注视着我手中的这幕小剧,而我最恶毒的报复将是以更持久更有延续性的知识来与你作对,我不会令你身处类似险境。①

《沙龙》再次搁置。詹姆斯手上还有另外两个剧本。他还在修订过去的旅行笔记,编辑另一卷小说集。1910 年秋,他的经纪人发来了启用《沙龙》的请求。他在笔记中写道,"给品客寄去了《沙龙》"。六周后,这部剧在伦敦上演。出品方是葛楚德·金斯顿,她曾在伦敦戏剧界演艺近 25 年,她对《沙龙》的兴趣源于它在探究心灵方面引人入胜;她为戏中詹姆斯描写的鬼屋所吸引——那间屋子里曾有过"剧烈的激情骚动",那间屋子成为"一个心灵动机的贮藏室"。像萧伯纳一样,她也意识到这部戏是"在老一代的示播列(shibboleths)②与新的先进理念之间的终极对决;亨利·詹姆斯显然有意识地以此传达出灵魂之'家'(或家族)的血腥,以及它对生命的威胁"。③

1911 年 1 月 17 日,《沙龙》作为希思黎·汉密尔顿的《但求成婚》(*Just to Get Married*)的前剧上演。批评家们完全被它吸引住了。H. M. 沃尔布鲁克在《帕茂大道公报》上撰文,称其为"及近年来伦敦舞台上最耸人听闻的独幕剧"。J. T. 格里恩在《周日时报》上质问道:"人们可曾说过这些?以这种方式说这些?"《每日记录》说它是"对我们戏剧舞台的一个馈赠"。伦敦《晚旗》报道说,人物说话的样式不像是"在一个乡村大宅的画室里会有的六人倾谈"。但媒体在一事上达成共识:戏近终场时演员将这

---

① Leon Edel ed., *The Complete Plays of Henry James*, London: Rupert Hart-Davis, 1949, pp. 642—647.
② 示播列,即"洪水"。因以法莲人不能发出 sh 音,用此词鉴别以法莲的逃亡者。以法莲有"使之昌盛"之意,因以法莲人是约瑟次子的后代,后为以色列 12 支派之一。参见《圣经·士师记》12:4—6。
③ Leon Edel ed., *Henry James*, *The Complete Plays of Henry James*, London: Rupert Hart-Davis, 1949, p. 648.

场戏定位于一个高音，这使舞台上的高潮满是咆哮。詹姆斯自己虽意识到舞台在那个紧要关头应该灯光转暗，但他在剧本中未对幽灵加以任何实际的注释（小说中，他曾特别写出了注解）。而金斯顿小姐自作主张，将幽灵"实体化"了：她让观众看见"一个苍白、模糊不清的人"走上舞台来。詹姆斯从纽约给在伦敦的葛楚德·金斯顿写信说："《沙龙》结尾的危机感、黑暗中的混乱，以及一些物件与人物出现在舞台上——（你）企图表现那怪物是实在的，或是在'行走'的。而我的剧本绝对没有这些，我完全不赞成这样的诠释……我非常诚挚地请求您制止这一'角色'……"①

幽灵的"不可见性"有着文学的绝对意义，它在作家和观众的想象世界"行走"并施以魔法，引发联想与反思；舞台上的"实体化"反而让它失去了实际意义：因为具象在舞台上所能引起的，是那些凭视觉的不断变动所带来的短暂的快感或判断，对于追求感官效应的一般观众来说，想象力的贫乏必然遮蔽了"幽灵"在思想深处徘徊行走的意义，而只剩余"滑稽"与"荒谬"感。詹姆斯要求"制止"具象化的幽灵再现，看似对舞台及演艺人低能的无奈抱怨，实际上，詹姆斯的请求是对传统戏剧局限于戏剧行动的再现，无法将戏剧精神延伸至观众思想，引起观众共鸣的一种觉察和吁请。詹姆斯追求的是这样一种戏剧：它既是情节和对话的，又是一种思维可见性的，而这一可见性并非以精神的实体化来呈现，而是需要具备大量知识的观众的想象力与作者给予的人物精神一同运作，如此，人物的喻指之意方能实现。詹姆斯对舞台"文学化处理"的要求，或者需要一个新媒介的介入方能实现其理想。这一媒介需要表现出人物意识的运动，它几可与影像艺术的蒙太奇手法相类，它以场景的闪回和人物对话产生的回应引发意蕴联想。以联想"制造"出的幽灵行走，无形却充满感染力，幽灵借媒介语言和人物对话之间的意蕴互动，呈现"不可见"之意。从这个意义上来说，詹姆斯在维多利亚时代的舞台上的"失败"有着必然性：他需要在20世纪，在既熟悉新媒介装置又对文学经典有着

---

① Leon Edel ed., *The Complete Plays of Henry James*, London：Rupert Hart-Davis, 1949，p. 649.

丰富知识储备的年轻一代人中，找到可"共情"与"动情"的理想读者。

第四节 《另一间屋子》：戏剧"援助"小说

《另一间屋子》(*The Other House: In A Prologue and Three acts*, 1908)于1896年7月、8月、9月三个月分13期连载于《插图版伦敦新闻》。

詹姆斯的笔记显示，他首次确定《另一间屋子》的主题之前就兴致盎然：

> 我坐在炉火旁——伦敦圣诞周安静的午后，尽力想抓住一个念头，一个主题的踪迹。模糊不清的、尚未完形的念头从一个人的脸上一闪而过，一抹暗示，一阵翅翼的颤动。尽管几乎嗅迹全无，这警觉的精灵的确留下了踪迹——所有到来的都是实实在在的。有什么故事吗？有什么可写成一个剧本吗？有可能是(写在)下面的吗？[1]

他写出的大纲即《另一间屋子》。这是詹姆斯仅有的一部以暗杀为主题的小说，"可以吸引插图新闻的读者"，詹姆斯一度认为它适合开普敦剧团的乡村观众。

是什么促使詹姆斯创造一个非同寻常的露丝·安米阁呢？她残酷、狡猾、阴险、乖张；像詹姆斯此时另一个舞台女主角一样，她"变化无常，老奸巨猾……复杂而天然；她蒙受痛苦，她挣扎，汇集了所有这些，她是这样一个人，一个可以有一打解释的人"。这是詹姆斯在看了1891年伊丽莎白·罗宾斯饰演的易卜生的海达·高布乐之后做出的解释。在为开普敦量身打造这部戏时，小说家或许想让罗宾斯小姐演出一位女性领军人物，他先前戏剧中的各种情景得以加倍复制。《另一间屋子》可谓一部"易卜生剧"。

这部戏有着詹姆斯在伦敦剧院写易卜生剧评的痕迹。在1891年到

---

[1] Leon Edel ed., *The Complete Plays of Henry James*, London: Rupert Hart-Davis, 1949, p. 677.

1897 年间，詹姆斯写了四篇易卜生剧评，他喜欢这位挪威人的"冷峻、朴素的魅力"，喜欢他场景的简约，喜欢他为观众提供了"面对自我，灵魂相照"的戏剧方式。《另一间屋子》中提供的场景，开场白中的追溯方式，小型演员阵容，以莱梅哲医生作为家庭教师，以柏弗太太作为客观的局外人，后者得以公正冷静地观察剧中人的挣扎，詹姆斯复制出所有的易卜生戏剧的外在特征。这部戏的情节与易卜生的《鲁斯莫希尔姆》有几分相像，詹姆斯 1890 年便知道这部戏，1891 年这部戏在伦敦上演过，詹姆斯当时的笔记曾记录下这一切。詹姆斯和易卜生的戏都有一位死去妻子的阴魂。但《另一间屋子》有着明显的"詹姆斯式"的个人化风格。

一方面，这部戏没有与当时的暗杀小说传统合流，那种小说得要犯罪者为罪行付出代价。詹姆斯 20 年前开始写书评时便对这一问题有所思考。在对《俄瑞斯忒斯》和《麦克白》的评论中他写道，戏剧关注罪行是"基于这样的事实，它与罪犯的道德休眠妥协"。在对维基·科林斯和布兰顿小姐的评论中——如同当代许多侦探小说——詹姆斯写道，"关注犯罪事实上就是对罪犯的个人安全让步"。《另一间屋子》保留了詹姆斯早期书评中的显著特征。他认为露丝有着"道德休眠"的一面，他让她从"另一间屋子"自由出走，但对她的惩罚则将会甚于任何法律处罚。

最终，戏剧未能上演。然而，《另一间屋子》在技巧问题上的超越之处，被詹姆斯认为是"一线微光"，这是詹姆斯先有戏剧而后小说的先例，是运用戏剧场景"援助"小说的一次成功尝试。

第五节 《呐喊》："过于超前的深度"

《呐喊》(*The Outcry：A Comedy In Three Acts*, 1909) 的写作背景颇有意味。詹姆斯那时正与英国戏剧同人合力，对大不列颠戏剧审查制度报以"呐喊"和抗议。这在詹姆斯的文学生涯中极为罕见，是詹姆斯参与社会政治活动的一个"大事件"。

1909 年初，美国出版商查尔斯·佛洛曼开始策划一个在伦敦的演剧季，在约克公爵剧院举行。演剧季背后的策划人是 J. M. 巴利尔。他召集了一些赞助人，使在英格兰的演剧季得以成功，在新旧世纪之交，英格兰的戏剧舞台开始有了新气象。哈利·格兰维利-巴克与约翰·E. 韦德瑞理共同经营的宫廷剧院其中起了重要作用，演剧季为萧伯纳奠定了声誉，为伦敦公众引进了新的剧作，让新的剧作家加入他们的行列里来。他们聘请了阿兰·韦德来挑选剧作家，阿兰·韦德曾与巴克一同工作，他还经营着伦敦阿比剧院的演出季。萧伯纳，高尔斯华绥，格兰维利·巴克尔，萨姆赛特·毛姆，约翰·马斯菲尔德和亨利·詹姆斯都曾被邀写剧本：萧伯纳的《错姻缘》(*Misalliance*)、高尔斯华绥的《正义》(*Justice*)、格兰维利-巴克的《马德拉斯之家》(*The Madras House*)、亨利·詹姆斯的《呐喊》(*The Outcry*)。巴利尔的《十二磅的样子》(*The Twelve-Pound Look*)和《老朋友》(*Old Friend*)两个独幕剧，以及梅瑞狄斯未完成的喜剧《感伤主义者》，都曾被搬上舞台。佛洛曼在演出季开幕仪式上说："无论演出季成功与否，它都将呈现出剧作资源与演员资源之间的联合，他们彼此合作，这一联合对我而言即是所有戏剧成功的最必要的基础。"①

詹姆斯现在不再与"管理者的深渊"打交道，而是与一些欣赏他作品的同行专家交流，他们都对英伦舞台抱有极高的理想和期待。詹姆斯曾在 H. G. 威尔士家中见过格兰维利·巴克，为其个性所吸引。后者在戏剧界是一位佼佼者——兼演员、经理、导演、剧作家于一身。巴利尔、萧伯纳、高尔斯华绥都已在各自的领域中有所建树，他们拉詹姆斯进入他们的圈子；詹姆斯第一次进入一个真正友爱互助的戏剧家群体中，他此时才发现自己被拖进了一种特殊的"呐喊"中。

詹姆斯心怀鼓舞地加入"呐喊"之中。1909 年夏天，上议院和众议院安排了一次联席会议，听取戏剧家和作家们举证钱伯伦爵士的舞弊行为。钱伯伦有权裁定艺术作品的去留，他的权力极大。詹姆斯 1907 年曾签名抗议钱伯伦，后者无由取消了爱德华·班内特剧作的入选资格。此前，萧伯纳的《华伦夫人的职业》也曾葬身钱伯伦的"斧"下，现在，格兰维利-巴克的《损耗》(*Waste*)遭遇了同样的命运。听证会上，高尔斯华绥宣读了

---

① Leon Edel ed., *The Complete Plays of Henry James*, London: Rupert Hart-Davis, 1949, p. 761.

詹姆斯主笔的陈述。这一陈述在 1909 年 8 月 12 日的官方记录中有所记载。詹姆斯明确地指出，这些年那些被埋没的作品都是值得回赎的：

> 我尽卑微之力回复你们（委员会）有关审查之问题。我的确认为英国作家为剧院写作的雄心大志未受到尊重——这得拜托英国审查者有巨大的权力——比欧洲的任何国家都更有权力，这一事实或许是，或者只能是对知识分子的独立性和自我尊重的最大妨害。我认为这一情势相应地使我们的戏剧演出贫乏；审查使得知识分子的生活受到压制，削弱了自由选择主题、直接描写大臣们的重要价值，使得剧作变得平庸而幼稚。这个国家的书籍作者，难以通过各地的剧院，以自己的戏剧之作来表达他对这个国家的失望和厌恶之印象，他不得不焦虑地猜测某某先生的含混不清的、不对题的想法，这位先生以法律之名独断地要求作者修正作品，最关键的一点，知识界和批评界认为，某某先生个人无权歧视或无视作家……这位先生这么做是在僭越批评权威和批评否决权，这类裁决与任何其他文明国家毫无共同之处。这类不当裁决严重影响了戏剧艺术这一主要艺术形式，损害了戏剧艺术的独立性，使其贫乏而缺乏生气。我们擦亮了眼睛，我们作家习惯于在所有方面都是自由的，我们认为，在英格兰，这一目标远未达成。①

这便是詹姆斯决定在秋天完成《呐喊》剧本过程中的另一种"呐喊"。剧本写的是一个美国艺术品收藏家"抢劫"大英珠宝的故事。它不像是詹姆斯通常选取的主题和题材；詹姆斯得为这位富有的美国太太，约翰·L. 葛德娜，在旧大陆抢劫艺术财富做了深厚的铺垫。在 1895 年 7 月 15 日的笔记中，詹姆斯称其为"上了年纪的约翰太太"，他继续铺垫说，"是一位这样的美国人，她隐隐呈现出一种暗淡、巨硕、凶险之像——他们数以万计——像袭来的大潮——那些罗马帝国的野蛮人"。剧本体现了类

---

① Leon Edel ed., *The Complete Plays of Henry James*, London: Rupert Hart-Davis, 1949, p.762.

似的思想，美国人如同一群游牧民，以支票簿作武器。在某种意义上，他的《呐喊》是《高投标》的翻版。在《高投标》中，一位美国女性显得比英国人还英国人，并让英国人警觉到其遗产将受损的危境；《呐喊》中这一角色由布莱顿充当，她与那位乡下同类有所区别，她让那些英国人的遗产一点点被外人带走。另一位美国人布莱肯里德·本德是一位有坚定头脑之人，类似于《美国人》中的克里斯托弗·纽曼，他既非恶棍亦非英雄，但有一种强力，还有一本支票簿。詹姆斯本人认为这一主题有着"有更大的道德"——艺术珍品的拥有者以为民族之名获取艺术品，他们自身作为非法的艺术品守护者，则需听候公众的批评。

詹姆斯投入地写作这部他最后的剧作，带着他所有往日的激情和热诚。阿兰·韦德作为选拔委员会成员朗读了这部剧作，他写道："我清楚地记得《呐喊》的手稿以及我朗读时的激动，而且我敢说，它远远超出了那些愚蠢观众的理解力。"他还说："在他那个时代，詹姆斯的戏剧意识与法国的更在同一步调上，而不是英国的——假如他有更多的机会和更多剧本创作，或许他会修正他过于超前的深度，而我们的剧院将会迎来一位真正优秀的戏剧家。"[1]

1909 年初秋，他开始写这部戏。他已大致有了一个情景概要，他 10 月 16 日写给格兰维利·巴克的信里说："我很高兴地告诉您我已开始动笔写《呐喊》，我对它倾注了热情，颇有兴致，我觉得，时而我掌控着它，时而它掌控了我；但我还要再有几周才能完成它。"1909 年 12 月他在伦敦改革俱乐部自己的房间中倾力写作，他往蓝波屋邮寄出厚厚的手稿，以便鲍桑葵小姐打出来。12 月 2 日他寄出了第三幕的大部，他写给鲍桑葵小姐道："伦敦温润而舒适，我临走前会写出第三幕。我回来后，我们得花更多时间精简和重新打印。"他还说，"气氛匆忙而急迫"。两天后他寄出了另外 50 页，以及先前修订过的打印稿。12 月 17 日的笔记记录说，他那天写完了剧本，同时，他已开始将这一主题转写为小说《象牙塔》(*The Ivory Tower*)，他一发不可收地写道："从任何方面来看，较之以往

---

[1] Leon Edel ed., *The Complete Plays of Henry James*, London: Rupert Hart-Davis, 1949, p. 763.

任何作品,它都值得我在这一主题上花些时间……近来我完全沉浸并投入到《呐喊》的写作中……写作《呐喊》的过程对我而言,在各个方面都有极大的益处——它为我的创作道路带来的益处巨大、丰富而且生动:我的意思是,在整体方法上极具庄严之意。"①

但詹姆斯再次遭遇不幸:纽约版小说集出售不利,《呐喊》的修改和排练过程亦让他耗费了太多精力。而且,《呐喊》随着佛洛曼演出季的整体失败而计划落空。紧接着,1910 年 5 月 6 日爱德华七世去世了。剧院在葬礼和举国哀悼期间关闭了。格兰维利-巴克认为:"这是吹倒演出季的最后一阵风,佛洛曼曾经勇敢而有风度——那正是他的本色——但有些过于鲁莽和不计后果。"下一年,詹姆斯把《呐喊》改成了小说。出乎他意料的是,小说立刻以好几个版本流行了起来。一年半以后,这部曾被判了死刑的剧本,由联合剧社上演。1917 年 7 月 1 日和 3 日上演了两场,其中一场由萧伯纳执导,他在 1923 年给《时代文学副刊》的信中描述道:"每一幕重现的对话中的精致优美的句子,都让我感受到我的那位朋友。我用晓畅、明白的语调重述着,但听众无人能理解我,抑或认同辨明我之喏喏所言。"萧伯纳总结说:"有一种文学语言,它完全可以用眼睛来识别明了,但用嘴巴轻松言说的,却几乎无法让耳朵明白易懂……一位只是以文字出版作品的剧作家,就会因积习和炫技而在比例控制方面失调……而詹姆斯灾难性的剧作,这位小说家在舞台上的失败,显然更多是由于其天性和文化,而不是像其他成功的剧作家那样,他们彼此极力竞争,这表明他们可能会取得成功,因为他们懂得,墨水笔与口语是全然不同的两种乐器,他们各有各的谱曲之用。"②格兰维利-巴克对《呐喊》剧本有着更切近的了解,他不同意萧伯纳之见,他觉得詹姆斯这部最后的剧作出现的对话方面的问题,并不比王朝复辟时期的那些喜剧更严重。他认为:"对话的确有些人为造作,真的;但那很正常。……我认为一旦找到恰当的方式,这些对话大都会令人印象深刻……演员们当然不无法

---

① Leon Edel ed., *The Complete Plays of Henry James*, London: Rupert Hart-Davis, 1949, p. 763.
② Ibid., 1949, p. 765.

将其融入'浪漫'的动作之中：这或许也是《沙龙》不对劲的地方——不协调。我的建议是将其与康格里夫和维切利的剧作并置评论。它也许不及前者好，但我认为你会发现，较之后者，它更有风格，更有嚼头。"①

第六节 《独白》：以文学现实"调控"社会现实

《独白》(*Monologue: Written for Ruth Draper*, 1913)似乎是詹姆斯文学创作形式的一种"例外"和"游戏"。它在詹姆斯时代还是一种时髦的单人朗诵形式。詹姆斯却在这种看似"非主流"的艺术形式中，书写出他对美国社会政治现状，尤其是对妇女从政、女性美德的看法。

詹姆斯1913年为露丝·德赖普写的独白，是他为德赖普独白诵读艺术献上的一个礼物，这位女艺人后来享有了国际声誉。詹姆斯第一次见她时，她的个性以及素描方面的艺术才华尚未显露出来。她在伦敦一些私人聚会中现身，总是在写，或者为自己的发展用心思。她对詹姆斯说了自己的计划，她想知道她是否应该投身戏剧舞台，或是埋头写作，或者只做素描，她后来果然以素描成名。她曾记得詹姆斯当时对她说："我亲爱的孩子……你……已经为自己……织出了……非常美丽的……一块小波斯地毯……坚持下去！"

令她印象最深的是，尽管她明确告诉他，只习惯朗诵自己写的东西，詹姆斯还是为她写了独白。詹姆斯把独白手稿给了她，自己未留底稿，独白写于1913年12月4日："你或许能多少发现些你要的东西……我写的时候像是绝对能'看见'你，听到你，而不是所谓极其'仰慕'你，我一再对它润色，使它像真的、实际上可发生的一段小故事一般。"他在请求一个无名之辈，许诺她可以任意删减，他对评价结果毫不怀疑，"因为我做了该做的，在其理念的内涵和清晰度上；以及在恰当的表现力上"。②德

---

① Leon Edel ed., *The Complete Plays of Henry James*, London: Rupert Hart-Davis, 1949, p. 765.

② Ibid., p. 811.

赖普小姐觉得独白到处"烙着他特殊的标签,"她无法想象自己能把它们念出来。

詹姆斯的小说和故事的读者们或许会对独白的主题有所体认。它要表达的是"女王身份的敏感态势",詹姆斯认为这在他那个时代的美国妇女中是相当普遍和流行的一种态势。詹姆斯一生都在写美国妇女,他的小说再现了各个年龄段的极有天赋的女主人公,再现了贪婪凶猛的一族,也不乏黛西·米勒般单纯、天真,具有新世界鲜活精神的女性,她们对萦绕四周的复杂的强权漫不经心。詹姆斯喜欢有勇气的、独立的美国妇女的个性;但对她们新近觉悟到的自由的一面,詹姆斯认为有些过度:欲求太多,太男性化了。她们被丈夫和双亲宠坏了,她们往来于欧美舞台,坚挺而霸道,粗野,工于心计。1907年他为《哈珀市场》写了一系列文章,写了有关美国妇女风度的一系列演讲稿,其中都反映出他久居海外重返美国之后的这一印象,他明确表达了他的失望。他认为美国妇女令人艳羡的社会地位,并不意味着它与高贵有任何干系。

他写道:到"美国妇女的世界中尚未有所要求……即她应该必备责任感、积极性和影响力之概念;尽可能的优雅和甜美,尽可能地具备安抚之力和愉悦之情,综上所述,她应该是这样的典范。只是证明她的自由、灵性和至高无上是件简单的事,却难以证明其高贵……美国妇女的社会地位与第二小提琴之位相差无几。在她面前,只为她,总谱翻开了,而她毫不犹豫地,挥动着自己的胳膊肘,炫耀着琴弓。"[1]

这也是《波士顿人》中的语境。詹姆斯对他那个时代的妇女参政者、趋于时尚者,以及社会改良家们进行了嘲讽。詹姆斯以"文学现实性"调控着当下现实的比例,让我们观看着以"古典"和"高贵"为底色的现代女性的面容,觉察到现代美国妇女为"第二小提琴炫耀"的不完美和简陋。或许现实中的简陋需得在文学的现实性中,以想象力和理性之光加以照亮,如此方能彰显作为美之化身的"未来女性"之典范。这篇独白作为反射镜像,正可读出詹姆斯后期小说理想女性的"美学"与"空想"价值。

---

[1] Leon Edel ed., *The Complete Plays of Henry James*, London: Rupert Hart-Davis, 1949, p. 812.

1906—1908 年前后，是詹姆斯为纽约版小说写作序言的过程，亦是他对以往戏剧与小说创作得失进行反思的过程。詹姆斯对戏剧文体与小说形式"互文"的试炼从未止息。"做一切尝试，去做这一切，呈现出这一切，成为一个艺术家，一个有别于过往的艺术家。"(Try everything, do everything, render everything—be an artist, be distinguished to the last.)[1]他的戏剧理念与小说叙事之间更有默契，彼此相辅，互有张力。在不断形成的"詹姆斯式"文体的核心处，是詹姆斯对于文学题材与主题的"内在精神"与"理想形式"的永恒追求。詹姆斯的"为艺术"与维多利亚时代纯粹的科学"记录"、王尔德式的"唯美主义"，以及萧伯纳式的"文学改造社会"等潮流和倾向有所不同，詹姆斯与这些潮流均有"紧张"甚至"对抗"的态势。詹姆斯的文学实践表明：艺术并非唯美而脱离现实，而是旨在通过"文本的嬉戏"，去发现并调节这个世界。艺术家是自觉护卫艺术的纯粹性、道德的自发性及深刻的思想意蕴的人。"詹姆斯式"舞台上的优雅心理、微妙精致的人物对话，以及不偏不倚的评价态度，在后现代解构主义理论的视域中，不啻德里达与德勒兹"散点透视""根茎丛生"等多元动力发生学理论的先兆与土壤。如何评价"詹姆斯式"？如何在现实主义思潮主导的西方文学史上为其"文学现实性"定位，一直是批评界的一个"问题"。

---

[1] F. O. Matthiessen, "introduction", in F. O. Matthiessen ed., *The Notebooks of Henry James*, New York: Oxford University Press, 1947, p. x.

第七章 "詹姆斯式"与20世纪西方文学的现实性问题

在英美文学史论中，若笼统地以"浪漫主义""现实主义""象征主义""唯美主义""现代主义"及"后现代"等术语来界定或概括詹姆斯的创作类型和风格，无疑是困难的。一方面，这些术语背后各有其历史渊源，复杂博远；另一方面，詹姆斯强调文体实验的自由，大量运用隐喻修辞，信仰摇摆于传统与进化论之间，这些都造成了其文学创作兼有各种"主义"的特征，又不完全等同于其中任何一种派别的复杂面貌，这便为公允评定他的艺术风格，准确地评定他在文学史上的地位设置了障碍。

第一节 读者反应批评的复杂面相

20世纪以来，"詹姆斯式"文体及文学理论对于英美批评界来说是一个争论不休的话题。即使詹姆斯1916年离世，关于詹姆斯其人其作的批评之声仍不绝于耳，评价各异。造成这一文化批评史上有意味的现象，既有批评艺术本身发展规律的因素，也有詹姆斯对于文学传统与时代变革之模棱两可态度的原因。他为二流小说家辩护，对一流小说家不乏讥讽。他眼中的司各特甚是无趣，狄更斯过于庸常，斯泰恩多愁善感，简·奥斯丁则太女人。而他本人在英美戏剧界和小说界的模棱两可的声誉，亦是无人出其右者。他同时被认为最好的作家或是最差的；最丰富的和最乏味的；最有意味的和最内容虚空的。批评者对所谓一流作家可以态度鲜明地盖棺定论，而对于詹姆斯，他小说中的迷宫之帷以及他对于道德价值的含糊其辞，令批评家们对其评价摇摆在天才与诡计者之间。①

《罗德里克·赫德森》(1875)刚出版时，批评界大多认为小说人物"不值得同情"，他们是"不真实的"(unrealistic)，而作者的语调则是"漫不经心的"(heartless)。②过度的细节使小说臃肿拖沓，情节进展缓慢。对詹姆斯随后出版的《美国人》和《欧洲人》，批评界认为詹姆斯更"冷血"，而他的人物则"更不值得同情"，令人不忍卒读，是"精神的受难"(conscious victim)。甚至小说的标题也成为"问题"的一部分。民族主义的美国评论家们，对于《美国人》的主人公名叫"新人"(Newman)不满；而与过度爱国主义(jingoism)相悖的英国评论家，则视其为"典型的美国佬"(typical Yankee)。也有少数几位评论家，敏感地意识到詹姆斯的《欧洲人》兼收并蓄了屠格涅夫洗练的文体风格。而当《黛西·米勒》出版时，美国评论家仍聚焦于詹姆斯以标题人物作为民族类型的衡量标准；英国评论界对标题的象征性兴趣不大，而对詹姆斯采用的第三人称叙述技巧则给予了重视，认为通过第三人称的叙述，读者始终保持着旺盛的好奇心。

从1879年的《自信》到1888年的《阿斯彭手稿》，詹姆斯小说艺术的精进与读众对其小说理解之间的差距愈加悬殊。大部分读者认为，作者应该对其人物表现出某种同情，而詹姆斯却尽量避免这一点，他以"精神显微镜仔细观察他的人物的思想和行为，如同一个生物学家对待标本"。对詹姆斯著作的评论语言中弥漫着大量的科学语词，例如《华盛顿广场》"是美国人种群的一幅画像"，《自信》"像对一只蝴蝶一样对女主角的自然属性进行了调查"，而在这些批评中，"活体解剖"这一形象的外科术语竟出现多次。而物理学领域的术语也提供了更恰适的隐喻：《卡萨玛西玛公主》的作者"对分析爱的絮语爱的动机乐此不疲，像篦头发一般，以聚

---

① See Alwyn Berland, *Culture and Conduct in The Novels of Henry James*, New York: Cambridge University Press, 1981, p. 1.

② Kevin J. Hayes ed., *Henry James: The Contemporary Reviews*, New York: Cambridge University Press, 1996, p. xi.

光镜将每一寸区分成32000道光线,用20页篇幅,以智力引擎描述了150000种感知"。①《一位女士的画像》甚至被认为是提供给读者的一份数学证题:作者设好所有的点,给出已知路线,而最终答案得读者自己去找。对于随后发表的《自信》和《阿斯彭手稿》,作者任意侵入人物意识而给读者造成的"不舒服"感,批评家们对此颇有微词。

1897年《波音顿的珍藏品》出版时,詹姆斯的这部小说被认为是"时兴的医生对病人的电照检查","一位X线眼光的叙事者"。②因为科学界发现了"X射线",批评界显然在借用科学用语隐喻詹姆斯的创作,但"X射线"已经是对前期"精神显微镜""活体解剖"等作品评价的扩展。批评界对詹姆斯的理解与尊重已经有所增加。对于《螺丝在拧紧》的"焦点透视"法,《伦敦每日快讯》报恭维道:"最微妙的人物、最细微的触觉、顶级的暗示艺术……小说是一部艺术精湛的杰作,其工艺精雕细刻,几可呈现光影之阴。"③与此同时,詹姆斯小说人物的真实性得到了批评界的赞赏,他们认为,詹姆斯此番对于人物自然属性的重视,远胜于一味强调"崇高而抽象的荒谬主题"。对于《尴尬岁月》(Awkward Age, 1899)及《圣泉》,詹姆斯被讽刺为"提纯了优雅、微妙化了微妙,把暗示暗示到令人困惑的地步"。④《圣泉》甚至被讽为"詹姆斯出离了詹姆斯"是"对詹姆斯本人的拙劣的模仿"。《伦敦每日记事报》比较了詹姆斯前后期风格后下结论说,詹姆斯后期小说较之前期,其风格的确"后退更后退了"。詹姆斯面对媒体的恶评,一如既往地不为所动。他写信给朋友说:"我与众不同的习惯是,尽可能少看评论,它们对我反倒无所适从了。这才是经久之道。"⑤

詹姆斯的戏剧构想、小说文体以及文学批评的整体成就,一如德勒

---

① Kevin J. Hayes ed., *Henry James: The Contemporary Reviews*, New York: Cambridge University Press, 1996, pp. xiii-xiv.
② Ibid., p. xvii.
③ Ibid., p. xviii.
④ Ibid.
⑤ *James to James B. Pinker*, 18 September, 1902, in Leon Edel ed., *Henry James's Letters*, (4), Cambridge: BellnapPress of Harvard University Press, 1980, p. 242.

兹所言："生成远比历史重要。"①即使在21世纪的当下，"詹姆斯式"依然继续"生成"着文学形态的活跃话题，依然发生着历史生成的作用。詹姆斯在1907年之后的纽约版小说序言，包括早期的《霍桑传》，创造了许多文学术语和基本概念，这些基本概念的核心，不外乎"文本的现实性"问题。

第二节 20世纪西方文学的"现实性"问题

现实主义的本质问题是文学的认识论问题。从18世纪以来，试图给予"现实"这一概念准确的内涵，已经成为一个持续的历史现象。从18世纪初英国小说的"推敲"之风，到法国批评家们对文学问题的"科学化"规范，再到19世纪科学发现和哲学新思潮的推波助澜，"现实"这一概念的实质，在不同时期的时空运动中，自身不断地增添和改变着概念的外延和内涵。雅各布逊在"艺术中的现实主义"一文中总结说：

> 古典主义者、感伤主义者、浪漫主义者，甚至19世纪的"现实主义者"，在更大程度上，还有那些现代主义者、未来主义者、表现主义者，他们都喜欢不断地、坚定地宣称信仰真实性（reality）、极度逼真——即现实主义（realism）——那是指导他们艺术规划的座右铭。在19世纪，这一座右铭引起了一场艺术运动。这主要引发了后来者仿照这一潮流，重新对艺术史进行审视，这一点在文学史上尤为明显。任何一个特别的案例，一种分化的运动都被定性为艺术中极端现实的表现，都被作为一种对现实主义在过程和成功的艺术运动方面的衡量标准。而这样一来，一种新的鉴别标准已然生成，现实主义一词的第三种意义也随之蠕动：只有理解了19世纪的总体艺术特征，才能理解19世纪某种特别艺术潮流的特征。换言之，对于文学

---

① [法] 吉尔·德勒兹：《哲学与权力的谈判》，刘汉全译，译林出版社2012年版，第32页。

史家们来说，上个世纪的现实主义作品代表着最高程度的逼真性，表达出最极致的生活信念。①

在雅各布逊看来，艺术理论家们理解的现实主义，是一种艺术的潮流，它旨在尽可能地传达出真实，努力使其达到最大限度的逼真性。换言之，文学的"现实"，是通过文本使我们感觉到是在描写现实这样一种方法。即它的逼真性而不是它的真实性。托多罗夫对此补充说："科学的对象不是，也从未曾是一个真实的自在之物。涉及文学研究时，它的对象不是文学作品本身，这个对象只可能是构想（构思）出来的：组成这对象的，是按这种或那种观点在一个真实事物的内部可以辨认出的抽象范畴，以及它们之间的相互作用规律。"②两位理论家都意识到了文学的"文学性"问题，即科学理性、抽象思维与虚构想象在语言的作用下，同步构成"文本的现实性"问题。

19 世纪和 20 世纪的西方文学沿着现实主义和现代主义两条线索，并行交叉地共同存与发展，现实主义自身不断地深入，现代主义亦非一夜之间从历史中孤立地显现，两条时有交叉的文学潮汐在对传统的超越中，表现出诸多共性，尤其是在小说作为虚构的文体体裁方面，拆分其共性显然是不合理的。伊恩·瓦特曾在《小说的兴起》中指出，"现实主义"这个从法国现实主义画派借来的词，其用法"存在着严重的失当"，因为它搅乱了"小说形式的最原始的问题"："小说的现实主义并不在于它表现的是什么样的生活，而在于它用什么方式来表现生活。"③从现实主义这一术语的语义方面来看，"现实"指的是文学描写对象的"真实"性问题，而"现代主义"对"古代"在时间概念上的相对与区别，其实质也是在探寻以何种方式表现"精神内涵"对传统的疏离。英国批评家西里利尔·康诺利

---

① See Roman Jakobson, "*On Realism in Art*", in *Language in Literature*, Cambridge: Harvard University Press, 1994, pp. 19—20.
② ［保］茨维坦·托多罗夫：《象征理论》，王国卿译，商务印书馆 2005 年版，第 377—378 页。
③ Ian Watt, *The Rise of the Novel*, Los Angeles: University of California, 1957, p. 11.

指出,"现代感受力"以其源于启蒙运动的"批判智慧"和浪漫主义的"探索精神"的结合形成了现代运动(指的是19世纪80年代—20世纪50年代)。而罗兰·巴特在《写作的零度》中认为,从福楼拜到现今的全部文学都呈现出语言上的难题,说明传统写作的瓦解。由此看来,"现实主义"或"现代主义"都是对于古典传统的质疑或革新,都是对文学与"现实"关系的思辨行动,两者在文学形式上的实验色彩或浓或淡,但其精神实质是相同的,都以寻求以何种形式实现"文本的现实性"为目标。而"后现代主义"看似更为激进的文体与语言实验,其实质延续着"现实主义"以来的思想变革与文体实验,"后现代主义"作为"后期的现代主义",不过是一个"人们还未来得及确定其意义,它就已经成了一个家喻户晓的用语"。这一新术语在历史学家汤恩比那里,"标志着1875年前后西方文明中出现的一个新的历史循环"。在"现实主义""现代主义"和"后现代主义",这一不断循环轮回的"概念"历史中,"现实"与反映"现实"的文学形式之间,一直充满张力,正是借助于这一历史回旋的张力,文学的内在自主性日益成熟,"文本的现实性"概念也不断更新变化。

第三节 詹姆斯的"文本现实性"

詹姆斯认为:"予人以真实之感是一部小说的至高无上的品质。"就反映真实的程度来说,"正如绘画之为现实,小说就是历史。"但詹姆斯同时强调,小说真实性效果的培植,应该"归功于作者在制造生活的幻觉方面所取得的成功"。而"这个成功的取得,对这个精妙过程的研究,就我的情趣来说,构成了小说家的艺术的开始和终结"。詹姆斯的文本"现实性",是在"真实"和"虚构"之间展开的一个的"精致微妙的过程"。

一、制造幻觉的现实

对"智慧生物"内在意识生成和变化的观察与分析,构成了詹姆斯文本的题材和主题。詹姆斯力图将"印象"和"经验"经"意识之室"中"美丽的蜘蛛网"捕捉和转化为语言的真实,作家的成功在于能够"制造和获得生活的幻觉"。① 而对一个作家来说,"生活召唤他,要他呈现(render)出最单纯的外表,制造出最短暂的幻觉,那是一桩非常复杂的事情"。② 詹姆斯以作家主体掌控的"任意视角"保持一定距离地"观看"着意识的流动。"镜式反射""幻灯投影""提线木偶"等小说术语的发明,都表达出詹姆斯制造幻觉真实的强烈意图。而隐喻以透迤曲折的"摹仿"功能,将意识流动的样态生动表现出来。

詹姆斯强调艺术家主体意识与观察对象的主体意识之间的互动"关系",以及这一关系的"比例"。作者透过"意象结构"作为情节的主体,并非取消情节的重要性,读者并未被置于作品的时间之外,而是被置于与作者或书中人物同等的境遇之中:等待情节的继续发生,寻求疑问的解答。作者的心智、智慧生物的良知,还有读者的鉴赏水平,被独特的文本话语激活,伴随着整个意识运行的过程,直到"悬置"的结局到来,似乎仍未完结。詹姆斯的经验表达是一种主观意志的方法。例如,《波音顿的珍藏品》的叙述中心不是"珍藏品"的命运是什么,而是对弗蕾达是否能够将其据为己有的思量过程。《波音顿的毁坏》既是灰姑娘童话的变体,也是戏仿和反讽合体的"灰姑娘"寓言。小说最有价值之处,是嘲讽目标多向而模糊。小说究竟讽刺了谁?为何讽刺?这些才是需要现代读者作出阐释的问题。"唯一的""真实性"很难成立,因为"广阔的领域,人类的场景,这是主体的可选择性;穿透的孔径,或是朝向宽大处,或是瞭望楼座,或是透视缝隙,或是投向门楣低矮处,这便是'文学形式',但它们不论单独或者整体,如果没有贴近孔径的观察者,换言之,如果没有艺术家的意识,它们便一无所用"。③ 詹姆斯强调"文学形式"作为"艺术家的意识",他们各有独特的"孔径"和"眼睛",所见不同,结论各异。

---

① Henry James, "The Art of Fiction", in Leon Edel ed., *Henry James: Literature Criticism* vol. I, New York: The Library of America, 1984, p. 53.
② Ibid., p. 53.
③ See Henry James, "Preface to New York Edition", in Leon Edel ed., *Henry James: Literature Criticism*, vol. II, New York: The Library of America, 1984, p. 1075.

其剧作在剧场的"失败",实际上是其"独具慧眼",不迁就观者的选择结果。

詹姆斯的创作理念深受柏格森生命进化哲学的影响,对于智慧的目的性和直觉意识的重要性,有着超乎同代人的醒识。柏格森在《创造进化论》中指出:"意识本质上是自由的,意识就是自由本身。但是,如果意识不依靠物质,不适应物质,就不能穿过物质:这种适应就是我们称之为智慧的东西,智慧转向能动的意识,即自由的意识,使意识自然地进入智慧通常看到物质进入的框架中。"①詹姆斯幼时因家庭影响,早早意识到生命即是有选择的行动,有所选择的行动创造出生命的价值。在写作进入成熟期之后,有意识地选择意识领域作为探究对象,与其说出于好奇,毋宁说是科学理性与哲学冲动两方面共同作用的自主选择结果。意识作为思想范畴,其既统一又多元的生成特征,其无始无终、自由自在的流动状态,满足了詹姆斯发挥"艺术家的意识",创造出一片新的文学垦地的雄心。19世纪以来的文学现实主义概念过于笼统且日渐僵化,戏剧与小说的文体亟须对人物进行个性化的处理,对性格生成的内在环境进行关注。詹姆斯正是以特殊的叙述技巧进行了大胆的实验,以便与以往的虚构故事模式区别开来。

二、自我身份的现代意识

詹姆斯在《霍桑传》(1878)中,肯定了霍桑创作的浪漫主义风格,对霍桑小说的艺术成就赞赏有加,并深受其影响,但对霍桑小说过于注重"道德"的主题选择,詹姆斯认为,"霍桑注重的是景象的否定性一面"。②这一内容上的沉重,妨碍了文学形式丰富能动的作用,"只有当土壤深厚时才会开出艺术之花,需要大量的历史才能生产出些微的文学来,需要

---

① [法]亨利·柏格森:《创造进化论》,姜志辉译,商务印书馆2004年版,第224页。
② Henry James, "Hawthorne", in Leon Edel ed., *Henry James: Literature Crituscism*, vol. I, New York: The Library of America 1984, p. 351.

更为复杂的社会机器才能启动一个作家的创作"。①美国政治和文化上的简陋肌理，标明美国文明处于肤浅及延滞状态。正是通过有针对性对这些否定性因素的超越，詹姆斯建立起了自己的身份意识、国家意识、族群意识，也正是在这一基础上，詹姆斯建立起了自己的文学观。同时阅读《欧洲人》《霍桑传》和《波士顿人》时，这些诱人的问题会更集中地凸显出来。

《霍桑传》中有这样一段集中描写了欧美差异：

> 人们或可枚举那些高级文明的条目，尤其当其只存在于别的国家，而在美国人的生活肌理中所欠缺的……在欧洲，"政府(state 国家)"这个词的意思勉强可作为民族(national)的名称。无君主、无宫廷、无神父、无军队、无庄园领地，也无古老的乡间别墅，无郊区牧师住宅，无茅屋村舍、无青藤掩映的废墟……无杰出大学、无公立学校……没有文学，没有小说、没有博物馆、没有政治社交，没有体育课——无艾普逊更无艾斯考特赛马！②

这一段既暗示着南北战争之前美国文化的狭隘贫瘠，同时又流露出詹姆斯对欧洲世故而温和的嘲讽。实际上，詹姆斯采取了一种批评的个人化视角：对旧世界的文明优越有所体认，暗讽美国的贫瘠一面，而欧洲的世俗化一面，也是天真未凿的美国应该有所警惕的。《霍桑传》的重要性正在于此：它宣示着詹姆斯的国际化文学观，宣示出詹姆斯欲将自己和美国文学置于世界舞台的伟大意图。我们眼前呈现出的是：霍桑拘于地域，而一个国际化的詹姆斯已从中出离。③

詹姆斯对于经验的开放态度，表明了世界公民的基质可能遭遇风险，

---

① Henry James: "Hawthorne", in Leon Edel ed., *Henry James: Literature Critucism*, vol. I, New York: The Library of America 1984, p. 320.
② Ibid., pp. 351—352.
③ John Carlos Rowe, *The Theoretical Dimensions of Henry James*, London: The University of Wisconsin Press, 1984, pp. 46, 47.

尤其当遇到互动关系中那些僵化的态度时。这种狭隘僵化的特征随处可见——并非霍桑的新英格兰才有——詹姆斯 1866 年在早期的文学评论中已有所表达,在评价法国日记体作家尤金·德·盖兰(Eugenie de Guerin)时,詹姆斯打破了半球划界的成见,他这样写盖兰:"对于她,只有两件事物——教会和世界,两个对她来说都无须分析,人,要么完善,要么全恶。"①德·盖兰的法国地方狭隘性,"她的社会生活的空乏",与 1879 年《霍桑》中发现的新英格兰的美国身份概念有所不同。早期文论中,詹姆斯已意识到美国场景中的"道德诚实",但詹姆斯继续关注那些在高级思维中的道德形式与智性的单纯性之间,直接类比造成的复杂性问题:

> 从某种宽泛的意义上说,美德和虔敬总是为恶德和怀疑主义所滋养。在新英格兰,一个非常好的男人或一个非常好的女人是一个极其复杂的存在。他们的天真如你所喜闻乐见,但他们既慧知又愚昧无知。他们旅行;他们持有政见;他们是有教养的废奴主义者;他们读杂志和报纸,并为它们投稿;他们读小说和政治报道;他们购票去演讲厅听报告,去很好的图书馆;一句话,他们是开化的人。这种质疑一切的、自由的结果是,他们的自我意识变得深厚了。他们获得了一种显著的与成千上万的事物间的美德关系……而且,在拥有与成千上万事物的关联的同时,他们也表现出无数的对于光与影的反应。②

"关系"(relation),是一个关键词,是一个詹姆斯式术语,它们隐含在语境中,暗示出美国人已学到了关联的理念,以及写作和叙述本身的可能性观念(一个有关自我与他者之关系的故事)。在写作《霍桑》时,詹姆斯提到了"某种比例和关系的意识",以此刻画内战后的美国,在一个

---

① Henry James, "Preface to New York Edition", in Leon Edel ed., *Henry James: Literature Criticism*, vol. II, New York: The Library of America, 1984, p. 435.
② Henry James, "Hawthorne", in Leon Edel ed., *Henry James: Literature Criticism*, vol. I, New York: The Library of America, 1984, pp. 434—435.

复杂的时期,自我与民族创伤之间不得不重新达成和解。① 由"关系"引导出的叙述的模棱两可和不确定性,使得詹姆斯的写作存在着一种外在于自我确定性的事物关系,这一关系威胁到自我构建的根基。新英格兰的"美德和虔诚"特征离不开与"罪恶和怀疑"的关系。而美德在与对立方换位的同时,并不因此就更清白地投入信仰中去。詹姆斯更关注身份混合所可能带来的冲突,事实上,它们彼此增强了。美德由恶德营养,恶德提供基本养料成分,它们此消彼长的同时,或许更令人担忧的是,它们会对道德作用进行妥协。对绝对阐释权的确定性的动摇,表现为新英格兰已与成千上万的事物有了"关系",这一关系所提示人们开始关注意义和界定的潜在多样性。"对大量光影的反应"或可扭曲它们的原貌。

正如我们看到的,将詹姆斯定义为一个民族作家其本身便是成问题的,注意到他的生平以及他的智慧的文明融合之见,更能意识到问题所在。詹姆斯写作《欧洲人》时已意识到,真正的跨大洋文化涉及的不仅是对分散的不连续的差异的比较,也并非为差异建立等级。《欧洲人》更关注的是表现19世纪中叶的国际交流和互动,如何已经引发了随之而来的民族划分和文学特性问题。较之为新世界民族身份如何定位费心思考,并把欧洲因素人为地排除在外,詹姆斯的写作着力于表现它们的双向互动。在我们当今全球化的世界中,这些人物又回旋滤出,詹姆斯历史性的跨大洋"误读",写出了,而且是及时地写出了加速形成的现代性。《欧洲人》的副标题为"素描",小说整体结构也不及中后期作品紧凑,但《欧洲人》的成功恰在于漫不经心中,对新旧大陆在心理的、社会的层面上的不期而遇效果的关注。它是詹姆斯毕生致力于国际化小说事业的早期作品的范例,它先知般地参与到了我们所熟悉的边界渗透、身份多元的现代世界之中。

---

① Henry James, "Hawthorne", in Leon Edel ed., *Henry James: Literature Criticism*, vol. I, New York: The Library of America, 1984, pp. 427—428.

三、詹姆斯的多元现实

詹姆斯的"文本现实"与文学史上的"现实主义"有着深刻的内在渊源，又带有浓厚的现代和后现代意义上的"现实性"特征。詹姆斯的现实主义是在对浪漫主义的批评性接受中，以"国际化"或曰"欧洲因素"为主要参照系的改良的现实主义，而不仅仅是 W. D. 豪威尔斯为美国文学定义的那种"现实主义文学"，那种"美国人显而易见的本质上的有机物：同情、自由、爱及对传统的坚守"。①

詹姆斯的中后期创作，正处于新旧世纪转换的"伟大的现代"处境之中。詹姆斯在遭遇他自己时代的"伟大的现代问题"时，他所采取的观察与评价方式，较之美国本土的传统观念，更贴近欧洲的或曰法国的文学准则。在 19 世纪中期，法国小说界和批评界秉持的文学艺术观，体现出当时之科学成果和哲学思潮等各种因素的影响。他们宣称，如果他们的小说呈现出的趋势与以往按公认的伦理学、社会学的文学准则表现出的人类生活图景有所不同，那是因为小说的作者们比前人更冷静、更科学地考察生活。实际上，这种所谓"科学"的客观理想，在詹姆斯的时代还远远谈不上清晰明确，在实践中更不可能完全确立和实现。

詹姆斯的《螺丝在拧紧》因其描写了鬼蜮世界，通常被认为是典型的哥特式小说。这部有着"最微妙的人物、最细微的触觉、顶级的暗示艺术"的作品，②是詹姆斯以意识领域为写作对象的"内倾性"系列小说的承前启后之作，是詹姆斯对叙述形式进行大胆实验并卓有成效之作。这部小说的主题表现出不可知论、人物身份的不确定性、现实时间与意识体验时间之间产生"隔阂"、叙述者可透视人物及自身意识轨迹、叙述顺序按主观时间控制意识方向，等等。其内容与形式的多元复合，表现出詹姆斯突破现实主义文学传统的变革与创新意图。

---

① William Dean Howells, *Criticisms and Fiction*, New York: Harper, 1891, p. 55.
② Kevin J. Hayes ed., *Henry James: The Contemporary Reviews*, New York: Cambridge University Press, 1996, p. xiii.

伊恩·瓦特在《小说的兴起》中评价斯泰恩以其"早熟的艺术手法"使《项迪传》成为"现代派的先驱"。斯泰恩从内部和主观方面入手，以人物意识变化作为情节轨迹，要求"主人公醒着时的每一小时都配备一小时的阅读材料"，将"文学和现实逐一相符的现实主义的首要前提推至逻辑的极端"。①戴维·洛奇对此评价说："《项迪传》是一部终极的隐喻，它在世界和这部书之间不断地敲开着不可通约的裂隙，以这种方式获得了空前的生活的真实性。《项迪传》的'失败'是斯泰恩的获胜。"②这一"极端现实主义"是无法实现的，这一文学与现实的关系，类似于一种"形式现实主义与评价的现实主义"合为一体的"元小说"。詹姆斯的小说虽未全部使用"边叙述边评价"这一"极端现实"的方式，但潜入意识领域，关注人物内在真实动机的评价和判断的主观意图却十分明确。斯泰恩对传统现实主义叙事形式的革新，在詹姆斯这里已然成为一种风格。

詹姆斯的后期写作越来越关注经验和思想之间的关联。他的纽约版小说序言，更是尽量避开对小说的道德意义和情节事件的关注，而将注意力倾注在探究灵感和意象的过程中，试图发现每一细微的经验萌芽如何成为意义和细节，如同普鲁斯特在《追忆似水年华》中写出斯万品味玛德兰茶点一样。在《金碗》的序言中，詹姆斯特别强调形式与内容的有机结合。他认为，采用非直接的叙述方式，"这正是最直接最接近可能性的"。这一声明对不耐烦的读者来说，或许无法理解，而答案其实就在风格本身。他后期写作主要是针对表现和形式问题，应用"透镜"和"聚焦"的科学方法对人物意识过程进行研究，这需要读者以同样的方法进行"透视"和"过滤"性阅读。詹姆斯后期小说似乎深陷此类问题，未能完全找到答案。詹姆斯的剧作更因这一"内倾"和"透视"特征而常常"失败"。但詹姆斯并未改变初衷，强调形式并未放弃事件和人物所处的独特"情景"，从限制叙述的外在现实的单一性中，反身将内在世界的意识和印象，以隐喻语言的多种功效，更加逼真有效地显现出来。"詹姆斯式"的"方言"，

---

① Ian Watt, *The Rise of the Novel*, Los Angeles: University of California, 1957, p. 292.
② David Lodge, *The Year of Henry James*, Penguin Books, 2006, pp. 29—30.

是正在建构的一种新的文学话语体系，它尚不具备一整套成熟的概念，尚需要发明和创造。话语的犹豫不决和模棱两可，表现出詹姆斯对艺术的审慎思量和严谨态度，表达着对内在世界"逼真性"的艺术追求。其术语和理论的不确定性，的确无法将其强行纳入19世纪现实主义的文学理论传统。

第四节　正在生成的现实：詹姆斯小说诗学的文化综合价值

马修·阿诺德曾清醒地提醒人们，20世纪的文化必然要承受某种严肃的负担。因为，所有的信条都受到撼动，所有曾被认可的教义都被质疑，那些曾被欣然接受的传统无不受到消解的威胁。阿诺德曾致力于以文学和文化批评来维持一种对信仰衰竭的补充。但事实证明，现代主义的唯艺术信仰，批评家们对精英文化的捍卫都不能满足时代的需求。寻求一种新的文化综合，突破一元或二元对立的权威性中心批评模式，正是詹姆斯多元现实的小说诗学价值。

一、小说艺术的"合法化"

詹姆斯的中后期写作多有哲学意味，历史与记忆、时间与空间、真与假等诸多哲学范畴都在他的"俯瞰"之中。他对意识过程显微镜式的"透视"，又让文本带有科学研究的调查与实证特征。詹姆斯往往以宏大的审美理想将这一切统一起来，以形式与内容一体的"美学"价值观审视历史、事件、人物的端由，并不急于做出判断，而是尽可能详细地、不厌其烦地显现出它们流动过程的即时样态。詹姆斯正在以多元的、生成性的新的艺术形式，向二元对立的体系化的传统概念展开挑战，他的书写技艺"生产"和"修复"着本雅明所谓艺术的"光晕"，其作品所达到的艺术性，就其广度、复杂性以及情感力量而言，都是对现存系统模式的超越，是向着古典诗学与现代小说诗学综合运作方向的努力。

《波音顿的珍藏品》是詹姆斯这一努力的一个典型例证。詹姆斯最初连载时将"波音顿的故事"称作"漂亮房子",书出版时改为"古老的物品",之后再版时定名为《波埃顿的战利品》。我们现在看到的纽约版,则定名为《波音顿的珍藏品》。标题在提喻、转喻和隐喻之间转换移动,暗示出一种将主题道德化的愿望。在多个意义层面上,波音顿的古董珍品,是"所有物"也是"战利品",但最终它们什么也不是。加雷斯太太认为那是从她欧洲大陆带回的战利品;而弗蕾达看出了它们是企图占有它们的几个主要角色之间斗争的根源(战斗的比喻一直持续着)。它们最终被一场大火"毁坏"了。小说最后一页,詹姆斯用"lost"和"gone"为大火之后的波音顿做了"虚无"的结论。弗蕾达最后说"我会回来的"的波音顿,已是一个无法"盘活"(don't come to a reel emergency)的"虚无"之处。它无法继续保留或被拯救(save)。[①] 詹姆斯用不断叠加的、表示丧失感的文学词汇,表达着小说的主题:关于人与一定时空中的物质之间的虚无关系的探询,关于人与处所之关系的哲学追问。一系列含有"虚无"感的文学词汇和不知所终的结局,使詹姆斯的文本超越了传统文体的疆域,文本呈现出分析与追问的哲学方法论特征。"詹姆斯式"的文体与词汇形成了一种超文本的意涵,它需要一种未可限定的解读方式介入阅读过程。

《地毯中的图案》是詹姆斯对小说文体实施革新计划的上佳成果。小说以"地毯上的图案"隐喻文学批评面对尚在形成中的作家主体意图时"尴尬"猜谜的失败。在小说"文本嬉戏"的表层结构下,暗含着复杂多元的作者意图。"波斯地毯"看似有着鲜明的纹路和图形,实际上,它是一幅尚待织就的、行进中的图案的循环而已。作家的创作意图和技巧隐含在织毯的针线交织中,它需要一个织者布局,它展示出局部的真实,它自成一体,又趋向整体。《地毯中的图案》形成了一种"詹姆斯式的"艺术语言:它要求读者以视觉品味文字的意涵,甚至是文字背后的意涵,它要求生成视觉感知与视觉思想的统一;它记录事件的发生过程,甚至是思想动

---

① Henry James, *The Spoils of Poynton*, Penguin Books, 1987, p. 213.

机的发生过程，它要求读者睹物思情，与所叙事件同步；它又是一种解读的语言，提请读者不断地校正自己的判断，"透过事物而看"，最终达成准确的理解。"图案"通过展示部分，构造出一个整体。部分之间有着本质上的几何关系，或曰逻辑关联。《地毯中的图案》中的每一人物的言语行为都涉及或扩散为图案的一部分，图像于是趋近构造出一个整体。这一整体不是通过叙事阐释某种思想，而仅仅是在为时间与事件、人物与事件、作者与读者（批评家）做出沟通和联结。"图案"最终没有答案，作家的"总意图"虽经反复猜猜终无答案。读者的阅读不无虚无感。但读者的阅读或许在理解文学史与批评史如何形成了"陋习"，人们猜谜的惯例如何需要解构，需要建立起一种流动不居、不断发展着的新的文学发展观方面，有所斩获。《地毯中的图案》不再是单纯的"说故事"，也不是单纯的"借喻"，而是以书面语打通科学、哲学、逻辑学、人类学、社会学、心理学、文学史与文学传统之间的通渠的试验，它某种程度上已经做到了。

詹姆斯善于为"物件"命名，善于从整体布局，善于在不同的领域发现逻辑"关系"，但他很少对"事件"做出判断，相反，他让事件本身自行显露的同时，赋予事件整体以哲学意图，这一意图建立在社会学调查和对人的心理意识进行描述的基础上。他对小说中的女主人公们的写法，尤其是对后期小说女主人公，包括弗蕾达、米莉和麦吉等，是将其置于一个难以辨明局面、道德标准不定、审美判断模棱两可的情境中。这让小说得以在哲学、历史、艺术、心理学等多学科综合的多元结构中展开，小说文体形式上的"宽裕"与"杂糅"，使小说内容得以产生出极大的阐释阈值。詹姆斯的小说和文学批评的"多线条的整体"或曰"褶皱"特征，[1]蕴含着后现代破除权威中心，抵抗已经固化的欧洲文学传统和美学追求的意图。"詹姆斯式"的小说，作为"对一种强烈感觉的多样性的即时感

---

[1] 参见［法］德勒兹《哲学与权力的谈判》，刘汉全译，译林出版社2012年版，第174—175页。

知，构成了哲学史所造成的自我感觉丧失的对立面。"①小说艺术从"哲学对艺术权利的剥夺"(the philosophical disenfranchisement of art)中，②重又寻回了自己的"艺术合法化"。

二、诗意的语法

"诗意的语法"③是雅各布逊对不同语法概念之间固有的互动关系的一种提法。雅各布逊在对普希金诗集的捷克语翻译进行分析和总结时，发现两种不同语言交错时，因各自语法的"自主性"而产生了强烈的戏剧效果和诗意。原著艺术家杰出的语法创造，让翻译家得以施展才能，以对原著意义的热切认同，使语法转换成为一种戏剧化的手段。雅各布逊同时注意到，对于语法的"诗意"结果，或者说更技巧地、诗意地开发形态学的可能性(more skillful poetic exploitation of morphological possibilities)，要求有一种系统化的细节上的澄清。④因为"细节""词语"的具体应用，才是决定文本品质的关键。这与雅各布逊早年在《诗学问题》中提出观点相一致："文学理论的对象不是文学，而是文学性……文学研究要成为科学，就应该把手段作为唯一的角色。""文学性(literaturnost)，换言之，言语到文学作品的转换以及实现这一转换的系统手段，这就是语言学家在分析诗歌时要发挥的主题。"⑤文学语言一方面在文本中形成了一个语法的关系网，同时，语言本身也向读者释放出意义的信息，它是一个语法和意义并进的过程。正如雅各布逊所意识到的，不同的语法概念并不一定

---

① 参见[法]德勒兹《哲学与权力的谈判》，刘汉全译，译林出版社2012年版，第7页。
② See Arthur C. Danto, *The Philosophical Disenfranchisement of Art*. New York: Columbia University Press, 1986, pp. 1—2.
③ See Roman Jakobson, "Poetry of Grammar and Grammar of Poetry", Krystyna Pomorska ed., *Language in Literature*, London: The Belknap Press of Harvard University Press, 1994, p. 121.
④ Roman Jakobson, "Poetry of Grammar and Grammar of Poetry", Krystyna Pomorska ed., *Language in Literature*, London: The Belknap Press of Harvard University Press, 1994, p. 122.
⑤ 参见[法]茨威坦·托多罗夫《雅各布逊的诗学》，《象征理论》，王国卿译，商务印书馆2005年版，第377页。

要在文本叙述中再现出它们的不同之处。换言之，读者从中看到的是诗意，是各种关系(人与人、人与环境、人的内在与外在之间)，而不去注意作者对语法的操纵，比如，主动或被动语态，动词或指代形式的变化等，那都是批评家们的任务，一般读者的关注点是原著或翻译家基于想象而共同呈现出来的"意义"。[1]

但这并非意味着批评家们放弃自己的"责任"，去迁就读者的一般理解水平。批评家有义务去解决语言学的"难题"，去发现作家独特叙述风格背后"自成一体"的语法规则，去发现文学语言的"诗意"源头。雅各布逊认为，批评家们在行使阐释的特权时，应尊重语言的内在规则，因为语言中的概念界限虽有一些让渡，但大致有一个清晰的界定，即词汇和语法的界限，它应该是两种不同类型的表达概念。语言学家应该严格遵循这一客观对象间的二分制进行研究，以不带任何任意冲动的或是古怪的分类倾向对语言进行观察，以全然技术性的元语言将现有语言的语法概念转述出来。因为对语言的这种分类描述，可以内在地构成语言的编码，这一编码由语言的使用者所操纵，而且不是为了语言学家们的便利，即使意识到诗人对语法的特殊要求，也不例外。[2] 从这个意义上说，詹姆斯的隐喻修辞，为读者的"翻译"提供了更多的含混和衍生"诗意"的可能，也为批评家们的科学研究提供了丰富而复杂的语料。詹姆斯的《欧洲人》副标题是"素描"，《黛西·米勒》初版时，副标题为"一个研究"。詹姆斯似乎想在艺术绘画、人种学调查和小说叙事之间找到一种几何学和哲学的答案，借此发表他关于19世纪后期因国际交流带来的文化冲突问题的看法。这已经超出了传统小说写罗曼司或白描物质环境的"纯文学"范畴。詹姆斯意识到了文学对象之间的不同关系和比例的特征，可以通过不同类型的符号来加以表达，而隐喻正可以将对象身上的多种意义间的（不同

---

[1] See Roman Jakobson, "Poetry of Grammar and Grammar of Poetry", Krystyna Pomorska ed., *Language in Literature*, London: The Belknap Press of Harvard University Press, 1994, pp. 122—123.

[2] Roman Jakobson, *Verbal Art*, *Verbal Sign*, *Verbal Time*, Minneapolis: University of Minnesota Press, 1985, pp. 37—38.

的)理据关系表现出来。詹姆斯的语言体现出浪漫主义、现实主义、象征主义、现代及后现代文学的诸多特征,可以说,詹姆斯以其"语言内部运转的多样性",造成了"诗歌语言的许多特点"。这些特点"不单属于语言科学,而且从属于整个符号理论,即普通符号学"。①詹姆斯的戏剧、小说及其小说理论的"革命性影响",是那种比较的、质询的视角,那种戏剧性的、诗性的术语,它们已经成为文明的标准及这一标准成立的可能性。

德勒兹总结说,语用学(场合、事件、行为)曾长期被视为语言学的"垃圾",现在则变得日益重要。罗兰·巴特创立了自己的内心语言的实用学,他注意到"场合、事件和行为由外部渗透到语言之中的现象"。②德勒兹还认为,哲学总是注重概念,发明概念,而文学和小说关注的是一个事物的状况。詹姆斯显然也注意到将哲学方法引入小说之中,或以小说形式介入哲学思想的联合的力量:以概念说明事件的始末而非徒劳地为事物的本质下定义,以哲学与文学艺术融合一体的新的文本形式,发挥出两个领域甚至更多领域(比如声音、视觉、物理、心理等)的合力作用,为小说艺术重新觅取合法地位。其中,语言作为介质的重要作用不言而喻。

詹姆斯早于后现代理论家们的构想,创造出了戏剧与小说一体、哲学与科学同步、艺术与生物学、心理学打成一片的新散文虚构文体。"詹姆斯式"作为带有强烈个人化印记的文学风格,在世纪之交的欧美文学空间撒布出"正在生成之物"的强烈信息:"精神一旦被发动,就会继续下去。……精神一旦拥有空间形式,就把空间形式当作一张可以随意编织和拆散的网,这张网能覆盖在物质上,精神根据我们的行动需要划分它。"③

---

① See Brian Lee, *The Novels of Henry James: A Study of Culture and Consciousness*, London: Edward Arnold Ltd, 1978, pp. 1—2.
② 参见[法]G. L. R. 德勒兹《哲学与权力的谈判》,刘汉全译,译林出版社 2012 年版,第 27、30—31 页。
③ [法]亨利·柏格森:《创造进化论》,姜志辉译,商务印书馆 2004 年版,第 169 页。

三、詹姆斯的现代小说史地位

20世纪以来的欧美文学史评,多将詹姆斯定位为心理现实主义、早期意识流小说家,或是从现实主义到现代主义过渡阶段的大师。这些评价往往突出其一,未对詹姆斯纷繁复杂的创作整体做出全面的评价。主要由于批评家们仍采用了系统单一、封闭隔断式的划分标准。詹姆斯的创作整体是一个开放式的结构,成分复杂、形式多元,难以简单化地将其归于某一类别。詹姆斯曾揶揄说:"小说和传奇,事件小说和性格小说——这些笨拙的区分,在我看来,都是批评家们和读者为了他们自己的方便编造出来的。"①而类似"现代英国小说"这一界限模糊的概念,只是"一个偶然的观点上的混乱","去设想一个人打算写一部现代英国小说,和去设想他在写一部古代英国小说,这是以贴标签来回避问题。写小说、画画,要用自己的语言,要以自己的时间,将其称为现代英国并不能减轻工作的难度"。②詹姆斯更倾向于关注小说是否觉察到"生活"这一主要问题,他坦言,"是否觉察到生活"才应该是"(我所理解的)唯一的小说分类"。③詹姆斯特别强调,"小说家的自由是其生气之存,他所擅用之形式具有独一无二的特性,这一独特性本身可使其观察到所有实例的各种变化,它们无计其数,充满变数"。④

戴维·洛奇对詹姆斯作为"批评家作家"的身份早有体察,对"詹姆斯式"的语言观颇有同感。两位相隔一个世纪的文学大师都意识到,撇开文本语言和语境谈论一个作家的成就,或者仅仅围绕几个术语兜圈子,无益于文学批评科学地、系统地为文学艺术、为一个作家的写作艺术做出中肯的评价。文学术语的影响力有时存在着潜在的"威胁"。雅各布逊曾

---

① Henry James, "The Art of Fiction", Leon Edel ed., *Henry James: Literature Criticism*, vol. I, New York: The Library of America, 1984, p. 55.
② Ibid., pp. 55—56.
③ Ibid., p. 55.
④ Henry James, "Essay on Stevenson", J. E. Miller, Jr, ed., *Theory of Fiction: Henry James*, Lincoln: University of Nebaraska Press, 1972, p. 93.

提醒批评家们，艺术史由于盲从"博学精深"的术语学而"变得相当马虎"。"术语学使用现行流通的词汇而不对其进行审慎地筛选，不去定义它们的准确性，不去考量它们意义的多元。"①事实上已经导致了"术语的多样化和模棱两可之意，常常为了谈论的方便，而被轻易地夯实了"。②卡林内斯库在其《现代性的五副面孔》中译本序中亦曾自省：现代性可以有许多面孔，也可以只有一副面孔，或者一副面孔都没有。而看似更为激进的解构论者德勒兹，其对术语学的观点或许更为公允而实用。德勒兹认为，对一个概念术语的定义，"问题绝不在于求得人们并不希求的一致，而在于每一个人的研究都能产生一些趋于一致的意外成果，一些新的成果，一些连续性的成果。在这方面，无论哲学、科学、艺术还是文学，谁都不该拥有特权"。③

如果以"现实"与"反映现实"的形式这一关系作为基本点，以詹姆斯的"文本现实性"观点为核心，以分析詹姆斯"逼真性"的语言方式为技术手段，在文学现实的"向内"与"向外"的互动关系中看待詹姆斯的写作特征和风格，将现实主义或现代主义等一系列概念的开放性和不确定性因素综合进来，加以系统地考量和把握，或许会对詹姆斯和"詹姆斯式"做出更恰当的评价。

"詹姆斯式"叙事方法，是对19世纪现实主义小说的语言修辞以及文本结构进行的合理修改。詹姆斯打破了现实主义小说"讲述"与"显现"之间均匀的平衡，天平极度倾向于显现一侧。作者的声音很少出现，作者发表的评论也模糊含混。对人物行为的物理环境和人物外观的视觉描写已经为聚焦人物间的相互印象取而代之。这种叙事方法的结果之一，就是中心人物与读者一样，处于对自我与他者关系的确定性解释的需求之中。对于詹姆斯而言，这一叙事方法让他获得了巨大的写作经济：更强

---

① See Roman Jakobson, "On Realism in Art", Krystyna Pomorska ed., *Language in Literature*, London: The Belknap Press of Harvard University Press, 1994, p. 19.
② Ibid.
③ [法]G. L. R. 德勒兹：《哲学与权力的谈判》，刘汉全译，译林出版社2012年版，第32页。

的表现人物特征的强度和更简省的文字。詹姆斯从巴尔扎克和乔治·艾略特式的"松散庞大的巨物"般的19世纪传统小说中脱颖而出。

对于詹姆斯和他的"小说大厦",如果我们更加谨慎全面的重新审视,或许会清楚地发现他于20世纪开启的话语模式,为我们今天带来的新的文学形式的"预肯定"(prospective affirmation)价值。科学哲学家恩斯特·马赫在《感觉的分析》中指出,"我们的视觉感官通常知觉到的不是光明和阴暗,而是空间中的对象,物体自身的阴影几乎觉察不到……照相机的模糊底片上的影象则是颇有启发意义的,在这里人们常常对光明的亮度与阴影的深度感到惊奇。"[①]詹姆斯对感觉、印象和经验的描述,不仅将物体的光亮部分显露无遗,更对"阴影的深度"加以深入勘探,詹姆斯欲对经验事实做最完善的陈述,使文本显示出"相机底片"似的映象效果,它既模糊又清晰。詹姆斯建构出一种新的文学形式、文学义务和文学理想。它集科学、哲学和艺术为一体,对人的物理感觉和心理反应加以描述,这一描述又有着"画家从紊乱和不确定的东西中唤醒心灵做出新发现"[②]的想象的力量。詹姆斯对时代风气的"内在"观察和概括,为我们提供了一幅堪与巴尔扎克"外在"历史媲美的巨幅画卷。

詹姆斯的现代小说史地位,借由"詹姆斯式"成为"问题",也借由对这些问题的周期性地回答和阐释,在19世纪以来开启新思想、新艺术形式的小说艺术家中,占据重要一席。而"詹姆斯式"依然"正在生成"的阐释形势,又将詹姆斯推向未知的未来世纪。或许当我们无须再使用"主义"或"流派"这类术语时——一如詹姆斯本人所主张的——"詹姆斯式"作为时空坐标中独特的里程碑意义,将会更清晰地唤起批评家和读者大众的记忆。

---

① [奥地利]恩斯特·马赫:《感觉的分析》,洪谦、唐钺等译,商务印书馆1986年版,第162页。
② 马赫认为,达·芬奇对生物光学现象的认知,具有物理和心理学依据,是对视觉、幻象与所视客体的混合。参见[奥地利]恩斯特·马赫《感觉的分析》,洪谦、唐钺等译,商务印书馆1986年版,第160—161页。

余 论

詹姆斯的剧作与小说是以《圣经》隐喻为基本语料,以亚里士多德的隐喻修辞为基本传统,以但丁、莎士比亚等隐喻诗学为范本,以维多利亚时代哲学真理和心灵试验方面的主观主义理论发展为哲学依据,以詹姆斯家庭共享的神秘宗教体验,以及他本人特有的生命体征等诸多因素,合力形成的一种独特的文本合集。詹姆斯很少在自己的作品中公开谈论信仰、上帝、灵魂和救赎等神圣命题,而其文本却"泄露"了他许多不曾公开言说的"秘密":詹姆斯雄心勃勃地要在文学和艺术战场上扮演"上帝",一个叙事艺术的拿破仑,指挥言语行使权威,让语言在"真实"与"模仿"和"再现"之间游移迂回,而此间的种种较量,无不凸显出"创造者"詹姆斯的思想和语言的力道。

詹姆斯的文本有着"文学形式的意象结构试验"的特征。"詹姆斯式"的文体及语言特征,使想象性文学在意义与真理之间的虚空中实现自身,即把"虚空的"表达为"有形的",其擅长使用的隐喻思维和隐喻修辞,在原始神话和现实语境中形成意义的链接、转换,形成成绵延不断的意义过程。"詹姆斯式"的文本有着"现实"与"永恒"融为一体的创作意图,有着同时容纳神话与传奇的宏大框架。那是被普鲁斯特称为"最终被发现和照亮"的文学生活,詹姆斯称之为"小说大厦"。詹姆斯以语言的力道,以其艺术至上、艺术为宗教之替代物的主观真实观,实践着他对西方文化中形而上学传统的解构,这一解构或者颠覆虽然不无保留,但也强有力地表达出对不确定的 20 世纪到来时犹疑和思虑。詹姆斯似乎以艺术作为矛盾之攻防两面，在审视智慧生物们的意识演化中，同时审视自我，进而自我申辩。从詹姆斯后期风格的培养和完成过程中，可以见出其思想观念经由宗教改良、哲学追问，到艺术超越之迂曲路径。在绝对价值与相对论之间、在信仰的确定与怀疑的痛苦之间、在客体与主体关系的论争之间，詹姆斯"身份"的不确定性，反而成就了他不局限于某一个历史时期，而以变化着的、左右逢源、不断延续的内在品质完成着其艺术形式的革新。

  我们虽然无法全然明证詹姆斯的隐秘动机，无法参透其意识的全部玄妙，但我们尝试进入这一阐释过程。对詹姆斯的剧作与小说的全面梳理，是对"詹姆斯式"文体风格有效阐释的前提，是对当代詹姆斯研究的领域广泛、话题驳杂，难下定论之"困境"的又一次艰难介入。再一次蹚过"环流柱桩深水湍急"的"詹姆斯式"文本世界，对詹姆斯的"河床与河流"有所丈量，对隐喻的堂奥有所领悟，虽未窥其全貌，亦可得高山仰止之玄妙，颐养后学。基于此，我们或许可以希冀与詹姆斯的创作意图与隐喻思维在某种情境中、某种程度上有瞬间的交会，或者几乎擦肩而过。我们只能用自发的或模仿的想象，注视着詹姆斯用隐喻有意识编织出的"地毯中的图案"，怀着难以克制的好奇和深深的迷惑，游弋于那个若隐若现的想象王国。

参考文献

(按姓氏音序排列,同一作者的著作以出版先后为序)

一、中文著作

陈望道:《修辞学发凡》,上海人民出版社 1976 年版。

陈中梅:《柏拉图诗学和艺术思想研究》,商务印书馆 1998 年版。

陈中梅:《言诗》,北京大学出版社 2008 年版。

董楚平:《楚辞译注》,上海古籍出版社 2003 年版。

冯友兰:《中国哲学史新编》,人民出版社 1998 年版。

高明:《老子校注》,中华书局 2004 年版。

耿占春:《隐喻》,东方出版社 1993 年版。

郭宏安:《从阅读到批评:日内瓦学派的批评方法论初探》,商务印书馆 2007 年版。

侯外庐等:《中国思想通史》(五卷),人民出版社 1957 年版。

胡壮麟:《认知隐喻学》,北京大学出版社 2004 年版。

季广茂:《隐喻视野中的诗性传统》,高等教育出版社 1998 年版。

李泽厚:《美的历程》,文物出版社 1981 年版。

刘宝楠:《论语正义》,中华书局 1954 年版。

刘勰：《文心雕龙校释》，中华书局 1962 年版。

彭增安：《隐喻研究的新视角》，山东出版集团 2006 年版。

钱锺书：《管锥编》，中华书局 1984 年版。

——.《谈艺录》，中华书局 1984 年版。

——.《七缀集》，上海古籍出版社 1985 年版。

任继愈：《中国哲学史》，人民出版社 1963 年版。

宋洁人：《亚里士多德与古希腊早期自然哲学》，人民出版社 1995 年版。

王国维：《人间词话新注》，齐鲁书社 1986 年版。

闻一多：《神话与诗》，上海古籍出版社 1956 年版。

叶舒宪：《中国神话哲学》，中国社会科学出版社 1992 年版。

袁辉：《比喻》，安徽人民出版社 1982 年版。

袁珂：《山海经校释》，上海古籍出版社 1984 年版。

许慎：《说文解字》，中华书局 1963 年版。

张岱年：《中国古典哲学概念范畴要论》，中国社会科学出版社 1989 年版。

张沛：《隐喻的生命》，北京大学出版社 2004 年版。

章学诚：《文史通义》，中华书局 1994 年版。

赵毅衡：《文学符号学》，中国文联出版社 1990 年版。

郑子瑜：《中国修辞学史稿》，上海教育出版社 1984 年版。

钟嵘：《诗品》，中华书局 1991 年版。

朱光潜：《诗论》，生活·读书·新知三联书店 1984 年版。

——.《西方美学史》，人民文学出版社 1963 年版。

庄子：《庄子》，中华书局 1994 年版。

二、论文

王珊：《亨利·詹姆斯的〈金碗〉婚姻的寓言》，《外国文学》2004 年第 6 期。

毛亮：《文学阅读模式的伦理想象——亨利·詹姆斯的〈阿斯本文稿〉与〈地毯中的图案〉刍议》，《外国文学评论》2007 年第 1 期。

代显梅：《痛苦·知识·责任：论〈一位女士的画像〉的结尾》，《外国文学评论》2008 年第 1 期。

胡俊：《詹姆斯小说中的纽约书写：从纪念碑性到现代性》，《外国文学评论》2014 年第 3 期。

解友广：《帝国与〈启示录〉：〈丛林猛兽〉中的猛兽之谜》，《外国文学评论》2015 年第 1 期。

三、译文部分

［德］汉娜·阿伦特：《精神生活·意志》，姜志辉译，江苏教育出版社 2006 年版。

——.《黑暗时代的人们》，王凌云译，江苏教育出版社 2006 年版。

——.《过去与未来之间》，王寅丽等译，译林出版社 2011 年版。

［美］马克·埃德蒙森：《文学对抗哲学》，王柏华等译，中央编译出版社 2000 年版。

［意大利］翁贝尔托·埃科：《符号学与语言哲学》，王天清译，百花文艺出版社 2006 年版。

——.《美的历史》，彭淮栋译，中央编译出版社 2011 年版。

［英］T. S. 艾略特《文学论集》，李赋宁译，百花洲文艺出版社 1994 年版。

［荷］F. R. 安克斯密特：《历史与转义：隐喻的兴衰》，韩震译，文津出版社 2005 年版。

［英］彼得·阿克罗伊德：《伦敦传》，翁海贞等译，译林出版社 2016 年版。

［瑞士］H. 奥特：《不可言说的言说》，林克译，生活·读书·新知三联书店 1996 年版。

［俄］巴赫金：《巴赫金全集》（第四卷），钱中文译，河北教育出版社

2009 年版。

［美］丹尼尔·贝尔：《资本主义文化矛盾》，赵一凡、蒲隆、任晓晋译，生活·读书·新知三联书店 1989 年版。

［美］瓦尔特·本雅明：《经验与贫乏》，王炳钧、杨劲译，百花文艺出版社 1999 年版。

——.《本雅明文选》，陈永国等编，中国社会科学出版社 1999 年版。

——.《本雅明文选》，汉娜·阿伦特编，张旭东译，生活·读书·新知三联书店 2008 年版。

［古希腊］柏拉图：《理想国》，郭斌和、张竹明译，商务印书馆 1994 年版。

［法］亨利·柏格森：《时间与自由意志》，吴士栋译，商务印书馆 1989 年版。

——.《创造进化论》，姜志辉译，商务印书馆 2004 年版。

——.《物质与记忆》，姚晶晶译，北京时代华文书局 2018 年版。

［美］雷诺·博格：《德勒兹论文学》，王德威译，麦田人文出版社 2006 年版。

［美］L. P. 波伊曼：《宗教哲学》，黄瑞成译，中国人民大学出版社 2006 年版。

［荷］伊恩·布鲁玛：《伏尔泰的椰子》，刘雪岚译，生活·读书·新知三联书店 2014 年版。

［法］莫里斯·布朗肖：《文学空间》，顾嘉琛译，商务印书馆 2003 年版。

［美］阿兰·布鲁姆：《莎士比亚的政治》，潘望译，江苏人民出版社 2009 年版。

［英］皮特·J. 鲍勒：《进化思想史》，田洺译，江西教育出版社 1999 年版。

［德］E. 策勒尔：《古希腊哲学史纲》，翁绍军译，山东人民出版社 1992 年版。

［法］雅克·德里达：《文学行动》，赵兴国等译，中国社会科学出版

社 1998 年版。

——.《书写与差异》，张宁译，生活·读书·新知三联书店 2001 年版。

［法］吉尔·德勒兹：《哲学与权力的谈判》，刘汉全译，译林出版社 2012 年版。

［美］H. M. 范斯坦：《就这样，他成了威廉·詹姆斯》，季光茂译，东方出版社 2001 年版。

［德］R. 范迪尔门：《欧洲近代生活》，王亚平译，东方出版社 2005 年版。

［德］J. G. 费希特：《全部哲学的知识》，王玖兴译，商务印书馆 1986 年版。

［德］费尔巴哈：《基督教的本质》，荣震华译，商务印书馆 1994 年版。

［法］米歇尔·福柯：《知识考古学》，谢强译，生活·读书·新知三联书店 1998 年版。

［加］诺斯洛普·弗莱：《神力的语言》，吴持哲译，社会科学文献出版社 2004 年版。

［法］伏尔泰：《哲学辞典》（上、下），王燕生译，商务印书馆 1997 年版。

［德］J. 格雷马斯：《论意义》，吴泓渺等译，百花文艺出版社 2005 年版。

［德］J. 哈贝马斯：《后形而上学思想》，曹卫东、付德根译，译林出版社 2001 年版。

——.《现代性的哲学话语》，曹卫东等译，译林出版社 2004 年版。

［德］马丁·海德格尔：《荷尔德林诗的阐释》，孙周兴译，商务印书馆 2000 年版。

——.《在通向语言的途中》，孙周兴译，商务印书馆 1979 年版。

［德］G. W. F. 黑格尔：《美学》（上、下），朱光潜译，商务印书馆 1982 年版。

——.《精神现象学》（上、下），贺麟、王玖兴译，商务印书馆 1987 年版。

——.《哲学史演讲录》，贺麟、王太庆译，商务印书馆 1997 年版。

——.《小逻辑》，贺麟译，商务印书馆 1994 年版。

——.《历史哲学》，王造时译，上海书店出版社 1999 年版。

[美]萨缪尔·亨廷顿：《变化社会中的政治秩序》，王冠华等译，生活·读书·新知三联书店 1989 年版。

[英]A. N. 怀特海：《科学与近代世界》，何钦译，商务印书馆 1997 年版。

——.《观念的冒险》，周邦宪译，译林出版社 2014 年版。

——.《过程与实在》，周邦宪译，北京联合出版社 2014 年版。

[英]托马斯·霍布斯：《利维坦》，黎斯复、黎廷弼译，商务印书馆 1997 年版。

[奥地利]埃德蒙德·胡塞尔：《现象学的观念》，倪梁康等译，上海译文出版社 1986 年版。

[德]奥特弗利德·赫费：《经济公民、国家公民和世界公民》，上海译文出版社 2010 年版。

[德]伊曼努尔·康德：《纯粹理性批判》，蓝公武译，商务印书馆 1997 年版。

——.《判断力批判》（上、下），宗白华译，商务印书馆 1987 年版。

——.《历史理性批判文集》，何兆武译，商务印书馆 2007 年版。

[德]H. G. 伽达默尔：《真理与方法》，王才勇译，辽宁人民出版社 1987 年版。

[英]安东尼·吉登斯：《资本主义与现代社会理论》，郭忠华等译，上海译文出版社 2007 年版。

[美]唐纳德·R. 凯利：《多面的历史》，陈恒等译，生活·读书·新知三联书店 2003 年版。

[意大利]贝奈戴托·克罗齐：《历史学的理论和实际》，傅任敢译，商务印书馆 1986 年版。

［德］恩斯特·卡西尔：《语言与神话》，于晓等译，生活·读书·新知三联书店 1988 年版。

［法］孔狄亚克：《人类知识起源论》，洪吉求译，商务印书馆 1990 年版。

［德］汉斯·昆、瓦尔特·廷斯：《诗与宗教》，李永平译，生活·读书·新知三联书店 2005 年版。

［美］苏珊·朗格：《艺术问题》，滕守尧译，中国社会科学出版社 1983 年版。

［英］伊姆雷·拉卡托斯：《证明与反驳》，康宏奎译，上海译文出版社 1987 年版。

［德］G. E. 莱辛：《拉奥孔》，朱光潜译，人民文学出版社 1979 年版。

［德］G. W. 莱布尼茨：《人类理智新论》，陈修斋译，商务印书馆 1982 年版。

［美］戴尔·雷切：《起源之战》，陈蓉霞译，江西教育出版社 2001 年版。

［法］雅克·朗西埃：《歧义：政治与哲学》，刘纪慧等译，西北大学出版社 2015 年版。

——.《美感论》，赵子龙译，商务印书馆 2016 年版。

［法］埃玛纽埃尔·列维纳斯：《上帝、死亡和时间》，余中先译，生活·读书·新知三联书店 1997 年版。

——.《塔木德四讲》，关宝艳译，商务印书馆 2002 年版。

［法］保罗·利科：《虚构叙事中时间的塑型》，王文融译，生活·读书·新知三联书店 2003 年版。

——.《活的隐喻》，汪堂家译，上海译文出版社 2004 年版。

——.《解释的冲突》，莫伟民译，商务印书馆 2017 年版。

——.《从文本到行动》，夏小燕译，华东师范大学出版社 2015 年版。

——.《作为一个他者的自身》，佘碧平译，商务印书馆 2013 年版。

［美］斯坦利·罗森：《诗与哲学之争》，张辉译，华夏出版社 2004 年版。

［俄］尼·洛斯基：《意志自由》，董友译，生活·读书·新知三联书店 1992 年版。

［美］理查德·罗蒂：《后哲学文化》，黄勇编译，上海译文出版社 2004 年版。

［英］戴维·洛奇：《小说的艺术》，王峻岩译，作家出版社 1998 年版。

——.《作者，作者》，张冲等译，上海译文出版社 2007 年版。

［英］洛克：《人类理解论》（上、下），关文运译，商务印书馆 1983 年版。

［法］让·雅克·卢梭：《社会契约论》，何兆武译，商务印书馆 1987 年版。

［古罗马］卢克莱修：《物性论》，方书春译，商务印书馆 2007 年版。

［匈牙利］格奥尔格·卢卡奇：《历史与阶级意识》，杜章智、任立、燕宏远译，商务印书馆 1996 年版。

［英］伯特兰·罗素：《我的哲学发展》，温锡增译，北京联合出版社 1994 年版。

［意大利］马基雅维里：《君主论》，潘汉典译，商务印书馆 1988 年版。

［奥地利］恩斯特·马赫：《感觉的分析》，洪谦、唐钺、梁志学译，商务印书馆 1986 年版。

［法］孟德斯鸠：《论法的精神》（上、下），张雁深译，商务印书馆 1982 年版。

［美］希利斯·米勒：《文学死了吗？》，秦立彦译，广西师范大学出版社 2007 年版。

［德］诺瓦利斯：《诺瓦利斯作品选集》，林克译，重庆大学出版社 2012 年版。

［德］F. W. 尼采：《苏鲁支语录》，徐梵澄译，商务印书馆 2015 年版。

［法］布莱士·帕斯卡尔：《思想录》，何兆武译，商务印书馆 1987

年版。

［英］弗朗西斯·培根：《新工具》，许宝骙译，商务印书馆 1997 年版。

［瑞士］让·皮亚杰：《发生认识论原理》，王宪钿译，商务印书馆 1994 年版。

——.《人文科学认识论》，郑文彬译，中央编译出版社 1999 年版。

［美］W. V. O. 蒯因：《语词和对象》，陈启伟等译，中国人民大学出版社 2005 年版。

［英］G. M. 屈勒味林：《英国史》，钱瑞升译，东方出版社 2012 年版。

［瑞士］卡尔·荣格：《心理学与文学》，冯川译，生活·读书·新知三联书店 1987 年版。

［法］让·保罗·萨特：《存在与虚无》，陈宜良等译，生活·读书·新知三联书店 1987 年版。

［美］约翰·塞尔：《心灵、语言和社会》，李步楼译，上海译文出版社 2001 年版。

［美］布鲁斯·雪莱：《基督教会史》，刘平译，北京大学出版社 2004 年版。

［法］克洛德·列维—斯特劳斯：《野性的思维》，李幼燕译，商务印书馆 1987 年版。

——.《结构人类学》，陆晓禾译，文化艺术出版社 1989 年版。

［德］奥斯瓦尔德·斯宾格勒：《西方的没落》（上、下），齐世荣等译，商务印书馆 1993 年版。

［荷兰］斯宾诺莎：《神学政治论》，温锡增译，商务印书馆 1996 年版。

——.《简论上帝、人及其心灵健康》，顾寿观译，商务印书馆 2002 年版。

［德］亚瑟·叔本华：《作为意志和表象的世界》，石冲白译，商务印书馆 1982 年版。

[英]A. J. 汤恩比：《一个历史学家的宗教观》，晏可佳等译，四川人民出版社1990年版。

[美]约翰·托兰：《基督教并不神秘》，张继安译，商务印书馆1989年版。

[法]茨维坦·托多罗夫：《象征理论》，王国卿译，商务印书馆2005年版。

[意大利]G. 维科：《新科学》，朱光潜译，商务印书馆1989年版。

[德]马克斯·韦伯：《新教伦理与资本主义精神》，于晓等译，生活·读书·新知三联书店1987年版。

[法]让·皮埃尔·韦尔南：《希腊思想的起源》，秦海鹰译，生活·读书·新知三联书店1996年版。

[美]雷内·韦勒克：《批评的概念》，张金言译，中国美术出版社1999年版。

[英]路德维希·维特根斯坦：《逻辑哲学论》，郭英译，商务印书馆1993年版。

——.《哲学研究》，李步楼译，商务印书馆1996年版。

[美]伊恩·瓦特：《小说的兴起》，董红钧译，生活·读书·新知三联书店1992年版。

[美]威利斯顿·沃尔克：《基督教会史》，孙善玲等译，中国社会科学出版社1991年版。

[英]大卫·休谟：《道德原则研究》，曾晓平译，商务印书馆2004年版。

——.《宗教的自然史》，徐晓宏译，上海人民出版社2003年版。

——.《人性论》，关文运译，商务印书馆1980年版。

[古希腊]亚里士多德：《政治学》，吴寿彭译，商务印书馆1997年版。

——.《修辞学》，罗念生译，生活·读书·新知三联书店1991年版。

——.《尼各马可伦理学》，苗力田译，中国人民大学出版社2003年版。

——.《灵魂论及其他》，吴寿彭译，商务印书馆1999年版。

——.《形而上学》，吴寿彭译，商务印书馆2016年版。

——.《物理学》，张竹明译，商务印书馆2016年版。

［英］罗伯特·扬：《白色神话》，赵稀方译，北京大学出版社2014年版。

［英］特里·伊格尔顿：《如何读诗》，陈太胜译，北京大学出版社2016年版。

［美］威廉·詹姆斯：《实用主义》，陈羽纶、孙瑞禾译，商务印书馆1994年版。

——.《詹姆斯集》，万俊人等编，上海远东出版社2004年版。

——.《多元的宇宙》，吴棠译，商务印书馆2009年版。

［英］亨利·詹姆斯：《亨利·詹姆斯书信选集》，师彦灵译，甘肃人民出版社2016年版。

四、外文著作

Abrams, M. H., *The Mirror and the Lamp: Romantic theory and the Critical Tradition*, New York: Oxford University Press, 1953.

Bakhtin, M. E., *The Dialogic Imagination*, University of Texas Press, 1985.

Benjamin, Walter, *The Arcades Project*, trans. Howard Eiland and Kevin McLaughlin, Cambridge: The Belknap Press of Harvard University Press, 2002.

Berland, Alwyn, *Culture and Conduct in The Novels of Henry James*, New York: Cambridge University Press, 1981.

Black, Max, *Models and Metaphors*, New York: Cornell University Press, 1962.

Bloom, Haroldet. ed., *Henry James*, *The Ambassadors*, New York: Chelsea House Publishers, 1988.

Bladel, Kevin Van, *Arabic Hermes*: *From Pagan , Sage to Prophet of Science*, Oxford: Oxford University Press, 2009.

Blenkinsopp, Joseph, *Sage, Priest, Prophet*: *Religious and Intellectual Leadership in Acient Isreal*, Louisville Kentucky: Westminster John Knox Press, 1995.

Booth, Wayne. C., *Critical Understanding*, Chicago: The University of Chicago Press, 1979.

Casey, Maurice, *From Jewish Prophet To Gentle God*, Cambridge: James Clark & co. Ltd, 1991.

Carroll, John B., *Language, Thought, and Reality*: *Selected Writings of Benjamin Lee Whorf*, Mass. : MIT Press, 1956.

Derrida, Jacques, *Margins of Philosophy*, Alan Bass, trans (University of Chicago Press , 1982.

David, *The Practice of Writing*, New York: Allen Lane The Penguin Press, 1996.

Edel, Leon, *The Untried Years*: *1843—1870*, New York: J. B. Lippincott company Philadelphia, 1953.

—. *Henry James Selected Letters*, New York: Farrar, Straus and Cudahy, 1955.

—. *The Conquest of London*: *1870—1881*, London: Rupert Hart-Davis, 1962.

—. *Henry James, The Middle Years*: *1882—1895*, New York: Avon Books, 1963.

—. *The Diary of Alice James*, New York: Dodd, Mead, 1964.

—. *The Treacherous Years*: *1882—1901*, New York: Avon Books, 1969.

—. *The Life of Henry James*, vol. II., London: Penguin Books, 1977.

Edel, Leon, ed., *Henry James Letters*, (1843—1875), vol. 4, Cambridge: Belknap Press of Harford University Press, 1974, 1975, 1980.

—. *Henry James Essays on Literature*, The Library of America, 22, v. I. New York: Literary Classics of US, Inc, 1984.

—. *Henry James Literary Criticism*, *French Writers*, *other European Writers and The Prefaces to The New York Edition*, New York: Literary Classics of US, 1984.

—. *The Complete Plays of Henry James*, London: Rupert Hart-Davis, 1949.

Dupee, Fredrick W., ed., *Henry James: Autobiography*. London: W. H. Allen, 1956.

Eco, Umberto, *The Role of Reader*. Bloomington: Indiana University Press, 1979.

—. *The Limits of Interpretation*, Indiana University Press, 1994.

Empson, William, *Seven Types of Ambiguity*, New Directions, 1966.

Freedman, Jonathan. ed., *The Cambridge Companion to Henry James*, Cambridge: Cambridge University Press, 1998.

Goodman, Nelson, *Language of Art*, Indianapolis: Hackett Publishing Company, Inc., 1968.

Gordon, Lyndall, *A Private Life of HJ*, New York: W. W. Norton & Company Inc., 1999.

Hutchison, Hazel, *Seeing and Believing: Henry James and The Spiritual World* Palgrave Macmillan, 2006.

Hayes, Kevin J., ed., *Henry James: The Contemporary Reviews*, New York: Cambridge University Press, 1996.

Hale, Dorothy L., *Social Formalism: The Novel In Theory From Henry James To The Present*, Sanford, California: Sanford University Press, 1998.

Himmelfarb, Gertrude, *The De-Moralization of Society: From Victorian Virtues to Modern Values*, New York: Alfred A. Knopf, 1995.

Hazel, Hutchison, *Seeing and Believing: Henry James and The Spiritual*

World, Palgrave Macmillan Press, 2006.

Horne, Philip ed, *Henry James: A Life In Letters*, New York: Viking Penguin, 1999.

Jacobson, J. I., *The Nature and Placement of Metaphorical Language in Henry James's "The Wings of The Dove"*, University of Florida Press, 1977.

Jakobson, Roman, *Language in Literature*, Cambridge: The Belknap Press of Harvard University Press, 1987.

Jakobson, Roman, *Verbal Art, Verbal Sign, Verbal Time*, Minneapolis: University of Minneasota Press, 1985.

Kress, Jili M., *The Figure of Consciousness, William James, Henry James and Edith Wharton*, New York: Routledge, 2002.

Krook, Dorothea, *The Ordeal of Consciousness in Henry James*, Cambridge: Cambridge University Press, 1962.

Lakoff, Geordge & Mark Turner, *Metaphor We Live By*, Chicago: The University of Chicago Press, 1980.

Leach, Edmund, *Culture and Communication: The logic by Which Symbols Are Connected.* Cambridge University Press, 1976.

Lee, Brian, *The Novels of Henry James: A Study of Culture and Consciousnes*, London: Edward Arnold, 1978.

Lodge, David, *20th Century Literature Criticism.* London: Longman, 1972.

Macnaughton, William R., *Henry James: The Later Novels*, Boston: Twayne Publishers, 1987.

Matthiessen, F. O., *The James Family*, New York: Vintage Books, 1980.

Mathiessen, F. O. and Kenneth B. Murdock, ed, . *The Note Book of Henry James*, New York: Oxford University Press, 1947.

Di Mauro, Laurie. ed., *Modern British Literature*, vol. 2, Detroit: St. Lames Press, 2000.

Novalis, *The Novices of Sais*, New York: Archipelago Books, 2005.

—. *Hymns to the Night and Spiritual Songs*, UK: Crescent Moon Publishing, 2010.

Novick, Sheldon M., *Henry James, The Mature Master*, New York: Random House, 2007.

Ortony, Andrew, ed., *Metaphor and Though*. Cambridge University Press, 1993.

Pepper, Stephen, *World Hypothesis: A Study in Evidence*, Berkley, 1942.

Page, Norman, ed., *Henry James: Interviews and Recollections*, London: Macmillan Press Ltd., 1984.

Rawlings, Peter, *Henry James and Abuse of The Past*, New York: Palgrave Macmillan, 2005.

Rowe, John Carlos, *The Theoretical Dimensions of Henry James*, London: The University of Wisconsin Press, Ltd, 1984.

Rawlings, Peter, ed., *Palgrave Advances in Henry James Studies* New York: Palgrave Macmillan, 2007.

Richards, I. A., *The Philosophy of Rhetoric*. London: Oxford University Press, 1936.

Robinson, Peter, ed., *Henry James Poems*, London: British Library, 2016.

Sacks, Sheldon, ed., *On Metaphor*, London: The University of Chicago Press, 1980.

Sears, Sallie, *The Negative Imagination: Form and Perspective in The Novels of Henry James*, New York: Cornell University Press, 1963.

Skrupskelis, Ignas K. & Elizabeth M. Berkeley, ed., *William and Henry James Selected Letters*, Charlotte Sville and London: University Press of Virginia, 1997.

Sternberg, Gobert J., *Metaphors of Mind*. Melbourne: Cambridge University Press, 1990.

Strauss, Leo, *Persecution and the Art of Writing*, Chicago: The University of Chicago Press, 1980.

Todorov, Tzetan, *The Poetics of Prose*, Trans. By Richard Howard. New

York: Cornell University Press, 1977.

Walker, Pierre A. ed., *Henry James on Culture*, London: University of Nebraska Press, 1999.

Wellek, Rene. & Warren, Austin, *Theory of Literature*, Harcourt, Brace and World, 1942.

Whirter, David Mc., *Desire and Love in Henry James: A Study of The Later Novels*, New York: Cambridge University Press, 1989.

Williams, Merle, *Henry James and The Philosophical Novel*, Cambridge: Cambridge University Press, 1993.

Zunshine, Lisa, *Why We Read Fiction: Theory of Mind and Novel*, Columbus: The Ohio State University Press, 2006.

五、亨利·詹姆斯英文著作：

A Small Boy and Others, New York: Charles Scribner's Sons, 1941.

The Ambassadors, Oxford & New York: Oxford University Press, 2008.

The American, Oxford World's Classics, 1999.

The Aspen Papers and Other Stories, Oxford World's Classics, 2013.

The Bostonians, Oxford World's Classics, 1998.

The Diary of A Man of Fifty, Memphis, Tennessee: General Books, 2010.

The Europeans, Penguin Classics, 2008.

The Figure in The Carpet and Other Stories, Penguin Classics, 1986.

The Golden Bowl, Oxford & New York: Oxford University Press, 2008.

The Ivory Tower, Uk: Aegypan Press, 1914.

The Princess Casamassima, Everyman's liberary, 1991.

The Sacred Fount, New York: Charles Scribner's Sons, 1901.

The Sense of The Past, New York: Charles Scribner's Sons, 1917.

The Spoils of Poynton, Penguin Classics, 1987.

The Turn of the Screw, New York & London: W. W. Norton & Company,

Inc. 1999.

The Wings of The Dove, Oxford & New York: Oxford University Press, 2008.

Notes of a Son and a Brother, New York: Charles Scribner's Sons, 1944.

Novels 1886—1890: The Princes Casamassima, The Reverbrator, The Tragic Muse, New York: The Library of America, 1989.

Roderick Hudson, Penguin Classics, 1986.

Washington Square, Penguin English Liberary, 2012.

附　录

1. 亨利·詹姆斯年表

1843 年　　4 月 15 日出生于纽约市华盛顿广场 21 号,是纽约阿尔伯尼(Albany)的亨利·詹姆斯和玛丽·罗伯逊·沃尔什家的二子(长子威廉出生于 1842 年 1 月 11 日)。祖父威廉·詹姆斯在独立战争之后由爱尔兰移民美国。父亲通过诉讼,从祖父的三百万美金遗产中分得了每年一万美金的遗产薪俸。

1843—1845 年　　由母亲的姐妹凯瑟琳·沃尔什陪伴和看护,詹姆斯的双亲带着未成年的孩子先去了英格兰,后又到了法国。在温莎居留期间,父亲精神崩溃(Vastation)并体验了灵魂启示。在 1844 年 5 月老詹姆斯成为斯韦登伯格派信徒,毕生致力于宣讲神学和宗教哲学的写作工作。詹姆斯后来声称,他的早年记忆只对旺多姆广场与拿破仑纵队有一瞥,那是他到巴黎的第二年。

1845—1847 年　　全家返回纽约。詹姆斯弟弟盖斯·威肯森·詹姆斯(昵称维基)于 1845 年 6 月 21 日出生。全家移居阿尔伯尼以北的珍珠街,与祖母凯瑟琳·巴贝尔·詹姆斯家仅隔几道门。小弟罗宾森·詹姆斯（鲍勃）1846 年 8 月 29 日出生。

1847—1855 年　举家迁至纽约华盛顿广场 14 大街 58 号，爱丽丝·詹姆斯于 1848 年 8 月 7 日出生。亲戚和父亲的朋友们——郝瑞思·格瑞里、乔治·瑞普利、查尔斯·安德森·丹拿、威廉·库伦·博彦特、布朗肖·阿尔孔特，以及拉尔夫·沃尔多·爱默生（"我知道他是伟大的人，比任何我们朋友中任何其他人都更伟大"）——都是家中常客。萨克雷在作"英国幽默作家"的讲演途中也曾来拜访。一家人在长岛南岸的斯塔腾岛和汉密尔顿堡度夏。1850 年 8 月詹姆斯乘汽轮到汉密尔顿堡，听华盛顿·欧文告诉父亲有关马格莱特·富勒葬身火岛海难的消息。他常在免票日参观巴纳姆美国博物馆，去看艺术和戏剧表演；写出并画出舞台场景。他被父亲形容为："一个吞噬图书馆的人。"在各种各样的学校学习，在百老汇下街和格林威治村由家庭教师教习。但父亲在 1848 年声称，美国学校无法为孩子们提供"美感教育"（sensuous education），计划带他们去欧洲。

1855—1858 年　1855 年 1 月 27 日，凯特姑妈和全家乘船去往利物浦。当他们旅行至巴黎、里昂和日内瓦时，詹姆斯因疟疾间歇发热。在瑞士度过夏天之后，他们又去了伦敦，在那儿，罗伯特·托马斯（后为罗伯特·路易斯·史蒂文森的家庭教师）被雇用为家庭教师。1856 年初夏，全家又去了巴黎。雇佣了另一位家庭教师，孩子们进了奉行傅里叶主义的实验性学校学习，颇得法国文化影响。夏天，举家前往海滨小镇布伦，在那里，詹姆斯染上了斑疹伤寒。在巴黎一直滞留至 10 月末，但 1857 年的美国金融破产又迫使他们返回布伦，在那儿他们可降低生活开销。孩子们进了公立学校（同班同学考奎琳，后来成为法国演员）。

1858—1859 年　全家返回美国，在罗德岛的纽波特安顿下来。划船、钓鱼、骑马。去莱文特 W. C. 莱弗里特的柏克莱学院上学，与同班同学托马斯·萨金特·佩里结成友谊，与画家约翰·拉·法奇一起长时间散步、速写。

1859—1860 年　父亲仍然不满美式教育，带领全家于 1859 年 10 月返回日内瓦。詹姆斯进了一所工程学院预科学校，即罗切特研究院。由于双亲对他才智的特殊性有"一种自以为是的错误观念"，觉得他少阅读多做算数会更有用处。几个月之后，除了法语、德语和拉丁语之外，他把其他科目都放弃了，作为一名特殊生他进入了威廉就学的学院（后来成为日内瓦大学），在那里主要学习文学科目。1860 年夏天他在波恩学习德语。

1860—1862 年　9 月，举家返回纽波特，在那里威廉跟随威廉·莫里斯·亨特学习，亨利·詹姆斯也在课堂上旁听。拉·法奇引导他阅读巴尔扎克、梅里美、缪塞和勃朗宁的作品。维基、鲍勃、霍桑和爱默生的孩子们，以及布朗宁的女儿上弗兰克·桑博恩，都在康科德的实验学校学习。1861 年初，成了孤儿的坦布尔表妹来纽波特同住。与玛丽（米妮）·坦布尔表妹结下了亲密友情。7 月，与佩里在新罕布什尔进行了为期一周的长途步行。威廉于 1861 年放弃学艺，进入哈佛劳伦斯科学院学习。詹姆斯在做志愿消防员时，因养马场大火而背部受伤。阅读霍桑（"若一个美国人可以成为一个艺术家，他便是其中最好的"）。

1862—1863 年　进入哈佛法学院（迪恩学堂）。维基入册麻省第 44 军团，后加入陆军上校罗伯特·古德·肖的第 55 军团，后又加入霍洛威尔上校麾下的另一黑人军团。詹姆斯从法学院退学，开始尝试写作，给杂志寄去未署名的故事。8 月，维基重伤被送回纽波特的家中。

1864 年　全家从纽波特迁居波士顿阿什伯顿宫 13 号。第一篇故事《错误的悲剧》(未署名)在《大陆月刊》(1864年2月)发表。8月初到11月期间,住在马萨诸塞州的北汉普顿。开始为《北美观察》写书评,与杂志编辑查尔斯·艾略特·诺顿和她的妹妹格瑞斯(詹姆斯与她一直保持着往来)结下了友谊。维基返回军团。

1865年　在《大西洋月刊》(1865年3月)上发表第一篇署名故事:《一年的故事》。开始为新创刊的《国家》(Nation)杂志写评论,在随后的15年中,间或在上面发表作品。威廉跟随路易斯·阿加西的科学考察船沿亚马孙航行。整个夏天詹姆斯都与米妮·坦布尔一家在白山度假;小奥利佛·温德尔·霍姆斯和约翰·齐普曼·格瑞都刚复员,也在一起度假。父亲资助维基和鲍勃在佛罗里达建种植园,雇用黑人佣工。这一不切实际的冒险于1870年以失败告终。

1866—1868年　在波士顿和纽约的杂志上继续发表故事。威廉从巴西回国,重修医科学业。詹姆斯疗养背伤并在麻省北部斯瓦姆斯科特镇度过夏季。与威廉·迪恩·豪威尔斯结下友谊。举家迁往坎布里奇的昆西街20号。威廉的神经疼缓解之后,于1867年春天去往德国。詹姆斯有史以来的最长的故事《可怜的查理》在《大西洋月刊》(1867年6月至8月)连载。威廉对詹姆斯的故事讲法和风格偶有批评(这一批评贯穿他们的整个创作生涯)。与查尔斯·狄更斯在诺顿出版社有过一面之缘。1868年在新罕布什尔的杰佛逊度夏。威廉从欧洲返回美国。

1869—1870年　2月乘船开始欧洲之行。参观伦敦小镇和大教堂。经诺顿引荐,会晤了莱斯利·斯蒂芬、威廉·莫瑞斯、丹特·盖布里·罗塞蒂、爱德华·伯尼·琼斯、约翰·罗斯金、查尔斯·达尔文、乔治·艾略特(他逗留伦敦时的"一个奇迹")。3月回到巴黎,而后在瑞士旅行度夏,秋天在意

	大利徒步旅行，在米兰、威尼斯(9月)、佛罗伦萨和罗马(10月30日至12月28日)小住。因消化系统问题，返回英格兰。在伍斯特郡的莫尔文温泉疗养院饮用矿泉水。在巴黎逗留期间，首次观赏了法国喜剧。获悉他心爱的表妹米妮·坦布尔因肺结咳病逝。
1870—1872年	5月返回坎布里奇。去罗德岛、佛蒙特和纽约旅行，为《国家》杂志撰写旅行速记。与爱默生一起在康科德度过数日。1871年4月，在豪威尔斯家见到了布莱特·哈特。他的第一部长篇小说《监护者与被监护人》于1871年8月至12月在《大西洋月刊》连载。1872年1月至3月期间，时而兼职《大西洋月刊》的艺术评论员。
1872—1874年	从3月到10月，陪同凯特姑妈和妹妹爱丽丝前往英格兰、法国、瑞士、意大利、奥地利和德国旅行。继续为《民族》月刊写旅行速记。在巴黎过秋天，与詹姆斯·罗塞尔·洛威尔成为朋友。陪同爱默生参观卢浮宫。(在爱默生从埃及返回巴黎后，又陪他去看了梵蒂冈。)12月去佛罗伦萨，从那儿又去了罗马。在罗马，与演员范尼·坎布尔和她的女儿萨拉·巴特勒·韦斯特尔以及威廉·威特摩尔·斯托瑞和他的家人们成为朋友。在意大利，他还见到了家族老友弗朗西斯·布特和他的女儿伊丽莎白(丽兹)。他们已移居佛罗伦萨，在贝尔斯戈多的乡间别墅居住多年。在坎帕尼亚平原骑马。1873年4月在斯托瑞家遇见马修·阿诺德。离开罗马的旅馆，住进自己租的公寓。继续写作，现在他足以养活自己了。6月离开罗马，在拜德·翁贝格度过夏天。10月去佛罗伦萨，在那儿威廉与他会合。他们又一同去了罗马。3月威廉返回美国。詹姆斯6月至8月在巴登—巴登度过，9月4日回到美国，《罗德里克·赫德森》几近完稿。
1875年	《罗德里克·赫德森》从1月开始在《大西洋月刊》连载

（年末由奥斯古德出版社出版）。1月31日，第一本著作《热情的朝圣者及其他故事》出版。尝试在纽约生活与写作，住在东3区第25街。专栏连载和评论收入为200美元一个月，仍觉纽约生活费太高。《大西洋彼岸素描》(*Transatlantic Sketch*)4月出版，3个月之内卖出近1000册。7月在坎布里奇做出回欧洲的决定；由出版商助理约翰·海耶策划，为纽约《论坛报》(*Tribune*)写"巴黎来信"。

1875—1876年　11月抵达巴黎，在鲁·德·卢森堡（后更名为康邦）29号租住。与屠格涅夫成为朋友，由他介绍认识了古斯塔夫·福楼拜周日聚会中的同行们。见到了埃德蒙顿·德·古斯塔夫、埃米尔·左拉、G. 卡朋特（出版家）、卡图勒·门德思、阿方索·都德、居伊·德·莫泊桑、厄内斯特·瑞内、古斯塔夫·多尔。与正在巴黎的查尔斯·桑德斯·皮尔斯成为朋友。为杜兰·德·鲁埃尔画廊的早期印象主义画家作品写评论（并不情愿）。仲夏得到《论坛报》400美金稿酬，但编辑要求他继续写巴黎漫谈，詹姆斯放弃了。7月在法国旅行，拜访诺曼底和米迪，9月穿过西班牙圣塞巴斯蒂安去看斗牛（"我觉得，在任何情况下，牛都比任何持叉者更优雅"）。12月搬到伦敦波顿街3号。在那里，他将度过下一个10年。

1877年　《美国人》出版。见到罗伯特·布朗宁和乔治·杜·莫里斯。仲夏离开伦敦，走访巴黎然后去了意大利。在罗马，再次到坎帕尼亚平原骑马。听到一则逸事，引发《黛西·米勒》的创作灵感。回到英格兰，在斯特拉特福与范尼·坎布尔共度圣诞。

1878年　《法国诗人和小说家》由麦克米兰出版社出版，这是詹姆斯第一次在英格兰出书。同年，《黛西·米勒》由莱斯利·斯蒂芬编辑，在《玉米山》杂志连载，取得了国际化的成功，但因海外出版，丧失了美国出版权，小说也被盗版翻印。《玉米山》又以"一个国际插曲"为名印刷出版。《欧洲人》在《大西洋》杂志连载。现在,詹姆斯已是名人,经常外出晚宴,遍访乡间豪宅,体重大增。开始做长时间散步、舞剑和举重等运动减重。入选改革俱乐部(Reform Club)。与田纳西、乔治·梅瑞狄斯、詹姆斯·麦坎尼·威斯勒相识。威廉与艾丽斯·豪依·吉本斯结为夫妇。

1879 年　　沉浸于伦敦社交界("……去冬外出用餐 107 次!")结识埃德蒙顿·高斯和罗伯特·路易斯·史帝文森,后者成为他最好的朋友。在伦敦和巴黎多次会见亨利·亚当斯和他的太太玛丽安(克劳弗)。9 月至 12 月在巴黎赁屋暂住。《自信》(Confidence)在《斯科里布纳》(Scribner)上连载,并由查托和温都斯出版社出版。《霍桑》在麦克米兰的"英国人来信"系列中开始登出。

1880—1881 年　　3 月至 9 月在佛罗伦萨写作《一位女士的画像》。见到康斯坦茨·费尼莫尔·沃尔森,美国小说家,詹姆斯·费尼莫尔·库伯的甥孙女。6 月回到博尔顿街,威廉到访。《华盛顿广场》(Washington Square)在《玉米山杂志》(Cornbill Magazine)上连载,由"哈珀及兄弟"出版社在美国出版(1880 年 12 月)。《一位女士的画像》(The Portrait of a Lady)分别在《麦克米兰》(1880 年 10 月到 1881 年 11 月)和《大西洋月刊》上连载;由麦克米兰、霍顿和米夫林(1881 年 11 月)出版社出版。在英美两地的同时出版,让詹姆斯的稿酬增加至每月 500 美元,尽管书的销量不尽如人意。2 月他离开伦敦去了巴黎、法国南部和意大利的里维埃拉、威尼斯等地,6 月回到家中。妹妹爱丽丝和她的朋友凯瑟琳·劳瑞来伦敦。詹姆斯 9 月去了苏格兰。

1881—1883 年　　11 月,在离开 6 年后重访美国。在纽约结交名流。回到昆西街过圣诞，10 年中第一次见到了患病的弟弟维基。1 月拜见了华盛顿和亨利·亚当斯，与总统切斯特·A. 亚瑟会晤。1 月 29 日因母亲去世被召回坎布里奇（"我所认识的人中最亲切、最温婉、最仁慈的人"）。葬礼上兄弟四人在分别 15 年后第一次聚齐。爱丽丝和父亲从坎布里奇搬到波士顿。为《黛西·米勒》的舞台剧本做准备，5 月返回英格兰。威廉现为哈佛教授，于 9 月去了欧洲。由莱斯利·斯蒂芬推荐，詹姆斯未经周折便成为雅典娜俱乐部成员。10 月在法国旅行，写作《法国掠影》（*A Little Tour in France*，1884 年出版），最后一次与屠格涅夫一起旅行，随后屠格涅夫去世。12 月回到英格兰，得知父亲患病消息。乘船回美国，但老詹姆斯在他到达之前，于 1882 年 12 月 18 日离世。成为父亲遗嘱执行人。1 月拜访在密尔沃基的维基和鲍勃。因想恢复维基的遗产分配权与威廉争吵。麦克米兰出版了 14 卷本平装的詹姆斯小说和故事集。《伦敦之围》（*Siege of London*）和《广场画像》（*Portraits of Places*）出版。9 月回到博尔顿街。维基 11 月去世。康斯坦茨是年冬天来到伦敦。

1884—1886 年　2 月去巴黎拜访了都德、左拉和龚古尔。对他们强烈地关注"艺术、形式和风格"依然印象深刻，但把他们称为"说官话的人"。想念屠格涅夫，数月前他刚去世。见到约翰·辛格·萨金特（John Singer Sargent，19 世纪著名肖像画家），劝他定居伦敦。回到博尔顿街。在乡间走访期间，与许多英国政要和社会名流晤面。包括 W. E. 格莱斯顿、约翰·布莱特、查尔斯·戴克，等等。爱丽丝因神经疾患，11 月到访英格兰，但因病重无法旅行，遂在毗邻哥哥住处安顿下来。《三个城市的故事》（《一个堂兄的印象》、《芭芭拉女士》和《新英格兰的冬天》）和《小说的艺术》（*The Art of Fiction*）出版（1884 年）。爱丽丝 1885

	年1月末去了伯恩茅斯。詹姆斯5月去那里陪伴她，与罗伯特·路易斯·史蒂文森成为至交，他的住处离此不远。在多佛度过8月，期间保罗·布尔热到访。此后在巴黎居留两月。1886年3月初搬进肯辛顿宫德·维尔花园的34号公寓。爱丽丝在伦敦租住。《波士顿人》(*The Bostonians*)在《世纪》杂志连载(1885年2月至1886年2月，1886年出版)；《卡萨玛西玛公主》(*The Princes Casamassima*)在《大西洋月刊》连载(1885年9月至1886年10月，1886年出版)。
1886—1887年	9月到意大利并延长逗留时间，主要在佛罗伦萨和威尼斯。与康斯坦茨频繁见面，并在她的乡间别墅小住。写作《阿斯彭手稿》及其他故事。7月回到德·维尔花园，开始《悲剧缪斯》的写作。去过几次乡下。不太外出就餐("我对此已全然明了——人们通过'外出'方能明了的"——"我似乎已经做到了。但假如我曾做到过，我将会做得更好。")。
1888年	《反射器》(*The Reverberator*)、《阿彭斯手稿》(*The Aspern Papers*)、《路易莎·帕兰特》(*Louisa Pallant*)、《现代警示》(*The Modern Warning*)，以及《局部画像》(*Partial Portraits*)出版。伊丽莎白·布特·杜温尼可去世。罗伯特·路易斯·史蒂文森去了南天平洋。雇佣一名剑术教练，与"不祥的肥胖症状"格斗。10月出国去了日内瓦(在那儿他去看望了沃尔森小姐)、热那亚、蒙特卡洛和巴黎。
1889—1890年	凯瑟琳·沃什(凯特姑妈)1889年3月去世。8月威廉来英格兰看望爱丽丝。詹姆斯9月去多佛，然后去巴黎待了五周。为在威斯特敏斯特修道院举行的罗伯特·勃朗宁的葬礼写悼词。为开普敦戏剧公司改编《美国人》(*The American*)。在那里结识美国报人威廉·莫顿·富尔顿和年轻的美国出版商沃尔考特·巴斯特，与前者成为亲密

的朋友。去意大利度夏，在威尼斯和佛罗伦萨小住，与W. W. 博德温——正在佛罗伦萨工作的美国物理学家——一道去托斯卡尼作简短徒步旅行。沃尔森小姐搬到英格兰的切尔滕纳姆，靠近詹姆斯的住处。《大西洋月刊》退回了《小学生》(*The Pupil*)手稿，但英格兰出版了这部小说。为剧院写了一系列的客厅喜剧。见到鲁德亚德·吉普林。《悲剧缪斯》(*The Tragic Muse*)在《大西洋月刊》连载(1889 年 1 月至 1890 年 3 月；1890 年出版)。《伦敦生活》(*A London Life*)(包括《巴塔哥尼亚》《狮子》和《坦普利女士》)1889 年出版。

1891 年　在南港区上演《美国人》，巡演也很成功。驻留莱明顿一段时间后，爱丽丝返回伦敦，由凯瑟琳·劳瑞照看。医生们发现她患有乳癌。詹姆斯在几个剧院经理之间传阅他的剧本(《韦伯特女士》(*Mrs. Vibert*)，后改名为《房客》(*Tenants*)；《嘉士伯女士》(*Mrs. Jasper*)，后改名为《解约》(*Disengaged*))，均反应平平。最初易卜生戏剧未对其产生影响，后与伊丽莎白·鲁宾斯(一名来自肯塔基州的年轻女演员)一起看了《海达·盖布勒》(*Hedda Gabler*)之后，写了一篇易卜生戏剧嘉评，并说动伊丽莎白扮演《美国人》中米姆·德·辛特一角。从爱尔兰流感中复原。詹姆斯·卢赛利·洛威去世。《美国人》9 月 26 日在伦敦公演，并连演数场。沃尔考特·巴斯特去世，12 月，詹姆斯出席了他在德累斯顿的葬礼。

1892 年　爱丽丝 3 月 6 日病逝。詹姆斯 6 月到 7 月到临近保罗·布尔热和威尼斯的锡耶纳旅行，会见丹尼尔·柯蒂斯，然后去洛桑与威廉及他们一家人见面，威廉正出国享受学院轮休假。出席在威斯特敏斯特修道院为田纳逊举行的葬礼。奥古斯丁·达利同意出版《嘉士伯小姐》。康普顿公司继续巡演《美国人》。《大师之训》(*The Lesson of*

	Master)[一部小说集，包括《婚姻》(*The Marriages*)、《小学生》(*The Pupil*)、《布克史密斯》(*Booksmith*)、《谜底》(*The Solution*)及《埃德蒙顿·米爵士》(*Sir Edmend Mrme*)等]出版。
1893 年	1 月，范尼·坎布尔去世。继续写作未完成的剧本。3月去了巴黎，在那里停留了两个月。寄给埃德蒙顿·康普敦《居伊·多姆维尔》(*Guy Domville*)的第一幕和情节大纲。在琉森会见威廉一家，在那里住了一月，6 月返回伦敦。整个 7 月住在拉姆斯盖特，完成了《居伊·多姆维尔》的剧本。演员经纪人乔治·亚历山大同意上演该剧。达利首度在舞台上诵读《嘉士伯小姐》，詹姆斯撤回了剧本，称彩排拙劣可笑。《真品与其他故事》(*The Real Thing and Other Tales*)[包括《年轮》(*The Wheel of Time*)、《博普雷爵士》(*Lord b Beaupre*)和《来访者》(*The Visit*)等]出版。
1894 年	1 月，康斯坦茨·费尼莫尔·沃尔森死于威尼斯。詹姆斯震惊且不安，原准备出席她在罗马的葬礼，后闻听她是自杀，遂改变了主意。4 月去威尼斯帮助她的家人安排她的后事。收到了由劳瑞小姐私印的《爱丽丝日记》四卷中的一卷。发现它令人动容，但其中多是詹姆斯自己与爱丽丝的私下谈话(这一卷后来被詹姆斯烧掉了)。罗伯特·路易斯·史蒂文森死于南太平洋。《居伊·多姆维尔》进入彩排。《剧院：两个喜剧》(*Theatricals：Two Comedies*)和《剧院：第二个系列》(*Theatricals：Second Series*)出版。
1895 年	《居伊·多姆维尔》1 月 5 日在圣詹姆斯剧院公演。演出结束时，詹姆斯在台上接受了长达 15 分钟的嘘声、喝倒彩和掌声。惊骇和沮丧让他放弃了剧院。15 周的巡演带给詹姆斯 1300 美元。感觉可以将戏剧写作的某些东西用

于小说("这把钥匙，用基本相同的方式写作，可同样开启戏剧和小说这两间繁复的膛室")。为《波音顿的珍藏品》(*The Spoils of Poynton*)写场景。去爱尔兰拜访韦尔斯利和霍顿勋爵。夏天去德文郡的托基，在那里一直待到11月，等待德维尔花园街的公寓电路安装完毕。与住在托基的W. E. 诺里斯建立了友谊。应艾伦·特瑞的要求，写了一部独幕剧《格雷斯度小姐》(*Mrs. Gracedew*)。小说集《解约》(*Terminations*)〔包括《狮之死》(*The Death of The Lion*)、《考克森·范德》(*The Coxon Fund*)、《中年》(*The Middle Years*)和《死亡祭坛》(*The Altar of The Dead*)〕出版。

1896—1897年　完成《波音顿的珍藏品》1896年4月到10月在《大西洋月刊》连载，同时刊载的还有《旧事》(*The Old Things*)。《窘境》(*Embarrassments*)出版，其中包括《地毯中的图案》(*The Figure in The Capet*)、《眼镜》(*Glasses*)、《下一次》(*The Next Time*)和《来时路》(*The Way It Came*)。8月至9月在撒克逊的波山买下一所房子，面向罗伊老城。福特·马多克斯·胡佛(后为福德·马多克斯·福德)拜访了他。把剧本《另一所房子》(*The Other House*)改编为小说，开始写《梅西所知道的》(*What Maisie Knew*)(1897年9月出版)。10月初乔治·杜·莫瑞尔去世。由于腕部疼痛持续加剧，2月雇用了一位速记员威廉·迈克尔潘，买了一台打字机；很快开始直接口述，迈克尔潘速记。邀请约瑟夫·康拉德来德维尔花园用餐，从此开始了他们之间的友谊。7月去了伯恩茅斯，去了萨福克的杜尼奇，与坦布尔·厄米特的表亲在那里度假，之前在伦敦做陪审团成员。1897年9月末，以租期20年每年70镑(350美元)的价格，签下了位于罗伊的蓝波屋。为付此屋租金，接下更多额外工作——写作威廉·威特摩尔的生活(预付稿酬1250美元)，要为新刊《文学》(*Literature*)

	(《时代文学增刊》(*Times Literature Supplement*)的前身)完成《美国来信》(*American Letter*),每月200美元。豪威尔斯到访。
1898年	《螺丝在拧紧》(*The Turn of The Screw*)1月至4月在《科利尔》杂志上连载,被公认为是自《黛西·米勒》以来的最受欢迎的作品。同时连载的还有《下落不明》(*Covering End*)和《两个奇迹》(*The Two Magics*)。6月28日第一次在蓝波屋过夜。随着威廉儿子,小亨利·詹姆斯的到访,一连串的访客络绎不绝地到来:未来的大法官奥利佛·温德尔·霍尔莫斯,J. T. 菲尔德小姐,萨拉·奥尼·基威特小姐,保罗·布尔热,爱德华·沃伦斯,丹尼尔·葛迪思,埃德蒙德·高悉斯和霍华德·斯特吉斯。他的一位机智风趣的朋友,乔纳森·修吉斯,一位年轻跛脚的纽约人,秋天在那里住了两个月。《在笼中》(*In The Cage*)出版。会见邻居斯蒂芬·克兰和H. G. 威尔士。
1899年	完成《尴尬年纪》(*The Awkward Age*)。计划回国进行新大陆之旅,因蓝波屋着火而延后了行期。3月去了巴黎,在海耶尔探访保罗·布尔热。与葛迪思在他威尼斯的豪宅中小住,在那里见到了杰西·阿兰并与他成为朋友。在罗马见到了挪威裔美国雕塑家亨德瑞克 C. 安德森;买下他的一尊胸像。6月回英格兰,8月安德森来住了三天。威廉和他的太太艾丽斯以及他们的女儿佩吉10月来蓝波屋。这是6年中兄弟二人的首次见面。威廉现在已被确诊有心脏病。J. B. 品客成为詹姆斯的文学代理人,詹姆斯的写作事业首次被系统地进行了布局:为他的文学评论争取版权、寻找新的出版机构,为作品争取更好的稿酬("新生涯的胚芽")。以10000美元做抵押买下了蓝波屋。
1900年	从内战后开始留的胡须变白,詹姆斯不喜欢,把它们全

	剃掉了。在伦敦和罗伊之间往返居留。继续写《圣泉》(*The Sacred Fount*)，《使节》(*The Ambassadors*)开始动笔，《轻柔的一面》(*The Soft Side*)、12个短篇故事合集出版。侄女佩吉来蓝波屋过圣诞。
1901 年	获准在"改革俱乐部"享有自己的房间，用于逗留伦敦期间居住，在那里住了8周。瞻仰了维多利亚女王的葬礼。决定雇用女打字员玛丽·维尔德，取代之前高薪的速记员迈克尔潘。完成《使节》，开始写《鸽翼》(*The Wings of The Dove*)。《圣泉》出版。见到乔治·吉辛。威廉·詹姆斯在欧洲的两年事业精进，现在返回美国。年轻的坎布里奇家族的崇拜者，帕西·鲁波克到访。因酗酒原因解雇了已服务16年的酗酒的仆人(史密斯)。帕丁顿小姐成为新管家。
1902 年	在伦敦过冬，但痛风和肠胃功能紊乱使他提前回家。完成《鸽翼》(8月出版)。小威廉·詹姆斯(彼利)10月到访，他是詹姆斯最喜爱的侄子。写作《丛林猛兽》(*The Beast in The Jungle*)和《出生地》(*The Birthplace*)。
1903 年	《使节》《更好的品类》(*The Better Sort*)(12个故事)，以及《威廉·威特摩尔和他的朋友们》(*William Wetmore Story and His Friends*)出版。在又一轮往返伦敦之后，5月返回蓝波屋开始《金碗》(*The Golden Bowl*)的写作。与杜里·乔萨利·普斯相遇，结下了亲密友谊，他是乔治女士的侄儿。12月第一次与伊迪斯·华顿会面。
1904—1905 年	完成《金碗》(1904年11月出版)。将蓝波屋出租六月。8月乘船前往美国，此行已是离美20年之后。一到美国就从新泽西远眺掩映天际的新曼哈顿。与哈勃出版社总裁克劳尼尔·乔治·哈维同住，在哈维的泽西海滩大宅，作为嘉宾与马克·吐温同席。去威廉在新罕布什尔州的乡居，它坐落在白山附近的科科鲁阿。重访

坎布里奇、波士顿、塞伦,纽波特及康科德,并在那里与弟弟鲍勃见面。10月与伊迪斯·华顿一起待在伯克郡,与她一起驱车横穿马萨诸塞州和纽约。随后又访纽约、费城,在费城做了题为"巴尔扎克的教训"(*The Lesson of Balzac*)的演讲。接着是首府华盛顿,去亨利·亚当斯家做客。会见(并指责)罗斯福总统。返回费城后,又去布林·毛尔作演讲。去理查蒙德、切斯顿、杰克逊镇、棕榈滩和圣·奥古斯丁旅行。5月到6月,在圣路易斯、芝加哥、南本德、印第安纳普利斯、洛杉矶(在靠近圣地亚哥的科罗拉多海滩)短暂度假。在圣·弗朗西斯科、伯特兰和西雅图演讲。返回并重游纽约城("一座可怕的城")。在布林·毛尔的毕业式上作题为"我们的言语问题"(*The Question of Our Speech*)的演讲。被选入新成立的美国艺术和语言学会(威廉拒绝了)。7月回到新英格兰;演讲所得远超旅行花费。开始为纽约版修订小说。

1906—1908 年　　写《欢乐之角》和《美国场景》(1907年出版)。为纽约版写了18篇序言(共24卷,1907—1909年出版)。1907年春天到访巴黎,见伊迪斯·华顿,与她一道开车同游意大利的米迪。此行是与伊迪斯·华顿的最后一次出游。在罗马与亨德瑞克·安德森见面,然后去了佛罗伦萨和威尼斯。秋季,雇佣西奥多拉·博赞吉特作为他的打字员。1908年春,再次与华顿小姐在巴黎会面。威廉来到英格兰,在牛津做了一系列演讲,荣获科学博士学位。詹姆斯3月去爱丁堡看福布斯·罗宾森试演他的戏剧《高投标》,这部戏最初是为艾伦·特瑞写的独幕剧(由早先的小说《下落不明》改编),此次改写为三幕剧。演出在伦敦只上演了5个特别的日场。纽约版出售所得税的微利让他颇受打击。

1909 年 　　与布鲁姆伯瑞年轻的画家和艺术家愈来愈相熟，其中包括弗吉尼亚·伍尔夫、温妮萨·斯蒂芬及其他人。2月与年轻的休·瓦尔波相识并成为好友。6月以受人尊敬的教师和学生的身份做客剑桥，结识约翰·梅娜德·肯尼斯。感觉不适，去看医生，询问何故自感心脏有疾。医生们消除了他的疑虑。年末在罗伊烧掉了他近40年来的一部分信件和手稿。数次痛风不堪。《意大利时光》(*Italian Hours*) 出版。

1910 年 　　1月病重（"厌食"），长时间卧床。2月，侄儿哈瑞来陪伴他。3月，威廉·奥斯勒爵士来为他做了检查，未发现任何身体上的问题。詹姆斯意识到自己有些"精神衰弱"。威廉虽几次心脏病发作，仍与妻子艾丽斯来英格兰安慰他。两兄弟及艾丽斯同去巴德·诺海姆治疗，随后去苏黎世、琉森和日内瓦旅行。在那儿获知鲍勃因心脏病在美国去世。詹姆斯的状况得以改善，但威廉每况愈下。8月与威廉和艾丽斯乘船返美。威廉到达后不久即逝于科科鲁阿。詹姆斯留下来跟他的家人过冬。《优佳成色》(*The Finer Grain*) 和《呐喊》(*The Outcry*) 出版。

1911 年 　　春季获哈佛名誉学位。豪威尔斯和诺顿来访。7月30日乘船前往英格兰。回蓝波屋后，决定开始在伦敦找公寓，因在蓝波屋太孤独。西奥多拉·博赞吉特在毗邻的她公寓附近为他找到两间工作室。开始写自传《小男孩和他人》。常在改革俱乐部留住。

1912 年 　　《指环与书》的小说清样交付，在皇家文学学会出席勃朗宁诞辰百年庆典。6月26日获牛津大学名誉博士学位。在蓝波屋度夏。常与伊迪斯·华顿（"火鸟"）见面，华顿来英格兰度夏，她暗中安排斯库瑞博纳出版社(Scribner's)为詹姆斯入账8000美元。租下在切尔西的位于切恩街的卡利尔大厦21号，作为在伦敦的寓所。为威廉·迪恩·豪威尔斯的75岁生日

	写了长篇赞辞。见埃戴尔·基德。遭挂牌医生误诊,病了4个月,几乎无法离床。
1913 年	搬进切恩街公寓。二百七十位朋友为绘制他的七十岁寿辰肖像捐款,肖像由萨金特绘成,收到查尔斯二世赠送的镀金碗。萨金特将所得转送给青年雕塑家德文特·伍德,他为詹姆斯塑了半身像。自传《小男孩与他人》出版。与侄女佩吉一起在蓝波屋度夏。
1914 年	《儿子与兄弟》出版。写作《象牙塔》。7 月,侄女佩吉与他一道回蓝波屋。战争让他感到恐惧("我们文明的崩溃","从此梦魇无醒时")。9 月在伦敦参加了比利时救援队,在圣·巴萨罗缪的医院和其他地方的医院探访伤员;完全不觉"垂老、无用和蹒跚",回忆起华尔特·惠特曼和他在战时医院的访问。接受在法国的美国志愿机动救护队主席一职。《作家笔记》(评论巴尔扎克、福楼拜和左拉的文章)出版。
1915—1916 年	继续为伤员做救护工作。不时与阿斯奎斯首相及他的家人共进午餐。会见温斯顿·丘吉尔和其他战时领导人。发现自己被认作异乡人,在去海岸城市罗伊时不得不报关,遂决定加入英国籍,并请阿斯奎斯作保荐人。7 月 28 日被授予英国公民身份。H. G. 威尔士在《恩惠》中讽刺了他("利维坦取回了玛瑙")。詹姆斯对此回应道,"艺术创造生活,创造趣味,创造价值"。秋天在蓝波屋烧掉更多手稿和照片。12 月 2 日在公寓中有一次中风。两天后又一次。肺炎加重,在谵语中对西奥多拉·博赞吉特进行了最后一次含混不清的口授(有关拿破仑的传奇),她在他跟前的打字机上把它们打出来。威廉太太 12 月 13 日到来护理他。1916 年 1 月 1 日,被授予乔治五世勋章。2 月 28 日去世。葬礼在切尔西大教堂举行。遗体焚化后骨灰被埋在坎布里奇公墓的家族墓地。

据 1984 年版的《亨利·詹姆斯文学批评》第 2 卷

2.《卡萨玛西玛公主》序言

　　《卡萨玛西玛公主》创作的最直接的动因，简单来说，我认为得自于定居伦敦的第一年，养成乐于漫步街头的习惯。长时间散步，对我而言，既有益健康，又有乐趣，且有收获。尤其值得一提的是，黄昏时刻我常四处漫步，及至傍晚才踱步回家，这种情形居多，这么做便得来许多印象，这印象欲寻个去处，日后便成了书。事实上，当我回望时，对伦敦的关注和探究，这座大都市的直接冲击力所引发的想象力的迅速反应，可谓成书之主因。另有次因，对此我马上解释；而最初念头得之于街头勘察的圆熟果实则确定无疑。凡漫步者必大张眼目，我得赶紧说明，得花大量时间，穿越相当大的空间，这一经历势必对周围真正引发神秘感的事物，对每一事物的每一部分，在那会儿，都急于去解释，急于再现。主题、情景、人物、历史，生活的悲剧与喜剧，这些常见的生活样态，在这种情境中，都刺激人去品尝体味。对一个好奇的大脑来说，在这人生场景面前，这座充满意义和启示的灰暗的巴比伦之都，从表面上看，的确极易成为一座意象密集、丛林密布的耸立的花园。当观察者移动时，可能的故事，可见的人物，从这一密实的丛林中震颤扑动，像是受到了惊吓，观察者在弄清原委之前，为保护自己，最好躲开那些纠缠不休的羽翼。他头脑中云集着这些嗡嗡作响的意象继续行进着——尤其是当他更为年轻时，在最初的那段时间，那屈指可数的鲜活而深刻的数月或数年的时间里。假如洞察力和注意力是充分照亮我们步伐的光，我们就用尽它，我们也要用尽伦敦街头丰厚的景观。但我自己对它们的思考持续了相当长的时间；我一直在思考着，直到最初发现它们时那种浪漫崇敬之念发生了可怕的变化——它们时而爆发出滔滔雄辩，时而从巨大而模糊的喃喃声中抛出深沉的音符。

　　无论如何，有一个时期它们为我提供了更生动的意象，一些个人情感的本质或优美的头脑，还有一些小的模糊的智性生物（intelligent creature)，他们几乎完全被剥夺了教育，以及文明所能提供的所有可能的益处，这一罪责只有从外观上，从那些日积月累所形成的东西中得以证明——目光短浅、聪明、妒忌和失望。对我而言，我只能想象他们精神头足而麻烦不断，他们处于一个比他们自己更幸运的社交团体之中，往复来回——以伦敦能够为他们展现的规模——这是一个令人着迷的主题。我以雅辛斯·鲁滨逊的历史展开这一主题——雅辛斯从伦敦的马路牙子上跳到我眼前。为发现他可能历险的意趣，我只有让他与我观察相同的公众表演，同样的数不胜数的景象，我自己观察的同时，还极大地关注着雅辛斯的观察；实际上我们每人只保留一点点不同。这一点不同，目前就是那一大堆事实：自由和舒适，知识与能量，金钱、机会和满足，他会逐一解决这些问题，但只能以最高的礼遇，即在其即将达成目标时眼见着所有的门溘然关闭。对个人来说，那是所有的方便之门，那些曾打开过的门——那些向着光亮、温暖和欢乐的良好而美妙的关系所敞开的门；如果这一处境整个地重压于人的意识，那么意识总会认为自己幸运地跟自由和安逸相关，幸运在特有的远景光线中似乎见到一些潜在的清泉，而远景之光却开始减退，那些曾经的巨大光亮，那些曾经有过的完美饰物，那曾经群英荟萃的画廊，正放送出动人的音响。

这一画面中的主要欢乐景象，一直存在着，而从总体严酷中的退却也未曾停止；因此，个体与绝对棘手的大堆的、沉重的事物之间的关系就得减负和调整。人们从最初就懂得，或许就应该以这种方式去了解伦敦——一种强烈而有吸引力的法则，一种教育，这一良好的关系是最方便、最令人愉快的。然而另外一种方式也会起作用，因为人们眼中早有许多珍贵之物，因错失对其近切的了解而失去了全部。

但是否有另一种方式的影响？许多先前的事物早已不断映入眼前，但却错失了所有对它们的切近知解，而切近知解的受限，又全然关联到这一事态，即无论再怎么密切，都不能转为一种优势了？当然，对每一个观察者来说，伦敦真的有其神秘性（奥秘层出不穷），它有着精致的层次，有更微弱的状态，对卑劣一无经验的状态，低级的举止品类，普遍的、卑鄙的争斗，劳动的重负，轻视、悲惨及罪恶。年轻的主人公带着我给他的所有的折磨与这一切打交道——从一开始，它们已从根本上塑造了他的本质，塑造了那一刻的伦敦。但有关浪漫的好奇心应得回报的问题，在于所有这些打击，他整日工作着的生活的世界，他对这世界的预测，还有他的妒意，都会造就他，而且，它的别致之处在于：他会怎样对它们进行造就。我得说，我思考着他，同样也是一种折磨，这才是要点——如果人们只见那人足够有趣却无从体会那人的情感，那是不自然的。

事实上，我还发现了特别重要的一点——任何画面中的人物，任何戏剧中的角色，只有当他们感觉在各自的情境中比例合适时，才是有意味的；因为在那个合比例的位置上，意识的复杂形式会在相关的语境中向我们展露出来。但感觉是有不同层次的——蒙昧的、微弱的、十分充足的、智性贫乏的，如我们所提到的；还有敏感的、强烈的、完美的，一句话——具有良好的意识和足够的反应能力的。正因如此运作，人物后来"所获甚多"，从所有发生在他们身上的事物中有所收获，人物按此做法，也使得记录他们的读者和热望参与其中的我们"所获甚多"。他们正在成长的良好意识——犹如哈姆雷特和李尔王般的那种良好意识——正制造出他们的历险强度，赋予他们对自身所发生之事以最高感受。我们关注着，但我们的好奇心和同情心较少关注愚蠢、粗俗和盲视；我们关注的是它所带来的影响，这将大有助益，对于真正的知觉来说，这些积淀将会引发更为深入的探寻。哈姆雷特和李尔王的周围都是愚蠢和盲目的人，目的在于使情况变得复杂，他们全部用来促使王子和国王完成值得载入史册的命运。依据这样的原则，这些在意识上显然受限的人物，将会在我那受折磨的年轻人的生涯中扮个角色；但这年轻人自己的意识却显然不受限——他得尽可能多地留意大量的事物，在我冒险为他营造的大量机会面前犹疑不定。

他的受难是再简单不过的问题——关于这一点我们很快就会了解；问题是如何设置和推测他的历险，他所有的困扰和感知、他的梦、他的苦难和愿望。令人感兴趣的人物的态度和行动，在于人物对事物的想象和幻觉，连同这些事物的本质以及它们被感受到的层次，一同对主人公发生着作用。有着对这一智性造物的要求，就要有涉及其智性的画面。

真实情况是，表现智性人物的大部分画面，为英语小说的增添附加了沉重负担，这位读者惯于关注人类奇妙的、纠缠不休的关系，在这类关系中，未有智性附着其中。讲故事的人，首先得是听故事的人，也是读者；而且，显然要从生活的速写簿中，从未开化的人性中和隐藏在多少有些奇异的文本中将它抽离出来，这样他的古文事被投注以智性。既然对他的关注基础如此，如此这般的困局便也启动了——基于生活的画面——因为有人离他而去这种事，（他）或多或少地明白了。

我在计划写《卡萨玛西玛公主》的同时，就认清了设想填得过满的危害，尤其当意识容器显然受限时。假如那些卷入生活的悲喜剧中的人们，他们悲喜剧的价值与其混乱中的挣扎相匹配，都是经过测算和的有目的的，那么这种真实是不自然的，然而，他们之所以被过度宠溺，正是由于我们对他们的预期。他们也许得承载太多：要让我们信任，获得我们的同情，或被我们讥笑。如上所述，他们被表现得所知甚多，感受颇丰——并非因其一直非凡卓越，而是因其固有的"本性"与其属性使然，因其有按自己癖好进行交往的倾向，便落入了陷阱，陷于困境。似乎若我们从未被困住，关于我们便无故事可讲；我们应对无所不知的神祇们有所分担，它们的编年史至今已显得冗长乏味，而人类确信奥林匹亚诸神已感乏味，却从未分享其庸碌。因而便有机警的读者尽全力警示小说家，不要让他们对人物命运的混乱之状做过多解释，或者，换句话说，不要太神圣，太自负地聪明。"给我们大量的困惑吧，"监督员似乎说，"目前已不乏对困境的大书特书。但我们仍恳求你们，再多些智性给我们；因为智性即遭遇危险；而遭遇危险并不是持刀者大加杀伐，凡是并无妄自菲薄的故事，都以真正的杀伐为主体。它开启诸多的关注点、可能性和问题。它也许会引导杀伐者进入绝对的真实王国，在那里，杀伐以某种方式失败，落空。"

从读者方面看，这么做也有极好的理由，尽管读者对极度的困难毫无概念——况且读者严肃认真的辨别力也来之不易——而对擅长将人性混合的画家来说，表现出它来则毫无问题。"在对人物的再现中让我们对这一困境主题(没有困境便没有对问题的、对有疑问的事实的质疑，所有的故事都具有这一基本寓意)有尽可能多的体验,但需要你对这一体验的报道有所控制,因为我们只理解最简单的东西";实际上这便是小说家常常对自己耳提面命之言,这成为他牺牲自己文字魔咒的托词,以便从掌控精简写作原则中获益,这一原则相对于他们强劲的本能来说力道十足。他急切地倾听着这一变化——什么也不能超越他自己对这一精简利益的牵挂,但觉得自己完全落入了一个模棱两可的深渊,与读者相互容纳其间,读者将自己全然交付于他。在我看来,经验是我们作为社会生物对自身所历之事的所有理解力和判断力——所有的关于智性的报道都应基于这一理解力。对这一画面的展露和收缩是必要的,当然还得在这一状态中,对将画面控制在低幅度方面的复杂性打出大量的底色。一幅画总得是在这样的境况下才能有效处理它的主题,以便对越来越简单的装置有所控制,这样才有可能在我们完全结束时,甚或全然尚在中部时,就可转移我们的视线。例如,一种可行的控制方法,就是不予人物感觉或感受,他们绝无可能再有说辞。在这幅画框内,在较少的空间中,原本情感占据更多空间,现在则为其行动留白——这一事实,也许从一开始就引导出精简的优雅。

所有这一切都十分迷人——而且将更加极为迷人,如果那些模棱两可不使人打瞌睡的话;明确的区别并不现实,宜于在行动和感受之间进行观察才是紧要之处。在生活的当前领域,为了行动,为了实用,为了完成一份工作,或许这些悬而未决的体面托词比什么都重要,伴随着所有这些主要科目,尚有一些次生的或不相干的这样或那样的东西。但在反映生活领域方面,画家的工作与当下无干,与实用的真实无干,而与欣赏相关——这一真实会让我们的判断效果全然不同。我有关人们经验的报道——我作为一个"讲故事的人"的报道——主要是我对其鉴赏的报道,在这一鉴赏过程中,得到回馈的是我的那些男女主人公们,我则"无利可图"。我一旦开始鉴赏,精简便处于危险中:严格区分所有奇遇的每一部分,突出其所有的耐力和表现,将其熔炼成一种感染力。因为他们的感受,我便看到了上面提到的那些人的"行为"(doing),因为感受他们的"行动"而体会到他们的"感觉"。我与这些人物变得亲和,才能表达他们在其处境中的感知和体验。只有与他们亲和才能体会他们的感受，我只有通过这一密切关系才能够鉴赏。但我的报道更多得益于规划之功。与一个人的特殊行为、与他既有的状态稔熟，会让我们极其准确地将其视为一个整体——在整体结果中，我们视觉的任意性和有限性，那些偶尔的妄念，便会被丢弃。一个人想什么感觉什么，是此人行事之历史和个性；所有事物都有高度的逻辑性。没有强度怎有生动，没有生动怎有表现力？如果我把人物处于困境中所展示出来的、具有冲击力的画面也叫做最普遍的状态——在萨克雷，这一状态是以坚持不懈地展示人物的整个生涯而引人入胜，它展示出在"威严的意志"和神秘的法令面前，一颗谦卑的心、一颗躬垂的头、一位承恩者的奇迹、一个悬而未决的判断——那么，所谈论的问题如果仅限于避免在情感领域反应迟钝这种模式，那种常见的遭遇，那种过度的补充说明，便是相当不明智的了。

因此，整个事情都依据所造之物困境的特性，依据给定的品质，或已备好的资料。毋庸置疑，许多诸如此类的品质，从完全模糊和朦胧变得及为鲜明、最为重要；我们必需能想象出后续的结果，发现它们会怎样无疑地——从它一露头那一刻——一直保持其重要性。然后我们立刻就有了一个感情的事例，这一感情曾有很多的可能性，它们在感官中延展穿过，像一条附加纹路，上面悬缀着引人入胜的珍品。有些纹路短些，薄些，我绝非暗示那些次要的方面，那些粗糙的，缺少丰富形式和道德行为水准的，如我们通常所要求的，就不会收获生动真实的结果。它们有它们所从属的，相对而言的，有例可证的人类价值——它们吸引愚蠢，愚蠢便常渗入。我甚至认为，所有的"故事"都可能有着愚人——正如绝大多数优等的人生画师，如莎士比亚，塞万提斯和巴尔扎克，菲尔丁，司各特，萨克雷，狄更斯，乔治·梅瑞狄斯，乔治·艾略特，简·奥斯丁，他们对此都有丰富的感受。同时我得承认，人类的所有灾难除了对人的意识（就行动着和正在行动着的生物而言）主体有极大强化和广泛扩展之"主导"作用，一无他用。从意识上反映出那些粗野的愚人、草率的愚人，那具有毁灭性的愚人所扮演的角色——愚人本身则极少现身。我们大多以生活陷入困境为主题——在一个艺术性的时刻，巧遇了我们的主题——接受并处理好它的愉悦和苦难;从一个更近的视角上,它恰切地成为其困境的全部起因。这的确意味着,人物对其既有困境已有足够感悟力,但尚不具备困境要求其将能达到之感悟力,需要最高级别地为戏剧化地、客观地记录这一点尽力,这是人物仅有的品质,对他在此事上的价值和美妙之处,我们不能泄露,降级,如我们所说,出卖。通过许多事件得到了一些诸如此类的个体,我们的确就这样获得了最精彩的个体,而且,通过许多更有反差的、更愚钝的、更含混、能量更浅薄的个体的落入视域,我们便实实在在得到了一幅暗淡而贫瘠的图画。

最伟大的编年史家们早已清楚地意识到了这一点;他们至少总是专注于——从一个反思性的、色彩丰富的媒介的意义上——把握整体的历险(后来并无纯粹史诗,如司各特、大仲马和左拉的作品);而另一些人却显然只专注于创造趣味,这样一来他们便失败了。我们或许还记得那些过往的失败案例,其失败几乎皆因未曾策划好方案,或是没有规划,仅仅由有限的好奇心而上紧发条,他们的失败源于缺少对独特感知力的预测。例如,莱文斯伍德的埃德加(Edgar of Ravenswood),被悲剧性的、狂怒的"拉莫美尔的新娘"造访,他身着黑斗篷、帽子及皮毛大氅,却缺少头脑[①];哈姆雷特也同样身穿黑服,衣服垂褶,有羽毛装饰,尽管他们都是罗曼蒂克式的,但哈姆雷特的头脑大于戏服;这一情状表现出,莱文斯伍德对露西·阿仕顿(Lucy Ashton)的爱是以可怕的困难和危险来表现的,她对他的爱也一样;但以这种方式创建起来的二者关系,忽略了对"情感"的探寻,它从未向我们展现其情感的由来。它向我们展现的仅仅是次等的,混乱的,逊色的方面——虽然在这些方面,它有幸再现出伟大的罗曼蒂克的真诚信念。然而事物总会因其偏差而付出代价,如我所说,它因此牺牲了强度;主题中空,围绕主题的所有展现都被推向了这样一幅画——这幅画,可以说非常丰富,令人称奇。但我此前提到的那种特别有效的表面上的相互关系,仅仅是一个引人注目的否定的例子;我也看到了不少引人注目的肯定的例子。菲尔丁《汤姆·琼斯》中的主人

[①] 《拉莫美尔的新娘》,又译《惊魂记》,是19世纪英国剧作家司各特的一部悲剧。

公，就是"精美"而又有亲切感的，一个了不起的健康而有灵性的年轻人受困，他丧失想象力时的受困：制造出这一点，是让所有事件，所有的受困之感，都在喜剧的、而不是悲剧的层面上获得。由于喜剧性和讽刺的运用，他有如此多的"生活"可述说，而大部分叙述都是有关他是有头脑的，表现出他是有了反应力和充分意识的；此外，他的作者——这作者也相当有头脑——有着围绕他，为了表现他的更宽阔的反映能力。通过这一人物，我们可以看到菲尔丁自己良好而古老的道德主义，优雅的旧式幽默和优美的老式做派，使得笔下的每个人每件事意义非凡。

所有这些都进一步深化了我的观点，即我在重读《卡萨玛西玛公主》时，意识到我的感觉瞬间回到过去，从整体画面来看，清晰和具体化总是基于某种对个体的集中记录。记录中那些有关雅辛斯的确凿的生活事实，此刻正迅疾呈现着小雅辛斯的头脑：如同我已提示的，那种智性的激情对我们的好奇心和同情心来说，正是最高的价值。如若这不是他所具有的、唯一的最高价值，这一价值居有珍贵的感知和闪耀的聪慧，作为"一本书中的年轻男子"的真实性就根本无从谈起。对这些事物的价值属性的判断，同样也适用于对其他事物的良好判断——对他的处境和性格中的其他方面的判断。假如他的感知过于敏锐或过于清晰，假如他比可能有的，或本该有的懂得更多——对他而言——那似乎是完全不应该的，似乎完全虚假和不可能的。当人物的良知被推进到感知良多、"知解"充足之处——或正在成器之途中，总会被随处可见的极端困难所困扰——因为他对自己戏剧价值的最大值所知甚少，而对自己逼真性的最小值知道太多，他带有幻觉的特性。这既迷人又折磨人，永远得在细微处不出差错，优美地以所有的银线和金顶针编织和盘带；但我也许过于虚幻化了这一安逸——这并不是说，艺术家的安逸只是一种原始的精致的幻觉——无论是我自己的作品或是其他作家的作品，瞥一眼便见分晓。无疑，任何作品都常常有幸获此幻觉；而它们自有其价值，甚至可以追溯其来源，从哪里接触，从哪里蜕变，我认为，那是源于一种良好的影响。

我以乔治·艾略特不懈努力为例，这是通过对《米德尔马契》

(*Middlemarch*)中的亚当·贝德(Adam Bede)、菲利克斯·霍尔特(Felix Holt)和提多·梅乐玛(Tito Melema),丹尼尔·迪隆达(Daniel Deronda)和雷盖特,通过麦吉·图利维尔(Maggie Tulliver)、罗莫拉(Romola)、多萝西·布鲁克(Dorothea Brook)和格温多伦·哈里斯(Gwendolen Harleth)所展现出来的;它尽力展现出他们的历险及历史——那是作者全部的主题材料——那是由他们的感知和他们头脑本质所决定的。在充分而惬意的阅读中,他们的情绪,他们被激起的智性,他们的道德意识,随即也变成了我们自己的经历。我知道,因要与这些意识不断累进的人们打交道,狄伦娜和罗莫拉的发明者,偶尔地会遗忘一些人物,一些抽象的男人和女人,他们由于灵魂受理性支配而显得过于抽象;但这些不幸之人常常又是有趣的,因想象力和幽默感依然环绕着他们,依然想撩动其仅有的肤浅之处,或者仅仅想以此使他们获得可信性。我甚至愿意从逐一追踪自己作品中那些依其本性进行处理的、从事实中抓取的戏码中得到乐趣,它们一个接着一个,从《罗德里·克赫德森》到《金碗》,都提供了这一乐趣,它们一直处在有利的位置,处在光源的中央,它们最能反射出主题的可能性。《罗德里克·哈德森》中的罗兰·马莱特,实际上就是这样的反射镜,而不仅仅是只带点自传性或者形式上的"第一人称",虽然他的确如此。我可以用一长串的名单去扩大这样的例子,通过《美国人》中的纽曼,其本质上纯粹客观的头脑,通过《一位女士的画像》中伊莎贝尔·阿切尔浓密的想象(她的想象决定了她的那些纷扰的最深的深度),再到《鸽翼》中的莫顿·丹什这一显著的例证,通过《使节》中的兰伯特·斯特瑞赛(我认为,他在连接功能方面是相当出色的一面神奇的银镜),还有《金碗》上半部的王子,下半部的公主,我应该记录下这份不断扩大的名单里诸如此类的人物,他们在各自的困境中都各有其激情,有浓厚的感知。我应该从他们继续数到另外五十个这样的例子;甚至可以一直寻到《尴尬年纪》中的范德班克,他在整个浪漫故事里充满活力,从意识的极度缺乏到意识觉醒,他真正的痛苦及其失落;甚至还可以对《波音顿的珍藏品》中的弗莱达·维奇进行扫描,她对自己处境中的每一样事物都有微妙的洞察力,却毫无价值,在我们看来,她身陷荒芜;甚至小小地记一笔《螺丝在拧紧》中家庭教师遭遇的恐惧，以及在《梅西所知道的》中，天真无辜的孩徒劳无益子地拼接总体知识；简而言之，我只能提出很少几个例子，《出生地》是一个摆脱监护人的漫长的传奇，《下一次》中不幸的优秀艺术家，只因有次"碰掉"了面包和黄油，他便试图剥夺自己极致的优雅，他把他那充满灵性的指尖锉圆了，而不幸的男管家布鲁克·史密斯，他的善谈毁了他，他有悄然无声地注视的习惯，他的鉴赏力不断增长，他因此被取消了普通的居家侍应生资格。虽然这些都佐证着根深蒂固的恶习——而恶习终会被清算的——但也许这会生出些乐趣，这些事例都是不请自来的。

我的无名小卒是位伦敦世界的热切观察家，他在我眼前已经有一段时间了，我看着他漫步、惊奇、渴望，看着那些可能对他发酵却无答案的所有问题与战斗激情——他应该在充分的思考和被充分的剥夺两方面都准备妥当了；然而这一想象无论多么有趣，当然都不会只是想象本身单一行动的收获，单靠它是不能制造戏剧性的。相反，我所采取的行动——人如果失于此将会一无所获——基于我所关注的感情的瞬间状态的可能变化，并设想出它引发的另一种状态，我在特定的时间中回返那一刻，带着极大的充沛活力回到它本身。去发现这些，实际上是要主观地去感受到人物在其视域中的游弋。我发现自己再次回想起我是如何重新认识这一点的，它的复活又带来了可能的乐趣，如以上所描述的，那些独到的关联，我的冒昧历险的小人物的职业以及其他状况，他原本美好而灾祸意外来临的构成，他的"昏暗"的伦敦小帮会，他精神的膨胀，这一切都构成着他的奇特历险之域。如同我所示意的，以想象力的介入对其进行无数刺激和暗示，他会变为一个在内在形式上最了解革命最终目的的人。他妒忌所有的安逸生活，对此他品尝甚微，他痛苦，恼怒不已，带有攻击性，报复心，社会信仰受挫，他转而"叛逆、谋划和破坏"，当人们对此有所选择，它便可能成为一幅生动的图画，但只有借助于更深刻的复杂性，一些强化的、更为艰难之处，才可能引起怜悯与恐惧。

最有意思的复杂之处，便是他应该爱上一个绝世美人，实际上，这无非是一种命定之数，因为他最有感受的和最痛恨的便是明显的"不公平的社会分工"；他的地位与其势不两立，发誓与其为敌。他个性中的虚荣更甚于他对社团的观点和誓言，而这更尖锐地折磨着他。为了使这一折磨更加起效，他需得对实际生活有所涉猎，尤其是他得有特别坚定的立场，他的认知经过强化，他便发现了（其目标的）不可能性；此后他便幻灭、悔恨交加，与其同谋者跌进入了更深的困境。他自己投身于一个更加"臭名昭著"的激进的地下社会主义者社团，他参与其中——为发泄他的恼怒而参与，简单地说，为使其趣味不断长进而参与其中，当他不惜任何代价地为这生活本身付出激情时，生活便走调了，无论它是怎样的生活，他被围困其中。深陷偷偷摸摸的政治革命，他会"折断"脖子的，他与众不同的参与动机是不稳靠的，于是他的变节便是其历险的高潮。此中最基本的是他与一个社团——至少他得是个社会活动家——相关联，发现有一扇门对他敞开着，给他以安抚，让他进入开化的状态，进入这一更温暖的光照物中，有助于更清晰地将他发掘出来。搜寻这一必要的链接，对我来说，便是在极端形式下，徒然遇见了克里斯蒂娜·莱特这个可自由处理的光源，那是我十年前在《罗德里克·赫德森》结尾处发现并留在手上的人物，她在我们已然为其招魂却尚未为其除魔的幽灵出没的灵薄狱，徘徊良久，正等候一个壁龛，一种职能。

  我不应以一位未来的年轻女子为借口，去追溯我装备此书的步骤和策略——那像是要为她的婴儿穿衣，婴儿却一直赤裸着——从最初将其安置在我书中的方式和作用来说。毫无疑问，以极为轻松的方式，获得一个机会去研究一位小说家隐藏人物的某种手法，这对我们更具吸引力，诚然，这类人物或多或少都曾被掩藏着，而今，由于其自身的力度和突发奇想又从他手上复活，如幽灵一般，环绕着他的艺术大厦，触摸着他们业已熟知的古老门第，笨拙地拨弄那些僵住的门闩，周遭漆黑，他们苍白的脸挤压在明亮的窗户上。我承认，通常，我对他们心存疑虑；我感觉，真实地表现此类人物，要既能体悟到对初稿修复之难，又不会感到再度处置带来的紧张。为什么应该让《罗德里克·赫德森》高潮部分的公主一直有欲念呢，除非事实上她未曾有过——她本如此——被完全记录下来呢？例证接续着，她本能的激情又从久远处捶打着我；不惜任何代价，决不同意被交叠的双手葬于纸板墓室，这种小儿玩具盒，我们通常是为一个圣体安葬仪式的演出配置的，之后就将其扔掉了。虽如此，我亦从躁动的虚荣心中见到了成果：克里斯蒂娜已对自己有所感知，有所了解，在先前的人物关系中这一点已很明显，在此后的关联中她已无法不再引人注目。她不该被一直压制着——接着问题就来了：为什么她恰好就会表现得引人注目呢？我不打算给出理由进行回答（不可和盘托出）；她长途跋涉归来——远至我上次离开她的地方，而我再次认出她来，这就足够了——此乃意料之中——她原本便如此。她最初的音调令人厌恶甚至乏味，我做出了判决，不能再有任何平庸，而要让她介入这位衣衫褴褛的伦敦小装订工的生活，以其情感，尤其要以其有关"公众问题"的大量观念影响他，她要从源头上产生致命的作用。

她应该是厌世的——那是她的另一种音调；她对待这些新关系的态度有些随心所欲，其基础和表现逻辑在于她需要这些有新鲜感的事或另类的人——它们非常短缺。她能，或者说，她相信她能对那些"人们"葆有新鲜感，对他们的错误、他们的痛苦，以及他们不断被扼杀的动乱葆有新鲜感；因为这些事情都来自她相距甚远的另一类人，她目前已经试图生活在其中了。我应该能确定从何处找回她了——相当遥远（一旦有重新倾听她的智慧）：因此雅辛斯就会自然而然地与她相遇，这一幸运的标志是，她将以全然不同的另一种方式，在更具"引导"的意义上，对雅辛斯的经历起作用，而不是相反。我承认我并不反对——艺术家们在面临更高的困难时都可能有此嗜好——如果感到她表面上是持续稳定的，我至少可以轻易地让她也保持相对的稳定。也许我还得多补充一些，即对我而言，克里斯蒂娜的复活（还要有次要等级上的王子和格兰多尼夫人）关乎我这位浪漫小说作家，"持续使用一位人物"的整个问题：如同巴尔扎克整个书系中对第一位人物的"持续"之用，如同萨克雷、特罗洛普和左拉所有那些类似的天才的"持续"。我就此觉察到以上作家们很少突兀地（让人物）回弹；然而此处我只能让自己言简意赅——复活者刺激着热切的作者这件事，是一件美妙的令人向往的事，但要随心所欲地达到目的（目的是影响读者的脉冲）则是另一回事了，得备足多过二十条的不可言喻的理由。

不管怎样，当我忆起它时，我记得我感到自己完全被小雅辛斯附体而着魔了，出多佛港的那几个周，一切都还未远去，那个1885年的早秋，又是在《大西洋月刊》上，这部小说的第一章发表了。在欢快的带有徽章的城堡的小镇上，在爱斯普拉纳德静谧的街尾，在那间阳光充足、微风轻拂的带阳台的房间里——现在已被"港口作业"的无休止的锯齿声扰乱，仅有一点褪色，却极度凝聚，所有的愉悦和谦恭都遵从着规则，那便是及时预测并冷酷地抵御华而不实的炫技——对此，我得连着数小时地勤勉工作方能有救，然而，即使其余大多障碍物都被清除了，它却依然如故。海边的旧长椅和柏油路上的漫步让我再次记起了这一切，那闪光的隧道上面，当整个景象（瞬息万变的画面犹如梦幻缔造）令人愉悦地陡然发光时，对面的法国海岸常会令人目眩神迷，再度回味，有些惊奇，我那时对计划中的各个部分有着奇特的自信，此时都连缀起来了。我现在可能会质疑我的自信——在许多点上，我都对非常真实以及真实的"权限"有着极端的要求；但质疑是让事物愉快地复活的更好的理由，所有刺耳的要求及其摩擦的细节（那一定是有的）都令人愉快地捉摸不透和令人生疑。最好的理由——我的意思是我所提到的庄严的自信——是我对我的题材完全入迷了；这的确像是直接经验的结果。我的方案需要一些具有暗示性的、近似于（显然是相对于我们有序的生活）左派的无政府主义的地下世界，交织着其痛苦，其能量及其仇恨；其表现并不强烈或特异，而是有着松弛的表面，模糊的动作、声响以及一些征兆，一些恰好让人察觉到的提示，一些大体上的隐约可能性。之所以采用这一方案，是因为人总会遇到各自要"记录"的问题，纵览全局，以此为方向，这一问题即人们曾"探究"了什么问题，已经探究了多少；而现在人们给予这一问题的答案——至少人们自己是满意的——可真正见出一个人的方法。

然而，我对我的主人公在相当混杂的世界中或显或隐的双重意识的记录，实际上与我自己的印象和激昂感知是一体的，是我对伦敦的所有视像和所有建筑物的感知，在有效的想象中的沉积。我对这本书的特别计划，实际上正得益于记录，计划才会径直地与我不期而遇，才会一劳永逸地对我的实际观点大幅度地进行清理。假如人们从事着说故事与真实报道人类场景的工作，那这"记录"就只可能来自于人的内在动力这一摇篮，那是无可回避的：将它们作为一种本质去看、去想、去感觉、去重识、去记忆，理解行为便是如此完成的。能量的展示一直持续着，不可改变；改变的仅仅是客体和处境，它们上紧着它的发条。换言之，记录是必用之物，所有鲜活经验的最初成果都由记录唤醒了记忆。我曾倾尽全力地凸显了这一权威的样式，即我的那些鲜活的伦敦经验——积久成习的伦敦观察者，全神贯注的画家、徒步潜行者——都提醒了我；我想，那是对我风险投资额度的一种告诫。一方面，让我想起了，莫摸电线，莫敲紧闭之门，莫用"未证"之说；另一方面，我也记起，无论它多么微小，我也从未错失所有的、哪怕一丁点滴落到我的印象之池中的机会，那将我浸泡其中并更新我的感知的机会。在这座大都市中游荡，通过这种想象的方式来呈现它，尽可能多地到处走动——那便是知晓，那便是拉电线，那便是开门，那绝对是一个人在累积的重压下时而发出的呻吟。

面对雅辛斯的地下政治学和神秘同盟观点，我重新回忆起了所有的感觉，简单地说，假如我不能从外观上将那些事物恰当地汇聚一体，切实地将他生活中所有奇特的部分都适度地汇聚起来，我将会感到羞愧，因为我有优势——伦敦没有一条街道，没有一个角落，没有一个时辰不是我所利用的。当然这一正当性总有机会被挑战——一个比我知识更多的读者的挑战。而那究竟是什么样的知识呢？我至少能够多多少少地驾驭我想象力的诸方面，即我的知识。如果我已使外观生动，那么人们还可最大限度地做些什么呢？同时，我不拒绝回应那些可能的讽刺性的反响，即使我已将肤浅、模糊和晦暗之像摄入画面，我也有正式执照去驾驭它们。我还回忆起了我事先就对我的"艺术见解"有所捍卫。难道我不应该发现竞争的快乐价值，即我最期望提供的、最期望有效地去创作出的，恰恰是那些我们不了解，社团也并非了解的那些人，而只是猜测、怀疑并试图嘲讽那些人，他们在巨大的体面世像之下，势不两立地、颠覆性地"持续"着的究竟是什么？我还不能对它的正量进行处理——我的主题已有更可确定的另一面；但我也许偶尔表现出社会之耳紧贴地面，或是抓住一些热气团的趣味，晚一小时就散了。无疑，所有返回的事物都像是这样一种智慧——对小说来说，若是你没有这样的材料基础，没有生活的感知和深潜的想象力，在向你展开的有把握的特殊表象中，你就是一个傻瓜；而你已全副武装，你并非真的无助，不缺少自己的创作资源，即使面临秘渊。

据1984年版《亨利·詹姆斯文学批评》第2卷

3. 批评的学问

　　文学批评大量充斥着期刊媒体，如同河水漫溢堤坝，可谓相当繁荣。然而可以肯定的是，这一惊人的数量仍不能满足欲被评估的数量的要求。让观察者最受震动的是，这一批评巨流出人意料地比例失调：批评者与所评之物同样言之无物：就实例来说，缺乏例证和成果，空有虚论与教条，从对文学的导向作用来看，高谈阔论有余，实际作用缩水。当代报纸杂志之环境便淤滞于这一反常状态。而这一批评实践的盛况，与文学批评艺术毫无关联。报刊文学是等着被投喂的血盆大口。如同一列定时列车，会以公告时间准时开出，但只有所有座位都满员时才能获准发车。座位很多，列车是笨重的一长列，因乘客不足，所以每个季节都需要一些滥竽充数。于是一堆人造模特被扔到了座位上，它们的数量可观，一乘到底。它们看上去很像乘客，你若不根据它们从不言语和从不下车的事实推断，就不会发现它们是假的。保安在列车刹车后为它们吹去针织脸面上的煤屑，为它们的眉毛摆出不同的曲度，以便下一程开始。无独有偶，一份装备精良的期刊，在塞得满满的车厢区间，填充着批评的仿制品——那些即时、定期的话流的开关。它们有存在的理由，目前的情形让我们更容易感知这一点。这一情形有助于解释我刚提到的特别的话语比例失调。有助于我们理解"公众舆论喉舌"必不可少的不是准点，而是拷贝。宣传必须保持高水准，这样女士们和先生们才可能诚恳地掏钱为墨水费埋单。这些有诚意的便士的累积，让我们得以瞥见可预测的高度，使我们倾心满足于我们的文明进程，满足于我们已建立的舒适感。从这一观点来看，文学批评的确在使我们热情地朝向时代进程。那么，计量便士数目就能引起我们对一个新的、繁荣的工业，一个更好的经济产品有更多自得之感吗？这宗伟大的批评业务，在轰鸣作响的常规里程中，有许多兴旺、健康的信号，有许多特征，这些特征误导人们下意识地对企业的成功表示尊重。

　　不可否认，我们也会遇到一些挑剔的人，他们未受上述景观左右，而是对其侧目,他们只看到它晦暗的一面,他们只感到无助,而无视光明一面(包括所有的因素在内:批评本身、批评精神和批评目的),即还有希望对其渗透影响的一面。"还有光明吗?"我们可以想象怀疑和质询者不安地发问,"它又能对那些自以为是和一无益处的绝望有何影响呢?"庸俗、粗鲁和愚蠢,这些都是二手评论的标配,美妙的媒体体系形成了一个庞大的规模,在如此状态下,这一规模表现出空前的暗黑之兆。这一令人困惑的现象或可自问,却无即刻回答,这些陈词滥调和无关紧要的期刊对人生有何功效?灵魂就此疑惑,人们怎么能以它为生?总之,什么才是更重要的?文学该怎样坚持这一点?就是说,文学是否坚持着,而没有很快地淹没于其中?我们发现灾难的征兆还未微妙到我们难以指认——无特征、无风格、无知识、无思想。这一情况让人们沮丧地意识到,我们正在为写作技巧和机会的流失而付出巨大的代价;喋喋不休的繁殖如同细菌传染一样致命;文学的存在本质,在范本和完美的模制上,都与存在本身一样,是神圣而有深度的;像其他感性的有机生物一样,也相当容易感染堕落。没有比不负责任的教学法使得生命关闭耳朵和嘴巴这样更处心积虑了。愚蠢和幼稚剥夺了生命的生气和光彩,结果便是恶果连连,终至失去人心。当然,我们或许可以继续谈论它一直到它自己枯竭而亡,每一种现象都主要以这种方式让我们的后代听说它。他们将会认出它的特征。

我意识到,这是一个晦暗的论调。我不想为此假作虚饰。但我可以说,最重要的是有着这样一些时代和场所,人们在那里可比在别处少些绝望和危急。巴黎便是其中一处,在巴黎的舒适里待一段,便可感同身受。在我看来,在法国,文学批评的风气不像我们这么根深蒂固地粗略或者只图现成。批评的崇高,依我之见,也因此具有更高的价值和意义。艺术被认为是最难的、最精致的、最偶然的,艺术体验应是有所选择、有限度的。无论法国人是否总是正确的,抑或是否自我标榜,他们都使我确信我这一点。他们出版成千上万的书籍,却从不声张,他们的出版商比我们的更整洁。这让人意识到,批评意识对那些出版物无话可说,它们不属于文学,真正具有批评意识,就不会去阅读那些非文学之物,不会沉闷地谈论它们，它们也不可能具有一席之地。作为批评经验的一部分，这一点已不成问题。在法国，批评意识有条不紊，规模很小。但同时，无可否认地，一旦批评意识发动，它便比我们更先进，更能将一般主题点化成金。当（艺术）触觉对一个精致的过程进行表述时，我们的迟钝常常使我们倍感惊讶，即使这一过程是流畅地展示着的。对这一精致过程，我们就像在火车站，迟钝地上上下下——那是最简便、最大众化的艺术。实际上，批评艺术是最复杂、最特别的。到目前来看，批评意识还是绝对稀有的，若能具其一簇并服务于它，将会成为最具特色的批评之一。它是无可估量的珍贵而美丽的礼物，因此从目前的情形来考虑，经过一轮接一轮地过量批评，人们终于明白，那只是在柜台前站一小时，看摞硬币的生意而已，我们有太多的小学校长；我不仅不怀疑文学批评对文学的功用，我更忍不住要说，若能追根溯源、有效结合经验并接受经验，文学批评将是最有利可图的营生之一。有了这样的认识，人们才会看到，批评家若如手持火炬的护卫、阐释者和兄弟，才会对艺术家有真正的帮助。批评的调门与方向的把持越引人注目，我们便会对合时宜的文学批评越欣赏。一想到这一自由的精神工作的全套装备，人就会准备好对这一智性的付诸工作表达所有的敬意；一想到这一工作全部装备的高贵特征——多嘴喜鹊般的好奇与同情——人就会爱上这一神奇的幽灵。它再现了骑士长跪守夜，对其所奉之职的虔敬。他有着献祭的作用，在某种意义上他是试金石。他贷出自己、投射自己、浸泡自己，去感受、感受，直到他理解了，理解得如此之好，以至于他可以这样说：他以无休止的好奇和不可腐蚀的耐心，已然洞察到强烈的激情和表达的富于生气，觉察到那些塑化的、易燃的、到了终止期的东西。曲折的征服，把持好方向——这对于一个积极活跃的大脑来说，是一个良机，一个可将独立思考之美加之于成功概念的良机。与其感知力和求变欲相称，与其反应力、回应和渗透力相称，批评家是珍贵的乐器；对文学的批评令人信服才称得上批评家，正如艺术即艺术家；艺术家创造艺术，批评家创造批评，只有这点令人信服，此外别无他物。

批评的品类一如艺术的品类，最好的、唯一值得一提的，是源于鲜活经验的一类。上百种物品被贴了标签和名片，它们贴在外表为那些一掠而过者行方便；而批评家，他居住于物品之家，测量其中每一居室，对眼前的账单一无所知，只知所获印象越多，收录的内容也越多，可怜的家伙，他浸泡得越足，给出的就越多。从这一意义上看，他的人生是英勇壮烈的，因为他的间接经验是如此强烈。他不得不对他人进行理解，并回答他们的问题；他总是全副武装。他明白，对他来说，所有的荣耀，以自己对成功的眼光来看，完全依赖于他不屈不挠的韧性，那是一种可怕而令人敬畏的规则。但假如这工作对他是一种精神磨难，就别让我出引言了，因为努力的志向，极易在好奇的热情中丧失。每一种职业都有着与生活紧密相关的紧张时刻，而批评家，他与生活的关系是双重的，他对第二手生活和第一手生活一视同仁，他以他人的经验处理解决自己的问题。不像小说家舒服地发明并选择自己的人物和术语，批评家必须不妥协地与一群作家周旋，与历史中的喧哗的孩子们打交道。他必得将他们生动如初地、自由地制造出来，像作家摆布他们的牵线木偶一样，而且他得让他们不请自来。我们应该善待他们，当图画，或者目标真正被渗透进去，有时是会使人困惑，因为有些主题就是令人困惑，无所嘉许；若画像是真实的，就像其他艺术的幸运的画像一样，通过阐释成为了可保留的文本，那么我们就该为这位批评家奉上我们所有的特别而纯粹的褒奖。

此文1891年5月首次发表于《新评论》(*New Review*)。
1893年，詹姆斯·R. 奥斯古德和麦克米兰公司
以"批评"之名收在《伦敦及别处散论集》。

4.《国家》的创建

对《国家》创建之初的回忆,应以清晰的形式将那些细枝末节讲一个有分量又简单的故事,这故事放在自命不凡的当今时代来讲,让我立刻意识到我所担的风险,我以为,历史上这些细枝末节,这些细微谦卑的事实再现时,与历史整体之间的比例是脱节的。我的困难源于我意识到,我得从当今心神不定的这个世界回溯出那个疑虑重重的世界,即使两个世界之间彼此回应喧闹不已;而作为大有前途的,植根于美国本土报业名门之后的摇篮,《国家》沉浸在一个如此柔和甜美的物质社会的夹缝中,这一物化社会正昭示出相对普遍的幸福和安详。

在我的实际观察中,整个场景和整个时代呈现出的是一个完美的整体,相对于真实的程度来说,它们有着更多的浪漫画页,那些人类生活中的可能的、可怖的真实,如今已可心领神会地用各种彩刷加以涂抹。那场景,那时代,那环境,都曾是繁盛的、引人入胜的,它们并非我们嗑药自娱的梦境,而是一个舱室,在其中,大部分是对经验的复制,这些经验由档案分门别类,最大规模地填充了珍藏记忆的宝室。入档的经验,由整个时代总的文明生活构成记录,那是我们这代人所能理解的生活,对我们来说那是一个巨大的幸运,如果以回溯的视角,那些已然发生的简单的事实有的是一种福佑,它们不会纠缠无理,也不会因过于前瞻而有风险,这福佑自然而适度地游牧生长。我测度的是半个世纪——当星移斗转,天空越来越现出金光,当所有至高无上的赦免显现无疑,所有的喜乐笃信都宁静平和,并一直持续着,那时就会发现它们自身并非仅有微不足道的威胁来袭,更有令人艳羡的加冕。我们现在就是像这样来接受那些错误,它们与历史上其他时期发生的错误类似,为我们的便利,用一些醒目的名称加以描述,这名称可用来写下我所说的半个世纪,用大字体来写,那就是错误的时代。

当然,选用这一标题可能会有损于回忆;这一重忆若持有的是一种问心无愧的批评态度,它便有可能会让整个时代显得过于悲伤和愚蠢,过于悲惨憔悴；然而还有另一种方式采用这一标题，它完全以个人化的感性的态度重忆这段历史，详实地追溯那些使我们困惑和给予我们非难的根源，详实地搜寻那些可以留存下来东西，如果我们还无法找到可以调和的理由，这至少也能让我们想象它曾经留存过。在信仰的光芒中注视这一标题，其实是在测量错误的深度，这并非说它昏庸之至，而是说好的信仰至少能为我们描绘出一幅图画，至少能将那些著名的作者们勾画出来，以其巨大的比例，在罗曼司未侵占之域，居此一隅——这样，便会在忆起浪漫环境的某些危险和疑问时，将凡引起恐惧的浪漫倾向全然剔除出去。我们的恐惧曾颇为巨大，我们的困难也随之摆在我们面前。想到这一切，想到我为第一家报业提供文稿，本来微不足道，而以我当时的年幼天真，足以使我认为重任在肩，这的确可能会误导我。记忆中，事实验证着我们的天真，我们的天真也验证着我们的自信，那些表面上聚集的光鲜的自信。也许她们本身就是些真正的精灵，是特有的传说中那些祈祷和赞美的教母，她们环绕在新生大人物的最初的枕边，她们此刻是一群无意施"坏"的精灵，或者此刻尚不足言损。而我会重提这一影响，一只伸向摇篮摇动它的手，这一影响以对（我）公司大局的考虑，带有相当的盲目之力，作为一个有智慧的人，以这一风格所收获的声誉，目前尚有待证明。而我最好在似乎重见那最初的、最了不起的护佑婴儿的一幕之后，回溯出那种护佑的方式。

那是去拜访我在坎布里奇的可敬的朋友，查尔斯·艾略特·诺顿，诺顿家族的后人，他告诉我他刚从纽约返回，他笑着说，他为了"诺顿"的绯闻去的——当然，这玩笑鲜活地一掠而过。而当我第一次听到戈德金（E. L. Godkin）的名字时——我很快就与他开始了一段令人愉快的关系，并保持了一生——那一段关系是如此宽广而耀目地第一次向我显露了它的光亮。我记得，诺顿就在那一刻"响起来了"，非同寻常，很有意味。他的祖先亦非同一般，不似你我的祖先；记忆中接着跳到我面前的便是的阿什伯顿宫（Ashbunton Place），我那时在波士顿有个居所；在那里，那个巨大的处所，他向上看我，在从纽约匆匆赶回之后，为了提议我为周刊做事，那便是他匆匆赶回的实际原因！——那本周刊已全然准备就绪，包括所有的封面,而最幸运的,是他已经接手了编辑事务。他说出那些词,那些词本身在我的耳中立刻获得了一种不可思议的美,那个早期的我,以最快的速度和热情地答应了;但现在我已不会阻止我自问,不带任何嘲弄羞辱感的,在我那个年纪是该有点羞辱做代价的,那可以看作是对我依附自己祖先的一种代价,那就是我为何那么欣悦地做出了选择。我那时很年轻,心甘情愿,但对文学和批评只有一知半解——当然,我的意思是,那已让我足以了解我自己。环绕我摇篮的,这次全无恶意女巫,只有精灵们合围成环,他们拥挤着,好笑地互撞着胳膊肘。这个阿什伯顿宫的冬天,这一冬天紧随着夏初诞生的那些自信的文字,精灵们散布在我周围,当我再次回望这些文字,我发现我的书评已然摆脱了罗曼蒂克式的喧哗。

我总是忙乱,我总是积习难改地拖稿,就好像这才能对得起"从纽约归来";那就是为何在那些年代里,我与如此心存善意的那些人一起生活,而记忆里却总有我喜好为自己佐证的风格,证明一个有独创性的天才计划遭到了"歪曲"的可怕之处,那正是盲目造就的陋习,这一陋习程度不轻,只欠致命一击这"轻度"便会自证。我记得我从未被"叫停",从未被修正,也从未被否定、拖延或者删节过;而是被甜美的、丰富地、赞美地"误印"着,如此一来,造成了一种意识,那是可怕的一种意识,这一状况,我敢说是由我自己尴尬地插了一手而造成的。这一幸福关系将会一直持续下去,即使它不那么完美,但我在这年的冬天和1875年的夏天,看见它得到了极大地修正,那是我在欧洲生活了三四年回到纽约之后;这是一次能够让我对"偶然事故"提供反证的证明。一些小事,一些小事和一些机会,经年累月地,意识就达到了一种最基本的水准来充分地证明这一切。当然,最了不起的事便可从我与 E. L. 戈德金私人关系的变化这一事件本身得以证明。

我本应为纪念他于圣殿点亮一枚细烛,但祭坛尚有欠缺,我放弃了仪式。我承认,我也本应让自己好好享用对故土方方面面感受的表达,我近来为这一自由表达提供给了可利用之机,但我对这一可用之机所做的提示,无法不包含着与那些缺乏对美妙主题判断的比较——我想,我真的应该可以从中绘制出微笑与眼泪两面——发现我又在煎熬中。我不断有机会投稿，而我对欧洲的描画漫不经心，就像我在1867年和1868年间所做的那样，那些年使得我多多少少养成了欧洲习性，这些习性直到1876年、1877年和1878年在巴黎和伦敦才得以转变，才懂得转化并利用压力。我已经停止不再做"公告书"（notice book）了，当我对书的鉴赏力有所长进时，那些书商们反而减少了我的书评；虽然我提议我可定期往返伦敦，但只有三四次虚假虔诚之作，那是人们最乐于见到的，在我至少得写的，但实际上对我毫无吸引力的东西。另外，我的评论又总让人侧目；然而，对评论中所有倾向的失误之处，我此刻最好不作过多推断。

此文初载1915年7月8日《国家》杂志，
据1984年版《亨利·詹姆斯文学批评》第2卷

后　记

　　2001年4月，为参加《外国文学评论》在昆明举办的"文化迁徙与杂交"学术会议，我写了"逆向行驶的哥伦布：《一位女士的画像》的悬置结局"一文。亨利·詹姆斯迥异于欧美现代作家的主旨与文体，那些"詹姆斯式"的模棱两可，让我迷恋而迷惑。面对詹姆斯文本的阐释难度，此后多年几欲动笔，每每却步。2006年入北京师范大学比较文学专业攻读博士学位，有幸奉拜吴泽霖、刘象愚两位恩师，"悬置"有年的"詹姆斯式"问题，终于有了重新思考的契机，有了资料筹备的优势，有了动笔落实的可能。同年，我申请到了山东省教育厅的社科项目"文化迁徙及其张力——亨利·詹姆斯国际题材小说的文化批评"。这成为我博士论文选题的基础。论文开题之前，导师吴泽霖先生邀我同去社科院与北师大联合举办的一次学术会议，彼时正为如何切入詹姆斯式难题冥思苦想，忽闻大会发言中，周启超先生转述托多罗夫的"象征""隐喻思维"之说，豁然有觉。詹姆斯著述巨硕，文体驳杂，语体冗赘，其小说、戏剧、文学批评，甚至文学理论，皆以隐喻思维与隐喻修辞为要则，若以此为进路对詹姆斯文本进行探究，或得正解。我的博士论文最终以"亨利·詹姆斯后期小说隐喻思维研究"开题，答辩时修正为"亨利·詹姆斯小说诗学研究"。

　　读博期间家事连连，论文搁置有年，以为从此放弃学业学位。然2010年我申请到了山东省社科规划项目"亨利·詹姆斯后期小说隐喻思维研究"，2012年申请到国家社科基金项目"亨利·詹姆斯的隐喻思维与小说诗学研究"。一切似乎可以重新开始。2016 年我参加了中国人民大学外语学院主办的"亨利·詹姆斯逝世百年祭暨国际学术研讨会",做了题为"The Logic of Time in Henry James's *Ambassadors*"的大会发言,与会的两位英美专家的研究方法及资料采用角度,为我的研究提供了十分有效的帮助。2017 年,母校北师大"通告"延期毕业学生:如在 2018 年前完成论文,仍可申请学位。得此幸运的我,盈盈喜极。每天电脑前六七小时,漫游于 19 世纪末 20 世纪初的詹姆斯文本世界,不觉光阴移步。

从海量研究资料中发现和梳理詹姆斯之隐喻思维和隐喻修辞特征,其难点在于:隐喻之论历史繁杂,各路方家据其一端;詹姆斯文论及批评虽隐喻漫溢,然其本人并无系统杼轴。那么,秉文史哲一体、贯通学科疆域的方法论,借现代语言学、哲学的助力,或有破题的可能。西方柏拉图与亚里士多德的哲论从未忽略语言修辞及政治伦理,中国老、庄之言向以言虚道圣。无论古今、中西,似乎皆可在"道"与"道","言"与"道"之互为相与中,左右逢源,明道言道。明确了这一基底,我对詹姆斯的研究便也觅得了进退路径。于是,细读詹姆斯文本的同时,以中西典籍为经纬,对当代西方哲学、语言学及历史典籍进行拣选和品鉴,便成为我的重要课业。

学位求取之道耽搁半程,品书静思之途未曾止步。书海中的日积月累,竟不负我。自 2006 年到 2016 年的十年间,我的校级、省级项目陆续结项,国家社科基金项目的资料准备也基本就绪,英文原版著述的采购、阅读、筛选也渐次到位。2016 年,当我再次参加已连续十几届的中国人民大学"神学与人文学暑期国际研讨班"时,普林斯顿大学 R. W. 卢文教授的"普遍主义与人性良善:伦理的限度与可能"一文,引起了我的特别关注。卢文教授的普世视野,对启蒙运动的中肯评价,对伦理日常影响人性良知的清澈见地,与我对詹姆斯"未来学"的理想主义的认知高度契合。会后我译出了此文,次年,《基督教文化学刊》发表了这篇译文。2016 年的这次翻译工作与亨利·詹姆斯百年祭的英文论文写作,二者同为我博士论文最终完稿的促因。2017 年 5 月,我的论文预答辩顺利通过,匿名评审三位专家同时给出的优秀成绩让我惊喜不已,同时也有了更加明确的论文修改方向。同年 12 月 1 日，学位论文最终答辩在母校举行，答辩委员会七人专家与预答辩时一致，地点亦在预答辩的同一小室。三个半小时的自我表述与专家质询，让我对詹姆斯其人其文其意、我文何意，我之研究新意与缺憾，有了更为清醒的认识。论文最终以优秀成绩登记母校史册。我十一年的学位修行之路暂告段落。母校之谓，大爱大德矣！顺理成章，以 13 余万字的博士论文为基底，最终完成了 28 万余字的国家社科基金项目。

回首半世，清言凿痕之文鲜有，情困乏意之生多舛。幸有德馨智人命途指津，流转向好。闵谢如附。

恩师吴泽霖先生授徒"放下"二字，受益一生。先生知止之境，终身楷模。刘象愚业师授业解惑，颇惜弟子资质，令吾辈克己奋蹄，未敢怠慢。先生任论文答辩委员会主席，赏识苛责兼具，使我自省。先生允肯为拙著赋序，大恩可言谢欤！杨慧林与耿幼壮两位先生精心召集十余届"人文学与神学暑期国际研讨班"，使我得以借道西方宗教哲学与神学，有效阐释詹姆斯思想之帷中的宗教因素，及其与文体言语之相互关联。"宗教世俗化与英国小说的现代性"一文费时三余年写成，并蒙两位先生提携，发表于 2010 年《基督教文化学刊》春季刊，想来正是打通学科疆域，回归语文学集考据、义理与文章一体之古典传统，练习辑史、辨流，述文等基本之功的机缘。刘怀荣先生在我连续三年申请国家社科基金项目的过程中，倾注了大量心血，指导我逐字逐句修改课题申请书，学问人品如刘先生者，至美矣。杨恒达先生授道文章，更赠警言，为弟子人生命途指津。王志耕先生亦师亦友，彼此文章既互赏，人生亦多理解，引为知己。刘洪涛先生、陈永国先生、马海良先生博学明鉴，言辞犀利，点拨论文修改方向与结构，使我辑除鄙陋，增宜容积。特别致谢金莉先生，论文答辩时，先生举重若轻，呵护之情犹深。亨利·詹姆斯的文辞华美而艰涩，非英文科班出身的我，因金先生的"较真"与"苛责"而知耻，而后觉，而坚持。蓄志从事亨利·詹姆斯文集翻译之心愈坚。

特别感谢尚景建先生。尚先生多次奔波往返于北京师范大学、中国人民大学，及时与我信函邮件呈递，为我的答辩手续尽心尽力，从未言烦。我得心无旁骛，论文答辩顺利，尚先生举两臂之力矣。我的学生崔阳君及时为我购得近两万元的中英文资料，并赠亨利·詹姆斯精装图书多种，目前仍不辞亟须，继续为我购买海外图书，师生同道，幸哉。

感谢课题组的合作者们：中国海洋大学的罗贻荣教授、北京第二外国语大学的刘燕教授和南开大学的戴欣教授。他（她）们为拙著的完成提供了大量资料。青岛大学外语学院的陈黎教授和我的硕士生们，为我翻译了部分英文资料，在此一并致谢。

商务印书馆的丛小梅先生为拙著出版申报选题，颇尽心力。中国社会科学出版社一周之内先与我签订了出版合同。在此，对丛小梅先生的提携深表谢意。由衷感谢中国社会科学出版社慈明亮先生的认同与支持。

感谢国家社科基金的资助，特别感谢青岛大学社会科学出版基金的支持。

2018年1月获博士学位证书，年中受聘教授，年底国家课题结项。岁届花甲，欣欣然秉庄周"明道"之道，混沌沌以求学见知为日常。父母在天，女儿长成。心与物游，大辨无言矣。

谨以此书献给不离不弃，始终如一的亲人。

乙亥年八月初九记于台北路6号租屋

书稿付梓在即，庚子年大疫事件亦将载史。吾与书稿幸得以生，更念恩情！

感谢中国社科出版社慈明亮先生不辞时艰，鼎力辅佑。对几位未曾谋面的编校老师的工作，深表谢意。

我因疫情一直滞留德国，书稿印前二校由赵江姗同学代劳。她的悉心投入，令我宽慰。

四月，巴伐利亚的拜罗伊特，美茵河萧然有声，晴空里鸽子翔翼。时序作响，物感丰矣！

庚子年四月初四于罗伯特·科赫街15号租屋